KATYA REIMANN

Die Tielmark-Chroniken 3

Buch

Gaultry Blas, die Hexe und Jägerin aus dem Wald von Arleon, konnte die Ermordung von Prinz Benet verhindern und kehrt nun aus dem Bissanty-Reich ins heimische Tielmark zurück. Doch schon nach kurzer Zeit drohen neue Gefahren aus dem Nachbarreich. Die Unabhängigkeit Tielmarks steht in Frage, und so muss Gaultry wieder für ihr Volk und seine Freiheit kämpfen. Es erweist sich als schwierig, Verbündete zu gewinnen und zwischen Freund und Feind zu unterscheiden. Und welche Rolle spielen einige Mitglieder des mächtigen Hexenzirkels, der Geheimen Brut? Die Zeit wird knapp …

Autorin

Katya Reimann wurde 1965 als Tochter eines Künstlerehepaars an der Ostküste der USA geboren und studierte im englischen Oxford Geschichte und Literatur des 18. Jahrhunderts, wobei sich viele Motive und Themen aus dieser Zeit in ihren Büchern wieder finden. Nach dem Studium kehrte sie in die USA zurück, wo sie heute in Saint Paul (Minnesota) lebt.

Von Katya Reiman lieferbar:

Die Tielmark-Chroniken: 1. Die göttlichen Schwestern. Roman (24129), 2. Im Herzen des Feindes. Roman (24130), 3. Die Waldhexe. Roman (24243)

Katya Reimann

Die Waldhexe

Die Tielmark-Chroniken 3

Ins Deutsche übertragen
von Katharina Volk

BLANVALET

Die amerikanische Originalausgabe erschien unter dem Titel
»Book 3 of the Tielmaran Chronicles. Prince of Fire and Ashes«
bei Tor Books, New York.

Umwelthinweis:
Alle bedruckten Materialien dieses Taschenbuches
sind chlorfrei und umweltschonend.

Blanvalet Taschenbücher erscheinen im Goldmann Verlag,
einem Unternehmen der Verlagsgruppe Random House GmbH.

1. Auflage
Deutsche Erstveröffentlichung 9/2003

Umschlaggestaltung: Design Team München
Umschlagillustration: Agt. Luserke/Anry
Satz: deutsch-türkischer fotosatz, Berlin
Druck: Elsnerdruck, Berlin
Titelnummer: 24243
Redaktion: Cornelia Köhler
V. B. · Herstellung: Peter Papenbrok
Printed in Germany
ISBN 3-442-24243-6
www.blanvalet-verlag.de

Für Sovigne und Grace
trotz, wegen,
mit all meiner Liebe

Mein Dank gilt den Mitgliedern meiner Gruppen für Kreatives Schreiben, Pengames und Tech Noir, für ihre Arbeit und die Hilfe, die sie mir und diesem Buch zuteil werden ließen; meiner Agentin Shawna McCarthy und meinem Lektor Jim Frenkel, deren Vertrauen dieses Projekt möglich gemacht hat. Außerdem all jenen, denen ich meine Kinder anvertrauen konnte: Aryn Eaton, Gerri Lynch und Amanda Haldy haben die Mädchen in den vielen Stunden, die ich hinter verschlossenen Türen geschrieben habe, behütet und unterhalten.
Im metaphysischen Sinne danke ich den Landschaften Picos de Europa in Spanien, den Yorkshire Dales und Turgenjews Bezhin Lea. Diese Landschaften haben mich weiter reisen lassen, als ich mir auf den ersten Blick hätte träumen lassen. Ich danke Tim Gardner fürs Wäschewaschen und ähnliche Arbeiten im entscheidenden Moment – und weit darüber hinaus für beständige Liebe und Unterstützung.

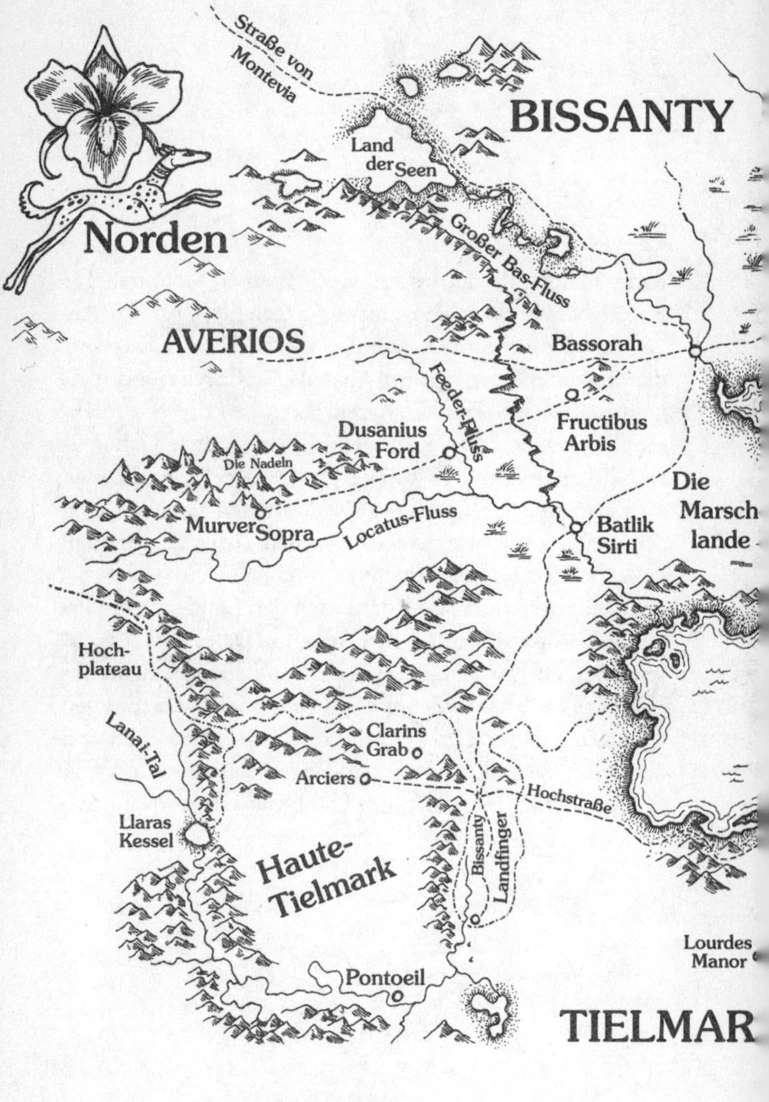
Straße von Montevia
BISSANTY
Land der Seen
Norden
Großer Bas-Fluss
AVERIOS
Bassorah
Feeder-Fluss
Fructibus Arbis
Dusanius Ford
Die Nadeln
Die Marschlande
Murver Sopra
Locatus-Fluss
Batlik Sirti
Hoch-plateau
Lanai-Tal
Clarins Grab
Arciers
Hochstraße
Llaras Kessel
Haute-Tielmark
Bissanty Landfinger
Lourdes Manor
Pontoeil
TIELMAR

Straße von
Dramcampagna
Straßen
Grenzen
Die
Marsch-
lande
Princeport
Bellaire
Seafrieg
Basse-
Demaine
Seelande
Melaudiere
Ranault
Carlia
Gentian
House

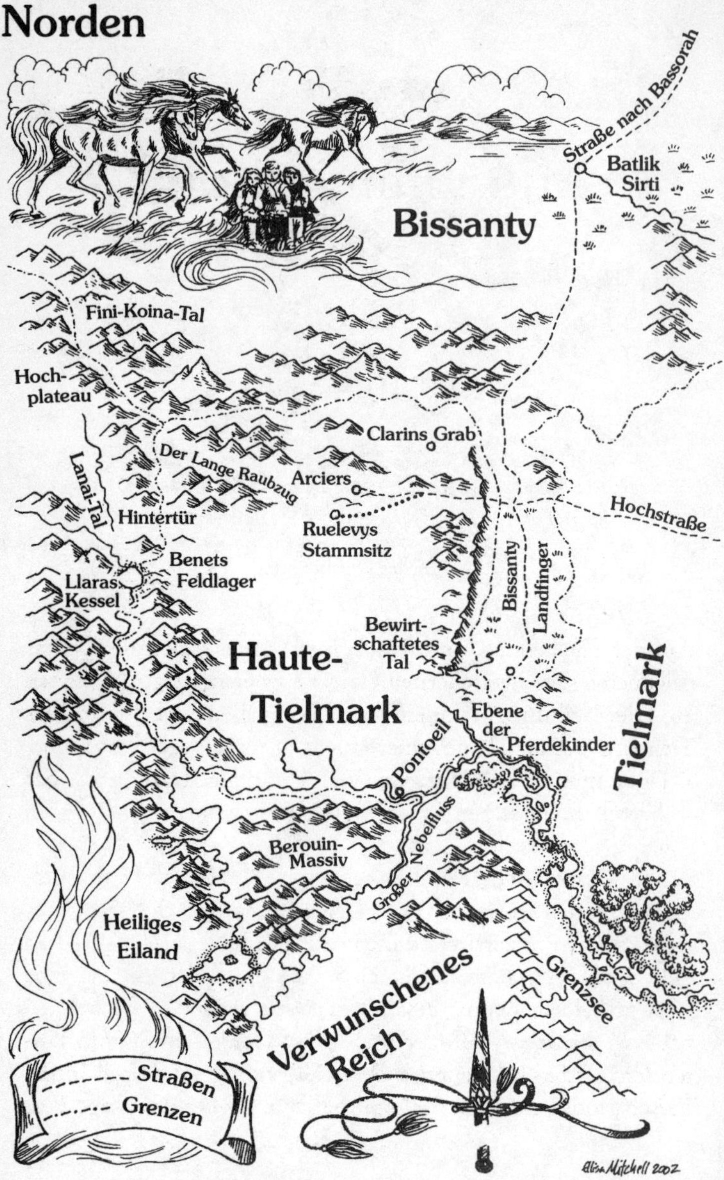
Norden
Straße nach Bassorah
Batlik
Sirti
Bissanty
Fini-Koina-Tal
Hoch-
plateau
Clarins Grab
Der Lange Raubzug
Lanai-Tal
Arciers
Hochstraße
Hintertür
Ruelevys
Stammsitz
Benets
Feldlager
Llaras
Kessel
Bissanty
Landfinger
Bewirt-
schaftetes
Tal
Haute-
Tielmark
Tielmark
Ebene
der
Pferdekinder
Pontoeil
Nebelfluss
Großer
Berouin-
Massiv
Heiliges
Eiland
Verwunschenes
Reich
Grenzsee
Straßen
Grenzen
Alison Mitchell 2002

Erstes Buch

Mittsommermond

Prolog

Der rote Pfad

»Rot färben wird sich dermaleinst der Pfad des Prinzen von Tielmark vom Blute der Geheimen Brut.«

Lousielles Prophezeiung

Auf der rauchenden, grob behauenen Mauer hinter dem Altar zeichneten sich die äschernen Umrisse zweier riesiger Gestalten ab. Die Zwillingsgöttinnen waren im großen Saal des Reiches Tielmark erschienen, um einer Hochzeit Ihren Segen zu geben.

Doch nun waren Sie wieder verschwunden. Das Chaos, das während Ihres kurzen Erscheinens zum Erstarren gekommen war, brach wieder los.

Die bissantinische Verschwörung mit dem Ziel, den Pakt Tielmarks mit den Göttinnen zu zerschlagen, war gescheitert.

Die junge Prinzessin und ihr Prinzgemahl kauerten am Altar. Geschützt durch den gleißenden Schutzschild, den die Geheime Brut mit einem Zauber erschaffen hatte, vertieften sie sich inbrünstig ins Gebet, während im Saal heftig gekämpft wurde. Unter dem letzten Funkeln der Großen Zwillinge, das nach Ihrem Verschwinden noch im Saal spürbar war, senkte das junge Paar die Köpfe im Gebet, gesegnet mit der Gewissheit, dass sie ihre Göttinnen gesehen – und Ihre Gunst errungen hatten.

Was die Menge im Saal glauben wollte, berührte sie nicht.

Gabrielle Lourdes, die junge Herzogin von Melaudiere, blickte durch den immer schwächer schimmernden Zauberwall und runzelte die Stirn. Tielmark war gerettet – doch jene, die sich der Prinzessin und dem Land treu ergeben gezeigt hatten, waren versprengt. Ihre Kräfte wieder zu sammeln würde sogar noch mehr erfordern als das leibhaftige Erscheinen der Göttinnen.

Dazu musste erst ein Gegner überwunden werden, der so vertraut wie ein Bruder, wie eine Freundin geworden war.

Außerhalb des Zauberwalls gingen die von Bissanty gelenkten Verräter, behindert von ihren feinsten, reich geschmückten Festgewändern, mit bloßen Fäusten auf die gleichermaßen in ihrer Bewegungsfreiheit eingeschränkten Getreuen Tielmarks los. Eine Hand voll Verschwörer, die sich noch immer nicht geschlagen geben wollten, versuchten durch den geschlossenen Bannkreis um den erhöhten Altar zu brechen. Der schimmernde Zauberwall hielt sie auf und schleuderte sie zurück, sodass sie vor Schmerz und Wut aufheulten.

Sie waren sich ihrer Macht vollkommen gewiss und der festen Überzeugung, die junge Prinzessin von Tielmark unter ihrer Kontrolle zu haben. Der Zauberwall hatte sie dieser Kontrolle beraubt – und obgleich sie sich die Köpfe an ihrem Scheitern einrannten, wollten sie es einfach nicht wahrhaben.

Gabrielle holte zittrig Luft und rieb die alten Narben an ihren Handgelenken. Die Verräter waren nicht die Einzigen, für welche diese Entwicklung eine Überraschung bedeutete. Ironischerweise hatte sie sich trotz ihrer immensen hellseherischen Fähigkeiten der Geheimen Brut verpflichtet, ohne diesen Sieg vorherzusehen. Sie hatte sich aus Pflichtgefühl und nicht aus Glauben dem geheimen Zirkel der alten Prinzessin Lousielle verschworen. Nun würde sie sich – wie jedermann in Tielmark, ob nun loyal oder nicht – an diese überraschenden neuen Umstände anpassen müssen.

Lousielles sieben Hexen in blau-weißen Roben – die Farben Tielmarks – hatten die Verteidigung der Bissantiner im entscheidenden Moment durchbrochen und sich des Altars bemächtigt. Sie hatten den Schutzwall erschaffen und damit die Bannflüche gebrochen, welche die junge Prinzessin beherrscht hatten, um anschließend ihren verräterischen Bissantiner Bräutigam von ihrer Seite zu reißen und sie mit ihrem heimlichen Geliebten, einem Tielmaraner, zu vermählen.

Was dann geschehen war, schien in das Reich der Legenden und der Geschichte zu gehören: Die Zwillingsgöttinnen Elianté und Emiera waren herabgestiegen, um Corinnes Vermählung Ihren Segen zu geben. Das war keine Kleinigkeit und nicht etwa mit irgendeinem alten Priester vergleichbar, der fromme Sprüche aufsagte. Es war entsetzlich anzusehen, wie die Göttinnen Gestalt annahmen und die Großen Zwillinge mit flammenden Augen zum Altar schritten, wo Sie Ihr Urteil verkündeten. Selbst die Gläubigsten unter den Gästen im großen Saal hatten nicht erwartet, dass die Götter zu Corinnes Vermählung tatsächlich auf Erden erscheinen würden wie zu den Hochzeiten ihrer Ahnen am Ende eines jeden Regierungszyklus. Die Spanne von fünfzig Jahren, über die sich der Götterpakt jeweils erstreckte – das waren so viele Jahre, dass selbst jene, die das Ende eines Zyklus als Kinder erlebt hatten, auf ihre alten Tage nicht glauben konnten, dass sich so etwas wiederholen würde.

»Das war nur ein Trick!«, rief einer der Männer hinter dem Zauberwall wütend aus. »Das waren nicht die Zwillingsgöttinnen! Das waren nur diese verdammten Hexen mit ihren Sprüchen! Sie haben uns geblendet – glaubt nicht, was eure Augen euch weismachen wollen!« Er warf sich verzweifelt gegen die durchscheinende, silbrig schimmernde Barriere. Gabrielle stand hinter diesem Schutzwall so nahe bei ihm, dass sie seine Panik beinahe riechen konnte, als der schmerzhafte Aufprall ihn zurücktaumeln ließ. »Ihr dürft nicht glauben, was ihr eben gesehen habt!«, brüllte er. »Diese Hochzeit ist ein schändlicher Frevel!«

Gabrielle fuhr zurück. Für die Entschlosseneren unter den Verrätern stand zu viel auf dem Spiel, und deshalb konnten sie es nicht gelten lassen, dass die Großen Zwillinge wahrhaftig herabgestiegen waren und Tielmarks Götterpakt ungebrochen bestehen blieb. So viele, die diesen Pakt hatten zerstören wollen, hatten sich heute im großen Saal versammelt, aber ihre Hoffnungen auf einen großen Triumph waren zunichte gemacht worden. Schon begann der Zauber zu verblassen, doch es war noch immer nicht erkennbar, ob die getreuen Tielmaraner oder die Verschwörer bei dem Handgemenge obsiegen würden. Tielmark mochte den Segen der Göttinnen haben, doch es war schwach, und die bissantinischen Verräter waren stark.

Wer würde die wahre Macht in Tielmark ergreifen und das Land aus dem Chaos führen? Einer von außerhalb des magischen Schutzkreises? Oder einer von denen, die darin gefangen waren?

Im Kreis des großen Zaubers befanden sich zehn Menschen. Zehn, welche die heiße Luft hier drinnen atmen mussten, den grässlichen Gestank der Magie. Die sieben Hexen der Geheimen Brut, die junge Prinzessin Corinne und ihr Prinzgemahl und schließlich der Bissantiner Prinz, der dumm genug gewesen war, zu glauben, das kleine Tielmark werde nicht alles aufbieten, um seine Unabhängigkeit zu verteidigen. Jetzt lag er zusammengekrümmt am Rand der Altarstufen, und auf seinem Gesicht spiegelte sich das nackte Grauen wider, als er endlich erkannte, wie ungeheuer gefährlich seine Lage war. Gabrielles Blick streifte ihn nur kurz, dann schaute sie der Reihe nach ihre sechs Gefährtinnen an. Die Frauen, welche mitgeholfen hatten, den Zauber zu wirken, taten es ihr gleich, alle sieben auf der Suche nach Führung, nach Anleitung. Gabrielle erkannte, dass die anderen über ihren Triumph ebenso erstaunt waren wie sie selbst.

Prinzessin Corinne lag immer noch auf dem Altar hingestreckt, vollkommen überwältigt von unerwartetem Glück und plötzlicher Freiheit. Sie ließ kostbare Momente verstreichen, anstatt sich zu erheben und ihre Macht zu ergreifen.

Gabrielle runzelte die Stirn. Corinne machte es sich zu leicht, wenn sie die Auswirkungen ihres Glücks nun jenen überließ, die so hart darum gekämpft und so teuer dafür bezahlt hatten, sie mit ihrem geliebten Schafhirten zu vereinen. Hatte die junge Herzogin etwa dafür so viele Verluste und Entbehrungen ertragen? Erschöpft und ausgelaugt von der Anstrengung, welche ihr Teil des Zaubers ihr abverlangt hatte, rang Gabrielle mit bitterem Selbstmitleid. Es gelang ihr nur schwer, dieses zu bezwingen. Sie war zwei Jahre jünger als Corinne, und bei ihrer eigenen Vermählung hatte es einen gewaltigen Skandal gegeben, doch für sie hatte sich niemand stark gemacht, um sie vor den Konsequenzen zu bewahren. Mit einem Bissantiner Verräter als Vater hatte Gabrielle ihr ganzes Leben lang unter bissantinischer Vorherrschaft gelitten.

Nun, da sie die Freiheit fast mit Händen greifen konnte, war sie sich nicht sicher, wie weit ihre Befugnisse gingen. Niemand hatte damit gerechnet, dass die alte Prinzessin, welche die Geheime Brut gegründet hatte, nicht mehr am Leben sein könnte, wenn dieser Augenblick endlich kam. Sie hatten geglaubt, Lousielle würde hier sein, um ihre Wahl zu treffen, ihre behütete Tochter anzuleiten und alle Entscheidungen zu treffen …

»Uns bleibt nicht mehr viel Zeit«, sagte Richielle. Die Ziegenhirtin, die älteste der sieben Hexen, streckte die Hand aus und berührte mit der Spitze ihres Hirtenstabs den oberen Rand des Zauberwalls, der bereits sichtbar herabgesunken war. »Der Zauber wird nicht mehr lange halten. Wir müssen rasch handeln, oder unsere Chance ist für weitere fünfzig Jahre vertan.«

Obgleich Richielle die älteste Hexe der Geheimen Brut war, traute Gabrielle ihrer Führung nicht. Die Hirtin roch ungewaschen und stank nach Ziegen, Fett und Blut. Sie hatte etwas Ungestümes an sich, etwas Unberechenbares. Trotz Richielles Alter und ihrer großen Erfahrung bezweifelte Gabrielle, dass es der Wunsch der alten Prinzessin gewesen wäre, die Hirtin möge den Zirkel anführen.

Allerdings war Richielle tapfer genug, sich der großen Frage zu stellen. Der schrecklichen Frage. Gabrielle wünschte nur, sie selbst hätte den Mut aufgebracht, als Erste zu sprechen. Dem Zirkel blieb nicht mehr viel Zeit, bevor der Zauber in Stücke brach – würden sie entschlossen genug handeln können, um Tielmark ein für alle Mal von der ständigen Bedrohung durch Bissanty zu befreien? Noch mehr Sorgen bereitete ihr die Frage, ob sie das überhaupt sollten. Gabrielle glaubte nicht, dass sie die Einzige in diesem Bund war, die solche Zweifel hegte.

»Wir wissen, was wir zu tun haben«, sagte Delcora, die Hohepriesterin, ganz in Richielles Sinne. »Wir müssen Tielmark von Bissanty befreien. Jetzt und für alle Ewigkeit.« Tielmarks mächtigste Zauberin war eine schmale, reizbare Frau und offensichtlich berauscht vom Erfolg ihres Zaubers. Die grüne Magie der Zwillingsgöttinnen durchströmte Delcora mit enormer Kraft, und aus diesem machtvollen Fluss hatten die anderen die Magie für den großen Zauberspruch abgeleitet. Eigentlich hätte Delcora nun erschöpft sein müssen, doch die Nähe ihrer Göttinnen hatte ihr große Energie verliehen. Ihr Gesicht strahlte vor Selbstherrlichkeit, als sie eine Flagge aus schimmernder Seide unter ihrem Gewand hervorzog: Das Blau des Prinzen von Tielmark war ersetzt worden durch königliches Rot. »Eliantë stark und Emiera fein mögen es bezeugen!«, rief sie. »Wir krönen Corinne zur Königin!«

»Wir haben nichts dergleichen vereinbart«, erwiderte Gabrielle in scharfem Ton. Es erschreckte sie, dass Richielle und Delcora sich anscheinend heimlich abgesprochen hatten, wie sie diesen Augenblick nutzen wollten. »Tielmark genießt seit zweihundertfünfzig Jahren die Unabhängigkeit von Bissanty. Mit unseren Mühen heute Abend haben wir uns weitere fünfzig Jahre Freiheit erkauft. Dass wir diesen Zauber gewirkt haben, bedeutet noch lange nicht, dass wir das Recht haben, solche Entscheidungen für die Prinzessin zu fällen.«

»Damit würden wir das Wesen der Herrschaft in Tielmark so grundlegend verändern, dass wir den Götterpakt neu schreiben müssten«, warf Tamsanne ein. Sie war eine Hexe von der südlichen Landesgrenze, eine etwas seltsame, zurückhaltende Frau, deren Magie eng mit der rohen Kraft der Erde verwoben war. Lousielle hatte sie als erste der Hexen auf ihren geheimen Zirkel eingeschworen, und Tamsanne hatte sich abseits gehalten, bis Delcora nun ihre Absicht verkündet hatte. »Unsere Prinzen haben ihr Blut vergossen, um diesen Pakt zu schmieden, und wir haben ihn soeben erneuert. Selbst wenn Tielmark tatsächlich bereit sein sollte, eine derartige Veränderung anzustreben – heute stehen die Sterne gewiss nicht günstig dafür. Diese scheinbare Dringlichkeit wird sich wieder legen.« Die zierlich gebaute Hexe deutete auf das Chaos hinter dem Zauberwall. »Es ist doch kein Zeichen von Schwäche, innezuhalten und alles zu bedenken, bevor wir handeln.«

Gabrielle warf der Hexe aus dem Grenzland einen Blick zu, dankbar für ihre mäßigenden Worte. Tamsanne war ein wenig älter als die vier höfischen Zauberinnen – Gabrielle selbst, Delcora, Melaney Sevenage und Marie Laconte, die kriegerische Herzogin. Und trotz ihrer Zurückhaltung war sie zugänglicher als die verschrobene alte Richielle oder die kleine, noch kaum zur Frau gereifte Julie, welche die Prinzessin Lousielle aus der Gosse geholt hatte, damit sie den siebten Platz im Zirkel einnahm. Gabrielle vertraute Tamsanne und achtete ihr Urteilsvermögen.

»Wir müssen *jetzt* handeln.« Richielle preschte vor und stieß Tamsanne grob beiseite – sie war zwar für ihr aufbrausendes Temperament bekannt, doch solche Freiheiten hätte sie sich bei keiner der Frauen vom Prinzenhof herausgenommen. Aus den gelblichen Augen der Hirtin funkelte Rücksichtslosigkeit. »Seht euch doch nur diese Herde Schafe da draußen an!« Sie fuchtelte in Richtung des Zauberwalls. »Sie versuchen bereits, sich einzureden, dass nichts von alledem geschehen ist. Sie verleugnen, was sie mit eigenen Augen gesehen haben. Das geschieht alle fünfzig Jahre – nach jedem Herrschaftszyklus seit der Gründung des freien Tielmark. Und es wird sich bis in alle Ewigkeit wiederholen. Immer wieder wird Tielmarks Freiheit auf dem Spiel stehen, wenn wir nicht heute etwas unternehmen. Denkt nur an Berownes Tragödie. An all das Grauen, das Prinzessin Ann heimsuchte. Glaubt ihr, unsere Nachfahrinnen werden es leichter haben? Wir müssen handeln. Dies ist der Augenblick, für den Lousielle den Bund eingeschworen hat.«

»Die alte Prinzessin hat uns damit betraut, die Zukunft Tielmarks zu schützen«, erwiderte Gabrielle bestimmt.

»Lousielle hat uns schwören lassen, ihre Erben zu schützen«, höhnte Richielle. »Aber wir können viel mehr tun als das. Wir können Tielmark zu wahrer Größe verhelfen. Wir können Tielmark zu einem freien Reich machen.«

»Lousielle wollte weit mehr als ihre Erben schützen«, begehrte Gabrielle auf. »Sie wollte Tielmark als fruchtbare und gerechte Heimat für sein Volk erhalten, ganz gleich, welche Opfer sie selbst dafür bringen musste.«

»Warum hätte sie uns dann an die Prophezeiung binden sollen?«, fragte Richielle. *»Rot färben wird sich dermaleinst der Pfad des Prinzen von Tielmark vom Blute der Geheimen Brut.* Meint Ihr vielleicht, wir hätten dieses Band mit dem, was wir heute Abend vollbracht haben, gelöst?« Erhitzt trat die Hexenhirtin an die junge Gräfin heran, so nahe, dass Gabrielle ihren Gestank nach Getreidebrei und Blut roch. *Bei Allegrios!*, fluchte sie insgeheim und bemühte sich nach Kräften, sich nicht anmerken zu lassen, wie schwer es ihr fiel, der alten Frau die Stirn zu bieten.

Tamsanne trat beherrschter, als Gabrielle es erwartet hätte, zwischen die beiden Frauen. »Vielleicht hat Lousielle uns an die Prophezeiung gebunden, weil sie wusste, dass Tielmarks Sorgen und Nöte sich nicht durch einen einzigen Abend magischer Kraftanstrengung lösen lassen würden.« Ihre Stimme klang sanft, doch irgendetwas in ihrem Blick ließ Richielle zurücktreten. »Der Schwur der Brut verknüpft unser Blut mit der Zukunft Tielmarks, ob wir heute beschließen, den Pfad der Prinzessin in königliches Scharlachrot zu tauchen, oder nicht.«

Die Zukunft. Bis zu diesem Abend hatte die junge Gabrielle sich kaum vorstellen können, dass es überhaupt eine Zukunft geben würde. »Ich kann nicht behaupten, die volle Bedeutung der Prophezeiung zu begreifen«, sagte sie laut und sah Richielle so gelassen wie nur möglich in die Augen. »Doch ich war bereit, mein Leben zu verpfänden, um Tielmark vor Bissanty zu schützen, als Lousielle mich darum bat.«

»Glaubt Ihr nicht, dass mit dem Rot aus der Prophezeiung das Scharlachrot der Königswürde gemeint ist, oder wollt Ihr es nur nicht glauben? Was denn nun?«, fragte Richielle. »Die Prophezeiung ist ein Schwert, das an einem seidenen Faden über unseren Köpfen hängt. *Wir selbst* sind das Blut der Geheimen Brut. Wir haben die Macht, Tielmarks zukünftigen Pfad zu verändern, von prinzlichem Blau zu königlichem Scharlachrot. Tun wir das nicht, werden wir mit unserem Leben dafür bezahlen –«

»Sprecht nicht in diesem Ton mit mir«, fuhr Gabrielle auf. »Das lasse ich mir nicht bieten.« Sie wand sich unter Richielles verächtlichem Blick. Als hätte sie versucht, der Hirtin gegenüber ihre höhere Stellung auszuspielen, damit diese sie mit Missachtung strafen konnte! Als sei sie ein behüteter Höfling und dumm genug, den Versuch zu unternehmen, sich mit Arroganz gegen diese grässliche Frau zu verwahren! Als –

»Wie genau lautet Euer Vorschlag, Ziegenhirtin?«, fragte Tamsanne trocken und rettete damit Gabrielle aus ihrer Verwirrung. »Blau, Scharlach, Purpurrot. Ein Prinz, ein König, ein Kaiser. Wir alle wissen, dass Rot sowohl die Königswürde als auch Blut symbolisieren kann. Ihr sagt, Ihr wollt noch heute Abend handeln. Was genau sollten wir Eurer Meinung nach tun?«

»Das Leben dieses Kerls da den Göttern als Opfer darbringen.« Richielle wies mit einem Nicken auf den Bissantiner Prinzen, der sich mit Elendsmiene dicht am Zauberwall herumdrückte und versuchte, den Hexen, dem betenden Prinzenpaar und überhaupt allem innerhalb der Grenzen des Zaubers so weit wie möglich aus dem Weg zu gehen. »Sein Blut soll unsere Erde nähren. Corinne soll sich als unsere Königin über ihn erheben. In Bissanty nennen sie diesen Mann Prinz-ohne-Land, und sie behaupten, er sei mit dem tielmaranischen Boden verbunden.« Die Hirtin grinste und entblößte dabei ihre schlechten Zähne. »Erweisen wir doch diesem Band Ehre. Weihen wir sein Blut den Göttern, und befreien wir unser Land damit ein für alle Mal von Bissanty.« Mit diesen Worten zog Richielle einen in den Falten ihres Gewandes verborgenen Dolch.

Der Prinz wurde aschfahl. Er streckte eine Hand nach der wirbelnden magischen Barriere aus – und riss sie sofort zurück, um seine verbrannten Finger schützend an die Brust zu drücken. Delcora lachte, doch einige der anderen Hexen wirkten nun noch beunruhigter.

»Aber was für ein Königreich würden wir damit erschaffen?«, fragte Tamsanne leise. »Mit einem unfreiwilligen Opfer? Tielmarks Thron würde mit Blut getauft, das in Tyrannei vergossen wurde. Was für ein König, meint ihr, würde uns regieren?«

»Ein König – ein Geschlecht von Königen –, der niemals wieder die Grausamkeit Bissantys fürchten muss.«

Tamsanne schüttelte den Kopf, doch einige andere Hexen schienen mit ihrer Meinung zu schwanken.

»Wir stimmen ab«, erklärte Gabrielle. »Damit geben wir immerhin alle unsere Meinung zu erkennen.«

»Also schön.« Richielle nickte heftig. »Wer steht an meiner Seite? Für ein für alle Zukunft freies Tielmark? Für *Königin* Corinne, die unser Land regiert?« Schon stand Delcora neben ihr, bebend vor Erregung.

Marie Laconte, die Gräfin von Tierce, warf Gabrielle einen ergebenen, beinahe entschuldigenden Blick zu und trat an Richielles andere Seite. »Wir können nicht ewig gegen Bissanty kämpfen«, sagte Marie. »Die Kräfte sind zu ungleich verteilt. Früher oder später wird eine ihrer Verschwörungen von Erfolg gekrönt sein. Vielleicht wählt unser Herrscher die falsche Braut, und die Großen Zwillinge liefern unser Land wieder Bissanty und unser Volk der Unterdrückung aus.« Die stolze Kriegerin Marie beugte vor niemandem außer der Prinzessin das Knie, und ihr war deutlich anzusehen, wie sehr es ihr widerstrebte, sich der alten Richielle zu fügen. Doch wenn es darum ging, strategische Wahrscheinlichkeiten abzuwägen, dachte sie eben recht pragmatisch. Ihre Entscheidung überraschte Gabrielle nicht.

»Und wer ist dagegen?« Tamsanne beachtete Marie nicht weiter und sah der jungen Herzogin direkt in die Augen. Die kleine Julie stand sogleich neben Tamsannes Schulter.

Damit hatten noch zwei Frauen ihre Wahl zu treffen.

Gabrielle warf Melaney einen Blick zu. Melaney erwiderte den Blick mit ernster Miene. Die beiden Frauen waren schon seit Kindertagen Freundinnen. Beide waren als Kinder hoher Adelshäuser von Tielmark privilegiert aufgewachsen, und beide hatten unter der Herrschaft der Bissantiner Verräter schwer gelitten.

»Nun?«, fragte Melaney.

»Einige Entscheidungen müssen wir unseren Kindern überlassen und darauf vertrauen, dass sie eine gute Wahl treffen werden«, meinte Gabrielle. »In fünfzig Jahren werden sie wieder vor dieser Entscheidung stehen. Wir müssen darauf vertrauen, dass Tielmark dann stärker sein wird und sich ihnen mehr Möglichkeiten bieten.« Sie stellte sich an Tamsannes andere Seite. »Ich will diesem Mann nicht gewaltsam das Leben nehmen«, fügte sie hinzu. »Nicht, wenn er es nicht aus freien Stücken hinzugeben bereit ist.«

Richielle lachte höhnisch auf. »Ihr nehmt also wieder einmal den leichteren Ausweg, hochwohlgeborenes Fräulein?«

Gabrielle spürte, wie ihre Wangen brannten, doch sie ließ sich nicht hinreißen. »Nun liegt es bei dir, Melaney«, sagte sie. »Wähle mit Bedacht.«

Melaney stand zögernd zwischen den beiden Grüppchen. Sie war eine leidenschaftliche und sehr schöne Frau, und ihr Herz war ebenso edel wie ihre äußerliche Erscheinung. Hatte sie einmal eine Entscheidung gefällt, so widerrief sie sie selten, doch sie war ebenso weise wie leidenschaftlich und erwog ihre Entscheidungen reiflich. Obwohl sie wusste, dass der Zauber, der sie vor dem Durcheinander im Festsaal schützte, nicht mehr lange halten würde, wollte sie keine überstürzte Entscheidung fällen. Gabrielle wünschte, sie könnte etwas sagen – irgendetwas –, um sie auf ihre Seite zu ziehen.

Melaney drehte sich um und betrachtete den bissantinischen Prinzen. »Ighion Pallidonius«, sagte sie beinahe hämisch und kostete den fremdländischen Namen auf der Zunge, als enthielte er die verschlüsselte Antwort. »Was würdet Ihr mir raten?«

Die Angst stand dem Prinzen deutlich ins Gesicht geschrieben. Seine Lippen bewegten sich, doch kein Laut drang aus seiner Kehle. Er hatte Melaney in der vergangenen Woche mehr als einmal aufs Gröbste beleidigt, als sie ihm ausgeliefert gewesen war und sich nicht hatte wehren können. Nun hatte sich das Blatt gewendet, und Melaney konnte über seine Feigheit nur den Kopf schütteln.

»Ihr seid schlimmer als ein Feigling«, warf sie ihm angewidert an den Kopf. »Euer Vater hat Euch hergeschickt – es war nicht einmal Euer eigener Entschluss, nach Tielmark zu kommen. Kann es Euch denn überraschen, dass Ihr vielleicht mit Eurem Blut für Eure Handlungsweise bezahlen werdet, nachdem Ihr so feige und ruchlos versucht habt, unseren Götterpakt zu verderben?«

Der Prinz senkte den Blick vor ihrer Leidenschaft, ihrer Schönheit. Er wusste darauf keine Antwort.

Richielle witterte den Triumph und lachte meckernd.

Doch Melaney hatte für diese Schadenfreude wiederum nur ein Kopfschütteln übrig. »Bissanty versucht uns mit bitterer Tyrannei zu ersticken«, sagte sie. »Ich kann nicht glauben, dass Gewalt und Unterdrückung auf unserer Seite süßer schmecken würden. Es ist unter unserer Würde, einen wehrlosen Feind abzuschlachten, selbst wenn er ein so feiger Hund ist.« Sie hielt inne und bemühte sich, ihrer eigenen Logik und ihrem Gewissen unbeirrt zu folgen. »Und doch habe ich mein ganzes Leben meinem Land als Opfer geweiht. Ich könnte mit der persönlichen Entehrung leben, ein unfreiwilliges Opfer zu töten, wenn ich dadurch Tielmark die Freiheit schenke.«

Tamsanne schüttelte den Kopf. »Lady Melaney«, sagte sie, »Ihr würdet Eure Ehre vergebens opfern, falls Ihr hofftet, Tielmark damit von diesem Vergehen rein zu halten. Durch unseren Schwur vor der alten Prinzessin sind wir mit diesem Land verbunden. Unsere Schande würde die Erde Tielmarks –«

Was Tamsanne weiter hatte sagen wollen, sollte niemand je erfahren. Richielle sah Melaney nicken, sprang auf den Bissantiner Prinzen zu und ließ den Dolch niedersausen.

Während alles vor Entsetzen erstarrte, war einzig Melaney schnell genug. Sie warf sich furchtlos zwischen die Hirtin und ihr Opfer und versuchte, an die Klinge zu gelangen. Die alte Hexe wollte sie beiseite fegen, doch Melaney gab sich nicht so leicht geschlagen. Als Richielle das begriff und den Dolch gegen Melaney richtete, waren die anderen schon bei ihnen. Marie Laconte packte die alte Frau mit einem Würgegriff und rang sie nieder. »Bei den Göttern!«, rief Marie aus, deren Kriegerseele schockiert war angesichts solcher Ehrlosigkeit. »Nicht auf diese Weise.«

Melaney blutete aus zahlreichen Schnittwunden an Händen und Armen. Tamsanne beeilte sich, ihre Wunden zu verbinden, während Gabrielle, die sich allmählich wieder fasste, ihr zur Seite eilte. Delcora bewegte sich wie im Traum, hob den zu Boden gefallenen Dolch auf und steckte ihn in ihre Gewänder, sodass Richielle sich seiner nicht wieder bemächtigen konnte.

»Wir werden das Blut dieses Mannes nicht vergießen«, keuchte Melaney blass, aber entschlossen, während die Tücher um ihre Hände sich bereits rot färbten. »So lautet meine Entscheidung.«

»Melaney!«, rief die junge Prinzessin, welche von den Handgreiflichkeiten aus ihrer Träumerei am Altar gerissen worden war. »Bei den Großen Zwillingen! Ihr seid verletzt! Was haben sie Euch angetan?« Sie sprang auf und rannte zu ihr herüber, wobei sie beinahe in der Lache von Melaneys Blut ausgerutscht wäre.

Der Pfad der Prinzessin färbt sich rot, dachte Gabrielle grimmig. Würde das heute zum letzten Mal geschehen?

Vermutlich nicht.

Fünfzig Jahre später

Als die Abenddämmerung über den Bergen hereinbrach, hob sich der Nebel und enthüllte eine bizarr gezackte Landschaft aus weißem Fels. Das Tageslicht schwand rasch im hohen Lanai-Gebirge, doch die Dramaya konnten es sich nicht erlauben, sich für die Nacht niederzulassen. Ihre Verfolger hatten sie weit weg von ihrem ursprünglichen Weg zum Wachturm auf diesen steinigen Pfad abgedrängt; nun blieb ihnen nur noch dieser irrwitzige Rückzug, immer höher die Geröllhalden hinauf in die Berge entlang dieses schmalen Pfades, der an manchen Stellen sogar ganz verschwand.

Nach so vielen Stunden anstrengenden Kletterns hatte sich Vidryas damit abgefunden, dass diese Flucht für sie nur am Rand einer schwindelnd hohen Felsenklippe enden konnte oder zusammengedrängt am Ende einer Schlucht, die keinen Ausgang mehr bot. In jedem Fall würde es für sie kein Entrinnen geben.

Erschöpft und niedergeschlagen stolperte der junge Krieger unter den Letzten des kleinen Zuges weiter. Über ein Viertel der Dramaya waren tot oder sterbend zurückgelassen worden, niedergestreckt schon während der ersten Stunden dieser Kletterei von den Lanai, die sie verfolgten. Bei Tagesanbruch waren sie aus der Sicherheit des Hauptlagers in Bissanty aufgebrochen. Nun, in der Abenddämmerung, verloren sie sich fast in diesem öden Tal aus Kalksteinfelsen. Es stand außer Zweifel, dass ihnen nicht einmal der kleine Triumph vergönnt sein würde, die Ocula-Koinae-Wachtürme zu finden – geschweige denn, sie zu zerstören. Sie waren schon zu hoch, zu verloren und zu abgedrängt.

Stundenlang hatte das weiße Nichts der Wolken sie umhüllt. Wie es Ochsan gelungen war, sie in diesem ewig gleichen felsigen Nirgendwo in steter Bewegung zu halten, war ein Rätsel; ob er es dabei tatsächlich geschafft hatte, einen bestimmten Weg einzuhalten, wagte niemand zu fragen. Sie wussten nur, dass dieser Rückzug, der viele Meilen weiter unten im Tal begonnen hatte, weitergehen musste. Wenn die Lanai sie einholten, würden sie sie gnadenlos bis auf den letzten Mann niedermetzeln.

Dies war Vidryas' erster Feldzug, seine erste Chance, sich als Krieger zu beweisen. Doch er konnte seine Müdigkeit nicht mehr verbergen, seine Angst nicht mehr überspielen. Er würde sterben, und zwar wenig heldenhaft; jeder der Männer würde seine Feigheit und seine Schwäche sehen.

Der Mann vor ihm stolperte und blieb stehen. In Gedanken verloren, prallte Vidryas ihm in den Rücken.

»Bei Llaras Augen!«, herrschte der verärgerte Mann ihn an. »Willst du uns beide umbringen?«

»Entschuldigung«, murmelte Vidryas und reckte den Hals, um zu sehen, warum sie angehalten hatten.

»Schon gut. Pass nur auf, wo du hingehst«, brummte sein Vordermann. Dann fragte er etwas höflicher: »Kannst du etwas sehen?«

Vidryas war halb Bissantiner, halb Dramaya und groß genug, um über sämtliche Köpfe hinweg bis ganz nach vorn zu schauen. Der Respekt, den dieser Umstand seinem Vordermann einzuflößen schien, gab ihm ein wenig Auftrieb. »Ochsan hat halten lassen. Er sucht nach dem Weg.«

Ganz vorn steckten die Anführer der Dramaya die Köpfe zusammen, hantierten mit auf feines Schafsleder gezeichneten Landkarten und berieten sich mit gedämpften Stimmen. Vidryas verabscheute seinen Onkel. Wenn Ochsan nicht gewesen wäre, hätte man Vidryas niemals diesem Trupp zugeteilt. Er wäre noch immer im Lager in Bissanty und könnte sich darauf vorbereiten, in einer richtigen Schlacht zu kämpfen, mit ordentlichen Schlachtreihen und der Aussicht auf Ruhm und Ehre, anstatt hier einen kahlen Berg hochkrabbeln und jede Hoffnung auf Ruhm und Ehre begraben zu müssen.

»Was noch?«

»Markal ist bei ihm.« Markal-der-Dolch, alt und runzlig, war Ochsans rechte Hand. »Sie deuten ihre Karten.«

Der Mann nickte zufrieden. »Die bringen uns schon hier raus«, sagte er zuversichtlich. »Die Götter lächeln auf Ochsan herab, und er wird uns zu Ruhm und Ehre führen. Nur keine Sorge, Frischling.«

Vidryas starrte nach vorn zur Spitze des Zuges und tat so, als hätte er das nicht gehört. Für die Bissantiner waren die Dramaya lächerliche, kaum menschliche Gestalten. Das fruchtbare Dramcampagna versorgte das Kaiserreich mit gewaltigen Mengen an Getreide und fettem Vieh, doch es wurde schon so lange als untergeordnetes Fürstentum von einem der Prinzen regiert, dass das Volk mit seiner Unabhängigkeit auch seinen Stolz verloren hatte. Er wurde ganz melancholisch, als er an das schlechte Los dachte, das ihm mit seiner Geburt zugeteilt worden war und ihn dazu zwang, mit diesen Wilden in den Bergen umherzuziehen, wo er doch mit richtigen Soldaten hätte marschieren können.

Über das Gesicht des Jungen strich ein auffrischender Wind, der die Ankündigung neuen Regens mit sich brachte. Vor Ochsan lichtete sich der Nebel allmählich, bis schließlich noch mehr kahler Fels und eine bedrohliche Wand von Gewitterwolken zu sehen waren. Ihnen stand ein schauriger Aufstieg über rutschigen, regennassen Fels bevor. Wo Ochsan und Markal standen, verengte sich der Pfad zu einem schmalen Spalt, der in einem steilen Winkel hangaufwärts über eine riesige, schräg geneigte Kalksteinplatte verlief.

Vidryas lehnte sich an einen Felsbrocken, um den Druck seines Bündels von seinen Schultern zu nehmen. Er schloss für einen Moment die Augen und versuchte sich daran zu erinnern, wie es sich anfühlte, in Sicherheit zu sein.

Ein Schlag in die Rippen bewirkte, dass er die Augen aufriss. Advey, den Ochsan ans Ende des Dramaya-Zuges gestellt hatte, war hinter ihm erschienen. Vidryas erinnerte sich daran, wie Advey in der vergangenen Nacht Ochsan zugejubelt hatte, zu einer

Zeit, als sie noch alle glücklich und betrunken gewesen waren, wohl behütet im sicheren Lager in Bissanty. Im Gegensatz zu Vidryas, der ohne weiteres als reinblütiger Bissantiner hätte durchgehen können, sah dieser Mann Zoll für Zoll wie ein Vollblut-Dramaya aus, und ebenfalls im Gegensatz zu Vidryas hatte er sich freiwillig für diesen Einsatz gemeldet. Er war klein und stiernackig, hatte drahtiges, kurz geschorenes Haar und einen gewaltigen, muskulösen Brustkorb. Sein Temperament, zu gleichen Teilen von Unerschütterlichkeit und sturköpfiger Ergebenheit geprägt, war ebenso typisch Dramaya.

»Es geht weiter«, sagte er zu dem Jungen. »Mach schon.«

»Der Nebel wird uns nicht mehr lange Deckung geben«, bemerkte Vidryas trübselig. »Warum beziehen wir nicht hier Stellung? Wir sind so oder so verloren.«

Advey lachte. »Verloren? Nicht solange Ochsan am Leben ist. Die Lanaya haben ihre Chance weiter unten im Tal vertan.« Vidryas kam nicht umhin zu bemerken, dass Advey die Feinde bei ihrem alten Namen nannte, als sei Dramcampagna noch immer ein freies Land und ihnen gleichgestellt. »Wenn sie uns da unten nicht erwischt haben, kriegen sie uns hier oben nie. Kein Heerführer dieser Welt könnte eine große Anzahl Männer über solches Terrain dirigieren, und bei diesem Wind wird Achavell sich ihre Pfeile holen. Der Himmel regt sich. Spürst du das nicht? Ein schwerer Sturm zieht auf.«

»Lichtet sich deshalb der Nebel?«

»Der Nebel lichtet sich nicht. Er flieht. Kannst du es denn nicht riechen? Llara Sturmkönigin ist uns in dieses Tal gefolgt.«

»Ein Sturm?« Vidryas spürte, wie ihn das letzte Restchen Mut verließ.

»Wir ziehen weiter!«, unterbrach sie jemand. »Bei den Zwölfen! Steht da nicht herum, als wären Llara und die Nacht uns nicht auf den Fersen!« Ochsan und Markal hatten die Kalksteinplatte bereits überquert. Nun drängten sie die anderen, ihnen so schnell wie möglich zu folgen.

Nur allzu bald war Vidryas an der Reihe. Der Fels, den er überqueren musste, war mit einer sichtbaren Schicht herabrinnenden Regenwassers überzogen. Er hasste diesen glatten, fremdartigen und kargen Kalkstein mit seinen zahlreichen vom Regen ausgewaschenen Rinnen und der trügerischen Oberfläche.

Ochsan wartete am gegenüberliegenden Rand, und sein angespannter Kiefer sollte wohl eine aufmunternde Miene darstellen. »Mach schneller, Viddy«, rief er. »Lass dir gar keine Zeit zum Fallen.«

Vidryas tat einen vorsichtigen Schritt. Dann noch einen, und schon rutschte er aus. Er musste sich mit beiden Armen abstützen, um das Gleichgewicht wiederzugewinnen.

Ein Blitzschlag erhellte die Felswände um das Tal, gefolgt von tosendem Donner. Dann zuckte sofort ein zweiter Blitz nieder, und diesmal grollte der Donner unmittelbar darauf. Die Sturmgöttin Llara Donnerkeil wandelte nun wahrhaftig unter ihnen und schleuderte Ihre weißen, feurigen Speere durch das Tal. Zwischen den hoch aufragenden Kalksteinwänden gefangen, prallte der Blitz erst von einer und dann von der nächsten Klippe ab.

»Bewegung, Junge!«, brüllte Ochsan. »Hinter dir warten noch andere!«

Vidryas, der seinen Onkel in diesem Augenblick noch mehr hasste als zuvor, zwang sich zu einem weiteren zögerlichen Schritt. Der Regen prasselte jetzt herab und bildete richtige kleine Wellen auf der schrägen Felsplatte. Er sammelte sich in dem flachen Spalt, der ihnen als Pfad diente, und rauschte dann talwärts. Wo der Spalt am tiefsten war, schäumte das Wasser beinahe weiß. Diese Entdeckung ließ sein Herz einen kleinen Freudensprung machen – diese weißen Stellen würden ihm zeigen, wo sich seinen Füßen ein sicherer Halt bieten würde. Er ging einen Schritt vor, dann noch einen. Es war besser, wenn er nicht aufblickte, besser, wenn er sich ausschließlich auf das Weiß konzentrierte.

Er taumelte von der Steinplatte und prallte gegen Ochsans

mächtige Brust, bevor er überhaupt merkte, dass er sicher die andere Seite erreicht hatte.

»Ab mit dir«, sagte der Anführer barsch und half dem Jungen mit einem lobenden Schulterklopfen vorbei. »Mach Platz für Advey.«

Advey war schnell. Ochsan begrüßte ihn mit einem knappen Nicken und machte sich auf, um zur Spitze des Zuges zu gelangen. Dort stieg er auf einen vorspringenden Felsen und wandte sich seinen Männern zu.

»Llara wird uns bald eingeholt haben«, sagte er ernst. Der Regen hatte sein Haar an den Schläfen zu seltsam anmutenden Beulen verklumpt, doch der Blick seiner dunklen Augen, der sich nun auf die erschöpften Männer richtete, war durchdringend, ja bezwingend. »Wenn wir Ihr heute Nacht begegnen, ist das unser sicherer Tod.« Ein Blitz beleuchtete für einen Augenblick seine stämmige Gestalt.

»Aber um der grünen Hügel von Dramcampagna willen, ich schwöre euch bei Llara, ich habe euch nicht zum Sterben hierher geführt.

Wir werden bald Schutz suchen können. Wo Tal auf Felsenspitze trifft, werden wir Schutz finden. Wir müssen diese Stelle erreichen, bevor der Sturm über uns hereinbricht. Die Bissantiner haben uns hierher gejagt, auf dass uns der Tod ereile – wir aber werden uns als wahre Männer erweisen und mit einem unerwarteten Sieg sicher ins Lager zurückkehren. Doch zuerst müssen wir uns in Sicherheit bringen – wir werden ein schnelleres Tempo vorlegen, als wir selbst an diesem harten Tag bisher erreicht haben. Ich sage euch, folgt mir, und es wird nicht vergebens sein. Dramcampagna erstrahlt in unserer Tapferkeit!«

Ein einziger Mann wagte es, zu stöhnen.

Doch auf Markals Pfiff hin schlugen sich alle bis zum letzten Mann mit der Faust auf die Brust und brüllten Ochsans Namen. Vidryas, der vor Angst kaum mehr atmen konnte, fiel mit ein.

Ochsan sprang von dem Felsvorsprung herunter, und dann

blieb keine Zeit mehr für trübe Gedanken. Er legte ein neues, brutales, halsbrecherisches Tempo vor, rannte beinahe und hüpfte von einem glitschigen Stein zum nächsten. Vidryas hatte solche Angst, dass sich auf seinen Wangen Tränen in die Regentropfen mischten, doch er hatte keine Wahl, als hinter ihm herzujagen, zusammen mit seinen Kampfgefährten. Sie rannten schneller als der Wind, der ihnen um die Ohren pfiff.

Als Vidryas eine scharfe Ecke umrundete, warf er einen Blick nach unten. Dort teilte sich die Wolke, und er erhaschte einen Blick auf die große Kalksteinplatte, die weiß schimmernd nun schon weit unter ihm lag.

In dem Sekundenbruchteil, während dessen er zögerte, um hinunterzuschauen, fuhr ein Blitz hernieder, zerschmetterte die Felsplatte in tausend Stücke, und mit ihr den schmalen, eben noch gangbaren Pfad. Der Wind heulte laut und schrecklich, als bräche er in höhnisches Gelächter aus, und dann legte sich die Wolkendecke wieder über das Tal.

Vidryas zog den Kopf ein und gaukelte sich vor, er hätte eben nicht mit angesehen, wie ihre letzte Hoffnung, hier wieder hinauszukommen, in Stücke gesprengt wurde.

Von nackter Furcht ergriffen, sehnte er sich beinahe nach den Bogenschützen der Lanai und einem schnellen Ende.

Ein zuckender Blitz nach dem anderen, Donnerschlag auf Donnerschlag erschütterte die hohen Wände der Falle, des Tals, auf das sie hinabblickte. Die alte Frau stand am Rand der Felsenklippe und beobachtete die hastige Flucht der Dramaya-Krieger: Da rannten der gedrungene, bullige Anführer und seine Männer, die so ungeordnet hinter ihm drein liefen wie eine versprengte Schafherde.

Ihre Miene blieb ungerührt, doch ihre Augen funkelten triumphierend. Fünfzig Jahre der Wanderschaft waren vorbei und vorüber. Nach so langer Zeit würden die Sterne bald endlich richtig stehen, um die Zukunft in neue Bahnen zu lenken; endlich würde Tielmark die Ketten Bissantys abschütteln. Eine grausame Gerechtigkeit wollte es, dass die Bissantiner selbst die Mittel und Werkzeuge dafür bereitstellten.

Sie hatte die Vision fünf Männern eingegeben, obgleich sie wusste, dass es nur einem von ihnen bestimmt war, sie zu erfüllen. Sie hatte jedoch nicht erwartet, dass es der Dramaya-Mann sein würde. Als sie den Anführer der Dramaya zuletzt gesehen hatte, war er ein finsterer, ungeschlachter junger Tölpel gewesen, geplagt von rebellischen Träumen und kaum in der Lage, die Vision eines vernichtenden Sieges zu begreifen, welche sie ihm eingepflanzt hatte. Aber vielleicht – vielleicht war das der Grund, weshalb er den Kopf gesenkt und nachgerade begierig in ihre Schlinge geschoben hatte, wo klügere Männer ihre Weissagung zum Anlass genommen hätten, genauer nachzudenken.

Weit unter ihr blickte dieser Bulle von einem Anführer zum Himmel auf – war er doch schlau genug, um ihre Anwesenheit spüren zu können? Nein – er versuchte, die Gewitterwolken einzuschätzen und zu erahnen, wo Llara Donnerkeil als Nächstes zuschlagen würde.

Sie gestattete sich ein Lächeln. Sie hätte sich nicht gewundert, wenn er sie doch gespürt hätte. Der Hirtenkrieger hatte sie schon in so vieler Hinsicht überrascht, während er dem Pfad folgte, den sie ihm vorgezeichnet hatte.

Ein Blitzschlag zertrümmerte einen Felsen unmittelbar unterhalb der verstreuten Stammeskrieger.

»Eilt euch«, murmelte Richielle. »Rasch, sonst wird Llara euch holen.« Sie warf einen angespannten Blick auf die Gewitterwolken. So vieles konnte immer noch schief gehen. Wenn der kleine schwarze Ochse und seine Männer sich nicht beeilten, mochte die Graue Göttin sie zerschmettern, und mit ihnen jahrelange Planung. Die Prophezeiung bot noch immer ein paar Abzweigungen, trotz all ihrer Bemühungen, diese Wege zu verschließen. Nur noch ein Monat bis zum Mittsommer, wenn der Götterkönig Andion sich am Himmel über Tielmark erheben würde. Dann musste sie bereit sein, und sie musste dafür sorgen, dass auch Tielmark bereit war. Wenn es diesen Kriegern nicht gelang, die Lanai hier zu schlagen und anschließend für die Dauer eines kriegerischen Sommers über Tielmarks Grenzen hinaus zurückzuzwingen, würde das Zentrum von Tielmarks Macht im Kernland bleiben, wo Richielle nur über begrenzte Stärke verfügte. Nein – sie brauchte diesen Krieg an der Westgrenze Tielmarks, um den Prinzen selbst vom Kernland fortzulocken. Sie hatte alle Omen, die Karten, sämtliche Vorzeichen befolgt. Gewiss konnte selbst Llara sie jetzt nicht mehr aufhalten! Sie starrte zu den Männern hinab und trieb sie im Geiste an, noch schneller zu laufen.

Der Anführer der Dramaya, der gesegnete Ochse, verdoppelte seine Anstrengungen und überwand den letzten Felsrücken. Von dort aus würde er den schwarzen Strich erkennen können, der auf den Eingang der Höhle hinwies und Sicherheit versprach …

Der gnadenlose Sturm blies in eine neue Richtung und entzog die Männer ihrem Blick.

Die Frau trat befriedigt vom Rand der Klippe zurück. Obgleich sie im Nebel kaum noch etwas sehen konnte, schritt sie sicher und zielstrebig aus – sie hatte den Pfad vorbereitet, lange bevor diese Wache begonnen hatte.

Zumindest der Dramaya-Ochse würde die Höhle erreichen, und mit ihm vielleicht noch einige seiner Männer. Und am Morgen würden diese verbliebenen Männer aufstehen und dem Pfad folgen, den sie zum Rand der großen Schlucht angelegt hatte.

Dort würde sie sie erwarten und sie vor die Wahl stellen.

Jahrzehntelang hatte sie sich auf diesen Augenblick vorbereitet: den Anfang vom Ende für Bissanty. Es würde nicht länger ein Kaiserreich von fünf geknechteten Prinzen sein, von fünf unterworfenen Völkern. Tielmark würde frei sein. Kleine Samen hatten große Früchte hervorgebracht, und diese niederen Viehhirten, die schon so lange unter dem bissantinischen Joch litten, sollten große Veränderungen ins Rollen bringen. Vielleicht würden sie sogar für sich selbst die Freiheit erringen.

Bei den Prophezeiungen der Rhasan-Karten, bei den herrschenden Göttern und bei der kriegerischen Natur des Dramaya-Mannes – sie war sich gewiss, dass Ochsan die richtige Wahl treffen würde.

Vidryas bekam kaum ein Auge zu. Gestern Abend waren sie um Haaresbreite den Gewitterwolken entkommen. Ochsan hatte sie in den Schutz einer flachen, schräg geneigten Felsspalte geführt, wenige Augenblicke, bevor die Blitze hinter ihnen das Tal heraufzuckten. Die letzten Schritte über den rutschigen, nassen Fels hatten sie, von schierer Panik erfasst, in vollem Lauf zurückgelegt.

Ochsan scheuchte sie noch vor der Morgendämmerung hoch. Er war eigenartig rastlos. Obwohl ihr kleiner Feldzug jämmerlich fehlgeschlagen war, verhielt sich Ochsan nicht im Mindesten wie ein geschlagener Mann. Doch er wandte sich auch nicht mit einer neuen Ansprache an seine Männer, und diese ungewohnte Zurückhaltung drückte die Stimmung. Am vergangenen Abend war es ihm gelungen, sie voll und ganz hinter sich zu bringen – nun brauchten sie wieder einen Anführer, der ihre Lebensgeister weckte.

Der Morgen war ein nicht enden wollendes Elend aus feucht gewordener Ausrüstung, gleißender Sonne und einem erbarmungslosen Marsch, der sie immer weiter hinaufführte. Sie durchquerten ein breites, ödes Kalksteinbecken, aus dessen weißem Boden die Hitze so stark aufstieg, dass sie die Augen schließen mussten.

Gegen Mittag erreichten sie den Rand einer gewaltigen Schlucht, die sich zwischen den Flanken zweier gewaltiger Bergmassive atemberaubend tief unter ihnen erstreckte. Ganz unten – weit, weit unten – zeigte ein grünes Band an, wo sich ein Fluss die ganze Talsohle entlangzog und dem unwirtlichen Land kurzes, blühendes Leben entlockte. Durch die heiße Luft und von so hoch oben aus gesehen schien das Land zu zittern und der Fluss zu tanzen.

Vidryas und Advey trotteten nebeneinander am Ende des Zuges dahin, als Ochsan halten ließ. Die Hälfte der Männer warf ihre Last ab und trat näher an den Abgrund, um über den Rand zu schauen.

»Sieh mal.« Advey deutete mit dem Finger nach unten. In der Schlucht, ganz hinten am Horizont, schien der Gebirgsfluss in einer Reihe von Wasserfällen aufzusteigen, die wie riesige Stufen aus Wasser aussahen. Darüber glitzerte ein grünes V. »Bei Llara, wer hätte sich das je träumen lassen! Das also ist Ochsans Plan! Viddy – siehst du das? Das sind die Hochweiden der Lanaya.«

Vidryas drehte es beinahe den Magen um.

Die gesamte kaiserliche Armee träumte von der Felsenfestung der Lanai, von den verborgenen Weiden, auf denen die Herden sicher grasen konnten, während die Krieger in die Schlacht zogen. Die Hochweiden lagen ganz oben im großen Fini-Koina-Tal; darunter zogen sich die Befestigungen der Stammeskrieger bis zum Fuß der Berge und zu ihren Feldlagern in Bissanty hinab. Die Weiden selbst wurden nicht bewacht. In dieser riesigen natürlichen Festung war das auch gar nicht nötig.

»Stell dir nur vor, wir könnten dort oben stehen«, schwärmte Advey. »Vierzig Dramaya-Krieger und über tausend Stück Lanaya-Vieh. Was meinst du, was wir dann alles vollbringen könnten?«

Seine Augen sprühten vor Begeisterung. Vidryas konnte seinem Gedankengang folgen: Viehhüter wussten natürlich genau, wie man eine Stampede auslöste. Es wäre ganz leicht, die Herden in panische Flucht zu versetzen. Noch leichter, die Panik aufrechtzuerhalten. Denn vor allem in Panik nahmen Tiere instinktiv den leichtesten Weg. Vidryas konnte nicht anders, auch er stellte es sich vor: Die Herden würden zunächst langsam flüchten, dann immer schneller werden – und immer panischer – und schließlich die steilen Hänge des Fini-Koina-Tals hinabstürmen. Sie würden den ersten Vorposten der Lanai erreichen. Ihn dem Erdboden gleichmachen. Und dann den nächsten und wieder den nächsten, bis hinunter in den Rücken der Hauptstreitmacht der Lanai.

Die Lanai-Krieger müssten sich entscheiden, ob sie ihr eigenes Vieh abschlachten oder in die wartenden Speere der Bissantiner laufen wollten.

Vidryas trat von der jäh abfallenden Klippe zurück. »Mir vorstellen – gewiss. Es tatsächlich schaffen – niemals. Wir sind doch keine Vögel«, bemerkte er verbittert. »Was glaubt Ochsan denn, wie wir da rüberkommen sollen? Unmöglich.« Er trat einen weiteren Schritt zurück, sah sich um und schaute nach, was die anderen so taten.

Ochsan war auf einen Felsvorsprung geklettert und zog seine ledernen Karten hervor.

»Ich weiß gar nicht, warum er sich die Mühe macht.« Vidryas hob sein Bündel auf und rückte die Tragriemen zurecht. »Wozu soll das gut sein? Wir befinden uns oberhalb der Lanai-Wachtürme, und wir können es unmöglich hinüber zu diesen Weiden schaffen.«

»Was soll er denn deiner Meinung nach tun?«, erwiderte Advey trocken. »Sich hinsetzen und friedlich in der Sonne sterben?«

»Was bleibt uns anderes übrig?«, gab Vidryas erbittert zurück. »Wir haben doch nichts erreicht, was wir der Garde vorweisen könnten.«

Advey warf ihm einen neugierigen Blick zu. »Du glaubst im Ernst, dein Onkel hätte uns so weit in die Berge geführt, um irgendeinem dürren kaiserlichen Gardeführer etwas zu beweisen?«

»Wenn wir Bissanty Ruhm und Ehre bringen wollen –«

»Vergiss Bissanty.« Advey spuckte aus. »Wir sind Dramaya, Stammeskrieger. Meinst du etwa, Ochsan hätte uns um des Kaiserreiches willen solchen Strapazen ausgesetzt? Bei Llara, das kann ich mir nicht denken. Und was dich angeht – wenn Bissanty dich je wirklich gewollt hätte, du Halbblut, dann hätte es dich schon längst geholt.«

Vidryas blickte sich besorgt um, ob irgendjemand ihnen so nahe war, dass er Adveys aufrührerische Reden gehört haben könnte. »Was meinst du damit, Ochsan hätte uns hierher gebracht? Die kaiserliche Garde hat uns geschickt.«

Advey lachte. »Das denkt die kaiserliche Garde sicher auch.«

Vidryas' Gedanken überschlugen sich. »Ochsan wollte, dass es so kommt? Er wollte, dass wir uns in diesen Bergen verlieren? Du hast das gewusst, und trotzdem hast du dich freiwillig gemeldet?«

Advey schüttelte den Kopf. »Ich wäre lieber zu Hause bei meiner Herde«, sagte er, »in meinen eigenen Bergen. Aber als Ochsan gesprochen hatte, wusste ich, dass ich mit ihm ziehen würde.«

»Das verstehe ich nicht.«

»Was gibt es da zu verstehen?«, erwiderte Advey. »Bissanty fesselt Dramcampagna wegen unseres Reichtums an sich, aber was geben sie uns dafür? Wir haben schon viel zu lange einen bissantischen Prinzen auf dem Thron Dramayas geduldet, der sich dafür herzlich wenig um uns gekümmert hat. Ochsan wird diesen Bissantinern ins Gedächtnis rufen, aus welchem Holz die Dramaya geschnitzt sind.«

»Aber – aber der Kaiser ist Llaras Herz-auf-Erden«, wandte Vidryas ein. »Die Abstimmung des Erhabenen Sciuttarus lässt sich bis zu Ihr selbst zurückverfolgen. Seine Prinzen auf unserem Thron bedeuten, dass Llara selbst uns regiert.«

»Er ist ein Kaiser, kein Gott«, erklärte Advey belustigt. »Und nicht einmal Sciuttarus selbst nimmt die Prinzenthrone ernst. Schau dir nur mal an, wie er damit herumspielt und heute einen Mann draufsetzt, um ihn morgen schon wieder herunterzuzerren. Niemand tut auch nur so, als habe Llara selbst dabei Ihre Hand im Spiel.«

Vidryas verstummte. Er wusste, wovon Advey sprach – erst vor kurzem hatte der Kaiser seinen schwachsinnigen Bruder vom

Fürstenthron gestoßen und einen emporgekommenen Cousin an seine Stelle gesetzt. Gerüchten zufolge war der neue Prinz, Tullirius Caviedo, noch nicht einmal in aller Form am kaiserlichen Hof eingeführt. »Dann ist das nur ein Spiel?«, fragte er, und beinahe hätte seine Stimme gezittert.

Advey schüttelte den Kopf. »Für die ist das ein Spiel. Für uns bedeutet es das ganze Leben.«

»Achtung!«, rief einer der Männer. »Da kommt jemand.«

Auf dem Felsvorsprung schob Ochsan hastig das Kartenbündel in seinen Beutel.

»Aufschließen«, zischte Markal. »Alles zu mir, Ochsan nach.«

Das unebene Gelände machte es ihnen unmöglich, richtig Aufstellung zu nehmen. Vidryas, der recht weit hinten stand, musste erst über den Felsrücken gelangen, bevor er überhaupt etwas sehen konnte.

Vor ihnen erstreckte sich noch mehr weißes Geröll bis hin zu einem niedrigen weißen Gipfel. Zwischen dem Felsengrat und dem Gipfel, auf einer zerklüfteten Felsenkuppel, erschien aus den wabernden Hitzeschwaden eine einsame Gestalt.

Es handelte sich um eine Frau. Und sie war, daran zweifelte Vidryas keinen Augenblick, eine Hexe.

Eine große, hagere Hexe in zerschlissenen grauen Gewändern, die ihren mageren Leib bis zum Boden bedeckten. Ihr Gesicht sah dunkel aus wie verwittertes Holz. »Kleiner schwarzer Ochse!«, begrüßte sie Ochsan und breitete die Arme aus. »So weit bist du gekommen, um mich zu finden!«

Um sie herum schien sich die Felskuppe schimmernd zu bewegen. Haarige Schemen, die zunächst auf dem hellen Gestein beinahe unsichtbar waren, nahmen Gestalt an. Hufe klapperten auf Stein. »Eine Ziegenhirtin«, flüsterte Vidryas.

Um ihn her machten die Männer Llaras Zeichen, um Ihren Schutz zu erbitten.

Ochsan trat vor, die Hand am Schwertknauf. »Weib!«, rief er mutig. »Was habt Ihr hier verloren?«

Die Frau lächelte. Ihre Zähne leuchteten wie eine grimmige Brücke aus gelblichem Elfenbein aus ihrem sonnenverbrannten Gesicht. »Ich denke, das weißt du schon, mein kleiner schwarzer Ochse. Du hast es in deinen Träumen gesehen. Was glaubst du wohl, was ich hier will?«

»Wir haben einen weiten Weg zurückgelegt, um dieses Tal zu finden.« Ochsan deutete über die unüberbrückbare leere Luft hinüber zu den Wasserfällen, die sich aus der grünen Spalte ergossen. »Dort liegen die Weiden der Lanaya. Doch der Weg hinüber ist uns verschlossen. Wir brauchen den Schlüssel, um dorthin zu gelangen.«

Vidryas erschauerte. Das würden sie niemals schaffen. Die Wasserfälle – vielleicht konnte man sie sogar hinabklettern, doch es gab keine Möglichkeit, den Boden des Tals zu erreichen. Diese Hintertür, sofern man davon überhaupt sprechen konnte, war verriegelt und verschlossen.

»Einen Schlüssel?«, fragte sie höhnisch. »Vielleicht wäre es klüger, den Göttern ein Opfer darzubringen, damit sie dir den Weg zeigen.«

»Ich opfere nur der Großen Llara«, erwiderte Ochsan.

»Nun gut«, antwortete die alte Frau, als habe sie nichts anderes erwartet. »Dann ist es wohl meine Aufgabe, dir ein passendes Opfer in die Hand zu geben.« Sie schwang sich zu ihren Ziegen hinab und bahnte sich mit ungeduldigen Tritten einen Weg durch ihre Herde hindurch. Sie zeigte keinerlei Steifheit oder Gebrechlichkeit, welche ihr Alter verraten hätten, doch Vidryas, der sie beobachtete, kam zu dem Ergebnis, dass sie sehr alt sein musste.

Sie ging an vielen Tieren vorbei und blieb vor einer schwarzen Ziege stehen, einem sehnigen alten Muttertier mit einem prallen Euter, welches zwischen ihren schorfigen Beinen baumelte. Die Ziege sah sich dem prüfenden Blick der Alten ausgesetzt, meckerte und versuchte auszuweichen, doch die alte Hexe griff blitzschnell zu. Als sie sich wieder zu Ochsan umdrehte, hielt sie in jeder Hand ein winziges Zicklein.

»Wähle, schwarzer Ochse«, forderte die Zauberin. »Wähle dein Opfer und deine eigene Zukunft.«

Eines der Kitze war hellrot, das andere schwarz und grau gesprenkelt. Beide waren winzig, vielleicht zu früh geworfen. Hinter der Hexe meckerte die alte Ziege aufgeschreckt.

»Wählst du Bellegar?«, fragte die Hexe. Sie hielt das hellrote Kitz in die Höhe. Es wehrte sich gegen sie, und seine winzigen Hufe wirbelten durch die Luft. »Oder wählst du Demstar?« Das schwarz-graue Zicklein war sanft, ja ergeben. Seine hervorquellenden gelben Augen blickten traurig, als habe es sich mit dem unvermeidlichen Schicksal abgefunden.

Ochsan machte das Zeichen der Llara. »Ich kann keine Wahl für meine Männer treffen«, sagte er. »Nur für mich selbst.«

Die Hexe lachte heiser. »Dann bist du dümmer, als ich dachte. Ein Mann, der Krieger in die Schlacht führt, trifft keine Wahl nur für sich allein.«

»Ich bin nicht dumm«, erwiderte Ochsan kühl. »Ob ich nun lebe oder sterbe, so sehe ich doch sehr wohl, dass die Wahl, mit der Ihr mich hier versucht, sich weit über diese eine Schlacht hinaus auswirken wird. Ich kenne auch diese Namen, Hexe; sie entstammen einer alten und gefährlichen Magie. Bellegar und Ruhm, oder Demstar und Frieden. Was, wenn ich nicht wählen will, Alte? Ihr seid ganz allein, und ich sehe andere Tiere in Eurer Herde, die Llara besser gefallen mögen.«

Die alte Frau war so dünn, dass der Wind durch sie hindurchpfeifen könnte, und sie stand allein gegen mehr als drei Dutzend Männer. Sie hätte ängstlicher sein müssen, doch sie war es nicht.

»Wenn du kein Dummkopf bist«, erwiderte sie trocken, »wirst du mit Freuden ergreifen, was dir nur ein einziges Mal angeboten wird.«

»Dann also Bellegar«, sagte Ochsan und ließ alle Bedenken fahren. »Zum Ruhme Dramayas und zu meinem.«

»Er gehört dir – wenn du ihn fangen kannst.«

Bevor Ochsan sie daran hindern konnte, warf sie das rötliche

Zicklein von dem Felsendom herunter. Es landete, alle viere von sich gestreckt, haarscharf am Rande eines felsigen Abhangs. Wie durch ein Wunder war es unverletzt geblieben. Es rappelte sich auf und stieß ein verärgertes Meckern aus.

Markal fluchte und legte den Bogen an, um es zu erlegen, doch Ochsan gebot ihm Einhalt. »Nicht auf diese Art«, sagte er. »Llara wird kein Opfer annehmen, das wie eine Jagdbeute zur Strecke gebracht wurde. Ich muss das Kitz mit eigenen Händen töten. Bringt es mir, und dann zünden wir gemeinsam ein Feuer für die Göttin an.«

Ochsans Dolch warf einen zweifelnden Blick auf die winzige Ziege, die gefährlich nahe am Rand einer wahren Rutschbahn aus Felsgestein auf ihren wackeligen Beinchen schwankte, und dann einen zweiten Blick auf seinen Anführer.

Er kniff die Lippen zusammen, machte das Zeichen der Llara und setzte dem Zicklein nach.

Das Tierchen war misstrauisch und ließ Markal nicht an sich heran. Seine Angst machte es waghalsig, und es floh weiter nach unten auf loses Geröll. Alle Dramaya hielten den Atem an, als es meckernd auf die Kante zuschlidderte, doch im letzten Augenblick vor einem Sturz über den Rand machte es einen verzweifelten Satz und hastete seitwärts weiter; seine zarten Hufe fanden selbst auf diesem steilen Felsgesims ihren Halt. Markal, der noch einmal das Zeichen der Göttin in die Luft malte, warf einen letzten niedergeschlagenen Blick auf die breite, unmöglich zu überquerende Kluft und nahm die Verfolgung auf.

Als er das Zicklein fast erreicht hatte, sprang es wieder davon.

Markal befand sich bereits gut vierzig Fuß unterhalb der Klippe und schickte sich an, über eine Reihe von Trittlöchern, welche man von oben nicht erkennen konnte, die völlig glatt erscheinende Felswand hinunterzuklettern. Die Ziege hatte sich noch weitere zwanzig Fuß unter ihm in eine vorübergehende Sicherheit gebracht, indem sie sich auf einen schmalen, flachen Vorsprung zurückgezogen hatte.

Entmutigt blickte Markal zu Ochsan hoch. »Das Tier kriege ich nie zu fassen«, rief er. »Und wenn ich noch einen Schritt weiter gehe, kann ich auch nicht mehr zurück.«

Ochsan strich sich über den Bart und ließ den Blick über seine Männer schweifen. Dann sah er wieder die Hexe an.

»Es ist sehr weit bis da unten.« Zweifel klang aus seiner Stimme.

Sie lachte. »Wo bleibt dein Glauben, schwarzer Ochse? Du suchst den Schlüssel, und dieses Tier ist das Opfer, das dich zu ihm führen wird. Hast du nicht dein ganzes Leben lang auf diesen Augenblick gewartet? Du willst den Sieg – doch was bist du bereit, dafür auf die Waagschale zu legen?«

»Ich bin bereit«, erklärte Ochsan mit Nachdruck. Er rief seine Truppe zusammen. »Ruhm und Ehre für denjenigen, der als Erster dieses Zicklein ergreifen kann!« Sein donnernder Ruf hallte über die Schlucht hinaus.

Das Kitz, ohnehin schon verängstigt, floh. Wundersamerweise rannte es, ohne zu fallen, immer weiter abwärts. Markal, der sich an einen schmalen Vorsprung klammerte, schrie enttäuscht auf, doch er verstummte augenblicklich, als Ochsan an ihm vorbei- und die steile Geröllspur hinabstürmte.

Einen Moment lang bewegten sich nur Ochsan und die Ziege. Dann brach Advey das erstaunte Schweigen und schob sich ganz nach vorn. »Ruhm und Ehre für mich!«, rief er und marschierte zum Rande des Abhangs. »Llara gewähre sie mir!« Er achtete kaum darauf, wo er die Füße hinsetzte, sondern ließ sich nach unten rutschen.

Vidryas konnte vor Entsetzen kaum noch an sich halten. Sein Onkel hatte die Absicht, dem Zicklein nachzusetzen, bis er es erwischte oder bis er den Halt verlor und in den Tod stürzte. Schon hatte Ochsan den sicheren Vorsprung passiert, von dem aus das Zicklein zuletzt zu ihnen heraufgeblickt hatte. Er bewegte sich in einem noch unmöglicher wirkenden Winkel schräg nach unten über den Fels, doch das Kitz hielt seinen kleinen Vorsprung. Advey über ihm hatte schon fast Markals schmalen Felsvorsprung erreicht.

»Der Pfad wird nicht lange offen bleiben!«, schrie Markal drängend den Männern zu, die noch sicher oben standen. Es war klar zu erkennen, dass er lieber weitergehen würde, als zuzusehen, wie Advey ihn überholte. »Begebt euch in Llaras Hand, und folgt uns! Dieser Wahnsinn wird uns nicht lange vorwärts tragen!« Sein Gesicht spiegelte ängstliche Anspannung wider, als er sich umwandte, um Ochsans Kurs quer über den weißen Fels zu folgen.

Die Krieger drängten sich voller Zweifel, aber wild entschlossen bis zum Rand des Abhangs.

Wenn Vidryas sich ihnen nicht anschloss, würde er ganz allein hier im Hochgebirge zurückbleiben. Er begann zu weinen, zuerst einzelne Tränen, dann eine Sturzflut, die ihm die Sicht raubte.

Plötzlich stand die Hexe neben ihm. »Tränen!«, lachte sie höhnisch und genoss seine Demütigung. »Du bist mir ja ein feiner kleiner Soldat!«

Getrieben von blinder, panischer Entschlossenheit hob er die Hand, um sie fortzustoßen. Ihr Arm war überraschend stark, und er konnte die Frau nicht von der Stelle schieben. Sie verstand ihn falsch, vielleicht absichtlich, packte sein Handgelenk und drehte seine Handfläche nach oben.

»Soll ich dir eine Zukunft gewähren, Junge?« Ihr Griff war so hart wie ein Schraubstock. Ihr Atem roch ekelhaft süßlich nach vergorenem Getreide, ihre Gewänder streiften seine Arme wie die rauen Flügel einer Gans. »Ich kann sie in dich hineinlesen, wenn du möchtest. Dasselbe habe ich für deinen Herrn getan, als er nicht viel älter war als du. Und sieh nur, welch einen Dienst ich ihm damit erwiesen habe!«

Zorn übermannte seine Angst, und er schlug nach ihr. Das hatte sie nicht erwartet. Sie ließ sein Handgelenk los.

»Das ist kein Krieg!«, rief er. »Dies ist nicht der Ruhm, den ich wollte!« Er rannte los und erreichte die Felswand, als der letzte Mann in dem Abgrund verschwand.

Die Ziegenhirtin trat an den Rand der Klippe. Sie sah die Rücken der absteigenden Männer schon weit unter sich, und der seltsame bissantinische Junge mühte sich, mit seinen Kameraden Schritt zu halten.

»Dies *ist* der Krieg, mein Junge!«, rief sie ihm nach und lachte irre. »Glaub es ruhig! Bissanty und Tielmark werden nie mehr dieselben sein!«

Der Junge rannte wie ein Hase – zumindest traf dieser Vergleich auf seinen Zickzackkurs über den Abhang zu. Wie dumm von ihm. Die Furcht, die ihn beherrschte, würde ihn ungeschickt machen. Sie bezweifelte, dass er heil und unverletzt am Fuße der schmalen Rinne ankommen würde.

Die anderen hingegen – die Dramaya-Krieger würden die Hochweiden einnehmen und sich über die Herden der Lanai hermachen. Das Bergvolk würde dazu gezwungen sein, in Tielmark einzufallen, um diese Verluste wettzumachen, und Tielmark würde wieder einmal Not, Krieg und Umwälzungen zu schmecken bekommen. Sie würde da sein, mittendrin, und dafür sorgen, dass der Prinz von Tielmark genau wie Ochsan die richtige Wahl traf – oder dass sie für ihn gefällt wurde, wenn das Spiel es verlangte.

Sie blickte zurück zu der Felsenkuppe. Ihre Ziegen hatten sich überall verstreut – das schwarze Muttertier, ihre älteste fruchtbare Ziege, war übler Laune, weil man ihr eines ihrer Kitze entrissen hatte. Sobald das schwarz-graue Zicklein sicher zu ihr zurückgefunden hatte, war sie wütend unter die jüngeren Muttertiere gefahren, hatte ihrer Wut freien Lauf gelassen und diese ebenfalls von ihren Kitzen getrennt. Fluchend schickte die alte Frau sich an, die Herde wieder zusammenzutreiben.

Göttliches Eingreifen hatte sie daran gehindert, dem jungen Bissantiner aus der Hand zu lesen. Welcher Gott es gewesen war, wusste sie nicht. Sie war alt genug, um sich nicht darum zu scheren. Doch für ihre eigenen Zwecke hatte sie den jungen Mann gut genug durchschaut. Falls irgendwo in ihm wahrer Mut verborgen liegen sollte, so würde der jedenfalls nicht rechtzeitig zum Vorschein kommen, um seines Onkels Feldzug scheitern zu lassen oder, noch weit wichtiger, um ihre eigenen Pläne zu vereiteln.

Zum ersten Mal, seit er diesen wilden Abstieg begonnen hatte, wandte Vidryas das Gesicht von der Felswand ab und schaute in die entgegengesetzte Richtung. Jubel und Erregung packten ihn.

Der glitzernde Fluss lag noch weit unter ihm, doch sie hatten die gefährlichsten Klippen bereits überwunden. Flussaufwärts – Vidryas war nun schon so tief geklettert, dass er erkennen konnte, in welche Richtung das Wasser floss – sah er die Kaskaden, die wie eine geheime vom Wasser verdeckte Treppe wirkten. In der Ferne, am weiten Horizont, zeichneten sich die Hochweiden der Lanai gegen den Himmel ab.

Wie musste Ochsan hinter seiner schlichten Fassade gelacht haben, als der verweichlichte Befehlshaber der Grenztruppen von Bissanty ihn ausgeschickt hatte, auf dass er seine Krieger unter den aufragenden Mauern eines uneinnehmbaren Lanai-Wachturms verlor. Er hatte diesen jämmerlichen, hoffnungslosen Feldzug angetreten, weil er ihm die Gelegenheit geboten hatte, dem Feind eine wahre Niederlage beizubringen und Ruhm zu erringen. Wahren Kriegsruhm.

Das würde den größten Triumph in den seit Jahrzehnten stattfindenden sommerlichen Scharmützeln bedeuten. Ein entscheidender Sieg der Dramaya über die Lanai würde alles ganz anders aussehen lassen und nicht zuletzt die Haltung Bissantys gegenüber Vidryas' Heimatland beeinflussen. Bissanty würde sich nachhaltig verändern, und Dramcampagna vielleicht ebenfalls.

Vidryas hastete weiter, plötzlich begierig, sich seinem Onkel wieder anzuschließen.

In seiner Aufregung dachte er nicht mehr an die Hexe, verschwendete keinen weiteren Gedanken an sie und fragte sich auch nicht, weshalb sie ganz zuletzt von Tielmark gesprochen hatte, dem rebellischen Fürstentum, das gleich hinter diesen Bergen lag.

1

Gaultry Blas, die zauberische Jägerin aus dem Wald von Arleon, hatte endlich heimischen Tielmaraner Boden erreicht.

Die Sonne schien auf die anmutigen Hügel, die Felder und die Wäldchen mit den Weiden und Eschen herab. Offenbar hatten die Zwillingsgöttinnen von Tielmark, die mutige Jägerin Elianté und die holde Emiera, dem Land zugelächelt, während Gaultry so lange fort gewesen war. Auf der Hochstraße drängten sich, so weit das Auge der jungen Frau reichte, Bauern und Reisende aller Art, beladen mit mannigfaltigen Beweisen der Gunst ihrer beiden Zwillingsgöttinnen. Fette Gänse, mit Stricken verschnürt, stießen gegen Lastkörbe voll bunter Hühner; hübsche graue Esel, die schwer an Säcken frischen Heus und früher Gerste trugen, drängten sich zwischen fetten Schafen. Die wohlhabenden Bürger, die in beiden Richtungen auf der Hochstraße dahinzogen – nach Westen zum Pferdemarkt in einem Ort namens Fairfields, nach Osten zum großen Mittsommer-Jahrmarkt in Soiscroix –, ließen ohne Zweifel darauf schließen, dass die Göttinnen Tielmarks zufrieden waren und dass im Land alles zum Besten stand.

Doch für Gaultry, die während der vergangenen Wochen auf der Flucht vor blutrünstigen kaiserlichen Soldaten gewesen war, stellte dieser Überfluss auch eine weitere Reihe von Hindernissen dar. Sie war über einen Monat im Dienst des Prinzen von Tielmark gereist – wenn auch entgegen seinen Wünschen und ohne sein Wissen – und hatte Leib und Seele im Kampf gegen einen der mächtigsten Zauberer riskiert, den der Kaiser von Bissanty je aufgeboten hatte, um Tielmarks Unabhängigkeit zu beenden. Irgendwie hatte sie sich für die Rückkehr in ihr Heimatland etwas mehr Glanz und Gloria erwartet …

»Schweine!«, schimpfte sie so laut, dass ihre Gefährten und alle in Hörweite Befindlichen zusammenzuckten. »Wer konnte je auf die dumme Idee verfallen, Schweine an Leinen spazieren zu führen?« Doch da waren sie, direkt vor ihr, und versperrten ihr den Weg: eine vom Säugen ausgemergelte Sau und ihre acht robusten Nachkommen an ledernen Riemen, welche in der Hand einer stattlichen Bäuerin zusammenliefen. Den beiden abenteuerlustigsten Ferkeln war es gelungen, ihre Riemen in den Speichen eines klapprigen Karrens zu verheddern, der einem Kesselflicker gehörte. Der Verkehr war zum Erliegen gekommen, während der Sohn der Bäuerin versuchte, die beiden Schweinchen zu befreien, ohne die altersschwachen Speichen des Karrens kaputtzumachen.

Wie ein langsam, aber unaufhaltsam ausbrechender Vulkan drehte die Bauersfrau sich zu der jungen Frau auf dem gemieteten Pferd um. Es war ihr offensichtlich sehr peinlich, dass sie die Straße versperrte; ebenso offensichtlich aber war die Tatsache, dass Gaultry sich durch ihre laute Beschwerde als willkommenes Ziel dargeboten hatte, an dem die Bäuerin ihrer Verlegenheit nun in Form von Ärger Luft machen konnte. »Was hast du es denn so eilig?«, herrschte die ältere Frau die jüngere an. »Danton hat sie doch gleich da raus. Ihr habt noch mehr als genug Zeit, eure schäbige Bühne aufzubauen, wenn ihr nach Soiscroix kommt. Verdammte Gaukler.« Sie spuckte vor Gaultrys Pferd auf die Straße.

»Gaukler?«, wiederholte Gaultry, die nicht gleich begriff, was die Frau damit meinte.

»Gauner trifft's wohl eher. Was habt ihr's denn so eilig? Die Leute werden euch sowieso erst bezahlen, wenn sie mit ihren Geschäften fertig sind, würd ich meinen.«

Gaultry warf einen verlegenen Blick auf die kleine Gruppe, die sie von Bissanty aus nach Hause begleitete. Sie schämte sich ein wenig, als ihr klar wurde, was die Bäuerin mit den Schweinen dachte: Sie hielt sie für fahrende Gaukler.

Alle Gefährten, sie selbst eingeschlossen, waren erbärmlich schmutzig von der Reise, hohlwangig und hungrig, die unausweichlichen Folgen von zu schnellem und weitem Reisen mit zu wenig Essen und Schlaf. Sie wirkten tatsächlich fehl am Platz auf dieser fröhlichen Straße, welche eine wichtige Verbindung zwischen blühenden Städtchen darstellte, wo die bevorstehenden Mittsommerfeiern drei Tage heiterer Festlichkeit versprachen.

Zunächst einmal waren da ihre Tiere: die gemieteten Pferde, viel zu fein für ihre heruntergekommenen Reiter; der magere, noch nicht ganz ausgewachsene Hund mit seinem unsteten Blick und dem ängstlich eingezogenen Schwanz; und als die Schlimmsten von allen die beiden fremdartigen Geschöpfe, welche sich hinter Gaultry an den Schweifriemen ihres Sattels klammerten: ein zierliches graues Äffchen und ein gestreifter Honigfresser mit spitzer Schnauze – vor allem Letzterer wies eine gewisse Ähnlichkeit mit allem auf, was man sich im Allgemeinen unter einem kleinen, wenn auch wunderhübsch gestreiften Dämon vorstellte.

Sie wollte sich nicht einmal vorstellen, was die Bauersfrau erst glauben mochte, wenn sie den riesigen Wüstenpanter sehen könnte, der ebenfalls mit ihnen reiste – er folgte der kleinen Gesellschaft ein wenig abseits von der Hochstraße, um möglicherweise unheilvollen Begegnungen mit Viehherden und Lasttieren aus dem Weg zu gehen. Bei der Vorstellung, was die Raubkatze Aneitha wohl angesichts der Ferkelchen tun würde, hätte Gaultry beinahe gelächelt, wenn die Frau mit den Schweinen sie nicht so finster angestarrt hätte. Sie konnte sich glücklich schätzen, dass die Liste der tierischen Reisegefährten mit Aneitha endete. Der Seelen bannende Hexenmeister, dessen Magie sie hatten besiegen müssen, um aus Bissanty zu entkommen, hatte sich eine gewaltige, vielfältige Menagerie gehalten, um seine magischen Kräfte zu verstärken. Wären sie nicht so überstürzt aus seinem Kloster aufgebrochen, hätten sie zweifellos in Begleitung eines ganzen Zoos reisen müssen!

Und dann waren da natürlich die menschlichen Begleiter, zwei von ihnen offensichtlich Ausländer. Die Sharif, in ihrer Heimat eine geachtete Heerführerin, sah gefährlich fremdländisch und so aus, als habe sie eine möglicherweise ansteckende Krankheit, groß, ausgezehrt und in schlechtem gesundheitlichem Zustand, das Haar kurz und merkwürdig geschnitten. Der junge Tullier, dessen Pferd auf Schritt und Tritt das magere Hündchen folgte, hatte das unfreundliche Gesicht eines Knaben, der zu lange, in zu jungen Jahren und viel zu hart als Krieger ausgebildet worden war. Man konnte nicht leugnen, dass er ein wenig wie ein Verbrecher aussah – und dieser Eindruck täuschte auch nur zum Teil! Natürlich war Tullier weit mehr als das. Er war sogar der wichtigste Grund dafür, weshalb Gaultry es so eilig hatte, dem Prinzen von Tielmark Bericht zu erstatten. Seine Kleidung starrte vor Schmutz von der langen Reise und gab keinerlei Hinweis auf das bizarre, teils magisch gelenkte Schicksal, welches ihn zum Erben göttlichen Blutes gemacht hatte, das eigentlich den Söhnen des Bissantiner Kaisers vorbehalten war. Wenn sie ihn nur sicher zum Prinzenhof bringen und dafür sorgen konnten, dass der Prinz ihn unter seinen Schutz stellte, hätte Tielmark zum ersten Mal seit Jahrzehnten wirklich etwas gegen Bissanty in der Hand – sofern sie dem Prinzen die Echtheit von Tulliers Abstammung glaubhaft machen konnten.

Gaultry fürchtete jedoch, dass nichts von all diesem verborgenen Wissen die aufgebrachte Bauersfrau zur Räson bringen würde.

Schließlich war da noch die Tielmaraner Hälfte der Gruppe, die auch nicht vertrauenerweckender aussah als die Fremden. Gaultrys Akzent verriet auf der Stelle ihre bescheidene Herkunft aus den südlichen Grenzlanden, und ihre abgetragenen Kleider ließen keinen Rückschluss zu auf die Macht und die Bedeutung, die sie erlangt hatte, seit sie diese einfachen Verhältnisse hinter sich gelassen hatte.

Einzig Martin, der sehr selbstbewusst auf seinem großen Wallach saß, schaffte es, auch nur halbwegs respektabel zu erscheinen. Um des gut aussehenden dunkelhaarigen Kriegers Martin willen hatte Gaultry die großen Gefahren der Reise tief ins Innere Bissantys auf sich genommen. Er ritt am Ende der Gruppe und beobachtete mit belustigter Miene, wie Gaultry nach den passenden Worten suchte, um diese Bäuerin mit ihren schlechten Manieren zurechtzuweisen. Hätte Martin sie sich an Gaultrys Stelle vorgenommen, so hätte die Frau zweifellos schon längst eine Entschuldigung gestammelt und hastig den Weg freigemacht.

Gaultry stieg das Blut in die Wangen. Das hier fühlte sich genau an wie in alten Zeiten. Bevor sie so weit gereist war; bevor sie das wahre Ausmaß ihrer magischen Kräfte erlebt und von der Prophezeiung erfahren hatte, die sie als Nachfahrin ihrer Großmutter in den Dienst des Prinzen von Tielmark stellte. Wie in alten Zeiten, bevor sie erfahren hatte, dass sie in die Geheime Brut hineingeboren war, den Zirkel von sieben Hexen, welche sich mit ihrem Blut verschworen hatten, den Prinzen von Tielmark zu schützen.

Auf dieser belebten sommerlichen Straße spielte es kaum eine Rolle, ob sie die Götter selbst herausgefordert oder alles riskiert hatte, was ihr lieb und teuer war, um ihr Land vor der Tyrannei zu bewahren. Diese Dinge gehörten zu ihrer unsichtbaren Vergangenheit. Doch hier gab es nur die jämmerlich schäbige Gegenwart: abgerissene Kleidung, verdächtig aussehende Begleiter – und ihre mangelnde Schlagfertigkeit angesichts solcher Frechheiten. Diese Frau durch Magie in ihre Schranken zu weisen – das würde ihr nur noch mehr Schwierigkeiten einbringen. Eine Zurechtweisung mit ein paar raschen passenden Worten – noch schlimmer!

Es war ein Fehler gewesen, ihrem Ärger lauthals Luft zu machen. Wie sie in Bissanty verfahren war – so etwas konnte sie zu Hause in Tielmark nicht wagen.

Bissanty war nicht wie Gaultrys Heimatland. Bissantys abscheulich hierarchische Gesellschaft versklavte Feldarbeiter und Dienerschaft, beherrschte sie mit Bannflüchen und ständiger Angst. In Bissanty hatte sie, um zu überleben, jeden kleinen Vorteil genutzt, den die dortigen Gepflogenheiten ihr boten: die Ergebenheit der Feldarbeiter, die erbärmliche Kriecherei der Sklaven. Doch nun war sie wieder in Tielmark, wo jeder Bettler, der nicht auf den Mund gefallen war, das Recht hatte, sich zu verteidigen, wenn er sich ungerecht behandelt fühlte.

Von einer so bedeutenden Person wie der Herrin eines Bauernhofs ganz zu schweigen, die mit einem ganzen Wurf Ferkel zu Markte zog.

»Gute Frau, ich bitte Euch. Macht uns ein wenig Platz, damit wir an Euch vorbeikommen.« Gaultry bemühte sich tapfer, ihren Ton zu mäßigen, doch wenn sie sich die Miene der Bäuerin so ansah, dann war es dafür bereits zu spät. »Unser Anliegen führt uns nach Princeport, nicht nach Soiscroix, und es ist sehr wichtig.«

Die Frau war keineswegs besänftigt. »Wenn ihr weiterkommen wollt, sag doch deinem Burschen, er soll absteigen und mir helfen«, erwiderte sie barsch. »Oder dem Mann da. Oder –« Obwohl die Schweine sie behinderten, streckte die Frau überraschend behände einen Arm aus und packte Gaultrys Pferd am Zaumzeug. »Du könntest auch von deinem hohen Ross heruntersteigen und mir helfen.«

»Lasst mein Pferd los, und macht den Weg frei«, gab Gaultry eisig zurück. Sie war keine gute Reiterin, und die plötzliche Bewegung der Frau erschreckte ihr Pferd, sodass sie fürchtete, aus dem Sattel geworfen zu werden. »Ihr seid dumm und unverschämt. Neun Schweine auf der Straße sind doch nicht meine Angelegenheit.«

Es war reines Pech, dass ihr Ton und ihr scheuendes Pferd den Sohn der Frau erschreckten. Er machte eine hastige Bewegung, riss an einem der verhedderten Lederriemen und brach damit eine Speiche am Wagenrad des Kesselflickers. Ein Ferkel quietschte laut, als es von einem Holzsplitter verletzt wurde. Es strampelte, zerrte an seinem Riemen und brach dadurch eine weitere Speiche entzwei.

»Was habt Ihr da nur angerichtet?«, kreischte der Kesselflicker, dessen Stimmlage es mit der des Ferkels aufnehmen konnte. Sein Karren neigte sich langsam zur Seite, als das Rad in sich zusammenbrach.

»Ich doch nicht!«, schrie die Bauersfrau zurück. »Das waren diese Fremden, die machen uns hier nichts als Scherereien!«

Martin merkte, dass die Situation außer Kontrolle geriet; er hörte auf, stumm zu lächeln, und trieb sein Pferd vorwärts. Die Schweinchen stoben auseinander und zerrten an ihren Riemen. Die Bäuerin war gezwungen, Gaultrys Pferd loszulassen.

»Wenn ihr guten Leute hier Scherereien habt, helfen wir euch natürlich gern.« Der große Soldat grinste bösartig, und seine strahlenden Zähne in dem kantigen, sonnengebräunten Gesicht blitzten wölfisch auf. »Das heißt, sofern ihr die Lage nicht schon selbst in den Griff bekommen habt.«

Die Empörung der Frau verrauchte. Gaultry konnte man vielleicht noch versehentlich für eine Jahrmarktsgauklerin halten, aber hinsichtlich dieses Mannes, wie schmutzig seine Kleidung auch sein mochte, wäre niemand auf einen solchen Gedanken gekommen. »Ich bitte um Entschuldigung, Sir.« Sie wich zurück und zog und zerrte ihre Schweine aus dem Weg. »Mein Sohn Danton hätte besser auf die Ferkel aufpassen sollen. Aber wir bringen das sofort in Ordnung.« Sie machte das Zeichen der Zwillingsgöttinnen, wütend, aber ehrerbietig.

»Sehr schön. Vielleicht klärt ihr Frauen das besser in aller Ruhe am Straßenrand.« Martin drängte sein Pferd an ihr vorbei, ohne auf eine Antwort zu warten, beugte sich aus dem Sattel herab und packte die hölzerne Wand des Karrens. Unter Einsatz seiner ganzen Kraft hob er das Gefährt auf der Seite an, wo das Rad gebrochen war, und hielt es hoch, bis der Junge und der Kesselflicker es auf die Wiese neben der Straße geschoben hatten.

Die Menge um sie herum johlte vor Begeisterung über so viel Kraft und Durchsetzungsvermögen. Martin lächelte breit, zog den Hut und deutete eine Verbeugung an, womit er noch mehr Applaus einheimste.

Die Frau – die Gaultry ganz vergessen hatte und jetzt Martin düster anfunkelte –, sah sich gezwungen, ihre Schweine ebenfalls von der Straße zu ziehen. Sie machte diese Demütigung dadurch wett, dass sie einen lauten Streit mit dem Kesselflicker anfing. Doch der war gewitzter, als sein schäbiges Äußeres vermuten ließ. Es schien recht wahrscheinlich, dass er mindestens ein Ferkel als Ausgleich für seinen Schaden herausschlagen würde.

Und so, dachte Gaultry grimmig und trieb hastig ihr Pferd an den beiden vorbei, nimmt die Schlacht um die Schweine doch noch ein rühmliches Ende.

Hinter ihr lachten die Sharif und Tullier über einen heimlichen Scherz, und Gaultry zweifelte anhand ihrer Blicke nicht daran, dass sie sich darüber lustig machten, wie ungeschickt sie sich bei diesem Zwischenfall angestellt hatte. Sie runzelte die Stirn und ermahnte sich, sie nicht weiter zu beachten.

Sie ritt an zwei schwer beladenen Heuwagen und einer kleinen Herde muhender Rinder vorbei und holte schließlich Martin ein.

»Hier geht es zu wie in der Verdammnis Achavells«, beklagte sie sich. »Und es ist meine Schuld, dass wir hier aufgehalten werden. Wenn ich nicht darauf bestanden hätte, dass wir eine Nacht länger in Truit Rast machen, hätten wir Soiscroix schon hinter uns und dieses Gedränge auch.«

Martin schüttelte den Kopf. »Wir hätten nicht früher aufbrechen können. Wir brauchten alle dringend Erholung. Wer hätte schon vorhersehen können, dass es dieses Jahr zu Mittsommer so einen Auftrieb gibt? Dafür kann niemand etwas.«

»Wir haben eine Pflicht zu erfüllen«, sagte sie. »Wir haben Prinz Benet wichtige Neuigkeiten zu überbringen und hätten uns keine Pause gönnen dürfen.«

»Wir konnten keinen Schritt weiter«, erwiderte Martin gelassen. »Es gibt nun einmal Grenzen für die Anstrengungen, die ein Mensch verkraften kann. Natürlich müssen wir so schnell wie möglich nach Princeport. Aber wir werden nicht schneller ankommen, wenn du dich bis dorthin mit jeder Bauersfrau streitest, die uns im Weg ist.«

»Aber ich war im Recht.«

Martin holte ungeduldig Atem. »Wenn du dich mit mir herumstreiten willst, nur zu. Aber du weißt selbst, dass du einen Fehler gemacht hast. Wir sind nicht mehr in Bissanty.«

»Ich weiß.« Gaultry seufzte. »Aber es fällt mir so schwer – und diese Leute! Die haben ja keine Ahnung, was wir durchgemacht haben, und alles nur um ihretwillen! Aber sie stellen sich uns dick und breit in den Weg und halten uns noch mehr auf.«

»Stattdessen sollten sie vielleicht beiseite treten und vor uns niederknien«, bemerkte Martin spöttisch. »Wäre das eher nach deinem Geschmack?«

»Unser Anliegen ist wichtiger, als Schweine zum Markt zu bringen.«

»Mag sein, und du könntest ihnen sogar einen Beweis dafür unter die Nase halten, wenn Benet dir die Erlaubnis gegeben hätte, mir nach Bissanty zu folgen.« Wäre Martin nicht so müde gewesen, dann hätte sie ihn nie so zum Reden gebracht. Seine Gefangennahme und die darauf folgende Verschleppung nach Bissanty erwähnte er äußerst ungern, vor allem dann nicht, wenn sie sich wieder einmal stritten. »Warte das nächste Mal, bis der Prinz dir sein Siegel überreicht, bevor du dich auf den Weg machst.«

Sie war ebenfalls müde, sonst wäre ihre Erwiderung nicht so verärgert ausgefallen. »Du wärst doch längst tot, wenn ich darauf gewartet hätte. Du, und die Sharif auch – und Tullier ganz sicher ebenfalls.« Noch während sie sprach, bereute sie ihre Worte. Sie wusste, dass sie zu weit gegangen war, sobald sie sie ausgesprochen hatte. »Martin«, sagte sie beschämt. »Das war nicht so gemeint. Na ja, jedenfalls war es nicht böse gemeint.«

Er lächelte matt und blickte über die Schulter zurück, vielleicht um nachzusehen, wie dicht ihnen die Sharif und Tullier folgten. »Du hast Erstaunliches vollbracht, meine Liebste. Für uns alle hier. Da kann ich dir einen kleinen Temperamentsausbruch verzeihen.« Als sie ihn schief anlächelte, drängte er sein Pferd näher an ihres heran und stupste ihr Bein leicht mit seinem Knie an. »Aber unglücklicherweise«, fuhr er in ernstem Ton fort, »wirken die Ereignisse, die unsere Reise bestimmen, weit über unsere eigenen Wünsche hinaus. Du wirst lernen müssen, dich besser zu beherrschen, wenn du es bei Hofe irgendwie weiter bringen willst.«

Gaultry seufzte. »Ich weiß. Jägerin, hilf mir! Ich kann nur hoffen, dass Benet mir für den Dienst, welchen ich ihm erwiesen habe, meine kleinen Vergehen nachsieht. Oder dass jene bei Hofe, die Einfluss auf ihn haben, ihn dazu überreden können. Deine Großmutter findet bei ihm Gehör, aber das gilt auch für Dervla.« Die Hohepriesterin von Tielmark war eine eifersüchtige und ein wenig boshafte Frau, mit der Gaultry bereits öfter aneinander geraten war, als ihr lieb sein konnte. »Und dann ist da noch der restliche Rat. Werden die anderen Herzöge sich hinter deine Großmutter stellen oder hinter Dervla? Der Hofstaat des Prinzen –«

»Ganz zu schweigen von den anderen Mitgliedern der Geheimen Brut.« Martin runzelte die Stirn. »Oder all jenen, die Tullier mit seiner Attacke auf den Prinzen gegen sich aufgebracht hat, bevor du ihn direkt unter ihren wutschnaubenden Nasen aus Tielmark hinausgeschafft hast.«

»Was wir seither über Tulliers Abstammung erfahren haben, macht ihn für Tielmark lebendig wertvoller als tot.«

»Das ist richtig«, gestand Martin ihr zu. »Umso dringender musst du mit dem Prinzen sprechen, bevor du dich den anderen stellst.« Wieder lenkte er sein Pferd dicht an ihres heran. »Ich fürchte, die Ereignisse werden sich überschlagen. Einmal in Princeport angelangt, werden wir nicht mehr Herr über unser eigenes Leben sein. Die Sommerfeldzüge gegen die Lanai haben bereits begonnen, da wird es nicht lange dauern, bis ich zu den

Gefechten an die Westgrenze geschickt werde. Es gefällt mir gar nicht, dass ich nicht da sein werde und du ganz allein um den Jungen wirst kämpfen müssen.«

Sie wandte hastig den Blick von ihm ab und schaute auf die Straße, welche vor ihnen lag. In einer halben Meile Entfernung, auf einem kleinen Hügel, markierte ein hoher Baum den Übergang in rauere Gefilde. Endlich nach Princeport zu gelangen, um dann sogleich von Martin getrennt zu werden, daran wollte sie jetzt nicht denken. »Vielleicht wird es gar nicht so schlimm«, erwiderte sie. »Allein die Tatsache, dass Tullier geboren wurde, zieht die bissantinische Thronfolge in Zweifel. Tielmark könnte die Freiheit von Bissanty durch die schlichte Fügung erringen, dass die kaiserliche Linie zusammenbricht.«

Martin schüttelte den Kopf. »Tielmark wird sich seine Freiheit schon selbst erkämpfen müssen. Das Kaiserreich ist seit Jahrhunderten im Zusammenbruch begriffen. Die Tatsache, dass die kaiserliche Erbfolge durcheinander geraten ist, bedeutet für uns eine noch größere Bedrohung. Seit wir die Grenze nach Tielmark überquert haben, hören wir immer wieder von den schweren Kämpfen im Westen. Das sind nicht nur die alljährlichen Sommerfeldzüge. Die Bissantiner haben dieses Jahr eine große Streitmacht gegen die Lanai aufgestellt. In Zeiten innerer Unordnung lenkt ein solches Reich die Aufmerksamkeit seiner Bürger nach außen, nicht nach innen auf einen wackeligen Thron.«

Sie erschauerte. »Sciuttarus ist immer noch Kaiser. Dass Tullier hier ist, berührt seinen Thron gar nicht.«

Martin zuckte die Achseln. »Wenn Sciuttarus den Segen der Göttin verspielt hat, wird das alles berühren.«

Er hatte Recht. In den letzten Tagen ihrer Flucht durch Bissanty hatten sie Aufstände umgehen müssen. Sie hatten Spottverse gehört und Gerüchte über böse Vorzeichen, dass nämlich die Ernte verdarb und die Kälber starben. Dazu kam die stille Ehrfurcht, welche die bissantinischen Bannsklaven Tullier entgegengebracht hatten – all das deutete auf eine tiefe Erschütterung jener strengen Ordnung hin, welche das Kaiserreich seit vielen Jahrhunderten zusammengehalten hatte.

»Aber ich muss sagen«, fuhr Martin fort, »du hast Recht. Sciuttarus hat nichts von seiner weltlichen Macht eingebüßt. Als regierender Kaiser hat er alles in der Hand und kann dafür sorgen, dass seine Macht erhalten bleibt, solange er lebt. Dieser Feldzug gegen die Lanai bestätigt uns das. Er wollte von einer Debatte über seine Legitimität ablenken – und verhindern, dass sich die Armee zu Hause in Bassorah gegen ihn erhebt –, während er seine familiären Angelegenheiten klärt.«

»Und er will Tielmark«, fügte Gaultry hinzu.

»Zwei Fliegen mit einer Klappe.«

Tulliers Pony zuckelte nach vorn, bis es neben Gaultrys Steigbügel dahintrottete. Der Junge, dessen Geburt die kaiserliche Erbfolge bedrohte, war klein und wirkte täuschend schmächtig. Er hatte schwarzes Haar und mandelförmige, grün schimmernde Augen. Als Gaultry ihm begegnet war, hatten Wut und Schmerz unablässig in diesen Augen gebrannt. Nun, nach einigen Wochen unter Gaultrys Schutz, wurde sein Mienenspiel vielleicht nicht eben weich, aber doch vielfältiger.

Gaultry seufzte. Natürlich waren die Gefühle des Jungen immer noch zum großen Teil schwierig, vor allem seine kaum verhohlene Eifersucht auf Martin. Er hasste es, Gaultry mit Martin zusammen zu sehen – und noch viel weniger mochte er es, wenn die beiden in seiner Abwesenheit über seine Zukunft sprachen.

»Wovon sprecht ihr?«, fragte er.

Gaultry lächelte übertrieben fröhlich. »Wenn wir heute noch Soiscroix erreichen, dürften wir es bis morgen Abend nach Princeport schaffen. Wir haben gerade davon gesprochen, was uns wohl erwartet, wenn wir die Hauptstadt erreichen.«

»Mich erwartet gewiss nichts Gutes.« Tullier zog die Brauen in die Höhe. Er war klug genug, zu merken, wenn sie ihn nur beruhigen wollte, und das missfiel ihm. »Habt Ihr gesehen, wie diese furchtbare Schweinehirtin mich angestarrt hat? Sie hat mich verabscheut – dabei wusste sie nicht einmal, wen sie vor sich hatte. So wird jedermann in Tielmark mir begegnen, wenn sie erst einmal wissen, wer ich bin.«

»Ich werde dich beschützen«, versprach ihm Gaultry gereizt. Es ging ihr auf die Nerven, ihn ständig beruhigen zu müssen, wenngleich er jedes bisschen Trost, das sie ihm geben konnte, leider bitter nötig hatte.

Als sie ihn zum ersten Mal gesehen hatte, war Tullier ein ausgebildeter Sha Muira gewesen, ein Mitglied eines bissantinischen Kriegerkultes, bei dem sein Vater, der Onkel des regierenden Kaisers, Tullier gleich nach seiner Geburt versteckt hatte. Er war ausgebildet worden, Gräueltaten zu begehen, ohne nach den Gründen zu fragen, und jeden Moment mit dem eigenen Tod zu rechnen – ja, den Tod als Segen zu begrüßen, der ihn mit Llara der Grauen, der Muttergöttin von Bissanty, vereinigen würde. Diese grausame Kindheit verfolgte ihn noch immer, nicht zuletzt in Gestalt der tief verwurzelten Gewissheit, dass er niemals auf Gnade hoffen durfte.

»Sie werden mich aufknüpfen wollen wegen der Sache mit diesen beiden Jungen, die mein alter Meister getötet hat«, beharrte Tullier. »Ich wüsste nicht, wie Ihr mich davor schützen könntet.«

Gaultry wusste nicht, was sie ihm antworten sollte. In Tulliers letzten Stunden als Sha Muira war er in einen brutalen Anschlag auf die göttliche Legitimation des herrschenden Prinzen von Tielmark verwickelt gewesen. Fünf Morde waren geschehen, nicht bloß zwei. Aus einigen Bemerkungen Tulliers hatte Gaultry geschlossen, dass er selbst für den Tod von mindestens zwei Rittern verantwortlich war, welche die Jungen bewacht hatten.

»Du bist der lebende Beweis für Blutsbande, die das Anrecht des herrschenden Kaisers auf den Thron in Frage stellen«, entgegnete sie. »Das wird Tielmark mehr bedeuten als alles, was du unter dem Bann der Sha Muira getan hast.«

»Nur, wenn Ihr das rasch genug erklären könnt, bevor der Mob mich in die Hände bekommt.«

»Nur über meine Leiche«, erwiderte Gaultry grimmig. »Zumindest das kann ich dir versprechen.« Sie trieb ihr Pferd zum Trab an und nutzte eine Lücke zwischen zwei Karren, um das Gespräch nicht fortsetzen zu müssen.

Sie hoffte, dass sie Tullier die Wahrheit sagte oder zumindest genug Macht würde aufbieten können, um ihre Worte wahr zu machen.

Es fiel ihr schwer, auf dieser friedlichen Straße dahinzureiten und so zu tun, als ritten die Götter und der Tod nicht mit ihnen. Gaultry war geneigt, eine offene Auseinandersetzung diesem seltsamen Schatten vorzuziehen, der wie ein drohendes Verhängnis über ihnen hing.

Da nützte es ihr wenig, sich zumindest einzugestehen, dass Tullier und Martin einander spinnefeind waren; dass die Sharif vor Sehnsucht nach ihrer heimatlichen Wüste allmählich dahinschwand; dass auch die Tiere, welche sie aus dem bissantinischen Inferno gerettet hatte, immer matter wurden. Sie konnte nur weiterreiten und hoffen, das Ziel ihrer Reise zu erreichen, bevor eine dieser Schwierigkeiten sich gefährlich zuspitzte.

Am schwersten machten ihr ihre eigenen Unzulänglichkeiten zu schaffen. Durch die Ereignisse, welche sie auf diese Straße geführt hatten, waren Gaultrys verborgene magische Kräfte aus ihrem langen Schlaf erweckt worden: das sengende goldene Feuer ihrer *Glamour*-Magie. Diese Magie konnte ihr ebenso große Macht verleihen wie die stärkste göttliche Zauberkraft, welche die Großen Zwölf den Menschen gewähren konnten – jedoch ohne die Notwendigkeit von Gebeten und umständlichen, unterwürfigen Ritualen für geheimnisvolle, ferne und oft nicht geneigte Gottheiten.

Doch was nützte ihr das, wenn jede Schweinehirtin sie aus der Fassung bringen konnte, wenn sie sich von den vielfach verschlungenen Hintergründen, die das Schicksal ihres Heimatlandes lenkten, derart verwirren ließ und noch immer nicht in der Lage war, von ihrer Magie Gebrauch zu machen, um sich oder ihren Freunden zu helfen? Ihre *Glamour*-Kraft kam einer goldenen Sonne gleich, doch sie konnte sie nicht beherrschen – wenn sie schon einmal nahe genug herankam, um sie zu berühren, drohte ihre eigene gewaltige Kraft sie zu vernichten. Sie hatte sie einige wenige Male eingesetzt – in großer Not, wenn ihr keine andere Möglichkeit geblieben war –, mit grausamen, harten Folgen. Ihr Körper brauchte jedes Mal Tage, um sich von den Auswirkungen zu erholen.

Scham brannte ihr in der Kehle wie bittere Galle. Sie ritt weiter und bemühte sich, all ihre Sorgen zu verdrängen.

Am Nachmittag führte die Straße über eine Reihe felsiger Bergrücken hinab zu einem Fluss in einer von Wäldern gesäumten Kluft. Der Tag war sommerlich heiß geworden, doch eine kühle Brise strich vom Fluss herüber. Die Äste der Bäume erstreckten sich über die Straße und schützten die Reiter vor der Sommersonne.

Unter dem Blätterdach herrschte weniger Gedränge, und die Menge zog sich auseinander. Endlich entspannte Gaultry sich ein wenig. Sie liebte den Duft von Birken und Eichen, von Wildkirschen und Roten Rustinien, und selbst die dunkleren Gerüche von Moos und vermodernden Blättern. Sie ließ ihr Pferd seinen Weg allein finden und starrte verträumt die Anhöhe hinab zum Fluss. Das Wasser, dunkel wie Tee, rauschte geheimnisvoll über angeschwemmte Felsbrocken und bildete kleine Wasserfälle und Teiche, über die sich Farne und Büschel kleiner rosa Blüten neigten.

Dies war Tielmark, wie sie es liebte. Seine wilde Einsamkeit, seine Schönheit.

Das Flussufer auf der anderen Seite war eine steile Klippe aus Granit, auf die sich junge Pinien vorgewagt hatten. Das Steilufer neigte sich immer weiter zu ihrer Seite herüber, das Flussbett verengte sich, sodass das Wasser an dieser Stelle tief und schnell dahinschoss. Das erinnerte Gaultry an einen Ort zu Hause an der Südgrenze, wo ein Bach durch eine schmale, gefährlich glatte

Kalksteinrinne hinab in tiefere, dunkle Teiche stürzte. Die starke Strömung war nicht ungefährlich, doch Gaultry und ihre Zwillingsschwester Mervion hatten viele schöne Sommertage dort verbracht, sich auf den Felsen gesonnt und sich dann wieder erfrischt, indem sie sich jauchzend die steile Wasserrinne hinabrutschen ließen.

Diese Erinnerung an frisches, kühles Nass ließ sie besonders deutlich spüren, wie lange es her war, seit sie zuletzt richtig gebadet hatte. Über zwei Wochen. Vor Beginn ihrer Flucht aus Bissanty. Plötzlich juckte es sie am ganzen Körper.

»Dort vorn ist eine Brücke.« Martin, der vorausgeritten war, zügelte sein Pferd und ritt neben ihr her. »Warne lieber schon mal die Sharif, dass ihr ›Schatten‹ sich selbst eine Stelle suchen muss, wo sie den Fluss überqueren kann. Da vorn gibt es irgendeinen Menschenauflauf.«

Sofort war Tullier an Martins anderer Seite, denn es machte ihn unruhig, wenn die beiden sich allein unterhielten.

»Ich wünschte, wir könnten hier irgendwo ins Wasser steigen und uns ein bisschen erfrischen.« Gaultry stellte sich in den Steigbügeln auf, um ein wenig frische Luft an den aufgeheizten Sattel zu lassen. »Oder von mir aus rüberschwimmen oder eine Furt suchen, statt mit allen anderen über die Brücke zu trotten. Ich mag nicht schon wieder so eine Menschenmenge um mich haben.«

»Wenn es in der Nähe eine Furt gäbe, hätten sie keine Brücke bauen müssen«, erwiderte Martin knapp. »Meinst du nicht, dass du dich die paar Minuten lang beherrschen kannst?«

»Was soll denn falsch daran sein, wenn Gaultry lieber ihren eigenen Weg geht?« Mit diesen Worten lenkte Tullier sein Pony unauffällig so, dass Martins Pferd ein paar Schritte abgedrängt wurde. »Wenn Gaultry schwimmen möchte, warum nicht? Es muss hier irgendwo eine Stelle geben, wo wir zum Fluss hinuntersteigen können. Schließlich sind wir ja nicht schwer beladen auf dem Weg zum nächsten Markt.«

Gaultry warf Tullier einen misstrauischen Blick zu. Sie hatte sich so an seinen ständigen Widerspruch gewöhnt, dass seine Unterstützung sie regelrecht beunruhigte. Allerdings stellte er sich nun häufiger auf ihre Seite, selbst wenn sie ziemlich eigenwillige Wünsche äußerte – sehr zu Martins Missfallen.

Aber sie wollte wirklich gern im Fluss baden. »Ja, warum nicht?«, fragte sie. »Eine kurze Pause würde auch Aneitha Gelegenheit geben, einen Weg hinüber zu finden.«

Die große Raubkatze war angriffslustig, immer hungrig und mit ihren schlanken, langen Gliedern beinahe so groß wie Tulliers Pony. Nur ihre Intelligenz, noch vergrößert durch das Seelenband, das sie für kurze Zeit mit der Sharif geteilt hatte, machte es möglich, dass sie bei ihnen blieb und damit einer vagen Hoffnung folgte, irgendwann in ihre natürliche Heimat zurückzugelangen. Seit sie die Grenze nach Tielmark überschritten hatten, war Aneitha dazu gezwungen, als ihr Schatten durch das Land zu reisen. Es hatte einige unangenehme Augenblicke gegeben, obwohl die Sharif vermutlich das Schlimmste von ihr fern hielt.

Je eher Aneitha und die Sharif sicher auf einem Schiff und unterwegs zurück nach Ardain waren, desto besser. Beide magerten rasch ab und begannen in diesem ungewohnt feuchten Klima zu kränkeln.

»Aneitha muss selbst zusehen, wie sie durchkommt. Wenn sie nicht mit uns Schritt halten kann, dürfen wir uns davon nicht aufhalten lassen.« Martin, der seinem Ärger selten Luft machte, warf Tullier einen finsteren Blick zu und wandte sich dann wieder an Gaultry. »Wir werden nicht anhalten und die Kleider ablegen, um im Wasser zu plantschen. Alle müssen schleunigst nach Princeport. Wir beide haben Benet viel zu erklären – vor allem du.« Er ergriff eine Strähne von der Mähne ihres Pferdes und ließ sie durch seine Finger gleiten. »Bitte mich nicht um das, was ich dir nicht geben kann.«

Die gelblichen Pferdehaare wirkten auf Martins dunkel gebräunter Haut golden. Golden wie ein Ehering. Ein unseliger Gedanke, wenn sie bedachte, dass Martin ja verheiratet *war*, obgleich er sich endgültig und seit langem von seiner Frau entfremdet hatte. Sie bemerkten die Ähnlichkeit im gleichen Augenblick. Gaultry zerrte kurz am Zügel, sodass das Pferd den Kopf hochwarf und die goldene Strähne Martin entglitt.

»Ich würde dir alles geben –«, sagte Martin mit plötzlicher Innigkeit.

»Ich bemühe mich, nicht um Unmögliches zu bitten.« Sie tätschelte ihrem Pferd den Hals, sowohl um sich bei ihm zu entschuldigen als auch um sich selbst zu beruhigen. »Wir haben eine Brücke zu überqueren. So viel ist klar.« Sie beachtete Tulliers schadenfrohen Blick nicht – obwohl er ganz offensichtlich keine Ahnung hatte, worüber sie stritten oder vielmehr nicht zu streiten versuchten. Abrupt wandte sie sich ab und blickte sich auf der Suche nach weiblichem Trost nach der Sharif um.

Die ardanäische Heerführerin war ans Ende der kleinen Gruppe zurückgefallen. Sie begegnete Gaultrys Blick. Die Frau zuckte mit den Schultern. *Streiten sie schon wieder?*, fragte sie. *Sie sind stolze Männer. Beide wollen bei dir an erster Stelle stehen.* Obwohl sie vor Erschöpfung im Sattel vornübergesunken war, drangen die Gedanken der Sharif so klar und deutlich wie immer zu Gaultry durch. Diese Frau hatte schier Unglaubliches durchgemacht; erst als Kriegsgefangene, dann als Sklavin, ans Ruder gefesselt, und schließlich auf der Flucht mit Gaultry durch den halben Süden Bissantys. Gaultry wünschte, sie hätte besser für sie sorgen können – doch sie hatten einfach nicht genug Zeit gehabt, sich auszuruhen und zu Kräften zu kommen.

Die Sharif konnte durch ihre Gedankenkräfte mit anderen sprechen – mit einer Stimme, die tiefer ging als die verschiedenen Sprachen –, jedoch nur, wenn sie ihrem Gegenüber vertraute. Manchmal staunte Gaultry bei dem Gedanken, dass das auf sie immer noch zutraf nach all dem geteilten Leid und all den Fehlern, welche sie als Anführerin der kleinen Truppe gemacht hatte.

Sag Aneitha, sie muss sich eine andere Stelle suchen, um über den Fluss zu gelangen. Auf der Brücke ist zu viel los.

Die Sharif richtete sich im Sattel auf und straffte die Schultern. Der Blick ihrer wüstengelben Augen schien sich nach innen zu richten. Einen Moment lang sah sie stark und schön aus, als beherrsche sie sich und ihr Pferd vollkommen. Dann erfasste ein tiefer Schauer ihre Brust, denn selbst die Aufgabe, ihre Gedankenkräfte zu übertragen – was für sie ein Leichtes sein sollte –, erschöpfte sie inzwischen. *Ich habe getan, was du gesagt hast.* Die stolzen Schultern hingen herab, und die Frau schwankte müde im Sattel.

Trotzdem lächelte sie gutmütig, als Gaultry ihr einen besorgten Blick zuwarf. *Ein Glück, dass Aneitha das tun muss und nicht ich.* Die Wüstenkriegerin konnte nicht schwimmen, und ihre Abenteuer mit Gaultry hatten sie das Wasser auch nicht eben lieben gelehrt. *Diesmal darf ich immerhin eine Brücke benutzen.*

Nur keine Angst!, erwiderte Gaultry, um sie aufzumuntern. *Über jeden Fluss von hier bis Princeport führt eine Brücke. Wir sind ein zivilisiertes Volk hier in Tielmark.*

Ich glaube nur, was ich mit eigenen Augen gesehen habe, Gotri. Die Sharif lächelte und rieb sich den Nacken. Dort war das dichte schwarze Haar, das sie den Läusen auf dem Sklavenschiff hatte opfern müssen, schon am längsten nachgewachsen, und sie zupfte ständig an den kurzen Strähnen herum.

Wir werden dir schon noch beweisen, dass wir ein zivilisiertes Volk sind, versicherte ihr Gaultry.

Ich glaube nur, was ich sehe, wiederholte die Sharif in ernsterem Ton. *Jetzt noch mehr als früher.*

2

Die Brücke spannte sich über die schmalste Stelle zwischen den Steilufern aus Granitfelsen. Als sie näher kamen, erkannten sie den Grund für den Menschenauflauf. Die Brücke war schmal, baufällig und so von Ranken überwuchert, dass man darunter kaum mehr das Gefüge der ausgeblichenen Holzbalken erkennen konnte. Die mittlere der kurzen Spannen zwischen den zwei Pfeilern hing gefährlich durch. Der Brückenwärter, ein stämmiger, dunkelhaariger Mann mit einem gewaltigen Bauch, sammelte die zwei Kupfermünzen Brückenzoll ein und regelte den Strom der Reisenden von beiden Ufern so, dass nie mehr als ein paar Personen und ihr Vieh oder ein einziger Karren oder Wagen auf einmal die Brücke belasteten.

Aus der Entfernung hatte Gaultry den seltsamen Eindruck, das ganze Gebilde werde nur von den ungewöhnlich üppig wuchernden Efeuranken zusammengehalten, die über Pfeiler und Geländer krochen. Als sie näher kam, erkannte sie, dass das weitgehend den Tatsachen entsprach. Wo die Brücke den ersten Pfeiler passierte, hatte man einen erbärmlich dünnen, von Efeu umrankten Bogen darüber errichtet. Darauf war das Hexensiegel einer Emiera-Priesterin zu sehen, welche die Ranken hatte sprießen lassen, damit die Brücke nicht in sich zusammenfiel. Das Hexensiegel verriet ihr auch, dass man diese Arbeit hätte erneuern müssen – vor drei Jahren.

»Dies ist die Hochstraße von Tielmark!«, sagte Gaultry entgeistert. »Wer lässt denn bloß zu, dass diese Brücke derart verfällt?«

Martin lockerte die Zügel und rieb sich den Nacken. »Was glaubst du wohl, wer? Der ehemalige Erzkanzler von Tielmark war auch für die Hochstraße und die Brücken des Landes verantwortlich.«

Der ehemalige Erzkanzler von Tielmark hatte sich mit Bissanty verschworen. Gaultry, die höchstpersönlich für seinen Tod verantwortlich zeichnete, erbleichte vor Entsetzen, als ihr klar wurde, wie wenig sie bisher von den weit reichenden Auswirkungen seiner wenig ehrenhaften Amtsführung geahnt hatte. »Wie kann Tielmark etwas so Wichtiges einem Mann anvertrauen, der bis zum Hals in Papieren und höfischem Protokoll steckt, selbst wenn der Betreffende kein Bissantiner Verräter gewesen wäre? Und warum hat man eine Priesterin und keinen Baumeister geschickt, um die Brücke instand zu setzen?«

»Es hat eben lange gedauert, bis Benet tatsächlich die Macht übernommen hat.« Martin klang müde. Er glitt aus dem Sattel und warf dem Pferd die Zügel über den Kopf, damit er es im Gedränge besser im Griff hatte. »Bedenke die jahrelange Übergangszeit nach dem Tod seines Vaters und den betrügerischen Kanzler. Eigentlich sitzt er ja schon seit acht Jahren auf dem Thron von Tielmark – doch wenn man all dies und vor allem den schlechten Einfluss seines Kanzlers berücksichtigt, kann seine Hochzeit in diesem Frühjahr als seine erste ganz und gar selbstständige Regierungshandlung als Herrscher von Tielmark gelten. Ist es da ein Wunder, dass seine Brücken verrotten?«

Gaultry starrte zuerst auf die Brücke und dann auf die Marktleute, die geduldig, aber zunehmend mürrisch zu beiden Seiten warteten. »Diese Brücke fällt schon seit mehr als acht Jahren beinahe zusammen«, bemerkte sie. »War Benets Vater denn auch so schwach?« Martin war im Gegensatz zu ihr alt genug, sich daran zu erinnern.

Er zuckte die Achseln. »Ginvers war im Grunde seines Herzens Soldat, genau wie sein Bruder Roualt vor ihm. Man müsste schon bis zu Corinne zurückgehen, um eine Herrscherin zu finden, die sich um ihre Straßen und Wege gekümmert hat. Außerdem führt die Hochstraße durch die Ländereien unzähliger kleiner Adliger und Gutsherren, und unter denen gibt es gewiss Unstimmigkeiten.«

Gaultry und die anderen folgten Martins Beispiel und stiegen ab. Sie führten ihre Pferde ans Ende der Warteschlange auf ihrer Seite der Brücke.

Gaultry war bestürzt über die Anzahl der vor ihnen Wartenden – und die Menge ihrer Waren. »Wir werden stundenlang hier stehen müssen. Vielleicht wäre es schneller gegangen, wenn wir uns eine Stelle zum Hinüberwaten gesucht hätten.«

Tullier grinste hämisch.

»Nicht unbedingt.« Martin hatte Tulliers hässliches Grinsen gesehen und warf ihm einen äußerst missbilligenden Blick zu. »Ich habe nicht die Absicht, mich mit jeder Schweinehirtin herumzustreiten, aber das hier – es kommt nicht in Frage, dass wir den Rest des Tages hier warten müssen.« Er drückte Gaultry seine Zügel in die Hand und schob sich durch die Menge nach vorn, um mit dem Brückenwärter zu verhandeln.

»Aber von mir behaupten, ich würde uns Ärger einhandeln!«, zischte Gaultry. »Wart's nur ab. Das hier wird noch schlimmer als bei mir und dieser Schweinebäuerin. Tielmaranische Bauern lassen es sich nicht bieten, dass sich jemand einfach vordrängelt.«

Und tatsächlich, als Martin die Unterredung mit dem Brückenwärter beendet hatte und sie zu sich nach vorn winkte, erklangen an beiden Ufern laute Einwände. Das Äffchen und der Honigfresser zogen in ganz besonders starkem Maße die Wut der Menge auf sich – als seien die Tiere der lebende Beweis dafür, dass diese Reisenden Schauspieler oder Gaukler waren, die sich nur einen guten Platz für ihre Vorführungen sichern wollten.

»Stellt euch gefälligst am Ende an!«, brüllte ein Mann hinter ihnen. Nach seiner Kleidung zu urteilen, waren er und seine Gefährten tatsächlich Schauspieler oder fahrende Spielleute. »Wir kommen schon noch alle rechtzeitig in Soiscroix an, wenn sich keiner vordrängelt!«

»Ruhe! Ruhe! Diese Leute sind im Namen des Prinzen unterwegs«, bemühte sich der Brückenwärter, doch seine kurzatmige, leise Stimme war in dem Tumult kaum zu verstehen. »Das gibt ihnen das Recht, hier –«

Niemand hörte auf ihn. Martin achtete nicht weiter auf die wütenden Zurufe, trat an die Brücke und bedeutete ihnen mit einem Wink, ihm zu folgen. Gaultry warf der Sharif ihre Zügel zu und gesellte sich zu ihm. »Martin – das ist keine gute Idee.«

»Beeilt euch. Wenn wir nicht schnell machen, gibt es noch einen Aufstand.« Grob schob er Gaultry an sich vorbei. »Na los doch, ihr zwei!«, rief er der Sharif und Tullier zu. »Der Prinz erwartet uns!«

Widerstrebend tat Gaultry zwei Schritte auf die Brücke. Ein Mann am anderen Ende starrte mit vor Wut verzerrtem Gesicht über die Köpfe der Leute, die als Letzte vor ihnen die Brücke überquerten, zu ihnen herüber. »Wer seid ihr denn, dass ihr euch einfach vordrängt?«, schrie er. »Bei Eliantés Speer! Wartet, bis ihr an der Reihe seid!«

Gaultry biss die Zähne zusammen und ging weiter. Es mochte zwar nicht sonderlich klug von Martin gewesen sein, sich vorzudrängeln, doch es war nicht unrecht von ihm. Dem wütenden Bauern quollen nun vor Empörung schier die Augen aus dem Kopf.

Dann erkannte sie, dass das nicht nur daran liegen konnte, dass er sich beleidigt fühlte. Im Gedränge hinter ihm ging irgendetwas vor sich: Ganz kurz blitzte eine scharfe Klinge auf, und der Mann kippte hintenüber oder wurde zurückgezerrt.

Ein kleinerer Mann mit hängenden Schultern nahm seinen Platz ein. Hinter ihm tauchte ein weiterer auf; dann ein dritter Mann und ein vierter. Zuerst war Gaultry gar nicht klar, was sie da beobachtete.

Tullier packte sie am Ärmel. »Bissantiner! Was wollen die denn in Tielmark?«

Der vorderste der Männer zog sein Schwert. »Für Llara!«, rief er. »Für Llaras Herz-auf-Erden!« Mit erhobenem Schwert rannte er auf sie zu. Die Marktleute sprangen erschrocken beiseite und machten ihm eine Gasse frei.

»Haltet sie auf!«, schrie Gaultry. »Sie werden uns umbringen!«

Doch die Menge glaubte, die Männer wollten ihnen nur einen gehörigen Schrecken einjagen, um ihnen die Flausen auszutreiben – die Anrufung der bissantinischen Göttin und ihres Kaisers schienen sie gar nicht zu hören. Einige feuerten die Angreifer sogar noch an. Einen endlosen Augenblick lang konnte Gaultry, verwirrt von dem Verhalten der Menschenmenge, sich nicht entscheiden, ob sie weitergehen oder umkehren sollte; sie konnte kaum glauben, dass es sich wirklich um einen Angriff handelte. Sie warf einen raschen Blick auf den Brückenwärter und sah, dass er beiseite trat. Offensichtlich wollte er nichts mit alledem zu tun haben. Martin stand noch immer hinter ihr.

»Ich bin Gaultry Blas!«, rief sie, als die ihre Schwerter schwingenden Männer sie schon fast erreicht hatten. »Die *Glamour*-Hexe und Hüterin dieses Landes!« Doch die Männer wussten natürlich schon, wer sie war, schließlich waren das Bissantiner, und sie griffen sie an! Aber vielleicht könnte sie es mit einem Bluff versuchen. »Fordert mich nicht heraus, wenn euch euer Leben lieb ist!« Als die Männer weiter auf sie zustürmten, fiel ihr endlich ein, dass ihr ja noch andere Mittel zur Verfügung standen. Sie berührte die Ranke am Geländer neben sich und öffnete einen Kanal zum Siegel der Priesterin, die den Efeu hatte wuchern lassen, um sich der darin schlummernden Zauberkraft zu bedienen. Als sie das Siegel öffnete, fühlte sie, wie ihre eigene Kraft erwachte. »Ihr sollt meine Macht zu spüren bekommen!« Einen Augenblick lang flammte Hoffnung in ihr auf: Sie würde den Zauber umwandeln und die behexten Ranken so lenken, dass sie die Angreifer umschlangen, bevor diese sie erreichen konnten. Sie brauchte nur noch ein wenig mehr Magie –

Ein fremder Gegenzauber traf sie, als sie die Hand auf das Brett mit dem magischen Siegel legte. Die erste süße Kraftwelle ihrer eigenen Magie geriet ins Stocken, wankte und stürzte mit einem wütenden Rückschlag ein, welcher sie ebenso schmerzhaft wie unerwartet traf. Irgendeine andere, unbekannte Hexe hatte ebenfalls ihr Zeichen auf dem Torbogen hinterlassen, zusammen mit einem neuen, wilden Zauber. Gaultry zog fluchend die Hand zurück. Sie verstand nicht, was schief gegangen war, und wandte sich wütend und angsterfüllt dem herabsausenden Schwert zu.

Doch noch während sie sich umdrehte, zuckten die Ranken an der ganzen Brücke heftig zusammen. Die Balken unter ihren Füßen verzogen sich unter lautem Knarren, und plötzlich wurde ihr bewusst, wie tief der Fall von der Brücke bis zu dem rauschenden Fluss und den scharfen Felsen dort drunten war. Die panischen Bauern und Händler, welche sich noch auf der Brücke befanden, vergaßen jetzt sogar die blitzenden Schwerter und drängten hastig zum Ufer, in Sicherheit. Das gräulich-fahle Gesicht des ersten Bissantiner Angreifers wurde noch bleicher. »Llara, steh mir –«, schrie er, als die Brücke unter ihm schwankte.

Der Efeu entrankte sich von dem Punkt aus, wo Gaultry ihn berührt hatte, und zog sich blitzschnell von der Brücke zurück wie eine Schlange aus Blättern. Und nicht nur an dieser Stelle. Auf der gesamten Brücke wanden sich die Efeuranken wie ein Wesen mit unzähligen Armen, das aus dem Schlaf erwachte. Die Ranken befreiten sich von der Brücke und rissen Teile der Holzkonstruktion mit sich.

»Was habt Ihr getan?«, rief Tullier. Von den Gefährten stand er am dichtesten bei ihr.

»Das bin ich nicht!«, schrie Gaultry zurück. »Ich schwöre es bei der Jägerin Elianté, das war ich nicht! Zurück!«

Doch statt zurückzuweichen, packte er ihre Hand.

Die peitschende, vielarmige Efeumasse warf sich hinter ihnen quer über die Brücke und schnitt ihnen den Rückweg ab.

Ein beängstigend starker Zweig schlang sich um ihren Arm und schlug Tulliers Hand beiseite. Ein Balken sackte unter ihr weg. Als sie versuchte, sich mit einem Sprung auf festeren Boden zu retten, legte sich ein grüner Mantel über ihren Kopf, ein lebender Umhang aus Blättern und Reben, der ihr die Sicht raubte und sie unter sich begrub. Sie zog ihren Dolch, doch sogleich schlang sich eine Ranke dreimal um ihren Arm und zog sich so fest zusammen, dass sie ihr die Haut aufriss. Sie schrie vor Schmerz auf, hielt aber eisern den Dolch fest, denn wenn sie ihn jetzt fallen ließ, würde sie ihn nie wiederbekommen.

Sie hörte Tullier mit schriller, wütender Stimme rufen, doch sie verstand nicht, was er schrie. Die Ranken wanden sich, peitschten wie Schlangen aus grünen Blättern umher und schlugen ihr das Messer gegen die Brust. Sie warf sich gegen das Brückengeländer, um irgendwie zu entkommen. »Martin!«, rief sie. »Hört mich jemand? Helft mir!«

Die Brücke schwankte heftig. Unter lautem Getöse, Krachen und Splittern brach sie allmählich auseinander. Direkt unter ihren Füßen fiel eine Planke heraus, und als sie versuchte, sich noch fester an das Geländer zu klammern, wurde eine weitere Planke losgerissen. Gaultry fiel, bekam gerade noch ein abgebrochenes Stück Geländer zu fassen und schlug hart mit dem Kinn auf. Sie rutschte ab, fiel immer weiter, über zwei Manneslängen tief, und prallte mehrmals mit voller Wucht gegen das, was von der Stützkonstruktion übrig geblieben war.

Dann plumpste sie ins Wasser und wurde von der Strömung an einen halb aus dem Fluss ragenden Felsen gedrückt.

Im Fallen lösten sich die Ranken, die entweder keinen Halt mehr fanden oder ihre magische Anweisung erfüllt hatten. Gaultry konnte nun etwas von der restlichen Brücke über sich sehen, obwohl ihr Blick durch peitschende, züngelnde Ranken verwirrt und eingeschränkt wurde. Martin stand immer noch dort oben und kämpfte mit mindestens einem Bissantiner. Tullier – sie konnte Tullier nirgends sehen. Er musste ebenfalls ins Wasser gefallen sein. Und die Sharif – die Sharif hatte ihre Pferde gehalten …

Sie entdeckte die Sharif im Fluss, nicht weit von Gaultry entfernt, gegen einen der Brückenpfeiler gedrückt und an zwei Pferde gefesselt. Der Braune, den Martin geritten hatte, bäumte sich verzweifelt auf und wehrte sich mit aller Kraft gegen eine Rankenschlinge, die sich um seinen Hals zusammenzog. Gaultrys Pferd hatte sich bei dem Sturz einige Knochen gebrochen. Es wieherte schrill vor Pein und schlug in alle Richtungen aus bei dem Versuch, auf die Beine zu kommen. Die Sharif hing zwischen den beiden panischen Tieren in einem Knäuel aus Zügeln und Ranken.

Lass sie los!, rief Gaultry, die nicht gleich erkannte, wie fest die Frau an beiden Armen gefesselt war.

Na sicher. Dann reißt mich der Fluss mit, und ich ertrinke, gab die Sharif zurück.

Diese Gedankenübertragung zwischen den beiden Frauen zog die Ranken an. Sie schoben sich durch das Wasser, streckten grüne Finger aus, fanden sich allmählich zurecht. Schlängelndes Blattwerk rankte sich einmal mehr um Gaultrys Brust, zuerst tastend, dann kräftig genug, um ihr die Luft abzudrücken. Irgendwie hatte sie es geschafft, den Dolch nicht zu verlieren. Sollte sie ihn benutzen oder sich weiter von den Ranken halten lassen, sodass wenigstens ihr Kopf über Wasser blieb?

Schließlich hatte die sich heranwindende Ranke genug Kraft und Halt gewonnen, um ihr die Entscheidung abzunehmen. Sie riss Gaultry aus dem Schutz des halb aus dem Wasser ragenden Felsens und drückte sie in die reißende Strömung. Weiß aufspritzende Gischt nahm ihr für einen Augenblick die Sicht und jede Orientierung, als sie in die Mitte des Flusses hineingespült wurde. Wasser drang ihr gewaltsam in die Nase und in den Mund, den sie dummerweise nicht geschlossen hatte. Erst als die Ranken sie an einen weiteren Felsbrocken schleuderten, konnte sie sich einen kurzen Moment lang orientieren. Sie schlug um sich, wollte sich an den Stein klammern, der kaum eine Elle von ihrem Kopf entfernt aus dem Wasser ragte, und stieß sich schmerzhaft den Fuß an einem unter Wasser verborgenen Felsen.

Es gelang ihr, sich an dieser unerwarteten Stütze ein wenig Halt zu verschaffen, um zu Atem zu kommen und einen Gegenangriff zu versuchen. Sie berührte ein Blätterknäuel und sandte tastend ihre Magie aus, diesmal vorsichtig und verstohlen, um festzustellen, was die Attacke der Pflanze ausgelöst hatte. Der angreifende Bissantiner war sichtlich erschrocken, als der Efeu so plötzlich zum Leben erwacht war – aber Gaultry war schon zu lange auf der Flucht, um zu glauben, diese gleichzeitigen Attacken könnten Zufall sein.

Sie fand den Ursprung, einen erkennbar wütenden Zauber. Dieser hasste sie mit so giftiger, persönlicher Macht, dass

Gaultry sie beinahe körperlich spüren konnte, obwohl sie nur magische Fühler danach ausgestreckt hatte. Sie riskierte keine weitere Erkundung, sondern ließ sich vorsichtig im Wasser gegen den Felsen sinken. Wenn der Zauber bemerkte, dass sie sicheren Halt gefunden hatte, würde er sie wieder ins reißende Wasser hinausschleudern.

Sie ermahnte sich dazu, ihre Angst zu bezwingen und sich an den Zauber heranzutasten. Sie starrte die Ranken an und versuchte zu verstehen, auf welche Weise sie so brutal zum Leben erwacht waren. Das lag nicht an dem Zauber der Priesterin, welche die Ranke ursprünglich um die Brücke hatte wachsen lassen. Sie konnte die Magie dieser Frau spüren, die noch immer vorhanden war und den Efeu sanft an die altersschwachen Balken band. Nein, das hier war neu und machte sich den alten Spruch nur zunutze. Vage sah sie einen grünen Schimmer, wo der neue Zauber sich über den alten gelegt hatte. Als sie sich darin versenkte, wurde der Schimmer immer düsterer, dunkelgrün, beinahe schwarz. Ein wütendes Grün, hasserfüllt und schwarz verfärbt. Sie erkannte diese Energie wieder: Die Göttin Eliantë trug diese Farbe, wenn sie in ihrer Rolle als furchtbare Rächerin durch die Wälder jagte.

Gaultry bekam nicht genug Luft, um angesichts dieses Verrats entsetzt aufzuschreien: Die Macht ihrer eigenen Göttin war gegen sie gewandt worden. Was hatte sie getan, dass diese Vernichtung auf sie gehetzt wurde? Was konnte sie nur getan haben, um solchen Hass auf sich zu ziehen?

Sie verscheuchte diese Gedanken und richtete all ihre Aufmerksamkeit auf die Ranke selbst, suchte nach einer Schwachstelle und wäre vor Erleichterung beinahe in Tränen ausgebrochen, als sie sie endlich fand: Die schwärzlich grüne Magie benutzte die Ranken für ihr zerstörerisches Werk, doch dabei verschlang sie zugleich die Pflanze, ließ die Blätter verdorren und die Rinde rissig werden.

Oben auf der Brücke schrie ein Mann auf. Ein lebloser Körper in einem flatternden grauen Umhang fiel ins Wasser. Ein toter Bissantiner. Martin, dachte sie erleichtert. Offenbar machte er kurzen Prozess mit den Angreifern. Sie wand sich herum und kämpfte mit den Ranken, um festzustellen, was sonst noch geschah. Dann sah sie Tullier.

Er strampelte über ihr in einem Knäuel von Ranken und baumelte mehr als mannshoch über dem Wasser wie eine Fliege in einem Spinnennetz. Auf den Überresten der Brückenbohlen tasteten sich zwei Männer zu ihm vor, die unter den ersten Angreifern gewesen waren.

»Tullier!«, schrie sie. Er drehte sich, so gut es die gierigen Ranken erlaubten, zu ihr um, als der erste der Männer ihn erreichte. »Tullier!«, kreischte sie wieder. Das Schwert des Angreifers blitzte in der Sonne auf und sauste herab. Der Efeu um Tullier und den Mann herum färbte sich rot.

Ihre Wut brach sich in einem hitzigen Kraftstrom Bahn. Mit ihr erwachte auch ihre *Glamour*-Magie. Wie goldenes Feuer fuhr sie fauchend aus ihr heraus und durch das hasserfüllte Grün des Zaubers, der sie zu verschlingen drohte. Diese dunkelgrüne Magie war stark, aber nicht gut abgestimmt. Wer auch immer diesen Zauber gewirkt hatte, war nicht eben meisterlich vorgegangen, sodass der Zauber nicht Teil der Pflanze geworden war oder einen Teil des pflanzlichen Wesens selbst benutzte, um Gestalt anzunehmen.

Das war ein Glück für Gaultry, denn die bereits geschwächten Ranken fielen völlig leblos herab, sobald der Zauber durch Gaultrys Macht von ihnen abgelenkt wurde. Doch das bemerkte sie kaum, denn sie hatte nur Augen für Tullier.

Der Fluss wich von ihrem Körper zurück, verdrängt von der Kraft, die von ihr ausging, sodass sie nun auf einem nassen Felsbrocken stand, während dunkle, brusthohe Wände von Wasser an ihr vorbeirauschten. Sie schrie triumphierend auf, öffnete die Kanäle ihrer Magie noch weiter, um die abscheuliche grüne Magie aufzusaugen und ihre eigene Macht zusätzlich mit der üblen, starken Kraft dieses Zaubers zu stärken. Die Ranken, die ihre Brust einschnürten, hingen noch in die Strömung hinab, waren aber nun von dem Zauber befreit und wurden vom Wasser mitgerissen. Sie bekam nur am Rande mit, dass das Efeuknäuel, das Tullier umschlungen hielt, sich auflöste und seinen leblosen Körper in den gnadenlos tosenden Strom stürzen ließ.

Schwärzlich grüne und goldene Magie rangen miteinander. Gaultry stemmte sich gegen den nackten Fels, während die Wasserwände zischend an ihr vorbeibrausten, und bäumte sich auf vor Anstrengung, endlich den bösen Zauber zu überwinden. Jenseits der dunklen Wände, unter der Brücke, spürte sie Tulliers Körper, der in der Strömung herumgewirbelt wurde und gegen einen Felsen prallte. Das grauenvolle Geräusch, als Fleisch und Knochen gegen harten Stein geschmettert wurden, war trotz des tosenden Wassers zu hören.

Dieses Geräusch verlieh ihr noch mehr Willenskraft, die grüne Magie zu brechen. Sie schrie triumphierend auf, und die üble Magie, die sie aufgenommen hatte, explodierte in einer Wolke winziger Funken, und das Gift verpuffte in der Luft.

Dann – dann war es einfach weg.

Die Wasserwände brachen zusammen. Gaultry, die nicht damit gerechnet hatte, stieß sich ab und begann wie verrückt mit den Beinen zu paddeln, wobei sie sich an dem nun wieder halb umspülten Felsen festhielt. Sie blickte angestrengt flussabwärts und suchte nach Tullier. Sein Hündchen, das irgendwo oben auf der Brücke festsaß, heulte jämmerlich.

Gotri. Die Stimme der Sharif durchdrang sie, die leicht undeutliche, fremdländische Aussprache hallte stärker denn je in ihr. *Gotri, ich brauche dich.*

Widerwillig brach die junge Frau ihre Suche nach Tullier ab und drehte sich nach der Sharif um. Was sie sah, ließ sie entsetzt nach Luft schnappen. Als der Zauber gebrochen war, hatten die schlingenden Ranken Martins Braunen freigegeben. In panischer Angst drängte er nun zum Ufer. Die Arme der Sharif waren immer noch an die Zügel beider Pferde gefesselt, von denen eines mit gebrochenen Beinen halb wahnsinnig vor Schmerzen um sich schlug, während das andere sich mit aller Macht gegen den Zügel aufbäumte, um das rettende Ufer zu erreichen. Zwischen ihnen wurde die Sharif an einen Brückenpfeiler gepresst. Die Sehnen quer über ihre Brust standen hervor, zum Zerreißen gespannt.

Nicht mehr lange. Irgendwie hatte die Frau trotz ihrer Angst vor dem reißenden Wasser die Nerven behalten. *Jetzt dauert es nicht mehr lange.* Ihre Worte klangen unheimlich ruhig. *Herr der Sonne, König Andion, wenn du mich je geliebt hast …*

Aus den Augenwinkeln entdeckte Gaultry Tulliers schwarzen Schopf. Der Junge wurde rasch flussabwärts getrieben. Sie drehte sich wieder zu den Pferden und der Sharif um und konnte sich nicht entscheiden. Die Sharif brauchte sofort Hilfe, das stand fest, aber Tullier …

»Rette den Jungen!« Martin, das blutbesudelte Schwert in der Hand, tauchte über dem zerstörten Brückengeländer auf. Er wartete keine Antwort ab, sondern hechtete mit einem waghalsigen Sprung über die Lücke in den Planken und brach durch ein Gewirr geborstener Bohlen und schlaffer Ranken zu ihnen herunter. Eines der Pferde bäumte sich erschrocken auf. Die Sharif schrie, als ihr beinahe der Arm ausgerissen wurde. Doch zumindest war Martin schon fast bei ihr …

Gaultry ließ sich von der Strömung mitreißen und hielt auf die Stelle zu, wo sie Tulliers Kopf zuletzt gesehen hatte.

Felsen und mitgeschwemmte Trümmer ragten kreuz und quer aus dem Wasser auf. Jetzt, mitten im Sommer, war der Wasserlauf nicht zu voller Kraft angeschwollen, aber immer noch reißend genug, um ihr Angst zu machen. Unter guten Bedingungen konnte Gaultry schwimmen wie ein Otter, aber sie war erschöpft, und ihre verzweifelte Hast, zu Tullier zu gelangen, tat ein Übriges. So tief, wie sie im Wasser lag, hatte sie schreckliche Angst, ihn in einem Strudel oder hinter einem halb aus dem Wasser ragenden Felsen zu übersehen.

Sie stemmte sich halb auf einen moosbewachsenen Felsbrocken hoch, wobei sie sich die Fingerknöchel blutig aufriss. Hier konnte sie sich kurz einen Überblick verschaffen und entdeckte ihn endlich. Irgendwie hatte er es geschafft, sich aus der starken Strömung zu befreien und sich in einer flachen Ausbuchtung ans Ufer zu retten.

»Tullier!«, schrie Gaultry. »Tullier!«

Über ihm stand ein Mann mit abfallenden Schultern und fahler Haut. Einer der Angreifer von der Brücke. Er war dem Chaos aus Ranken und berstendem Holz entkommen und am Ufer entlanggerannt, um sie flussabwärts abzufangen. Gaultry musste mit ansehen, wie er das Schwert hob.

Tullier war zu schwach, um sich zur Wehr zu setzen. Er starrte zu dem Mann auf, und seine eisgrünen Augen blickten ruhig und bereit für das, was ihm bevorstand.

Der Mann zögerte. Irgendetwas an Tulliers Gesicht ließ ihn innehalten. Er blickte auf den Jungen nieder, und seine Lippen bewegten sich. Gaultry war zu weit entfernt, um die Worte zu verstehen, doch Tullier antwortete auch nicht darauf. Verzweifelt warf sie sich ins Wasser, um vielleicht doch noch das Ufer zu erreichen, bevor das Schwert niedersauste.

Der Mann, der offenbar nicht bemerkt hatte, dass sie sich näherte, malte das Zeichen der Llara, einen gezackten Blitz, in die Luft und legte dann die Hand auf seine Schwertklinge. Er war der schnellste der Männer, der Einzige, der es geschafft hatte, über das Gewirr von Brückentrümmern und Efeuranken zu klettern und Tullier einen Schwerthieb zu versetzen. Seine Finger strichen zärtlich über die Klinge – an der das noch feuchte Blut des Jungen klebte. Vor Gaultrys Augen zog er absichtlich die scharfe Klinge über seine Handfläche und ballte dann die Faust darum. Blut quoll zwischen seinen Fingern hervor und vermischte sich mit dem von Tullier. Der Bissantiner erstarrte.

»Llaras Blut«, sagte er leise. Nun war Gaultry nahe genug, um ihn verstehen zu können. Der Mann starrte, gebannt vor Entsetzen, auf Tullier. »Ich habe Llaras Blut vergossen.« Seine Augen weiteten sich vor Qual, und er hob das Schwert zum Schlag.

Tullier unter ihm duckte sich nur ein wenig zusammen und schloss die Augen.

Der Mann stieß einen unbeschreiblichen Schrei aus. Unerbittlich fuhr das Schwert hernieder.

Gaultry schrie erneut auf, diesmal vor Mitleid.

Der Bissantiner war ein Soldat der Großen Llara, und er war sehr schnell. Sein Schrei brach abrupt ab, als die Wucht seines eigenen Schwerthiebs ihm den Bauch aufschlitzte. Sein lebloser Körper kippte vornüber ins Wasser, das Schwert fiel aus der kraftlosen Hand. Eine Woge umspülte Gaultry, und plötzlich wurde das Wasser um sie her entsetzlich kalt. Das gab ihr die schreckliche Gewissheit: Als Strafe dafür, dass er einen Jungen verletzt hatte, in dessen Adern Llaras Blut floss, war die Seele des Mannes mit seinem Körper gestorben.

Gaultry taumelte aus dem Wasser zu Tullier, packte ihn an der Schulter und richtete ihn halb auf, fassungslos über das, was sie soeben gesehen hatte. Sie hatte die Bedeutung des Herrscherblutes in der Linie der Bissantiner Kaiser nicht begriffen, hatte bisher nicht verstanden, welche Bedrohung Tullier für den Kaiser darstellte, welcher den Thron seinen eigenen Söhnen vererben wollte. Nach allem, was sie eben mit angesehen hatte, konnte offensichtlich niemand aus dem Kaiserreich einen Tropfen vom Blut dieses Jungen vergießen, solange die Große Llara über Bissanty wachte, ohne den Segen der Grauen Göttin zu verlieren – und wie konnte ein Mann weiterleben mit dem Wissen um die Rache, welche seine Göttin an ihm nehmen würde?

Dieser Triumph des Todes über das Leben, das war es, was die Kaiser von Bissanty mit aller Macht besitzen wollten.

Tulliers Hemd hatte sich vor Blut dunkel gefärbt. Er sank kraftlos zur Seite, als sie ihn ganz aus dem Wasser zog, und enthüllte dabei eine tiefe, vom Wasser schon aufgequollene Wunde im Unterleib.

Verzweifelte drückte sie ihn an sich, um ihn zu wärmen. Er war so weit bei Bewusstsein, dass er sich an sie klammerte, die Arme um ihren Nacken schlang und den Kopf an ihre Brust legte, als sie ihn stolpernd ein paar Schritte vom Fluss fortzog. Sie versuchte, ihn auf das weiche Moos zu betten, doch er wollte sie nicht loslassen.

»Es tut nicht weh«, sagte er mit schwacher Stimme. »Aber Euch so zu verlassen –«

»Tullier.« Sie würde ihn nicht einfach so aus dem Leben gleiten lassen. »Deine Zeit ist noch nicht gekommen.«

»Ich habe einen Monat lang gelebt«, keuchte der Junge. »Das war besser, als nie gelebt zu haben.«

Diese ungewohnte Schicksalsergebenheit machte ihr Angst. Sie knüllte die langen Schöße ihres Kittels zusammen und drückte sie auf die Wunde, um irgendwie die Blutung zum Stillstand zu bringen.

»Gaultry«, flehte er. »Lasst mich gehen.«

»Sei still, Tullier«, erwiderte sie barsch. »Wir holen gleich einen Heiler, und dir geht es bald wieder besser. Ich lasse nicht zu, dass du stirbst. Mervion –« Die halbe *Glamour*-Seele ihrer Schwester steckte in Tullier, und Mervion war eine sehr gute Heilerin. Vielleicht konnte sie diesen Teil ihrer Schwester in dem Jungen erreichen ...

Er klammerte sich krampfhaft an sie, als er vor Enttäuschung erschauerte. »Natürlich«, sagte er. »Wenn ich sterbe, nehme ich einen Teil von Mervion mit. Nehmt ihn Euch doch«, stöhnte er. »Holt ihn Euch, und lasst mich sterben ...«

»Schluss jetzt, Tullier«, sagte sie. »Darum geht es gar nicht.« Doch als sie das sagte, durchfuhr sie die Erkenntnis, dass er vielleicht tatsächlich sterben könnte – und mit ihm die Hälfte von Mervions *Glamour*-Seele –, wie ein eisiger Dolch. Das durfte sie nicht zulassen, genauso wenig, wie sie Tullier sterben lassen konnte, in ihrer Heimat, unter ihrem Schutz. »Bei der Jägerin! Ich meinte damit, dass ich versuchen will, Mervions Kraft in dir zu erreichen, um dir zu helfen. Mervion ist die große Heilerin, nicht ich. Entspann dich, dann versuche ich, zu ihrer Seele in dir vorzudringen und ein wenig Zeit für uns zu gewinnen.«

»Ja!«, krächzte er, plötzlich begierig. »Tut es!«

Sie starrte ihn voller Zweifel an. Was an ihrem Vorschlag hatte seine Lebensgeister so plötzlich geweckt?

»Öffne dich mir.« Sie streichelte seine Wange und versuchte, ihn zu beruhigen. »Entspann dich. Lass meine Magie durch dich hindurchströmen.« Sein feuchtes Haar an ihren Fingern fühlte sich kalt an. »Erinnere dich daran, wie es war, als wir in Bissanty zusammengewirkt haben. Purpur und Gold – unsere magischen Kräfte miteinander verwoben. Bei den Großen Zwillingen! Das allein sollte reichen, um dich hier bei uns Lebenden zu halten.«

»Ich will Euch –«, begann Tullier, doch dann musste er husten, sodass er den Satz nicht zu Ende sprechen konnte. Seine Finger schlossen sich mit überraschender Kraft um ihre Hand. »Tut es einfach«, brachte er schließlich mühsam hervor.

Sie hielt ihn eng an sich gedrückt. Sein Körper war kalt wie der Fluss, als habe der Strom nicht nur sein Blut, sondern auch seine Wärme mit sich genommen. Einen Moment lang fürchtete sie, er könnte doch schon zu weit fort sein und seine Seele könnte ihre Reise zu den Göttern bereits angetreten haben, zu weit weg, um sie zurückzurufen. Ihre überladenen magischen Kanäle fühlten sich schwach und wie geschrumpft an; sie waren wie ausgelaugt von ihrer Anstrengung, die hasserfüllte schwärzlich grüne Magie zu zerstreuen, doch sie achtete nicht auf dieses Gefühl und griff einmal mehr über ihre magischen Sinne hinaus.

Als sie schon glaubte, sie könnte ihren Vorstoß nicht mehr aufrechterhalten, brandeten Wellen von kaiserlichem Purpurrot in ihrem Geist auf. Sie verdoppelte ihre Bemühungen, als sie die gewaltige Macht und die große Seele erkannte, Tulliers Herrscherblut. Es war von blutroten Strömen durchzogen und pulsierte wie ein schlagendes Herz. Langsam floss diese Kraft wieder zurück und zog sie mit sich in eine Welt, in der nur noch die magischen Sinne und die wahre Sicht von Bedeutung waren. Wie aus weiter Ferne spürte Gaultry Tulliers Körper heftig zucken, und seine Fingernägel gruben sich in ihren Nacken in einer beinahe erotischen Umarmung. Doch nichts von alledem fühlte sich wirklich an. Nur der scharfe Schmerz seiner Wunde war echt, und das Blut, das immer noch aus der Wunde floss.

Der purpurne Schleier zögerte spielerisch, reif wie dicke Weintrauben. Gaultrys Drang zur Eile hatte sich ihm nicht mitgeteilt. Die goldenen Ränder ihrer *Glamour*-Magie berührten zart das Herrscherblut, und es reagierte genüsslich, indem es in seiner Mitte eine weiche Kuhle formte, um sie aufzunehmen. Bei dieser Berührung durchfuhr Gaultry willkommene Wärme, und ihre Schmerzen waren vergessen.

»Todessehnsucht«, murmelte Gaultry und wünschte, Tullier würde mehr Anstrengung darauf verwenden, sein Leben zu retten. Wenn sie ihm gestattete, so langsam weiterzumachen, würde sie ihn ganz sicher verlieren – und mit ihm vielleicht sogar sich selbst. Mit dieser Gefahr vor Augen kämpfte sie energisch gegen die aufkommende Mattigkeit und das sich ausbreitende Wohlgefühl an und zwang sich dazu, ihre ganze Willenskraft auf Tulliers entsetzliche Wunde zu lenken.

Sie wusste nicht, wie lange sie so versunken dort gekniet hatte, doch plötzlich erhob sich wie ein funkelndes Leuchtfeuer Mervions halbe Seele über ihr und strahlte in tröstlicher Wärme auf sie herab. Gaultry spürte eine vollkommene Verbundenheit mit ihrer Schwester – mit dem geliebten Zwilling, von dem die Ränke der Mächtigen sie so lange getrennt hatten.

Urplötzlich war dieser Augenblick vorüber. Mervions Kraft zog sich zusammen. Auf einmal erkannte Gaultry, wie sie sie dazu nutzen konnte, das verletzte Blutgefäß in Tulliers Eingeweiden wieder zu verschließen. Sie griff mit neuer Gewissheit hinaus, schwebend zwischen der magischen Welt und dem Flussufer, auf dem der blutende Junge lag. In diesem Zwischenreich konnte sie Mervions Zauberkraft genau an der richtigen Stelle einsetzen wie einen Verband, während Ströme purpurner Kraft um die ihre strichen und ihr neue Macht verliehen. Es war ein berauschendes Gefühl, wenn sich Tulliers Herrscherblut auf diese Weise mit ihrer *Glamour*-Magie vermischte.

Mit einer letzten Kraftanstrengung schloss sie die innere Verletzung und zog sich zurück. Das Flussufer wurde wieder zur kalten Wirklichkeit. Einen Augenblick lang zitterte ihr Körper wie im Fieber.

Tulliers Kopf war schlaff zurückgefallen, und sein Kehlkopf ragte hervor. Gaultry hob seinen Kopf in eine bequemere Lage. Er war tief in der Ohnmacht versunken, doch seine Lippen waren zu einem beunruhigenden Lächeln verzogen, als sei er weit entrückt von seinen Schmerzen.

»Wie geht es ihm?« Martin kam zu ihnen herabgestolpert, Tulliers Hündchen dicht auf den Fersen.

»Er wird es überleben.« Gaultry bedeckte das Gesicht des Jungen mit der Hand, damit Martin dieses Lächeln nicht sah, und ließ ihn zittrig zu Boden gleiten. Die Ränder der Wunde wölbten sich unter dem Druck des innen gestauten Blutes, doch sie wusste, dass er nicht sterben würde. Nicht dieses Mal. Der Hund winselte und schmiegte sich an Tulliers Beine. »Wer hat das getan?«, fragte sie wütend. »Wer hat uns diese Männer auf den Hals gehetzt?«

»Ich weiß es nicht«, antwortete Martin. »Aber sie kamen sämtlich aus Bissanty.«

»Der Zauber auf der Brücke, das war Tielmaraner Magie«, erklärte Gaultry. »Warum also ein bissantinischer Hinterhalt, wenn die Magie von hier stammt?«

»Keine Ahnung«, meinte Martin. »Diese Bissantiner haben uns jedenfalls hier aufgelauert. Das war keine zufällige Attacke – sie kannten dich, und mich auch. Das habe ich aus einem von ihnen herausgepresst, bevor ich ihn töten musste.«

»Bei Elianté!« Gaultry rief die Große Jägerin an und malte ihr Zeichen in die Luft, wütend und verängstigt zugleich. »Ich dachte, wir wären in Sicherheit, da wir nun wieder zu Hause in Tielmark sind.« Sie weinte jetzt, überwältigt von den gerade bestandenen Gefahren. »Du hast ja keine Ahnung, was ich tun musste, um Tullier am Leben zu erhalten. Sie hätten ihn fast umgebracht. Ich musste meine *Glamour*-Magie aufbieten und er sein Herrscherblut!«

Beunruhigt zerrte Martin Gaultry auf die Füße und ein paar Schritte von dem bewusstlosen Jungen fort. »So kann das nicht weitergehen«, schnaubte er und ließ sie einen Moment lang seine tröstliche Wärme spüren. »Du musst damit aufhören, deine Kraft mit ihm zu teilen. Du vergisst, was er ist und wer du bist. Sein Schicksal liegt in Bissanty – deines hier in Tielmark.«

Gaultry riss sich von ihm los, eigenartig schuldbewusst. »Glaubst du denn, das wüsste ich nicht? Was soll ich deiner Meinung nach tun? Ohne mich wäre er gestorben.«

»Eine Gewohnheit, die er anscheinend nicht mehr aufgeben möchte«, erwiderte Martin hitzig. »Immerhin bringt ihn das dir sehr nahe.«

»Er ist doch noch ein Junge!«

Martin hob die Hand und legte sie an die weiche Rundung ihrer Wange. »Mit dieser Magie hat er schon zu viele Grenzen in dir überschritten. Gaultry – überleg doch nur, was du bereits alles mit ihm geteilt hast.«

Sie fegte seine Hand beiseite. »Rühr mich nicht an. Nicht jetzt.«

Martins Gesichtsausdruck wechselte von Ärger zu eisiger Kälte. Er trat zurück und deutete eine höhnische Verbeugung an. »Wie die Dame wünschen. Da ich selbst offenbar die werten Grenzen überschritten habe, bitte ich um Vergebung. Aber diese Verletzung der Höflichkeit ändert nichts an dem, was ich gesagt habe. Du musst damit aufhören, deine Kraft mit ihm zu teilen. Wenn schon nicht um meinetwillen, dann um Tielmarks willen.«

»Ich weiß nicht, wovon du sprichst.« Nun klang sie geradezu kindisch – sie merkte es, und er merkte es ebenfalls.

»Immerhin hattest du jetzt dein Bad«, sagte er herablassend und wandte sich von ihr ab. »Ich hoffe, es freut dich, dass du wieder einmal deinen Willen bekommen hast.«

3

In der allgemeinen Verwirrung, nachdem die Verwundeten und die Leichen aus dem Wasser gezogen worden waren, hatte sich die Meinung der Marktbesucher, die zu beiden Seiten des Flusses gestrandet waren, nicht eben zugunsten des kleinen Trupps verschoben. Martin hatte drei Männer getötet, und ein vierter hatte sich selbst das Leben genommen. Somit war eine Partei dieser Auseinandersetzung bis zum letzten Mann hingemetzelt und konnte ihre Darstellung des Zwischenfalls nicht mehr vorbringen. Deshalb herrschte allgemeine Uneinigkeit darüber, von wem diese Gewalttätigkeiten ausgegangen waren.

Als man dann die Leichen am Ufer niederlegte, wurde die Menge immer übellauniger. Diese Leute wussten nichts von bissantinischen Verschwörungen; sie hatten nur vier Männer gesehen, die unverschämte Drängler aufhalten wollten und mit ihrem Leben dafür bezahlt hatten.

Eine Frau hatte sich beim Sprung von der einstürzenden Brücke den Knöchel gebrochen; andere hatten schlimme Prellungen davongetragen. Viele der Wartenden hatten verderbliche Waren bei sich. Nur wenige beschlossen, etwas Sinnvolles zu tun. Drei Zimmerleute, die auf dem Weg nach Soiscroix waren, sprangen ins Wasser, um das davonschwimmende Holz zu retten, und mit Hilfe vieler zupackender Hände hatten sie schon bald einen schmalen, behelfsmäßigen Steg zusammengezimmert. Wer jedoch seine Waren in einem Karren oder Wagen mit sich führte, hatte großes Pech.

Ebenso sehr wie das Chaos und das Blutvergießen hatte sie der plötzlich lebendig gewordene Efeu erschreckt. Während die einen mithalfen, die behelfsmäßige Brücke abzustützen, begannen andere Männer damit, alles, was von den Ranken übrig geblieben war, abzureißen; sie entzündeten ein Feuer und häuften schmutzige Efeugirlanden darauf. Die Ranken dampften, als die Flammen sie umzüngelten, und ließen stinkenden Qualm aufsteigen.

Wieder andere schickten sich an, den Dränglern ihre gerechte Strafe zukommen zu lassen.

Der Brückenwärter, der sich für ihr Recht auf Vortritt hätte verbürgen können, war zu ängstlich, um die Sache in die Hand zu nehmen und die aufgebrachte Menge zu besänftigen. Eine energische Befragung ergab, dass ihn schon Tage zuvor einer der Getöteten angesprochen und über gewisse Reisende ausgehorcht hatte – Reisende, deren Beschreibung auf Gaultry, Martin und Tullier zutraf. Doch der Brückenwärter war so schwer von Begriff – oder so eingeschüchtert von der Wut der Menge –, dass er sich weder an den genauen Tag noch an irgendwelche anderen nützlichen Einzelheiten erinnern konnte.

Die Wut des Mobs würde bald in einen Aufstand münden, und Tullier und die Sharif konnten in ihrem Zustand nicht rasch weggebracht werden. Gaultry, die immer noch viel Aufhebens um Tulliers Wunde machte, wollte nicht von seiner Seite weichen. »Martin.« Sie warf ihm einen Verzeihung heischenden Blick zu in der Hoffnung, er möge ihren Streit für den Moment vergessen. »Bitte, unternimm doch etwas.«

Martin, der zwei ihrer Pferde wieder eingefangen hatte und dann noch einmal ins Wasser gesprungen war, um das arme Tier mit dem gebrochenen Bein von seinen Leiden zu erlösen, erwiderte müde ihren Blick.

»Auf dich werden sie hören«, redete sie ihm zu. »Wenn ich es versuche, bringe ich sie doch nur noch mehr auf.«

Er lächelte beinahe. »Da kann ich dir nicht widersprechen.« Ein Mann rempelte ihn grob an. Martin vergalt es ihm mit einem kräftigen Stoß. »Bleibt zurück.« Er lockerte das Schwert in der

Scheide. »Bleibt zurück, im Namen des Prinzen, oder Ihr handelt Euch mehr Ärger ein, als Ihr bewältigen könnt.«

Bevor der Mann etwas erwidern konnte, drängte Martin sich an ihm vorbei und sprang mit einer einzigen Bewegung, die lange Übung und große Schnelligkeit verriet, in den Sattel. Geschickt drängte er das Pferd seitwärts, verschaffte dem Grüppchen um die Verwundeten mehr Platz und zwang die Menge dazu, zurückzuweichen. »Beruhigt euch!«, rief er. »Im Namen Benets und Tielmarks, gebt Ruhe! Erklärt euch bereit, diese Angelegenheit nach Benets Gesetzen zu regeln, und wir werden uns willig der Gerichtsbarkeit fügen! Wir haben hier Verwundete, die versorgt werden müssen, und dort liegen Leichen, die noch ihres Segens harren und den Göttern geweiht werden müssen; wir wissen, dass wir diesen Ort nicht verlassen können, ehe all das besorgt ist. Ich höre wütende Stimmen, die sich gegen uns erheben. Doch da die Toten keine Erklärung mehr abgeben können, kann auch niemand hier für sie sprechen. Diese Angelegenheit muss zu einer gerechten Anhörung vor die örtliche Gerichtsbarkeit gebracht werden.« Er drehte sich zu dem Brückenwärter um. »Wer hat das Amt in dieser Grafschaft inne?«

Der völlig eingeschüchterte Brückenwärter gab keine Antwort, doch Martins Berufung auf das Gesetz brachte einige in der Menge auf seine Seite. »Das ist Jumery Ingoleur«, erklärte einer der Männer, die den Efeu verbrannten. »Ja, bringt sie zu Sir Jumery!«, rief ein anderer Mann. »Der wird dafür sorgen, dass sie ihre gerechte Strafe bekommen!«

Dieser Name wirkte wie eine Anrufung, und die Stimmung der Leute schlug um. Einen Augenblick lang schien es fast so, als habe Sir Jumerys Name ihnen Angst eingejagt. Martin, den dieses Verhalten beunruhigte, funkelte die Umstehenden finster an und legte die Hand an den Schwertknauf. »Wo residiert dieser Jumery Ingoleur?«

»Keine zwei Meilen von hier«, antwortete der Mann am Feuer und warf einen frischen Haufen Ranken in die Flammen.

»Beschafft uns einen Wagen für die Toten und Verwundeten.« Martin sah den Mann am Feuer mit durchdringendem Blick an. Der straffte die Schultern und nickte dann. »Und wir brauchen eine Eskorte, die dafür sorgt, dass wir möglichst rasch und ohne weitere Zwischenfälle bei diesem Herrn vorsprechen können.«

Zu Gaultrys Erstaunen fügte sich die Menge. Sie waren nicht eben erfreut, jeden, den sie nur erübrigen konnten, für die Eskorte zur Verfügung zu stellen – den Gehilfen eines Fuhrmanns, den Mann einer Korbflechterin, die ihre Ware zum Markt brachte, und vier weitere Männer. Ein Bauer, der in westlicher Richtung unterwegs war, regte sich schrecklich auf, als einer seiner Wagen für die Toten beschlagnahmt wurde, obwohl man ihm erklärt hatte, dass er ohnehin nicht weiterfahren konnte, bis die Brücke solider ausgebaut worden war. Doch insgesamt überwog wohl die Erleichterung darüber, dass Martin ihnen eine annehmbare Lösung vorgeschlagen hatte. Ein Raunen ging durch die Menge, als die Toten aufgeladen wurden, doch das unmittelbare Verlangen der Menge nach sofortiger handfester Bestrafung war besänftigt.

Tulliers leblose Gestalt wurde neben den Leichnam des Mannes gebettet, der sich selbst das Leben genommen hatte. Diese beiden verschlossenen Gesichter wiesen eine beunruhigende Ähnlichkeit auf. Nur die Lippen des Jungen, die sich in seinem bleichen Gesicht unnatürlich rot ausnahmen, unterschieden seine Blässe von der des Toten.

Die Sharif stieg mit Hilfe zweier Frauen als Nächste in den Wagen. Während Tullier kreidebleich war, wirkte die Sharif fiebrig erhitzt. Die Pferde hatten ihr beide Schultern ausgerenkt. Die Leute, die sie aus dem Wasser gezogen hatten, hatten den einen Arm wieder eingerenkt, doch der andere hatte sich einigen primitiven Einrenkversuchen widersetzt und hing noch immer schlaff herunter. Die Frauen, die ihr zwischen den Leichen Platz schafften, betteten sie so, dass sie den ausgerenkten Arm auf eine der Leichen stützen konnte.

Tulliers Welpe jaulte vor dem Wagen, bis auch er hinaufgehoben wurde. Dann, als sie eben aufbrechen wollten, kam der klatschnasse Honigfresser herbeigesprungen und machte einen großen Satz in den Wagen. Das Tier ließ sich auf dem Schoß der Sharif nieder, schimpfte leise vor sich hin und brachte sein nasses Fell in Ordnung. Das Murren der Menge ließ erahnen, dass ihnen dieses Wesen mit der seltsam spitzen Schnauze und dem bunt gestreiften Fell gar nicht gefiel.

Das behände graue Äffchen, das den langen Weg von Bissanty bis hierher mit ihnen zurückgelegt hatte, war dem Fluss zum Opfer gefallen. Gaultry war zu besorgt um ihre verletzten Gefährten, um es zu vermissen.

»Was hast du vor?«, fragte Martin, als sie die Strebe hinten an der Ladefläche ergriff und einen Fuß auf die Trittleiste setzte.

»Ich fahre mit Tullier und der Sharif im Wagen.«

»Kommt nicht in Frage«, erwiderte Martin. »Du bist nicht verletzt, deshalb wirst du an meiner Seite reiten.«

»Sie brauchen mich.«

»Ich brauche dich dringender«, zischte Martin ihr zu. »Glaub ja nicht, man hätte uns die ganze Sache schon verziehen. Du wirst neben mir reiten, eine ehrliche Miene zur Schau tragen und ihnen zeigen, dass ihre verdammte Brücke nicht durch unsere Schuld eingestürzt ist. Also schwing dich jetzt in diesen Sattel, und versuche, etwas weniger tragisch dreinzuschauen.«

»Tullier wäre beinahe getötet worden!«, gab Gaultry zornig zurück. »Er braucht mich in seiner Nähe.«

»Bei Allegrios, ich habe eben drei Männer abgeschlachtet. Glaubst du vielleicht, das ginge einfach so an mir vorbei? Du kannst jetzt nichts für ihn tun – sein Zustand ist stabil. Ich bin derjenige, der dich jetzt braucht, also beweg dich!« Sein Tonfall ließ diese Worte wie einen Befehl klingen, nicht wie eine Bitte.

Gaultry schwang sich auf das Pferd der Sharif, halb betäubt vor Erschöpfung, halb wütend – worauf, wusste sie auch nicht so recht. Martin Stalker hatte seinen adeligen Namen abgelegt, auf seinen Titel, die Ländereien und Privilegien und sogar auf seine

Familie verzichtet. Doch er konnte unmöglich diese Autorität verleugnen, erworben in mehr als zehn Jahren, die er nun schon Männer in die Schlacht führte. Hoch und stolz zu Pferde sitzend, brauchte er nur finster dreinzublicken und Befehle zu brüllen, und alle Welt – Gaultry eingeschlossen – gehorchte ihm.

»Ihr da! Die Hexe!« Der zornige Tonfall ließ Gaultrys Kopf herumfahren. Ein schwarzhaariger Mann weit hinten in der Menge schüttelte die drohend erhobene Faust. Dann deutete er auf die Leichen im offenen Wagen. »Dieser Mann hat sich Euretwegen umgebracht! Glaubt Ihr wirklich, die Götter werden Euch diesen Frevel verzeihen?«

Sie starrte ihn an, gebannt von seiner Heftigkeit. Glaubte er tatsächlich, sie habe die Macht, einen Mann dazu zu bringen, dass er sich selbst das Schwert in den Leib stieß? Unter ihrem ruhigen, ausdruckslosen Blick verstummte er.

Sie reckte das Kinn vor, grub die Fersen in die Flanken ihres Pferdes und drängte sich zu ihrem Platz an Martins Seite durch.

»Ich bin für dich da«, sagte sie zu ihm. Er war so stark, so beherrscht in jeder Lage, dass sie manchmal kaum merkte, wann er sie wirklich brauchte. »Du hast Recht. Tulliers Zustand wird sich nicht so rasch ändern, was man von diesem Mob nicht behaupten kann.«

Ihre wachsame Eskorte umringte sie, und der kleine Zug setzte sich in Bewegung.

»Schau nicht zurück«, warnte Martin sie, als sie sich nach einer weiteren zugerufenen Beleidigung umdrehen wollte.

Stattdessen riskierte sie lieber einen Blick zu ihm hinüber. »Meinst du, dieser Sir Jumery wird uns eine gerechte Anhörung gewähren?«

»Das sollte er. Wenn wir Glück haben, kenne ich ihn noch aus meiner Zeit bei Hofe, das würde uns schon ein gutes Stück weiterhelfen.« Er überlegte. »Der Name kommt mir bekannt vor. Hat vielleicht einer seiner Söhne bei einem Sommerfeldzug mitgekämpft? Ich kann den Namen nicht einordnen.«

»Wir werden es bald genug erfahren.«

Er nickte.

Die unerquickliche, beengte Reise endete vor einem alten, halb verfallenen Herrenhaus ein paar Meilen von Soiscroix entfernt, das von der Straße zurückgesetzt hinter verwilderten Hecken stand. Das Gebäude musste einmal sehr schön gewesen sein mit seinen zwei eleganten stuckverzierten Seitenflügeln und einem uralten steinernen Wehrbau in der Mitte. Nun aber war der westliche Flügel verrammelt, das Dach gefährlich eingesunken, und selbst der bewohnte Ostflügel war von Glyzinien überwuchert, die so lange nicht mehr gestutzt worden waren, dass sie schon den Stuck von den Mauern sprengten.

Gaultry war so erschöpft von der Anstrengung, die grüne Magie ausgelöst zu haben, dass sie im Sattel vor sich hin döste. Sie erwachte erst, als ihr Pferd das Tor des Anwesens passierte. Die Hälfte ihrer Begleiter zügelte ihre Pferde schon vor dem Durchlass in der Hecke, anstatt sich ebenfalls in den schäbigen Vorhof des Herrenhauses zu drängen. Obwohl das Anwesen sichtlich heruntergekommen war, bemerkte Gaultry ganz deutlich, dass ihre Eskorte sich dem Herrn des Hauses gegenüber äußerst ehrfürchtig verhielt. Erregtes Flüstern enthüllte ihr, dass es die Leute inzwischen mehr beschäftigte, ob sie den ehrenwerten Richter überhaupt zu Hause stören dürften, als ihm stolz die mutmaßlichen Brückenzerstörer vorzuführen.

Der Wagen kam quietschend vor der verblassten Pracht des Hauptportals zum Stehen. Ein Bursche wurde losgeschickt, um ihre Ankunft zu melden.

»Warum sind alle so beunruhigt?«, flüsterte Gaultry Martin zu.

»Ich weiß es nicht«, wisperte der zurück. »Dafür könnte es viele Gründe geben. Hoffen wir einfach, dass das für uns nichts Schlechtes bedeutet.«

Gaultry, Martin und ihre Eskorte mussten lange ausharren, bis der Hausherr endlich herangeschlurft kam. Nach dem ersten Blick fragte Gaultry sich erst recht, was ihre Begleiter an ihm nur so fürchten mochten.

Sir Jumery Ingoleur war alt. Alt und heruntergekommen mit zerbrechlich wirkendem Hals und stechenden, kurzsichtigen Augen. Seine Richterrobe schleifte hinter ihm durch den Staub und erweckte den Eindruck, er sei geschrumpft, seit das Gewand geschneidert worden war. Das Symbol seines vom Prinzen verliehenen Amtes, eine glänzende blaue Kugel mit silbernen Intarsien, lag unsicher in seiner Hand, als sei das Gewicht ein wenig zu viel für seine altersschwachen Finger; dieser Eindruck bestätigte sich, als der alte Mann nach einem kurzen Blick auf seine versammelten Besucher die schwere Steinkugel dem aufmerksamen Diener an seiner Seite in die Hand drückte. »Ich hoffe doch, es gibt einen guten Grund für diese Störung?«, quengelte er mit greiser Stimme. »Warum seid ihr nicht alle unterwegs zum Markt? Gibt es vor Mittsommer nicht schon genug Aufruhr, dass ihr mich auch noch aufscheuchen müsst?«

»Sir Ingoleur.« Der Anführer der Eskorte trat vor und verbeugte sich ehrerbietig. »Wir bringen schreckliche Neuigkeiten von Sizors Brücke. Dort sind einige Männer gestorben, Sir, und die Brücke ist eingestürzt. Diese Leute hier sind dafür verantwortlich.«

»Da sind wir anderer Ansicht«, warf Martin ein. »Doch wir sind bereit, diesen Herrn als Ersten sprechen zu lassen.«

Der Sprecher warf Martin einen trübseligen Blick zu, denn er merkte, dass die höflichen Worte des Kriegers den dramatischen Effekt des Berichtes schmälerten. Doch als Sir Jumery ihm bedeutete fortzufahren, fasste er sich rasch und erzählte mit knappen Worten seine Sicht der Ereignisse. Der Anfang klang besser, als Gaultry erwartet hatte, doch sie verzog schmerzlich das Gesicht, als der Mann berichtete, wie brutal Martin die Angreifer außer Gefecht gesetzt hatte – sie war unten im Wasser zu beschäftigt gewesen, um den Kampf selbst mit anzusehen.

Was sie nicht erwartet hatte, war seine Darstellung ihrer eigenen Rolle bei diesem Zwischenfall. »Sie hat entsetzlich gewütet«, sagte der Mann mit einem ängstlichen Seitenblick auf sie. »Sie hat den Wind, das Wasser und sogar eines Mannes eigene Hand behext. Bei Elianté und Emiera! Ich schwöre, ich sage die Wahrheit: Sie hat die Brücke nur berührt, da ist sie auch schon eingestürzt, und der arme Mann, der sich ihr in den Weg stellen wollte, hat sich mit dem eigenen Schwert erstochen, in dem Moment, als ihr Blick ihn traf.«

»Das ist nicht wahr!«, wehrte sich Gaultry und merkte dann, dass sie gar nicht erklären wollte, was sich tatsächlich abgespielt hatte – zumindest wollte sie Tulliers Herrscherblut nicht erwähnen. »Jemand hatte einen gefährlichen Zauber auf diese Brücke gelegt, bevor ich auch nur einen Fuß darauf gesetzt hatte. Sie ist um mich herum zusammengebrochen, als die Männer uns angriffen! Und außerdem – Eurer eigenen Schilderung zufolge hat die Brücke mich hilflos ins Wasser stürzen lassen. Warum hätte ich die Brücke unter meinen eigenen Füßen in Stücke brechen lassen sollen, selbst wenn ich die Macht dazu hätte?«

Der alte Mann wandte sich Gaultry zu. Sie saß noch immer zu Pferde, hinter Martin und dem Sprecher der Eskorte. Es war, als hätte er sie zuvor gar nicht gesehen. Seine kurzsichtigen Augen spähten forschend zu ihr her, und ein Ausdruck huschte über sein Gesicht, als erkenne er sie wieder. Die wässrigen Augen wurden unfreundlich. »Ihr seid eine Zauberin«, sagte er. »Oder wollt Ihr das etwa leugnen?«

Seine unerklärlich feindselige Miene ließ sie frösteln. »Ich habe magische Kräfte«, gestand sie. »Doch ich habe sie allein in den Dienst meines geschworenen Herrschers Benet gestellt und heute niemanden damit angegriffen.«

Sir Jumery durchfuhr offenbar irgendein plötzliches beunruhigendes Gefühl, und er wandte seine Aufmerksamkeit abrupt wieder dem Anführer der Eskorte zu. »Erzählt mir den Rest Eurer Geschichte.«

Als der Mann ausgesprochen hatte, beugte Sir Jumery sich ein wenig vor, legte eine Hand auf Martins Zaumzeug und rückte dann dicht an seinen Steigbügel heran. »Ihr«, sagte er. »Ihr, die Ihr mit diesem zauberischen Weib reist. Kenne ich Euch? Sollte ich Euch kennen?«

Martin drehte den Fuß ein wenig beiseite, denn sein Zeh war direkt auf das Gesicht des Alten gerichtet. »Ich glaube, ich kenne Euch, alter Mann«, antwortete er leise. Dann fügte er lauter hinzu: »Mein Name ist Martin Stalker, werter Herr. Vielleicht kanntet Ihr mich früher als Martin Montgarret, Seafriegs Erben.«

Gaultry erstarrte. Martin nannte nur dann seinen richtigen Namen und den Titel, dem er entsagt hatte, wenn er sich ernsthaft bedroht glaubte; außerdem brachte seine enge Verbindung zum Adel es mit sich, dass er sich sehr selten so peinlich genau mit den Titeln und Anreden von Adeligen und Ministern abgab. Woran hatte er sich bezüglich des alten Mannes plötzlich erinnert, dass er ihm in diesem Ton antwortete?

»Aber natürlich«, sagte der alte Richter nun. »Der Enkelsohn der Herzogin von Melaudiere. Es sind zehn Jahre vergangen – mehr als zehn Jahre –, seit ich diesen Namen zuletzt gehört habe. Ihr habt mit meinen Söhnen bei Pontoeil gekämpft – in jenem schrecklichen Sommer, als die Lanai im Osten eingefallen sind und die halbe Stadt niedergebrannt haben. Fergaunts Sohn hat sich inzwischen die Sporen verdient, wisst Ihr? Erst im vergangenen Frühling. Er ist bereits zur Grenze abkommandiert worden.«

»Ich erinnere mich an Fergaunt«, meinte Martin. »Ein sehr mutiger Mann.«

»Und dann war da diese unschöne Sache mit Eurer Gemahlin und Eures Vaters Titel …« Sir Jumerys Blick schweifte von Martin zu Gaultry, und er führte den Gedanken nicht weiter aus. »Wer ist diese Frau?«

»Dies ist Lady Gaultry Blas.« Martin sah Gaultry nicht an, während er sie vorstellte. Irgendetwas an seinem Tonfall ließ sie vermuten, dass er sie warnen wollte, nicht den Mund aufzumachen. »Wenn Ihr über die Neuigkeiten aus Princeport unterrichtet seid, dürftet Ihr diesen Namen kennen.«

Der Alte nickte, doch sein Blick blieb unangenehm und bohrend. Es entstand eine kurze Pause, während er Martins Worte verdaute. Dann trat er von Martins Steigbügel zurück und ging zu Gaultrys Pferd. Er reckte eine gebrechliche, von blauen Adern durchzogene Hand empor, als wolle er ihr aus dem Sattel helfen.

»Ich danke Euch, Sir, aber Ihr braucht Euch nicht zu bemühen.« Irgendetwas kaum Wahrnehmbares an ihm ließ sie aus dem Sattel gleiten, ohne ihn zu berühren. Sie knickste höflich, zum Ausgleich für die Weigerung, seine Hand zu ergreifen.

Die wässrigen blauen Augen musterten sie. Der Richter war, obwohl im Alter zusammengesunken, ein großer Mann, daher blickte er auf sie herunter. Unter seinem prüfenden Blick prickelte ihr die Kopfhaut. Dann lächelte Sir Jumery und enthüllte gelbliche Zähne. »Ihr habt Eurem Land in der vergangenen Prinzennacht einen großen Dienst erwiesen. Ich muss sagen, ich hätte nicht gedacht, dass ich je die Frau kennen lernen würde, die unserem geliebten Prinzen zu seiner vollen Macht verholfen hat. Ich bin zu alt, als dass ich die weite Reise auf mich nehmen könnte, um sie einmal zu sehen, und ich hätte mir nie träumen lassen, dass sie stattdessen zu mir kommen würde.«

»Wir sind auch jetzt in Angelegenheiten des Prinzen unterwegs«, warf Martin ein und ließ sein Pferd näher an Gaultry heranrücken. »Es ist auch unser Wunsch, dass nach dem Zwischenfall an der Brücke der Gerechtigkeit Genüge getan wird, doch Benet hat uns nach Princeport zurückbefohlen, und wir dürfen uns nicht lange aufhalten.« Streng genommen stimmte das sogar: Der Prinz hatte alle Nachkommen der Geheimen Brut eilig nach Princeport beordert – vor sechs Wochen, als sie sich noch keine zwei Meilen hinter den Grenzen der Hauptstadt aufgehalten hatten. Natürlich erwähnte Martin nicht, wie … großzügig sie in der

Befolgung von Benets Erlass verfahren waren. »Was wir getan oder nicht getan haben, muss hier verhandelt werden, und dann werden wir unseren Weg fortsetzen.«

»Euren Weg fortsetzen?«, wiederholte Sir Jumery. Sein Blick fiel an Gaultry vorbei auf den Wagen. »Nur, wenn ich Eure Angaben bestätigt finde. Davon abgesehen – man sagte mir, Ihr hättet Verletzte bei Euch. Und wie ich sehe, habt Ihr mir auch einige Leichen mitgebracht. Das sieht mir nicht nach einem raschen Aufbruch aus.«

»Ich bezweifle, dass irgendjemand diese Leichen holen wird«, erwiderte Martin. »Diese Männer waren Ausländer – Bissantiner. Wer auch immer sie auf uns gehetzt hat, wird sich nicht zu erkennen geben wollen.«

»Fergaunts Sohn wurde ins Valle de Brai beordert.« Abrupt wechselte Sir Jumery das Thema und streckte die Hand nach einem Fuß aus, der steif über die Ladefläche hinausragte. »Er schreibt, das sei eine kalte und unbarmherzige Gegend. Seid Ihr schon dort gewesen, Martin Stalker?«

»Ja, Sir.«

»Ihr müsst mir erzählen, wie es dort aussieht.« Der alte Herr erhob sich mühsam auf die Zehenspitzen und blickte in den Wagen. »Diese hier lebt ja noch – gehört sie zu Euch? Könnt Ihr sprechen?«, fragte er die Sharif, die mit grimmiger Miene zwischen zwei Leichen eingekeilt saß, das stolze Gesicht von Schmerz gezeichnet und angespannter denn je.

»Sic spricht unsere Sprache nicht.«

»Aber sie gehört zu Euch?«

Martin nickte. »Sie ist eine Heerführerin aus dem fernen Süden. Wir hoffen, ihr für ihre Hilfe danken zu können, indem wir sie nach Ardain zurückbringen.«

»Und der Junge?« Der wässrige Blick ruhte auf Tullier. »Gehört er ebenfalls zu Euch? Die beiden sind nicht stark genug, um zu reisen.«

Der Sprecher der Eskorte, beunruhigt ob der freundlichen

Neugier des Richters, konnte nicht mehr an sich halten. »Sir Ingoleur, Ihr seht selbst, dass diese Leute mit Ausländern und Dämonen im Bund sind. Sie haben ihre finstere Macht benutzt, um Sizors Brücke zu zerstören. Seht! Seht ihren kleinen Dämon, der Achavells Reich entsprungen sein muss!«

Wie aufs Stichwort hob der Honigfresser auf dem Schoß der Sharif den Kopf. Er musterte den alten Mann aus leuchtenden rauchgrauen Augen. Mit den scharlachroten Schlitzaugen und der gefährlich wirkenden spitzen Schnauze sah das Tierchen in der Tat ein wenig dämonisch aus. Sir Jumery betrachtete es neugierig, aber ohne jeden Schrecken.

»Diese Frau hat die Brücke behext«, beharrte der Sprecher. »Sie hat sie in Stücke gerissen mit Hilfe der Ranken, welche dank der Magie der Großen Zwillinge geholfen haben, sie zu stützen. Wie soll denn jetzt noch irgendwer zum Markt gelangen –«

»Wisst Ihr, wer diese Frau ist?« Sir Jumery deutete auf Gaultry. Der Wortführer schüttelte den Kopf. »Das ist die *Glamour*-Hexe des Prinzen, Gaultry Blas. Wenn Ihr schon ihren Namen nicht kennt, so werdet Ihr zumindest davon gehört haben, wie sie und ihre Zwillingsschwester die Göttinnen zu uns herabgerufen haben, um die Hochzeit unseres Prinzen zu segnen?«

Der Sprecher glotzte sie fassungslos an. »Aber Sir, die Brücke –«

»Genug jetzt«, sagte Sir Jumery. »Seht her. Hat denn keiner von euch genug Verstand, um das zu erkennen?« Er wandte sich wieder dem Wagen zu. »Diese Leichen sind der Beweis dafür, dass Ihr das Geschehen völlig falsch verstanden habt. Diese Männer tragen bissantinische Soldatenstiefel.« Der Richter stützte sich am Wagen ab und schob die lederne Gamasche der nächsten Leiche hoch. Am oberen Rand des Stiefels war ein Zeichen in das Leder geprägt, ein Quadrat mit Linien von den Ecken nach innen, die sich in der Mitte kreuzten, das Zeichen des Kaiserreichs. »Welcher ehrliche Bissantiner würde bei Sizors Brücke Reisenden auflauern?«

»Ich weiß es nicht«, antwortete der Sprecher verwirrt. Der raubeinige Bauer hatte offensichtlich nur eine sehr vage Vorstellung von den jüngsten Ereignissen bei Hofe, doch er erkannte das kaiserliche Abzeichen. »Wir haben uns ihre Stiefel nicht angesehen, als wir sie auf den Wagen geladen haben.« Er änderte schlagartig sein Benehmen und warf Gaultry einen Blick zu, der schon beinahe freundlich und hochachtungsvoll wirkte. »Und das ist wahrhaftig die *Glamour*-Hexe des Prinzen? Die starke von den beiden Schwestern, die den Götterpakt erneuert hat? Wir haben einen schlimmen Fehler gemacht, werter Herr. Waren diese Männer Spione aus dem Kaiserreich? Kaum auszudenken, wenn sie der Hüterin unseres Prinzen etwas angetan hätten.« Der Mann wirkte ernsthaft betroffen.

Sir Jumery holte sich seine Richterkugel von dem Diener zurück. »Diese Männer werden im Stall aufgebahrt«, verkündete er und hielt die glänzende Kugel in die Höhe. »Die Leichname werden nach weiteren Hinweisen auf die Hintermänner dieser Attacke durchsucht. Ich werde Martin Stalker und Lady Blas befragen und die ganze Angelegenheit gründlich untersuchen, bevor ich sie ruhen lasse, doch ich nehme an, es wird sich rasch herausstellen, dass sie nur zu ihrer Verteidigung gehandelt haben.«

Er hob die Kugel mit beiden Händen hoch über seinen Kopf. Seine Stimme klang beinahe beschwörend, und das ältliche Zittern war für den Moment verschwunden. »Ich, Sir Jumery Ingoleur, Richter des Prinzen, erkläre diesen meinen Beschluss, kraft des mir von Benet, Prinz von Tielmark, verliehenen Amtes; an diesem letzten Tag im Monde von Rios, dem Schwertgott, hört meinen Richtspruch im Namen Benets. Denn das junge Heu liegt schon gemäht auf den Wiesen, und mit dem nächsten Morgen beginnen die Mittsommertage.« Er senkte die Kugel und sah dem Sprecher der Eskorte in die Augen. »Bei Rios und den Großen Zwölf, nehmt Ihr meinen Richtspruch an?«

Der Sprecher holte tief Luft. »Sir, bei den Großen Zwillingen, die mein Geschick und das Tielmarks lenken, wer wäre ich, Euch zu widersprechen?« Die übrigen Begleiter, welche anfangs nur allzu gern der Gerechtigkeit mit eigenen Händen nachgeholfen hätten, nickten fahrig.

Gaultry war zwar erleichtert, doch sie konnte ihre Besorgnis über die Anrufung, die Sir Jumery gewählt hatte, nicht unterdrücken.

Schwertgott Rios, der Schnitter, das Schimmernde Schwert der Gerechtigkeit, war keine Gottheit, die man leichthin anrufen würde. Er war ein kalter Gott und ließ selten Gnade oder Vergebung walten. Wenn der alte Richter es sich zur Gewohnheit gemacht hatte, Rios als Zeugen seiner Urteile anzurufen, war es kein Wunder, dass die Leute aus der Gegend zögerten, ihm ihre Streitigkeiten vorzutragen.

»Nun, wünscht Ihr noch weitere Entscheidungen von mir?« Sir Jumery drohte mit dem Zeigefinger. »Dann sprecht jetzt, denn die Götter blicken auf uns herab. Morgen ist Mittsommermarkt. Habt Ihr keine Vorbereitungen zu treffen?«

»Sir – das ist mein Wagen, in dem diese Leute liegen.« Der Bauer, der neben den Wortführer getreten war, wollte wohl noch mehr sagen, doch der alte Mann brachte ihn mit einer barschen Geste zum Schweigen.

»Nun gut. Ladet die Toten ab, und bringt sie in meinen Stall. Dann könnt Ihr Euren Wagen wieder mitnehmen.« Sir Jumery wandte sich an seinen Diener. »Girian, lauf und lass Hesbain und Gisella Gästezimmer richten. Nein, noch besser, du schickst Hesbain gleich hierher, damit sie sich um die Verwundeten kümmert.

Eure Leute werden mindestens eine Nacht Ruhe brauchen, um zu Kräften zu kommen.« Der Richter hatte sich wieder Martin zugewandt. »Ihr dient Eurem Prinzen am besten, indem Ihr ihnen ein wenig Erholung gönnt.«

Martin schwang sich aus dem Sattel. »Werter Sir Jumery, wir begeben uns in Eure Hände.«

»Martin«, flüsterte Gaultry, während sie in der Enge zwischen ihren Pferden mit Steigbügeln und Zügeln hantierten. »Was ist hier los? Warum verhalten sich diese Leute so zaghaft und ehrerbietig?«

»Von Rios einmal abgesehen?«

Sie nickte.

»Die Ingoleurs waren früher ein sehr einflussreiches Geschlecht«, erklärte Martin flüsternd. »Bis Corinne zur Prinzessin gekrönt wurde, vor fünfzig Jahren. Ich habe den Namen seit Jahren nicht mehr gehört – aber er hätte mir sofort etwas sagen müssen. Die Familie ist älter als selbst die Hügel hier. Gerüchten zufolge war die geschworene Verbindung mit ihrem Land früher außerordentlich stark. Das schafft seltsame Loyalitäten – über Benet hinaus sind sie tief an die Erde selbst gebunden. Also halte dich möglichst von ihm fern. Wir werden mindestens für eine Nacht hier festsitzen und noch länger, wenn dein Tullier nicht bald aufwacht.« Als die Diener ihnen die Pferde abnahmen, ergriff er ihren Arm. »Versuch, der Sharif zu helfen, und ruh dich ein wenig aus. Ich werde dem werten Richter Gesellschaft leisten und herausfinden, was die Leichen sonst noch alles verraten.« Er verbeugte sich vor dem alten Mann und zog Gaultry mit sich die Treppe zum Portal hinauf. »Lady Blas ist müde, Sir. Ihr habt ja gehört, dass sie von der Brücke gestürzt ist, als diese zusammenbrach. Sie wünscht dennoch, sich um unsere Verwundeten zu kümmern, bevor sie sich zur Ruhe begibt.«

»Nichts anderes hätte ich erwartet«, erwiderte der Alte. Wieder einmal spürte Gaultry etwas Unnennbares, Beunruhigendes von ihm ausgehen. »Man erzählt, Ihr wärt vom Blut der Hexe Tamsanne aus dem Wald von Arleon«, fügte er freundlich hinzu und trat näher.

»Sie ist meine Großmutter«, antwortete Gaultry, bevor ihr Martins Rat wieder einfiel, sie solle den Mund halten.

»Dann stimmt es also«, hauchte der alte Mann. »Als ich Euch vorhin auf dem Pferd sitzen sah, glaubte ich, die Ähnlichkeit zu bemerken. Zunächst dachte ich, meine alten Augen spielten mir einen Streich …« Er schüttelte sich und lächelte unangenehm.

»Verzeiht mir. Ich bin ein alter Mann. Ich bringe in der Erinnerung so einiges durcheinander. Es ist mir eine Freude, Euch in Rios' Namen in meinem Haus willkommen zu heißen.«

Schon wieder diese seltsame Anrufung des Schwertgottes – dem Tag und der Jahreszeit angemessen, doch außerhalb ritueller Gebete nicht ganz ungefährlich. Gaultry vermutete, dass der alte Mann seine Rolle als Hüter von Recht und Gesetz allzu ernst nahm – das allein böte Grund genug, den Leuten solche Furcht einzuflößen. Recht und Gerechtigkeit waren nicht immer dasselbe.

Jedoch – er kannte Tamsanne von früher. Das war bemerkenswert. Ihre Großmutter war seit fünfzig Jahren nicht mehr in die Öffentlichkeit getreten. Gaultry hatte außerhalb des engsten Kreises um den Prinzen noch nie jemanden kennen gelernt, der sich an Tamsanne erinnerte, und sie selbst wusste kaum etwas über deren Leben als junge Frau. »Ihr kanntet Tamsanne?«

»Ich war dabei, als sie und die anderen Hexen der Brut Prinzessin Corinne halfen, den Götterpakt Tielmarks zu erfüllen.« Der alte Mann machte eine wegwerfende Geste. »Ich und der gesamte Tielmaraner Hof. An jenem gesegneten Tag war ich zwar nicht unter jenen, die so Entscheidendes vollbracht haben, doch immerhin war ich anwesend, um es selbst bezeugen zu können.«

Die Ankunft von Sir Jumerys Heilerin und einer weiteren Hand voll Diener mit einer Bahre ließ ihr keine Zeit für weitere Fragen. Die Stange vor der Ladefläche wurde abgenommen und der leblose Tullier sanft heruntergelassen. Gaultry, die vor Erschöpfung kaum mehr stehen konnte, lehnte sich an Martin und sah zu, wie der Junge sacht auf die Bahre gelegt wurde. Die Sharif schaffte es, aus eigener Kraft auszusteigen, obwohl sie fast zusammenbrach. Der Honigfresser, des bequemen Schoßes beraubt, hüpfte vom Wagen in Gaultrys Arme. Sie streichelte sein weiches Fell und genoss die tröstliche Wärme seines kleinen Körpers. Tulliers Hündchen sträubte sich winselnd gegen den Sprung aus dem Wagen und musste heruntergehoben werden.

»Bringt sie hinein«, befahl Sir Jumery. »Ruft Didion, falls ihr für die Schulter dieser Frau ein Paar starke Hände braucht.«

»Nur zu.« Martin schob sie beinahe durch die Tür, der Bahre nach. »Geh mit ihnen hinein.«

Das Hauptportal führte in eine recht enge, aber hohe Eingangshalle mit Wänden aus uraltem, nacktem Stein. Eine gewaltige, mit prächtigen Schnitzereien verzierte Treppe aus dunklem Holz wand sich ins obere Stockwerk hinauf. Genau wie das Haus von außen wirkte auch hier alles prächtig, aber sehr heruntergekommen. Sir Jumerys Diener manövrierten die Bahre die engen, gewundenen Stufen hinauf und dann einen Flur entlang in ein schlichtes, weiß getünchtes Gästezimmer. Dort legten sie Tullier, der immer noch bewusstlos war, aber ruhig und gleichmäßig atmete, vorsichtig aufs Bett; das Hündchen ließen sie auch bei ihm.

Gaultry und die Sharif wurden eine Tür weiter in ein Gemach geführt, das mit einem prächtigen Bett mit üppigen Behängen und einem verstaubten Überwurf aufwarten konnte. Der Honigfresser sprang keckernd aus Gaultrys Armen und sauste quer durch den Raum zu einem gemütlichen Plätzchen auf einem der Kissen. Ein glimmender Zweig in einem Töpfchen am Fenster verbreitete einen süßen Duft.

»Wir hatten seit dem vergangenen Herbst keinen Besuch mehr.« Hesbain, die Heilerin, half der Sharif, sich auf der Bettkante niederzulassen. »Damals hatten Sir Jumerys Söhne und ihre Gesellschaft eine gute Jagd hier.

Alsdann«, meinte sie, »zuerst zu dieser Patientin. Die Tunika muss herunter. Und das Hemd darunter auch.« Sie griff nach dem Ärmel der Sharif und tastete nach der Naht.

»Ich habe ein Messer hier.« Gaultry zog es hervor.

Die Frau schüttelte den Kopf. »Wir trennen lieber die Nähte auf.« Sie schickte die andere Frau, Gisella, nach unten, um eine Auftrennschere zu holen. Gaultry bemerkte die fadenscheinige Bettwäsche und das bescheidene Gewand der Heilerin und erhob keine Einwände gegen die Verzögerung. Wenn sie hier keinen Ersatz für die Tunika bekommen konnten, war es besser, sie nicht in Fetzen zu schneiden.

Wir müssen dich ausziehen, erklärte Gaultry der Sharif. *Sei bereit.*

Die Sharif nickte kaum merklich und kniff die Augen zu.

Gisella kehrte mit dem Nähzeug wieder, ein wenig außer Atem vor Eile. Sehr sanft und geschickt schälte Hesbain die Sharif aus ihren Kleidern: Tunika, Hemd und schließlich die dünne Baumwollwäsche darunter. Die alte Frau zog die Brauen in die Höhe, als sie den schlanken Leib der Sharif enthüllte. Die Haut der Frau war überall so dunkel, nicht nur an den Händen und im Gesicht; noch auffälliger war der Rücken, eine einzige Folterstrecke sich überlappender, schlecht verheilter Peitschenhiebe und Brandzeichen. Selbst Gaultry, die gewusst hatte, was sie erwartete, spürte ein Brennen in ihrer Kehle aufsteigen. Die Sharif war auf dem Schlachtfeld schwer verwundet, gefangen genommen und an die Bissantiner verkauft worden; sie war ständig ausgepeitscht und gebrandmarkt worden und hatte Entbehrungen ertragen müssen, ohne sich je richtig erholen zu können. Jetzt stand der Gelenkkopf ihres linken Arms grotesk neben ihrem Schulterblatt hervor. »Hol Didion«, befahl die alte Hesbain mit rauer Stimme. »Um das einzurenken, brauchen wir noch ein Paar kräftige Hände.«

»Können wir das nicht selbst machen?«, bat Gaultry.

»Jetzt nicht mehr, dazu ist die Schwellung schon zu stark. Es wird sehr wehtun, das einzurenken. Wenn sie nicht gleich in Ohnmacht fällt, brauchen wir Didion, damit er sie festhält.«

Hesbain sollte Recht behalten. Nur zu viert schafften sie es, den Gelenkkopf zurück in die Gelenkpfanne zu drehen und zu zerren. Gaultry, der schon ganz schwindelig war, wusste zum Schluss kaum mehr, wie ihnen das gelungen war, doch anscheinend brauchte es dazu ebenso viel Fingerspitzengefühl wie medizinische Kenntnis. Die Sharif hätte beinahe das Bewusstsein verloren, während sie an ihr herumzerrten, und sie wurde eiskalt und ihre Haut klamm, während sie sich gefährlich tief in sich selbst zurückzog.

»Könnt Ihr ihr nicht etwas gegen die Schmerzen geben?«, bat Gaultry besorgt.

»Es ist besser, das erst in Ordnung zu bringen«, keuchte Hesbain und richtete ihre ganze Aufmerksamkeit auf ihre Aufgabe. »Danach gebe ich ihr etwas.«

Als es vorbei war, hätte Gaultry kaum sagen können, welcher Moment ihr mehr Erleichterung brachte: der Augenblick, da der Arm der Sharif wieder in die Gelenkpfanne sprang, oder der spätere Moment, als die Sharif einen Mund voll von Hesbains Gebräu trank und sogleich in tiefen, erschöpften Schlaf fiel.

»Sie sieht schon wieder besser aus«, bemerkte Gaultry dankbar und strich der Schlafenden über die Stirn. »Sehen wir jetzt nach dem Jungen.«

Hesbain schüttelte den Kopf. »Ich habe ihn mir schon im Wagen angesehen. Ich kann nichts für ihn tun. Bei einer so tiefen Wunde können wir nur zu Allegrios Rex beten, dass das Flusswasser ihn nicht vergiftet hat.«

»Diesen Jungen kann nichts vergiften«, erwiderte Gaultry hitzig. »Der Wassergott würde es nicht wagen, ihm zu schaden. Aber die Wunde muss genäht werden, und er braucht Ruhe. Mit beidem könnt Ihr ihm helfen.«

Die Heilerin zog ob ihrer Bestimmtheit die Brauen hoch, fügte sich jedoch ohne weiteren Widerspruch.

Unter Gaultrys wachsamem Blick vernähte die Heilerin Tulliers Wunde, eine unschöne Angelegenheit, denn sie erforderte, den Körper des Jungen in mehreren Schichten mit Sehnen zu vernähen. Das Schwert hatte zwei seiner Rippen gestreift, bevor es abwärts in seinen Bauch gefahren war. Hesbain beäugte zweifelnd die hässliche bläuliche Schwellung, die sich über die rechte Bauchseite des Jungen zog. Gaultry zwang sich dazu, die Überzeugung der Frau, dass ihre Hilfe ohnehin vergebliche Mühe sei, nicht zu beachten, und hielt Tullier auf ihren Schoß gebettet, während die alte Frau arbeitete. Endlich, als die Heilerin alles getan hatte, was bei dieser Wunde nur möglich war, flößte sie dem Jungen ein paar Schlucke von ihrem Schlaftrunk ein und strich ihm einige Male über die Kehle nach unten, um die Flüssigkeit in seinen Magen zu befördern. »Mehr kann ich nicht für ihn tun«, sagte Hesbain und schüttelte dann den Kopf, als der Junge hustete und spuckte. Sie wischte ihm den Mund mit einem alten Lappen ab und erhob sich von der Bettkante. »Uns bleibt nur noch das Gebet.«

Gaultry beugte sich vor und lauschte Tulliers Atem. Sein Gesicht wirkte zwar noch ebenso blass wie zuvor, doch seine Lippen zeichneten sich nicht mehr so unnatürlich rot gegen seine Haut ab. »Ihr habt ihm sehr geholfen«, sagte sie. »Die Götter wachen über ihn. Er wird wieder gesund.«

»Die Gifte im Flusswasser –«

»Betet für ihn«, unterbrach Gaultry die Frau. »Weiter wird er nichts brauchen.« Wenn der erste körperliche Schock den Jungen nicht umgebracht hatte, würde sein Herrscherblut ihn gewiss am Leben erhalten. Zumindest hoffte sie das. Sie machte sich daran, die Bettdecke um den unterkühlten Jungen festzustecken, denn nun, da sie nichts mehr tun konnte, wurde sie wieder von Zweifeln geplagt.

»Lasst seinen Hund zu ihm ins Bett«, schlug Hesbain vor. »Er wird ihn ein wenig wärmen.«

Das Hündchen kauerte völlig verängstigt in der Nähe der Tür. Gaultry packte es im Genick und hob es aufs Bett. »Lieg schön still«, ermahnte sie den Hund und tätschelte ihm den Kopf, damit er sich ruhig niederließ. »Gib Laut, wenn jemand hereinkommt«, fügte sie hoffnungsvoll hinzu. Der Welpe, der sich in Tulliers Nähe sichtlich wohler fühlte als eben noch an der Tür, schmiegte den Rücken an Tulliers Seite, streckte die schlaksigen Beine aus und verschloss die Augen vor der Welt.

Hesbain geleitete Gaultry zurück in deren Gemach und ließ sie sich auf die Bettkante setzen, möglichst weit weg von der Sharif. Sie kniete sich hin und zog der jungen Frau die Stiefel aus. »Der Schwerthieb hat ihm zwei Rippen gebrochen«, sagte sie und massierte Gaultrys Füße. »Und er hat die Blutgefäße zum Magen durchtrennt. Er hatte starke innere Blutungen. Er müsste längst tot sein.«

»Den Göttern sei gedankt, dass mehr als ein solcher Hieb nötig ist, um Tullier umzubringen.« Gaultry war unendlich müde und machte sich große Sorgen. Sie hoffte, dass Martin von Sir Jumery etwas Wissenswertes erfahren würde. Der alte Mann schien durchaus Einblick in ihre Lage zu haben. Sie selbst war immer noch zu erschüttert, um zu ergründen, was diese Attacke auf der Brücke zu bedeuten hatte. Die Angreifer waren Bissantiner gewesen, doch die schwarz-grüne Magie, die sie so heftig bedrängt hatte … das war Tielmaraner Magie gewesen. Da war sie ganz sicher.

Doch wer in Tielmark würde ihnen eine solche Falle stellen, und wem hatte sie gegolten? Ihr selbst? Tullier? Martin? Allen zusammen?

»Ein Zauber hat ihn gerettet«, vermutete Hesbain und riss sie damit aus ihren Gedanken.

Gaultry entzog der Frau sanft ihre Füße. »*Glamour*-Magie hat das vollbracht.« Sie wollte Tulliers Geheimnis nicht ausplaudern, und Gaultrys eigene Macht – von der wusste Sir Jumery ja schon. »Aus den Worten Eures Herrn zu schließen, wisst Ihr wahrscheinlich, was ich in der Prinzennacht für Tielmark getan habe.« Sie hatte keinen einzigen Schluck von dem Schlaftrunk zu sich genommen, doch plötzlich fühlte sie sich, als hätte sie einen ganzen Krug des Gebräus geleert. »Meine Schwester und ich gemeinsam.« Sie legte sich aufs Bett und zog die Beine an. Es war zu warm für eine Bettdecke.

Hesbain erhob sich mit einem zögerlichen Ausdruck auf dem einfachen alten Gesicht. »Wir haben ein Fest gefeiert, als wir erfahren haben, dass der Götterpakt des Prinzen erneuert wurde. Ist es wahr, habt Ihr wirklich die Zwillingsgöttinnen gesehen?«

Die alte Frau senkte den Blick, als sei sie plötzlich zu schüchtern, um Gaultry in die Augen zu schauen. »Nicht wenige behaupten, das sei gar nicht wahr.«

»Wir haben Sie gesehen«, erwiderte Gaultry ernsthaft und wünschte, sie wäre nicht so müde und könnte ihre Gedanken besser ordnen. »Die Jägerin Elianté und die Herrin Emiera. Alle beide. Mir kommt es jetzt auch beinahe unglaublich vor, doch ich habe Sie mit eigenen Augen gesehen. Die Großen Zwillinge sind am Ende jedes Regierungszyklus zu uns herabgestiegen, was auch immer die Ungläubigen Euch weismachen wollen. Welch große Gnade für Tielmark.« Sie kuschelte sich in die Matratze, während lebendige Erinnerungen daran, im Angesicht ihrer Göttinnen zu stehen, sie überfluteten, Schrecken erregend und beruhigend zugleich. »Es war mehr als überwältigend«, murmelte sie. »Sie sind so unbeschreiblich schön.« Ein schläfriger Gedanke ließ sie innehalten. »Aber was erzähle ich Euch da? Ihr müsst ja schon gehört haben, wie es war – beim letzten Mal, als Euer Herr es selbst miterlebt hat.«

»Die Zwillinge sind wahrhaft groß«, entgegnete Hesbain ehrfürchtig.

Gaultry schloss seufzend die Augen. »So ist es.«

Hesbain zog sacht die Hand fort. Gaultry zog ein abgenutztes Laken über sich und glitt in tiefen, traumlosen Schlaf hinüber.

4

Als sie erwachte, lag sie neben der Sharif hingestreckt, die fadenscheinige Decke zu ihren Füßen zusammengeknüllt. Der Raum wurde nur von dünnen Mondlichtstreifen erhellt, die durch die Fensterläden drangen, und die Luft kam ihr heiß und stickig vor.

Neben ihr atmete die Sharif tief und ruhig, und der Honigfresser hatte sich an ihrer Wange zusammengerollt wie ein pelziges

Kissen. Doch es war nicht der laute Atem der Sharif, der sie geweckt hatte. Gaultry schwang die Beine über die Bettkante und sprang aus dem Bett, um stolpernd nach ihren Stiefeln zu suchen. »Hesbain«, murmelte sie und tapste auf nackten Füßen durchs Zimmer. »Wo habt Ihr sie nur hingetan?«

Der Honigfresser schrak hoch, öffnete die leuchtenden Augen und hob den Kopf.

»Ich wünschte, ich hätte deine Augen«, sagte sie leise zu ihm. Der Tier konnte im Dunkeln sehr gut sehen, und sie war versucht, für einen Augenblick seinen Geist zu übernehmen, um besser sehen zu können. Doch dies war nicht der richtige Zeitpunkt für einen Übernahmezauber, obgleich es sicher tröstlich gewesen wäre, diesen vertrauten Teil ihrer Zauberkraft anzuwenden – ein kleiner, falscher Trost nach einem langen und sehr verwirrenden Tag.

Sie blieb einen Augenblick lang ganz still stehen und lauschte. Nachdem sie keine unmittelbare Gefahr oder den Ursprung des Geräusches ausmachen konnte, das sie geweckt hatte, beschloss sie, sich im Haus umzusehen. »Wo sind nur meine Stiefel hingekommen?«, fragte sie den Honigfresser. Das Tierchen setzte sich auf und begann sein Fell zu putzen, völlig gleichgültig ihrer Frage gegenüber. Gaultry streckte den Arm aus und berührte das leuchtende gestreifte Fell. Welch ein merkwürdiges Tier. Als sie es zum ersten Mal gesehen hatte, an die Gitterstäbe eines der Käfige von Lukas, dem Seelenräuber, geklammert, hatten diese eigenartig ausdrucksvollen Augen vor beinahe menschlichem Schmerz und Zorn gefunkelt.

Wie Gaultry selbst war auch der Honigfresser nur eine kleine Figur auf einem politischen Spielbrett gewesen. Der Seelenräuber hatte das Tierchen für seine magischen Experimente benutzt, mit denen er die Geheimnisse der Macht erforschte.

Der Seelenräuber. In einem stillen Augenblick wie diesem fiel es ihr schwer, bei der Erinnerung an ihn nicht zu erschauern. Sie hatte ihn aufgehalten und eine Art magischen Gleichstand zwischen ihnen erreicht, doch ohne Tullier wäre sie niemals stark genug gewesen, ihn zu bezwingen. Der grausame Hexenmeister hatte sowohl den Geist von Tieren als auch menschliche Seelen zerrissen und sie nach Gutdünken miteinander vermischt. Jeder neue Erfolg dieses Zaubers hatte seine Macht noch vermehrt, und Gaultry hatte sich ihm zu einem Zeitpunkt entgegengestellt, als es schon fast zu spät war, um seine Macht noch brechen zu können.

Gaultry nahm den Honigfresser auf den Arm und drückte ihn an sich, während sie an das unheimlich strahlende Gesicht des Seelenräubers in jenem Moment dachte, als er erklärt hatte, er sei der wieder geborene Weiße Kriegergott Tarrin. Was trieb einen solchen Mann dazu, auch nur zu glauben, er könnte diese unermessliche Macht besitzen? In ihrer Eile, Martin zu befreien und aus dem Kloster zu entkommen, hatte sie keine Zeit gehabt, mehr über das in Erfahrung zu bringen, was Lukas Caviedo dazu getrieben hatte, nach dieser Macht zu streben; und als der Seelenräuber erst einmal tot war, hatte sie keinen Sinn darin gesehen, dieser Frage nachzugehen. Von Lukas' Zwillingsschwester Columba hatte Gaultry erfahren, dass eine umherziehende Wahrsagerin Lukas' schlummernden Ehrgeiz angestachelt und ihm sogar geholfen habe, den ersten Schritt zu tun: sich Columbas Herrscherblut zu bemächtigen. Doch anscheinend war sein machtgieriger Charakter dafür verantwortlich, dass er sich von diesem Punkt aus in seinen Götterwahn hineinsteigerte.

Sie konnte sich nur fragen, was der Lohn der Wahrsagerin für die Erschaffung eines solchen Ungeheuers gewesen sein mochte, eines Mannes, der nur von einem tosenden Inferno wirklichen und magischen Feuers zur Strecke gebracht werden konnte. Dieser Einsatz magischer Kräfte erschien ihr so fehlgeleitet …

Sie drückte den Honigfresser noch einmal an sich und setzte ihn dann aufs Bett. Der Exot und das kleine graue Äffchen waren unter den wenigen Tieren gewesen, die ihren Rettern aus dem Inferno gefolgt waren. Jetzt, nach allem, was sie durchgemacht hatten, um nach Tielmark zu gelangen, war das Äffchen tot. Sie fragte sich, ob der Honigfresser seine Gesellschaft vermisste.

»Leg dich wieder schlafen«, sagte sie zu dem Tierchen. »Hier bist du sicher, und ich muss eben ohne meine Stiefel auskommen.«

Im Nebenzimmer lag Tullier auf der unverletzten Seite und schlief, das Hündchen – das ebenfalls fest schlief und sich nicht gerade als Wachhund hervortat – in den Armen. Gaultry war froh, die beiden so friedlich ruhen zu sehen, und schloss leise die Tür.

Barfuß tapste sie den dunklen Flur entlang und überlegte, ob Martin wohl schon schlief oder sich immer noch mit Sir Jumery unterhielt. Vermutlich war er wach und erzählte Geschichten von Schlachten und Ruhmestaten an der Westgrenze. Trotz seiner Altersschwäche schien der Richter begierig darauf zu sein, von Martin mehr über den Landstrich zu erfahren, in dem sein Enkel seinen Dienst versah.

Am Kopf der Treppe hielt sie inne, blickte die dunklen Stufen hinunter und lauschte. Sie war dankbar für die Gastfreundschaft des alten Mannes, obgleich sie dabei kein gutes Gefühl hatte. Aber sie wollte gar nicht daran denken, wie es Tullier und der Sharif ergangen wäre, wenn sie in Soiscroix auf primitiven Strohlagern hätten ruhen müssen – oder, schlimmer noch, in einem kalten Verlies, wenn die aufgebrachte Menge von der Brücke ihren Willen durchgesetzt hätte.

Morgen würden sie Soiscroix erreichen. Und am Tag darauf vielleicht schon Princeport. Dann würde sie sich wieder am Prinzenhof zurechtfinden müssen, wo sie die privaten Zwistigkeiten der Höflinge und die Ränkespiele der Mächtigen nicht verstand und dennoch irgendwie lernen musste, ihrem Prinzen zu dienen, wenn sie ihn nicht eines Tages gestürzt sehen wollte.

Draußen ertönte der nächtliche Ruf eines Vogels. Sie tastete sich ein paar Stufen hinab zum Treppenabsatz. Die Halle unter ihr, das Haus um sie herum waren friedlich und still. Nach den

Aufregungen des vergangenen Tages wirkte die Stille des uralten Anwesens erfrischend. Sie atmete tief ein und genoss den Duft der Kräuter, welche unten auf den Boden gestreut waren, den Wachsgeruch der blank polierten Holzvertäfelung und sogar den Hauch von Leder, Hund und Schweiß unter den angenehmeren Gerüchen. Mondlicht strömte durch ein glasverkleidetes Fenster über dem Treppenabsatz herein. Sie stand in einer Insel aus milchigem Licht, gesprenkelt mit blauen und roten Diamanten von den farbigen Mustern der bunten Scheiben.

Der Mond dort draußen hing schwer am Himmel, beinahe voll vom Ende des Monats und dem Versprechen der kommenden Festtage und dem neuen Monat danach. Der Mond des Schwertgottes Rios in Seiner Rolle als Schnitter der frühen Ernte.

Es ist mir eine Freude, hatte der alte Mann gesagt, *Euch in Rios' Namen in meinem Haus willkommen zu heißen.*

Was hatte er damit gemeint? Rios wurde für gewöhnlich im Groll angerufen und nicht, wenn man jemandem seine Gastfreundschaft anbot. Gaultry starrte zum leuchtend weißen Mond hinauf und ging im Geiste noch einmal alles durch, was sich seit ihrer Ankunft auf Sir Jumerys Ländereien zugetragen hatte. Wenn die Ingoleurs nach der Heirat der alten Prinzessin Corinne ihren Einfluss eingebüßt hatten, war es recht wahrscheinlich, dass sie selbst oder der Adlige, dem sie zur Treue verpflichtet waren, sich mit den Bissantinern eingelassen hatten – allerdings deutete die Tatsache, dass man sie ihres Standes nicht enthoben hatte, darauf hin, dass diese Verbindung nicht bis zum Hochverrat gediehen war.

Darüber hinaus hatte Sir Jumery diese Begrüßung an sie allein gerichtet, nicht an die gesamte Gruppe der Reisenden. Was hatte das zu bedeuten? Er hatte erwähnt, dass er Tamsanne kannte, doch welchen Groll könnte er gegen sie hegen? Tamsanne war nach Prinzessin Corinnes Vermählung unverzüglich in den Wald von Arleon zurückgekehrt – so viel wusste Gaultry immerhin von der Vergangenheit ihrer Großmutter. Was für einen Groll also könnte der Mann gegen Tamsanne hegen, der so stark war, dass er in seinem Altersstarrsinn sogar den Schwertgott gegen ihre Enkelin anrufen würde?

Gaultry konnte sich diese Fragen nicht selbst beantworten, also stieg sie die übrigen Stufen hinab, um endlich Martin zu suchen und von ihm zu erfahren, was sich während ihres kurzen Schlafs ereignet hatte.

Der Gang unter der Treppe führte tief ins Innere des Gebäudes. Die duftenden Binsen raschelten leise unter ihren Füßen. Gaultry ging an zwei Türen vorbei und dann an einer dritten, unter welcher das schwache Licht einer einzelnen Kerze hervorschimmerte. Sie hörte die Stimme einer Frau, dann die eines Kindes. Vor ihr versperrte eine beeindruckend geschnitzte Doppeltür den Weg. Durch einen Spalt in der Mitte fiel helles Licht in den Flur. Als sie die Hand an den Türknauf legte, erschrak sie über ein lautes Lachen auf der anderen Seite, gefolgt von einer Stimme, die ihr bekannt vorkam.

»Ihr habt das Glück der Großen Zwölf auf Eurer Seite, Martin Wandersmann. Eines Tages wird der Mob Euch hängen, das versichere ich Euch. Ich konnte die wüsten Geschichten kaum glauben, als ich in Soiscroix ankam – ich musste einfach herkommen und mir selbst ein Bild machen. Was hat Euch nur geritten? In diesem Teil des Landes hat man nicht viel für Wölfe wie Euch übrig, Mann.«

»Ich muss doch sehr bitten«, unterbrach die Stimme ihres Gastgebers den Redner; sie klang fester, als Gaultry im Nachhall dieses dröhnenden, selbstsicheren Lachens erwartet hätte. »Ich ersuche Euer Gnaden, meinen Gast mit dem gebührenden Respekt zu behandeln. Er hat einen schweren Tag hinter sich.«

»Einen schweren Tag?« Der andere Mann lachte. »Ich habe einen schweren Tag hinter mir. Der da – der hat wohl eher einen schweren Monat hinter sich, wenn das überhaupt reicht. Wohin haben die Sha Muira Euch verschleppt, Martin? Was musstet Ihr versprechen, damit sie Euch gehen ließen? Stellt Euch nur vor –

all diese quakenden Kröten, die sich in Princeport vor lauter Gier nach Neuigkeiten überschlagen, und hier bin ich, der Erste, der Euch endlich gefunden hat.«

»Ihr seht gut aus, Haute-Tielmark«, schaltete sich Martins Stimme ein. »Nicht, dass mir sonderlich gefällt, was Ihr uns berichtet habt. Und was Ihr hier zu suchen habt, anstatt Truppen an Eurer eigenen Front aufzustellen, das müsst Ihr mir noch erklären.«

Gaultry sank vor Staunen an die holzgetäfelte Wand. Victor Clement, der Herzog von Haute-Tielmark, war der Letzte, den sie auf dem Weg nach Princeport zu treffen erwartet hätte. Er war ein Bär von einem Mann mit einem goldblonden Bart und hatte Tielmarks westlichste Provinz fest in seinen fähigen Händen. Zu fest, wurde manchmal gemunkelt. Viele bezweifelten, ob er auch weiterhin seinen Tribut an Benet entrichten würde, wenn seine Ländereien nicht an Tielmarks verletzlichster Grenze lägen, sodass er auf ständige Unterstützung aus dem Rest des Landes angewiesen war, um seine Grenzen gegen die Lanai zu verteidigen. Viele andere machten sich Gedanken um seine ständigen Besprechungen und häufigen Treffen mit Männern der bissantinischen Grenztruppen. Haute-Tielmark behauptete zwar, Benet treu ergeben zu sein, doch er hatte eng mit Lord Edan Heiratikus zusammengearbeitet, dem verstorbenen Kanzler des Prinzen, dessen Tod niemand bedauerte; Haute-Tielmark könnte ihn, wissentlich oder nicht, bei dem Versuch unterstützt haben, die Erneuerung von Benets Götterpakt zu verhindern.

Sie wusste nicht, was den Herzog hierher geführt haben mochte – außer, er steckte hinter dem Angriff auf der Brücke, und das war ein sehr beunruhigender Gedanke. Gaultry stand im dunklen Flur, starrte auf die Tür und dachte darüber nach, ob das möglich sein konnte. Der Angriff hatte bissantinische und Tielmaraner Elemente vereint, und Haute-Tielmark war ein Mann, der auch im wörtlichen Sinne zwischen diesen beiden Mächten stand. Wenn dieser Verdacht berechtigt war, verhieß das nichts

Gutes für ihren weiteren Weg nach Princeport. Haute-Tielmark war ein erfahrener Feldherr. Falls er verhindern wollte, dass sie Princeport erreichten, dann würde er mit so vielen Männern bei Sir Ingoleur erschienen sein, dass er seinen Plan ganz sicher durchführen konnte.

»Ihr würdet nicht glauben, wie es dieses Jahr an der Grenze zugeht«, sagte der Herzog. Ein ächzendes Geräusch ließ Gaultry vermuten, dass irgendein armes Möbelstück eben mit seiner gewaltigen Masse Bekanntschaft geschlossen hatte. »Das sind nicht nur ein paar wilde Burschen, die auf ihren Eseln von den Bergen herabstürmen, um ein paar Stück Vieh zu rauben, weil sie bettelarm, jung und heißspornig darauf aus sind, sich einen Brautpreis leisten zu können. Das sind ganze Stämme, angeführt von erfahrenen Heerführern. Nach der schweren Niederlage, welche die Bissantiner ihnen auf ihren Sommerweiden zugefügt haben, brauchen sie verzweifelt neue Herden. Es heißt, der König vom Fernen Berg sei über alle vier Gebirgszüge gekommen, um den Feldzug höchstpersönlich zu lenken, weil er begierig darauf sei, die Schmach zu tilgen, die sein Schwiegersohn mit der Niederlage auf den Hochweiden über die Familie gebracht hat. Das ist nicht wie im letzten Jahr, als die beiden Kriegsherren Tielmarks sich den halben Sommer auf dem Weg nach Westen in Weinschenken vertreiben konnten, weil es an der Front nicht von Bedeutung war, ob sie überhaupt je dort ankamen.

Und da wir gerade davon sprechen, Martin Wandersmann, nach allem, was ich Euch heute Abend erzählt habe, erwarte ich, dass Ihr Eure Angelegenheiten in Princeport rasch hinter Euch bringt und Eure Knochen schleunigst in Richtung Westen in Bewegung setzt, sobald Benet es Euch gestattet. Princeport ist doch sowieso nichts für Euch – nur ein Haufen Narren, die schon so lange mit Worten herumspielen, dass sie ganz vergessen haben, wie man handelt.«

»Wie meint Ihr das?«

Der Stuhl des Herzogs quietschte unter einer weiteren abrupten Bewegung. »Am Hof des Prinzen ist man zu sehr damit beschäftigt, sich untereinander zu bekriegen, als dass sich jemand um den richtigen Krieg kümmern würde, und in diesem Sommer können wir uns solche Spielchen nicht leisten. Die eine Hälfte beschuldigt die andere, mit Bissanty im Bunde zu stehen – die andere kommt mit denselben Vorwürfen. Beide Seiten munkeln, es gäbe einen neuen Plan, den Prinzen zu stürzen.

Denen geht es doch nur darum, sich bei Benet einzuschmeicheln. Was interessiert es die, wenn die westlichen Wälder überrannt und meine Bauern ausgeplündert werden? In Princeport herrscht so viel Zwietracht, dass Benet sogar die Entsendung seiner Ritter in den Westen aufgeschoben hat.« Der Herzog schnaubte. »Er muss erst seinen Adel unter Kontrolle bekommen. Nicht einmal die Hälfte der Herzöge und Grafen haben ihre volle Streitmacht entsandt. Bei den Großen Zwillingen! Wir brauchen Benet selbst im Westen, nicht nur seine Männer. Das ist ebenso seine Grenze wie meine. Ich bin in den Osten gereist, um ihm das zu sagen, und was habe ich mir damit eingebrockt? Ich kann die Grenze nicht allein halten, und ich habe genug davon, dass meine Söhne – und ich selbst – die Köpfe dafür hinhalten müssen. Ich alter Dummkopf. Diese verfluchte Dervla hat doch tatsächlich versucht, mich als Verräter anzuklagen, weil ich den Prinzen ersucht habe, das Heer selbst anzuführen. Als hätten sein Vater und jeder Prinz vor ihm nicht genau das getan!«

Gaultry spitzte die Ohren. Sie hatte selbst die Erfahrung gemacht, dass Dervla von Princeport mit ihrer Stellung als Hohepriesterin anscheinend immer noch nicht zufrieden war. Sowohl Gaultry als auch ihre Schwester hatten als junge Mädchen aus dem südlichen Grenzland ohne Verbindungen bei Hofe schon oft ihre Ablehnung zu spüren bekommen. Doch die Hohepriesterin hatte den einflussreichsten Personen im engsten Kreis um den Prinzen gegenüber stets Respekt bezeugt. Etwas musste sich grundlegend geändert haben, wenn sie es jetzt wagte, ganz offen einen so mächtigen Mann zu verfolgen.

»Dervla hat Benet eingeredet, die Bissantiner wollten ihn vom Thron stoßen, indem sie die Prophezeiung der Geheimen Brut verdrehen«, fuhr der Herzog fort. »Angebliche Beweise dafür sind Eure Entführung, Martin Stalker, und die Sha-Muira-Krieger, die sie ausgeschickt haben, um dieser anderen Nachfahrin der Brut und ihren Kindern so entsetzliche Dinge anzutun. Da ist ja auch etwas Wahres dran – sie haben sich tatsächlich ziemlich viel Mühe gemacht, um Euch in die Finger zu bekommen. Doch selbst, wenn Dervla Recht hat, heißt das noch lange nicht, dass die Kämpfe im Westen bedeutungslos sind! ›Briern der Kühne hat vor zweihundert Jahren dafür gesorgt, dass unsere Grenzen nicht allein durch Waffengewalt geschützt werden müssen‹, hat das verflixte Weib gesagt. ›Bissanty kann uns auf diesem Wege nie mehr gefährlich werden.‹ Was uns das nützen soll, wenn die Stammeskrieger der Lanai bei ihren Raubzügen bis nach Arciers vordringen, konnte sie mir allerdings nicht sagen!«

»Prophezeiung!« Der Herzog schnaubte wieder. »Die Bissantiner zetteln vielleicht ihre Verschwörungen an, um unseren Widerstand gegen verdrehte Prophezeiungen zu brechen, doch das hält sie keineswegs davon ab, uns zusätzlich die Lanai auf den Hals zu hetzen.«

»Die Prophezeiung und die Götter beherrschen Tielmark.« Das war Sir Jumery.

Der Herzog schwieg einen Moment. Als er wieder das Wort ergriff, war sein Ton gemäßigter und sein Eifer besänftigt. »Ich bin ein frommer Mann«, erklärte er. »Ich glaube daran, dass Elianté und Emiera über alles wachen, was ich tue. Die Zwillingsgöttinnen stehen ebenso an meiner Grenze wie im Palast in Princeport, und ich bin Benet und allen Nachfahren Prinz Clarins verpflichtet; sie haben den Pakt aufrechterhalten, der unsere Göttinnen an diese Orte bindet. Doch ein starker Prinz muss auch den Mut haben, auszuziehen und seine Grenzlande zu schützen, nicht nur das Zentrum seiner Macht. Stattdessen hat Benet alle Nachfahren der Brut nach Princeport berufen, und jetzt stolzieren sie durch seine prächtigen Hallen und ergehen sich in Diskussionen über die Bedeutung ihrer Macht. Alles gut und schön, solange man kein Land zu regieren und einen Grenzkrieg zu führen hat!«

»Meine Großmutter gehört zur Brut«, bemerkte Martin trocken. »Und somit auch ich.«

»Ihr seid ein Krieger«, erwiderte der Herzog ungeduldig. »Und Eure Großmama Melaudiere, die kann ich hoch achten. Aber manche von diesen Spinnen bei Hofe ... Sie streben nach der Macht, Benet zu beherrschen, und alles andere dient nur dazu, ihre Einmischungen zu rechtfertigen.«

»Vielleicht glaubt die Brut, dass Benet ihre Hilfe braucht, um seine Herrschaft zu festigen«, wandte Martin ein. »Es gibt Gerede darüber, dass es an der Zeit sei, Tielmark von einem kleinen Fürstentum zum Königreich zu erheben. Das steht sogar im Zentrum der Prophezeiung, die mich und alle von meinem Blut seit Prinzessin Corinnes Tagen beherrscht.«

»Benet muss sich seine Macht selbst schaffen!«, brüllte der Herzog. »Brabbelnde alte Frauen können die Stammeskrieger der Lanai nicht davon abhalten, meine Dörfer zu brandschatzen.«

Falls er noch mehr zu sagen hatte, so bekam er dazu keine Gelegenheit mehr. Die Türflügel schwangen so unerwartet auf, dass Gaultry, die mittlerweile das Ohr ans Holz gedrückt hatte, beinahe in den Raum gestolpert wäre. Sie richtete sich peinlich berührt auf und starrte plötzlich in Sir Jumerys wässrige blaue Augen. Er stand ihr unangenehm nahe, sein Atem ging ein wenig schwer, und seine Hand auf der Klinke wirkte wie eine magere Kralle. Sein unverwandter Blick machte sie nervös. Er hatte gewusst, dass sie hier stand, als er die Tür aufgerissen hatte. »Guten Abend, Lady Blas«, begrüßte er sie. »Wollt Ihr uns nicht Gesellschaft leisten?«

»Ich bin eingeschlafen«, platzte sie heraus, um ihr Lauschen zu erklären. »Dann dachte ich, ich hätte etwas gehört –«

»Das müssen meine Reiter und ich gewesen sein«, schnitt

Haute-Tielmark ihr das Wort ab. Er saß auf einem von zwei zierlichen geschnitzten Stühlen, ein Glas Wein in der Hand und die langen Beine vor sich ausgestreckt wie gefällte Baumstämme. Obgleich jeder Zoll der selbstsichere Bär von einem Mann, den Gaultry in Erinnerung hatte, war er, selbst für ihre Blindheit der Mode gegenüber, merkwürdig gekleidet, irgendwo zwischen seidenen Höflingsgewändern und lederner Reitkleidung, und sein goldblondes Haar und der mächtige Bart waren einerseits zu eleganten Kavalierslöckchen gewellt, andererseits von dem harten Ritt zerzaust. Die mit Metall verstärkte Kante des kriegerischen Schultergürtels, der sich quer über seine Brust spannte, hatte die feinen Fäden des gestickten Hirschkopfs auf der Vorderseite seines Hemdes durchgewetzt. Er erhob sich etwas schwerfällig und verbeugte sich knapp. »Wie unhöflich von mir, Euch aufzuwecken. Vor lauter Sorge seid Ihr sogar mit bloßen Füßen heruntergekommen, wie ich sehe.« Er grinste sie freundlich an und enthüllte schiefe Eckzähne.

»Guten Abend, Euer Gnaden«, begrüßte Gaultry den Herzog mit einem linkischen Knicks. Verlegen grub sie die nackten Zehen in die duftende Streu. »Ich konnte meine Stiefel nicht finden.«

Martin kam vom anderen Ende des Salons herüber und nahm ihre Hand. Sie spürte, dass er hinter der ungerührten Fassade ebenfalls verlegen war.

»Der Herzog hörte in Soiscroix Gerüchte, die sein Interesse weckten«, sagte er fast bissig. Seine Stimme verriet wenig von der nervösen Anspannung, die sie an ihm wahrnahm. »Die Anzahl der Männer, die bei Sizors Brücke gestorben sind, hat sich mittlerweile verzehnfacht. Man erzählt sich, es sei eine ganze Meile Straße verwüstet, nicht nur die Brücke eingestürzt. Haute-Tielmark wollte sich selbst davon überzeugen, wie viel von dem Gerede der Wahrheit entspricht.«

»Wie viele Männer hat er denn mitgebracht?«, fragte Gaultry. Sie wünschte, sie könnte wie die Sharif Gedanken übertragen, als

Martin ihre Hand in seine Armbeuge legte und sie in den Raum geleitete. So heftig sie sich heute Nachmittag auch gestritten hatten, in diesem Augenblick war seine Nähe sehr beruhigend.

»Er sagte, es seien sechs.«

»Sechs Männer, und zwei Burschen für die Pferde. Sie sind alle im Stall«, erzählte der Herzog freimütig, »und bewundern die Leichen unseres wackeren Wandersmanns. Es ist spät, und meine Männer sind nicht für vornehme Zurückhaltung bekannt. Ich entschuldige mich, falls ihr Lärm Euch geweckt haben sollte.«

Sir Jumerys Salon war mit uralten Eichenpaneelen verkleidet, und man hatte den großen Kamin für den Sommer sauber gefegt und geschrubbt. In den Kaminsims war die Darstellung eines Schwertes eingemeißelt, von dem zu beiden Seiten ausbalancierte Waagschalen hingen. Dies war ein häufig benutzter Raum, wenn auch etwas kahl und leer. Ein kleiner Reise-Schreibtisch stand zusammengeklappt neben einem durchhängenden Diwan. Zwei zierliche geschnitzte Holzstühle – einer davon ächzte kläglich, als der Herzog sich wieder setzte – waren um einen kleinen Tisch gruppiert. Die Männer hatten Wein getrunken, aus versilberten Kelchen und einem passenden Krug. Obwohl alles in diesem Raum aus kostbaren Materialien bestand und einmal exquisit gewesen sein musste, wirkte nun alles abgenutzt und ein wenig schäbig. Die Stimmung schien sogar noch unfreundlicher zu sein, als Gaultry von draußen erahnt hatte. Drei riesige Hunde lagen auf den Steinquadern des leeren Kamins, ruhig, aber wachsam. Einer hob bei ihrem Eintreten den Kopf und musterte sie argwöhnisch. Sir Jumery wich von Gaultrys Seite, ging hinüber zum Kamin und stupste das Tier mit dem Fuß an. Der Hund legte den Kopf wieder auf die Pfoten und tat so, als habe er sich gar nicht gerührt. Selbst von der anderen Seite des Raumes her konnte Gaultry seinen ängstlichen Gehorsam spüren.

Unaufgefordert nahm sie auf dem Sofa Platz und zupfte Martin am Ärmel, damit er sich neben sie setzte. »Ich nehme an, Ihr habt selbst schon einen Blick in die Ställe geworfen?«

»Nach allem, was ich in Soiscroix gehört habe, blieb mir nichts anderes übrig, als mich selbst zu überzeugen.« Der Herzog strich sich mit einer geröteten, schweren Pranke über den Bart. »In der Stadt heißt es, eine Hexe mit brennenden Haaren habe die Brücke in Trümmer gelegt und obendrein ihre bösen Sprüche auf den Unglückseligen losgelassen, der sie aufhalten wollte. Es hörte sich äußerst aufregend an. Und der Handlanger dieser Hexe ... irgendetwas an der Beschreibung erinnerte mich an einen Mann, den ich selbst schon kämpfen gesehen habe.«

»Den Tod dieser Männer haben wir nicht verschuldet«, erwiderte Gaultry. Sie dachte an den grauenhaften Moment zurück, als ihre Angst um Tullier in die schreckliche Gewissheit übergegangen war, zu wissen, was der Angreifer vorhatte. »Jemand hat diesen Männern befohlen, uns aufzulauern.«

»Mir wurde erzählt, einer der Männer habe sein Schwert gegen sich selbst gewandt und sich den Bauch aufgeschlitzt«, sagte der Herzog. »Irgendetwas muss ihn doch dazu getrieben haben.«

»Glaubt, was Ihr wollt«, entgegnete Gaultry. Das Geheimnis um Tulliers Herrscherblut durfte nicht leichtfertig preisgegeben werden – und ganz gewiss nicht einem Mann von so zweifelhafter Loyalität wie Haute-Tielmark.

»Sir Ingoleur.« Sie wandte sich an ihren Gastgeber. »Ich hatte bisher noch gar keine Gelegenheit, Euch für Eure großzügige Hilfe zu danken.«

»Werte Lady«, gab der alte Mann höflich zurück. »Es ist mehr als meine Pflicht, Euch zu Diensten zu sein. Erlaubt mir, Euch etwas Wein einzuschenken. Eure Freunde finden sicher ein wenig Erholung. Ich hoffe doch, es geht ihnen gut?«

»So gut, wie es unter diesen Umständen möglich ist.«

»Lasst mich Euch einschenken.« Der Krug zitterte in seiner altersschwachen Hand, als er einen frischen Kelch vor sie hinstellte. Er beobachtete, wie sie den ersten Schluck kostete. Der Wein schmeckte wie schon zu lange gelagert und hatte zudem einen starken metallischen Beigeschmack. Sie bemühte sich, den

Alten nicht anzusehen, der so dicht bei ihr stand, dass sie seine muffigen Gewänder riechen konnte. »Roter Wein für eine rote Lady«, murmelte er und füllte ihren Kelch wieder auf, bevor sie höflich ablehnen konnte. »Tamsanne hat genau diesen Wein getrunken, als sie damals in diesem Hause weilte.«

»Mein Becher ist schon wieder leer.« Haute-Tielmark ließ seinen Kelch auf den Tisch knallen, sodass der alte Mann erschrocken zurückwich. »Lady Blas kann später trinken, wenn sie alle meine Fragen beantwortet hat. Ich will wissen, wen sie hinter dieser Attacke vermutet.«

Gaultry nahm einen tiefen Zug aus ihrem Kelch, verärgert über diese Unterbrechung. Ihre Gedanken überschlugen sich. Tamsanne war in diesem Haus gewesen? »Die Gerüchte, die Ihr in Soiscroix gehört habt, waren stark übertrieben, doch das war tatsächlich eine gefährliche und geschickt gestellte Falle. Ich glaube, wer auch immer diese Bissantiner auf uns gehetzt hat, hat damit gerechnet, dass ich meine Zauberkräfte zu Hilfe nehme und damit den Zauber auslöse, der auf den stützenden Efeuranken lag. Das war eine sehr machtvolle Magie, ein wirklich starker Zauber.«

Victor von Haute-Tielmark hielt Sir Jumery seinen Kelch zum Auffüllen hin. Dann hob er ihn an die Lippen, stürzte alles in einem Zug herunter und hielt dem Alten wieder den Kelch hin. Als Gaultry den Herzog zum ersten Mal gesehen hatte, hatte er krügeweise deftiges Bier getrunken im lärmenden Schankraum eines Gasthofs an der Grenze zu Bissanty. Dort hatte er zwischen seinen eigenen Männern gesessen, auf seinem eigenen Land. Die Kraft und Zuversicht, die er damals ausgestrahlt hatte, hatten den ganzen Raum erfüllt – seinerzeit hatte er Gaultry ziemlich eingeschüchtert, denn er hatte nach ihr gesucht, da er den Befehl hatte, sie gefangen zu nehmen.

»Bissantiner Soldaten, ein bissantinischer Plan«, sagte er und schwenkte den Wein in seinem Kelch herum. »Das ist doch nicht schwer nachzuvollziehen.«

Gaultry schüttelte den Kopf. »Da muss ich Euch widersprechen. Die Magie, die letztendlich die Brücke zerstörte, entsprang Eliantés Macht. Dieser Zauber war nicht aus Bissanty – und auch nicht von mir«, fügte sie hinzu, als ihr reichlich spät einfiel, dass sie bisher nicht ausdrücklich geleugnet hatte, die Brücke zerstört zu haben.

»Das alles geht Euch gar nichts an«, mischte Martin sich ein. »Wir haben uns vor Sir Ingoleur zu verantworten, und das ist bereits geschehen. Ihr könnt vielleicht mitten in der Nacht angeritten kommen, ans Tor hämmern und verlangen, die Leichen der Bissantiner zu sehen, doch Ihr habt keinerlei Recht, uns derart zu verhören.«

Der Herzog lachte. »Ich verhöre niemanden. Ich bin hergeritten, weil ich wissen wollte, wer dumm oder dreist genug sein könnte, Euch aufhalten zu wollen. Bei Hofe wird Eure Rückkehr sehnsüchtiger erwartet, als Ihr Euch das vielleicht vorstellen könnt.«

»Was meint Ihr damit?«, fragte Gaultry.

»Diese Spielchen bei Hofe verderben den Geist für ernsthafte Aufgaben.« Der Herzog wurde plötzlich bitterernst. »Ich selbst habe keine Lust, den Hofnarren zu geben. Wenn die unsterblichen Göttinnen Elianté und Emiera zu uns herabgestiegen sind, um Prinz Benet und seine Vermählung zu segnen, so werde ich Ihren Wünschen Folge leisten.

Mein Großvater war selbst Zeuge Ihres Erscheinens, und mein Vater mit ihm. Ich war bisher dumm genug, muss ich gestehen, dass ich politische Streitereien zwischen mich und diesen Segen für den neuen Zyklus kommen ließ.« Der Herzog drehte den Kopf und starrte in die flackernden Kerzen, um seinen Gesichtsausdruck zu verbergen. Als er weitersprach, wirkte er härter als zuvor. »Ich hätte meinen Göttinnen ins Antlitz schauen können«, sagte er. »Stattdessen bin ich den Lügen eines schlechten Mannes aufgesessen und habe meine Chance vertan.

Dieser Sommer wird ein Wendepunkt für Tielmark – das sagen mir allein die Kämpfe an meinen Grenzen. Doch diese Höflinge haben nichts anderes im Sinn, als die Vorzeichen so auszulegen, dass sie vor allem ihre eigene Macht stärken. Sie wollen einfach nicht hinnehmen, dass Benet selbst seine Macht entfalten muss.«

Er hatte sich erhoben, starrte auf Gaultry nieder und sah mit ernster Miene zu, wie das Kerzenlicht auf ihrem Gesicht tanzte. »Zu viele bei Hofe hassen Euch«, brummte er. »Sie hassen Euch, weil Ihr diejenige wart, die am Altar des Prinzen stand und mit den Göttinnen sprach, und weil Ihr es, nachdem Ihr vom Altar herabgestiegen wart, nicht für nötig hieltet, so zu tun, als hätten die Großen Zwillinge Euch zu Benets einzig wahrer Beraterin erwählt. Bei Hofe wäre Euch mehr damit gedient gewesen, wenn Ihr gelogen und Benet erzählt hättet, die Götter sprächen nur durch Euch und Ihr allein wüsstet, was sie von ihm erwarten. Das hätten alle besser verstanden.«

Gaultry schüttelte ratlos den Kopf. »Die Zwillingsgöttinnen sind an jenem Tag nur aus einem einzigen Grund erschienen: um der Vermählung des Prinzen beizuwohnen. Es war mehr oder weniger Zufall, dass ich diejenige war, welche vor Ihnen stand und verkündete, wer seine wahre Braut sei.«

Sir Jumery gab einen leisen kehligen Laut von sich.

»Versteht mich richtig.« Der Herzog blieb vor ihr stehen und hob die Hand zu dem gestickten Hirschkopf auf seiner Brust. »Mein Ahnherr war der erste Adelige, der Clarin seinen Schwur leistete, als Tielmark für die Unabängigkeit von Bissanty kämpfte. Und nun habe ich Benet meinen Schwur geleistet. Ich habe lange genug abseits des Hofes gelebt, um Euch als das zu erkennen, was Ihr seid: eine Waffe in der Hand meines Prinzen. Der Mann, der Euch niederwerfen will, will auch meinen Prinzen niederwerfen.«

Vor Ungläubigkeit wurde ihr ein wenig schwindelig, mehr noch als vom Wein. Der mächtigste unter den Herzögen ihres Prinzen, Victor von Haute-Tielmark, war durch Nacht und Nebel geritten, hatte seine feinen Gewänder beschmutzt und seine prächtige Frisur ruiniert, um …

»Ihr seid hier, um mich zu beschützen?«, fragte sie mit schwacher Stimme und stellte ihren Kelch ab. »Ich bin nicht Benets einzige Waffe. Martin gehört auch dazu. Genauso wie alle anderen vom Blut der Geheimen Brut.«

Der Herzog schnaubte. »Den Beweis sind sie mir bisher schuldig geblieben. Warum sollte jemand der Brut vollstes Vertrauen schenken? Ihr Schicksal mag an das des Prinzen geknüpft sein, doch das bedeutet noch lange nicht, dass sie ihn lieben – oder einander. Dervla hätte Euch am liebsten in Abwesenheit wegen Hochverrats verurteilen lassen, wenn der Prinz das zugelassen hätte.«

Gaultrys ohnehin schon verwirrte Gedanken gerieten nun vollends aus dem Gleichgewicht. Sie hatte gewusst, dass die Hohepriesterin sie nicht mochte. Doch eine Anklage wegen Hochverrats? »Bei den Zwillingen! Wie lautet die Begründung für einen so schweren Vorwurf?« Ihr Blick flackerte zu Sir Jumery hinüber. War er ihr deshalb so zurückhaltend und argwöhnisch begegnet?

»Ihr habt den Attentäter beschützt, der dem Prinzen nach dem Leben trachtete.«

»Tullier sollte den Prinzen gar nicht ermorden«, erwiderte Gaultry hitzig. »Im Gegenteil, Tullier sollte nach den Wünschen des Kaisers sterben …«

Martin stieß ihr den Ellbogen in die Rippen. Der Herzog warf ihm einen seltsamen Blick zu, doch Martin schüttelte nur unbeeindruckt den Kopf. »Die Wahrheit ist wesentlich heikler, als Dervla es wahrhaben will, und wir werden alles zur rechten Zeit und in angemessenem Rahmen erklären. Gaultry hat den Jungen beschützt. Wir sind sicher, dass Benet ihr dafür noch danken wird. Doch das ist Benets Entscheidung, nicht die von Dervla.«

Der Herzog lächelte, und seine schiefen Eckzähne blitzten räuberisch über dem goldblonden Bart. »In der Tat. Nachdem Dervla ihn sechs Wochen lang bearbeitet hat, wird Benet gewiss geneigt sein, den Erklärungen Eurer Lady hier freundlich sein Ohr zu leihen.«

»Wie Ihr selbst sagtet, wir müssen darauf vertrauen, dass Benet selbst zu den richtigen Entscheidungen gelangt«, erwiderte Martin. »Wenn Ihr wirklich an Benet glaubt, müsst Ihr auch glauben, dass Dervlas Macht über ihn nicht so weit geht.«

»Sie wird für all das Übel zur Rechenschaft gezogen werden, das sie in die Welt gebracht hat«, bemerkte Sir Jumery und stellte den Krug beiseite. »Die Gerechtigkeit wird siegen.«

Einen kurzen Augenblick lang war Gaultry sich nicht sicher, wem er Gerechtigkeit angedeihen lassen wollte – ihr selbst oder Dervla.

Haute-Tielmark schien dieselbe Andeutung herauszuhören. »Wahre Worte, werter Herr Richter. So sie sich gegen die Richtigen wenden.« Feindseligkeit knisterte zwischen den beiden Männern: dem barschen, hoch gewachsenen Herrn der westlichen Grenzlande und dem gebrechlichen alten Meister der Gerissenheit. In diesem Kampf der Willenskraft waren die Chancen sehr ungleich verteilt. Nach einem kurzen Moment senkte der alte Mann den Blick. »Eine Hohepriesterin, die gegen den Willen ihres eigenen Prinzen handelt.« Seine runzeligen Hände rückten den Krug und die zwei Kelche, die noch auf dem Tisch standen, erst hierhin, dann wieder dorthin. »Welch ein trauriger Tag wäre das, an dem es mit Tielmark so weit kommt.«

Der Herzog witterte die Kapitulation und grinste noch breiter. »Wahre Worte«, wiederholte er. »Die Götter blicken auf uns herab, und die Gerechtigkeit wird siegen. Die Großen Zwillinge mögen Ihre schützenden Hände über uns halten, damit wir keine Sünde begehen, die wir vor Ihnen nicht eingestehen könnten.«

Der alte Mann weigerte sich, ihn anzusehen. »Wie Euer Gnaden meinen.«

»Eure Gäste sind sehr weit gereist«, erklärte der Herzog. »Wie hoch Rios' Mond heute Nacht auch am Himmel stehen mag, die harten Strafen Seiner Gerechtigkeit könnten ihnen erspart bleiben.« Haute-Tielmark nahm dem alten Mann den Krug aus der Hand und schenkte sich selbst großzügig nach. »Diese Leute müssen sicher zurück nach Princeport gelangen, je schneller, desto besser. Dieses Mädchen hat Pflichten gegenüber Prinz Benet – und ihr Begleiter wird dringend an meiner Grenze gebraucht. Heute Nacht werden meine Männer vor ihren Türen wachen; morgen werde ich sie für die Reise ausstatten und zusehen, dass sie rasch aufbrechen können.

Ich sähe es gern, wenn ihnen für heute weitere Fragen erspart blieben. Im Namen unseres Prinzen Benet, lasst Nachsicht walten, werter Sir. Ich bitte Euch, mich und meine Männer heute Nacht bei Euch aufzunehmen, damit ich die nötigen Vorbereitungen morgen früh unverzüglich in Angriff nehmen kann.«

Die Schultern des alten Mannes sackten noch tiefer. »Dies ist ein bescheidenes Haus«, sagte er. »Es ist viele Monde her, seit wir so viele Gäste unter unserem Dach beherbergt haben. Doch Eure Wünsche sollen erfüllt werden.« Die beiden Männer hatten irgendeine wortlose Botschaft ausgetauscht, eine tiefe, unausgesprochene Warnung. Gaultry konnte sich nicht vorstellen, welchen Kampf sie ausgefochten hatten. Sie wusste nur, dass Sir Jumery geschlagen war.

Der Herzog kippte seinen Wein hinunter und stellte den Kelch ab; trotz der Mengen an Alkohol, die er getrunken hatte, war seine Hand ganz ruhig und sicher. »Lasst bitte meine Männer zu mir rufen.«

»Wie Euer Gnaden wünschen.« Sir Jumery zog an der Klingelschnur am Kamin. Tief drinnen im Haus ertönte ein Glöckchen. Bald kamen die Männer des Herzogs vom Stall hereingetrampelt. Wie ihr Herr, so trugen auch sie eine seltsame Mischung aus lederner Ausrüstung über feinen Gewändern. Sie warfen Gaultry und Martin viele neugierige Blicke zu, während sie sie nach oben geleiteten, durch das Mondlicht unter dem Fenster am Treppenabsatz und den stillen Flur entlang zu den Gemächern, die der alte Mann ihnen zugewiesen hatte. Sir Jumery ging mit versteinerter Miene voran und trug die Laterne.

»Wenn es Euer Gnaden genehm ist, würde ich vorschlagen, Ihr

teilt Euch das große Schlafgemach über dem Hof mit Eurem Wandersmann. Meine Frauen hatten keine Zeit, ein weiteres Gemach herzurichten.«

»Ich will Euch natürlich keine Umstände bereiten«, erwiderte der Herzog höflich. Als Gaultry die Tür zu ihrer Kammer öffnete und allein hineintrat, zog er eine Braue hoch und lächelte. »Kein gemeinsames Bett?« Er drehte sich grinsend zu Martin um. »Seht Ihr, jetzt kenne ich alle Neuigkeiten über Euch, noch bevor sie bei Hof eintreffen.«

»Gute Nacht, Euer Gnaden.« Hastig schloss Gaultry die Tür, denn ihre Wangen brannten. Was nützte es, wenn Martin und sie so sorgsam darauf achteten, die Keuschheit ihrer Beziehung zu wahren, wenn ihn alle Welt ohnehin schon für ihren Liebhaber hielt?

Vor ihrer Tür machte es sich einer von des Herzogs Männern lärmend für seine Nachtwache bequem.

Als sie sich umdrehte, blickte sie in die offenen Augen der Sharif, aus denen die Neugier leuchtete. Gaultry schüttelte den Kopf. *Leg dich wieder schlafen,* sagte sie ihr. *Schlaf dich aus, wenn du kannst. Wir haben überraschend einen Verbündeten bekommen, und alles ist in Ordnung.* Sie berührte die Sharif sacht an der verbundenen Schulter. *Ich erkläre es dir morgen.*

Morgen, wenn dieser gestrenge, hart urteilende Mond nicht mehr auf sie herabschien und sie dieses seltsame Haus verlassen hatten.

5

Gotri. Der Ruf störte ihre Träume, einmal, zweimal; dann noch einmal, drängender. *Gotri, wach auf.*

Feuchte Luft hing in dem morgendlich dämmrigen Schlafzimmer, und die Laken und Decken waren klamm. Gaultry fühlte sich unbehaglich, rollte sich auf die Seite und schob den Schwanz des Honigfressers aus ihrem Gesicht. Sie dachte, sie hätte schlecht geträumt – sie war sicher, dass ein schlechter Traum sie verfolgt hatte. Der Ruf der Sharif hatte den Bann gebrochen.

»Was ist?«, grummelte sie und strich sich schweißnasse Haarsträhnen aus dem Gesicht.

Aneitha.

»Große Zwillinge.« Gaultry erschrak und war nun hellwach. Sie hatte seit dem Debakel an der Brücke nicht ein einziges Mal an den großen Panter gedacht. »Was ist mit ihr?«

Die Sharif verstand Gaultrys Tonfall besser als ihre Worte. *Sie ist in ein dunkles Loch gefallen, voll spitzer Äste. Sie kann nicht mehr heraus. Bald wird sie wild vor Panik. Gotri, wenn du ihre Schreie hören könntest ...*

»Na wunderbar«, sagte Gaultry entnervt. Dem besorgten Gesicht der anderen Frau zufolge gab es nur eine Möglichkeit. *Ich gehe und hole sie raus. Sag mir nur, wo sie ist.*

Ihr Ruf ist laut. Die Sharif bewegte vorsichtig den Arm und deutete nach Nordwesten. *Von dort höre ich sie. Sie muss ganz in der Nähe sein. Sonst könnte ich sie nicht hören.*

Diesseits der Hecken des alten Mannes?, fragte Gaultry.

Die Sharif wusste es nicht.

Sag ihr, sie soll sich beruhigen und sich nicht verletzen. Ich suche sie.

Sie wird nicht mehr lange zu beruhigen sein.

Also musste Gaultry sich beeilen. Sie stand auf und spritzte sich etwas Wasser aus einer Schüssel auf der Kommode ins Gesicht. Hinter ihr zirpte der Honigfresser. Er saß auf der Truhe am Fußende des Bettes neben Gaultrys säuberlich aufgestellten Stiefeln und Strümpfen.

»Gut, dass wenigstens einer von uns aufgepasst hat, wo Hesbain die hingestellt hat.« Sie scheuchte das kleine Tier aus dem Weg und griff nach ihren Socken; sie konnte sich gar nicht daran erinnern, dass die alte Frau sie ihr ausgezogen hatte. »Bleib schön hier, während ich versuche, nicht als Aneithas Frühstück zu enden, wenn ich sie gefunden habe.« Der Honigfresser keckerte und hüpfte zum Kopfkissen der Sharif.

Sei vorsichtig, warnte die Sharif, als Gaultry ihren Dolch in den Gürtel steckte. *Die Grube, in der Aneitha steckt, ist so groß, dass du auch hineinfallen könntest.*

Bei den Göttern, ich werde mir Mühe geben, antwortete Gaultry. Sie machte das Zeichen der Göttinnen und ging zur Tür.

Der Wachmann des Herzogs, ein junger Soldat mit zerzaustem weizenblondem Haar, war wach und sogar halbwegs wachsam, als sie die Tür öffnete. Er richtete sich auf und blinzelte ängstlich. Er sah müde und zerknittert aus. »Lady Blas. Wo wollt Ihr hin?« Er zerrte hastig an den Schließen seines Hemds herum, um sich pflichtbewusst präsentabel zu machen.

»Bleibt hier«, sagte Gaultry zu ihm, »und bewacht meine Gefährten. Ich bin gleich zurück.« Sie eilte an ihm vorbei und den Flur entlang. Gesellschaft war das Letzte, was sie bei der Suche nach Aneitha gebrauchen konnte.

Draußen schimmerte die sommerliche Landschaft unter zarten Nebelschleiern. Der Vollmond war noch nicht untergegangen, sah aber sehr klein aus. Mit dem rasch heller werdenden Morgengrauen am Horizont hatte er seine Leuchtkraft eingebüßt. Rauch aus dem Schornstein über der Küche wies darauf hin, dass schon jemand auf war und die Kochfeuer schürte, doch so früh am Morgen und obendrein an einem Festtag waren die Felder menschenleer. Gaultry überquerte eine leere, abgeweidete Koppel, hielt sich in der Richtung, welche die Sharif ihr gezeigt hatte, und umging einen kleinen Obstgarten. Am Ende des ersten Feldes dahinter hielt sie inne und sah sich um.

Unter dem Schleier der Morgennebel stieg der würzige, feuchte Duft der Erde auf, erfrischt und voller Versprechen für den neuen Tag. Das Feld war erst kürzlich abgeerntet und das Stroh zusammengeharkt worden. Die gelben Stoppeln sahen kräftig und gesund aus, und zwischen den abgemähten Halmen erschienen bereits neue blassgrüne Triebe. Zumindest dieses Feld musste eine hervorragende Ernte frischen Heus für den Mittsommermarkt erbracht haben. Wenn Sir Jumerys Haushalt dem Ruin entgegensah, dann lag das gewiss nicht am schlechten Ertrag seines Landes.

Die Ländereien des alten Mannes waren ausgedehnt. Sanfte Hügel, manche bewaldet, manche von Feldern bedeckt, zogen sich bis weit in den blauen Horizont. Das nächste Gebäude lag über eine Meile entfernt im Nebel, sodass Gaultry nicht erkennen konnte, ob es sich um ein Häuschen oder einen Schober handelte. Sie sah auch keine größeren Hecken oder andere Grenzmarkierungen, die angezeigt hätten, wo der Besitz des alten Mannes endete.

Der Morgen erwachte zum Leben, Vögel erhoben sich aus ihren Nestern und stimmten ein vielstimmiges Lied an. Allein die Lautstärke dieser fröhlichen Morgengrüße ließ Gaultry daran zweifeln, dass Aneitha ganz in der Nähe war, doch sie musste der Sharif vertrauen. Entschlossen versenkte sie sich in eine kurze Entspannung, rief sich den Rhythmus der Jagd ins Gedächtnis und zwang sich dazu, still zu stehen und zu lauschen.

Wochen waren vergangen, seit sie zuletzt allein gejagt hatte. So fern von ihrer Heimat im Wald von Arleon waren ihr viele der Vogelrufe unbekannt, und zunächst hörte sie nur wirres Gezwitscher. Doch dann erwachten angenehm vertraute Instinkte, und sie begann, verschiedene Stimmen herauszuhören. Ein Häher. Eine kleine Schar Heckenbraunellen. Vermischt mit den Stimmen ihr unbekannter Vögel erklangen auch die Lieder, welche sie in den Tiefen des Waldes gehört hatte, bevor sie sprechen konnte.

Eine lebendige Wärme durchströmte Gaultry, als habe die Morgensonne bereits den Horizont überwunden und wärmte sie. Sie spitzte die Ohren nach aufgeschreckten oder verzweifelten Tönen, etwas, das sich von dem fröhlichen Morgengezwitscher abhob. Ihre Unentschlossenheit und die Sorgen um ihre Gefährten rückten plötzlich in weite Ferne. Das Land drängte sich ihren Sinnen auf, erfüllte ihre Lunge, ihre Ohren, ihren Hals. Sie spürte, wie sie mit ihrem Element verschmolz, als spräche das Land sie über all ihre Sinne an und zöge sie enger zu sich heran.

Sie bückte sich und hob einen Klumpen Erde auf. »Jägerin Elianté«, rief sie andächtig und zerdrückte den Klumpen. »Dir sei diese Jagd gewidmet.«

Die Gerüche der Erde und der Bäume überfluteten sie, und sie lauschte noch tiefer hinein. Da war etwas, da ... bevor sie noch wusste, was ihre Aufmerksamkeit erregt hatte, hatte sie sich schon zu einem Hain hoher Pappeln umgedreht. Die in einer Reihe stehenden Bäume lockten, drei Felder weiter, ein wenig linker Hand und weiter vom Haus entfernt, als sie nach der kurzen Beschreibung der Sharif erwartet hatte. Sie verfiel in einen gleichmäßigen Laufschritt und hielt darauf zu.

Hoch oben in den Ästen einer Pappel saßen drei Krähen. Ihre Schnäbel standen offen, die Flügel waren zu steifen, schwarz gefiederten Mänteln ausgebreitet.

Gaultry rannte schneller.

Zwei Felder weiter hörte sie ein leises Wimmern und wusste, dass ihre Vermutung richtig gewesen war. Sie rannte noch schneller, stolperte über ungemähte Grasbüschel, überwand eine kleine Erhebung, deren Boden nach vielen Jahren des Pflügens weich geworden war, und erreichte schließlich das letzte Feld. Es lag brach, und der Boden war fest; hier war seit mindestens zwei Jahren nicht mehr gesät und gepflügt worden.

Hinter den Pappeln versperrte eine hohe, dicht wuchernde Hecke Gaultry die Sicht. Aus der direkten Umgebung zu schließen, konnte dahinter nicht die Hochstraße liegen. Das sah eher aus wie eine uralte Begrenzung, die längst zugewuchert war. Aneitha saß irgendwo auf der anderen Seite fest. Die Schreie des Panters klangen verwirrt und ängstlich. »Gib Ruhe!«, rief Gaultry und suchte nach einer Lücke in der Hecke. »Ich bin gleich bei dir, also sei still!«

Ob die Raubkatze sie nun gehört hatte oder nicht, sie schrie weiter.

Gaultry hielt inne, um Luft zu schnappen, und starrte zu den Krähen hinauf. »Wo ist der Durchlass in der Hecke?« Die Hecke war dornig und bestand aus Weißdorn und Schlehen, deren uralte Zweige dicht gewachsen waren und vor fingerlangen Dornen starrten. Sie konnte sich unmöglich durchzwängen. Sie blickte in beide Richtungen die Hecke entlang und konnte nirgends eine Lücke entdecken oder auch nur ein kleines Loch, durch das Aneitha ihren schmalen, biegsamen Katzenkörper gezwängt haben könnte. Wieder blickte sie zu den Krähen auf. Wenn sich ihr nur eine von ihnen nähern würde! Krähen waren von Natur aus sehr neugierig, und das machte es einfach, sie durch Zauber anzulocken. Wenn sie eine Krähe fangen und ihren Geist übernehmen könnte, würden die scharfen Augen sie gewiss zu einem Loch in der Hecke führen.

Bedauerlicherweise machte Aneithas Gebrüll die Vögel misstrauisch.

Sie blickte sich noch einmal auf dem Feld um und überlegte. So, wie die Hecke ungehemmt wucherte, war auch das Feld verwildert. Es stand voll süß duftender Sommerblumen, auf denen noch der Morgentau lag. Ein breiter dunkler Streifen, den sie niedergetrampelt hatte, verlief quer durch die silbrig glänzende Fläche. Sie betrachtete das Feld etwas genauer. Neben ihren eigenen, allzu deutlichen Spuren waren noch viele weitere, zartere zu finden. Stellen, an denen Kaninchen oder andere kleine Tiere herumgelaufen waren.

Beim Gedanken an Kaninchen trat sie näher an die Hecke heran. Es war sehr wahrscheinlich, dass Kaninchen sich irgendwo einen Durchschlupf gegraben hatten. Um den zu finden, würde sie keinen Zauber brauchen. Sie suchte das Feld nach den stärksten Spuren ab, und es dauerte nicht lange, bis sie ein Muster erkannte. Die am tiefsten ausgetretenen Pfade führten zu Kaninchenlöchern, die sich an der östlichen Seite des Feldes verteilten, doch an zwei Stellen führten Abzweigungen in den Schutz der Hecke.

Gaultry fand am Ende beider Pfade Löcher in der Blätterwand. Das erste war jämmerlich klein. Sie war nicht einmal sicher, ob es bis zur anderen Seite durchging. Bei dem zweiten handelte es sich um einen Tunnel mit einem unangenehm schmalen Durchlass im Boden. Aber er sah aus, als könnte er breit genug sein, falls sie auf dem Bauch hindurchkroch.

»Bei allen Göttern, Aneitha, wie bist du da nur hineingeraten?« Sie suchte den Boden nach Anzeichen dafür ab, dass die Raubkatze durch dieses Loch gekrochen war. »Du jammerst der Sharif schon seit einer Ewigkeit etwas vor – warum erklärst du mir nicht mal, was dir passiert ist?«

Sie legte sich auf den Bauch und steckte den Dolch fester in den Gürtel, damit sie ihn nicht irgendwo in der Hecke verlor. Das Loch war so niedrig, dass sie die Wange in die Erde drücken musste, um hineinzugelangen, und es verengte sich so bald, dass sie zurückkriechen und es noch einmal versuchen musste, wobei sie diesmal einen Arm vor sich ausstreckte. Sie schob sich unwillig vorwärts, und mit jeder Handbreit wurde es enger und schwieriger. Zweige und Dornen verfingen sich in ihrem Haar und piekten schmerzhaft in ihr ungeschütztes Ohr. Die Hecke war kaum zwei Schritt tief, doch es kam ihr viel länger vor. Als ihre ausgestreckte Hand endlich in die Luft statt in Dornen griff, stieß sie ein erleichtertes Stöhnen aus.

Als sie sich weit genug aus der Hecke hinausgearbeitet hatte, um zu sehen, was dahinter lag, verschlug es ihr den Atem.

Die Hecke umgab einen schmalen Streifen freien Feldes, sehr viel länger als breit. Im Gegensatz zu dem brachliegenden Feld hinter der Hecke war es sehr gepflegt und das Gras so fein gemäht wie auf der Kegelbahn, die sie einmal im Garten des Palastes in Princeport gesehen hatte. Vor ihr erhoben sich zwei grob behauene Steinsäulen, und dazwischen stand eine ausgebleichte Steinplatte, die wie ein Tisch mit einer kreisrunden Vertiefung in der Mitte aussah.

Hinter diesen Steinen erhob sich der lang gestreckte, sanft ansteigende Umriss eines Hügelgrabs, das den größten Teil des eingeschlossenen Feldes einnahm.

Gaultry krabbelte ganz aus der Hecke. Sie klopfte sich ab und betrachtete unruhig die samtig grüne Wölbung des Erdhügels. Sie hatte solche Stätten zu Hause im Süden schon oft genug gesehen, doch die waren selten so gut versteckt gewesen wie diese. Das hier waren uralte Überreste der umherziehenden Stämme, der Menschen, die schon in Tielmark gelebt hatten, bevor es unter bissantinische Herrschaft gefallen war, verloren im Nebel der Geschichte. Die Stämme hatten alle Großen Zwölf verehrt und mit Hilfe der Rhasan-Magie direkt mit ihnen Verbindung aufgenommen – durch jene uralten mystischen Symbole, welche die Vergangenheit mit der Gegenwart, die Gegenwart mit der Zukunft und die Menschen mit den Göttern und mit den Tieren verbanden. Obgleich die Wanderer keine festen Grenzen gekannt hatten, hatten sie gewaltige Hügel und Wälle erbaut und primitive Steintempel zu Ehren der Götter errichtet, die von ihren enormen Kräften zeugten. Gaultry, die in ihrem Leben bisher dreimal mit echter Rhasan-Magie in Berührung gekommen war, konnte nicht ganz verstehen, warum ein Volk, das über so gewaltige magische Kräfte verfügte, sich überhaupt Bissanty unterworfen hatte, doch das war nun mal eine historische Tatsache.

Manche der Grabhügel und Tempel waren seit Jahrhunderten in Vergessenheit geraten, andere hingegen überbaut worden. Einige wenige Stätten großer Kraft waren noch in Gebrauch, und die Verbindung in die Tiefen der Vergangenheit bestand ungebrochen. Der Tempel der Emiera in Paddleways, dem Dorf nahe Gaultrys Zuhause im Wald von Arleon, hatte eine Gruft, die bis auf die Wanderer zurückging. Andere Stätten wurden noch immer nach uralten Zyklen gereinigt: alle sieben, zwölf, zwanzig, fünfzig Jahre. Manche Zyklen umspannten noch längere Zeiträume.

Als sie noch klein war, war für einen Stein in der Nähe der Hütte ihrer Großmutter der Sommer der rituellen Reinigung gekommen. Sie erinnerte sich undeutlich an Tamsannes Ärger über das Eindringen der ansässigen Bäuerinnen in ihren stillen Wald. An die Reinigung selbst erinnerte sie sich besser: Schmutziges Wasser lief die rauen Wände hinab, und unter Moos und Blättern von vierzig Jahren kam der Stein zum Vorschein, kohlschwarz und mit einem feinen Netz eingemeißelter Linien überzogen.

Im Gegensatz zu jenem einzelnen Stein waren diese hier offensichtlich erst kürzlich gereinigt worden. Die Platte in der Mitte war hell und ausgebleicht, die Wächter zu beiden Seiten frei von Flechten oder Moos. Die Vertiefung in der Mitte der Steinplatte war mit einer dunkelroten Flüssigkeit angefüllt: Blut, vermischt mit bestimmten Kräutern, damit es nicht gerann.

Sie würde Aneitha befreien und so schnell wie möglich von hier verschwinden müssen. Das Betreten solcher sakralen Orte war meist nicht ausdrücklich verboten, doch zufällige Besucher waren selten willkommen.

Aneitha machte so viel Lärm, dass sie leicht zu finden war, außerdem lag die Grube, in die sie gefallen war, an der einzig denkbaren Stelle. Es gab nur einen Durchgang in der Hecke, gegenüber der Seite, durch die Gaultry gekrochen war. Die Grube war direkt hinter diesem Eingang angelegt worden, sodass jeder, der nichts davon wusste, ganz sicher hineinstolpern würde. Gaultry trat vorsichtig näher heran. Dichte Grassoden bedeckten das Geflecht aus Zweigen und Stroh, unter dem sich die Grube verbarg. Die Grassoden wiesen darauf hin, dass diese Falle schon vor vielen Jahren gegraben worden war. Die Stellen, wo das Gras von der Abdeckung der Grube in festen Boden überging, waren nicht zu erkennen. Es überraschte sie nicht, dass selbst Aneitha hineingetappt war.

Als sie noch näher herantrat, geriet der Rand unter ihren Füßen unvermittelt ins Rutschen, so gut war er verborgen. Sie ruderte wie wild mit den Armen und warf sich erschrocken nach hinten. Unten heulte der Panter auf, als die abgebröckelte Erde auf ihn fiel. Gaultry rückte nun noch behutsamer vor und warf einen vorsichtigen Blick über den Rand. Aneitha war nur ein dunkler, mit Erde bedeckter Schemen, aus dem wilde, panische Augen blitzten. Der Panter entdeckte Gaultry und fauchte wütend, verängstigt von ihrem vermeintlichen Angriff. Gaultry kroch vom Rand zurück und atmete tief durch.

Die Grube war so angelegt, dass sie ihr Opfer tötete oder verstümmelte. Gaultry konnte sich nicht erklären, wie Aneitha den Sturz überlebt hatte. Die »spitzen Äste«, von denen die Sharif gesprochen hatte, waren dornige Speere mit mörderischen rostigen Metallspitzen, die himmelwärts ragten. Aneitha hatte unglaubliches Glück gehabt, dass sie dazwischen gelandet war, ohne sich aufzuspießen. Allerdings – eines ihrer Hinterbeine steckte zwischen zwei dicht nebeneinander aufragenden Speeren fest. Gaultry fluchte. Um dieses Bein freizubekommen, würde sie selbst in die Grube steigen müssen. So weit ging es gar nicht hinunter – die Grube war höchstens zwei Manneslängen tief. Wenn der Panter sich nicht das Bein eingeklemmt hätte, hätte er leicht aus eigener Kraft herausspringen können.

»Hätten wir dich bloß in Bissanty gelassen.« Gaultry zögerte ängstlich am Rand der Grube. »Zu Achavell mit dir für den Ärger, den ich mit dir habe.«

Die Raubkatze hatte sich ein wenig beruhigt, als Gaultry sich zurückgezogen hatte. Nun miaute sie, zugleich jämmerlich und Angst einflößend. »Ich hoffe nur, die Sharif macht dir klar, dass du mich nicht beißen darfst«, rief Gaultry ängstlich zu dem Tier hinunter. »Wehe, du beißt mich, wenn ich jetzt da runterkomme.«

Eine Grubenwand war teilweise eingebrochen, als die Raubkatze durch die Abdeckung gefallen war. Gaultry ging zu dieser Seite hinüber und ließ die Beine über den Rand baumeln.

Dann, mit einem Stoßgebet an alle Großen Zwölf, ließ sie los und rutschte hinunter.

Als sie sich am Grund der Grube aufrichten wollte, stellte sie fest, dass es im weichen Boden dort unten beinahe unmöglich war, festen Stand zu gewinnen. Sie schlitzte sich an einem der Speere die Hand auf, als sie sich dummerweise daran abstützen wollte. Die Raubkatze starrte sie aus zwei Schritt Entfernung böse an. »Aneitha«, rief sie mit zittriger Stimme. »Braves Kätzchen. Bleib nur ganz ruhig ...« Sie schuf eine vorsichtige magische Verbindung, berührte so das sandgelbe Fell und versuchte abzuschätzen, wie das Tier auf ihre Annäherung ansprechen würde. »Schön ruhig, so ist es brav ...« Aneitha funkelte die junge Frau aus wilden gelben Augen an und grollte leise.

»Ruhig, ganz langsam ...« Gaultry schob sich näher heran. »Bleib schön ruhig, ganz brav, dann ziehe ich dein Bein da heraus ...«

Die Raubkatze erschauerte und legte den Kopf auf die Vorderpranken. Gaultry rang nach Atem, als der starke Moschusgeruch der Katze zu ihr aufstieg. Immerhin war das Tier jetzt nahe genug, dass sie es berühren konnte – oder gebissen wurde. Die Katze wimmerte. Ihre Krallen waren eingezogen, die Reißzähne entblößt. Gaultry grub vorsichtig eine Hand in das Fell am Hals und versuchte, dem Kopf nicht zu nahe zu kommen. Auf so tückischem Untergrund würde es nicht ausreichen, das Tier nur zu befreien. Sie würde seinen Geist übernehmen und sich seine Körperkraft zu Eigen machen müssen, um dann den leblosen Körper aus der Grube zu ziehen. Und all das, ohne dass Aneitha die Gelegenheit bekam, ihr die Kehle durchzubeißen.

Sie wollte das Tier nicht ängstigen, doch sie musste es fest in den Griff nehmen, um den Übernahmezauber zu wirken. Sie legte den anderen Arm um Aneithas Brust und zitterte vor Angst, als sie den muskulösen Körper beben und zucken spürte. *O Elianté, beschütze mich,* betete sie.

Dann beschwor sie den Übernahmezauber herauf.

Als Aneitha die erste magische Berührung spürte, geriet sie in Panik und warf sich herum. Gaultry, starr vor Angst, öffnete sofort einen Kanal und saugte den Geist der großen Raubkatze brutal in sich auf; sie versuchte gar nicht erst, das Tier dabei zu beruhigen, denn sie musste die Raubkatze außer Gefecht setzen, bevor diese entweder sich oder Gaultry selbst auf einen der Speere spießte. Einen schrecklichen Augenblick lang klammerte sie sich wie ein halb abgeworfener Reiter an die Schultern der riesigen Katze, nicht sicher, ob sie ihren Geist schnell genug übernehmen konnte, um sie beide zu retten. Einer der Speere, der die Raubkatze festklemmte, löste sich, und Aneitha warf sich nach vorn, wobei sie sie beinahe alle beide in einen anderen Speer gestürzt hätte. Dann griff der Zauber um sich wie ein Feuer, das trockenen Zunder verschlingt. Sie riss den Tiergeist tief heraus. Die mächtigen Muskeln erschlafften. Gaultry besaß nun die Energie der Raubkatze und verfügte über genug Kraft, um den starken Körper in die lose Erde zu drücken und festzuhalten. *Ruhig, Aneitha, ganz ruhig*, redete sie auf das Tier ein. *Alles ist in Ordnung, alles wird gut.*

Der Geist des Panters wand sich in dem engen Raum, den Gaultry in sich geschaffen hatte, um ihn aufzunehmen, und war für den Augenblick zu panisch, um seine Klugheit zu nutzen. Gaultry, die einige Erfahrung im Übernehmen von Hauskatzen hatte, richtete sich auf und erkannte mit einem scheußlichen Gefühl, dass dieses Tier sehr, sehr viel klüger war, mehr Kraft hatte und einen viel stärkeren Willen, sich zu befreien. Sie war nicht sicher, ob sie stark oder listig genug war, es festzuhalten, wenn seine Panik sich legte und sein Geist begann, um seine Freiheit zu ringen. *Brave Katze, Aneitha,* beschwichtigte sie ihn. Sie musste den Tiergeist nur so lange unter Kontrolle behalten, bis sie es geschafft hatte, aus der Grube zu klettern. *Ich will deine Kraft nicht brechen, ich will sie mir nur ausleihen …*

Sie versuchte, die große Katze ihr eigenes Fell spüren zu lassen, die Wärme ihres eigenen Körpers, indem sie den sandfarbenen Pelz mit den Fingerspitzen berührte; sie wollte ihr versichern, dass ihr Körper immer noch da war und ruhig ein- und ausatmete.

Das half Gaultry zwar nicht dabei, den Katzengeist sicher im

Griff zu behalten, doch immerhin war er jetzt ein wenig abgelenkt und stürzte sich nicht in wilde Befreiungsversuche. Es war beunruhigend, wie ihre eigene Sinnesschärfe sich mit dem Katzengeist wandelte. Als sie der Katze ihre Augen überließ, bemerkte sie, dass sie jedes einzelne Sandkörnchen erkennen konnte, das an den steilen Wänden der Grube herabrutschte, jede noch so winzige Bewegung, doch die Farben waren stumpf und eintönig. Ihr Gehör war viel schärfer. Draußen, irgendwo über ihnen, hatte das Krähen-Trio zu krächzen und zu schwatzen begonnen, vielleicht voller Hoffnung ob der plötzlichen Stille in der Grube.

Es wird Zeit, dass wir hier rauskommen. Mit Hilfe der enormen Kraft und der hervorragenden Balance der Raubkatze stemmte sie den Rücken gegen die Grubenwand und zog das Gewicht des erschlafften Tieres in ihre Arme. Aneithas Geist beruhigte sich sogleich. Über ihre Panik erhob sich so etwas wie Neugier. Gaultry, die nicht so recht wusste, wie weit sie den Katzengeist beherrschte, überließ sich für einen Augenblick beruhigenden Gedanken und verzichtete bewusst auf Kraftanstrengungen.

Ein langer Moment verging. Dann stupste der Geist des Tieres sie sacht an und half ihr, auf dem rutschigen Untergrund das Gleichgewicht zu finden. Gaultry fühlte, dass die Katze begriffen hatte, dass sie sie aus der Grube retten wollte, und Aneitha war bereit, ihr zu helfen.

So ist es gut, bestätigte sie dem Tier. *Sieh mal, der Morgenhimmel über uns. Da wollen wir hin.* Sie zerrte das tote Gewicht der Raubkatze zu der eingebrochenen Seite, wo sie heruntergerutscht war. Sie wollte ihre *Glamour*-Magie einsetzen, um dem Übernahmezauber der Jägerin mehr Macht zu verleihen, wollte die Raubkatze ganz besitzen und nicht endlos mit ihr verhandeln müssen …

Die Beine, drängte sie und kämpfte mit ihrer eigenen Panik. Sie stemmte die Füße fest in den Boden. *Da brauche ich deine Kraft.*

Immerhin fügte sich die Raubkatze während der mühsamen Kletterei. Die Katzenenergie pulsierte durch Gaultrys Rücken, ihre Hüften, ihre Schenkel. Sie packte Aneithas Körper im Nacken, so wie eine Katzenmutter ihr Junges trägt und wie ein Panter seine Beute wegzerrt. Mit der freien Hand krallte sie sich tief in die bröckelnde Erde und fand genug Halt, um sich hochzuhieven. Sie stellte sich lange Krallen an ihren Fingerspitzen vor, die sich tief in den Erdboden gruben. Aneitha schickte ihr ein Bild, vielleicht, um ihr Mut zu machen: ein hoher Felsen, ein fremdartiges, helles, rehartiges Tier mit kurzen Hörnern, der Geschmack von warmem Blut in ihrem Mund, während sie das Tier den Felsen hinaufzerrte. Eine Erinnerung von Aneitha aus ihrer Heimat.

Dann endlich lag sie auf dem Gras, der Grube entkommen, Aneithas heißen, nach Raubtier stinkenden Körper an sich gedrückt, und das Bild löste sich auf. Doch sie konnte immer noch die Hitze der Wüste auf ihrer Haut spüren, in den Beinen; das Selbstvertrauen –

»Ihr hättet nicht hierher kommen dürfen.« Die Stimme wirkte auf die Hitze wie ein Eimer eisigen Wassers. »Ihr seid unrein, Ihr hättet nicht herkommen dürfen.«

Gaultry, deren Arme immer noch in Aneithas Fell versunken waren, schlug die Augen auf.

Sir Jumery Ingoleur stand keine zehn Fuß vor ihr, die dünnen Arme vor der Brust verschränkt. Er trug fast durchsichtige graue Gewänder. Ein Schwert mit uralter, schartiger Klinge war an einer schweren silbernen Kette um seine Hüfte gegürtet.

»Dieses Wesen ist kein Dämon«, erklärte sie ihm, denn sie wusste nicht so recht, wie sein Vorwurf zu verstehen war. *Halt bloß still,* befahl sie Aneitha. *Still!* »Das ist nur ein fremdländisches Tier, genau wie der komische kleine Affe auf dem Wagen. Wir haben versucht, sie von der Straße fern zu halten, damit sie die anderen Reisenden nicht erschreckt. Aber gestern nach der Sache mit der Brücke hat sie uns verloren. Ich musste sie doch suchen –«

»Eure Großmutter hütete noch mehr Geheimnisse, als sie Lügen erzählte«, sagte der alte Mann tadelnd. »Ihre Nachkommen sind seither tief gesunken.«

Gaultry setzte sich argwöhnisch auf und hielt den Kopf der Raubkatze in ihrem Schoß. Es ging gar nicht um Aneithas Eindringen … »Fünfzig Jahre sind eine lange Zeit, um einen Groll zu hegen«, bemerkte sie vorsichtig. »Was hat Tamsanne Euch angetan, dass Ihr mich heute so beleidigt?«

»Wie ich sehe, seid Ihr eine kleine Närrin«, sagte der alte Mann. Ihre Worte hatten seine Wut angestachelt, anstatt sie zu beschwichtigen. »Fünfzig Jahre sind *nichts.*« Er kam auf sie zu, und seine Finger bebten am Griff seines Schwertes. »Tamsanne wusste immerhin so viel.«

»Kommt nicht näher.« Gaultry rappelte sich auf und stellte sich schützend vor den Körper des Panters; dessen geliehene Grazie machte ihre Bewegungen katzenhaft geschmeidig. »Wenn Ihr mir etwas zu sagen habt, könnt Ihr das auch von dort aus, wo Ihr jetzt steht.« Sie blickte zum Himmel, auf die untergehende Scheibe des Rios-Mondes, der noch immer über dem Horizont hing – der Rächermond des Frühsommers. »Mit mir habt Ihr keinen Streit«, fügte sie hinzu und hoffte, damit den kaum unterdrückten Zorn des Mannes zu besänftigen. »Ich und meine Begleiter haben nichts als die Wahrheit in Euer Haus gebracht. Wir reisen im Dienste des Prinzen, und es kann nur zu seinem Schaden sein, wenn Ihr uns aufhaltet. Falls Ihr einen ungeklärten Zwist mit Tamsanne habt, so hat das nichts mit mir zu tun.«

»Es hat sehr viel mit Euch zu tun.« Seine Finger krümmten sich um den Schwertgriff. »Um ihre eigene unreine Brut zu schützen, hat sie meine Söhne um ihr Bluterbe gebracht!«

Aneithas Geist, dem die Feindseligkeit des Mannes nicht gefiel, durchflutete sie wie strömendes Wasser. Gaultry, die sowohl sich selbst als auch den Katzengeist beherrschen musste, konnte den Gedankensprüngen seiner Anschuldigungen nicht folgen. »Erklärt mir endlich Euren Streit«, sagte sie. »Bei Eliantés Speer!« Sie hielt inne, um wieder einmal die Raubkatze zurückzudrängen. »Falls Tamsanne Euch tatsächlich ein Unrecht zugefügt hat, kann ich es vielleicht wieder gutmachen.«

Sir Jumery hob die Hände, sodass die durchscheinenden Ärmel zurückglitten und knochige Arme enthüllten. »Sagt mir, was Ihr seht.«

Reihen kleiner Narben zogen sich über jeden Zoll seiner Haut. Oberflächliche Narben; gleichmäßig in rituellen Mustern verteilt. Gaultry hatte auf einmal einen trockenen Mund. Das waren die Blutnarben eines geweihten Mannes, keine Wunden längst vergangener Schlachten. Sie warf einen unruhigen Blick auf die Steinplatte. »Es ist Euer Blut, das dieses steinerne Becken füllt«, vermutete sie. Sie wich zurück und berührte Aneithas Körper mit dem Fuß, um sich zu versichern, dass die enorme Kraft der Raubkatze ihr immer noch zur Verfügung stand.

»Mein Blut.« In die wässrigen blauen Augen des Alten trat ein mörderischer Glanz. »Richtig – wenn Ihr damit meintet, mein eigenes Blut, vermengt mit dem Blut aller Generationen meiner Vorväter. Die Ingoleurs bestehen schon länger als Tielmark. Länger als das Kaiserreich. Das Blutband ging in all diesen Jahren ungebrochen vom Vater auf den Sohn über. Die verflossenen Leben meiner Ahnen flüstern in meinen Adern«, fügte er hinzu. »Die Erde selbst hat keine Geheimnisse vor mir.«

Gaultry starrte auf das Blut in dem Bassin, das in den uralten Stein eingemeißelt war, und begriff endlich, was sie da vor sich sah. Der erste Ahnherr der Ingoleurs musste dieses Becken in den Stein gemeißelt und mit seinem Opferblut gefüllt haben, und alle seine Nachkommen hatten diesen Pakt mit ihrem eigenen Blut fortgeführt. Mit Magie oder Gebeten aufgeladen, konnte ein solches Blutband jenen, die es aufrechterhielten, gewaltige Macht verleihen und Zugang zu den ältesten und tiefsten Geheimnissen des Landes. Aber …

Aber der Mann war alt und müde, und sein Stammsitz verfiel, während er darauf wartete, dass seine Söhne endlich heimkehrten. »Ich glaube Euch nicht. Was Ihr behauptet, kann nicht wahr sein. Falls Ihr jemals ein so umfassendes, mächtiges Wissen besessen habt, verfügt Ihr heute jedenfalls nicht mehr über diese Macht.«

»So ist es.« Die Augen des alten Mannes funkelten hasserfüllt. »Das Band ist durchtrennt worden, und ich konnte es in fünfzig Jahren trotz all meiner Bemühungen nicht wiederherstellen.«

»Tamsanne hat es gebrochen?«

Seine Augen wurden schmal. Er trat unwillkürlich einen Schritt vor und bestätigte dadurch ihre Vermutung.

»Sie muss sehr gute Gründe dafür gehabt haben. Habt Ihr Eure Macht dazu benutzt, Tamsannes Geheimnisse auszuschnüffeln?«

Der alte Richter zog sein schartiges Schwert. Die Spitze zitterte, als er es drohend erhob. »Tamsanne hat ihre Ehre verwirkt, nicht ich«, zischte er. »Sie war es, die den Frevel begangen hatte, und durch ihre Schuld brach meine Macht.«

»Jemand muss Euch darauf angesetzt haben, Tamsanne ihre Geheimnisse zu entreißen«, erwiderte Gaultry. »Warum hasst Ihr Tamsanne und nicht Euren Anstifter?«

Taub gegen jede Vernunft, stürzte er sich auf sie. Gaultry wich seinem Angriff mit Leichtigkeit aus und fuhr herum. Er war alt und steif vor Gicht, sie hingegen jung und geschmeidig, und zudem verfügte sie über die Kraft eines großen Panters. Ihre Verbundenheit mit der Raubkatze zwang sie dazu, deren Körper zu verteidigen, und das war ihre größte Schwäche gegenüber diesem gebrechlichen Gegner – Aneithas Körper war so groß, dass er nicht leicht zu schützen war, und jeden Hieb, den der Panter abbekam, würde sie vielfach verstärkt am eigenen Leibe spüren. Doch Sir Jumery war viel zu erregt, um das zu bemerken. Er stürzte sich noch einmal auf sie – ebenso erfolglos –, und sie spielte mit ihm, lockte ihn den Hügel hinauf und hinunter und ließ ihn seine Kraft mit einem fruchtlosen Hieb nach dem anderen erschöpfen. Ein kleiner Teil von ihr erkannte schuldbewusst, dass die Freude an diesem Spiel Aneithas Geist entsprang, dass ihre tierische Grausamkeit sich gegenüber Gaultrys magischen

Sinnen durchsetzte. Ein anderer Teil schrie danach, Rache an diesem Mann zu nehmen, der seine ererbte Macht dazu benutzt hatte, Tamsanne etwas zu entreißen – vor allem etwas, das ihr so teuer war wie ihre Geheimnisse.

Nachdem sie eine entsetzlich lange Weile auf diese Weise Katz und Maus gespielt hatten, hielten sie inne und starrten einander über den weißen Steinaltar hinweg an. Das mit Blut gefüllte Becken zwischen ihnen sah unheimlich dunkel aus, unheimlich frisch. Der alte Mann rang keuchend nach Atem, erschöpft, am Ende seiner Kräfte. Er konnte sich nicht länger weismachen, dass er stark genug war, ihr weiter so nachzustellen.

Doch er hatte noch genug Kraft, um zu hassen. »Natürlich könnt Ihr einfach vor mir davonlaufen«, keuchte er. »Es erheben sich ja selbst die Leichen aus der Erde, um Euch Kraft zu spenden.«

»Beleidigt mich, wie es Euch gefällt«, gab sie höhnisch zurück, grausam und hochmütig wie eine Katze. Er hatte ihre Verbindung zu Aneitha noch immer nicht durchschaut, und er kam nicht dahinter, warum die große Katze schlafend im Gras lag, während sie täuschend und tänzelnd mit tierischer Anmut und Schnelligkeit vor seinen Augen umhersprang. »Tamsannes Erbinnen sind nicht diejenigen, welche die Erde hier verstoßen hat.«

»Es war nur eine einzige Frage«, sagte der alte Mann heiser. »Fergaunt und Jerry habe es nicht verdient, nur einer Frage wegen ihr Land zu verlieren. Die Antwort hat mir ihre Sünde enthüllt – ich habe mir nichts zu Schulden kommen lassen.«

Gaultry starrte ihn erstaunt an. Ihre Großmutter war keine rachsüchtige Frau. Das uralte Blutband eines Mannes zu seinen Ahnen und seinem Land zu durchtrennen und diese Verbindung selbst für seine Söhne zu verderben ... Welches Geheimnis konnte Tamsanne gehütet haben, das ihr so viel bedeutete? Ihre Verwirrung lockte sie in die Falle des alten Mannes. »Was habt Ihr erfahren?«

Ein hässlicher, triumphierender Ausdruck erstrahlte auf seinem Gesicht. »Euer Großvater war ein toter Mann, als Tamsanne ihn benutzte, um ein Kind zu zeugen.« Wenn das der Wahrheit entsprach, so würde das bedeuten, dass Gaultrys und Mervions Mutter ein nekromantisches Balg und somit unrein gewesen war.

Vor fassungsloser Überraschung verlor Gaultry die Herrschaft über den Panter. Den nächsten Augenblick bekam sie kaum mit. Aneitha hatte sie übernommen, und sie fühlte, wie ihr Körper über den Altar sprang, wobei sie mit einem Fuß abrutschte und uraltes Blut verspritzte. Dann war der alte Mann unter ihr, und sie stürzte sich mit Fingern und Zähnen auf seine Kehle.

Ohne fremdes Eingreifen hätte sie ihn mit Sicherheit getötet. Der alte Mann japste unter ihr und rang halb erstickt und schmerzgeplagt nach Atem. Glücklicherweise griff doch jemand ein – zwei riesige Hände packten ihre Schultern und zogen sie fort. Strampelnd und um sich schlagend wurde sie hoch in die Luft gehoben.

Victor von Haute-Tielmark hielt sie ungerührt fest, bis sie sich wieder im Griff hatte. »Geht es Euch gut?«, fragte er besorgt, als sie allmählich aufhörte, sich zu wehren.

Mit wütenden magischen Peitschenhieben trieb sie Aneithas Geist zurück. *Genug!*, herrschte sie sie an. *Versuch das noch einmal, und es wird dir Leid tun.* »Nein«, keuchte sie laut, »es geht mir nicht gut.«

Der alte Mann lag vor ihr auf dem Rücken, das Gesicht weiß und rot gefleckt vor Angst, doch er genoss immer noch seinen hässlichen Triumph. Gaultry starrte ihn geschlagen an. Er hatte sein Gift verspritzt, und nichts konnte seine abscheuliche Enthüllung ungeschehen machen. Ihr eigener Großvater konnte kein Toter gewesen sein. Das war gar nicht möglich. Und selbst wenn das möglich gewesen wäre – Tamsanne würde nie … sie konnte das nicht getan haben … »Schlag ihn tot, Elianté!« Tränen rannen ihr über die Wangen. »Schick ihn in Achavells Verdammnis!« Sie wünschte, sie könnte es über sich bringen, den alten Mann einfach zu erstechen. Doch der Herzog hatte Aneithas Versuch, diese mörderische Wut auszutoben, ein Ende gesetzt, und nun war es zu spät.

Haute-Tielmark blickte auf die zitternde, jämmerliche Gestalt des Alten hinab und schüttelte den Kopf. »Was auch immer er zu Euch gesagt haben mag, er kann dafür nicht mit dem Tode bestraft werden. Ihr werdet Euch mit dem Wissen begnügen müssen, dass sein Leben in Euren Händen lag – und Ihr es ihm nicht entrissen habt.«

»Ihr habt mich daran gehindert!«, fauchte sie.

Der Herzog ließ ihre Schultern los. »Nur zu«, sagte er.

Gaultry starrte auf den alten Mann hinunter und hasste ihn. Was er über ihre Großmutter gesagt hatte, konnte nicht wahr sein! Doch selbst während sie es in Gedanken leugnete, überkamen sie Zweifel.

Gaultry hatte ihre Mutter, Tamsannes Tochter, nie kennen gelernt. Severine war im Kindbett gestorben, nachdem sie gleichzeitig mit ihren magischen Zwillingen, Gaultry und Mervion, eine Prophezeiung geboren hatte. *Euer Großvater war ein toter Mann.* Nein, es war unmöglich, dass Severines Vater ein Leichnam gewesen war. Allerdings war eine *Glamour*-Seele, wie Gaultry und ihre Schwester sie besaßen, eigentlich auch unmöglich – zumindest in diesem Zeitalter. Das war die Magie der Helden und großen Heerführer aus ferner Vergangenheit – und nicht der heute Lebenden. *Euer Großvater war ein Toter.* Die Magie ihrer Großmutter bezog große Macht aus der Erde. Oh, sie konnte nicht glauben, dass Tamsanne eine solch unreine Tat begehen würde – aber dennoch, könnte dies der Ursprung von Severines Macht gewesen sein? Und durch Severine auch der Ursprung von Gaultrys Macht?

Sie durchbrach diese Gedankenspirale und funkelte den Herzog böse an. »Ihr wisst, dass ich es jetzt nicht mehr tun kann.«

Er zuckte die Achseln. »Genau das macht es ja zu einer Entscheidung.«

Der Herzog war in Begleitung zweier verlegen dreinblickender Soldaten bei dem alten Hügel erschienen. Einer der Männer war derjenige, welcher vor ihrer Tür Wache gehalten hatte. Sie standen über Aneithas schlafendem Leib und stupsten und stießen das Tier neugierig an, um diese Szene nicht mit ansehen zu müssen.

Gaultry spürte nun diese Stöße wie Knüppelschläge auf dem eigenen Rücken. »Hört auf damit!«, herrschte sie die beiden an. »Bei den Zwillingen, was glaubt ihr, was ihr da tut?«

Es war höchste Zeit für Aneitha, sich aus dem Staub zu machen. Gaultry wand sich im festen Griff des Herzogs, breitete die Hände aus, öffnete einen Kanal und schickte den Katzengeist hindurch. Er schob sich erstaunlich entschlossen zu ihr zurück, als wollte er nicht in seinen eigenen Körper zurückkehren. Sie ließ ihre Magie aufsteigen und versetzte ihm einen groben Schlag. *Wie denn, findest du es hier so lustig?*, schalt sie ihn. *Verschwinde! Nimm dir deinen eigenen Körper, und mach, dass du wegkommst.*

Ein paar Schritte weiter auf dem Rasen wichen die Soldaten hastig zurück, als der Panter sich aufrappelte; ein Zittern lief durch seinen sandgelben Leib, als sein Geist sich wieder des Körpers bemächtigte. »Verschwinde«, kreischte Gaultry laut. Die Raubkatze sah Gaultry mit einem kurzen, rätselhaften Blick in die Augen. Dann wandte sie sich mit einem verächtlichen Zucken des langen Schwanzes um, lief um die Grube herum zum Durchgang in der Hecke und verschwand.

Sir Jumery starrte ihr wie gebannt nach. »Der Panter – er war in ihr. Sie hat seine Kraft benutzt …«

Haute-Tielmark räusperte sich. »Nun, Sir, Ihr habt heute Morgen erfahren, was Ihr längst hättet wissen sollen: Gaultry Blas ist eine Frau, die man nicht unterschätzen darf.« Er winkte seinen Soldaten. »Rolf, Piers. Geleitet den Herrn Richter zurück zum Haus. Ich glaube nicht, dass er allein so weit gehen kann.«

Sir Jumery öffnete den Mund, um Einwände zu erheben, doch er brachte kein Wort heraus. Gleich darauf streckte einer der jungen Soldaten hilfsbereit eine Hand aus und zog den alten Mann auf die Füße. Er stützte Sir Jumery, während der alte Richter seine Roben glatt strich, und klopfte ihm behutsam Gras und Schmutz vom Rücken. Der andere Soldat holte das schartige Schwert, das Sir Jumery ein paar Schritte entfernt hatte fallen lassen. Er schob es ohne Scheide in seinen eigenen Gürtel und bot dem alten Mann seinen Arm an.

»Euer Gnaden.« Der Alte wandte sich zu Haute-Tielmark um, der Gaultry am Ellbogen festhielt. »Ich erwarte, dass dieser Vorfall an entsprechender Stelle zur Sprache kommt.« Seine Stimme klang sehr schwach.

Haute-Tielmark nickte ernst. »Selbstverständlich, Sir.« Er und Gaultry sahen zu, wie die Soldaten Sir Jumery um die eingebrochene Grube herum- und durch die Hecke hinausführten. »Ob zu Eurer Zufriedenheit, ist eine ganz andere Frage«, brummte er, sobald der Alte außer Hörweite war.

»Er hat viele Jahre lang großen Hass genährt«, sagte Gaultry, immer noch angewidert. »Vielleicht glaubt er, die Sache jetzt bereinigt zu haben.« Der Herzog hielt sie mit schmerzhaft festem Griff, als könnte sie es sich noch einmal anders überlegen und den Alten anfallen. »Ihr könnt mich jetzt loslassen«, erklärte sie.

Haute-Tielmark ließ sie los. »Er ist ein sehr alter Mann und ist in anderen Zeiten aufgewachsen. Er weiß nicht, auf wen er seinen Hass richten sollte.«

Sie blickte zum Altar. Der weiße Stein sah so rein aus wie vorher, das dunkle Becken voll Blut wirkte unberührt. Doch als sie auf ihren Stiefel hinuntersah, war das Leder blutgetränkt, wo sie in das Bassin getreten war. Sie erschauerte. Dieses Blut, regelmäßig mit frischem Opferblut vermengt und erneuert, stand seit über tausend Jahren unter diesem Himmel und enthüllte der Familie, die daran gebunden war, alle Geheimnisse ihres Landes.

Sie würde sich neue Stiefel besorgen und diese hier verbrennen müssen.

Sie erschauerte und blickte starr zu Haute-Tielmark auf. »Mir ist übel.«

»Das wundert mich nicht.«

»Sollte ich versuchen, die gesprengten Landbande der Ingoleurs zu erneuern?«

Der Herzog schüttelte den Kopf, und sein Gesicht über dem goldblonden Bart wirkte ernst. Er machte das Zeichen der Zwillingsgöttinnen. »Das ist die Bürde dieses alten Mannes, nicht Eure. Dies ist nicht Euer Land.«

Da erkannte sie, dass er einiges von dem begriffen hatte, was vorgefallen war. »Aber es war meine Großmutter, die das Blutband zerstörte –«

Wieder schüttelte er den Kopf, diesmal heftiger. »Ich zweifle nicht daran, dass Tamsanne die Macht dazu gehabt hätte. Doch es wäre ihr hier, auf seinem eigenen Land, nie gelungen, wenn die Erde selbst sich nicht gegen ihn gewandt hätte.«

»Ihr kennt Tamsanne nicht«, erwiderte Gaultry. »Selbst wenn das Land sich mit aller Kraft gewehrt hätte, wäre es ihr möglich gewesen.«

»Vielleicht.« Sie las dem Herzog von den Augen ab, dass er nicht überzeugt war.

»Warum glaubt Ihr, sein Land hätte sich gegen ihn gewandt?«

»Vielleicht hat er verlangt, etwas zu erfahren, das das Land bedrohte. Das alles muss kurz vor Ende des letzten Regierungszyklus geschehen sein«, rief ihr der Herzog ins Gedächtnis. »Lousielle war Prinzessin, doch von Bissanty unterstützte Höflinge regierten Tielmark. Selbst die Loyalität von Männern, die durch uralte Magie an die Erde Tielmarks gebunden waren, hätte in Zweifel gezogen werden können.«

»Jemand hat ihn dazu angestiftet, die Geheimnisse meiner Großmutter auszuspionieren«, erklärte Gaultry. »Das hat er mir zu verstehen gegeben – zumindest hat er es nicht geleugnet.«

»Und nun hat er Euch Tamsannes Geheimnisse verraten. Beinhalten sie denn etwas, das Tielmarks Unabhängigkeit gefährdet?«

»Ich glaube nicht.« Zweifel regte sich in ihr. *Unrein* hatte Sir

Jumery sie genannt. »Aber wer hätte die Macht haben können, Sir Jumery auf derartige Dinge anzusetzen?«

»Sein Lehnsherr könnte es ihm befohlen haben.« Der Herzog runzelte die Stirn. »Vor fünfzig Jahren müsste das Roger Climens von Vaux-Torres gewesen sein. Oder vielleicht sein Vater. Das war vor meiner Zeit. Die Familie Climens hat sich noch nie durch besonders eifrige Loyalität hervorgetan, ihre derzeitige Herzogin eingeschlossen.« Er sah Gaultry in die Augen. »Habt Ihr Euch nicht gefragt, weshalb ich mich gestern Abend so abgehetzt habe, um zu Euch zu gelangen, als ich herausfand, wo man Euch hingebracht hatte und unter welch seltsamen Umständen?«

»Ich habe wohl bemerkt, dass Ihr Euch sehr gesputet habt.« Der Herzog trug noch immer das Hemd mit der zerfetzten Stickerei, in dem er gestern Abend angekommen war. Anscheinend war er so überhastet aufgebrochen, dass seine Diener ihm nicht einmal mehr ein zweites Hemd hatten einpacken können.

»Sir Jumery ist Argat Climens zur Gefolgschaft verpflichtet – das ist die Enkelin des alten Roger. Die Herzöge von Vaux-Torres waren schon immer unzuverlässig, auch wenn sie Tielmarks Prinzen Treue geschworen hatten. Argat Climens hat sich schon mindestens einen Bissantiner Liebhaber genommen. Ich konnte Euch nicht ohne jeden Schutz im Hause eines Ritters der Vaux-Torres bleiben lassen – und anscheinend war meine Sorge begründet, obgleich Sir Jumerys persönliche Seelenkraft hier nicht ganz das war, was ich erwartet hatte.«

Gaultry blickte wieder zu dem Bassin hinüber. »Glaubt Ihr wirklich, dass das, was er von Tamsanne erfahren hat, eine Bedrohung für Tielmark darstellte?« Ein tausend Jahre altes magisches Band, eine tausend Jahre zurückreichende Ahnenkette war durchtrennt. Sie erschauerte. *Euer Großvater war ein toter Mann.* Konnte das eine Lüge sein?

Hätte Tamsanne ein uraltes Blutband zerstört, nur um jemanden für eine Lüge zu bestrafen?

»Ich weiß es nicht«, antwortete der Herzog. »Aber alles, was ein Mitglied der Geheimen Brut betrifft, könnte auch Tielmark betreffen.«

»Ich möchte zurück ins Haus«, sagte sie zitternd. »Ich halte es an diesem Ort keinen Augenblick länger aus.«

»Ich möchte vorher gern noch etwas anderes mit Euch besprechen.«

»Was wollt Ihr denn noch von mir?«, herrschte sie ihn an.

Der Herzog antwortete nicht sofort. Sie dachte, das läge an ihrem unhöflichen Tonfall, errötete und zwang sich dazu, freundlicher zu sprechen. »Euer Gnaden, genau wie Ihr stehe auch ich im Dienste meines Prinzen.«

Er lächelte. Ein überraschend freundliches Lächeln, das seine schiefen Zähne zeigte. »Ihr seid nur zwei Jahre älter als mein Sohn Hoy.« Er wirkte ein wenig belustigt. »Manchmal vergesse ich das.«

»Ich bin kein Kind mehr«, fuhr sie auf.

»Das ist mein Hoy auch nicht.« Der Herzog schnaubte gutmütig. »Dennoch ist er jung genug, sich seiner Macht nicht ganz sicher zu sein. Natürlich gibt es viele Menschen, selbst unter jenen, deren Macht ungeheuer groß ist, die nicht einsehen wollen, dass sie sich ihren Verpflichtungen unterordnen müssen. Und genau darüber muss ich mit Euch sprechen.«

Mit diesen Worten streckte er die Hand aus. Auf seiner Handfläche lag ein silbernes Schmuckstück. Es sah aus wie ein Ring, doch die große, aus Silber getriebene Blume, die daraus hervorragte, ließ es kaum zu, dass man ihn längere Zeit am Finger trug. »Was ist das?«, fragte sie.

»Ein Geschenk.« Er nahm ihre Hand und schloss ihre Finger um den Ring. »Ein Geschenk, das Ihr für Euch behalten solltet.«

Gaultry wich zurück und öffnete ihre Hand, um sich das Schmuckstück näher anzusehen. Auf einer Seite der Blume befand sich ein nadelgroßes Loch, als sei der Ring nur als schönes Ausstellungsstück gedacht. Noch merkwürdiger war eine bewegliche Spitze an der Innenseite des Rings, welche offenbar hervorsprang und den Träger stach, wenn der Ring zur Präsentation auf eine Nadel gesteckt wurde.

»Ich glaube, das ist eine Art Schlüssel«, erklärte der Herzog. »Ich habe den Ring in den Privatgemächern des Kanzlers Heiratikus gefunden.«

»Wie ist das möglich?«, fragte sie. »Die Gemächer des Kanzlers wurden nach der Vermählung des Prinzen vollständig ausgeräumt, und Ihr seid erst eine Woche später in Princeport eingetroffen. Da kann längst nichts mehr da gewesen sein.«

Der Herzog seufzte. »Das erklärt sich durch die schweren politischen Fehler meiner Vergangenheit. Ich stand Heiratikus nahe genug, um sein geheimes Versteck zu kennen. Aber glaubt mir, bis ich in Princeport ankam, hatte ich mich damit abgefunden, dass ich mich von ihm hatte blenden lassen, beinahe bis hin zum Hochverrat. Es war mir alles andere als angenehm, zu wissen, dass Benet mir nicht vertraute – und dass ich sein Misstrauen verdient hatte. Die Großen Zwillinge müssen mit mir gewesen sein, dass ich überhaupt noch die Gelegenheit hatte, mich demütig seiner Gnade auszuliefern.«

Obwohl Gaultry sich damals im Palast des Prinzen aufgehalten hatte, hatte sie keine Einzelheiten über Haute-Tielmarks Audienz beim Prinzen erfahren; sie wusste nur, dass sie entgegen aller Erwartungen des Hofes zu seinen Gunsten ausgegangen war. Obwohl Victor Clement gemeinsame Sache mit Heiratikus gemacht hatte, war er nicht nur wieder in seinen alten Adelsstand erhoben worden, sondern hatte auch all seine Besitztümer in Haute-Tielmark behalten. »Was habt Ihr also getan?«

»Heiratikus war Bissantys bester Mann in Tielmark. Doch die Bissantiner schmieden gegen Tielmark so viele Komplotte zur gleichen Zeit, dass ein einzelner Mann sie gar nicht alle vorantreiben kann. Da lag es nahe, dass Heiratikus zumindest Kenntnis von weiteren Verschwörungen haben musste. Ich dachte mir, dass er vielleicht Hinweise hinterlassen hatte, die andere Verräter aufdecken könnten. Ich wollte diese Verräter bloßstellen – zu einem günstigen Zeitpunkt und auf geeignete Art und Weise, um mir Benets Gunst wieder zu verdienen.«

Während er sprach, ging endlich die Sonne auf. Sie standen noch im Schatten der Hecke um die alte Kultstätte. In stillschweigendem Einverständnis traten sie aus dem Schatten des Hügels und gingen auf das Feld mit den Kaninchenspuren zu. Sonnenstrahlen fielen auf Bart und Haupthaar des Herzogs und ließen graue Strähnen erkennen, die Gaultry zuvor nicht aufgefallen waren.

»Doch ich konnte nicht schnell vorgehen«, fuhr der Herzog fort. »Ich hatte mein Wissen um Heiratikus' geheimes Versteck verschwiegen. Das hätte als erneuter Verrat ausgelegt werden können. Aber dann kam diese Attacke gegen die Geheime Brut beim Fest der Emiera. Ich war mir sicher, dass Heiratikus zumindest über die Vorbereitungen dieses Angriffs Bescheid wusste, also beschloss ich, nachzuforschen und vielleicht eine Möglichkeit zu finden, die Verschwörer aufzuhalten.

Die Hohepriesterin Dervla hat Heiratikus' alte Gemächer für vier ihrer langweiligen Gehilfen mit Beschlag belegt. Ich habe eine Unterredung mit ihrer hochrangigsten Gehilfin in diesen Räumen arrangiert. Sobald ich drin war, begannen meine Männer mit einem Ablenkungsmanöver. Heiratikus' Geheimversteck ist in die Holzvertäfelung eingebaut – ich dachte, ich wüsste, wie der Mechanismus zu öffnen ist.« Der Herzog schüttelte den Kopf. »Ich hatte eine allzu hohe Meinung von meiner eigenen Klugheit und brauchte viel länger, als ich gedacht hatte, um es aufzubekommen. Darin befanden sich Papiere und dieses kleine Schmuckstück. Ich hatte gerade noch Zeit, mir den Ring und einen einzigen verschnürten Packen Briefe zu schnappen. Dann schaffte ich es im letzten Moment, das Paneel wieder zu verschließen und beiseite zu treten, als auch schon das Mädchen mit dem Rattengesicht wieder hereinkam, mit dem ich die Unterredung vereinbart hatte.

Zwei Tage später verkündete Dervla ihre große Entdeckung,

das geheime Versteck des Verräters Heiratikus. Durch meine Ungeschicklichkeit und den Bericht ihrer Gehilfin war sie darauf gestoßen. Aufgrund der Papiere, die sie darin gefunden hatte, wurden zwei Männer erhängt und sieben junge Ritter in Schimpf und Schande vom Hof verjagt. Die Briefe, die ich gefunden hatte, waren wenig aufschlussreich. Irgendwie hatte Heiratikus die Korrespondenz zwischen Argat Climens und einem ehemaligen Bissantiner Liebhaber in seine Finger bekommen, doch der Inhalt beschränkte sich auf das, was jedes heimliche Liebespärchen des Hochadels eben so zu Papier bringen würde. Falls die Hohepriesterin nicht neuerdings sehr geschickt vorgeht, müssen das die einzigen Beweise gegen die gute Herzogin von Vaux-Torres gewesen sein, denn sie gehörte nicht zu jenen Unglücklichen, die Dervlas erster Runde von Anklagen zum Opfer fielen.

Doch es hat ganz den Anschein, als habe Dervla in dem Versteck vor allem eben dieses kleine Ding gesucht, das Ihr nun in der Hand haltet. Was auch immer es ist, die anderen Unterlagen, die sie gefunden hat, enthielten offenbar Hinweise darauf, dass der Ring sich ebenfalls dort befunden hat. Gestern Abend erwähnte ich bereits, dass sie eine Anklage gegen mich erwirkt hat, die mich des Hochverrats beschuldigt. Ich bin sicher, dass sie sich damit einen Vorwand verschaffen wollte, um meine Gemächer durchsuchen zu können in der Hoffnung, dieses Stückchen Silber da in die Finger zu bekommen. Sie wusste, dass ich als Erster einen Zugang zu Heiratikus' Versteck gefunden hatte, und offensichtlich wollte sie verzweifelt etwas an sich bringen, das ich herausgenommen hatte. Die Durchsuchung meiner Räumlichkeiten ergab nichts – Vaux-Torres' Briefe hatte ich bereits verbrannt.

Doch Dervla gab sich immer noch nicht geschlagen. Sie forderte mich vor dem halben Hofstaat heraus und verlor dermaßen die Beherrschung, dass sie auf einer Durchsuchung meiner Person bestand – eine Ungeheuerlichkeit, wie sie in drei Jahrhunderten Tielmaraner Geschichte noch nie ein Herzog erdulden musste.«

»Was habt Ihr dann getan?«, fragte Gaultry fasziniert. »Hattet Ihr den Ring bei Euch?«

»Ich habe meinen Stolz gewahrt«, erzählte der Herzog. »Hoch erhobenen Hauptes.« Seine Augen blitzten schelmisch. »Ich bin sicher, Dervla hat darauf gebaut, dass ich mein Recht auf eine Durchsuchung unter weniger öffentlichen Umständen einfordern würde, und unter vier Augen hätte sie mich dann in ihrer Gewalt gehabt – ich kenne ihre Zauberkräfte. Doch ich habe ihre Finte auffliegen lassen. Ich habe ihre Anschuldigungen als Affront gegen meine Ehre bezeichnet. Dann habe ich meine Leute sämtlich antreten lassen und mein gesamtes Haus, Männer und Frauen, wie wir da standen, aufgefordert, sich dem Hof zu Gefallen nackt auszuziehen, damit unsere Hohepriesterin und alle anderen sich selbst davon überzeugen könnten, dass niemand im Hause Haute-Tielmark etwas zu verbergen hat. Dervla war über diesen Hohn zutiefst entrüstet. Ich kann zu meiner Freude sagen, dass mein Prinz während dieser Farce tapfer Haltung bewahrt hat. Als Dervla sich wutschnaubend durch unsere abgelegte Kleidung gewühlt hatte, forderte er uns auf, uns wieder anzuziehen, und bat um Verzeihung.«

»Und wo war der Schlüssel?«, fragte Gaultry.

»Ich hatte ihn verschluckt.« Haute-Tielmark grinste ohne das geringste Anzeichen von Reue. Als er Gaultrys ungläubige Miene sah, tätschelte er seinen mächtigen Bauch. »Es waren unanständige Mengen Whiskey vonnöten, um ihn wieder ans Tageslicht zu befördern.«

»Aber warum haltet Ihr ihn überhaupt vor ihr verborgen? Immerhin ist sie die Hohepriesterin.«

»Sie hat mich einen Verräter genannt und versucht, mir mein Land wegzunehmen.« Die Kälte in seiner Stimme ließ keinen Zweifel an seinen Gefühlen aufkommen. »Ich hatte mich mit Leib und Seele den Zwillingsgöttinnen verschrieben, doch sie wollte mich immer noch in den Staub treten. Der werde ich gar nichts überlassen. Verrat? Sie weiß ja nicht einmal, was das Wort bedeutet. Für sie trifft es auf alles zu, was ihren eigenen Plänen zuwider läuft. Als müsste Benet sich ihr beugen. Sie würde sich am liebsten als neuer Heiratikus dazu aufschwingen, ihn zu beherrschen.«

Sie hatten das brachliegende Feld erreicht. Vor ihnen kamen die Dächer von Sir Jumerys Herrenhaus in Sicht. »Aber Ihr wisst ja noch nicht einmal, was Ihr Dervla da vorenthaltet.« Gaultry betastete den silbernen Ring. »Es könnte sogar etwas sein, das Benet Macht verleiht.«

Der Herzog trat so fest nach einem Grasbüschel, dass große Erdklumpen durch die Luft flogen. »Dervlas Ziel ist nicht, Benets Macht zu vergrößern. Was auch immer dieser Schlüssel öffnet, wird uns dabei nicht helfen.«

»Warum legt Ihr ihn dann in meine Hände?«

Der Herzog zuckte die Achseln. »Die Götter haben mich zu Euch geführt. Bis die Lanai wieder zurück in ihre Berge kriechen, kann ich die Westgrenze nicht mehr verlassen. Bei Euch ist er besser aufgehoben. Ihr könnt ihn der Hohepriesterin aushändigen, wenn Ihr das wünscht – oder selbst herausfinden, was man damit öffnen kann.«

Während sie quer über das Feld gingen, hielt sie den Schlüssel ins Sonnenlicht. Das Silber spiegelte die hellen Strahlen wider und blendete sie. Sie verzog das Gesicht. Wie konnte sie sich gegen die Hohepriesterin von Tielmark stellen?

Der Herzog drehte sie am Handgelenk zu sich herum. »In Dervla mag die Macht der Zwillingsgöttinnen sehr stark sein, doch dasselbe gilt für Euch. Es besteht ein Unterschied zwischen einem Priester, mag er auch noch so fromm sein, und unseren Großen Zwölf. Wenn Ihr Euch Dervlas Launen widersetzt, stellt Ihr Euch noch lange nicht gegen *Sie.*«

Sie schüttelte seine Hand ab. »Ich habe Euren Schlüssel angenommen«, sagte sie barsch. »Ich habe mir angehört, was Ihr zu sagen hattet. Fasst das ja nicht als Einverständnis auf, Eure Spielchen mitzuspielen. Ich bin Benets Dienerin, nicht die Eure.«

Der Herzog grinste wieder. »Das hoffe ich. Ohne wahrhaft ergebene Diener werden ihm die Spielchen seines Hofes über den Kopf wachsen.«

Ohne es zu wissen, hatte er an ihre tiefste Angst gerührt. Wie sollte sie es nur schaffen, Benet wahrlich gut zu dienen, wenn sie von komplizierten höfischen Intrigen umringt war? Fünfzig Jahre der Bitterkeit – und mehr – prägten die Allianzen an Benets Hof. Wer konnte von ihr erwarten, dass sie sich in diesem Irrgarten zurechtfand?

»Lasst mich allein«, sagte Gaultry. Sie hastete auf das Herrenhaus zu und scherte sich nicht um seine Erwiderung.

Hätte sie zurückgeblickt, so hätte sie gesehen, dass der Herzog stehen geblieben war und ihr mit einem zufriedenen Ausdruck auf dem bärtigen Gesicht nachsah.

6

Victor von Haute-Tielmark hatte ihnen eine Fahrgelegenheit auf dem Fischwagen von Soiscroix beschafft. Sie verbrachten einen schaukelnden Tag zwischen Bottichen mit lebenden Fischen aus dem See und Fässern mit ausgenommenen Forellen und Flussbarschen in fauligem, mit Stroh verschmutztem Eis. Die Fische waren für die Tafel des Prinzen in der Hauptstadt bestimmt. Offensichtlich hatten die Kämpfe an der Westgrenze die sommerlichen Bankette am Hof nicht beeinträchtigt.

Der flott dahinrollende Wagen rüttelte seine Passagiere kräftig durch und verdarb ihnen die Unterhaltung. Mittags setzte leichter Nieselregen ein. Im Laufe des Nachmittags drang das Wasser durch die Zeltplane, die den Wagen bedeckte, und tröpfelte auf sie herunter. Bis Sonnenuntergang war das Eis zum größten Teil geschmolzen. Alles war feucht und klamm, und der Fischgestank durchdrang alles, was sich in dem Wagen befand. Dennoch nickte Gaultry auf ein unruhiges Schläfchen ein. Während der restlichen Stunden der Reise brütete sie über alles nach, was sie bei Sir Jumery erfahren hatte. Tamsannes Geheimnisse, Dervlas Hochmut – die Geheime Brut schien eher Benets Untergang heraufzubeschwören als seine Macht zu festigen.

Tullier trieb zwischen Ohnmacht und Wachen dahin; er hatte den besten Platz im Wagen bekommen. Er schlief unruhig auf einem schmalen Lager, eingeklemmt zwischen Bottichen voll Fisch; der Hund hatte sich zu seinen Füßen zusammengerollt. Gaultry und die Sharif lehnten an einem großen Fass ein wenig abseits von Tullier und hatten es recht kalt und unbequem. Martin saß vorn neben dem Kutscher. Doch Aneitha war diejenige, der es am schlechtesten erging. Sie hatten sie auf freiem Feld außerhalb von Soiscroix auf den Wagen geholt und sie in einen improvisierten Käfig gesteckt – ein Kälberställchen, das sie auf dem Markt in Soiscroix einem Bauern abgekauft hatten. Die Raubkatze, die ihr Abenteuer an der Kultstätte unbeschadet überstanden hatte, fand es in der beengten Kiste vor allem deshalb so scheußlich, weil sie sich unter einer Stelle befand, wo die Plane am hartnäckigsten leckte.

Sie ist nicht für Käfige geboren, erklärte die Sharif Gaultry. Die Arme der Ardana ruhten in losen Schlingen. Ihre Körperhaltung verriet, dass sie immer noch Schmerzen litt. Der Honigfresser auf ihrem Schoß fuhr sich unaufhörlich mit den Pfoten durch das nasse Fell und sah ebenfalls nicht glücklich aus.

Aneitha hat einen Käfig ertragen müssen, als sie nach Bissanty verschifft wurde, erwiderte Gaultry barsch. *Wenn sie ihre heimatliche Wüste wieder sehen will, wird sie sich erst einmal damit abfinden müssen. Ohne die Kiste hätte der Kutscher sie nicht mitgenommen.*

Die späte mittsommerliche Abenddämmerung war eben vorüber, als die Wagenräder endlich über Princeports Straßen polterten. Gaultry kletterte über ein Fass zum Rand der Ladefläche, um besser sehen zu können. Princeport, eine große Stadt mit bläulich grauen Schieferdächern auf den hohen Häusern, erstreckte sich über zwei sanfte Hügel, die den weitläufigen Hafenbezirk der Stadt flankierten. Hinter den Hügeln erhob sich die unverwechselbare Silhouette des Prinzenpalastes auf der felsigen Anhöhe nördlich der Stadt. Bei Tageslicht war Princeport eine hübsche Stadt, zu klein für wuchernde Elendsviertel und unbemerkten Verfall. Doch heute Abend, im Nieselregen unter düsteren Wolken, wirkte sie trübselig und verlassen, und die Atmosphäre schien nicht nur vom Regen niedergedrückt zu sein.

Als Gaultry zum ersten Mal nach Princeport gekommen war, hatte sie die gepflasterten Straßen und mit Schiefer verkleideten Häuser als prachtvoll und vornehm empfunden. Denn vor Princeport hatte sie noch nie einen Ort mit mehr als drei Dutzend Häusern betreten, und allein die Anzahl der Gebäude hatte ihr die Sprache verschlagen. Die strohgedeckten Hütten und zerfurchten Dorfstraßen der Siedlungen im Wald von Arleon wirkten im Vergleich mit Tielmarks Hauptstadt winzig. Bevor Gaultry nach Princeport gekommen war, hatte sie gar nicht gewusst, dass es Orte gab, von denen aus man keine Felder und keinen Wald sehen konnte.

Seit jenen unschuldigen Tagen war sie wahrlich weit gereist.

Während der Fischwagen über die gepflasterte, aber menschenleere Hauptstraße rumpelte, ertappte Gaultry sich dabei, dass sie die schmalen Häuser und Straßen mit jenen verglich, die sie in Bassorah gesehen hatte, der größten Stadt Bissantys. Bassorah war eine wahre Metropole, die sich mehrerer Durchgangsstraßen und Plätze rühmen konnte, von denen viele sehr schön umbaut und mit Platten gepflastert waren, angelegt zum Gedenken an Kaiser, Heerführer und hohe Adelige. Im Vergleich dazu war die Hauptstadt Tielmarks nur ein großer Seehafen, bar jeglicher baulicher Prachtentfaltung.

Hier fehlte ganz offensichtlich der schwunghafte Handel, der die Straßen Bassorahs belebte und Bürger aus allen Winkeln des Reiches anzog, die um die Gunst des einen oder anderen uralten Adelshauses oder eines einflussreichen Ministers wetteiferten.

Die Feierlichkeiten zu Mittsommer würden noch einen Tag lang andauern, bevor der neue Mond aufging. Der Tradition folgend wurden die größten Feste am letzten Tag gefeiert, nach zwei Tagen hektischen Treibens auf den Jahrmärkten. Gaultry starrte vom Wagen aus auf die stillen Straßen hinab und wurde das Gefühl nicht los, dass Tielmark mit seinen verschlossenen Häusern dem Geist des Festes wenig Ehre erwies. In Bassorah würde in den Straßen an einem Feiertag bis weit nach Mitternacht Trubel herrschen, die Bürger würden ihren Reichtum durch überladene Pracht zur Schau stellen und einander an Ausgaben überbieten, um die Götter zu ehren.

Sie wusste, dass das kein gerechter Vergleich war. Die Bürger Tielmarks waren in ihren Gebeten im Zweifel noch eifriger als die Bissantiner. Ohne Sklaven, die für sie alle religiösen Pflichten erfüllten, blieb ihnen auch nichts weiter übrig, als sich selbst inbrünstig den Göttern zu widmen. Wenn es um die öffentliche Zurschaustellung dieser Inbrunst ging, hatten sie schlicht nicht das Geld, um großen Aufwand zu betreiben.

»Bassorah hat das umgebende Land völlig ausgeblutet«, ermahnte Gaultry sich streng. »Das bunte Treiben in der Stadt wurde von dem kärglichen Dasein gespeist, das der Rest der Leute fristete.« Ihr Bedürfnis, diesen Gedanken laut auszusprechen, verstörte sie. Wenn sie schon dieses Treiben vermisste, konnte es da verwundern, dass die Höflinge Tielmarks, die sehr viel mehr Luxus gewohnt waren als sie, ganz ähnlich dachten? Könnten nicht einige von ihnen dazu getrieben werden, ihren Prinzen zu verraten, um sich jenes ferne, luxuriöse Leben zu ermöglichen?

Sie wandte sich zutiefst beunruhigt von der Straße ab. Das einfache, von der Landwirtschaft geprägte Leben in Tielmark hatte den weltlichen Genießern und den Ehrgeizigen wenig zu bieten.

»Martin«, rief sie und kletterte nach vorn zum Kutschbock. Martin, der anstelle des üblichen Wachmannes mitfuhr, war neben dem Fahrer, Saucir, zusammengesunken. »Wie lange dauert es denn noch?«

Trotz der laut klappernden Wagenräder hörte er sie und antwortete sofort, wobei er die Hand nach ihr ausstreckte. »Nicht mehr lange.« Über die hohe Wagenwand, die sie voneinander trennte, konnte er gerade noch ihre Fingerspitzen mit den seinen streifen. »Hier nach links«, sagte er zu Saucir. »Und bis zur nächsten Ecke.«

Sie blieb an die Vorderwand gedrückt sitzen und beobachtete ihn im Schutz der Dunkelheit mit brennender Sehnsucht. Die Ereignisse in Sir Jumerys Haus hatten ihren Streit um Tullier ein wenig in den Hintergrund gedrängt, doch sie wusste, dass die Sache für ihn noch nicht erledigt war. Es war immer dasselbe, er war ihr so nah – und so fern zugleich. Diese Spannung hielt sich nun schon seit der Nacht, in der sie und die anderen ihn gerettet hatten, vor mehr als drei Wochen. Sie konnte nur hoffen, dass sie endlich, zu Hause in Princeport und sicher vor den Gefahren Bissantys und der Reise, nun die Gelegenheit finden würden, sich über irgendetwas anderes zu unterhalten als das, was das nackte Überleben gerade erforderlich machte. Außer – außer der Prinz bereitete ihnen einen unschönen Empfang; vielleicht schickte er Gaultry und ihre fremdländischen Gefährten ins Verlies und Martin, einen wertvollen Heerführer, schnurstracks in Haute-Tielmarks Krieg.

Doch trotz des Regens und ihrer erdrückenden Sorgen merkte sie, dass ihre Laune sich hob. Die feuchte Nachtluft, die unter die Plane des Wagens pfiff und ihr das Haar zerzauste, fühlte sich plötzlich frisch und angenehm an.

»Wenn wir auf den Platz kommen, nach links.« Martin deutete auf die düstere Fassade eines Hauses in der Mitte einer Häuserzeile. »Es ist das Haus mit dem Fisch über der Tür. Haltet vor den weißen Stufen.«

Der Hauptplatz von Princeport war vor Jahrhunderten von Bissantiner Baumeistern angelegt worden. Er öffnete sich auf einem sanften Abhang zur See hin. Längst hatte man hohe Häuser darum errichtet, die den Blick aufs Meer zum größten Teil versperrten, doch die Proportionen des Platzes waren immer noch elegant und gefällig und erinnerten an ähnliche Plätze in Bassorah. Auf der dem Meer zugeneigten Seite führte ein in Mustern gepflasterter Boulevard in großen Stufen zum Hafen hinunter – die stark umgebaute Variante einer früheren bissantinischen Wandelterrasse. Diese Prunktreppe mit ihren schiefergetäfelten Stufen war zu steil für Pferde, doch die Stufen waren tief genug, um eine kleine Bude oder einen Marktstand aufzunehmen, und wie geschaffen für einen Markt unter freiem Himmel. Hier herrschte auch endlich ein wenig von dem Trubel, den Gaultry in der Stadt bisher so sehr vermisst hatte. Zu Ehren der besonderen Handelstage um Mittsommer drängten sich auf den flachen Terrassen Buden und Stände, deren Inhaber vielfach noch wach waren, letzte Geschäfte tätigten und ihre Waren für die Nacht vor dem unablässigen Nieselregen schützten. Ihre Betriebsamkeit verlieh dem Hauptplatz eine einladende Lebendigkeit. Ein paar Stufen weiter unten lockte die hell erleuchtete Tür einer Schenke, aus der Lachen und Musik auf die Straße drangen. Der Wirt hatte draußen flackernde Kerzen und eine lecke Zeltplane aufgestellt, um Gäste anzuziehen. In ihrer schwankenden, empfindsamen Laune stimmte dieser Anblick Gaultry seltsam fröhlich.

Im Gegensatz dazu wirkte das Haus, zu dem Martin den Kutscher dirigiert hatte, wenig einladend. Es war verriegelt und verschlossen und stand offensichtlich schon seit Wochen, wenn nicht seit Monaten leer.

Der Kutscher zügelte die müden Pferde vor der Haustür. Martin sprang vom Kutschbock und verschwand in einem schmalen Durchlass an der Seite des Hauses. Nach einer ganzen Weile öffnete sich quietschend die Tür unter dem eingemeißelten Fisch. Martin trat mit einem klirrenden Schlüsselbund heraus.

»Wir sind da«, rief er und trat hinten an den Wagen. »Laden wir erst einmal unser Gepäck aus, dann fahre ich noch das letzte Stück mit und helfe Saucir mit diesen Fässern.«

Gaultry schob sich vorsichtig an Tulliers Lager vorbei und sprang ungelenk aufs harte Straßenpflaster hinunter. »Ich friere«, sagte sie, als die ersten Regentropfen sie trafen. »Kein Wunder, jeder würde frieren, wenn er den ganzen Tag über zwischen Fässern mit Eis eingeklemmt war.«

»Du kannst dir ja gleich ein Feuer im Salon anzünden, wenn ihr drinnen seid«, sagte er nicht ohne Mitgefühl.

Das dunkle Haus war vier Stockwerke hoch, und die Fassade wies eine Reihe von hohen, verschlossenen Fenstern auf, drei auf jeder Etage. Obwohl der Fisch über dem Türsturz die einzige Steinmetzarbeit war, konnte man das Haus kaum als schlicht bezeichnen. Die hohe, verputzte Fassade zeigte wunderbares Fachwerk in Blau und Grau, welches in Illusionsmalerei ausgeführt war. »Gehört dieses Haus dir?«, fragte sie und konnte ihre Überraschung nicht verhehlen.

»Fragst du dich, wie ich es mir leisten kann, ein solches Haus zu unterhalten?«, gab er frostig zurück.

»Ich hätte etwas Einfacheres erwartet.« Ihr Ton klang ebenso eisig. »Soweit ich weiß, hast du all deinen Reichtümern entsagt, um Soldat zu werden.«

»Ein Beruf, in dem ich es durchaus zu Erfolgen gebracht habe.« Er runzelte die Stirn. »Wenn es ihn nicht umbringt, sollte ein Jahrzehnt Soldatendienst einem Mann einiges an Belohnung einbringen.«

Ihr wurde noch kälter, als sie das bemalte Haus als Lohn vieler Schlachten betrachtete.

Martin beobachtete ihr Mienenspiel und hatte ein Einsehen. »Ich habe es nicht allein mit Blutgeld gekauft«, sagte er. »Außerdem wollte ich etwas Eigenes haben, etwas, das nichts mit meiner liebenden Großmutter zu tun hat.«

Das konnte Gaultry gut verstehen. Die Herzogin von Melaudiere scheute nicht davor zurück, jederzeit Menschen für ihre Zwecke einzuspannen. Es war nur verständlich, dass Martin nicht unter ihrem Dach leben wollte.

»Bei Elianté!« Gaultry wechselte das Thema. »Ist es nicht seltsam, wieder in Princeport zu sein? Nach Bassorah kommt mir hier alles so grau und klein vor.«

Martin nickte. »Leider nicht so klein, dass Bissanty uns in Ruhe ließe.« Er runzelte die Brauen. »Es ist schon spät. Laden wir aus. Ich muss noch heute Abend in den Palast.«

»Bist du sicher, dass ich nicht mitkommen sollte?«, fragte Gaultry.

»Und die drei allein lassen?« Martin deutete auf die Ladefläche.

»Es ist ja nicht so, dass ich sie gern allein ließe.« Gaultry seufzte, denn sie wusste nur zu gut, dass sie Tullier und die Sharif nicht allein in dem kalten, leeren Haus zurücklassen konnte, während sie zum Palast hinaufspazierte und es sich in dessen bequemen Gemächern gemütlich machte. »Ich mache mir nur Gedanken darüber, wie man dich dort empfangen wird.«

»Einer von uns muss mit Grandmère sprechen, bevor wir das Risiko eingehen, Benet den Jungen vorzuführen. Es ist am besten, wenn ich das mache.« Er wischte sich ungeduldig den Regen aus dem Gesicht. »Grandmère wird gut einschätzen können, wie Benet seinem einstigen Attentäter begegnen wird, da wir nun seine Abstammung kennen. Sie wird mir auch sagen können, was sich am Hof ereignet hat, seit Haute-Tielmark nach Westen aufgebrochen ist. Was sollen wir denn sonst tun? Wenn wir sie und Benet gleichzeitig mit unseren Neuigkeiten überraschen, hat sie gar keine Gelegenheit, sich zu überlegen, wie sie dich unterstützen kann.«

»Das weiß ich selbst«, murrte Gaultry.

»Dann hilf mir, unsere Freunde ins Haus zu bringen, damit Saucir heute Nacht noch ein wenig Schlaf bekommt. Und ich auch«, fügte er hinzu. »Ich freue mich nicht gerade darauf, diese Fässer auszuladen.«

»Na schön.« *Steig aus,* rief sie der Sharif zu. *Anscheinend können wir heute Nacht endlich in einem warmen Bett schlafen.*

Ich brauche kein Bett, erwiderte die Sharif bibbernd. *Ich will nur aus dieser schrecklichen Kälte ins Warme.*

Martin und Gaultry trugen Tullier mitsamt seinen Decken hinauf in den hübschen Salon, von dem aus man auf die Straße hinausblickte. »Ich hätte schon laufen können«, flüsterte der Junge mit schwacher Stimme, als sie ihn vor den großzügigen gekachelten Kamin betteten.

»Nicht solange ich dich tragen kann«, entgegnete Gaultry. Sie strich ihm beruhigend durchs Haar und versuchte sich einzureden, dass die Schwellung an seinem Bauch zurückgegangen war. »Gönn dir noch einen Tag Ruhe.«

Als Martin ihn fragte, wie die Wunde sich anfühlte, drehte der Junge das Gesicht zur Wand und antwortete nicht. Der große Krieger warf Gaultry einen kurzen Blick zu, um zu sehen, wie sie dies aufnahm, zuckte dann die Schultern und kippte einen Eimer Kohlen in den Kamin. »Holen wir diese verdammte Raubkatze rein«, meinte er.

Sie ließen die Sharif Tullier bewachen und ein Feuer anzünden und gingen wieder hinaus, um Aneithas Käfig auszuladen. Das war eine unangenehme Aufgabe. Sie mussten erst vier Fässer und zwei nur lose bedeckte Bottiche aus dem Wagen räumen, bevor sie den Käfig herausziehen konnten.

Das Gewicht der Transportkiste mit Aneitha darin näherte sich gefährlich dem Äußersten, was Gaultry heben konnte, ohne sich ernsthaft zu verletzen, auch wenn Martin mehr als seinen Teil der Last übernahm. »Nicht so schnell«, fuhr sie ihn an; erst fürchtete sie, die Kiste könnte so schwer sein, dass sie sie nicht sicher halten konnte, und dann hatte sie Angst, dass sie sich den Rücken verrenken würde, wenn sie sie zu langsam bewegten. Erstaunlicherweise schafften sie es, die Kiste in den Hausflur zu schleppen und ohne einen Zwischenfall sicher abzustellen. Aneitha stieß ein tiefes, ängstliches Grollen aus, als sie die Kiste vorsichtig herunterließen.

»Du sei still«, schalt Gaultry. »Du hast es von uns allen noch am besten getroffen. Du musstest nicht einmal durch den Regen laufen.«

Dann mussten sie sich daranmachen, die Fässer wieder auf den Wagen zu laden.

»Bilde ich mir das ein, oder regnet es wieder stärker?« Gaultry strich sich feuchte Locken aus dem Gesicht und bückte sich, um eine Seite des ersten Fischfasses anzuheben. »Ich wünschte, Saucir käme da herunter, um mit anzufassen.« Saucir verkroch sich auf seinem Kutschbock und tat sein Möglichstes, sie zu überhören.

»Ja, es regnet stärker«, bestätigte Martin, der endlich weiterfahren wollte. »Beeilen wir uns.«

Sie hievten die Fässer in den Wagen und dann den ersten Bottich. Der zweite war ganz glitschig vor Fischschuppen. Angewidert wollte Gaultry die Sache so rasch wie möglich hinter sich bringen und hob ihre Seite zu hastig an, bevor Martin bereit war.

Eine Woge übel riechenden Wassers ergoss sich über ihn. »Allegrios Rex«, fluchte er angeekelt. »Pass doch auf! O Ihr Götter, ist das widerlich!«

»Ist es sehr schlimm?« Sie unterdrückte ohne großen Erfolg ein hysterisches Lachen; der anstrengende Tag hatte an ihren Nerven gezerrt. »Das war keine Absicht. Bei Elianté, du stinkst ja bis hierher!«

Sie schoben den Bottich auf der Ladefläche weit nach hinten und legten den losen Deckel wieder richtig darauf. Martin legte die Haltestange vor. »Jetzt wird Saucir meine Gesellschaft so richtig genießen«, murrte er und wischte an seinem Hemd herum. »Er hat sich schon den ganzen Tag über wegen des Gestanks beschwert.«

Gaultry half ihm, das Hemd notdürftig zu säubern. »Es riecht wirklich furchtbar«, stimmte sie zu. »Es tut mir Leid.«

Er hielt ihre Hand fest, bevor sie sich ihm entziehen konnte. »Deine Finger sind eiskalt.« Seine grauen Augen wirkten in der letzten Abenddämmerung beinahe schwarz. Anstatt ihn zu verärgern, hatte sie mit ihrem Lachen ganz andere Gefühle wachgerufen. »Wir hätten uns während der Fahrt da hinten abwechseln sollen.«

»Jetzt ist mir nicht mehr kalt.«

»Mir auch nicht.« Er zog sie an sich und drückte ihre Hand an seine Lippen.

Die plötzlich aufflammende Hitze zwischen ihnen erfüllte sie mit Freude. Sie legte die Hand an seine Wange, spürte seine Kraft, seine warme Haut. Mit Tullier und der Sharif zu reisen hatte sie dazu gezwungen, sich kühl und förmlich zu geben.

»Seid Ihr noch nicht fertig?«, rief Saucir ungeduldig. »Hab ich die Stange nicht schon einrasten gehört?«

»Es ist alles aufgeladen«, rief Martin nach vorn. »Wir verabschieden uns nur gerade.«

»Im Regen?« Saucir klang ungläubig. »Beeilt Euch.«

Im Schatten des Wagens drückte Martin Gaultry an sich.

»Du bist mir die ganze Zeit aus dem Weg gegangen«, sagte sie.

»Unsere Haut zu retten hatte nun einmal Vorrang.«

Sie schüttelte den Kopf. »Nein, es ist mehr als das. Du warst wütend auf mich.«

»Nicht auf dich«, erwiderte er zärtlich. »Niemals auf dich. Eher auf diese politischen Verwicklungen, die anscheinend darauf aus sind, uns voneinander zu trennen.« Er zögerte, straffte dann die Schultern und fuhr fort: »Weißt du, an dem Tag, als ich meines Vaters Schwert zerbrach, hat sich alles geändert.« Das war am selben Tag gewesen, als die vom Kaiser entsandten Sha Muira Martin gefangen genommen und nach Bissanty entführt hatten. »Und jetzt diese Sache mit Tullier – dieser dumme Junge will dich, und es kommt mir so vor, als müsste er ständig gerettet werden, indem du dich mit ihm verbindest – magisch, wenn nicht noch auf andere Weise. Glaub ja nicht, dass das besonders angenehm für mich ist.«

Gaultry holte tief Luft. »Ich konnte ihn doch nicht sterben lassen.«

»Ich weiß.« Martin strich ihr übers Haar. »Ich zweifle ja auch nicht an dir; ich vertraue nur ihm nicht. Im Moment weiß er nicht mehr, wer und was er ist, und du bist sein einziger fester Halt. Das ist eine gewaltige Verantwortung, wenn man bedenkt, wer er ist.«

»Wir tragen beide sehr viel Verantwortung«, sagte Gaultry leise. »Das sollte uns nicht die wenigen Augenblicke verderben, die wir zusammen verbringen können.«

Martin nickte. »Ich weiß. Das Band unserer Liebe kann nie zerreißen. Es bleibt nur abzuwarten, ob uns auch Zeit und Ruhe vergönnt sein werden, uns daran zu erfreuen. Oder ob das Leben, das mir aufgezwungen wird, seit mein Bruder starb und das Schwert meines Vaters auf mich überging, dieses Band verwelken lassen wird.« Er sah Gaultry tief in die Augen. »Ich meinte es ernst, als ich vorhin sagte, dass sich alles geändert hat, als ich das Schwert meines Vaters zerbrach. Irgendetwas ist in meinem Körper geschehen, als Dinevar zersplitterte – es hat etwas mit Zauberei zu tun. Dinevar hat mich in einem Zauberbann gehalten, und ich weiß immer noch nicht, warum. Ich muss dringend und so bald wie möglich mit Grandmère darüber sprechen – und das zusätzlich zu unseren Schwierigkeiten mit Tullier und dem Prinzen.«

»Warum hast du mir denn nichts davon gesagt?«, fragte sie erschrocken.

»Vertrau mir«, erwiderte er. »Ich muss zuallererst mit Grandmère sprechen.«

»Ich verstehe.« Sie schnitt ihm eine Grimasse und streichelte dann sein Gesicht. »Martin, wir haben gewiss beide unsere Geheimnisse. Aber wir dürfen nicht zulassen, dass sie uns einander entfremden.«

Er senkte den Mund auf den ihren herab. Die Berührung war ein wenig ängstlich und trotz des Fischgeruchs, der sie umgab, unendlich süß; die Wärme und der alles durchnässende Regen ließen sie noch enger verschmelzen und machten diesen Augenblick noch inniger.

»Und jetzt los«, sagte sie und trat zurück. Sie fühlte sich beseelt genug, um ihm alles zuzugestehen. »Geh, weck Melaudiere, und sag ihr, wir haben ihr eine Geisel anstelle eines Attentäters mitgebracht.«

»Ich bin bald wieder da«, entgegnete Martin. Mit angeekelter Miene warf er einen Blick auf die Ladefläche. »Hoffentlich dauert es nicht allzu lange, diese verdammten Fische auszuladen.«

Sie erwachte zusammengerollt unter einem weißen Schonbezug auf einem brokatbezogenen Diwan. Es war schon heller Morgen. Einzelne Sonnenstrahlen fielen durch die geschlossenen Fensterläden in den hübsch eingerichteten Salon, in dem sie sich fürs Erste häuslich niedergelassen hatten. Von ihrem gemütlichen Bett aus sah sie sich gründlich um. Tullier schlief auf seinem Lager, so nah, dass sie seinen leisen Atem hören konnte. Die Sharif schnarchte ein Stückchen weiter weg, rücklings auf dem zotteligen Bärenfell vor dem Kamin ausgestreckt. Gaultry setzte sich auf und zog die Nase kraus. Irgendetwas hier drinnen stank nach Fisch. Hoffentlich nicht sie selbst.

Gähnend richtete sie sich noch weiter auf und stellte fest, dass sie nicht allein waren. Sie hätte sich beinahe auf die Zunge gebissen, als sie hastig den Mund schloss.

In einem Polstersessel an der Tür saß ein junges Mädchen, adrett gekleidet in Melaudieres grün-grauer Livree. Die junge Frau hatte die Beine angezogen und sich zusammengerollt. Auch sie döste noch.

Gaultry eilte zu ihr hinüber und schüttelte sie wach.

»Wann bist du gekommen?«, fragte sie drängend. »Wo ist Martin?«

»Oh!« Die junge Frau fuhr hoch und fiel vom Sessel. »Ich bitte um Verzeihung.« Sie rappelte sich auf und verbeugte sich ein wenig linkisch, aber nur, weil sie noch etwas steif von ihrem Nickerchen war. Ihre ganze Haltung verriet, dass sie bei Hofe aufgewachsen war, und sie bewegte sich mit einer Anmut, die auf eine kämpferische Ausbildung schließen ließ. Gaultry musterte sie von Kopf bis Fuß. Sie war sehr fein ausgestattet: ein hübsches Hemd mit weiten Ärmeln, eine enge Hose mit sorgfältig gearbeiteten Ledereinsätzen an der Innenseite und ein leerer Waffengurt. Ihr üppiger brauner Lockenschopf, der nach dieser unbequemen Nacht einen Kamm nötig gehabt hätte, war zu einem dicken Zopf geflochten, der ihr beinahe bis zu den Hüften reichte. Sie war in Tulliers Alter, vielleicht ein Jahr jünger. »Lady Blas! Ich habe eine Nachricht für Euch von Martin Stalker.«

»Warum hast du mich nicht gleich geweckt, als du gekommen bist?«, fragte Gaultry ärgerlich und weniger wütend auf die junge Frau denn auf sich selbst. Sie hätte aufwachen müssen. Irgendjemand hätte aufwachen müssen. Wenn das Mädchen nun geschickt worden wäre, um Tullier etwas anzutun ...

»Er hat mir befohlen, Euch schlafen zu lassen.« Das Mädchen, offensichtlich an die herrischen Manieren der alten Melaudiere und ihrer Abkömmlinge gewöhnt, ließ sich von Gaultrys Tonfall nicht aus der Ruhe bringen. »Natürlich hätte ich sie Euch sofort übergeben, wenn Ihr wach gewesen wärt ...«

»Hast du nun eine Nachricht für mich oder nicht?«, fragte Gaultry. »Ich will sie sehen.«

Die junge Frau zog einen Brief mit wächsernem Siegel aus der Tasche an ihrem Gürtel. »Hier ist sie«, sagte sie, »und dazu noch eine Geldbörse für Euch.«

»Bitte setz dich.« Gaultry nahm den Brief und bedeutete dem Mädchen, wieder in dem Sessel Platz zu nehmen. »Vielleicht habe ich noch ein paar Fragen.«

Die Schrift verriet große Hast und war kaum zu entziffern. Die Tinte war nicht ordentlich getrocknet, bevor das Blatt zusammengefaltet und versiegelt worden war.

Gaultry –

Ich übersende diesen Brief mit der Knappin meiner Schwester, Melaney. Sie ist ein gutes Mädchen und verschwiegen. Sie wird sich in meiner Abwesenheit um euch kümmern.

Die Kämpfe in Haute-Tielmark sind sogar noch schlimmer, als der Herzog sie uns geschildert hat. Vermutlich werde ich schneller in den Westen entsandt, als mir lieb ist.

Gaultry blickte von dem Brief auf. »Was ist in Haute-Tielmark geschehen?«, fragte sie.

»Herzog Ranaults Heerführer ist gefallen«, erklärte Melaney ernst. »Wir haben erst gestern davon erfahren. Zwei von Basse-Demaines Söhnen sind ebenfalls getötet worden, dazu viele weitere. Es ist schrecklich. Es heißt, die Stammeskrieger hätten als Trophäen ihre Köpfe statt ihrer Schwerter genommen.«

»Das sind ja schöne Neuigkeiten für einen Mittsommertag«, bemerkte Gaultry. Sie wandte sich wieder dem Brief zu.

Grandmère ist am Ende ihrer Kräfte. Sie hat sich für eine Frau ihres Alters und ihres Gesundheitszustands zu viele Zauber zugemutet. Mein Erscheinen hat sie zu sehr aufgeregt – und unsere Neuigkeiten noch mehr. Sie ist während unserer Unterhaltung zusammengebrochen. Ich kann sie heute Nacht nicht verlassen und zu dir zurückkehren.

Benet befindet sich mit dem halben Hofstaat auf hoher See. Er hätte sich keinen schlechteren Zeitpunkt dafür aussuchen können. Die besten Hofärzte segeln mit ihm, deine Schwester eingeschlossen. Das Schiff wird am Mittag zurückerwartet; dann erst werden wir mit ihm sprechen können.

Ruh dich aus, und bereite dich auf diese Audienz vor. Von Melaney habe ich erfahren, dass Julie von Basse-Demaine – Lady Julie, die Jüngste des ursprünglichen Zirkels der Brut – heute Abend bei Hofe auftreten wird. Wir treffen uns vor dem Konzert an der Prinzentreppe. Dann gehen wir gemeinsam hinauf und liefern uns Benets Gnade aus.

Melaney bringt dir auch eine großzügige Börse. Wenn du sonst noch etwas benötigst, wird sie dir zu Diensten sein.

Martin Gaultry warf dem Mädchen einen scharfen Blick

zu. »Seit wann ist Melaudiere krank? Ist ihr Zustand so bedenklich?«

Melaney antwortete zögernd, als wolle sie auf keinen Fall die Geheimnisse ihrer Herrin ausplaudern. »Ihre Gnaden waren bei guter Gesundheit – doch die Nachrichten vom Schlachtfeld haben sie schwer getroffen. Es ging ihr immer schlechter, je schlimmer die Neuigkeiten von den Lanai in Haute-Tielmark wurden. Vor den Iden des Rios-Mondes. Die Stammeskrieger sind in Valle de Brai eingefallen und haben das Gut niedergebrannt, auf dem Ihre Gnaden vor so vielen Jahren aufwuchsen. Diese Nachricht hat sie schwer getroffen – die gesamte Familie, die sie damals bei sich aufgenommen hatte, ist tot, bis hinunter zu den Urenkeln.« Die junge Knappin blinzelte, noch zu unreif, um ihre Gefühle verbergen zu können. »Es schmerzt Ihre Gnaden sehr, wenn ihre jungen Leute vor ihr in die Erde gebettet werden müssen.«

Die Unterhaltung weckte die Sharif, die sich von ihrem Bärenfell erhob. Sie schien sich in dieser einen ruhigen Nacht sehr gut erholt zu haben. Sie stand auf, reckte sich zu ihrer vollen Größe und ließ langsam die langen Arme kreisen. Sie bewegte sich mit solcher Körperbeherrschung und Selbstsicherheit, dass sogar diese einfachen Bewegungen wie gut trainierte Kampfübungen aussahen. Melaney beobachtete sie mit großen Augen.

»Wer ist das?«, fragte sie leise.

Gaultry hatte sich noch einmal den Brief vorgenommen und antwortete ihr nicht.

Die Wüstenkriegerin ging zu einem der hohen Fenster und stieß die Läden auf. Plötzlich fiel helles Sonnenlicht herein und erfüllte den ganzen Raum, sodass Gaultry aufblickte. »Andion Vesa«, hob die Sharif an und trat in den Sonnenschein. »Andion Vesa y Iryas!« Steif hob sie die Hände, Handflächen nach außen, und die schwieligen Finger der Reiterkriegerin reckten sich den Strahlen entgegen. Gaultry und die junge Frau sahen, wie ihr Körper das Licht aufzusaugen und sich noch länger zu strecken schien.

»Was sagt sie da?«, fragte Melaney. »Ist das ein Gebet?«

»Sie ist eine ardanäische Heerführerin«, erklärte Gaultry. »Sie ist mit mir aus Bissanty hergekommen. Die Ardana verehren Andion, den Sonnenkönig – also denke ich, ja, sie betet.« Gaultry interessierte sich mehr für die schlimmen Neuigkeiten in Martins Brief – und für die Fragen, die er unbeantwortet ließ – als für das Morgengebet der Sharif. »Martin schreibt, du seiest die Knappin seiner Schwester. Wo ist deine Herrin?« Mariette wäre eine gute Verbündete.

»Meine Herrin ist in Haute-Tielmark und führt Melaudieres Truppen. Sie dient jetzt als Melaudieres Heerführerin. Ich wünschte bei den Großen Zwillingen, ich könnte bei ihr sein.« Melaney zog die Beine unter sich. »Meine Mutter hat Lady Mariette angefleht, noch ein weiteres Jahr zu warten, bevor sie mich aufs Schlachtfeld mitnimmt.« Sie verzog das Gesicht, offensichtlich verärgert über die Einmischung ihrer Eltern. »Also muss ich mit dem versauerten Sommerhof zu Hause bleiben und Botengänge für die alte Melaudiere erledigen.«

»Versauert?«

»Ihre Gnaden sagen, jeder, der Tielmark liebt, sei entweder in den Westen geritten, um zu kämpfen, oder ganz zu Hause geblieben, um sich um seine Ländereien zu kümmern«, antwortete Melaney. »Warum den Sommer in Princeport verbringen, wenn es anderswo in Tielmark so viel zu tun gibt?«

»Die Herzogin weilt selbst noch in Princeport.« Gaultry lächelte.

»Melaudiere musste ja auch bleiben«, erwiderte das Mädchen. »Der Prinz hat alle vom Blut der Geheimen Brut an seinen Hof beordert.«

Offensichtlich war dem Mädchen nicht aufgefallen, wie widersprüchlich es war, dass die alte Melaudiere angeblich aus diesem Grund in Princeport blieb, während ihre Enkelin, ebenfalls Erbin des Blutes, an die Front geschickt wurde.

Gaultry setzte sich und versuchte, ihre Gedanken zu ordnen.

Wenn Melaudiere zu krank war, um sie zu unterstützen, wer sollte ihr dann helfen, sich am Hof zurechtzufinden? Obgleich sie mit der herrschsüchtigen alten Dame nicht immer einer Meinung gewesen war, hatte Gaultry immer auf ihre Unterstützung zählen können – zumindest auf ihren nur teilweise uneigennützigen Rat.

Wer ist das? Die Sharif hatte ihre Gebete beendet und kam nun herüber, um auf die junge Melaney niederzublicken.

Martin hat sie geschickt. Gaultry erklärte Melaudieres plötzliche Krankheit und die kurze Abwesenheit des Prinzen, der ausgerechnet jetzt eine kleine Seereise unternehmen musste. Weshalb der Prinz einen vergnüglichen Ausflug machte, während er ein Heer aufzustellen und sich um seinen Hof zu kümmern hatte, stellte ein beunruhigendes und für den Moment unlösbares Rätsel dar. *Sie steht im Dienst von Martins Schwester. Ihre Eltern haben wohl genug Geld, um sie zur Ritterin ausbilden zu lassen, aber nicht genug für eine Hofdame.*

Die Sharif nickte, und ihre gelblichen Augen verengten sich nachdenklich. Dann grinste sie, sodass ihre Zähne sich strahlend weiß von ihrer dunklen Haut abhoben, und berührte sacht Melaneys Haar. *Ein hübsches Mädchen, frisch erblüht, von hoher Geburt. Dein grauer Wolf muss sie geschickt haben, um Tullier zu beschäftigen. Männer. Sie sind so viel leichter zu durchschauen, als sie glauben wollen.*

Gaultry funkelte sie finster und völlig überrascht an. *Das ist doch Unsinn,* fuhr sie die Ardana an. *Sie ist ein Kind, das Botengänge für uns erledigen soll. Das hat nichts mit Kuppelei zu tun.*

Melaney lächelte zu ihnen auf, ohne etwas von ihrer stummen Unterhaltung zu ahnen. Die Sharif, heute unerträglich guter Laune, ballte die Fäuste und ließ die Schulter kreisen, die Sir Jumerys Heilerin eingerenkt hatte. Diese Schulter verursachte ihr weniger Schmerzen als die andere, die von ein paar Bauern an der Brücke gerichtet worden war. *Natürlich nicht. Ihr seid ein zivilisiertes Volk, mit Wasser und Brücken darüber. Kuppelei ist das*

Letzte, woran ihr denkt. Sie lachte frei und herzlich wie ein wieherndes Pferd.

Melaney warf Gaultry einen fragenden Blick zu; sie hatte wohl gemerkt, dass die beiden sich einen Spaß gemacht hatten, und spürte, dass der auf ihre Kosten ging. »Unterhaltet ihr euch irgendwie?«

»O ja«, antwortete Gaultry trocken. »Das ist der Segen, den der Göttervater Andion den Sharifs der Ardanäer gewährt – Sprache ohne Worte. Pass auf, was du in ihrer Gegenwart sagst – sie spricht nur ein paar Worte in unserer Sprache, aber sie versteht sehr viel mehr. Schlimmer noch, falls du ihr Vertrauen gewinnst, wird sie beinahe deine Gedanken lesen können.«

Das Mädchen verbeugte sich höflich, offensichtlich fasziniert von den fremdartigen Fähigkeiten dieser Frau. »Melaney Caris, zu Euren Diensten, werte Lady.«

Die Ardana hörte auf zu lachen und erwiderte den Gruß mit einer förmlichen Verbeugung, denn offenbar achtete sie den unschuldigen Ernst des Mädchens. »Ich bin Sharif der Ardanäer«, sagte sie, »und der Gotri Blas. Kein anderen Titel meine.«

»Hat sie denn keinen Namen?«, fragte Melaney.

Gaultry schüttelte den Kopf. »Sie hat ihn verloren, als sie in der Schlacht versagt hat. Das ist der Brauch ihres Volkes. Sie ergeben sich niemals, nicht einmal unfreiwillig. Krieger, die sich ergeben, werden zu *paraiyar* – Ausgestoßenen. Unsere Sharif hier hat das ihrer Meinung nach entsetzliche Unglück ereilt, nicht auf dem Schlachtfeld verblutet zu sein. Der Feind hat sie gefangen genommen, während sie ohnmächtig war, aber das macht nach ihrem Brauch keinen Unterschied.

Sie ist immer noch eine Sharif – der Titel bezieht sich auf ihre Fähigkeit zur Gedankensprache, und die hat sie ja noch. Doch ihren Namen darf sie erst wieder führen, wenn sie in ihre Heimat zurückgekehrt ist und ihre Verpflichtungen gegenüber den Familien jener Soldaten erfüllt hat, die sie nicht zu einem Sieg zu führen vermochte.«

Gaultry erkannte am hingerissenen Gesichtsausdruck der jungen Frau, dass diese die Ardana und ihre stolzen Kriegertraditionen bereits glühend verehrte. Das machte sie seltsam eifersüchtig – was ihr äußerst peinlich war, weil die Sharif es nur allzu leicht spüren würde.

Der restliche Vormittag verflog rasch. Melaney hatte ihnen einen großen Korb voll Essen aus der herzoglichen Speisekammer mitgebracht, der sogar fette rohe Fleischbrocken für Aneitha und Tulliers Hündchen einschloss. Gaultry sah nach Tullier, der friedlich schlief und wohl lieber nicht geweckt werden wollte, dann ließ sie das Mädchen und die Sharif allein, um den großen Panter zu füttern. Angesichts all dessen, was ihr am Hof des Prinzen noch bevorstand, war es ihr zu anstrengend, zwischen den beiden zu dolmetschen.

Bis zum Mittag war Gaultry wieder besserer Stimmung. Sie trug endlich frische Kleidung – ein blaues Kleid mit Litzenbesatz, das sie am Marktstand eines Schneiders hatte kaufen können. Nach einem Besuch beim Waschplatz hatte sie ein Bündel nasser, aber nun fischfreier Kleidung nach Hause getragen.

Im Sonnenschein des neuen Tages strahlte Princeport schon wesentlich mehr Wohlstand und Gedeihen aus. Wo die junge Jägerin hinsah, erblickte sie Kinder mit Kränzen aus Gras und Kornblumen, die ihr von den Mittsommer-Bräuchen ihres Heimatdorfes her vertraut waren. Nun war auch deutlich zu erkennen, dass in den vergangenen zwei Tagen in Princeport reger Handel getrieben worden war und dass man den erfolgreichen Mittsommermarkt bald ausgelassen feiern würde. Der wolkenlose Himmel und die angenehme Wärme machten wohlige Entspannung leicht.

Unten am Kai balgten sich Kinder armer Fischer um Münzen, die ihnen die gutmütige Menge zuwarf. Mittlerweile war die Geschichte, wie ihr Prinz seine Braut kennen gelernt hatte, im ganzen Land bekannt: Vor Jahren war Lily selbst eines dieser kreischenden Kinder gewesen, die wagemutig von der Kaimauer sprangen, um die Münzen aus dem Wasser zu holen. Benet hatte ihr eine Weile zugesehen und war dann gegen einige Rabauken eingeschritten, die sie halb ertränkt und ihr die Münzen abgenommen hatten, die sie heraufgetaucht hatte.

Seit jenen Tagen hatten sich die Manieren am Kai stark gebessert. Benets gutes Beispiel sorgte dafür, dass die Münzenwerfer nicht mehr ihr Vergnügen darin suchten, die Kinder zu Prügeleien um die Münzen aufzuhetzen.

Und heute herrschte natürlich kein Mangel an Münzen, um die gerangelt werden konnte.

Gaultry stellte belustigt fest, dass seit ihrem letzten Besuch am Hafen auch ältere Mädchen es den kleinen Tauchern gleichtaten. Benets Geschichte hatte das romantische Interesse der jungen Edelleute geweckt, und so hatte diese neue Mode wohl nicht ausbleiben können.

Zwei Schwestern in beinahe durchsichtigen Hemdchen, die sich blaue und rote Blumen ins Haar geflochten hatten, galt die größte Aufmerksamkeit. Während Gaultry und der Rest der Menge zusahen, versuchte ein hoffnungsvoller junger Edelmann, eine der beiden zu einem Kuss statt einem Sprung ins Wasser zu bewegen. Sie richtete den Blick auf die Münze in der Hand eines anderen Mannes und tat das Angebot lachend ab. »Heute bin ich die Braut des Königs der Meere, nicht Eure!« Die Silbermünze glitzerte in der Sonne und beschrieb einen funkelnden Bogen durch die Luft. Schaum und Wasser spritzten auf, als das Mädchen ins Wasser tauchte, um sie heraufzuholen, während der junge Mann, ein wenig beschämt, sich den Spott der Menge gefallen lassen musste.

Gaultry war zum Hafen gekommen, um nach den Segeln des Prinzen Ausschau zu halten. Vom Hauptkai aus war das bei diesem Gedränge kaum möglich, also versuchte sie ihr Glück auf einem langen Pier, der weit in den Hafen hineinragte. Zunächst glitzerte das Wasser unter der strahlenden Sonne so sehr, dass sie gar nichts erkennen konnte, dann gewöhnten sich ihre Augen daran, und sie konnte die Spitzen der fernen Bojen erkennen, die die Hafenmündung markierten. Die geschnitzten, bunt bemalten Seegeister warnten die Seeleute vor den felsigen Untiefen.

Weiter draußen, noch hinter Murciels Klippe, bewegte sich ein winziger blauer Punkt, dunkler als der Himmel und heller als die See, auf die Küste zu. »Entschuldigt bitte.« Gaultry hielt einen vorbeigehenden Matrosen auf. »Was meint Ihr, wann das Schiff da einlaufen wird?« Sie zeigte darauf.

Der stämmige, rotgesichtige Mann hob die Hände, um die Augen gegen die Sonne abzuschirmen. »Das ist Benets Schiff«, sagte er und machte das Zeichen der Großen Zwillinge. »Es wird im Kleinen Hafen anlegen, nicht hier.«

»Wann denn?«

»Es hat einen guten Steuermann.« Der Seemann grinste und zeichnete den Kurs des Schiffes mit ausgestrecktem Finger nach. »Seht, wie hart am Wind es segelt. Sollte nicht mehr lange dauern.«

Gaultry nickte – doch selbst wenn sie die Position der Segel von hier aus hätte erkennen können, hätte ihr das keinen Hinweis auf die Segelkünste des Steuermannes gegeben. »Wie lange denn?«

»Dieser ablandige Wind wird es ein wenig aufhalten, aber wenn der Seewind aufkommt, werden sie schnell hereinkommen.«

Gaultry dankte ihm und wandte sich zum Gehen. Da fiel ihr noch etwas ein. »Wer ist denn der Steuermann des Prinzen?«

Der Matrose schüttelte den Kopf, dass sein Bart wedelte, empört über ihre Unwissenheit. »Benet steuert selbst«, antwortete er, »und wer könnte das besser?«

Gaultry starrte auf den dunkelblauen Fleck hinaus. Dass Benet gern segelte, davon hatte sie schon gehört, doch ihr war nicht bewusst gewesen, wie gern. Soweit sie wusste, hatte es in Tielmark noch nie einen Prinzen gegeben, der zur See fuhr. »Was man wohl bei Hofe dazu sagt?«, fragte sie sich leise.

Der Seemann warf ihr einen merkwürdigen Blick zu. »Da haben die gar nichts dazu zu sagen, meint Ihr nicht auch?«

»Ja«, erwiderte sie. »Da habt Ihr Recht.« Sie dankte ihm erneut und eilte weiter.

Am Fuße der großen Prachttreppe herrschte sogar noch mehr Gedränge als am Hafen um die tauchenden Kinder. Doch im Gegensatz zur Menge dort, in der sich einfache Bürger und Edelleute vermischt hatten, trugen hier die meisten Leute ihre besten Festgewänder; sie hatten die Arbeit und ihre Geschäfte für heute erledigt und genossen nun den Festtag. Gaultry musste ohnehin diesen Weg nehmen, und außerdem war sie neugierig, also schob sie sich durch die Menschenmenge bis nach vorn durch.

Eine Gruppe fahrender Puppenspieler hatte ihre Reisebühne auf der untersten Stufe der Treppe aufgebaut, wo die Straße breiter wurde. Aus der gespannten Aufmerksamkeit der Zuschauer zu schließen, war die dargebotene Unterhaltung wohl etwas ganz Besonderes.

Die Bretter, die die Fassade des kleinen Theaters bildeten, waren schon viele Jahre lang immer wieder übermalt worden. Verblasste Schatten der Figuren vom letzten Jahr waren noch unter der frischen Farbschicht dieser Saison auszumachen – ein Zug von Reitern, der auf den violetten Umriss eines Berges zuhielt.

Sie hatte den Anfang der Darbietung verpasst. Deshalb konnte sie zunächst der Geschichte nicht so recht folgen. Das Talent der Puppenspieler schien ohnehin wichtiger zu sein als die Handlung – sofern man hier überhaupt von einer Handlung sprechen konnte.

Ein Mäuseprinz tanzte mit seiner Gemahlin; die beiden Marionetten vollführten lebhafte Luftsprünge. Ihre Fäden verfingen sich ineinander, verwickelten sich, lösten sich wieder und drohten die Holzfiguren jeden Moment erstarren zu lassen, aber dennoch hielten die Puppenspieler droben die Fäden stets so frei, dass die Figuren weiter hopsen, herumwirbeln und mit den Armen winken konnten. Das war ein erstaunliches Schauspiel, selbst ohne Dialog.

»Ich liebe dich so sehr!«, quiekte der Prinz. Er kniete vor seiner Mäusedame nieder und streckte ihr die kleinen Hände entgegen. Durch Zauberei oder unglaubliches Geschick landete die Prinzessinnenpuppe in inniger Umarmung auf seinem Schoß.

»Mein Liebster!«, flötete sie.

»Du wirst immer die meine sein«, sagte er und berührte den bunt bemalten Ring an ihrem Finger. »Was die Götter zusammenführen, kann kein Mann je trennen.«

Erst in diesem Moment wurde Gaultry klar, dass der Mäuseprinz Benet darstellen sollte. Sie schnappte empört nach Luft. Eine Maus war kein passendes Gleichnis für Tielmarks großen, ernsthaften Prinzen. Doch die Menge schien es urkomisch zu finden.

»Kein Mann kann uns trennen?« Die Mäuseprinzessin neigte kokett den Kopf. »Fürchtest du also eine Frau? Warte nur, bis die Katze nach Hause kommt. Ich Ärmste! Du wirst das Loch, in das du kriechst, eines Tages mehr lieben als mich!«

Die Menge lachte, völlig von dem Spiel gebannt. »Antworte deiner Gemahlin, Mann!«, rief ein Matrose dazwischen.

»Sir!« Der Mäuseprinz sprang auf, um sich dem Herausforderer zu stellen, wobei er die Mäusedame achtlos zu Boden plumpsen ließ. »Glaubt Ihr etwa, ich hätte mich verstrickt? Pah!« Mit seiner winzigen Hand wies er in die Kulissen. »Ich habe genug Ratgeber, die mich aus weit schlimmeren Verwicklungen befreien!«

Mit einem Trommelwirbel und einem lauten Krach donnerte eine grün gestreifte Holzkatze von der Bühnendecke herab. Sie landete auf den Mäusen, die beiseite geschleudert wurden. »Hat hier jemand nach einem Ratgeber gerufen?«, fragte die Katze. Sie hatte eine schnurrende Frauenstimme und sah völlig ungerührt zu, wie die Mäuse sich mühten, ihre Fäden zu entwirren und sich aufzurappeln. »Hier bin ich, jederzeit bereit, Euch hilfreich zur Seite zu stehen.« Selbst ohne das Grün der Göttin hätte man die Katze als Dervlas Karikatur erkannt.

»Habt Ihr nicht schon genug angerichtet?«, klagte der Mäuseprinz. Er taumelte rückwärts, als der Puppenspieler über ihm die Fäden an seinen Armen mit jenen an den Beinen verwickelte, und fiel hin.

»Genug?«, schnurrte die Katze. »Seht Euch doch nur an, Ihr könnt ohne meine Hilfe nicht einmal gerade stehen!« Sie wandte sich ans Publikum. »Wer außer mir vermag dem Prinzen zu einem freien Stand zu verhelfen? Wer, ja wer?«

Hölzerne Krallen fuhren aus den Pfoten der Marionette, und sie schlenderte zu den Mäusen hinüber. Sie wedelte mit den Klauen herum und tat so, als befreie sie die beiden.

»Wenn man keine Knoten reinmacht, muss sie auch niemand wieder lösen!« Der Unterkiefer der Katze fiel an winzigen Scharnieren herab, sie grinste, sodass ihre spitzen Zähne blitzten. »Seid Ihr sicher, mein Prinz, dass ihr beide überhaupt richtig miteinander verbunden wurdet?« Die hölzernen Krallen blinzelten erneut hervor, wurden dann wieder eingezogen, und die eben noch ineinander verwickelten Mäuse flogen auseinander. Der Puppenspieler, der den Prinzen lenkte, ließ ihn wenig elegant auf sein hölzernes Hinterteil plumpsen.

»Prinzessin!« Die Prinzenpuppe sprang auf und streckte die Arme nach ihr aus.

»Mein Gemahl!«

Die Katze trat beinahe behäbig zwischen die beiden kleineren Puppen. Sie fegte die Mäuseprinzessin wie unbeabsichtigt mit ihrem Schwanz beiseite, sodass sie fast bis in die Kulissen flog. Zu Gaultrys Entsetzen nahm die Menge Dervlas Machenschaften mit belustigtem, bestätigendem Nicken auf. Wenn diese Bühne ein wahrheitsgetreuer Spiegel des Prinzenhofes sein sollte, dann begriff sie nicht, warum die Leute sich nicht mehr ereiferten. »Oh, ich Ärmste!«, quiekte die kleine Prinzessin schwach. »Wer soll mich jetzt noch beschützen?«

Die nächste Szene fand Gaultry auch nicht eben ermutigend. Zwei Hundepuppen mit identischem albernem Lächeln marschierten auf die Bühne und ließen ihre Holzfüße kräftig klappern. Sie halfen der kleinen Prinzessin auf, wobei sie sie mit ihrer Ungeschicklichkeit noch mehr ängstigten und noch dumme Bemerkungen austauschten. Diese Marionetten waren grob geschnitzt und rötlich orange bemalt. Als sie die Prinzessin wieder auf die Füße gestellt hatten, ließen sie sich auf die Hinterbeine nieder, eine seltsam obszöne Haltung, die sich von den anderen Puppen abhob, und machten es sich bequem, um sich ungerührt den Rest des Stückes anzusehen.

Gaultry errötete. Sie brauchte nicht erst den starken südlichen Akzent der Hunde zu hören, um zu erkennen, dass diese Marionetten sie selbst und ihre Schwester darstellen sollten. Aber sie beide waren beileibe nicht die Einzigen, die hier karikiert wurden. Mit wachsender Empörung sah sie zu, wie immer mehr Holztiere vorgeführt wurden. Am verstörendsten fand sie eine bettlägerige Krähe, die unentwegt Unheil verkündend krächzte und auf niemand anderen als die Herzogin von Melaudiere gemünzt sein konnte. Die alte Dame musste wirklich schwer krank sein, wenn sich ihre Krankheit selbst bis in dieses Marionettentheater herumgesprochen hatte.

Nach einer Weile konnte sie gar nicht mehr beurteilen, ob die anderen Tiere nur auftraten, um für Komik zu sorgen, oder ob auch sie bestimmte Personen bei Hofe darstellen sollten. Die Reaktionen der Zuschauer sprachen für Letzteres. Eine meckernde, trächtige Ziege, die auf die Bühne getrampelt kam und die Katze anrempelte, wurde mit freudigem Applaus begrüßt; ein angriffslustiges Wiesel erntete laute Buhrufe. Es gab zahlreiche Höflingskaninchen mit vorstehenden Zähnen. Zum großen Vergnügen der Zuschauer warf eines davon aus einer kleinen Klappe am Bauch ein kleines Kaninchen nach dem anderen – einfache kleine Holzklötze, bunt bemalt, die alle an einer Schnur hintereinander hergezogen wurden. Dieses Kaninchen schleppte sich mit Elendsmiene immer der Mäuseprinzessin hinterher und flehte sie weinerlich an, auf die »wirtschaftliche Haushaltsführung« zu achten. Dann erschien ein Singvogel, überschattet von einem dreimal so großen Kuckuck, der etwas von Ketten und verlorener Freiheit sang.

Bald wimmelte die Bühne nur so von einander anrempelnden Marionetten, sodass Gaultry unbegreiflich war, wie die Puppenspieler es schafften, sie alle in Bewegung zu halten. Doch das wilde Treiben ging immer weiter, und Puppen, die eben noch hoffnungslos verstrickt schienen, standen plötzlich wieder weit abseits.

Die Handlung erreichte ihren Höhepunkt, als ein protziger Geier in kaiserlichem Purpurrot an einem gut sichtbaren Faden kreischend über die Bühne fegte. »Untergang! Untergang!«, verkündete er und klapperte mit dem Schnabel. Die Tiergruppen unter ihm duckten sich furchtsam.

Der Mäuseprinz riss sich theatralisch von den verwickelten Fäden zweier Kaninchen, der Katze und des Wiesels los, sprang auf die kleinen hölzernen Füße und zog ein winziges Schwert.

»Folgt mir!«, quiekte er todesmutig. »Seht, er flieht schon! Der Sieg ist unser!« Er fuchtelte mit seinem Schwert herum und klapperte von der Bühne. Bald darauf ertönten Schreie – eher verzweifelt denn siegreich – aus den Kulissen.

Der Effekt dieser Schreie auf den tierischen Hofstaat war eher komisch als rührend. Eine Hand voll schickte sich an, ihm zu folgen, darunter auch die Mäuseprinzessin. Doch statt sich ihm möglichst rasch anzuschließen, verwickelten sie sich in ihren Fäden. Daraus entstand eine wüste Prügelei, jede der Marionetten rangelte nur darum, sich selbst zu befreien, ohne jede Rücksicht auf die anderen. In diesem Finale zeigten die Puppenspieler all ihr meisterliches Geschick, denn die Marionetten bewegten sich weiterhin mit zielstrebiger Lebhaftigkeit, wurden aber gleichzeitig scheinbar chaotisch herumgeschleudert, wenn andere Puppen an ihren Fäden zerrten.

Schließlich fielen die Puppen im Rhythmus einer Trommel, die irgendwo hinter der Bühne geschlagen wurde, eine nach der anderen nieder, als seien sie völlig erschöpft.

Die grüne Katze lag auf der Seite, eine ihrer Pfoten durch verwickelte Fäden mit dem Ellbogengelenk eines Kaninchens verbunden. Nur die Fäden, die ihren dünnen Schwanz lenkten, waren noch beweglich. Der Schwanz zuckte heftig zum Schlag der allmählich ersterbenden Trommel. Vor den Augen des Publikums begann sich ihr Kiefer zu bewegen, obwohl der zugehörige Faden schlaff herabhing – entweder dank eines Zaubers oder durch eine versteckte Sprungfeder, die in diesem letzten Augenblick ausgelöst wurde. »Wir haben ihm geholfen!«, sagte die Katze. »Die Zwillingsgöttinnen können es bezeugen, wir haben ihm geholfen!«

Unter lautem Gebell, Gequieke und Gemecker fiel der Vorhang.

»Welche Kunstfertigkeit!« Ein plumper Junge kam hinter der Bühne hervor und streckte einen schmierigen grauen Hut vor sich. »Welch ein Theater! Wenn es euch gefallen hat, verehrte Damen und Herren, dann zeigt uns eure Wertschätzung!«

Immer noch lachend, ging die Menge langsam auseinander.

»Die Mäusehochzeit!« Eine Frau ging dicht an Gaultry vorbei, kicherte und griff in ihren Beutel. Sogleich war der Junge zur Stelle und hielt ihr den Hut hin. »Man sollte euch einladen, euer Stück bei Hofe aufzuführen. Das wäre denen eine Lehre!«

Kochend vor Wut drängte Gaultry sich an ihr vorbei zur Treppe.

Sie hatte doch nicht in Bissanty ihr Leben aufs Spiel gesetzt, um in einem albernen Marionettentheater den dümmlich grinsenden Schoßhund zu geben!

7

Der Honigfresser strampelte in Gaultrys Armen, denn die hellen Lichter und der Lärm ängstigten ihn. Gaultry, die selbst reichlich nervös war, konnte wenig tun, um ihn zu beruhigen. »Es ist nicht immer so«, murmelte sie. Ihre Idee, den Honigfresser mit hierher zu bringen und ihn der Prinzessin zu schenken, erschien ihr nun dumm, der Zeitpunkt völlig falsch. Der untere Vorhof des Palastes wimmelte von Menschen, viele schon halb betrunken. »Normalerweise ist es hier ruhig – und angenehm.«

Eigentlich hatte sie vorgehabt, früh zum Konzert des Prinzen zu erscheinen, doch sie hatte nicht mit dem Gedränge des Mittsommerfestes gerechnet. In den steilen, schmalen Straßen, die zum Palast hinaufführten, hatten die Feiernden sich dermaßen gedrängt, dass sie kaum vorangekommen war. Zu Ehren des Festtages standen die Tore zum Vorhof des Palastes weit offen, und jeder war drinnen willkommen. Mitten auf dem großen Vorplatz brannten zwei große Freudenfeuer, aus denen mit Lehmpfropfen verschlossene Eisenrohre hervorragten; ein gewaltiges Fass Wein war angezapft worden, aus dem sich jedermann erfrischen durfte. Als Gaultry sich zu der Treppe vorarbeitete, welche zum Inneren des Palastes hinaufführte, erreichten die Rohre in den Feuern die höchste Temperatur, sprengten ihre Pfropfen und ließen dünne Plättchen aus Goldfolie, Konfetti und geröstete Bohnen auf die Menge herabregnen – hier und da auch einen Batzen heißen Lehm. Im Gerangel um diese Glücksbringer und begleitet von einem Chor lauter Flüche, wenn die glücklichen Gewinner sich die Finger an ihren Schätzen verbrannten, wurde Gaultry kräftig herumgeschubst, sodass sie beinahe den Honigfresser verloren hätte.

Die verlassene, mit halbhohen Zinnen bewehrte Ebene des oberen Palastes erschien ihr nach der erhitzten, angeheiterten Menge sehr angenehm. Der Mittsommer-Vollmond war eben über den

Palastmauern aufgegangen und schimmerte silbern am tief dunkelvioletten Abendhimmel. Gaultry ging schneller. Von einem kleinen Gartenhof strich eine warme Brise zu ihr herauf. Nach dem überwältigenden Gedränge von Menschenleibern fühlte die Brise sich köstlich an; sie roch nach nächtlichem Blütenduft und ein wenig nach Holzrauch. Die Feuer auf dem unteren Vorplatz waren gewiss nicht die einzigen, die heute Nacht entzündet wurden, um den Wechsel der herrschenden Götter zu ehren.

Am Fuß der nächsten Treppe traf sie einen Wachtposten. Einer der Wächter machte das Zeichen der Göttin, als sie sich näherte. Gaultry, die ein schlechtes Gedächtnis für Gesichter hatte, war froh, dass sie den Mann erkannte, der sie da begrüßte.

»Ciersy«, sagte sie lächelnd. »Ihr seht gut aus.«

»Und Ihr seid spät dran«, erwiderte er.

»Ist das etwa neu für Euch?«

»Der Prinz wird sich über Eure Heimkehr freuen, Lady Blas.« Er ließ sie passieren.

Gaultry eilte die Treppe hinauf und streichelte den Honigfresser; sie war ein wenig beruhigt. Sie hätte nicht erwartet, dass ihre Rückkehr in den Palast sich tatsächlich anfühlen würde, als käme sie nach Hause.

»Benimm dich«, ermahnte sie den Honigfresser und schob ihn sich höher auf die Schulter. »Martin wartet bestimmt schon auf uns.«

Der Palast war nach und nach über mehr als drei Jahrhunderte hinweg erbaut worden und hatte immer mehr von der felsigen Anhöhe verschlungen, die auf drei Seiten vom Meer umgeben war. Die inneren Gebäude waren unzählige Male umgebaut worden, wie es dem Geschmack des jeweiligen Herrschers entsprach, und bildeten nun ein buntes Sammelsurium verschiedenster Baustile, mal bescheiden, mal prunkvoll.

Der älteste Teil des Palastes, über ein Jahrhundert älter als das unabhängige Tielmark, war die riesige so genannte Waffenkammer, ein solides gedrungenes Gebäude aus grob behauenen Steinquadern. Das zweitälteste Gemäuer war Clarins großer Saal, die gewaltige Halle, die sich über dem heiligen Felsen erhob, von dem herab der erste freie Prinz von Tielmark die Unabhängigkeit seines Landes erklärt hatte. Diese beiden Gebäude lagen auf der Westseite des Palastes, wo das Gelände steil und felsig war, sodass man jüngere Bauwerke lieber anderswo errichtet hatte.

Nach Osten hin wurde der Untergrund zunehmend ebener. Dort ließ es sich viel leichter bauen, und deshalb waren die Gebäude auf dieser Seite seit Clarins Tagen vollständig abgerissen und immer wieder neu errichtet worden, ganz nach Belieben seiner Nachfolger. Das Hauptgebäude war ein zweiflügeliger Arkadenpalast von anmutigen Proportionen mit Bogengängen und zahlreichen Buntglasfenstern, die auf den Gartenhof zwischen den beiden Flügeln hinausblickten. Berowne der Erbauer hatte diesen Palast errichten lassen – der rastlose Prinz, der seine letzten zwei Jahrzehnte als Berowne der Verrückte unter Regentschaft des Rates geherrscht hatte. Die meisten formellen Angelegenheiten des Hofes vollzogen sich in diesem Zwillingspalast. Hier galt ein strenges Protokoll: Wenn der Prinz durch diese hohen Portale trat, war er nicht länger nur ein Mensch, sondern ein Symbol für das Reich Tielmark.

In diesem Teil des Palastes kannte Gaultry sich nicht gut aus. Unmittelbar nach seiner Vermählung hatte Benet ihr und ihrer Schwester großzügige Gemächer im Sommerpalast zur Verfügung gestellt. Dieser Palazzo, ein kleineres, weniger elegantes Gebäude hinter der Palastkanzlei, stammte aus alten Zeiten mit einem weniger aufwändigen Baustil. Wäre nicht seine besondere Lage auf riesigen Arkaden oberhalb der steilsten Nordklippe der Anlage gewesen, hätte man ihn schon längst abgerissen und durch ein neues Bauwerk ersetzt. Während ihrer kurzen Zeit bei Hofe hatte Gaultry sich vorwiegend in diesem Gebäude und seinen Gärten aufgehalten: Dazu gehörte ein parkartiges Wildgehege, von dem aus man auf einer Seite weit übers Meer blicken konnte. Sie dachte an ihre behaglichen Gemächer und seufzte.

Heute Abend hatte sie sich in wesentlich prunkvolleren Sälen einzufinden.

Der Geruch nach brennendem Holz hing nun schwer in der Luft. Ein Bogengang gewährte ihr einen unerwarteten Blick auf den größten offenen Platz innerhalb der Palastmauern, ein halbes Stockwerk unter ihr. Mitten auf dem Platz brannte ein großes Feuer. Doch im Gegensatz zu den Feuern im Vorhof war es nicht von trunkener Fröhlichkeit umgeben. Das Holz war zu einem hohen Scheiterhaufen aufgeschichtet worden, in den hier und dort schneller brennende Zweige eingeschoben waren, so dass der Holzstapel nicht gleichmäßig niederbrennen würde. Dies war ein Ritualfeuer, kein Freudenfeuer ausgelassen zechender Bürger.

Die hölzerne Götterfigur ganz oben auf dem Scheiterhaufen hatte bereits Feuer gefangen. Rios, der Schwertgott, reckte ein geflochtenes Binsenschwert in den Himmel als Abschiedsgruß an Seinen scheidenden Mond. Das Holzskelett des Gottes schimmerte schwarz und scharlachrot in den Flammen. Die Helfer, die sich um das Feuer kümmerten, hatten gerötete Gesichter und wirkten angespannt und freudlos. Eine einzelne dürre Frauengestalt mit offenem, fließendem, langem Haar tanzte wild um die Flammen und peitschte das Feuer mit einem brennenden Ast.

Gaultry wich zurück und berührte schuldbewusst den verborgenen Ring, den Victor von Haute-Tielmark ihr zugesteckt hatte und der nun an einem Band um ihren Hals hing. Sie hatte Dervla schon mehr als einmal dabei zugesehen, wie sie ihre religiösen Pflichten versah, und der düstere, einsame Tanz um das ebenso einsame Feuer war eine unangenehme Erinnerung daran, über welche Macht diese Frau verfügte. Furcht breitete sich in ihr aus. Sie musste Dervla um jeden Preis aus dem Weg gehen – zumindest, bis sie mit dem Prinzen gesprochen und ihm ihre Loyalität bewiesen hatte.

Und doch – die Zeremonie schlug sie in ihren Bann und ließ sie zögern. Zu Dervlas Rolle als Hohepriesterin gehörte es auch,

Erde und Himmel aufeinander auszurichten. Dieser Tanz hier führte ganz Tielmark durch die Riten, die das Kommen und Gehen der Götter am Nachthimmel ehrte. »Der neue Mond beginnt, wenn Rios fällt«, flüsterte Gaultry dem Honigfresser zu. Wenn die Götterfigur fiel, bevor das Auge Andions orangerot glühend am Horizont erschien, wäre das ein schlechtes Vorzeichen – ein Gott, der dem anderen sein Vorrecht streitig machte. »Dervla muss ihn mit ihren Zauberkräften bis zum richtigen Augenblick da oben halten.«

Sie eilte weiter und schob den Honigfresser auf ihre andere Schulter. Sie trug ihn schon so lange, dass das leichte kleine Tierchen ihr allmählich schwer wurde. »Sie deuten es als Omen, wie der Gott fällt, als Vorzeichen für alle, die es mit ansehen.« War man Zeuge, wenn die Figur in einem Stück vom Feuer stürzte, brachte das Glück, doch Gaultry wollte nichts von dem Pech abbekommen, falls die Figur beim Fallen in Stücke brach.

Sie erklomm die letzte, überdachte Treppe und gelangte in den hübschen Ziergarten des Arkadenhofes zwischen den Zwillingsflügeln von Berownes Palast. Prinz Berowne hatte vor über einem Jahrhundert diese vielen Obstbäume setzen lassen und den Garten Adnams Hof getauft, nach seinem Sohn, doch dieser Name hatte kein Glück gebracht. Nun wurde er wegen der wunderschönen Bleiglasfenster Glashof genannt.

Obgleich am Himmel noch die Farben des Sonnenuntergangs leuchteten, lag der Garten hinter den aufragenden Palastmauern schon in nächtlichem Dunkel. Die in schmucken Formen beschnittenen Hecken und üppigen Obstbäume schimmerten silbrig im Mondlicht und warfen tiefschwarze Schatten. Darüber erstrahlten die bunten Fenster der großen Säle in prachtvollem Glanz. Die künstlerischen Bleiglasfenster stellten die Ereignisse am Ende des zweiten Regierungszyklus von Tielmark vor zweihundert Jahren dar. Gaultry stand in der silbrig schwarzen Stille unter einem Pfirsichbaum und fühlte sich für einen Augenblick, als schwebe sie zwischen zwei Welten: Die eine war dunkel und friedvoll, erfüllt vom Duft der Pflanzen und dem Rauch der Feuer; die andere, starr und beherrscht, erstrahlte dennoch vor leuchtenden Farben und heldenhaften Ruhmestaten.

Berowne war der Sohn von Briern dem Kühnen gewesen – Prinz Briern, der große Heerführer, hatte die Bissantiner in einer großen Schlacht im sumpfigen Norden Tielmarks geschlagen. Die Fensterreihe zeigte Brierns Heldentaten und erzählte sein Leben in Bildern nach, von den wilden Tagen seiner verwegenen Knabenzeit bis hin zu seinem großen Sieg über die Heere Bissantys. Gaultry starrte hinauf und folgte mit ihrem Blick den Geschichten, die sie von klein auf kannte und die hier so exzellent in buntem Glas erzählt wurden.

Die Reihe von Fenstern war in jeder Hinsicht ein Meisterwerk. Die Kunstwerke aus Glas funkelten wie Juwelen und zählten zu den größten Schätzen Tielmarks. Heute hatte sie zum ersten Mal Gelegenheit, die gesamte Bildergeschichte hell hinterleuchtet zu sehen, und die strahlenden Farben und das gewaltige Ausmaß des gesamten Ensembles verschlugen ihr den Atem. Einige Szenen – Arcana, Brierns zukünftige Frau, die ihre Pflugscharen zu Schwertern schmiedete (das Fenster eines kleineren Eckzimmers, das nicht oft genutzt wurde), und eine große Darstellung einer Schar Ritter, die auf ihren Pferden in die Schlacht sprengten – hatte sie noch nie gesehen. Das große Bild von Briern, der vom Sattel seines riesigen Apfelschimmels herab Bissantiner Soldaten erschlug, leuchtete so lebendig, dass sie beinahe hätte glauben können, der große Prinz werde aus dem Fenster herausspringen und in den Nachthimmel davongaloppieren. Nichts in Bissanty hatte sie so in seinen Bann geschlagen, und einen Moment lang flammten Begeisterung und Stolz in ihr auf.

Der Honigfresser zerrte an ihrem Haar, als er auf ihre Schulter kletterte, um die Pfoten nach einem unreifen Pfirsich auszustrecken, und riss sie damit aus ihren Träumen.

»Allerdings hat Berowne für die letzten Feinarbeiten Bissantiner Handwerksmeister an seinen Hof geholt.« Sie seufzte und streckte die Hand aus, um sich eine reife Frucht zu pflücken. Würden Bissanty und Tielmark je wahrhaft getrennt sein? In der Kunst, wie in so vielen anderen Dingen, waren die Bande zu Bissanty noch immer sehr stark, ungeachtet der vielen Jahre, die Tielmark nun schon ein freies Reich war.

Der Honigfresser biss in die reifste Stelle der Frucht und verspritzte gelben Saft, sodass Gaultry einen Moment lang um ihr Kleid fürchtete. »Pass doch auf!«, schalt sie. Sie war ohnehin schon sehr spät dran. Nur noch ein paar Schritte, und sie würde die Eingangshalle erreichen, von der aus eine prächtige Treppe zu den Empfangsräumen des Prinzen führte.

»Ich hoffe, Martin ist schon da«, sagte sie, warf den Rest des Pfirsichs in einen Busch und strich sich mit der sauberen Hand den Rock glatt.

Zwei kräftige Lakaien in Tielmarks blau-weißer Livree erhoben sich, als Gaultry eintrat. »Ihr habt den ersten Satz verpasst«, sagte der eine hilfsbereit, während der andere es sich wieder in seiner Nische bequem machte. »Sie stimmen gerade die Instrumente für den zweiten. Aber Ihr könnt hinauf auf die Galerie gehen, wenn Ihr wünscht.« Er wusste, wer sie war! Das wärmende Gefühl, nach Hause gekommen zu sein, nahm zu.

»Habt Ihr Martin Stalker heute Abend schon gesehen?«, fragte sie. »Er wollte mich hier erwarten.«

Der Mann schüttelte den Kopf.

Die Treppe war bewusst so groß und prächtig gestaltet, dass sie den Besucher einschüchtern musste, mit vergoldeten und versilberten Kacheln und farbigen Intarsien am Geländer. Gaultry war ganz in Gedanken versunken und achtete kaum auf die Damen und Herren, die sich auf dem ersten Treppenabsatz drängten in ihren sorgsam gebürsteten Gewändern; auf ihren Gesichtern spiegelten sich Freude und Erregung. Dann löste sich ein eleganter, hagerer Mann in förmlichem Schwarz aus der Gruppe und trat auf sie zu.

»Lady Blas.« Der Mann breitete galant die Arme aus und versperrte ihr damit höflich, aber wirkungsvoll den Weg. »Welch eine Freude, dass Ihr geruht, Euch heute Abend zu uns zu gesellen.«

Paré Ronsars war der Zeremonienmeister des Prinzen. Ein Mann, den Gaultry in ihrer kurzen Zeit am Hof schon zu oft verärgert hatte mit ihren vielen versehentlichen Verstößen gegen die Etikette.

»Sir Ronsars«, stieß sie hervor und sank hastig in einen linkischen Knicks. »Ich hatte nicht erwartet, Euch hier zu sehen.«

»Ich hatte Euch auch nicht erwartet, Lady Blas.«

Ronsars erwiderte ihren Gruß mit einer knappen Verbeugung. »Ihr könnt Euch gewiss vorstellen, wie viele Besucher heute Abend darum gebeten haben, Lady Julies Darbietung miterleben zu dürfen. Seit sie sich von der Bühne zurückgezogen hat, gibt sie nur noch äußerst selten ein Konzert. Bedauerlicherweise habe ich Euren Fürsprecher heute Abend noch nicht gesehen. Wenn Ihr also die Güte hättet, zu warten, bis Ihr gerufen werdet –«

»Fürsprecher?« Gaultry straffte die Schultern. »Ich bin hier nicht mit einem Fürsprecher verabredet.« Er wollte ihr doch nicht den Zugang zum Empfang des Prinzen verweigern? »Ich bin hier, um meine Pflicht Prinz Benet gegenüber zu erfüllen –«

»Genau wie ich«, unterbrach Ronsars sie glatt und machte keine Anstalten, ihr aus dem Weg zu gehen. »Bitte untertänigst um Verzeihung, Lady Blas, doch wenn Ihr nicht von einem Fürsprecher geladen werdet, müsst Ihr hier warten, bis man Euch vorlässt.«

Dieser Treppenabsatz war einer der Orte, wo Bittsteller warten mussten, wenn sie ihr Anliegen außerhalb einer Audienz oder öffentlichen Anhörung vor den Prinzen bringen wollten – außer, sie konnten Ronsars oder einen seiner Gehilfen bestechen, um näher an den Prinzen heranzukommen. Gaultry blickte auf die prächtig gekachelten Stufen, zwölf an der Zahl, die von diesem Treppenabsatz hinauf zur Flügeltür des langen Salons führten; jede Stufe trug das Zeichen eines der Götter. Der lange Salon, fiel ihr nun voll neuer Erbitterung ein, war eine weitere Schleuse, an der die gestrengen Wächter des Protokolls jene aufhalten konnten, die beim Prinzen vorsprechen wollten. Und wenn sie es ganz besonders genau nehmen wollten, konnten sie die Besucher obendrein noch in dem scharlachroten Korridor warten lassen, der zum großen Salon führte.

Die leicht gesenkten Köpfe der Wartenden auf dem Treppenabsatz verrieten die kaum verhohlene Neugier, mit der ihre Auseinandersetzung mit Ronsars belauscht wurde. Wer war sie denn, schienen diese Gesichter zu fragen, dass sie meinte, sich einfach vordrängen zu können? Diese Leute, das erkannte sie nun verspätet, waren sämtlich gekommen, um Benet noch vor dem nächsten Gerichtstag irgendeine Klage vorzutragen. Sie waren nicht hier, um sich die Musik anzuhören. Sie hofften, dass der Prinz heute Abend einen Augenblick bei ihnen stehen bleiben und sich ihre Sorgen anhören würde, wenn er nach der Abendgesellschaft diese Treppe herunterkam. Kein Wunder, dass ihre Mienen so angespannt wirkten. Benet hatte einen Feldzug zu planen und einen Palast voll mächtiger Hexen im Griff zu behalten, und Gaultry bezweifelte stark, dass der Prinz heute Abend Zeit für diese Leute finden würde.

»Ich brauche keinen Fürsprecher«, sagte Gaultry bestimmt. »Ich bin keine Bittstellerin.« Ronsars hatte kein Recht, sie hier aufzuhalten, doch nach sechswöchiger Abwesenheit hatte sie gewiss nicht die Absicht, ihrem Prinzen in Begleitung seines wutschnaubenden Zeremonienmeisters gegenüberzutreten. Der höfische Irrgarten wurde durch geschickt geöffnete oder verschlossene Türen kompliziert, die Zugang gewährten – oder eben nicht. Wenn sie Ronsars vor all diesen Bittstellern öffentlich herausforderte, würden sich ihr zahlreiche andere Türen still verschließen. »Ich muss mich entschuldigen, Sir. Doch ich fürchte, hier liegt ein Missverständnis vor.« Sie rang darum, ihre Stimme ruhig und kühl klingen zu lassen. »Ich habe den Hoheiten dringlich meine Aufwartung zu machen; diese Angelegenheit duldet keinen Aufschub. Ich werde im Konzertsaal warten, solange die Hoheiten die Darbietung genießen.«

Ronsars schob die Finger in seinen reich verzierten Gürtel und verbarg damit für den Moment seine ausdrucksvollen Hände. »Mir wurde in keiner Weise zu verstehen gegeben, dass der Prinz Euch zu sehen verlangt hätte.« Jemand hatte ihn bestochen – oder ihn unter Druck gesetzt, sofern derjenige die Macht dazu besaß –, damit er sie hier festhielt. Das vornehme Gesicht verriet wie immer keine Regung, doch dass er seine Hände verbarg – die so beredt und doch verstohlen einem verzweifelten Bittsteller Hoffnung machen oder ein für alle Mal den Zugang verweigern konnten –, das verriet Gaultry seine plötzliche Unsicherheit. Er konnte nicht abschätzen, ob seinem Prestige am besten damit gedient war, dass er sie weiterhin aufhielt, oder ob er sie lieber einlassen sollte.

Ihre Wangen brannten. Versteckt unter dem langen Pelz des Honigfressers ballte sie wütend die Hände zu Fäusten. »Bei den Großen Zwillingen! Wie auch immer der Prinz meine Reise beurteilen wird, ich kann Euch im Namen aller Großen Zwölf versichern, dass er mich sehen will. Wenn man Euch etwas anderes zu verstehen gegeben hat, so seid Ihr bedauerlicherweise falsch informiert worden.«

Ronsars verzog keine Miene, während er diesen kleinen Ausbruch verdaute; dann gelangte er rasch zu einer Entscheidung, zog die Hände aus dem Gürtel und vollführte eine großzügige Geste. »Ich werde Euch persönlich hineingeleiten.« Er bot ihr den Arm.

Gaultry bemühte sich um ein Lächeln und schob den Honigfresser in eine Armbeuge. »Elianté wird Euch Eure Höflichkeit vergelten«, sagte sie und legte die freie Hand auf seinen Unterarm.

Ein dünner Mann, der missmutig am Geländer lehnte, schnaubte verächtlich. »Klingendere Münze als die meine, wie mir scheint.«

Hier war Ronsars sich seiner Sache gewiss; für diesen Mann hatte er nur einen herablassenden Wink übrig. Der Bittsteller nahm sich die Warnung zu Herzen und verschwand in der Menge.

»Ihr habt Glück«, sagte der Zeremonienmeister, als die Lakaien die Flügeltüren am Ende der Treppe öffneten. Heller Kerzenschein ließ die Kacheln auf der schwach erleuchteten Treppe aufblitzen. »Der Prinz höchstselbst ist heute Abend recht spät erschienen, sodass Ihr nur den ersten Satz von Lady Julies Darbietung verpasst habt.«

»Ist das Schiff Seiner Hoheit verspätet eingelaufen?«

»Die Prinzessin war unpässlich«, entgegnete er trocken. »Selbst Lady Julie hat sich den Wünschen der Prinzessin zu beugen.«

Der lange Salon mit seinen hellblauen Seidentapeten und den schmiedeeisernen Kronleuchtern war so leer, wie Gaultry ihn noch nie gesehen hatte. Der Krieg und die Anforderungen der Landwirtschaft im Sommer hatten die Reihen des Hofstaats gelichtet. Grüppchen von jungen, verdrossen dreinblickenden Männern und Frauen in schlecht geschneiderter Livree standen unter den hohen Kreisen aus brennenden Kerzen. Die feineren Edelleute, die Gaultry zumindest vom Sehen wieder erkannt hätte, weilten nicht in Princeport, sondern widmeten sich den ernsthaften Aufgaben dieses Sommers. Ein junger Herr schenkte seinem Nachbarn selbst aus der Karaffe auf dem Tablett eines Dieners nach, bevor dieser sie ihm abnehmen konnte. Ronsars folgte Gaultrys Blick und gestattete sich ein vornehmes Schaudern.

»Einer von Ranaults Jungen«, bemerkte er. »Sechs seiner Söhne sind hier, und dieser dort ist der jüngste. Noch bevor der Sommer um ist, wird er sich daran gewöhnt haben, sich bedienen zu lassen, wie es sich gehört.«

Gaultry biss sich auf die Zunge, denn sie hatte im Verhalten des Jungen gar nichts Falsches gesehen.

Hinter dem scharlachroten Korridor erwartete sie der große

Salon mit hellem Kerzenschein, leuchtend bunten Festgewändern und Stimmengewirr – der Kern des Hofstaats, der den Prinzen und seine Minister umgab. Finster blickte Briern aus dem Fenster mit der Schlachtenszene von seinem Pferd auf die Menge herab. Von innen vor der nächtlichen Dunkelheit betrachtet, sahen die bunten Glasscheiben aus wie schwarze Tafeln. Die bleiernen Einfassungen waren auf der Innenseite vergoldet, sodass Briern auf seinem Pferd als einziger Teil des Bildes sichtbar war. Doch dieser schlichte goldene Umriss, Briern mit emporgerecktem Arm und das Pferd mit wirbelnden Hufen, war auf seine Weise ebenso beeindruckend wie die strahlenden Farben von draußen her.

Der Prinz und seine junge Prinzessin saßen auf hohen Stühlen auf der anderen Seite des Saales. Benet, ein junger Mann mit ebenmäßigen Zügen, geraden dunklen Brauen und langem weizenblondem Haar, war von Höflingen umgeben und wahrte achtsam seine undurchdringliche Miene. Lily, die an seiner Seite saß, gab sich ein wenig offener. Eine Haube aus weißer Spitze bedeckte ihr dunkles Haar und verhüllte teilweise ihr Gesicht. Die junge Prinzessin sah bedrückt und müde aus, ganz und gar nicht so, als erfreue sie sich an der Darbietung. Gaultry lag auf einmal ein Stein im Magen. Im Grunde hatte sie jeden Kampf und jede Entbehrung der letzten Wochen um dieses jungen Paares willen auf sich genommen, aus der Überzeugung heraus, dass das Schicksal Tielmarks aufs Engste mit dem Schicksal dieser beiden verknüpft war.

»Wie gefällt den Hoheiten denn Lady Julies Konzert?«, fragte Gaultry in der Hoffnung, Ronsars von ihrer Bestürzung abzulenken, indem sie ihn zum Reden brachte.

»Gar nicht, fürchte ich.« Aus irgendeinem Grunde schien das den Zeremonienmeister jedoch zu freuen. »Sie wollten Lieder hören, die ihre Stimmung ein wenig heben könnten. Doch von Lady Julie darf man nun wahrlich keine erbauliche Musik erwarten.«

Der Prinz war viel in der Sonne gewesen, seit Gaultry ihn zuletzt gesehen hatte. Sein blondes Haar schimmerte silbrig hell und ließ seine geraden dunklen Brauen noch strenger wirken. Einen Moment lang glaubte Gaultry, er sehe sie an, doch dann wandte er sich dem Mann an seiner Seite zu, und sie kam zu dem Schluss, dass er sie wohl doch nicht gesehen hatte.

Die Menge war in ständiger Bewegung und versperrte ihr nun wieder die Sicht auf das Paar.

»Wo ist das Gefolge der Herzogin von Melaudiere?«, fragte Gaultry, die weder Martin noch ihre Schwester oder sonst einen ihrer wenigen Bekannten bei Hofe entdecken konnte. »Wenn sie nicht hier sind, möchte ich mich gern so platzieren, dass ich den Prinzen ansprechen kann, sobald das Konzert beendet ist.«

»Ich habe Euch bereits weiter gebracht, als Ihr verdient«, erwiderte Ronsars, plötzlich feindselig. Er führte sie zu einer Gruppe junger Leute an eine Stelle, wo sie dem Blick des Prinzen entzogen war.

Gaultry konnte ihn nur verständnislos anstarren. Ihre offensichtliche Unwissenheit, welchen unverzeihlichen Fauxpas sie nun wieder begangen haben sollte, brachte ihn nur noch mehr gegen sie auf.

»Wir werden Euch schon noch Manieren beibringen«, brummte er. »Eure Schwester hat ihre Lektion bereits gelernt.«

Er wandte sich abrupt zum Gehen und hätte sie einfach stehen gelassen, doch Gaultry packte ihn am Arm. »Was habt Ihr eben gesagt?«, fragte sie mit scharfer Stimme. »Was für eine Lektion hat meine Schwester gelernt?« Über all ihren Sorgen um Martin und sich selbst hatte Gaultry ihre Schwester ganz vergessen. Doch Mervion stellte sich niemals ungeschickt an, wenn es um das höfische Protokoll ging. Falls Ronsars und seine Kumpane sie sich vorgenommen hatten, dann gewiss nicht in guter Absicht.

Ronsars konnte sich nicht rühren, stand da wie erstarrt und vermochte seine Fassungslosigkeit nicht zu verbergen. Er konnte sich nicht losreißen, ohne dass die Umstehenden auf seine peinliche Lage aufmerksam wurden. Gaultry selbst konnte ihre Vermessenheit kaum fassen – den Zeremonienmeister des Prinzen am Ärmel zu packen, noch dazu vor der versammelten besten Gesellschaft!

Doch sie würde keine Drohung, die Mervion galt, einfach übergehen.

»Ich weiß nicht, was Eure Worte bedeuten sollen«, sagte sie leise, »doch falls ich feststellen muss, dass Ihr auch nur versucht habt, meine Schwester in irgendeiner Weise in Misskredit zu bringen, werdet Ihr das bitterlich bereuen. Das schwöre ich bei Elianté und Emiera, und das ebenso ernst, wie ich mich Tielmark und meinem Prinzen verschworen habe.«

»Benet ist auch mein Herr«, stammelte Ronsars.

Der Honigfresser spürte Gaultrys Erregung, stieß einen gellenden Laut aus und schnappte nach dem Mann. Gaultry ließ seinen Arm los, damit das Tier ihn nicht beißen konnte.

Ronsars schlug steif die Hacken zusammen, und diese Geste gestattete es ihm, zurückzutreten, ohne offen die Flucht zu ergreifen. »Stets zu Euren Diensten, Lady Blas.« Seine Augen blitzten hasserfüllt aus der maskenhaft starren Miene. »Ich werde Eure Worte nicht vergessen.«

»Zu Diensten, Sir.« Gaultry knickste höflich, aber ebenso kühl. »Seid gewiss, dass meinen Worten stets auch Taten folgen. Denkt daran, falls Ihr wieder einmal in Versuchung geratet, meiner Familie übel mitzuspielen.« Wenn der Mann Mervion in irgendeiner Weise geschadet hatte, war er jetzt schon ihr erklärter Feind.

Der Zeremonienmeister machte auf dem Absatz kehrt und zog sich in den langen Salon zurück.

»Mieser Intrigant«, brummte Gaultry. »Such dir jemand anderen für dein Spinnennetz.«

»Ihr habt ihn ganz schön schockiert«, sagte eine leise Stimme dicht an ihrem Ohr. »Vielleicht hat er für heute Abend genug von seinen Spielchen.« Mit blitzenden Augen fuhr Gaultry herum, um sich diesem neuen Angriff zu stellen, und zwang sich dann, ein weniger finsteres Gesicht zu machen. Die Stimme gehörte einer schlanken jungen Frau mit kohlschwarzem Haar, blasser Haut und einem prächtigen gelben Kleid. Sie hatte Augen wie aus dunklem Topas und scharfe, ebenmäßige Gesichtszüge, deren fein gemeißelte Schönheit leicht arrogant hätte wirken können, hätte sie nicht so freundlich dreingeblickt. Nun starrte sie den Honigfresser an, offensichtlich fasziniert. »Was für ein entzückendes Tier«, sagte sie. »Was ist das? Hätte es ihn wirklich gebissen?«

Gaultry, durch das Kompliment besänftigt, streichelte das weiche Fell. »Er ist völlig harmlos, wenn man ihn nicht reizt. Ihr könnt ihn gern anfassen, wenn Ihr möchtet.«

Die junge Frau ließ den Honigfresser ihre Finger beschnüffeln. »Sein Fell ist wunderschön«, sagte sie. »So weich. Kann ich Euch das Tier vielleicht einen Moment abnehmen? Ihr habt da ein Plättchen im Haar, und wenn Ihr es nicht vorsichtig herauszieht, ruiniert Ihr Eure Frisur ...«

Hastig reichte Gaultry ihr den Honigfresser. Ihr Haar war ganz schlicht hochgesteckt und mit wenigen Blumen geschmückt, und bald ertastete sie den Störenfried, auf den das Mädchen sie aufmerksam gemacht hatte – ein kleines Plättchen aus goldfarbener Folie, auf das eine grinsende Sonne geprägt war. »Ich bin durch den unteren Vorhof gekommen«, erklärte sie. »Diese Dinger haben sie aus Rohren in den Feuern herabregnen lassen. Möchtet Ihr es vielleicht haben?« Sie nahm den Honigfresser wieder entgegen. Das kleine Tier wurde mit jedem Augenblick schwerer, doch sie fand, sie sollte die Gutmütigkeit ihres Gegenübers nicht ausnutzen, indem sie ihn ihr länger als nötig aufbürdete.

Die junge Frau nahm das Stückchen Folie und strich es vorsichtig glatt. »Benet hat das angeordnet. Es soll allen Glück bringen«, sagte sie. »Er hat sogar einen Sonnenpriester kommen lassen, um sie zu segnen. Ich danke Euch.«

»Gern geschehen«, erwiderte Gaultry. »Ich hoffe, es bringt Euch Glück.« Ihre eigene Erfahrung mit den Priestern des Sonnenkönigs Andion beschränkte sich auf einen einzigen unangenehmen Vorfall vor einigen Monaten. Andions Priester beschworen eine ungestüme, feurige Macht.

»Habt Ihr den ersten Teil des Konzerts gehört?«, fragte Gaultry. »War die Musik schön?« Sie erkannte kein einziges der Instrumente auf dem Podium. Zwei sahen aus wie übergroße Fiedeln, und das dritte Saiteninstrument war so riesig, dass der Musiker sich hinsetzen und es zwischen die Beine nehmen musste.

»Es war wunderschön.« Das Mädchen seufzte. »Wenn sie spielen, sind sie ein Gedanke, eine Seele. Lady Julie hat sie in Home Hall ausgebildet. Das ist ihr Stammsitz in Basse-Demaine.«

»Wo ist Lady Julie?«

Das Mädchen zeigte auf eine zierliche Frau in Gewändern aus einem geschmeidigen, leicht schimmernden blauen Stoff. Lady Julie war kaum fünfzehn Jahre alt gewesen, als sie am Ende des letzten Regierungszyklus den Gesang angestimmt hatte, der den entscheidenden Zauber lenkte. Also musste sie jetzt fünfundsechzig sein, doch ihre Erscheinung gab kaum einen Hinweis auf ihr fortgeschrittenes Alter. Ihr bleiches Gesicht war zart und ohne Falten, und ein Anflug von jugendlichem Blond glänzte noch in ihrer weichen, weißen Lockenpracht. Sie war sehr elegant gekleidet. Gaultry kam sich unzulänglich vor. »Sie scheint sich sehr gut gehalten zu haben.« Sie hatte nicht erwartet, dass Lady Julie, die bekanntlich nicht von adeliger Geburt war, so vollkommen dem Bild der eleganten Hofdame entsprechen würde.

Der jungen Frau entging Gaultrys zweifelnder Unterton. Sie nickte begeistert. »Sie ist großartig. Wartet nur, bis Ihr sie hört. Was gäbe ich nicht alles dafür, von ihr ausgebildet zu werden!«

Gaultry war ein wenig erstaunt über den enormen Eifer der jungen Frau und sah sie sich etwas näher an. Selbst unter dem ungewöhnlich jungen Hofstaat dieses Sommers ließen ihre unverhohlene Begeisterung für Tiere und Musik sie zu jung, zu offenherzig wirken. Der Kontrast zu ihrem kostbaren, eleganten gelben Kleid hob diese Wirkung noch hervor. Sie sah gewiss sehr hübsch darin aus: Das Kleid war von Meisterhand geschneidert und brachte ihre Figur sehr vorteilhaft zur Geltung, von den gefältelten, bestickten Bändern an der Taille bis zu der hauchzarten, durchscheinenden Stola, die ihre Schultern bedeckte. Doch die junge Frau darin war zu ungeschliffen für diese Opulenz; wer auch immer sie in dieses Kleid gesteckt hatte, hatte sich nicht die Mühe gemacht, etwas zu finden, das zu ihrer mädchenhaften Art passte.

Plötzlich kam Gaultry in den Sinn, dass Ronsars irgendeinen Grund gehabt haben musste, warum er sie bei diesem jungen Mädchen hatte stehen lassen. »Wir sind einander noch nicht vorgestellt worden«, sagte sie, um das Mädchen aus seiner Begeisterung aufzurütteln.

»Aber ich weiß, wer Ihr seid«, entgegnete die junge Frau. »Das weiß doch jeder. Ihr seid einer der beiden Zwillinge aus dem Wald von Arleon, Nachfahren der Brut. Ihr seid diejenige, die Prinz Benet dazu gebracht hat, dass er Lily heiratet. Ihr seht genau wie Eure Schwester aus – ein bisschen dünner, glaube ich, aber Ihr habt das gleiche Gesicht. Ich bin Elisabeth Climens. Ich war noch nicht am Hof, als Ihr zuletzt hier wart. Das ist meine Mutter, die dort neben dem Prinzen steht.«

Gaultrys Augen wurden schmal. Climens. Sie brauchte die Dame gar nicht zu sehen, auf die das Mädchen zeigte, um den Namen zuordnen zu können. Haute-Tielmark hatte ihn ihr genannt, an jenem Morgen nach dem Zwischenfall mit Sir Jumery. Die Mutter dieses Mädchens war die Herzogin von Vaux-Torres, Jumery Ingoleurs Lehnsherrin.

»Ich bitte um Verzeihung«, plapperte das Mädchen mit leicht schuldbewusster Miene weiter. »Ich hatte angenommen, Ihr wüsstet es ... Vielleicht wollt Ihr jetzt nicht mehr mit mir sprechen.« In ihrer Stimme schwangen Aufrichtigkeit und eine Spur von Einsamkeit. »Im Augenblick meiden viele hier meine Gesellschaft, trotz der einflussreichen Stellung meiner Mutter. Dervla lässt meine Familie gerade untersuchen, wisst Ihr, und der Prinz selbst ist uns nicht mehr gewogen. Ich hätte mir nie erlaubt, Euch anzusprechen, aber nachdem Ihr Sir Ronsars so wunderbar –«

»Ich hatte keine Ahnung von den Schwierigkeiten Eurer Familie«, sagte Gaultry. Haute-Tielmark hatte gesagt, die Korrespondenz der Herzogin von Vaux-Torres, die er gefunden hatte, sei anzüglich, aber nicht kompromittierend gewesen. Hatte Dervla vielleicht noch verdächtigere Briefe entdeckt? »Bei Eliantė, ich nehme doch an, dass diese Untersuchung unbegründet ist.«

»Die von Climens sind Tielmark treu ergeben«, sagte Elisabeth tapfer, doch als sie Gaultry in die Augen sah, waren die Zweifel ihrem Blick deutlich anzusehen. »Meine Mutter hat mich an den Hof geholt, damit ich sie vertrete, während sie ihre Verteidigung vorbereitet. Ich hätte eigentlich noch ein weiteres Jahr zu Hause bleiben sollen, deshalb bin ich noch nicht ganz so weit. Ich kann nur hoffen, dass ich ebenso loyal für sie einstehe, wie – wie Ihr eben für Eure Schwester.«

Gaultry zuckte mit den Schultern, irritiert ob dieses übertriebenen Lobes. »Ich nehme an, Ihr habt selbst schon festgestellt, dass Ronsars nichts ohne eine bestimmte Absicht tut. Ich bin sicher, er hat mich absichtlich zu Euch geführt, weil er wusste, dass wir ins Gespräch kommen würden.«

Das Mädchen streichelte noch einmal den Honigfresser und wich Gaultrys Blick aus. »Ich verstehe. Es schadet Eurem Ruf, wenn man uns so zusammen sieht, nehme ich an.«

»Ganz und gar nicht«, erwiderte Gaultry müde. »Wenn ich Sorge hätte, für eine Bissantiner Verräterin gehalten zu werden, würde ich mich auf der Stelle und so unschön wie nur möglich von Euch verabschieden.« Noch während sie sprach, erkannte sie, dass sie es nicht über sich bringen würde, die junge Frau derart zu brandmarken, wie so viele andere es schon getan haben mussten, als sei die unbewiesene Schuld ihrer Mutter auch die ihre. »Prinz Benet hat aber Recht damit, die Bissantiner und ihre Tielmaraner Kollaborateure zu hassen«, konnte sie zum Trost nur anfügen.

»Die Hohepriesterin kann nicht beweisen, dass meine Mutter etwas Falsches getan hat«, sagte das Mädchen loyal. »Ich werde hier bei Hofe bleiben, bis unser Name reingewaschen ist.«

»Recht so«, entgegnete Gaultry. Wenn Elisabeth die Wahrheit sagte, war sie tapferer, als sie auf den ersten Blick erschien. Gaultry glaubte nicht, dass sie selbst das Leben am Hof ertragen könnte, wenn ein solcher Verdacht über ihrem Kopf schwebte.

Um sie herum geriet die Menge in Bewegung, alle kehrten an ihre Plätze zurück. Auf dem Podium nahmen die Musiker ihre Instrumente zur Hand und zupften die Saiten, um sie ganz fein abzustimmen. Über die Menge hinweg erhaschte Gaultry einen kurzen Blick auf die Prinzessin, die den Kopf zur Seite gewandt hatte, um mit einer ihrer Damen zu sprechen. »Wer ist die Frau neben Prinzessin Lily?«

»Welche?«

»Die, mit der sie gerade spricht.« Die Hofdame, eine hübsche, überfordert aussehende Frau mit hervorstehenden Zähnen, erwartete unübersehbar ein Kind. Das Kaninchen, dachte Gaultry. Das schwangere Kaninchen aus dem Puppentheater. Diese plötzliche Erkenntnis bestürzte sie. Sie wusste über diesen geschrumpften Hofstaat weniger gut Bescheid als die Leute auf Princeports engen Straßen. Sie konnte sich kaum an die gesamte Parade der Marionetten erinnern, geschweige denn sie den Herrschaften zuordnen, die sie hier vor sich sah.

»Da war auch ein Wiesel«, sagte Gaultry laut und versuchte, alle auftretenden Marionetten durchzugehen. »Und ein Singvogel mit einem Kuckuckskind – war das Julie?«

Als das Mädchen sie eben fragen wollte, wovon sie sprach, bat der Haushofmeister um Ruhe.

Lady Julie nickte vom Podium herab. Die Musik setzte ein.

Insgesamt standen fünf Künstler auf dem Podium, drei Musiker und zwei Sänger. Von der ersten Note an war offensichtlich, dass Julie die anderen nicht nur leitete, sondern sie kontrollierte. Sie stand steif am linken Rand der kleinen Bühne wie ein Orakel, das seine Prophezeiung verkündet, doch die Töne, die aus ihrer Kehle drangen, waren süß und wohlklingend. Im Lauf des Stücks erhob sich ihre Stimme über die Saiteninstrumente wie eine sich auftürmende Woge, die die anderen Künstler mit sich riss. Die Klänge kreuzten sich, begegneten einander, mal brachen sie die Harmonie, mal erschufen sie sie wieder. Lady Julies Stimme war wunderschön, doch hinter dieser Schönheit verborgen drohte eine lebendige, peitschende Wut wie ein aufziehendes Gewitter.

Gaultry wurde mit dem übrigen Publikum vom Strom dieser Klänge mitgetragen und musste zugeben, dass ihr erster Eindruck bedauerlich falsch gewesen war. Lady Julie mochte ihre Macht mit höfischem Glanz zudecken, doch unter dieser polierten Oberfläche brodelte es in der Tiefe.

Jedes der sieben ursprünglichen Mitglieder der Brut hatte eine magische Macht besessen, die sich als schöpferische Kraft äußerte. Die alte Melaudiere war eine Künstlerin, die Metall, Glas und Ton im Innersten berühren und gestalten konnte. Bei Tamsanne war es die Magie der tiefen Wälder, der Blumen, die im Frühjahr sprossen, der Ernte, die einen scharfen Schnitt zog. Bei Julie …

Bei Julie war es die mitreißende Macht der Musik.

Elisabeth hatte in ihrer Unschuld behauptet, die Musiker teilten eine Seele, einen Gedanken. Damit hatte sie teilweise Recht gehabt: Wenn Julie sang, sandte sie ihre Magie durch die anderen Musiker hinaus und vervielfachte so die Botschaft ihres Liedes. Gaultry blickte sich in der gebannt lauschenden Menge um und versuchte, deren Reaktion abzulesen. Das Lied war kein sehr kraftvoller Zauber. Julie unternahm keinen Versuch, die Gefühle ihres Publikums zu beeinflussen. Dennoch versanken alle wie gebannt in ihrer Musik, während sie sang. Sie erlebten den Schmerz der Blutbande der Geheimen Brut. Durch die Musik spürten sie die Pein des Verlassenseins und der verlorenen und wiedergewonnenen Macht, die Pein tragischer Bande und gebrochener Versprechen.

Der letzte Satz war fröhlich und munter, ein unerwarteter Hoffnungsschimmer. Der jüngsten Musikantin, einem mageren Mädchen mit zerbrechlich schmalen Handgelenken, wurde plötzlich die Führung überlassen, und Lady Julies Stimme sank zu einem Flüstern herab und erstarb schließlich ganz. Dieses Kind, das eine von den großen Fiedeln spielte, war so sehr in der Musik versunken, dass es anscheinend gar nichts bemerkte, als die anderen Musiker um sie her immer leiser wurden und schließlich verstummten. Ihre Musik war wie aus Luft gewoben, unberührt von Schmerz und Kummer. Eine Wiedergeburt. Gaultry blickte gebannt auf das helle Haar des Mädchens, silbrig weiß wie das von Lady Julie mit einem Hauch Blond darin.

Als das Kind schließlich den Bogen senkte, herrschte vollkommene Stille. Die ätherische Schönheit des Geigenspiels war nach Lady Julies Lied schmerzlich süß.

»Das ist Lady Julies Enkelin«, flüsterte Elisabeth. »Es heißt, sie wird eines Tages sogar eine noch größere Künstlerin sein als Julie.«

Gaultry starrte das blonde Mädchen an. Julie Basse-Demaine hatte allen Grund, wütend zu sein. Vor fünfzig Jahren, als sie ein mageres Mädchen aus der Gosse gewesen war und die erwachende Macht ihrer Stimme noch kaum erahnt hatte, konnte sie nicht gewusst haben, dass ihr Blut dieses Wunderkind, diese reine Begabung hervorbringen würde.

Es wäre ein Verbrechen gegen die Götter, ein solches Kind mit der Gier nach magischem Blut zu verderben, mit den politischen Bedürfnissen eines Prinzen und seines Reiches.

Doch wie alle Mitglieder der Geheimen Brut, wie Gaultrys eigene Großmutter, so hatte auch Julie sich an eine Prophezeiung gebunden, die nicht durch den menschlichen Willen außer Kraft gesetzt werden konnte.

Rot färben wird sich dermaleinst der Pfad des Prinzen von Tielmark vom Blute der Geheimen Brut.

Wenn die Nachkommen dieses Blutes nicht einen Weg fanden, den Pfad des Prinzen scharlachrot zu färben mit der köstlichen Macht der Unabhängigkeit, der Königswürde, dann würde das Rot, das so reichlich auf dem Pfad des Prinzen floss, weiterhin vom Blut der Brut und ihrer Nachkommen herrühren.

8

Der Prinz hatte sie anscheinend doch bemerkt, aber das Konzert war beendet, und die Gesellschaft löste sich bereits auf, als er endlich nach ihr schickte. Gaultry war bis an den Kopf der Treppe zum Durchgang vorgerückt und hatte die Hoffnung schon fast aufgegeben, als ein Lakai mit undurchdringlichem Soldatengesicht ihr auf die Schulter tippte.

»Der Prinz wird Euch nun empfangen, Lady Blas.«

Er führte sie zu den inneren Gemächern und durch eine holzgetäfelte Tür, die in einen beengten, düsteren Salon führte. Das Prinzenpaar hatte sich hier mit Lady Julie niedergelassen; der Prinz und seine Gemahlin saßen auf hohen Holzstühlen, Lady Julie auf einer Sitzbank mit hoher Lehne unter dem einzigen Fenster des Raums. Ein bescheidener Kerzenleuchter erhellte den Salon, doch trotz dieser wenigen Flammen war die Luft hier drin unangenehm warm.

Als Gaultry eintrat, herrschte Schweigen. Prinzessin Lily presste ärgerlich die Lippen zusammen; Benet und Lady Julie taten ihr Bestes, einander zu ignorieren. Der Lakai fiel gerade lange genug aus seiner unbeteiligten Rolle, um der jungen Jägerin einen verwunderten Blick zuzuwerfen, dann verbeugte er sich knapp in Richtung des Prinzen und zog sich zurück.

Prinz Benets Stimme brach die Stille, sobald sich die Tür geschlossen hatte. »Ich hatte Euch um einen Abend angenehmer Unterhaltung gebeten«, sagte er in scharfem Tonfall. »War das eine so überzogene Bitte eines Prinzen an eine Musikerin?«

Gaultry drückte sich an der Tür herum und wäre am liebsten wieder gegangen. Sie hatte erwartet, dass der Prinz sie in irgendeiner Form tadeln würde, doch nichts hatte sie darauf vorbereitet, dass es Tadel auf Lady Julie hageln würde. Die Sängerin war eine ältere Dame mit großer Macht und Würde. Warum hatte Benet Gaultry gerade jetzt hereinrufen lassen, sodass sie diese Rüge mit anhören musste?

»Gebt Antwort!«, forderte Prinz Benet. »Ich gebe mich mit Eurem Schweigen nicht zufrieden!«

»Manch anderer wäre gewiss der Meinung, die Musik sei dem Anlass durchaus angemessen gewesen«, erwiderte die alte Dame steif. »Ich bin zu alt, um in Kriegszeiten gedankenlos vergnügliche Liedchen zu trällern.« Lady Julie saß halb verhüllt im Schatten. Der Mond, der durch das Fenster hereinschien, versilberte ihr Profil, doch ihr Mienenspiel blieb im Dunkeln. »Ich bin jetzt schon seit mehr als einem Monat bei Hofe, und mit mir meine Tochter und meine Enkelin. Wir vergeuden hier unsere Zeit – und Euer Wunsch, ich solle mir die Zeit damit vertreiben, Euren Hofstaat mit fröhlichem Geträller zu unterhalten, kommt einer Beleidigung nahe. Lasst uns Tielmark dort dienen, wo wir am nützlichsten sind. Meine Tochter ist Soldatin. Sie sollte an der Front sein. Meine Enkelin – Joia ist zu jung für den Hof. Sie gehört nach Hause. Und was mich betrifft – ich möchte ebenfalls nach Hause. Ich bin eine alte Frau und sehne mich nach meinem warmen Ofen.« Außerhalb des öffentlichen Rahmens ihrer Darbietung wirkte Lady Julie müde und erschöpft, aber auch verärgert und eher geneigt, die eigensinnige Stärke zu zeigen, die sich unter ihrem beherrschten Auftreten als Künstlerin verbarg.

»Ich brauche Euch in Princeport«, knurrte Benet mit zusammengebissenen Zähnen, »und wenn Ihr so lange hier aufgehalten wurdet, dann liegt das nicht zuletzt daran, dass Tielmark einige unerwartete Verluste zu verkraften hat.« Sein Blick suchte die dunkle Ecke ab, in der Gaultry wartete, und ein leichtes Stirnrunzeln verdüsterte sein Gesicht. »Eure Ungeduld ist nicht größer als die, welche ich selbst in den vergangenen Wochen ertragen musste, und obendrein weniger gut begründet. Wenn ich Euch also darum bat, diese Zeit mit Eurer Kunst ein wenig rascher vergehen zu lassen, so war das gewiss nicht unter Eurer Würde als meine geschworene Dienerin. Es kann Euch nicht entgangen sein, dass ich, während meine Hohepriesterin die höchsten wie die niedersten Stände meines Landes mit Anklagen wegen Hochverrats überzieht, den Hof nicht verlassen kann, um mit meinen Rittern an die Grenze zu ziehen, obgleich jeder Edelmann, der Soldaten dorthin entsandt hat, eben dies lautstark fordert.«

»Das ist mir nicht entgangen, mein Prinz«, erwiderte Lady Julie, schon etwas weniger brüsk.

Benet strich sein mit Silberfäden durchwirktes Hemd glatt. »Tielmark braucht eine Pause von dieser Hetzjagd auf jeden, der jemals Geld aus bissantinischen Händen empfangen hat, damit wir uns darauf konzentrieren können, die Lanai zurückzudrängen. In dieser Frage stellt sich meine Hohepriesterin meinen erklärten Wünschen entgegen. Ihr Wort hat großes Gewicht, und ich brauche geachtete Ratgeber an meiner Seite, um ihre Worte aufzuwiegen. Ihr mögt Dervla nicht besonders. Ich hätte gedacht, dass gerade Ihr mir gegen ihren Rachefeldzug beistehen würdet.«

»Bis auf den vergangenen Monat«, entgegnete Lady Julie trocken, »war ich seit fast fünfzig Jahren nicht mehr an diesem Hof. Meine Lieder haben genug Magie, um mir in Basse-Demaine Macht und Einfluss zu sichern, doch hier, in Eurer Hauptstadt, werden die Fäden der Macht ganz anders gesponnen. Wenn Ihr Eure Hohepriesterin zügeln wollt, so müsst Ihr Euch an jemanden wenden, dessen Magie enger mit jener Macht verwoben ist, die in diesen Mauern herrscht.«

»Es gibt aber niemand anderen«, erklärte Benet. »Dervla benutzt die Magie der Großen Zwillinge, um selbst jene, die mir am treuesten ergeben sind, zur Zusammenarbeit zu zwingen. Sie missbraucht die Macht, die die Göttinnen ihr geschenkt haben, und benutzt sie als Waffe, nicht als Gabe. Ich brauche die anderen Hexen der Geheimen Brut, um ihr etwas entgegensetzen zu können. Meine gute Herzogin von Melaudiere spielt diese Rolle schon seit dreißig Jahren. Doch ihre Kräfte schwinden, und ich brauche jemanden, der ihren Platz einnimmt.«

»Das werde nicht ich sein«, sagte Lady Julie. Unsicher strich sie über die dünne Haut an ihrem Hals, wo das Alter ihr die Festigkeit genommen hatte. »Bitte versteht, mein Prinz. Ich will nicht respektlos erscheinen. Doch Gabrielle von Melaudiere hat die Politik mit der Muttermilch aufgesogen. Als die alte Prinzessin Lousielle den Zirkel aufstellte, stand es außer Frage, dass die junge Herzogin von Melaudiere von Beginn an zum Kreis der Sieben gehören würde. Selbst damals war sie schon mit den Regeln und Schlichen des höfischen Lebens vertraut – das war für sie überlebensnotwendig.

Ich hingegen – ich war noch nicht einmal zur Frau gereift, als die Magie meiner Musik die alte Prinzessin auf mich aufmerksam machte, auf mich, eine zerlumpte Göre aus dem Hafen. Meine Magie erwies sich als genauso mächtig wie die der anderen im Zirkel – doch Lousielle hat auch nie erwartet, dass wir einfach austauschbar wären. Ich wurde nicht als Mitglied der Brut auserwählt, weil Lousielle mich für eine große Anführerin hielt.«

»Ich kann Euch in dieser Sache keine Wahl lassen«, sagte Benet. Wieder huschte sein Blick zu Gaultry hinüber. »Jemand muss die Brut wieder vereinigen. Euer Schicksal ist mit dem Geschick Tielmarks verknüpft. Uneins und zersplittert seid ihr zu angreifbar und zu mächtig zugleich. Ich kann die Zukunft Tielmarks nicht um eurer Streitigkeiten willen aufs Spiel setzen. Bedenkt, was Destra Vanderive und ihrer jungen Familie zugestoßen ist. Selbst Martin Stalker war nicht sicher. Bissanty ist auf die Macht der Brut aufmerksam geworden, und Ihr könnt Euch darauf verlassen, dass sie euch eine nach der anderen vernichten werden, wenn ich es nicht verhindere.«

»Ihr schlagt also irgendeine heilige Mission vor, die uns wieder vereinen soll?« Halb von den Schatten verborgen, umspielte ein grimmiges Lächeln Lady Julies Lippen. »Man könnte meinen, der Schutz unseres Götterpaktes sollte reichen, um die Ergebenheit eines jeden Tielmaraners auf ein bestimmtes Ziel zu bündeln, und doch – persönliche Interessen spalteten die Brut schon von dem Tag an, da wir der alten Prinzessin unseren Schwur leisteten. Ihr könnt nicht erwarten, dass es sich heute anders verhält.«

»Die Brut hat ihren Schwur noch nicht erfüllt«, erwiderte Benet barsch. Er erhob sich, und der Kerzenschein ließ sein silbernes Gewand funkeln, als strahle er ein eigenes Feuer aus. »Er sitzt Euch auch jetzt im Nacken. Glaubt Ihr etwa, Ihr könntet der Prophezeiung entgehen, indem Ihr Euch auf ewig in Basse-Demaine verkriecht? Die Prophezeiung der Brut bietet Euch zwei Möglichkeiten: Euer eigenes Blut zum Schutz des Herrscherhauses zu vergießen, oder Tielmark zum Königreich zu erheben. Ihr mögt Eure Pflichten vergessen haben, Bissanty jedoch nicht, verlasst Euch darauf. Was, meint Ihr, dachten wohl Marie Lacontes Urenkel, als die Bissantiner Mörder kamen, um sie abzuschlachten? Wollt Ihr Eure eigene Enkelin zu einem solchen Schicksal verdammen?«

Angespanntes Schweigen entstand. Die Kerzen flackerten.

Als Lady Julie wieder das Wort ergriff, klang ihre Stimme gedämpft. »Euer Hoheit, das Königtum ist in der Tat ein hohes Ziel, doch der Preis dafür ist noch höher. Vielleicht wäre es besser, wenn alle vom Blut der Geheimen Brut unter der Erde lägen, als dass Tielmark riskiert, den Göttern das Rot der Königswürde abzufordern. Dieser Versuch könnte einen neuen, gefährlichen Götterpakt mit sich bringen, der Euer eigenes Fleisch und Blut mit dem Land vereinigt – oder er könnte völlig fehlschlagen und als vergebliches Opfer obendrein Euer Leben fordern. In den alten Zeiten, als die Götter uns noch näher waren, konnte ein mutiger Mann wie Ihr sich freimütig durch einen Schwur an sein Land binden und sich darauf verlassen, dass die Götter ihn oder seine Erben mit der roten Krone eines Königs belohnen würden. Aber heute – heute gewähren die Großen Zwölf die Königswürde nicht mehr so leicht.«

»Wenn Tielmark sich vom Fürstentum zum Königreich erhebt, wäre es ein für alle Mal vorbei mit Bissantys Ansprüchen auf unser Land«, beharrte Benet. »Was wir – was ich – in den vergangenen Monaten von bissantinischer Hand erleiden mussten, will ich nicht noch einmal erleben, und meinen Erben wünsche ich es ebenso wenig.«

»Der Preis der Königswürde ist hoch«, wiederholte Lady Julie verbissen. »Und die Götter lassen nicht mit sich handeln.«

Gaultry, die noch immer im Schatten bei der Tür stand, erschauerte. In ihrer Kindheit hatte sie die alten Geschichten vom Königtum immer wieder erzählt bekommen, eine blutiger als die andere. Die Königswürde entsprach ungefähr der Bindung des alten Sir Jumery an sein Land, nur ging sie noch tiefer.

»Tielmarks Erde ist mir teurer als selbst meine Gemahlin«, sagte der Prinz. »Ich würde für mein Reich sterben.« Seine ruhige Entschlossenheit war überzeugender als lautstarke Erregung. »Die Erfahrungen der vergangenen Monate haben mir gezeigt, wie gnadenlos Bissanty uns verfolgt. Ich will nicht, dass in fünfzig Jahren mein Enkel oder Sohn auf Tielmarks Thron sitzt und sich neuen bissantinischen Grausamkeiten stellen muss, die sie ihm auf den Hals schicken, um alles zu zerstören, was ihm lieb ist. Das Verhältnis eines Prinzen zu einem Kaiser kann immer nur das eines Kindes zum Vater sein. Ein König – in den Augen der Götter gehört einem König sein Reich ohne Einschränkungen, er kann darüber nach eigenem Gutdünken frei herrschen. Diese Freiheit will ich für mein Land – und für mein Volk, für meine Enkel. Wenn die Götter dafür mein Leben als Opfer verlangen – so sei es.«

Prinzessin Lily, seine junge Frau aus dem einfachen Volk, von gewöhnlichem Blut und damit das lebende Symbol für Benets Schwur, erbleichte, doch sie schwieg. Falls sie die Worte des Prinzen als Wahn empfand, so war das anscheinend ein Wahn, in dem sie sich einig waren.

»Wäre das denn genug?« Lady Julie lachte traurig und freudlos. »Ein Mann kann der Erde nur einmal sein Leben als Opfer für den Königsschwur anbieten, doch wer weiß, ob die Götter es annehmen werden? Euer eigener Vater ist in der Schlacht gefallen, um seine Grenzen zu verteidigen – wie sein Bruder vor ihm. Doch sie sind als Prinzen gestorben, ebenso wie ihre Mutter und alle ihre Vorfahren bis hin zu Clarin, ihrem Ahnherrn. Die Götter haben keine Notiz davon genommen. Das geheime Wissen, wie das Königsopfer vollzogen werden muss, ist längst begraben.«

»Die alte Lousielle glaubte, die Geheime Brut könnte dieses Geheimnis wieder entdecken«, wandte Benet beschwörend ein.

»Damals herrschte große Verzweiflung, mein Prinz.« Lady Julie schüttelte den Kopf. »Bissanty zugeneigte Verräter beherrschten Tielmarks Hof. Lousielle wusste, dass die Bissantiner sie noch vor Ablauf des Regierungszyklus aus dem Weg räumen wollten, damit sie bei ihrer jungen Tochter freie Hand haben würden. Doch statt ihren Argwohn zu wecken, indem sie sich offen widersetzte, ließ sie zu, dass sie sie umbrachten – versteht Ihr? All das nur, um der Brut bessere Aussichten auf Erfolg zu verschaffen.

In der Prinzennacht zerschmetterte die Geheime Brut die Bannflüche der Bissantiner, und Corinne erneuerte den Götterpakt. Sie zur Königin zu machen – wir haben darüber gesprochen, doch Corinne selbst war noch nicht bereit dafür. Und danach war es zu spät. Die Vorzeichen standen nicht günstig, und wir konnten es nicht schaffen.«

»Ihr wisst heute, dass die Brut damals mehr hätte tun sollen«, beharrte Benet. »Es ist nicht richtig, dass Tielmark weiterhin kurzen Regierungszyklen unterworfen und an ein Kaiserreich gebunden ist, das sich unser Land wieder einverleiben will. Die Zwillingsgöttinnen selbst haben Euch in jener Nacht gesegnet, Ihr hattet ungeheure Macht ...«

Die alte Dame schüttelte den Kopf. »Wir waren mächtig, aber, mein Prinz, wir hatten Lousielle die Treue geschworen, nicht einander. Nachdem wir der jungen Corinne dazu verholfen hatten, den Götterpakt zu erneuern, konnten wir nichts weiter bewirken. Lousielle war tot. Ohne ihre starke Hand konnten wir nicht mehr als geeinigter Zirkel zusammenarbeiten.« Lady Julie erschauerte. »Ich kann Euch nicht belügen, mein Prinz. Als jener Zyklus zu Ende ging, als die Prinzennacht sich neigte, wurde ein vergeblicher Versuch unternommen. Es war unser aller Wunsch, der jungen Corinne ein gestärktes Tielmark zu übergeben. Doch der Pfad von der Prinzessin zur Königin war nicht klar erkennbar, und Corinne war offensichtlich nicht bereit dafür, also haben wir uns dafür entschieden, nichts zu unternehmen.«

»Aber ihr hättet es tun können«, drängte der Prinz. »Und wenn ihr es damals nicht konntet, warum nicht heute? Der Monat des Götterkönigs Andion ist gekommen. Wenn die Sterne jemals richtig stehen, um ein Königtum zu erschaffen – dann muss jetzt der beste Zeitpunkt sein.«

Julie schüttelte den Kopf. »Die Geheimisse des Königtums sind längst verschüttet, doch es steht zumindest fest, dass es ungeheuer starker Magie bedarf, die Aufmerksamkeit der Götter zu erregen. Manche behaupten, das Königsopfer müsse mit einem ganz bestimmten, rituell erschaffenen Dolch dargebracht werden. Andere wiederum sagen, dass gar kein Leben geopfert werden muss, sondern ein Akt beispielloser Tapferkeit genüge. Wie sonst, so argumentiert diese Theorie, könnte ein Mann das ›Königsopfer‹ darbringen und weiterleben, sodass er die Krone tragen kann?

Es wird geflüstert, der künftige König könne bei der Opferzeremonie vertreten werden, und bedenkt: Tielmark hätte dafür zwei Prinzen zur Auswahl – Euch selbst, den Herrscher des freien Tielmark, und Prinz-ohne-Land, den die Bissantiner auf ihren Schattenthron gesetzt haben. Doch niemand weiß es mit Sicherheit.

Wenn Ihr mich fragt – es wurden viele Lieder über das königliche Rot verfasst. Vielleicht hätte ich in einem dieser Epen etwas entdecken können. Vielleicht hätte Delcora, Dervlas Mutter, ihre Archive durchsuchen und dort den Schlüssel zum Königtum finden können. Doch wir konnten uns nicht einigen und ließen den entscheidenden Augenblick verstreichen.

Mein Prinz – ich bedaure, Euch das sagen zu müssen, doch Eure Sehnsucht, den roten Pfad zu beschreiten, kommt zu spät. Die Prophezeiung nimmt schon viel zu lange den Weg des Verderbens für die Brut. Wir sind machtlos, daran etwas zu ändern.«

Gaultry hatte der Geschichte der alten Frau völlig hingerissen gelauscht. Ihre Großmutter Tamsanne hatte ihr bisher verheimlicht, welche Rolle sie in der Geschichte der Brut gespielt hatte, und es faszinierte sie, zumindest einen Teil davon aus dem Mund einer anderen Hexe des Zirkels zu hören. Doch diese Resignation – die konnte sie nicht ohne Widerspruch im Raum stehen lassen. »Die Prophezeiung der Brut betrifft nicht nur ihre ursprünglichen Mitglieder«, mischte sie sich wütend in die Unterhaltung ein. »Ihr habt eine Tochter und eine Enkeltochter. Wie könnt Ihr auch nur daran denken, die Prophezeiung einfach weiter ihren Lauf nehmen zu lassen? Als ihr der Brut euren Schwur geleistet habt, habt ihr euch damit zu Sklavinnen gemacht und euch der Erringung des Königtums verschrieben. Nicht nur Euch selbst, sondern auch Eure Nachkommen.« Sie trat aus dem Schatten und vergaß ganz, dass sie ja geduldig warten sollte, bis Benet sie ansprach.

»Tielmark hat sich von Bissanty abgespalten, um die Bande der Sklaverei abzuschütteln. Bevor ich nach Bissanty reiste, bedeutete mir dieser Kampf nicht allzu viel. Doch in Bissanty ...« Düstere Erinnerungen überkamen sie, sodass sie kaum mehr die richtigen Worte fand. »In Bissanty sah ich, wie ein Mann sich die

Hand abtrennte, um eine Freundin vor der Sklaverei zu bewahren. Ich sah unzählige Menschen, die so unglücklich waren, dass sie sich umgebracht hätten, wenn nicht der Bannfluch, der sie zu Sklaven machte, ihnen selbst das verwehrt hätte. Doch hier sitzt Ihr und lasst es Euch wohl ergehen – die Schlüssel zu Euren Ketten sind zum Greifen nahe, doch Ihr unternehmt nichts, um Euch oder die Erben Eures Blutes zu befreien. Ich hätte nie gedacht, dass ich einmal einen Tielmaraner für so feige oder einen Bissantiner für so aufrecht halten könnte –«

Benet unterbrach ihren Zornesausbruch. »Lady Gaultry. Ihr habt Euch zur rechten Zeit wieder zu uns gesellt.« Sie konnte ihm nicht ansehen, ob ihre Einmischung ihn erfreut oder verärgert hatte. Er streckte die Hand aus, und Tielmarks blau-weißes Wappen glitzerte auf seinem Siegelring. Gaultry bemühte sich um eine gelassene Miene, hielt ihm ihrerseits die Hand hin und verbeugte sich dann, um den Ring zu küssen.

»Mein Prinz«, sagte sie. »Verfügt über mich, wie es Euch beliebt.« Sollte er ihre Wut auf Lady Julie doch bremsen, wenn es das war, was ihm beliebte. Hatte er sie deshalb kommen lassen?

Er stellte sie förmlich der Sängerin vor und sorgte mit einem festen Druck seiner Finger dafür, dass sie vor der alten Dame das Knie beugte und ungeschickt knickste. »Gewiss erkennt Ihr die Enkelin Eurer alten Gefährtin im Zirkel, Tamsanne. Bitte verzeiht ihr ungestümes Auftreten. Sie ist eben erst aus Bissanty zurückgekehrt, wohin ich sie entsandt hatte, um Martin Stalker, Melaudieres Enkelsohn, von Tarrins Altar zu retten. Die Gräuel der Sklaverei sind ihr wohl noch allzu frisch in Erinnerung.«

»Lady Julie«, begann Gaultry verlegen, hin und her gerissen zwischen Wut und Verwirrung über die Worte des Prinzen. Wenn er die Geschichte so darzustellen wünschte, würde sie ihm nicht widersprechen – doch sie war gewiss nicht mit Benets Einverständnis, geschweige denn auf seinen Befehl nach Bissanty gereist. »Bitte verzeiht meine unbedachten Worte. Es ist mir eine große Ehre –«

»Allerdings«, sagte Lady Julie kühl. Auf ihrem Gesicht spiegelte sich eine Regung, die Gaultry nicht einordnen konnte. »Trete vor, ins Licht, wo ich dich sehen kann. Anscheinend hast du einige Züge deiner Großmutter geerbt, wenn auch nicht ihre Geduld.«

Gaultry kochte. Sie wusste so gut wie nichts über Tamsannes früheres Verhältnis zu dieser Frau, doch sie hörte aus ihrem Tonfall heraus, dass Lady Julie auf Kosten ihrer Familie einen heimlichen Scherz gemacht hatte. »Ich habe Tamsannes Blut geerbt«, erwiderte sie steif, und der Wunsch, die alte Dame zu besänftigen, war ebenso rasch verflogen, wie er entstanden war. »Und somit auch die Prophezeiung der Geheimen Brut. Ich weiß nur wenig über das Leben meiner Großmutter, doch da ich nun die Auswirkungen des bissantinischen Sklavenbanns mit eigenen Augen gesehen habe, kann ich mir nicht vorstellen, dass Tamsanne so etwas für mich heraufbeschwören wollte. Es überrascht mich, dass Ihr Euren Schwur so ganz anders betrachtet.«

Lady Julie warf Gaultry einen zweiten scharfen Blick zu. »Ich habe seit fünfzig Jahren keinen Sklaven mehr gesehen. Welch ein Glück, dass unser Prinz sich auf dich berufen kann, um meiner Erinnerung so lebhaft auf die Sprünge zu helfen.« Sie rieb sich den Rücken, als sei er vom langen Sitzen steif geworden, und wandte sich von Gaultry an Benet. »Das ist also das Mädchen, das Dervla am liebsten unten im Palasthof aufknüpfen würde? Da wünsche ich ihr viel Glück. Ich nehme an, die da wird sogar noch schwerer zu fassen sein als ihre Großmutter – als hätte es je irgendjemandem Spaß gemacht, sich Tamsanne entgegenzustellen.«

Der Prinz zog die Brauen in die Höhe. »Lady Gaultry kennt ihren Platz bei Hofe«, sagte er milde. »Sie hat gelernt, die Götter zu achten.«

»Die Götter zu achten?« Lady Julie schüttelte den Kopf. »Wie sehr muss Dervla sie hassen.« Sie warf Benet einen belustigten Blick zu. »Ihr seid sehr schlau geworden, mein Prinz. Es ist mitten in der Nacht, zu spät für eine alte Frau wie mich, um mit so einem kleinen Emporkömmling die Klingen zu kreuzen.«

Benet gestattete sich ein Lächeln. »Dann werdet Ihr mir also helfen?«

»Ja, aber nicht bei Dervla.« Lady Julie seufzte ergeben und schüttelte den Kopf. »Ich gebe mich nicht für Haarspaltereien her oder um auszuschnüffeln, welche ihrer Anschuldigungen berechtigt sind. Außerdem sollen Bissantiner Verräter ruhig einen Grund haben, sich zu fürchten. Wer weiß? Vielleicht kommt sie eines Tages noch über ihre kleinlichen Rachegelüste hinweg und enttarnt wirkliche Abtrünnige.« Sie streckte sich, ein wenig steif in den Gelenken.

»Wie dem auch sei«, fuhr sie fort, »die Königslieder – da könnte ich Euch vielleicht von Nutzen sein. Ich werde die Überlieferungen studieren. Diese alten Balladen sind nicht immer nur hübsch und geistlos. Eure eigenen Hofbarden könnten mir dabei helfen. Sie hüten ihre historischen Schätze äußerst eifersüchtig, doch wenn Ihr sie anweisen würdet, sie mir vorzutragen, könnte ich vielleicht etwas in Erfahrung bringen.«

»Meine Barden?«, fragte der Prinz überrascht. »Das sind doch nur Überbleibsel eines längst vergangenen Zeitalters. Unter meinem Vater wurden viele ihrer überlieferten Lieder von jüngeren Händen schriftlich festgehalten. Ich wüsste nicht, was sie Euch enthüllen könnten.«

»Eben darum«, erwiderte Lady Julie. »Genau deshalb sollten wir sie befragen.«

»Es ist lange her, seit sie zuletzt um ihre Darbietungen gebeten wurden«, bemerkte der Prinz zweifelnd. »Doch tut, was Ihr für richtig haltet. Ich werde ihnen befehlen, Euch Folge zu leisten.«

»Ich bin eine alte Frau.« Lady Julie erhob sich und knickste steif, offensichtlich zufrieden mit diesem Zugeständnis. »Ihr habt erreicht, was Ihr wolltet. Würdet Ihr mir jetzt meine wohlverdiente Ruhe gestatten?«

»Es steht Euch frei, zu gehen, wann Ihr wünscht«, sagte der

Prinz. »Ich möchte Euch nicht über Gebühr in Anspruch nehmen.«

Lady Julie gab einen Laut von sich, der verdächtig an ein Schnauben erinnerte, und knickste erneut.

Sie holte ihren Schal und ein in Leder gebundenes Liederbuch von der Sitzbank. Sie wandte sich zum Gehen und hielt noch einmal inne, um einen letzten Blick auf Gaultry zu werfen.

Die junge Jägerin trat unter dem prüfenden Blick der alten Frau unbehaglich von einem Fuß auf den anderen. Der Honigfresser, der während der gesamten Unterhaltung keinen Mucks getan hatte, wurde unruhig, und sie hätte ihn beinahe auf den gefliesten Boden fallen lassen. Lady Julie sah zu, wie sie ihn mühsam bändigte.

»Lady Gaultry, es ist Euch heute Abend gelungen, mich umzustimmen, doch Ihr begreift gar nicht, was der Prinz verlangt. Von uns verlangt, von der Brut.« Ihre dunkelbraunen Augen funkelten kalt, ja wütend. »Nun, da die Hälfte der alten Hexen nicht mehr ist, wird es sehr schwierig sein, diese Antwort zu finden.«

»Ihr seid noch am Leben«, erwiderte Gaultry erregt. »Und Gabrielle von Melaudiere, dazu noch Tamsanne. Gerüchten zufolge lebt auch Richielle noch. Vielleicht weiß sie etwas.« Richielle, die siebte Hexe des ursprünglichen Zirkels, war eine geheimnisumwitterte Gestalt, von der es hieß, sie sei schon am Ende des letzten Zyklus alt gewesen.

Die zierliche Dame strich mit dem Daumen über ihr Liederbuch und holte tief Luft. »Richielle – wenn die Götter uns gewogen sind, ist die Ziegenhirtin schon lange mitsamt all ihren Geheimnissen tot und begraben. Die Geheimnisse des Königtums wieder zu entdecken, dürfte auch ohne sie Schrecken erregend genug werden.« Sie rauschte abrupt an der jungen Jägerin vorbei und war verschwunden.

Der Prinz sank auf die Bank, von der Lady Julie aufgestanden war, und zog seine Gemahlin auf den Platz neben sich. Die Prinzessin wahrte ihre undurchdringliche Miene, doch ihre Finger suchten Trost bei ihm. Er blickte voll zärtlicher Sorge auf seine junge Frau, nahm ihre Hand und drückte sie an sein Herz, womit er zu erkennen gab, wie viel bei dieser Unterredung auf dem Spiel gestanden hatte.

»Sie scheint sich wirklich zu fürchten«, bemerkte Gaultry leise. Sie wandte den Blick zur Tür, um den beiden einen Moment Zeit zu geben, sich wieder zu fassen. »Warum hat meine Schilderung der Sklaverei sie so beeindruckt?«

»Sie wollte überzeugt werden«, entgegnete der Prinz. Er strich Lily ein letztes Mal über die Hand, erhob sich dann von der Bank und kehrte zu seinem herrschaftlichen Stuhl unter dem Kronleuchter zurück. Als er sich darauf niederließ, nahm sein Gesicht einen kühlen Ausdruck an, und die geraden, dunklen Brauen zogen sich streng zusammen. Gaultry fühlte, wie der Mut sie verließ. Das beengte Gemach, das während Lady Julies Unterredung immer wärmer geworden war, kam ihr plötzlich stickig vor. Die Zeit ihrer eigenen Schelte war gekommen.

»Ich bin dem Wandersmann in Melaudieres Krankenzimmer begegnet«, begann der Prinz beinahe im Plauderton. »Er setzte mich nur sehr ungern über die Umstände Eurer Ankunft in Princeport und die Anzahl Eurer derzeitigen Begleiter in Kenntnis.« Er schüttelte den Kopf. »Dass Ihr Euch ohne Erlaubnis vom Hof entfernt habt, als die Untersuchung mehrerer Morde beginnen sollte, hätte als Affront gegen meine Autorität schon ausgereicht – selbst wenn Ihr dabei nicht den Hauptverdächtigen gleich mitgenommen hättet. Was soll ich tun? Eure Rückkehr zu diesem Zeitpunkt, mit eben jenem jungen Mörder im Schlepptau, unterstreicht nur Euren Ungehorsam.«

Gaultry fiel auf die Knie. »Euer Hoheit«, erklärte sie hastig, »es war nie meine Absicht, *Euch* ungehorsam zu sein. Aber ein Leben stand auf dem Spiel. Martin –«

»Wenn es hier nur um den Wandersmann ginge, würde ich Euch vermutlich dafür loben«, unterbrach der Prinz sie trocken. »Ich verdanke ihm mein Leben. Euch ihm hinterherzuschicken wäre das Mindeste gewesen, und ich hätte gewiss noch sehr viel mehr für ihn getan, wenn ich die Gelegenheit dazu gehabt hätte. Doch Ihr seid nur zum Teil deswegen geflohen, um Martin zu retten. Allen weisen Ratschlägen zum Trotz habt Ihr eigenmächtig beschlossen, den Jungen zu beschützen – das junge Ungeheuer, welches unschuldige Kinder vom Blut der Geheimen Brut, dem Ihr selbst angehört, grausam ermordet hat.«

»Martin in Sicherheit zu bringen war mein wichtigstes Anliegen«, wehrte sich Gaultry. »Und Tullier – der Junge war nie mehr als eine Spielfigur. Bei der Ehre der großen Eliantë kann ich reinen Gewissens schwören, dass er die Morde an Destra Vanderive und ihren Kindern nicht begangen hat. Das war sein Sha-Muira-Meister. Ein Mann, den Tullier seinerseits getötet hat.«

Benet schüttelte den Kopf. »Der Junge war ein ausgebildeter Sha Muira. Der mörderische Frevel war in ihm. Doch das ist nebensächlich. Was meint Ihr, wie mein Hof diese Tatsachen aufgefasst hat? Selbst wenn der Junge die Vanderives nicht ermordet hat, so ist doch mein gesamter Hof Zeuge geworden, als er ein noch größeres Sakrileg beging. Beim Fest der Emiera hat er versucht, das Wohlwollen zu verderben, das die Zwillingsgöttinnen mir entgegenbringen. Ich hätte an jenem Tag die Ernte eines gesamten Sommers ruinieren können. Wundert es Euch da, dass meine Hohepriesterin Euch eine Verräterin schimpft?«

»Nein, mein Prinz.«

»Nun denn – erklärt Euch!«

»Mein Prinz«, sagte Gaultry leise. »Die Verschwörung, in die der Junge an jenem Tag verwickelt war, stellt gewiss ein Vergehen gegen die Götter dar. Doch ich war die Erste, die damals Alarm schrie. Wenn Ihr mir nur glauben würdet –«

Benet fiel ihr ins Wort. »Der Junge hat vor meinem versammelten Adel den Dolch gegen mich erhoben. Wie könnte ich ihm das verzeihen?«

»Ich bitte Euch nicht darum, ihm zu verzeihen«, sagte Gaultry, die bei diesem Trommelfeuer von Fragen allmählich in Panik geriet. Dieses Gespräch zielte in Richtung auf Tulliers größte

Angst – die Ausweisung nach Bissanty, einen kurzen Prozess, die Hinrichtung. »Doch ich flehe Euch an, ihn zu begnadigen. Tullier war nur ein Werkzeug Bissantys. Ihr könnt den Bissantinern schweren Schaden zufügen, wenn Ihr ihnen dieses Werkzeug aus den Händen –«

»Ihr riskiert Euren Ruf, indem Ihr ihn beschützt«, erwiderte Benet unerbittlich. »Ich bin selbst eben erst wieder an die Macht gelangt, und wir sind immer noch mit der Jagd auf Bissantiner Verräter beschäftigt. Doch Ihr kehrt plötzlich an den Hof zurück, der Junge steht noch immer unter Eurem Schutz, und was ist Eure erste öffentliche Handlung? Ihr bandelt vor aller Augen mit der kleinen Vaux-Torres an, sodass ich es unmöglich übersehen kann!«

Gaultry starrte entsetzt zu ihm auf. »Was hat denn Elisabeth Climens damit zu tun?«

»Sie ist die Tochter der Herzogin von Vaux-Torres. Und Vaux-Torres steht im Zentrum von Dervlas Anschuldigungen –«

Zum Glück ergriff die Prinzessin für Gaultry Partei. »Du kannst Lady Gaultry nicht die Schuld daran geben, dass Sir Ronsars sie der kleinen Climens zugeführt hat«, mischte sie sich ein. Sie nahm neben ihrem Gemahl Platz, zupfte den feinen Stoff ihres Kleides zurecht und strich ihn mit einer zärtlichen Geste über ihrem Bauch glatt. »Und da Lady Gaultry eben erst nach Princeport zurückgekehrt ist, konnte sie von den jüngsten Beschuldigungen der Hohepriesterin gar nichts wissen.«

Der Prinz warf Gaultry einen Blick zu. »Nun?«

Sie holte tief Atem. Wenn sie ihn überzeugen wollte, durfte sie nicht hitzig sprechen. »Mein Prinz, ich glaube aus tiefstem Herzen, dass Tullier Eure Gnade verdient hat. Und ich bin sicher, wenn Ihr erst alles gehört habt, was ich aus Bissanty zu berichten weiß, werdet Ihr gewiss einsehen, dass es klug wäre, ihm gegenüber Milde walten zu lassen. Ich kann Euch nur darum bitten, mich anzuhören, bevor Ihr über sein Schicksal entscheidet.

Was Elisabeth Climens angeht – ohne stichhaltige Beweise darf sie nicht für die Allianzen ihrer Familie verantwortlich gemacht werden, egal, wie verdächtig diese erscheinen. Ich schäme mich nicht dafür, dass ich mit ihr gesprochen habe. Wenn Ihr meine Meinung hören wollt, würde ich sagen, dass sie den Gerechtigkeitssinn einer treuen Untertanin Tielmarks hat. Was hätte sie schon zu gewinnen, wenn sie bei Hofe ausharrt, falls die Gerüchte sich als wahr erweisen?«

Der Prinz lächelte schwach und wirkte plötzlich sorgenvoll. »Elisabeth ist ein gutes Mädchen«, sagte er. »Es wird sich noch herausstellen, ob man dasselbe von ihrer Mutter behaupten kann.«

Er bedeutete Gaultry, sich zu erheben und Lady Julies alten Platz auf der Bank einzunehmen. »Ihr könnt Euch jetzt von den Knien erheben, Lady Gaultry, und es Euch bequem machen. Wenn Lady Julie mit ihren düsteren Vorhersagen Recht hat, werdet Ihr in den kommenden Tagen all Eure Kraft brauchen.«

Der Prinz nahm die zarte Hand seiner Gemahlin und schöpfte Kraft aus ihrer Nähe. Als er sich wieder Gaultry zuwandte, glänzten seine Augen im Kerzenschein. »Und jetzt«, sagte er, »wünsche ich alles zu hören, was Ihr in Bissanty erfahren habt.«

9

Die Flure des Sommerpalastes waren herrlich kühl nach der Hitze und dem Gedränge im Zwillingspalast. Hier gab es keine Wächter, keine Bittsteller, keine neugierigen Höflinge. Nur Gaultry und die flackernde Öllampe, die sie aus der kahlen, mit Stein verkleideten Halle des Gebäudes mitgenommen hatte. Sie ging rasch; ihre Schritte hallten laut und zielstrebig auf den alten steinernen Bodenfliesen, und die Lampe warf schwache Schatten an die hellen, verputzten Wände. Ihre Arme fühlten sich ohne das Gewicht des Honigfressers leer an. Zu ihrer Erleichterung hatte dic Prinzessin sich sehr gefreut, als sie ihr das kleine Tier zum

Geschenk gemacht – oder, wenn man es angemessener präsentiert hätte, als es Gaultry gelingen wollte, als Tribut an ihre bedeutende Position verehrt hatte.

Die Unterredung mit dem Prinzen war besser verlaufen, als Gaultry zu hoffen gewagt hatte. Ihr Ungehorsam war vergeben. Und ganz unerwartet hatte Benet ihr sein Siegel anvertraut, eine kleine, blau-weiße lederne Wappenmarke, geprägt mit seinem persönlichen Siegel und ihrem Zeichen; dieses Siegel würde ihr innerhalb Tielmarks das Reisen sehr erleichtern, falls das wieder einmal nötig sein sollte. »Ich werde dieses Siegel nicht für immer in Eure Hände geben«, hatte er streng erklärt. »Aber falls Ihr Euch wieder einmal ohne jede Vorwarnung davonmacht, brauche ich mir in diesen schwierigen Zeiten nicht auch noch die Mühe zu machen, irgendeine Erklärung für meine Minister zu erfinden.« Gaultry war dankbar für diesen greifbaren Beweis seines Vertrauens.

Doch vor allem war Tullier erst einmal in Sicherheit. In dieser Sache hatte Lily ungewohnten Widerspruch geäußert, doch Benet war nicht blind für die politischen Vorteile, die damit verbunden waren, einem geflohenen Bissantiner Thronerben an seinem Hof Zuflucht zu gewähren. Er hatte sich bereit erklärt, sein Urteil über den Jungen aufzuschieben, zumindest, bis er Gelegenheit gehabt hatte, Tullier persönlich anzuhören. Für den Augenblick war der Junge erst einmal sicher.

Gaultry kam durch einen steinernen Gewölbegang und verbeugte sich kurz vor dem dort eingelassenen kleinen Schrein, der mit zwei frisch geschnittenen Zweigen umwunden war, Eiche und Esche der Zwillingsgöttinnen. *Ich danke Euch wieder einmal für meine Rettung*, betete sie. *Und dass Ihr jene errettet habt, die ich liebe.* Der Prinz hatte sie für die Befreiung Martins aus bissantinischen Ketten gelobt. Sie errötete. Das Bild des Prinzen, so ernst und ruhig, legte sich über die Erinnerung an Martin, wie sie ihn damals gefunden hatte, angekettet im Dunkel des bissantinischen Tempels und mit dem grauen Wolf, der im Schatten an seine Seite festgebunden gewesen war. Der Prinz hatte in so feierlichem Ton von ihrer Reise gesprochen, doch die Prinzessin – Lilys dunkle Augen hatten wissend in die ihren geblickt. *Du hast deinem Herrn gut gedient,* hatte dieser Blick sagen wollen. *Doch mir kannst du nicht vormachen, dass du um Benets willen dem Wandersmann nachgereist bist.*

Gaultry hatte sich gewunden, denn es war ihr peinlich, dass die Prinzessin ihre Gefühle so offensichtlich fand. Doch sie wusste, dass die Prinzessin schüchtern und mutig zugleich war. Sie konnte nur hoffen, dass Lilys schüchterne Seite sie daran hindern würde, Gaultrys und Martins traurigen Fall eingehender mit ihrem Mann zu besprechen.

Sie kam um die letzte Ecke und näherte sich ihren eigenen Gemächern. Vor ihr flammte plötzlich rote Glut in einem Wandleuchter auf, den man einfach hatte ausbrennen lassen; die plötzlich auflodernden Flammen erschreckten sie. »Welcher Narr –?«, rief sie aus und eilte hinüber, um die Flammen zu ersticken, bevor sie die Wand dahinter ansengen konnten. Sie löschte das Feuer mit dem eisernen Fuß ihrer Lampe, wobei sie sich fast die Finger verbrannte. Die roten Kohlen funkelten wütend auf und erkalteten dann wieder.

Sie starrte die erloschene Wandfackel an und begann zu zittern, als ihr die volle Bedeutung ihrer Unterredung mit Benet endlich bewusst wurde. »Welch ein Wahnsinn«, murmelte sie. »Mittsommer-Wahnsinn.«

Eine so gewaltige Änderung in der Herrschaft eines Landes wie die vom Fürstentum eines Prinzen zum Königreich konnten nur die Götter bewirken. Wenn das Benets Ziel war, so hatte er es sehr hoch gesteckt. Erst jetzt erkannte sie, dass die goldenen Scheibchen mit der Sonne darauf, die zum Mittsommerfest allen Feiernden Glück bringen sollten, ein versteckter Hinweis darauf waren, dass Benet den Ehrgeiz hatte, den Götterkönig Andion auf sich aufmerksam zu machen. Wäre das jedem bei Hofe, der dic Verschränkungen von Religion und Politik durchschaute, ebenso rasch aufgefallen? Vielleicht war der Hinweis gar nicht so versteckt gewesen. »Eine große Dame wie Lady Julie zu drängen, die Königsmacherin zu spielen. Zu wünschen, dass ich meinem Prinzen diene, indem ich selbst dabei mitspiele ... Lady Julie hat es selbst gesagt. Ich weiß nicht, was ich da tue.« Plötzlich sah sie Benet als gekrönten König vor sich, während über ihm die rote Sonne Andions aufging. Dieses Bild war erfreulich – und zugleich erschreckend.

Sie erstickte die letzte Glut in dem Halter und ging weiter auf ihre Tür zu.

Es war einfach, gehorsam zu nicken, wenn eine so energische alte Dame wie die Herzogin von Melaudiere ihr sagte, Benet müsse König werden. Es war auch vergleichsweise einfach, nach Bissanty zu reisen und mit eigenen Augen das grausame Schicksal zu sehen, welches ganz Tielmark drohte, wenn die kaiserlichen Mächte es wieder in ihren Besitz brächten.

Doch zu hören, wie Benet sich dem blutigen Pfad des Königtums verschrieb, zu erfahren, dass er sie und die Brut als sein wichtigstes Mittel auf dem Weg dorthin betrachtete – das war eine Verantwortung, die sie nicht so leicht auf sich nehmen konnte. Und sie hätte auch nicht erwartet, dass er ihr diese Verantwortung in so privatem Rahmen auferlegen würde.

Sie hatte erwartet – befürchtet –, von seinem Ministerrat verhört zu werden. Diese private Unterredung drückte Benets Wunsch aus, dass seine Pläne noch nicht enthüllt werden sollten, und zugleich ein Vertrauen in Gaultry, von dem sie nicht sicher war, ob sie es verdiente.

Als sie endlich vor ihrer vertrauten Tür stand, hatten diese Gedanken sie zutiefst erschöpft. Sie war froh, als sie das tröstliche grüne Kupfer der Doppelspirale, das Zeichen der Großen Zwillinge, am Riegel ihrer eigenen Tür hängen sah. Der Salon dahinter war warm und sauber, Kohlen glühten im Kamin, und ein rotes Gewand lag einladend über dem ein wenig abgewetzten Diwan. Eine große Kupferwanne mit einem schützenden Handtuch darüber stand schon auf den Kacheln vor dem Kamin bereit und verriet, dass das Gemach zurzeit bewohnt war. Gaultrys Herz machte einen kleinen Freudensprung. Nur eine Person würde diesen Raum so selbstverständlich benutzen.

»Mervion?«, rief sie. »Mervion, ich bin wieder da!«

Niemand antwortete ihr. Die Tür, die zum abgetrennten Schlafzimmer der Schwestern führte, war verschlossen, und die Tür zum Studierzimmer stand leicht offen, doch der Raum dahinter war dunkel. Erstaunt ging Gaultry auf die Terrasse, die zum Wildpark hinausging. »Mervion?«, rief sie wieder.

Der untergehende Mond tauchte die Landschaft in tiefe Schatten. Aus den Augenwinkeln nahm sie eine Bewegung wahr – eine Hirschkuh, die hinter einer Reihe von Bäumen Schutz suchte. Hinter dem groben Umriss der Parkmauer, weit unter den Felsen, schimmerte verlockend die nächtliche See. Sie stand ganz still auf der Terrasse und lauschte. Die ferne Brandung, die sich an den Klippen unterhalb der Mauer brach, konnte die leisen Geräusche eines Parks nicht übertönen, der im Mondlicht ruhte. Grillenzirpen und die leisen, friedvollen Laute des äsenden Wildes wurden von der sanften Brise herangetragen.

Nichts deutete darauf hin, dass Mervion irgendwo dort draußen war.

Gaultry ließ die Terrassentür offen und ging wieder hinein. Es war schon zu spät, um zu Martins Haus zurückzukehren. Sie würde hier übernachten und Martin vielleicht am nächsten Morgen in den Gemächern der Herzogin treffen, bevor sie zu den anderen zurückging.

Sie löste ihr Haar, schlüpfte aus den Schuhen und streckte sich auf dem Diwan aus.

Das Parfüm ihrer Schwester hing in den Falten des abgelegten Morgenrocks. Gaultry fühlte sich ein wenig einsam und zog den Morgenrock als Ersatz für eine Decke über sich. Es schien eine Ewigkeit her zu sein, seit sie ihre Schwester zuletzt gesehen hatte.

Mervion konnte nicht weit sein. Sie hätte sich kein Bad bringen lassen – ein großer Luxus in einer Nacht, in welcher die meisten Dienstboten feiern wollten – und es dann einfach stehen lassen. Sie würde ihre Schwester bestimmt gleich wieder sehen.

Gaultry schmiegte das Gesicht in die Hände. Sie wusste nicht, welche Rolle ihre Schwester in Benets Plänen spielen mochte. Benet hatte sie mit keinem Wort erwähnt, daher wusste Gaultry nicht einmal – und hatte auch nicht daran gedacht, ihn zu fragen –, ob er für Mervion überhaupt eine Rolle vorgesehen hatte. Sie schämte sich ein wenig, als ihr das auffiel, denn es schien beinahe so, als habe sie ihre Schwester verraten.

Sie hatte sich schon immer stark auf Mervion verlassen. Als der jüngere Zwilling hatte sie geglaubt, Mervion sei ihr immer einen Schritt voraus.

Jetzt kannte sie sich besser, und nichts war mehr so einfach.

Als sie noch Kinder gewesen waren, war Gaultry die Schüchterne gewesen, während Mervion mehr aus sich herausging – daher hatte Gaultry viele Aufgaben gemieden, die ihr unangenehm waren. Wenn im Wald von Arleon Markttag war und die kleinen Zwillinge aus dem Schutz des tiefen Waldes heraustraten, klammerte sich Gaultry, die vor Schüchternheit kein Wort herausbrachte, an Tamsannes Rockzipfel. Das führte dazu, dass der größte Anteil echter Arbeit an Mervion hängen blieb.

Gaultry glaubte damals immer, sie müsse dankbar für Mervions Unterstützung sein, doch sie hatte kaum je darüber nachgedacht, wie selbstverständlich sie darauf gezählt und sich zunehmend darauf verlassen hatte.

Nun hatte ihr das jüngste Abenteuer mit Tullier bewiesen, dass sie diese Unterstützung sogar einforderte, ob Mervion damit einverstanden war oder nicht.

Der Prinz mochte sie dafür loben, dass sie Tullier gerettet hatte, und es war tatsächlich Gaultry gewesen, deren Eingebung diese Rettung zu verdanken war.

Doch eigentlich war es Mervion gewesen, die sowohl die Kraft geopfert als auch das Wissen beigesteuert hatte, das dazu nötig war.

Im Nachhinein erkannte Gaultry, dass ihre Schwester Tullier nicht hatte retten wollen. Wo Gaultry ein leidendes Kind entdeckt hatte, hatte Mervion nur einen Sha-Muira-Krieger gesehen, der sich seiner Aufgabe so gründlich verschworen hatte, dass er sich selbst lieber vergiften wollte, als um sein Leben zu kämpfen und dabei möglicherweise seinen Feinden lebendig in die Hände zu fallen. Im Gegensatz zu Gaultry hätte Mervion das Gift einfach seine Wirkung tun lassen.

Jenes Gift war das Geschenk der Göttin Llara an die Sha Muira: Es war so zerstörerisch, dass selbst die Macht ihrer *Glamour*-Seele nicht ausreichte, um es aufzuhalten. Doch mit Mervions Hilfe – mit der vereinten Macht zweier *Glamour*-Seelen – war es gelungen.

Sie hatte Mervion kaum eine Wahl gelassen.

Gemeinsam hatten sie tatsächlich die Macht gehabt, das Gift in ihm aufzuhalten, doch dieser Erfolg hatte sie beide mehr gekostet, als Gaultry vorher erahnt hatte ... und darum war das, was Gaultry getan hatte, sogar noch schlimmer.

Bitte oder Forderung – was auch immer es gewesen war, sie hatte Mervion dazu gezwungen, ihr zu helfen und Tullier zu retten.

Gaultry starrte in die Glut und wünschte, Mervion würde endlich zurückkehren.

In Bissanty hatte sie mit angesehen, wie Tulliers Halbbruder und Halbschwester – Zwillinge, genau wie sie und Mervion – miteinander um die Macht rangen, die sie hätten teilen können, und sich dabei selbst zerstörten. Sie fürchtete, einen ähnlichen Pfad eingeschlagen zu haben, indem sie Mervions Zauberkraft so achtlos an sich riss.

Sie musste möglichst bald mit Mervion sprechen – und sich zumindest dafür entschuldigen.

Der warme Salon war behaglich und vertraut. Gaultry glitt

langsam in den Schlaf hinüber, und albtraumhafte Bilder aus den letzten Wochen zogen durch ihren Geist: Martin, an den riesigen Wolf gefesselt; die weiße Columba, einer der Zwillinge, die sie mit ihren dunklen Augen wütend anfunkelte und Gaultry vorwarf, ihrem eigenen Zwilling die Kraft auszusaugen; die weiten, öden, sumpfigen Landstriche, durch die sie sich gekämpft hatten, um Tielmark zu erreichen; die Sumpfsklaven in Bissanty, die bis zu den Oberschenkeln in schwarzem Wasser standen, um den Reis zu ernten …

Eine Hand legte sich auf ihre Schulter, und die Lippen eines Mannes streiften sanft, aber beharrlich ihre Wange. »Du solltest dieses Bad genießen«, flüsterte eine Stimme zärtlich an ihrem Ohr. »Sonst muss ich mich bei Helène und Jene dafür entschuldigen, dass sie es umsonst bereitet haben.«

Gaultry schlug mit einer Hand nach ihm, um ihr Gesicht zu schützen, fuhr hoch und wich ans andere Ende des Diwans zurück. »Coyal!«, rief sie. »Bei Eliantés Speer! Was habt Ihr denn hier zu suchen?«

Es ehrte den jungen Ritter, dass er fast noch schneller zurückfuhr als Gaultry. Er hatte sich auch rascher wieder gefasst als sie. »Lady Gaultry.« Er wich noch weiter zurück und lächelte gezwungen. »Ich bitte tausendmal um Vergebung. Seit wann seid Ihr wieder in Tielmark?«

Coyal Memorant. Gaultry hatte ihn zuletzt beim Fest der Emiera gesehen, vor und während Tulliers Attacke. Zunächst war er einherstolziert wie ein preisgekrönter Kampfhahn – und dann hatte er gekämpft wie ein Löwe. Sie erinnerte sich daran, dass er ihr das Leben gerettet hatte, indem er sich dem Dolch in den Weg warf, den Tullier ihr in den Rücken hatte stoßen wollen. Die Narbe, eine sauber verheilte rote Linie, zog sich von seiner Braue bis zu seinem Ohr, mit einem Knick in den äußeren Winkel seines linken Auges. Sie hatte sein gutes Aussehen nicht ruiniert, stellte Gaultry mit eigenartigem Bedauern fest. Bei einem anderen Mann hätte sie wild und verwegen gewirkt. In Coyals jungenhaftem Gesicht, unter seinen goldenen Locken jedoch – da ließ sie ihn verletzlich und freundlich erscheinen.

Welch eine Wandlung bei einem Mann, der sich im jüngsten Konflikt noch auf die Seite der bissantinischen Feinde geschlagen hatte.

Sie biss sich auf die Lippen, während ihre Gedanken rasten und sie überlegte, was sie jetzt sagen sollte.

Mehr als eine lahme Wiederholung brachte sie nicht zustande. »Was habt Ihr hier zu suchen? Warum habt Ihr nicht angeklopft?« Abgesehen von den offensichtlichen Gründen. Sie knüllte Mervions Morgenrock zusammen und schleuderte ihn hinter die Kupferwanne. »Wo ist meine Schwester?«

Coyal schenkte ihr ein weiteres gezwungenes Lächeln. »Ich nehme an, Euch ist es gelungen, an Ronsars vorbeizukommen und Lady Julies Darbietung zu hören. Wir übrigen Ausgestoßenen hatten nicht so viel Glück.«

»Mervion war nicht eingeladen?«, fragte sie verwundert. Dann staunte sie erneut – über sich selbst. Ihre Unterredung mit dem Prinzen hatte sie so sehr in Anspruch genommen, dass ihr nicht in den Sinn gekommen war, der Abwesenheit ihrer Schwester eine tiefere Bedeutung beizumessen. »Was geht hier vor sich?«, fragte sie. »Martin sagte, sie habe Benet auf dem Schiff begleitet. Und Ihr wollt mir erzählen, sie müsste um Einladungen betteln? Bei den Göttern, wie kommt Ihr dazu, Mervion als Ausgestoßene zu bezeichnen?« Dann fiel ihr Ronsars wieder ein, und sie runzelte die Stirn.

Coyal warf ihr einen unfreundlichen Blick zu. »Sie hatte es nicht leicht am Hof, seit Ihr sie im Stich gelassen habt. Und tut ja nicht so, als hättet Ihr das nicht bedacht. Ihr findet immer Gehör beim Prinzen. Eure Schwester – für sie gilt das nicht.«

»Das ist nicht wahr. Ohne unsere Magie wären er und Lily niemals vermählt worden. Benet vertraut uns –« In einem Augenblick erschreckender Klarheit begriff sie, dass das nicht stimmte: Zwar hatte die Macht beider Zwillinge zusammengewirkt, um bei der Hochzeit den entscheidenden Zauber zu vollbringen, doch hatte Gaultry den Bannflüchen des verräterischen Kanzlers widerstanden, Mervion hingegen nicht. Für Gaultry spielte das keine große Rolle – schließlich war Benet selbst den bösen Zaubereien unterlegen, und nur Gaultrys Liebe zu ihrer Schwester hatte ihr die Kraft verliehen, diesen zu widerstehen. Doch aus Benets Blickwinkel, möglicherweise auch durch die Einflüsterungen von Ratgebern wie Dervla und Ronsars verzerrt, war Mervion ihr Versagen offenbar nicht so leicht nachzusehen.

»Mit Euch brauche ich über solche Dinge nicht zu sprechen«, sagte Gaultry hitzig. »Ich will nur mit meiner Schwester sprechen.«

»Mit mir?«

Gaultry fuhr unendlich erleichtert zur Tür herum, doch was sie dort sah, ließ ihr Lächeln unsicherer Besorgnis weichen. Ja, es war Mervion, die in der Tür stand, doch sie war nicht allein. Neben ihr stand eine kleine, spatzenhafte Frau mit runzeligem Gesicht, kräftigen Händen und durchdringenden dunklen Augen. »Tamsanne!« Gaultry hatte nicht gewusst, dass ihre Großmutter in der Hauptstadt war – Benet hatte es ihr jedenfalls nicht gesagt. Zu spät erwachte ein tiefes Misstrauen in ihr. Warum hatte der Prinz Tamsannes Ankunft nicht erwähnt?

Sie wäre am liebsten Mervion in die Arme gefallen, doch in Gegenwart von Tamsanne und Coyal zögerte sie. Sollte sie ihn ihr vorstellen? Nein, sie erkannte an dem Nicken, mit welchem Tamsanne bei ihrem Eintreten Coyal begrüßte, dass die beiden sich bereits kannten.

Tamsanne bot Gaultry eine trockene Wange zum Begrüßungskuss. Zumindest diese Geste war ihr vertraut. Obwohl die alte Frau ihre Enkelinnen sehr liebte, drückte sie ihre Zuneigung selten körperlich aus.

Gaultry zögerte erneut. Sie wollte ihre Großmutter sehr gern auf die Wange küssen, doch so viel war geschehen, seit sie sich zuletzt gesehen hatten. »Großmutter«, sagte sie zurückhaltend. Genau dies war einer der Gründe für ihr Zögern. Als sie Tamsanne zum letzten Mal gesehen hatte, hatte sie die alte Frau – die sie und Mervion allein großgezogen hatte – noch für ihre Großtante gehalten. Tamsanne hatte ihnen so vieles verheimlicht, um sie vor dem drohenden Verhängnis der Brut zu beschützen.

Tamsanne, die nun ihrerseits zögerte, nahm schließlich Gaultrys Hände. Ihr Blick huschte zu Coyal, als wolle sie Gaultry daran gemahnen, dass sie nicht allein waren. »Meine wunderschöne Enkelin.« Ihre starken Hände drückten die von Gaultry ein wenig begierig. »Du bist in jeder Hinsicht größer und schöner geworden, seit ich dich zuletzt gesehen habe.«

Gaultry küsste sie nun zärtlich und wünschte, Coyal möge sich in Luft auflösen. Sie hatte so viele Fragen – und nicht alle waren angenehmer Natur.

»Gaultry. Wir hatten schon von deiner Ankunft gehört und haben uns gefragt, wann du bei uns erscheinen würdest.« Mervion trat vor und drückte sie kurz an sich. Sie duftete nach Rauch, als habe sie eben an einem Feuer gesessen. Gaultry erwiderte die Umarmung und vergrub das Gesicht für einen Augenblick im Haar ihrer Schwester. Sie waren genau gleich groß, und die Umarmung war so eng, dass Gaultry den beschleunigten Herzschlag ihrer Schwester spüren konnte. Hatte Mervion diesem Wiedersehen ebenso unruhig entgegengeblickt wie sie? Natürlich. Als ihre Schwester die Hälfte ihrer *Glamour*-Seele Tullier geliehen hatte, war sie vermutlich der Meinung gewesen, diese großzügige Gabe schon bald zurückzubekommen. Sie hatte gewiss nicht damit gerechnet, dass Gaultry sich mit ihm auf und davon machen und gut sechs Wochen in Bissanty herumreisen würde. Wie war es ihr wohl ergangen, als sie am Hof gewartet hatte, während die letzten Monde auf- und wieder abzogen und sie sich fragen musste, ob Gaultry überhaupt bemerken würde, welches Opfer sie gebracht hatte?

»Ich … ich bin hergekommen, sobald ich mich vom Schmutz

der Straße befreit hatte«, sagte Gaultry. »Tullier – den Sha-Muira-Jungen – habe ich auch mitgebracht.« Sie ließ ihre Schwester los, sah ihr tief in die Augen und versuchte, ihr so ihre Gefühle, ihre Reue mitzuteilen. »Ich weiß, dass ihr beiden noch etwas zu klären habt.«

An der Erleichterung, die sich auf Mervions Gesicht spiegelte, erkannte Gaultry, dass zumindest ein Teil ihrer stummen Nachricht angekommen war.

»Ich weiß, du warst nicht überzeugt davon, dass es richtig war, ihn zu retten«, fuhr Gaultry gehemmt fort. Sie warf wieder einen Blick auf Coyal und fragte sich, wie weit ihre Schwester ihn ins Vertrauen gezogen hatte. Sie selbst war keinesfalls bereit, ihm Tulliers Geheimnis anzuvertrauen, von ihrem eigenen ganz zu schweigen. Doch was sollte sie hier und jetzt Mervion sagen – Mervion, der sie wahrlich eine Erklärung schuldete? »Aber Tullier ist wichtiger, als es auf den ersten Blick erschien. Ich habe eben Benet Bericht erstattet, und er hat mir – uns – seinen Segen für das gegeben, was wir getan haben.« So – das war wohl angemessen diskret.

»Tatsächlich?« Mervion blickte erst überrascht, dann misstrauisch drein. »Was genau hast du ihm denn gesagt?«

Gaultry hätte viel darum gegeben, jetzt mit Mervion allein zu sein und ihr erklären zu können, was sie gefühlt und gedacht hatte seit dem Moment, da ihr Mervions riskanter Einsatz – der Verlust ihrer halben magischen Kräfte – zur Rettung Tulliers bewusst geworden war. »Alles, was wichtig war.« Sie errötete. Während der gesamten Unterredung hatte sie kaum an Mervion gedacht, und sie war nicht einmal darauf gekommen, dass sie vielleicht ein gutes Wort für ihre Schwester hätte einlegen sollen.

»Ist mein Name überhaupt erwähnt worden?«

Gaultry wusste nicht, was sie darauf antworten sollte. Es entstand eine verlegene Pause. Die kühle Miene ihrer Schwester verbarg, was sie dachte. Wie immer sah sie wunderhübsch und völlig gefasst aus. Nichts von den Kümmernissen, die Coyal beklagt hatte, spiegelte sich in ihrem Gesicht wider. Und doch, so wenig Gaultry den jungen Ritter mochte, sie konnte sich nicht vorstellen, weshalb er sie belügen sollte. »Benet hat mit mir vor allem von der Zukunft gesprochen, nicht von der Vergangenheit.«

Mervion trat einen Schritt zurück. »Ich habe dich vermisst, Gaultry.« Diese Worte hätten noch süßer geklungen, wäre sie dabei nicht einen weiteren Schritt zurückgewichen, um nach Coyals Hand zu greifen. »Da du jetzt wieder hier bist, werde ich meine Sachen ausräumen, damit du hier ganz ungestört bist.«

»Du willst doch nicht ausziehen?« Zu ihm, hätte Gaultry gern hinzugefügt, doch sie scheute sich, so etwas vor Tamsanne zu sagen.

»Du füllst einen Raum völlig aus.« Mervion lächelte, um dieser Kritik die Spitze zu nehmen, trat hinter die vergessene Kupferwanne, um ihren Morgenrock aufzuheben, und legte ihn ordentlich über ihren Arm. »Du fühlst dich sicher wohler, wenn du hier mehr Platz für dich hast.«

»Wo ist denn Tamsanne untergebracht? Wollt ihr nicht alle beide hier bleiben?« Gaultry wandte sich flehentlich an die alte Frau. Sie hatte sich vorgestellt, dass ihre kleine Familie sich diese Gemächer teilen würde – genau wie in früheren Jahren Tamsannes kleine Hütte nahe der Grenze im Wald von Arleon.

»Ich habe innerhalb der Palastmauern einen Ort gefunden, an dem es mir besser gefällt«, entgegnete Tamsanne. Sie wollte das gerade näher ausführen, als ein leises Klopfen sie unterbrach.

»Herein«, sagte Gaultry abweisend.

Es war Martin. Er hatte nicht erwartet, hier eine kleine Versammlung anzutreffen. »Wie ich sehe, komme ich ungelegen«, meinte er und blieb auf der Schwelle stehen. »Ich komme später wieder.«

»Die Zwillinge seien gesegnet für deine sichere Rückkehr nach Princeport«, sagte Mervion. »Bitte, komm doch herein. Wir wollten gerade gehen.«

»Ich möchte lieber nicht stören. Ich weiß, wie sehr Gaultry

sich auf dieses Wiedersehen gefreut hat. Ich will wirklich nicht stören.«

Alle störten. Gaultry wusste nicht, ob sie schreien oder weinen sollte. Diese Menschen – ausgenommen Coyal – waren die einzigen, denen sie endlich wieder nahe sein wollte. Aber unter vier Augen, nicht allen auf einmal. Was sie zu jedem von ihnen zu sagen, was sie zu fragen hatte – diese Angelegenheiten mussten vorher in Ruhe überdacht werden, bevor sie ihre Gedanken auch nur mit einem Einzigen von ihnen teilte.

»Ich habe dich heute Abend bei dem Konzert vermisst«, sagte sie zu Martin.

»Meiner Großmutter geht es sehr schlecht«, erklärte er. »So schlecht – ich weiß, ich hätte dich so spät nicht mehr stören sollen, aber die Angelegenheit kann nicht warten. Du musst sie dringend besuchen.« Er warf einen verlegenen Blick in die Runde ihrer Verwandten. »Gleich morgen früh. Länger darfst du auf keinen Fall mehr warten.«

»Will sie mir etwas Wichtiges sagen? Geht es um Tullier?«

Martin warf Coyal einen unfreundlichen Blick zu. »Nein«, sagte er. »Es geht nicht um den Jungen. Gaultry, du bist beschäftigt, und diese Sache ist sehr wichtig. Wir sprechen uns morgen.«

Damit wandte er sich zum Gehen und ließ sie enttäuscht zurück. Schlimmer noch, Tamsanne und Mervion folgten ihm auf dem Fuße, begleitet von dem verabscheuungswerten Coyal. Nun erkannte sie, dass sowohl Mervion als auch Tamsanne denselben Wunsch nach einem privaten Gespräch hatten wie sie; dennoch war sie schrecklich enttäuscht davon, dass die beiden sie schon wieder verließen. »Mervion«, flüsterte Gaultry ihrer Schwester ins Ohr und umarmte sie ein letztes Mal, bevor Coyal sie wieder an sich zog. »Du musst mitkommen und mit Tullier und mir allein sprechen. So bald wie möglich. Morgen, keinen Tag später. Kannst du dich davonschleichen und uns in Martins Stadthaus besuchen?«

»So bald schon? Das wird schwierig werden. Morgen Abend?«

Dann würde Mervion nach dem Besuch des Prinzen kommen. Gaultry schüttelte den Kopf. »Geht es nicht früher? Bei Sonnenuntergang bin ich verabredet. Und ich will …« Sie wollte Mervions *Glamour*-Seele wieder aus dem Jungen heraus und sicher bei ihrer Schwester wissen, wo sie hingehörte, und zwar noch vor Tulliers Unterredung mit Benet. »Mervion – Tullier möchte dir zurückgeben, was dir gehört. Was könnte wichtiger sein als das?«

Ein seltsamer Ausdruck huschte über Mervions Gesicht. »Also gut, dann früher. Ich werde sehen, was ich tun kann.« Sie wandte sich von ihrer Schwester ab, nahm wieder einmal Coyals Hand und zog mit ihm von dannen, Tamsanne an ihrer anderen Seite und ein großes Bündel mit ihren Sachen auf dem Arm.

Gaultry schlief unruhig in ihrem eigenen Bett, traurig und einsam. An das Königtum dachte sie kaum mehr. Sie träumte von ihrer Familie, von den tiefen Wäldern Arleons, von den herrlichen Zeiten, die sie allein mit ihrer Schwester verbracht hatte, von tief verschneiten, langen Winterabenden und strahlenden, heiteren Sommertagen im Wald.

Als sie erwachte, galt ihr erster Gedanke Coyal. Und wie die Augen ihrer Schwester bei seiner Berührung aufgeleuchtet hatten.

Diese Tage der Verbundenheit mit ihrer Schwester waren vorbei. Eine Tür hatte sich zwischen ihnen geschlossen. Sie wünschte sich verzweifelt, sie wieder öffnen zu können.

10

Die herzoglichen Gemächer der Melaudieres lagen auf dem Dach eines Gebäudes, das an die westliche Palastmauer grenzte, und boten einen weiten Blick übers Meer. Die weitläufigen Räumlichkeiten stellten einen kleinen Palast für sich dar, erbaut auf dem Dach des älteren Gebäudes darunter; vom Nordhof aus führte eine separate schmale Treppe direkt hinauf. Der Aufstieg wurde dadurch etwas erleichtert, dass der Nordhof selbst hoch genug lag, um die Treppe um etwa anderthalb Stockwerke zu verkürzen; dennoch kam Gaultry ein wenig außer Atem oben an und fragte sich, wie die alte Dame diese Stufen so viele Jahre lang bewältigt hatte. Martin erwartete sie mit sehr ernster Miene im Vorzimmer.

»Es wird nicht mehr lange dauern«, begrüßte er sie erschöpft. Beinahe hätte er die Hand nach ihr ausgestreckt, doch dann schob er sie in die Tasche, als wäre es im Moment ein Fehler, sie zu berühren. »Komm herein. Die Geier kreisen. Aber sie wird sich freuen, dich zu sehen. Gavin sollte hier sein«, entfuhr es ihm. »Und Mariette.« Die Feldzüge gegen die Lanai und der Blutschwur der Brut hatten dafür gesorgt, dass Martins Schwester und sein Cousin die einzigen anderen noch lebenden Familienmitglieder darstellten. »Verflucht sei Haute-Tielmarks Grenze, dass sie so weit von hier entfernt ist. Sie werden erst in ein paar Wochen überhaupt davon erfahren!« Die raschen Schwankungen in seinem Tonfall beunruhigten sie, doch obwohl er ihr das ansah, wandte er sich ohne Erklärung ab.

Das Gemach, das sie betraten, war luftig und erstrahlte in einem ganz besonderen Licht, das vom Meer tief unten heraufgespiegelt wurde. Es wirkte überirdisch und erhellte auf merkwürdige Weise die bedrückten Gesichter der vielen Menschen, die sich hier drängten.

Das Gedränge war sogar so groß, dass Gaultry die Gestalt im Bett zunächst gar nicht sehen konnte. Heilerinnen und Priester umringten die Liegestatt, dazu kamen noch beinahe ebenso viele Schreiber mit ihren Papieren. Einer kranken Herzogin wurde anscheinend keine Ruhe gegönnt.

Jemand vor dem Bett trat beiseite, und Gaultry erhaschte einen kurzen Blick. Die junge Frau bekam einen furchtbaren Schrecken.

Sie wusste gleich, dass sie zu spät gekommen war. Es verschlug ihr den Atem, und einen Moment lang wurde ihr schwarz vor Augen, so schwer traf sie dieser Anblick. Sie hatte erwartet – sie hatte erwartet, dass die Herzogin zwar matt und geschwächt im Bett liegen, aber dennoch weise und wohl überlegte Worte und strengen, aber liebevollen Rat für jedermann haben würde.

Doch die Person, die vor ihr im Bett lag, würde nie wieder weisen Rat erteilen. Nicht heute – und auch nicht in Zukunft. Gabrielle von Melaudiere war verwelkt und eingesunken, ihr Körper unter der Decke kaum mehr erkennbar. Ein übler Geruch drang Gaultry in die Nase, als sie näher kam – der scheußliche Gestank eines Körpers, der dem Tod geweiht war, sich aber noch nicht ganz vom Leben verabschiedet hatte.

In ihr zog sich etwas schmerzlich zusammen. Als Martin ihr gesagt hatte, die Herzogin sei krank, hatte sie es nicht verstanden. In Coyals Gegenwart hatte er sich unklar ausgedrückt – und vielleicht war er auch selbst noch nicht bereit gewesen, sich die Wahrheit einzugestehen.

Gaultry trat einen weiteren Schritt vor und blieb dann zögernd stehen. Die alte Frau war umgeben von geschäftigen Menschen, die sich Mühe gaben, wichtig zu erscheinen und das Bett und die klägliche Gestalt darin möglichst nicht anzusehen. Wenn Martin nicht bei ihr gewesen wäre, hätte sie sich gewiss wieder zurückgezogen. Es war ein kleiner Segen, dass Dervla nicht hier war, doch beinahe ebenso unangenehm, dass eine ihrer Gehilfinnen ihre Stelle vertrat – Palamar Laconte, Erbin der Gräfin und Kriegerin Marie Laconte, die dem ursprünglichen Zirkel der Sieben angehört hatte. Gaultry wand sich vor Unbehagen, als sie Palamar sah, und begrüßte sie mit einem hastigen Nicken, welches Palamar höflich, aber nicht eben begeistert erwiderte.

Die Gehilfin der Hohepriesterin war eine plumpe, bedrückt wirkende Frau mit vorstehenden Schneidezähnen. Es waren Palamars Schwester und ihre Söhne gewesen, die Tulliers Sha-Muira-Lehrmeister ermordet hatten. Gaultry fühlte sich unsinnigerweise plötzlich schuldig und war erleichtert, als Palamar sich unter einem Vorwand anderswo beschäftigte. Gaultry wollte nicht mit Palamar sprechen – sie wollte die Herzogin von Melaudiere sehen.

Die große Herzogin lag schweigend da und starrte zum weißen Stuck an der Decke hinauf.

»Geh zu ihr«, sagte Martin heiser. »Kümmere dich nicht um die anderen. Sie hat gestern Nacht nach dir verlangt. Die Priester haben sie wieder zur Ruhe gebracht. Ich dachte, uns bliebe mehr Zeit, aber heute Morgen kann sie kaum mehr sprechen.«

Auf zittrigen Beinen trat Gaultry vor. Die Dienerin, die mit einer Schüssel Wasser auf der Bettkante saß, bedeutete Gaultry, sich auf den freien Stuhl neben ihr zu setzen. Mit dem Tuch in ihrer Hand befeuchtete sie sanft die Lippen der alten Frau und, ein grässlicher Anblick, die Augen, die nicht mehr blinzelten.

»Beugt Euch über ihr Gesicht«, sagte die Frau. »Dann kann sie Euch sehen.«

Die Hand der alten Dame ragte schlaff unter der Bettdecke hervor. Gaultry beugte sich vor und ergriff zärtlich diese Hand, entsetzt über die vertrocknete Haut, die zarten, deutlich spürbaren Knochen. »Euer Gnaden«, sagte sie und beugte sich tief über das Gesicht der alten Dame. »Ich bin hier.«

Die Finger bewegten sich ganz leicht in Gaultrys Hand. Mit unendlicher Anstrengung wandte sich der Kopf einen Finger breit Gaultry zu. Melaudieres Augen wirkten wie tief eingesunkene Murmeln – immer noch leuchtend und erstaunlich lebhaft in dem bleichen Gesicht. Dies war keine Frau, die auf den Tod wartete.

»Gaul-try«, brachte sie mühsam hervor. Doch dabei blieb es. Für mehr war sie schon zu schwach.

»Sie kann Euch hören«, versicherte ihr die Dienerin überflüssigerweise. »Sie weiß, dass Ihr hier seid.«

Ein unsinniger, verzweifelter Gedanke schoss Gaultry durch den Kopf: Sie würde eilig nach der Sharif schicken, und dann würde sie die Wüstenfrau dazu zwingen, in ihrer Gedankensprache zu vermitteln. Mit Hilfe der Sharif könnte die Schwäche der Herzogin, die sie am Sprechen hinderte, überwunden werden. Gaultry würde die Antworten bekommen, die sie so dringend brauchte …

Sie verwarf diese Idee ebenso rasch, wie sie ihr gekommen war. Politische Verwicklungen lagen jetzt hinter dieser alten Dame. Und vor ihr lag nur das Sterben, und der letzte Wunsch, diesen letzten Schritt würdevoll hinter sich zu bringen.

Sie schluckte ihre Tränen hinunter. Martin durfte hier weinen, sie aber nicht. Sie durfte nichts tun, was der alten Dame ihre letzten Augenblicke noch schmerzlicher machen, ihr zusätzlichen Kummer bereiten könnte. Zu ihrem Entsetzen fiel ihr nichts Passendes ein, als sie an die vielen Dinge dachte, die sie hatte sagen und fragen wollen. Was davon war es wert, hier ausgesprochen zu werden? Was davon konnte sie in einem Raum voller Menschen überhaupt sagen, wo zweifellos nicht nur freundliche Ohren lauschten? Was konnte sie sagen, um der alten Dame den Abschied zu erleichtern?

Gaultry blickte auf den eingefallenen Körper hinab; was sie sah, versetzte ihrem Herzen einen Stich, der ihr bis in die Knie hinabfuhr. Martin setzte sich auf einen Schemel zu Füßen seiner Großmutter, zog ihr einen Strumpf aus und massierte den verschrumpelten Fuß, als wollte er ihren Kreislauf anregen. Der Ausdruck auf seinem Gesicht – Gaultry war hin und her gerissen zwischen dem Wunsch, die Hand der alten Frau weiter zu halten, und der Sehnsucht, dramatisch an Martins Seite zu eilen, um ihn zu trösten.

Eines Tages werde ich Euren Enkelsohn heiraten, wollte sie sagen. Sie wollte es herausschreien, damit es nicht nur die alte Dame hörte, sondern alle im Raum. *Wenn seine Gemahlin ihn endlich freigibt und er sich mit mir verbinden kann.* Doch Gaultry wusste nicht, ob diese Enthüllung die Herzogin erfreuen oder verärgern würde. Aus Angst vor Letzterem würde sie wohl schweigen müssen.

Stattdessen wollte sie Melaudiere versichern, dass ihre lebenslangen Mühen nicht vergebens waren; sie hoffte, dass sie damit Recht behalten würde.

»Der Prinz hat mich um Unterstützung gebeten, denn er will den roten Pfad beschreiten«, flüsterte sie dicht über dem Gesicht der alten Dame. »Ich habe eingewilligt. Julie ebenfalls. Wenn wir nur noch alle anderen hinter uns versammeln können und die Götter sich gewogen zeigen, wird Benet König werden.«

Die Herzogin verdrehte die Augen, um die Dienerin anzusehen, die ihren Wunsch verstand und ihr die gesprungenen Lippen befeuchtete. Der magere Körper schien sich unter der Decke aufbäumen zu wollen, doch diese große Anstrengung reichte kaum aus, um ihre Hand ein wenig zu bewegen. »Ihr dürft«, brachte sie schließlich hervor, »niemandem schaden. Zu hoch, der Preis –«

»Sie hat sich letzte Nacht überanstrengt«, bemerkte die Dienerin entschuldigend. Einen Moment lang ärgerte sich Gaultry über die Unterbrechung; dann merkte sie, dass Melaudiere bereits verstummt war.

»Wer hat das zugelassen?«, fragte Gaultry. »Wussten sie denn nicht, dass sie krank ist?«

Die Frau schüttelte den Kopf. »Sie ließ sich nicht davon abhalten. Sie hat darauf bestanden, das Geschenk zu vollenden.«

Gaultry blickte in die Richtung, in die die Dienerin zeigte. Eine Gruppe Männer in der blau-weißen Livree des Prinzen stand an einem der großen Fenster, über eine Wiege gebeugt. Sie begriff nicht gleich, was es da zu sehen gab. Die Wiege war leer, nicht einmal Bettzeug lag darin.

»Ihr letztes Werk«, erklärte die Dienerin. »Sie hat es um Mitternacht vollendet, sobald Mittsommer vorüber war.«

Da erkannte Gaultry, dass sie die Wiege ansehen sollte, nicht die Männer. Sobald sie sie näher betrachtete, erkannte sie sofort, dass die Herzogin selbst sie gemacht hatte, mit Hilfe ihrer wunderbaren schöpferischen Magie und ihrer Kunstfertigkeit.

Die Wiege war aus einem einzigen Stück Wurzelholz in Form einer riesigen, schaumgekrönten Welle gefertigt; die Luftblasen im sprudelnden Wasser waren geschickt der Maserung des Holzes angepasst. Silberne Intarsien zeichneten die Luftblasen und die schuppigen Rücken zweier Seeschlangen nach, die sich von der Woge tragen ließen und die oberen Ränder der Wiege bildeten. Als Gaultry die Herzogin einmal auf ihrem prächtigen Stammsitz besucht hatte, hatte sie viele Kunstwerke in Metall, Ton und Glas gesehen – in allen Materialien, die durch die Magie der großen Hexe verflüssigt, geformt und vermengt werden konnten. Dieses Stück war mühsam und sorgfältig geschnitzt worden. Impulsiv strich Gaultry mit dem Daumen über die schlaffe Hand der Herzogin. Selbst die Schwielen an den Händen der alten Dame schienen verblichen und verwelkt zu sein. Wie hatte sie es geschafft, das Schnitzmesser zu halten? Die Dienerin, welche Gaultry ihre Gedanken ansah, schüttelte den Kopf.

»Mit dem Schnitzen ist sie schon vor Monaten fertig geworden. Es war der Zauber, den sie in das vollendete Werk gelegt hat – der hat ihr die letzten Kräfte geraubt.«

»Aber warum …« Gaultry blickte wieder zu der Wiege hinüber, und plötzlich war die Bedeutung dieses Geschenks sonnenklar. Sie hätte es schon am gestrigen Abend bemerken müssen: Prinzessin Lily war schwanger. Noch nicht lange. Das war auch der Grund dafür, warum diese hochschwangere Hofdame ihr nun aufwartete – ein alter Brauch, der Glück bringen sollte –, warum Ronsars erklärt hatte, die Prinzessin sei unpässlich, und warum Lily sanft ihren Bauch getätschelt hatte, als von der Zukunft die Rede gewesen war.

Das erklärte auch bis zu einem gewissen Maße, weshalb Benet sich neuerdings so entschlossen mit der Frage befasste, was er einmal seinem Nachfolger hinterlassen wollte.

Sie wandte sich wieder der Herzogin zu und sah ihr in die Augen. »Ich verstehe«, sagte sie und hoffte, das möge der Wahrheit entsprechen. »Aber Ihr braucht Euch keine Sorgen zu machen.

Ich werde auch das Kind beschützen.« Tränen schnürten ihr die Kehle zu, sodass sie kaum deutlich sprechen konnte.

Mit einer plötzlichen heftigen Kraftanstrengung drückte die alte Frau Gaultrys Finger und nahm ihr ein wortloses Versprechen ab.

Gaultry küsste die verwelkte Wange und taumelte zur Tür hinaus, bevor sie endgültig die Fassung verlor.

Es war schlicht und einfach Pech, dass Gaultry auf Dervla stieß, als die Hohepriesterin draußen die Treppe heraufkam, und es lag wohl in Dervlas Natur, dass sie die junge Jägerin nicht einfach ziehen lassen konnte.

Gaultry war nicht zu einer Unterhaltung imstande. Sie hatte sich schmerzlich von Martin verabschiedet; nur zwei Minuten in einer engen Kammer waren ihnen geblieben, während beiden die Tränen über die Wangen liefen. Danach war sie einfach nicht in der Lage, sich mit irgendjemandem zu unterhalten. Verglichen mit der glatten, beherrschten Dervla mit der über den penibel ausgebürsteten Gewändern drapierten silbernen Priesterinnen-Kette musste sie erscheinen wie eben aus dem Irrenhaus entflohen.

Unglücklicherweise war ihr Schmerz so frisch und überwältigend, dass selbst der Gedanke, Dervla wolle sie absichtlich in einem so verletzlichen Augenblick abpassen, es ihr nicht wesentlich leichter machte, sich zusammenzureißen.

»Es geht rasch zu Ende mit ihr, nicht wahr?«, sagte die Hohepriesterin schonungslos.

»So ist es, o Erhabene«, brachte Gaultry mühsam hervor. Sie stand ein, zwei Stufen über der älteren Frau und konnte dem Drang, deutlich auf sie herabzublicken, nicht widerstehen.

»Ich kann gewiss auf deine Unterstützung zählen, wenn ich dafür Sorge trage, dass ihr Traum vom Königreich nicht mit ihr zu Grabe getragen wird.« Gereizt trat Dervla eine Stufe höher.

Gaultry blickte zu dem offenen Vordach über Melaudieres Tür

hinauf. Dies war kein Ort, wo sie vor Lauschern sicher wäre, und sie wusste nicht recht, welche Antwort Benets Wünschen entsprochen hätte. »Selbstverständlich, Erhabene«, sagte sie ausweichend. »Aber ich habe eben erst von meiner lieben Lady Melaudiere Abschied genommen. Das hat mich sehr traurig gestimmt. Könnten wir nicht ein andermal von diesen Dingen sprechen?«

Dervla erklomm eine weitere Stufe, sodass sie nun auf Gaultry niederblickte. »Ich muss wissen, dass ich mich auf dich verlassen kann«, sagte sie mit einem unfreundlichen Glitzern in den Augen.

Gaultry witterte eine Falle und antwortete nur mit einem stummen Schulterzucken. Sie würde auf eine direktere Frage warten.

»Es hat sich viel verändert, seit du Princeport verlassen hast.«

Noch immer verhielt Gaultry sich ruhig. Sie fühlte sich scheußlich – Gabrielle von Melaudiere war so zerbrechlich gewesen, so sichtbar dem Ende nahe. Die junge Jägerin hatte noch nie einen Menschen gesehen, der so dicht vor den dunklen Toren des Todes stand – und sich doch so sehr ans Leben klammerte. Sie war nicht dazu bereit, sich jetzt ein Scharmützel mit Dervla zu liefern, und wünschte nur, die Hohepriesterin möge endlich gehen.

Doch die Frau blieb beharrlich. »Du weißt es vielleicht nicht, aber in deiner Abwesenheit haben Melaudiere und ich zwei weitere Anschläge auf die Brut vereitelt. Wir haben Destra Vanderives kleine Tochter befreit, ehe sie nach Bissanty geschafft werden konnte, und eine weitere Attacke hier in der Hauptstadt verhindert.«

»Das sind gute Neuigkeiten«, meinte Gaultry. Sie hatte gar nicht gewusst, dass die arme ermordete Destra außer ihren ebenfalls ermordeten Söhnen noch ein weiteres Kind gehabt hatte. Sie zögerte. Von Haute-Tielmark wusste sie, dass Dervla auch wirkliche Verräter verfolgte. Dennoch konnte sie ihr nicht so recht vertrauen. Wenn es stimmte, was der Prinz gesagt hatte, missbrauchte Dervla ihre Befugnisse als Inquisitorin auch, um jene in Misskredit zu bringen, welche nur ihre Autorität anzutasten wagten – dazu gehörten auch Gaultry und ihre Schwester. Also, dachte sie, war es sicherer, das Thema zu wechseln, als auf die Forderung der Frau nach Unterstützung einzugehen. »Es muss sehr schmerzlich für Euch sein, eine so langjährige Verbündete wie Gabrielle von Melaudiere zu verlieren. Ich bin ja selbst untröstlich, und dabei kannte ich sie erst seit kurzer Zeit.«

»Natürlich«, sagte Dervla, »betrauere ich sie zutiefst.« Ihre Hand strich über die Kette, das Symbol ihrer Würde, und spielte auf deren Gliedern. »Doch gerade eben, als ich sah, dass du genau zur rechten Zeit zurückgekehrt bist, habe ich wieder Hoffnung für Tielmark geschöpft.« Sie nahm eine weitere Stufe und noch eine, sodass sie von einer immer höheren Warte auf Gaultry herabschauen konnte. »Wir werden uns bald ausführlicher unterhalten, Gaultry, wenn wir beide gesammelter sind.«

Damit war sie verschwunden.

Gaultry hatte bei Dervlas letzten Worten ein ungutes Gefühl bekommen. Sie glaubte nicht, dass sie aus Höflichkeit gesprochen hatte – die Worte mussten eine versteckte Bedeutung haben. Bei Dervla konnte man sich darauf verlassen, dass dem so war. Die Vorstellung, dass sie in irgendeiner Weise der Hohepriesterin in die Hände spielte ... Könnte das noch jemandem außer Dervla zupass kommen?

Doch Dervla hatte in ihrer Abwesenheit die Brut verteidigt und schien aus eigener Überzeugung entschlossen zu sein, den Königspfad zu finden. Das, so hoffte Gaultry, während sie die Treppe hinunterging und den Weg zu ihren Gemächern einschlug, mochte etwas sein, worauf sie bauen konnte.

11

Die Glocke am Kücheneingang klingelte wieder, allerdings nicht so gedämpft, wie sie vom Salon aus geklungen hatte, und sehr beharrlich. Gaultry rannte durch die fremde Küche in Martins

Stadthaus, erschrak bei dem lauten Geräusch und stieß sich schmerzhaft die Hüfte an der Tischplatte. »Das muss Mervion sein«, murmelte sie, öffnete mühsam den Riegel der Küchentür und eilte quer durch den verwilderten Kräutergarten zum hinteren Tor. Diese Ungeduld sah ihrer Schwester gar nicht ähnlich. »Aber Benet wollte erst in ein paar Stunden kommen.«

Draußen warteten jedoch zwei Gestalten, nicht nur eine, als Gaultry das ramponierte grüne Tor öffnete, das zu einer staubigen Gasse hinausführte. Einen Moment lang dachte Gaultry, die in einen Umhang gehüllte Gestalt neben Mervion müsse Coyal sein, und sie schnappte enttäuscht nach Luft. Dann wandte die Person mit der tief heruntergezogenen Kapuze sich zu ihr um, und Benets Augen blitzten sie an.

»Komme ich zu früh?«, fragte er gelassen und mit einem eisernen Unterton. »Ich hoffe, ich komme nicht ungelegen.«

»Mein Gebieter!« Sie verbeugte sich und warf dann ihrer Schwester einen Blick zu. »Mervion. Bitte, kommt herein.«

Auf dem Gesicht ihrer Schwester spiegelte sich grimmige Entschlossenheit, aber auch – für Gaultrys schwesterliches Auge unverkennbar – sorgsam verborgene Angst. Der Prinz, erhitzt und verschwitzt unter seinem Umhang, der für dieses Wetter viel zu lang und zu warm war, wirkte ebenso besorgt und unverhohlen ungeduldig. Seine Hand lag noch immer an der Klingelschnur, als könnte er durch erneutes Klingeln dafür sorgen, dass sie sich schneller bewegte.

»Warum hat das so lange gedauert?«, fragte er und blickte sich in der Gasse um, während Gaultry mit dem uralten Riegel des Gartentors kämpfte.

»Mein Prinz«, begrüßte Gaultry ihn noch einmal, da sie sich nun ein wenig von ihrer Überraschung erholt hatte. »Das Haus steht eigentlich leer, daher war niemand in der Küche. Wir haben die Glocke nicht gleich gehört.« Sie lugte auf die Gasse hinaus, in der sich Abfälle häuften. »Wo ist Eure Eskorte?«

Mervion, die hinter dem Prinzen stand, machte eine ratlose

Geste, um anzudeuten, dass sie über die Einzelheiten dieses Besuchs im Dunkeln gelassen worden war. »Wir sind allein«, erklärte sie. »Der Prinz hat die Wachen im Palast gelassen.«

Benet schob Gaultry rückwärts in den Garten, so eilig hatte er es, von der Gasse wegzukommen, und zog Mervion hinter sich her. »Sie wären unseren Absichten nur hinderlich gewesen«, erwiderte er knapp. Er wirkte nun bedrückt. »Melaudiere ist von uns gegangen. Wenn ich nicht auf der Stelle hergekommen wäre, hätte ich aufgrund des strengen Protokolls einer solchen Beerdigung tagelang keine Gelegenheit mehr dazu gehabt. Also bringen wir die Sache mit dem Jungen hinter uns. Ich werde nicht mehr frei über meine Zeit verfügen können, bis Melaudiere in die Erde gebettet worden ist.«

Gaultry schnappte betroffen nach Luft. Benet warf ihr einen scharfen Blick zu. »Ich weiß«, sagte er. »Es ist schwer zu glauben. Aber das macht es nur umso dringlicher, dass wir die Angelegenheit mit diesem Jungen regeln. Sie wäre unsere einflussreichste Stimme im herzoglichen Rat gewesen. Ich will diese Sache geklärt haben, bevor sie in einen endlosen Strudel von Debatten und Abstimmungen gerät.«

»Ich verstehe.« Sie nickte. »Ihr werdet es nicht bereuen, dass Ihr gekommen seid. Tullier erholt sich noch von seiner Verletzung, doch er sollte so weit bei Kräften sein, dass er Euch selbst von seinen ehrenhaften Absichten in Tielmark überzeugen kann.«

Gaultry zerrte an dem alten Riegel herum. Ihre Hände zitterten, und das Tor hing schief in den Angeln. Benet beobachtete sie, was sie nur noch ungeschickter werden ließ.

»Ich habe mich auf dem Weg hierher mit Mervion unterhalten«, bemerkte er unvermittelt. »Sie hat mir den Grund ihres Besuches hier erklärt. Eine faszinierende Enthüllung. Endlich verstehe ich, wie ihr beiden euch verschworen habt, um selbst Llara Donnerkeils mächtiges Sha-Muira-Gift zu besiegen.«

Gaultrys Finger an dem Riegel erstarrten, als sie jede Hoffnung fahren ließ, die nicht ganz unbedeutende Angelegenheit der übertragenen *Glamour*-Seele mit Mervion und Tullier abzuschließen, bevor Benet überhaupt davon erfuhr. »Da gab es keine Verschwörung«, sagte sie so gelassen wie möglich. Endlich bekam sie den Riegel zu, denn sie hatte all ihre Geschicklichkeit zusammengenommen, um ihm zu beweisen, dass seine Entdeckung sie nicht erschreckte. »Nur das Bedürfnis – und die Entscheidung –, ein Leben zu retten.«

»Genau das waren die Worte Eurer Schwester.« Benets Miene blieb undurchdringlich, was meistens bedeutete, dass er nicht erfreut war. »Es wird sehr aufschlussreich sein«, sagte er nur, »zu erfahren, wie bereitwillig Euer Schützling die Macht wieder aufgeben wird, die Mervion ihm so großmütig überlassen hat.«

»Sehr bereitwillig«, erwiderte Gaultry hitzig. »Da gibt es gar keinen Zweifel.« Sie hatte sich so dringend gewünscht, mit ihrer Schwester sprechen zu können – allein –, bevor Benet sich Tullier vornahm. Doch aus der Art, wie Mervion dafür sorgte, dass Benet stets zwischen ihnen ging, als sie den kleinen Garten durchquerten und das Haus betraten, schloss Gaultry, dass ihre Schwester nicht die Absicht hatte, auch nur ein paar Worte unter vier Augen zu wechseln. »Mein Gebieter«, fügte sie höflich hinzu, um das Dilemma mit Mervion zu überspielen, »unser Abendessen hat sich ein wenig verspätet – wir haben gerade gegessen, als Ihr geklingelt habt. Ich muss mich dafür entschuldigen, dass wir Euch nicht gebührender empfangen können.« Das war eine Untertreibung, die geschickt den Brand aussparte, den die junge Melaney beinahe verursacht hatte, als sie ihr Abendessen auf dem lange unbenutzten Küchenherd zubereiten wollte.

»Ich habe bereits zu Abend gegessen«, meinte Benet. »Ich will nur Euren Jungen sehen.«

Sie platzten ohne Vorwarnung in den Salon. Die Szene, die sich ihnen bot, war dementsprechend zwanglos. Tullier ruhte, von Kissen gestützt und nicht eben präsentabel, auf dem alten Diwan am Fenster. Aneitha war glücklicherweise irgendwo ein Stockwerk höher außer Sicht, wo sie vermutlich gerade Martins Fechtsaal mit fettigen Pfotenabdrücken verunstaltete. Die Sharif und Melaney saßen an dem kleinen Tisch, von dem Gaultry eben aufgestanden war, und aßen zu Abend. Die junge Knappin erkannte den Prinzen, rappelte sich hastig auf und verbeugte sich angemessen tief. Die Sharif richtete sich einfach nach Melaney und verneigte sich in Richtung der Tür. Sie stellte ihre Schüssel beiseite, erhob sich und richtete sich zu ihrer vollen Größe auf. *Euer Emir?*, fragte sie und neigte den Kopf vor Benet, eine fremdländische, aber offensichtlich ehrerbietige Geste.

Mein Prinz. Gaultry überlegte kurz. *Gesegnet von den Zwillingsgöttinnen Elianté und Emiera als Herrscher über Tielmark.* Sie blickte sich um und war sich der abgenutzten, muffigen und allzu warmen Umgebung peinlich bewusst. Martins nicht allzu sorgsam gepflegte Soldatenbehausung, eher zweckmäßig denn elegant und ziemlich alt und verblasst, schien ihr dem Anlass nicht gerecht zu werden. Benet war an eine prachtvolle Umgebung gewöhnt, dazu an eine Etikette, die jeden Umgang regelte – vielleicht mit Ausnahme der Stunden, die er auf seinem Schiff verbrachte. Ihr oblag die Rolle der Gastgeberin, doch sie kannte sich herzlich wenig damit aus, wen sie wem in welcher Reihenfolge vorzustellen hatte. »Seine königliche Hoheit, Prinz Benet von Tielmark«, verkündete sie laut. Ein rascher Seitenblick auf Benets Miene sagte ihr, dass das nicht richtig gewesen sein konnte. »Und Mervion Blas, meine Schwester.« Wenn sie es schon nicht richtig machen konnte, würde sie sich zumindest klar ausdrücken. »Seid uns herzlich willkommen. Dies ist die Sharif aus Ardain, eine tapfere Gefährtin, die sich mir in Bissanty angeschlossen hat.«

Benet warf der Sharif einen neugierigen Blick zu. »Lady Gaultry erwähnt Euch stets sehr lobend«, sagte er höflich. Die Sharif, die sich an seinem Tonfall orientierte, neigte mit ernster Miene den Kopf.

»Und Tullier – Ihr habt Tullier bereits kennen gelernt, doch nicht als Tullirius Caviedo, Sohn des Siri Caviedo, Seeprinz von Bissanty und Onkel des Kaisers.«

Benet warf seinen Umhang ab und reichte ihn feierlich Mervion. Darunter trug er einen blau-silbernen, sehr förmlichen und prunkvollen Rock, der unmissverständlich zu erkennen gab, dass er in offizieller Sache hier war. »Weiter nichts?«, fragte er unerwartet kurz angebunden. »Nichts, was Ihr noch hinzufügen möchtet, um sämtliche Loyalitäten offen auf den Tisch zu legen?«

»Ich glaube nicht«, sagte Gaultry, verwirrt ob seines Tonfalls. Er sah beeindruckend aus in seinem glänzenden Rock, besonders vor dem Hintergrund des verblassten, staubigen Salons. »Mein Prinz, ich bin mit der höfischen Etikette nicht vertraut. Falls ich Euch beleidigt haben sollte –«

»Vielleicht sollte ich Euch bei den Vorstellungen behilflich sein«, sagte der Prinz grimmig. »So, wie die Dinge heute in Bissanty stehen, ist Euer junger Freund hier bedeutend mehr als nur der Sohn des Seeprinzen.« Sein Handgelenk streifte das Heft des reich verzierten Schwertes, das an seinem Gürtel hing, ein unbewusster Hinweis auf seine mühsam gedämpfte Feindseligkeit. »Er ist Caviedo der Fünfzehnte, eben erst in Bissanty zum Prinzen von Tielmark ernannt, an fünter Stelle der kaiserlichen Thronfolge. Offiziell als von göttlichem Blute anerkannt, in direkter Abstammung von der göttlichen Llara, der großen Ahnherrin des Kaisergeschlechts. Was ihn, nicht ganz zufällig, zu Bissantys Gegenstück meiner selbst macht«, schloss Benet mit scharfer Stimme für den Fall, dass Gaultry dieser Punkt entgangen sein sollte.

»Wie kann das sein?« Gaultry tastete nach dem nächsten Stuhl und setzte sich – oder sank vielmehr – auf das durchhängende Flechtwerk nieder. Sie stand unter Schock. Das konnte nicht wahr sein. Der Bissantiner Kaiser wollte Tullier tot sehen und nicht zu einem möglichen Rivalen erhoben. Das konnte doch nur eine neue Intrige sein, um den Jungen aus seinem Versteck zu locken und angreifbar zu machen. Doch Benet schien vollkommen überzeugt zu sein!

»Tullier ist ein Flüchtling«, wandte sie ein. »Kein hochverehrter Prinz. Sie haben uns seinetwegen durch halb Bissanty gejagt. Wir haben die überall verteilten Anschläge doch selbst gesehen – auf seinen Kopf war ein Preis ausgesetzt. Tot oder lebendig. Dem Kaiser war das einerlei.« Tullier war auf dem Diwan vollkommen erstarrt, und in seinen grünen Augen schimmerte – Enttäuschung? Niederlage? Sie hatte ihm hier in Tielmark eine sichere Zuflucht versprochen und geglaubt, dass sie zumindest dieses Versprechen ganz gewiss würde einlösen können. »Ich hätte ihn nicht nach Tielmark mitgenommen, wenn er in Bissanty sicher gewesen wäre«, sagte sie. »Die Lage in Tielmark ist ohnehin schon verzwickt genug!«

»Sie wusste nichts davon.« Mervions Stimme fuhr durch Gaultrys Verwirrung wie heißes Eisen durch eine Eisfläche. »Euer Hoheit, ich bin bereit, bei Elianté und Emiera zu beschwören, dass sie nichts davon wusste.«

»Aber wusste er es?«, fragte der Prinz barsch. »Er könnte sie getäuscht haben.«

»Tullier würde mich niemals –«

»Das kann ich Euch nicht beantworten –«, sagte Mervion im selben Augenblick.

Gaultry starrte Mervion an und verstand endlich, weshalb ihre Schwester sich seit ihrer Ankunft so distanziert verhalten hatte. »Er hat dich darum gebeten, zu beurteilen, ob ich die Wahrheit sage«, platzte sie heraus, »und du warst einverstanden.«

Mervion erwiderte ihren Blick kühl und wie über einen tiefen Graben hinweg. »Wir stehen beide auf derselben Seite«, erklärte sie. »Wir beide haben geschworen, Tielmark zu dienen. Du hast von mir nichts zu befürchten.«

»Ich fürchte ja auch nicht dich«, fuhr Gaultry sie an. Sie hatte ganz vergessen, wie wütend ihre Schwester sie machen konnte. Seit jenem Augenblick in Bissanty, als sie herausgefunden hatte, dass sie Mervion, um Tulliers Leben zu retten, dazu gezwungen hatte, die Hälfte ihrer *Glamour*-Seele aufs Spiel zu setzen, war

Gaultry vor Schuld fast vergangen. Columba, die unterjochte Zwillingsschwester des Seelenräubers Lukas, hatte Gaultry vorgeworfen, dass sie ihre Schwester beherrsche und genau wie Lukas geneigt sei, sich der Macht ihrer Schwester zu bedienen, als gehöre sie ihr. Das Körnchen Wahrheit in Columbas Worten war mehr gewesen, als Gaultry hatte wahrhaben wollen.

Nun, da sie ihrer Schwester von Angesicht zu Angesicht gegenüberstand, kam ihr alles wieder zu Bewusstsein, einschließlich der unzähligen Gründe, die sie gegen Columbas harsches Urteil vorbringen konnte. Wenn viel auf dem Spiel stand, konnte Gaultrys impulsive Art Mervion dazu treiben, voreilig zu handeln, doch wenn Mervion genug Zeit zum Nachdenken hatte, konnte sie Gaultry so gut wie immer umstimmen.

»Ich fürchte mich nicht«, wiederholte Gaultry. Doch wenn Tullier tatsächlich zum Prinzen des Kaiserreichs erhoben worden war, was bedeutete das dann für seine Bitte um Zuflucht in Tielmark? Er war nicht länger ein Dorn im kaiserlichen Auge – er gehörte nun selbst zum Kaiserhaus als Rivale Benets, der Anspruch auf dessen Thron erhob. »Doch es verletzt mich sehr, dass man mir offensichtlich so wenig vertraut.«

»Wir haben unsere Macht einem ausländischen Prinzen geliehen«, sagte Mervion. »Wenn auch unwissentlich. Es ist nur weise, wenn unser Prinz unsere Beweggründe dafür genauestens erforscht.« Sie ging zu Tullier hinüber und berührte die Schließe an seinem Hemd. Der Schweiß des Wundfiebers hatte den Stoff feucht gemacht, aber nicht verfärbt. »Das ist kaum zu glauben«, staunte Mervion. »Du bist tatsächlich kein Sha Muira mehr. Das Gift hat sich verflüchtigt.« Das göttliche Gift der Sha Muira war so stark, dass es überall hindurchdrang. Selbst die Körperflüssigkeiten der Krieger waren so damit durchsetzt, dass sie sich schwarz färbten und schon die bloße Berührung eines Kriegers giftig machten – was ihnen jeglichen Körperkontakt mit Menschen verwehrte, abgesehen von den Mitgliedern ihres Kultes. Als ihre Schwester Tulliers Kragen berührte, erinnerte Gaultry sich an den Moment, als der Junge zum ersten Mal klare Tränen vergossen hatte. Diese Tränen hatten wundersamerweise helle Spuren im dunkel verfärbten Schweiß auf seinem Gesicht hinterlassen.

Es hatte noch mindestens einen weiteren Tag gedauert, bis sie ihn zum ersten Mal berühren konnte.

»War es letztendlich unsere Macht, die dich gerettet hat«, fragte Mervion den Jungen sanft, »oder hat deine Göttin dich freigegeben?«

»Die Große Llara kennt keine Milde«, antwortete Tullier trotzig. »Das ist Ihre größte Stärke. Es war ganz sicher Eure Macht.«

Mervion trat kopfschüttelnd zurück und wandte sich an Benet.

»Meine Schwester ist Euch treu ergeben, mein Prinz. Ich brauche nicht erst in ihrem Gesicht zu forschen, um Euch das versichern zu können. Und was den Jungen angeht – falls er dem Bissantiner Kaiser die Treue hält, dann täte er das jetzt aus freien Stücken und nicht um des Überlebens willen.«

Tullier und der Prinz starrten einander über den Salon hinweg mit offensichtlicher Abneigung an.

»Bei den Großen Zwölf«, sagte Benet schließlich. »Hältst du es mit dem Kaiserreich?«

»Ich bin Euch keinerlei Antworten schuldig«, brauste Tullier auf, der selbst im Liegen noch arrogant sein konnte.

»Ich hätte mit Soldaten hier erscheinen können«, sagte Benet versöhnlich und ging auf ihn zu. Als er an den offenen Fenstern vorbeikam, ließ die untergehende Sonne für einen Augenblick sein Gesicht erstrahlen. »Ich habe mich auf Lady Gaultrys Versprechen hin, ich sei hier sicher, dafür entschieden, allein zu kommen. Wenn du es vorziehst, nicht mit mir persönlich zu verhandeln, werde ich mich zurückziehen und Soldaten dazu abstellen, dich zu befragen.«

Tullier wand sich. »Was bedeuten Euch schon meine Antworten? Wenn mein ruhmreicher Vater –« Er unterbrach sich, doch zu spät; die Umschreibung der Sha Muira für den Kaiser kam ihm noch immer wie von selbst über die Lippen. »Wenn mein kaiserlicher Cousin intrigiert hat, um mich zu Eurem Rivalen zu erheben, was bleibt Euch dann anderes übrig, als mich auszuweisen?«

»Ich werde dich gewiss nicht mitsamt der halben Macht einer meiner *Glamour*-Hexen nach Hause schicken«, gab Benet zurück. »Wie ich erst im letzten Moment erfahren habe«, sagte er mit einem raschen, finsteren Seitenblick auf Gaultry, »bin ich heute nicht zuletzt deshalb hierher gekommen, um wenigstens das sicherzustellen. Aber du hast meine Frage immer noch nicht beantwortet.«

Sag Tullier, er soll ihm geradeheraus antworten. Gaultry sah die Sharif an und drängte sie, diese Anweisung weiterzugeben. Tullier wusste aufgrund seiner äußerst merkwürdigen Erziehung nicht, wie man um Güte, um Milde bat. Der Prinz würde sie ihm gewähren, wenn Tullier ihm nur die Tür dazu öffnete. *Sag Tullier, er soll ihm ehrlich antworten, damit der Prinz Barmherzigkeit walten lassen kann.*

Die Sharif erwiderte den Blick, zog eine dunkle Braue in die Höhe und runzelte die Stirn. Sie hatte dem Gespräch nicht ganz folgen können, aber doch den Kern erfasst. Gaultrys Bitte erwiderte sie mit einem tadelnden Kopfschütteln.

»Gaultrys Schwester kann ihre *Glamour*-Seele gern wiederhaben«, fauchte Tullier. »Ich habe sie nie darum gebeten. Bei Llara, ich habe um überhaupt nichts gebeten –«

»Als Sha-Muira-Krieger gab es für dich auch nichts, worum du hättest bitten können«, argumentierte Benet. »Du hast nur zu dem einen Zweck gelebt, das Gift in deinem Blut zu nähren und die Große Llara mit deinen Morden zu ehren. Als Bissantiner Prinz dürfte dein Augenmerk wesentlich umfassender sein. Also: Lady Gaultry hat ihr Wort verpfändet, und nun antworte mir. Mit wem hältst du es?«

Tullier stieß ärgerlich die Luft aus. »Um ihretwillen« – er deutete auf Gaultry –, »weil sie ihr Wort für mich gegeben hat, werde ich Euch sagen, welche Treue ich Bissanty jetzt schulde – nämlich gar keine!« Er richtete sich unter Schmerzen auf und malte hastig Lllaras Blitzzeichen in die Luft. »Llara sei meine Zeugin, dies ist die Wahrheit: Mein Vater hat meine Mutter am Tage meiner Geburt ermordet und mich noch am gleichen Tag zum Tod bei lebendigem Leibe unter den Sha Muira verdammt. Es hat ihn nicht gekümmert, was wir erleiden mussten; ihm ging es allein darum, sich an seinem kaiserlichen Neffen Sciuttarus zu rächen, der jetzt als Kaiser auf dem Thron sitzt.

Warum sollte ich ihn lieben? Oder meinen kaiserlichen Cousin, Sciuttarus den Grausamen, dessen Untaten meinen Vater erst auf diesen unmenschlichen Weg geführt haben? Ich sage mich von ihnen los – von ihnen allen. Die Machenschaften meiner Familie bedeuten mir nichts. Ich lasse mich nicht zur Marionette ihrer Spielchen machen.«

Benet hörte sich diesen Ausbruch mit zunehmend trauriger Miene an. Als er schließlich das Wort ergriff, war seine Stimme zugleich sanfter und fester als zuvor. »Armer Tullier«, begann er. »Du gibst mehr zu verstehen, als dir bewusst ist. Du kannst eine Marionette sein oder selbst an den Fäden ziehen, doch diesem Spiel wirst du nicht so leicht entrinnen. Llaras Blut kann man nicht einfach entsagen. Nur ein Angehöriger des Kaiserhauses hat das jemals zuvor getan.« Ein Anflug von Stolz huschte über Benets Gesicht. »Und das war mein eigener Ahnherr Clarin, der die Götter dazu bewegen konnte, sein Herrscherblut als Opfer anzunehmen und seinem Land dafür eine Zeit lang die Unabhängigkeit zu gewähren. Was möchtest du vollbringen, um dich deines Herrscherblutes zu entledigen?«

Tullier ließ sich wieder auf den Diwan sinken; er wirkte erschöpft und gab keine Antwort.

Benet zeichnete die Doppelspirale der Zwillingsgöttinnen, als wollte er damit die Luft zwischen ihnen klären. »Wir könnten die ganze Nacht lang über diesen Fragen brüten, doch ich muss mich um andere Dinge kümmern.« Er warf Tullier einen strengen Blick zu. »Zunächst möchte ich die Macht meiner *Glamour*-Hexe wieder auf sie übertragen sehen.«

»Ich habe doch bereits erklärt, dass ich dazu bereit bin«, erwiderte Tullier ein wenig blass. »Ich werde alles tun, was dazu nötig ist.«

Benet wandte sich an Mervion. »Nun – der Junge ist bereit, Euch wiederzugeben, was Euch gehört. Bevor ich entscheide, ob ich ihm meinen Schutz angedeihen lasse, will ich, dass Ihr Euch Eure Macht zurückholt.« Er blickte sich um. »Wir können gern dieses Gemach räumen, falls Ihr ungestört sein wollt.«

Die Sharif und Melaney, die seit einiger Zeit recht unbehaglich herumstanden – die eine konnte der Unterhaltung nicht ganz folgen, während die andere sich fragte, ob sie nicht mehr hörte, als ihr lieb sein konnte –, nahmen dies als Stichwort, sich zurückzuziehen. Seinem Gesichtsausdruck nach zu urteilen, hatte Benet jedoch nicht die Absicht, es ihnen gleich zu tun.

»Wie kann ich helfen?«, fragte Gaultry Mervion. Sie streckte die Hand aus, um ihr ihre eigene Magie, ihre eigene *Glamour*-Seele anzubieten.

Mervion schüttelte den Kopf. »Ich bin bereit. Ich habe mich gründlich vorbereitet.« Ihr Blick war auf Tulliers Diwan gerichtet, ihre Miene verschlossen.

Gaultry, die diese milde Zurückweisung ihrer Schwester überraschte, versuchte es noch einmal. »Wir haben aus Bissanty eine Seelenfigur mitgebracht«, bot sie erneut ihre Hilfe an. »Eine der Schöpfungen von Lukas, dem Seelenräuber. Sie kann deine *Glamour*-Seele verwahren, bis du bereit bist, sie in dich aufzunehmen. Soll ich sie holen?« Die abscheuliche Silberfigur mit ihren verkümmerten Armstummeln und den miteinander verwachsenen Beinen lag noch sorgsam verpackt in ihrem Beutel.

»Zerstöre sie.« Mervion erschauerte. Sie löste die Verschlüsse an Tulliers Hemd und schob eine Hand darunter, sodass ihre schlanken Finger auf Tulliers knochiger Brust lagen. »Ich werde sie nicht benutzen. Ich will sie nicht einmal sehen.«

»Wie willst du dann –« Noch während sie sprach, erkannte Gaultry, dass Mervion bereits begonnen hatte. Sie starrte auf sie hinab, geängstigt und verwirrt von der Erkenntnis, dass ihre Schwester sie nicht brauchte.

Die menschliche Seele war eine Quelle der Macht, in die allein die Götter eingreifen sollten. Gaultry hatte dies als eines der wichtigsten Gesetze der Magie und des Lebens erkannt, als etwas absolut Unveränderliches. Darüber hinaus war für ein solches Eingreifen mehr Macht erforderlich, als ein gewöhnlicher Sterblicher beherrschen konnte – einschließlich der mächtigsten Hexenmeister. Die einzigen Ausnahmen stellten Menschen dar, die selbst zwei Seelen besaßen – jene, welche mit dem Herrscherblut oder einer *Glamour*-Seele geboren waren. Selbst dann war ihre Fähigkeit, die menschliche Seele zu berühren oder zu beeinflussen, noch lange nicht ausreichend. Es brauchte schon jemanden wie Lukas, den Seelenräuber, der über die Macht von drei Seelen verfügt hatte – seine eigene, sein Herrscherblut und das Herrscherblut seiner Schwester Columba –, um über die menschliche Seele wie über den Lebensgeist eines Tieres zu gebieten: wie etwas, das verzerrt, beherrscht und als Werkzeug missbraucht werden konnte.

Doch selbst Lukas war gezwungen gewesen, während dieser Übertragung von Seelen seine Macht noch zu verstärken, und dazu hatten ihm die silbernen Seelenfiguren gedient. Gaultry hatte die Seelenfigur sorgsam aufbewahrt, weil sie geglaubt hatte, dass auch Mervion sie brauchen würde, um sich ihre Macht zurückzuholen.

Offensichtlich brauchte Mervion sie jedoch nicht. Ein goldener Schimmer ging von ihr aus, während sie sich über Tullier beugte und die Hand auf seine Wunde legte. Tullier zitterte, seine Augen weiteten sich, die Pupillen ebenfalls. Eine Schockwelle magischer Kraft fegte durch den Raum, ein so starker Impuls, dass er ein Knacken in Gaultrys Ohren bewirkte und sie beinahe umwarf. Benet musste sich an der Lehne von Gaultrys Stuhl festhalten.

»Ich bin fertig«, erklärte Mervion schlicht. Sie erhob sich von Tulliers Diwan und schüttelte die Hände aus. Dann sagte sie mit ein wenig mehr Stolz: »Ich habe es vollbracht.« Einen Moment lang leuchteten ihre Augen triumphierend auf, doch dann verbarg sie rasch ihre Gefühle.

Tullier nahm nun wieder eine gesündere Farbe an, als Gaultry seit seiner Verwundung an ihm gesehen hatte. Frischer Schweiß rann unter seinem Haar hervor. Er drückte die Hände an die Wangen. »Was habt Ihr getan?«, fragte er mit zittriger Stimme. »Was habt Ihr mir da gegeben?«

»Du müsstest dich jetzt besser fühlen.« Mervion lächelte. »Meine Schwester ist eine Metzgerin, keine Heilerin. Ich habe wieder, was mir gehört, doch ich habe dafür gesorgt, dass deine Wunde dir viel weniger Schmerzen bereitet.«

»Ich fühle mich so leer …« Plötzlich drang Kampfeslärm von der Straße herauf und ließ ihn verstummen. Alle wandten sich verwundert dem offenen Fenster zu.

»Was war das?«, fragte Benet besorgt. Es trat ans Fenster und blickte auf die Straße hinunter. »Männer. In Palastuniform. Jemand lässt sie eben ins Haus.« Er warf Gaultry einen argwöhnischen Blick zu. »Ich habe sie nicht gerufen. Ihr vielleicht?«

Dann geschah alles auf einmal. Ein Schrei hallte durchs Haus, alarmiert und entsetzt zugleich. Hastige Schritte kamen die Treppe heraufgepoltert, und scheinbar im selben Augenblick flog auch schon die Tür des Salons auf. Drei Männer mit Schwertern in der Hand stürmten herein; der vorderste stolperte noch von dem Tritt, mit dem er die Tür aufgebrochen hatte.

»Tretet zurück.« Der Anführer, ein Mann mit den Narben vieler Kämpfe auf den eingesunkenen Wangen, stieß achtlos einen Stuhl beiseite und kam auf sie zu. »Wir wollen nur den Jungen. Ihr Übrigen –« Sein Blick schweifte durch den Raum. Entsetzen zeichnete sich auf seinem Gesicht ab, als er Benet entdeckte, dessen blau-silberner Rock funkelnd die letzten Sonnenstrahlen widerspiegelte. Dann fasste er sich wieder. »Ihr Übrigen kommt uns nur ja nicht in die Quere.«

Hinter ihm erschienen noch mehr Männer; sie drängten sich

auf dem oberen Treppenabsatz, bereit, ihren drei Kameraden jederzeit in den Salon zu folgen.

»Ihr habt hier nichts verloren.« Mit zwei Schritten hatte Benet sich schützend vor Tulliers Diwan gestellt und sein Schwert gezogen.

Gaultry rappelte sich hoch, um ihm zur Seite zu stehen, und sah sich vergeblich nach einer Waffe um. In Erwartung ihres Besuchs hatten sie ihre gesamte Ausrüstung ins obere Stockwerk geräumt.

»Ihr auch nicht, Sir. Lasst uns den Jungen holen und abziehen, dann kommt niemand zu Schaden.« Der Schwertmeister hob kurz die Waffe, und seine beiden Gefolgsleute fächerten sich hinter ihm auf, wobei der Mann, der die Tür eingetreten hatte, sich etwas gehemmt bewegte, als habe er sich am Fuß verletzt.

»Siànne«, sprach dieser Mann offensichtlich verwirrt seinen Anführer an. »Was tut *er* denn hier?«

Der Schwertmeister schüttelte den Kopf. »Bei den Zwillingen, das geht uns nichts an.« Bei diesen Worten berührte er die silberne Kette an seinem Hals und vollführte mit der freien Hand eine zeremonielle Geste.

»Tut das nicht.« Mervion, die sich nicht von Tulliers Seite gerührt hatte, sprach den Schwertmeister an. Sie hatte als Erste erkannt, dass seine Geste Teil eines Zaubers war. »Verlasst dieses Haus, bevor Euch Schlimmeres trifft als diese Ehrlosigkeit.« Ihre Stimme klang lieblich, beinahe verträumt, ein starker Kontrast zu ihren Worten. Doch in ihren Augen funkelte es gefährlich. Gefährlich und machtvoll.

Doch das war nicht genug. Der Schwertmeister biss sich besorgt auf die Unterlippe, doch er beachtete ihre Warnung nicht weiter, sondern rückte einen weiteren Schritt vor. Er drückte die Fingerknöchel an seine Kehle, eine weitere beschwörende Geste, und ließ dann sein Schwert vorschnellen.

»Elianté hat meine Jagd mit reicher Beute gesegnet«, hob er an. »Ihr allein habe ich mich geweiht. Ich habe meine Beute aufgespürt, ich werde sie erlegen –«

Grünes Feuer brach aus seinem Schwert hervor und zwang Benet, der ihm von seinen Gegnern am nächsten stand, in die Knie. Damit hatte der hagere Schwertmeister nicht gerechnet. Entsetzen breitete sich über seinem Gesicht aus, das sich vor Angst und Hilflosigkeit verzerrte, doch der Zauber hatte ihn nun in seiner Gewalt, und er unterlag seinem Bann. Er rückte mit abgehackten Bewegungen vor wie eine lebendig gewordene Puppe; der geschmeidige Gang eines Kriegers war verzerrt zu etwas Grässlichem, Besessenem.

Seine Männer schlossen nervös hinter ihm auf, offensichtlich unsicher, doch immer noch dem Befehl gehorchend, der sie hierher geführt hatte.

Gaultry breitete die Hände aus, während sie gleichzeitig versuchte, ihren niedergerungenen Prinzen zu schützen. »Dies ist Hochverrat, doch wenn ihr sofort einhaltet, könnt ihr euch noch retten!«

Der Schwertmeister kam ungerührt näher. Das grüne Feuer strömte aus seinem Schwert und umhüllte seinen ganzen Körper, als der Zauber seine volle Kraft entfaltete. Er stürzte sich auf sie, wobei er ziellos mit dem Schwert um sich hieb wie ein Bauer mit einer Sense. Anscheinend versuchte er sich gegen den Zauber zu wehren – vergebens.

Von der Treppe her ertönte lautes Waffengeklirr. Ein Grauen erregendes Gebrüll erschallte, halb der Schrei einer Frau, halb das Kreischen einer Raubkatze, gefolgt vom Entsetzensschrei eines Mannes. Die Sharif und selbst Aneitha eilten ihnen zu Hilfe.

In Ermangelung einer Waffe schnappte Gaultry sich den Stuhl, auf dem sie eben noch gesessen hatte, um damit den Schwertmeister zumindest so lange aufzuhalten, bis die Sharif und die Raubkatze in den Salon vordringen konnten. Ein weiterer Magiestoß aus dem Schwert erfasste sie und hüllte sie in grüne Flammen. Sie wurde gegen Benet geschleudert, die Flamme sprang auch auf ihn über und geißelte sie mit einer raschen Folge von Angst, Kälte und Zorn.

Als Gaultrys eigene Magie erwachte, um diesen Zauber abzuwehren, traf sie eine plötzliche Erkenntnis. Schwarz-grün. Diese Magie hatte die wütende, schwärzlich grüne Farbe der Rächerin, haargenau wie die Magie, die sie auf Sizors Brücke angegriffen hatte. Doch diesmal war der Zauber nicht an einen bestimmten Gegenstand gebunden wie damals an die Ranken, die die Brücke zusammenhielten. Diesmal war der Zauber frei, sich von einem Gegenstand – oder einem Menschen – auf den nächsten zu übertragen und dabei seine zerstörerische Wirkung zu entfalten. Sie fühlte sich wie vom Blitz getroffen.

Hinter ihr warf eine magische Druckwelle Benet zu Boden und flammte dann zu einem neuen Höhepunkt auf. Gaultry warf den Stuhl nach dem Schwertmeister und wich zurück, bis sie an den Diwan stieß.

Aus den Augenwinkeln bemerkte sie trotz ihrer Verwirrung, dass Mervion endlich aus ihrer träumerischen Starre erwachte, sich vom Diwan erhob und mit einer fremdartigen, langsamen und gemessenen Bewegung die Arme ausbreitete.

Gaultry spürte eher, als dass sie es gehört hätte, die machtvolle Beschwörung, die Mervion dabei aussprach: ein einziges Wort, das sich donnernd ausdehnte, machtvoll in der Luft hing und aufstieg, als Mervion die Hände hob und die Handflächen zur Decke richtete.

Einer der Männer taumelte und presste beide Hände an die Ohren; diese Geste war genau entgegengesetzt zu der nach außen gerichteten Bewegung ihrer Schwester.

Mervion sprach wieder, laut und fordernd. »Für Benet!«, rief sie.

Auch der Soldat schrie auf, wobei er haargenau Mervions Tonfall nachahmte. »Für Benet!«

»Für Tielmark!«, gellte Mervion.

»Für Tielmark!«, echote der Mann. Er stieß mit dem Schwert zu und traf den Schwertmeister in den Rücken. »Für Tielmark, und für meinen Prinzen!«

Als das Schwert des Soldaten ihn traf, stieß der Schwertmeister einen qualvollen Schrei aus. Doch er stürzte auf Benet zu, das Schwert in der ausgestreckten Hand erhoben, und ließ sich selbst von diesem Schlag nicht aufhalten. Der Prinz, der sich in der Hülle grüner Magie wand, konnte gerade noch rechtzeitig mit seinem Schwert parieren. Gaultry warf sich ins Getümmel und versuchte, die beiden zu trennen, und zwar im selben Augenblick, als der Mann, den Mervion verhext hatte, erneut zuschlug. Wie durch ein Wunder durchbohrte seine Klinge wieder den Schwertmeister, nicht Benet oder Gaultry.

Die grüne Magie zischte und züngelte, obgleich der Schwertmeister schon fast zusammenbrach. Seltsamerweise schien der Zauber aus dem direkten Kontakt des Prinzen mit seinem Angreifer neue Kraft zu ziehen. Der Schwertmeister, der noch immer wie von unsichtbarer Hand gelenkt wurde, rang Benet nieder, sodass sich nun beide auf Tulliers Diwan wälzten.

»Das ist Tielmaraner Magie!«, schrie Gaultry, als Tullier vom Diwan geschleudert wurde. »Sie zieht neue Kraft aus dem Prinzen!«

Von der Treppe her ertönten ängstliche Schreie. Gaultry erhaschte einen Blick auf die Sharif und dann auf die gewaltige Katze Aneitha, die in animalischem Blutrausch einem Mann die Kehle herausriss. Dort kämpfte aber noch jemand – auf ihrer Seite. Melaney? Soweit Gaultry sich erinnern konnte, war das Mädchen nicht bewaffnet gewesen. Unter den Angreifern war völlige Verwirrung ausgebrochen. Sie wussten nicht einmal mehr, ob sie überhaupt noch kämpfen sollten, konnten sich ohne Befehl nicht zurückziehen, wollten aber auch nicht in den Salon vorrücken, um sich an dem Angriff gegen den Prinzen zu beteiligen. Wenn der rasch erstarkende grüne Zauber nicht gewesen wäre, so hätte längst festgestanden, wer diesen Kampf gewinnen würde.

»*Ihr* müsst diesen Zauber beherrschen!«, rief Mervion Benet zu. »Er wird Euch gehorchen – er ist Euer!«

Benet, der mit dem sterbenden Schwertmeister rang, bekam

die Hand des Mannes zu fassen, die noch immer das Schwert umklammert hielt, und versuchte, sie wegzudrücken. »Ich kann nicht!«, keuchte er. »Er ist zu stark!« Doch noch während er sprach, bewies er das Gegenteil, denn es gelang ihm, die Klinge des Schwertmeisters fortzuschieben.

Ein seltsames Leuchten trat in die Augen des Prinzen. Der dem Tode geweihte Schwertmeister kämpfte ungeachtet seiner grässlichen Wunden weiter, doch Benet konnte ihn zurückdrängen. Die zornige Magie hüllte sie in grelles, pulsierendes Grün, ließ Gaultry plötzlich fahren und schleuderte sie an die Wand; der Zauber versuchte, sich zu sammeln und wieder zu stärken. »Bei den Göttern!«, schrie Benet mit unnatürlich hoher, lauter, überirdischer Stimme. »Dies ist mein Land! Ich bin dein Herr!«

Eine neue Schockwelle ließ den Raum erbeben. Die grüne Flamme zersprang in tausend sprühende Funken, zischte und löste sich auf.

Benet kniete allein über dem Leichnam seines Gegners und rang nach Luft. Der Soldat, der seinen Schwertmeister getötet hatte, ließ fluchend und weinend zugleich die Klinge sinken. »Siànne! Warum habt Ihr uns hergeführt! Ach, Siànne!«

Auch der andere Soldat warf mit leichenblassem Gesicht seine Waffe zu Boden. »Hört auf zu kämpfen!«, brüllte er und drehte sich zur Treppe um. »Aufhören, hört sofort auf! Benet selbst ist hier!« Er rannte zur Tür und wäre beinahe in die Klinge der Sharif gelaufen, die im selben Moment blutbesudelt den Raum betrat.

»Vorbei«, sagte sie und riss das Schwert beiseite, um den Mann nicht aufzuspießen. »Ist vorbei.« Der Soldat fiel auf die Knie und schlug die Hände vors Gesicht.

Hinter der Sharif erschien ein neues Gesicht. Coyal. Der junge Ritter trug einen Halbharnisch, das blutige Schwert lag noch in seiner Hand. »Mervion!« Erleichterung breitete sich auf seinem Gesicht aus, als er sie entdeckte, sicher hinter dem Diwan am anderen Ende des Raumes. »Ich sah diese Männer hier eindringen. Bei den Göttern – ich wusste nicht recht, ob ich ihnen folgen sollte, doch Benet war ja bei dir …« Er entdeckte den Prinzen und verstummte.

Die Sharif betrat den Salon. Bevor einer der Tielmaraner sie aufhalten konnte, rannte sie zu Benet und half ihm auf.

»Prinz von Tielmark«, sagte sie mit ihrem starken Akzent und der samtig goldenen Wüstenstimme. Dann, noch viel seltsamer, hallte ihre Gedankenstimme so heftig in Gaultry wider, dass es wehtat: *Dies ist mein Land! Ich bin dein Herr!* Ihre Worte – sie dachte sie mit Benets Stimme, genau so, wie er sie ausgesprochen hatte, bevor er den Zauber brach. Die Sharif stand ihm ehrfürchtig gegenüber und streckte ihm nun die Hand entgegen. *Von der Sonne gezeichnet, fürwahr* – das war wieder ihre eigene, vertraute Stimme.

Gaultry wusste nicht, was diese Worte der Heerführerin zu bedeuten hatten, und ging auf sie zu – dann erkannte sie, dass dieser Gedanke gar nicht an sie gerichtet gewesen war. Benet blickte staunend zu der großen Heerführerin auf. Zunächst begriff Gaultry nicht, was sie da sah – sie hatte es noch nie erlebt, dass die Sharif jemandem so schnell ihr Vertrauen schenkte und ohne jede Verzögerung damit begann, in Gedanken mit ihm zu sprechen.

Benommen sah Benet der Frau tief in die Augen. Gaultry war sicher, dass die Sharif wieder mit ihm sprach. Antwortete Benet ihr? Die Sharif legte ihm die Hände auf die Schultern und richtete ihn auf. »Andion Vesa!«, rief sie laut. »Andion Vesa!« Irgendetwas sprang zwischen ihnen über – ein Gedanke oder ein Zauber, Gaultry konnte es nicht genau erkennen.

»Lasst mich los«, keuchte Benet und stieß die Sharif abrupt zurück. »Das ist zu viel auf einmal. Bei den Großen Zwillingen – wer ist diese Frau, dass sie es wagt, mich so zu berühren?«

Gaultry zog einen Stuhl heran und wünschte, sie könne den Austausch der beiden mitverfolgen. Coyal schob zwei verängstigte Männer von der Treppe herein und ließ sie sich am Kamin aufstellen. Dann befahl er den beiden Soldaten, ebenfalls dort zu warten. »Draußen auf dem Treppenabsatz liegen zwei Verwundete und drei Tote«, berichtete er. Er deutete auf die Sharif. »Ihre Raubkatze bewacht sie.« Er schüttelte den Kopf. »So etwas habe ich noch nie gesehen – und ich hoffe, das war auch das letzte Mal.«

Gaultry sah den Soldaten an, der sich weitgehend herausgehalten und den anderen zugerufen hatte, sie sollten den Kampf einstellen. Aus seinem faltigen Gesicht sprach der Grimm eines Mannes, der mit dem Schlimmsten rechnet – und fest davon überzeugt ist, es auch verdient zu haben. »Wer hat euch geschickt?«, verlangte sie zu wissen.

Er schüttelte den Kopf. »Siànne wusste es.« Er seufzte. »Sonst niemand. Wir sind treue Soldaten, alle, wie wir hier stehen. Wie konnten wir ihm den Gehorsam verweigern? Ich weiß nicht, was wir getan haben, dass die Götter uns so strafen, indem sie uns hierher geführt haben.«

Gaultry wandte sich an den Prinzen. »Wer wusste, dass Ihr hierher kommen wolltet?«, fragte sie. »Wer auch immer diese Männer geschickt hat, wusste nicht, dass Ihr hier sein würdet.«

Der Prinz riss sich zusammen. »Nicht viele«, erklärte er. »Mein Sekretär, Sir Jardine. Er führt Buch über meine Verabredungen und Verpflichtungen. Und natürlich Jardines Bedienstete. Ich bin zwar ohne Geleitschutz hier erschienen – aber nicht heimlich.«

»Melaudieres Leute?«, fragte Gaultry. »Habt Ihr ihnen erklärt, weshalb Ihr erst später zu den Trauerfeierlichkeiten erscheinen könnt?«

Benet schüttelte den Kopf. »Nein. Jardine hat sie nur davon unterrichtet, dass ich mich verspäten würde. Wer noch? Die Hohepriesterin Dervla wusste Bescheid. Sie und Lady Julie waren bei mir, als die Nachricht von Melaudieres Tod eintraf. Ihre Diener wussten davon, und meine natürlich ebenfalls.«

Gaultry blickte auf den toten Schwertmeister hinab, auf das silberne Halsband, das an seiner Kehle glänzte und den Zauber freigesetzt hatte, der von ihm Besitz ergriffen hatte. Plötzliche Enttäuschung durchfuhr sie. Ein Teil von ihr war sicher gewesen, dass Dervla hier ihre Hand im Spiel hatte. Die Macht der grünen

Magie, die den Mann übernommen hatte, war weitaus stärker als alles, was ein gewöhnlicher Priester oder ein Dorfhexer aufbieten konnten. Doch trotz dieser gewaltigen Kraft war die Attacke völlig außer Kontrolle geraten, sobald Benets Anwesenheit sich bemerkbar gemacht hatte. Wenn Dervla hinter diesem Angriff gesteckt hätte, ergäbe das keinen Sinn. Gaultry glaubte nicht, dass die Hohepriesterin einen Angriff absichtlich so planen würde, dass er schief gehen musste.

»Da dieser Mann nun tot ist, können wir also nicht feststellen, wer euch hergeschickt hat.«

»Ich schwöre Euch bei meinem Leben, das ist die Wahrheit.« Der Mann erbleichte. »Aber wir sind Soldaten der Palastwache, man hat uns vom Dienst am Seetor abgezogen. Siànne hätte nie einen Befehl befolgt, der nicht von jemandem an Eurem Hof kam.«

»Ihr *wart* Soldaten der Palastwache«, berichtigte ihn Benet. Düsteres Schweigen antwortete ihm. Einen Moment lang senkte sich gespannte Ruhe über den Salon, während alle ihre Gedanken ordneten.

Dann, als das letzte Tageslicht verblasste, brachte tiefer, ferner Glockenschlag sie wieder zur Besinnung.

»Sonnenuntergang, und die Palastglocken läuten«, sagte der Prinz. »Für Melaudiere. Ich muss zurück zum Palast.« Er sah sich in dem dämmrigen Salon um und verzog das Gesicht. »Aber erst, wenn hier Ordnung eingekehrt ist. Vielleicht hätte ich Jardine doch mitnehmen sollen.« Jardine, das wusste Gaultry, war sowohl Ratgeber als auch Terminverwalter.

Doch anscheinend kam Benet auch ohne ihn gut zurecht. Als Erstes befahl er Coyal mit belustigter Miene, die ehemaligen Palastwachen zu fesseln und zurück zum Palast zu schaffen, wo man sie gründlicher verhören und ihre Strafe festlegen würde. Welche Ironie, wenn man bedachte, dass eigentlich Coyal derjenige sein sollte, der in Ungnade gefallen war, geächtet wegen seiner Zusammenarbeit mit Bissanty. Doch das Erscheinen des jungen Ritters im richtigen Augenblick und die rückhaltlose Tapferkeit, mit der er sich auf Seiten des Prinzen in den Kampf gestürzt hatte, schienen seinen Namen zumindest vorübergehend rein gewaschen zu haben – Gaultry beobachtete mit schmalen Augen, wie er die traurige kleine Truppe marschbereit machte.

Das unerwartete Auftauchen des in Ungnade gefallenen Ritters hätte als allzu glücklicher Zufall verdächtig erscheinen und seinen Bemühungen, sich als treuer Gefolgsmann des Prinzen zu erweisen, eher zuwiderlaufen können, wenn Mervion ihn nicht darum gebeten hätte, ihnen heimlich zu folgen und vor dem Haus Posten zu beziehen, um sie zu beschützen. Bei dem Gedanken, dass ihre Schwester sich so auf ihn verließ, drehte es Gaultry den Magen um. Sie gab sich Mühe, ihre Eifersucht zu verbergen, als er sich verbeugte und Mervion zum Abschied die Hand küsste – vor den Augen des Prinzen und aller anderen Anwesenden.

Benet ordnete an, dass die Sharif und Aneitha ihn als eine Art Ehrengarde zum Palast geleiten sollten – was Gaultry überraschte, doch anscheinend hatte die Sharif sich wortlos einverstanden erklärt. *Woher dieses plötzliche Vertrauen?*, fragte sie die Heerführerin erstaunt.

Die Ardana schüttelte nur den Kopf. *Später. Erst haben dein Prinz und ich etwas zu besprechen.*

Nun wusste Gaultry überhaupt nicht mehr, was sie davon halten sollte!

Dann waren sie und Mervion an der Reihe. »Meine Damen«, sagte Benet, »euch übertrage ich die weniger angenehme Aufgabe, hier zu bleiben und euch um die Leichen zu kümmern. Ich werde jemanden schicken, der euch dabei hilft. Und *du*«, sagte er schließlich zu Tullier, »du wirst dich möglichst aus allen Schwierigkeiten heraushalten, bis wir die Gelegenheit finden, unsere Unterhaltung fortzusetzen. Hiermit ernenne ich Lady Gaultry zu deiner Bürgin und gewähre dir meinen persönlichen Schutz. Ich werde diese Anordnung von Jardine in die Journale aufnehmen lassen, sobald ich im Palast eintreffe.« Er wandte sich an Gaultry. »Erhebt Ihr irgendwelche Einwände gegen diese Verantwortung? Überlegt es Euch gut: Bissantys Schattenprinzen von Tielmark als Euren Schützling anzunehmen ist keine Kleinigkeit. Ich erwarte, dass Ihr *meine* Interessen an erster Stelle wahrt, obgleich es Eure Pflicht ist, *ihn* zu beschützen.«

»Mein Prinz –« Nach all dem Misstrauen, das Benet Tullier entgegengebracht hatte, kam diese Großzügigkeit völlig unerwartet. »Seid Ihr sicher, ob das auch klug ist?«

»Ob das klug ist?« Benet schüttelte den Kopf. »Das wissen allein die Götter. Aber wer auch immer uns heute diese Soldaten auf den Hals gehetzt hat, wollte den Jungen entführen, bevor ich die Gelegenheit hatte, ihm meinen Schutz auch nur anzubieten. Ich denke nicht daran, mir auf diese Weise wichtige Entscheidungen aus der Hand nehmen zu lassen.«

Gaultry kniete nieder und leistete den Schwur, der sie offiziell zu Tulliers Bürgin machte.

Gaultry fand Melaney direkt hinter der Haustür zusammengesunken. Die junge Knappin war tot. Ihr Genick war gebrochen, die Kleider zerrissen. Gaultry vermutete, dass jemand sie hochgehoben und zu Boden geschleudert hatte. Es hatte ganz den Anschein, als habe Melaney nicht einmal eine Chance gehabt, ihre Angreifer zu verwunden, geschweige denn sie aufzuhalten.

»Wer hat das getan?«, flüsterte Gaultry. Die Leichen auf der Treppe waren schlimm genug gewesen, vor allem die beiden, die auf Aneithas Konto gingen. Doch diese Männer waren Soldaten gewesen, die sich des Hochverrats gegen ihren Prinzen schuldig gemacht hatten. Melaney war hergeschickt worden, um Botengänge zu erledigen und Besuchern die Tür zu öffnen; um ein weiteres Jahr lang sicher zu Hause zu bleiben, fern von den Kämpfen im Westen.

Gaultry strich das glänzende schwarze Haar aus dem jungen, bis auf dunkle, bekümmert wirkende Ringe unter den geschlossenen Augen noch nicht vom Tode gezeichnete Gesicht. Sie freute sich nicht eben darauf, Martin von dieser Katastrophe zu berichten, während er noch mit der frischen Trauer um seine geliebte Großmutter rang. »Dafür werde ich sie umbringen«, flüsterte sie. »Wer auch immer diesen Überfall geplant hat, ich werde dich rächen. Dazu hätte es niemals kommen dürfen.«

Als Tullier und Mervion aus dem Garten zurückkehrten, wohin sie eben die letzte Leiche der Angreifer geschleift hatten, kniete Gaultry noch immer über Melaneys Leichnam und betete mit geschlossenen Augen.

»Was tut Ihr da?«, fragte Tullier. Er trug einen Eimer Seifenlauge und ein paar Lappen. »Ist sie zu schwer, als dass Ihr sie nach hinten zu bringen vermögt?«

»Du siehst schon viel besser aus«, entgegnete Gaultry. Er hielt sich noch ein wenig gebeugt, doch es war nicht zu übersehen, dass Mervions Magie ihm geholfen hatte. »Aber meinst du nicht, dass du dich noch ein bisschen schonen solltest?«

»Ich kann Euch trotzdem bei der da helfen«, sagte Tullier, »falls Ihr sie zu den anderen legen wollt.«

»Wir werden sie nicht einfach in die Gosse werfen«, erklärte Gaultry traurig. »Wir richten sie her und warten, bis Melaudieres Leute sie abholen. In der Zwischenzeit könnten wir sie in eines der Schlafgemächer bringen.« Im Augenblick war es ein wenig zu viel für sie, dass Tullier so gar keine Vorstellung von einem ordentlichen Begräbnis hatte. Doch zum Glück für ihre Selbstbeherrschung verstand Tullier, worum es ihr ging, und bestand nicht auf der vermeintlich praktischsten Lösung, alle Toten auf einem Haufen in dem kleinen Garten zu deponieren.

»Ich helfe dir«, sagte Mervion. »Er kann sich ja die Treppe vornehmen, während wir sie waschen.«

Die Luft in dem lange unbenutzten Schlafgemach, wo sie die Leiche der jungen Knappin aufbahrten, war kühl und abgestanden. Mervion zog die Staublaken von Schrank und Kommode, um das Bett zu schützen, bevor sie sie darauf legten. Sie zogen Melaney das ruinierte Hemd aus und dann auch alle übrigen Kleidungsstücke, als sie feststellten, dass sie sich beschmutzt hatte.

Gaultry machte sich auf die Suche nach einem sauberen Leintuch, um die Leiche darin einzuhüllen, während Mervion sie wusch.

»Du hast diesen Mann behext, damit er den Schwertmeister angreift, nicht wahr?«, fragte Gaultry, als sie mit einem sauberen Laken zurückkehrte.

Mervion nickte. Sie bürstete Melaneys schönes volles Haar. Während Gaultry das Laken ausbreitete, begann sie, es wieder zu einem Zopf zu flechten.

»Und du hast dir deine *Glamour*-Seele von Tullier wiedergeholt, ohne dazu auch nur eine Seelenfigur zu brauchen.«

Mervion, ganz mit dem Flechten beschäftigt, nickte wieder. »Nur die Hälfte meiner *Glamour*-Seele«, berichtigte sie ihre Schwester.

»Das ist kaum ein Unterschied«, erwiderte Gaultry. Dieser neue Anschein völliger Gelassenheit ihrer Schwester machte sie verrückt. »Nicht einmal Lukas, der Seelenräuber, konnte eine Seele ohne Zauber oder magische Hilfsmittel lösen. Ohne Vorbereitung, ohne großen Aufwand und ohne sich einzubilden, die Götter selbst wandelten in seinem Körper auf Erden.«

»Ich wusste, dass ihr irgendwann wiederkommen würdet«, erklärte Mervion ruhig. »Ich habe Vorbereitungen getroffen und großen Aufwand betrieben. Und du irrst dich. Es ist ein großer Unterschied, ob man eine halbe oder eine ganze Seele aus ihrer Verankerung löst – oder sie dorthin zurückbringt.«

»Darum geht es doch gar nicht«, wandte Gaultry ein. »Deine Macht – die Dinge, die du bewirken kannst ...«

»Lass mich in Ruhe, Gaultry.« Abrupt legte Mervion die Bürste beiseite und stand auf, um sich in der frisch aufgefüllten Waschschüssel neben dem Bett die Hände zu waschen.

»Du könntest sie einsetzen«, beharrte Gaultry. »Du könntest sie nutzen, um dem Prinzen zu helfen.«

»Wie denn?«, fragte Mervion mit leicht zitternder Stimme. Sie seifte sich die Hände ein und tauchte sie dann ins Wasser. »Sag mir, wie. Als Hofdame? Ich habe einen überführten Verräter zu meinem Liebhaber erwählt. Benets engerer Kreis am Hof wird mir nie vertrauen. Als seine Leibwache? Dazu tauge ich nicht. Sieh nur, was ich heute angerichtet habe – ich habe den einzigen Mann getötet, der uns diesen Überfall hätte erklären können.«

»Deine Loyalität wird für sich sprechen«, sagte Gaultry, die schlucken musste, als Mervion so offen über ihre Beziehung zu Coyal sprach. »Und was die andere Sache angeht – dass du den Mörder umgebracht hast, der Benet angegriffen hat –, das war nicht deine Schuld.«

Mervion ließ plötzlich wütend die Hand durch die Luft sausen, und die Waschschüssel zersprang auf dem Boden.

»Wessen Schuld war es denn dann?«, fragte sie eisig über das Chaos aus Scherben und vergossenem Wasser hinweg.

Gaultry starrte sie fassungslos an. Ihre Schwester verlor nie derart die Beherrschung – niemals! »Es war gewiss kein Fehler, den Mann zu töten.« Um Mervions willen musste sie ruhig bleiben, zumindest das war ihr klar. »Und wenn unbedingt jemand daran schuld sein muss, dann ist das der Hexer, der ihn dem Prinzen auf den Hals gehetzt hat.«

»Sieh mich doch an, Gaultry«, klagte Mervion. »Habe ich meine Macht schon jemals dazu benutzt, jemandem zu schaden? Nein! Nicht ein einziges Mal in meinem bisherigen Leben. Und ich will meine Macht nie wieder zu diesem Zweck gebrauchen müssen.«

Erschüttert bückte sich Gaultry nach der größten Tonscherbe. Sie wollte Mervion trösten, doch irgendetwas an der Haltung ihrer Schwester sagte ihr, dass sie jede Annäherung zurückweisen würde. »Benet hätte heute ums Leben kommen können«, begann sie. »Wer auch immer diesen Zauber gewirkt hat, hat nicht damit gerechnet, dass Benet sich zwischen Tullier und diesen Siànne stellen würde. Was du getan hast, war richtig. Wenn dein Soldat Siànne nicht schwer verletzt hätte, hätte er Benet getötet.«

»Es mag sein, dass es dieses Mal richtig war«, erwiderte Mervion und sah zu, wie Gaultry die Scherben einsammelte, während sie das Handtuch umklammerte. Sie hatte sich noch nicht wieder gefasst. »Ich will nicht, dass es noch ein weiteres Mal gibt.«

Gaultry runzelte die Stirn. »Wir sind vom Blut der Geheimen Brut«, sagte sie. »Es wird ein weiteres Mal geben. Viele weitere Male. Bis wir alle tot sind – oder Benet zum König gekrönt ist.«

Zweites Buch

Prolog
Die dunkelsten Stunden

Palamar Laconte vom Blute der Brut, Gehilfin Dervlas, der Hohepriesterin von Tielmark, tat schon seit Stunden Dienst in der Aussegnungskapelle. Ihre Füße waren müde. Ihr Rücken schmerzte. Die Anstrengung, so lange ohne Pause stehen zu müssen, forderte ihren körperlichen Tribut.

In dem erdrückenden Raum mit der niedrigen Decke, nur einem einzigen schmalen Fenster, den schweren Steinsäulen und den rußgeschwärzten Reliefs fühlte sie sich wie in einer Gruft, begraben und vergessen. Das Räucherwerk in der Totenflamme auf dem Altar ließ ihre Haut jucken, und die hässliche Trauerrobe mit den warmen langen Ärmeln und den viel zu steifen Röcken tat ein Übriges. Die gedämpften Töne der Tempelglocken, die sie zwei vollständige Zyklen hindurch von hoch oben im Tempelturm läuten gehört hatte, waren längst verstummt. Sie hätte sich so gern hingesetzt, aber ihre rituellen Pflichten ließen das nicht zu.

Dervla hätte sie schon vor einer ganzen Weile ablösen sollen, doch Palamar würde ihre Ungeduld bezwingen. Jedermann hielt Palamar für schwach und untüchtig, für den tief gesunkenen Abkömmling einer großen Hexen-Kriegerin – aber schon bald würde sie es ihnen zeigen.

Zu viel war an diesem Tag geschehen, als dass Dervla fortbleiben könnte. Die heilige Kammer, die unter dem Altar verborgen lag, rief gewiss schon nach ihr. Dervla würde kommen, denn sie musste neue Kraft schöpfen.

Palamar würde hier auf sie warten.

Als Hüterin der Flamme hatte Palamar den Altar poliert, sich um die Totenflamme gekümmert und sorgfältig die Liliensträuße für die Tote geordnet, die aus den zahlreichen Blumentrichtern an den Holzbalken der Kapellenwände nur so hervorquollen. Sie hatte alles getan.

Natürlich würde es niemals genug sein.

Sie holte erschöpft Atem und blies die Backen auf. Dervla war eine Meisterin im Aufspüren von Fehlern. Gleich nach den gewaltigen magischen Kräften, welche die Göttinnen ihr verliehen hatten, und der Gnade ihrer Abstammung war dies die Eigenschaft, die ihre Macht als Hohepriesterin am meisten stärkte. Palamar war nicht die Einzige unter Dervlas zwölf Gehilfen, die darunter zu leiden hatte, obwohl die Hohepriesterin es derart häufig gerade auf Palamar abgesehen hatte, dass es ihr manchmal doch so vorkam.

Früher hatte sie gedacht, das läge vielleicht nur daran, dass sie so ganz anders war als Elsbet, ihre Vorgängerin in Dervlas Diensten. Palamars älteste Schwester war Dervla sehr ähnlich gewesen: begabt, erhaben, sich ihrer Stärke bewusst. Als der Ruf an Elsbet Laconte ergangen war, sich nach Princeport zu begeben und den Schwur als Priestergehilfin abzulegen, hatte Elsbet ihn so selbstverständlich angenommen, als habe sie diese Ehre erwartet.

Palamars Ruf war unter weniger Glück verheißenden Umständen ergangen. Nachdem Tielmarks verräterischer Kanzler ihre ältere Schwester hatte ermorden lassen, war Palamar an den Hof gebracht worden, um Elsbets Platz einzunehmen.

Zunächst hatte das Wissen darum, dass Dervlas Grausamkeit von ihrer Trauer um den Tod der begabten Elsbet herrührte, Palamar schwachen, aber ausreichenden Trost gespendet. Als Enkelin Marie Lacontes, Gräfin von Tierce, »der stolzesten Frau ihrer Generation« und einer der ursprünglich sieben verschworenen Hexen der Brut, war Palamar das Pflichtbewusstsein in die Wiege gelegt worden. Mit der Last des legendären Rufes ihrer Großmutter auf den Schultern hatte Palamar pflichtbewusst Dervlas harte Behandlung als ihr Schicksal hingenommen.

Aber das war, bevor Dervla ihre Versprechen gebrochen hatte. Im Aufruhr der Gefühle nach Elsbets Tod hatte Dervla geschworen, die verbliebenen Lacontes zu schützen – und dann ihr Wort gebrochen, indem sie zuließ, dass Palamars einzige noch lebende Schwester Destra zusammen mit ihrer jungen Familie von den Sha Muira abgeschlachtet wurde.

Es war nicht Dervlas Schuld – jeder beteuerte, dass es nicht Dervlas Schuld war, Dervla eingeschlossen. Palamar akzeptierte das. Es war hart gewesen, aber sie hatte es akzeptiert. Manchmal erlaubten die Götter eben nicht, dass die Menschen alle ihre Versprechen einhalten konnten.

Doch sie hatte auch aus dieser Tragödie gelernt. Wenn den Lacontes in dieser Welt Schutz oder Gerechtigkeit zuteil werden sollten, würde Palamar das selbst in die Hand nehmen müssen.

Sie litt nun – ohne jeden Zweifel litt sie auch weiterhin –, aber nicht länger, weil Dervla ihr schmerzliches Gift verspritzte. Sie litt, weil sie warten und sich beugen, ihre wankende Geduld aufrechterhalten und sich beherrschen musste, bis Dervla ihr völlig ahnungslos die Möglichkeit bot, nahe genug an die Mörder ihrer Schwester heranzukommen, damit sie entschlossen handeln und diese Familienangelegenheit ein für alle Mal zu Ende bringen konnte.

Palamar pflückte eine Hand voll weißer Lilienknospen. Ihre Finger zitterten, mühsam beherrscht, als sie die eingerollten Blütenblätter auf die Glut im Kohlebecken des Altars legte. Das helle Feuer hüllte die schlanken weißen Blätter ein wie winzige Leichentücher auf einem Scheiterhaufen.

Solche Bilder des Todes verfolgten sie nun ständig. Sie war sicher, dass ihre eigene Zeit bald gekommen sein würde, nun, da sie auf dem roten Pfad des Prinzen wandelte.

Aber vorher würde sie ihre Rache üben.

Die dicken, feuchten Knospen widersetzten sich dem Feuertod. Nach dem ersten Auflodern zogen sich die Flammen zurück. Palamar gefiel das nicht, und sie versetzte dem Kohlebecken einen magischen Stoß. Sogleich loderte eine Reihe von Flämmchen zunächst auf dem Stängel einer, dann einer zweiten Blüte auf.

Eine einzelne Blüte, noch von unreifem Grün gezeichnet, war unter den metallenen Rand des Kohlebeckens gefallen und widersetzte sich immer noch der Zerstörung, widerstand sogar der magischen Flamme. Als Palamar diesen einsamen, tapferen Überlebenden gegen das Unvermeidliche ankämpfen sah, benetzten Tränen ihre Wangen.

Die Bestattungsriten für die alte Herzogin würden beeindruckend sein. Diese schreckliche alte Frau hatte ein erfülltes Leben gehabt, stets ihre eigenen Entscheidungen getroffen und die Menschen um sie herum sogar noch rücksichtsloser benutzt als die Hohepriesterin.

Das Komplott des verräterischen Kanzlers gegen den Thron hatte nicht nur Elsbet das Leben gekostet, sondern auch Dervlas Nichte, die liebliche junge Lady D'Arbey.

Doch keine dieser jungen Frauen wäre in Gefahr geraten, wenn die Herzogin in all ihrer Überheblichkeit die beiden nicht ins Verderben gestürzt hätte, indem sie achtlos das Leben der Frauen riskierte, um Heiratikus' Geheimnisse ans Licht zu zerren. Viele weitere Frauen hätten ihr Schicksal geteilt, wenn die Herzogin dies für nötig befunden hätte. Dennoch würde sogar der Prinz die böse alte Gabrielle von Melaudiere ehren und vor ihrem Sarg niederknien.

Im Gegensatz dazu waren Palamars Schwestern, erst Elsbet, dann Destra, ohne viel Aufhebens in die kalte Erde gebettet worden. »Die Angehörigen meiner Gehilfen sterben niemals wirklich. Sie leben in dir weiter«, hatte Dervla sie in einem seltenen

Anflug von Mitgefühl zu trösten versucht, als sie nach Destras einfachem Begräbnis einen einzelnen Opferzweig verbrannt hatte. »Als meine Gehilfin, die eines Tages sogar zur Hohepriesterin aufsteigen mag, ist jeder Hauch von Macht, die Elianté und Emiera deinen Schwestern verliehen hatten, auf dich übergegangen – so ist zumindest die Kraft nicht von uns genommen und begraben worden.«

Als ob Palamar deshalb weniger trauern sollte. Der Gedanke, dass ihre Schwester tot war – dass ihre beiden Schwestern tot waren – und dass dennoch ein gespenstischer Schatten der Macht, die so hell aus ihnen geleuchtet hatte, dazu gezwungen war, hier fortzubestehen, um ihre eigene Macht zu nähren, bewirkte, dass sich die junge Gehilfin alles andere als machtvoll fühlte.

Dieses Gefühl konnte Dervla weder verstehen noch teilen. In ihren Augen hatte sogar das genaue Gegenteil von Trauer geglänzt, als sie die neu erworbene Kraft ihrer Gehilfin bedachte – erworben durch das schreckliche Schicksal ihrer Familie. »Deine Macht entstammt einem so starken Geschlecht, und stell dir nur vor – mit dem Tod der Kinder deiner Schwester ist nun alle Macht deiner Großmutter auf dich übergegangen. Niemand sonst ist noch übrig.« Die Hohepriesterin hatte bei Destras Bestattung in das Opferfeuer gestarrt und eher zufrieden denn betrübt gewirkt. »Du hast Glück, so früh deine Macht zu erhalten. Ich war schon im mittleren Alter, als meine Mutter starb, und keiner meiner Blutsverwandten war ihr vorausgegangen. Der Titel der Hohepriesterin war mir sicher, bevor ich die Macht meiner Angehörigen erhielt – was dann unweigerlich bei meiner Berufung geschah, ob sie noch am Leben waren oder nicht.«

Später, als bekannt wurde, dass Destras kleine Tochter Marina dem Gemetzel der Sha Muira irgendwie entronnen war, hatte Dervla das beinahe als Rückschlag betrachtet. »Wie soll ich deine Kräfte nutzen, wenn du sie erst noch einfordern musst?«

Der kleine Rest Loyalität, den Palamar Dervla noch entgegengebracht hatte, war an jenem Tag gestorben, als Dervla das gesagt hatte. Die junge Gehilfin arbeitete weiterhin pflichtbewusst für ihre Hohepriesterin und blieb ihrem Gelübde treu – wie sonst sollte sie die Gelegenheit bekommen, ihre Fallen für die Mörder ihrer Familie auszulegen? Sie kam immer noch all ihren Pflichten und Aufgaben nach – sogar noch gewissenhafter als alle anderen Gehilfen, so dass Dervla sich immer mehr auf ihre Unterstützung verließ. Palamars Gelübde – sie hielt sie ein und achtete sie, doch sie fühlte sich Dervla gegenüber nicht mehr zur Treue verpflichtet.

Im Rücken der jungen Gehilfin quietschte die Kapellentür in ihren uralten Angeln. Ohne sich umzudrehen, erkannte sie das vertraute Rascheln von Dervlas Robe und das bezeichnende Klirren der Silberkette, welche die Hohepriesterin um die Hüften trug.

Bevor Dervla näher kommen und sehen konnte, was sie tat, steigerte Palamar ihre Wut zum Höhepunkt. Die letzte Blüte flackerte in einer Woge schwarz-grüner Magie und ging in Flammen auf. Dann – so schnell – war die Blüte zu Asche zerfallen, und das grüne Feuer erlosch. Palamar drehte sich zu Dervla um, versteckte die Hände, die nun nicht mehr zitterten, hinter dem Rücken und knickste.

»Was machst du hier?«, begrüßte Dervla sie scharf. »Ist Ilary nicht erschienen, um dich abzulösen?« Da war etwas in ihrem Ton. Trauer, Wut und Angst. Palamars Herz raste. Einen Moment lang wagte sie zu hoffen. Jemand war tot. Jemand –

Sie trat vom Altar zurück und gab Dervla den Blick auf das Totenfeuer frei, das nun in einfachem Weiß, Gelb und Orange im geschmückten Kohlebecken flackerte. »Erhabene«, sagte sie laut, wobei ihre Stimme bebte. Das leise Zittern würde die alte Frau ablenken, sodass Dervla den Altar nicht genauer betrachten und die Spuren von Palamars wütendem Zauber nicht bemerken würde. »Die Flamme ist beinahe erloschen, und ich bin sehr müde. Niemand ist gekommen, um mich abzulösen, und ich konnte doch die Flamme nicht verlassen. Hält Ilary nicht die Totenwache bei Ihrer Gnaden Leichnam?«

Die Hohepriesterin schlug die mit Bronze beschlagene Tür zu, um ihrer Wut freien Lauf lassen zu können. Ohne weitere Umstände ging sie rasch auf die junge Gehilfin zu und schlug ihr ins Gesicht. »Du dummes Kind.« Ihre Finger umfassten eine Hand voll von Palamars weichem Haar und zerrten daran. »Du kannst nichts richtig machen. Nicht einmal eine so einfache Aufgabe kannst du ausführen.«

»Die Flamme –«

»Ich spreche nicht von der Flamme. Ich spreche von Siànne. Ich habe dich um nichts weiter gebeten, als ihm eine einfache Nachricht zu überbringen, die ihn aufhalten sollte. Warum konntest du nicht einmal das richtig machen?«

»Er war schon mit seinen Männern aufgebrochen«, sagte Palamar leise – in dem ruhigen, leicht verwirrten Tonfall, der die Ungeduld der Hohepriesterin am wirkungsvollsten anstachelte. »Ihr hattet mir befohlen, keine Aufmerksamkeit zu erregen und nicht nachzufragen –«

Dervla schlug sie erneut. »Dumm, dumm, dumm«, tobte sie. »Benet hätte getötet werden können. Siànne hätte ihn fast umgebracht! Bei den Zwillingen! Ich habe dich ausdrücklich angewiesen, sie aufzuhalten.«

Palamar zog den Kopf ein und täuschte ein Wimmern vor. Ein erhobener Arm aus gespielter Angst vor weiteren Schlägen vollendete das Bild der Unterwerfung.

Doch in ihrem Herzen klopfte freudige Erregung. Jemand war bei Siànnes Angriff gestorben. Dervla wäre gewiss nicht so wütend oder erschrocken, wenn dabei niemand getötet worden wäre. Natürlich war es nicht Benet. Dervla würde vor Trauer zerfließen, wenn ihr geliebter Prinz tot wäre. Wer dann? Wessen Tod könnte Dervla so aus der Fassung bringen? Der dieses kleinen Mordbuben? Die Hoffnung, die sie durchzuckte, war beinahe stark genug, um ihre ängstliche Tarnung zu ruinieren. »Was ist schief gegangen?«, fragte sie. »Ich habe getan, was mir befohlen wurde. Ihr habt mir aufgetragen, nur mit Siànne zu sprechen –«

»Sie haben eine Bedienstete von Martin Stalker getötet. Ein adeliges Mädchen, einen Spross der Familie Caris. Schlimmer noch, sie haben sich selbst abschlachten lassen und kläglich versagt. Die Entführung ist gescheitert.« Dervla rang die Hände. »Bei den Zwillingen, wie konnte ich so dumm sein, dir etwas Wichtiges anzuvertrauen.«

Enttäuschung überflutete sie. »Herrin«, begann Palamar und glättete ihr zerzaustes Haar. »Aus Euren wenigen Worten scheint mir hervorzugehen, dass Ihr es seid, welche ihre Absicht nicht verwirklichen konnte, und nicht ich.« Oh, sie hätte lieber nichts derart Unverschämtes sagen sollen – aber diese Enttäuschung! Für einen Moment überwältigte sie sogar Palamars eiserne Beherrschung.

»Du verstehst rein gar nichts von Absichten und Zielen!«, fauchte Dervla zurück. Ohne auf Palamars Frechheit einzugehen, packte sie einen Bund Lilien aus dem nächststehenden Gefäß und warf die Blumen noch tropfnass in die Feuerschale. »Brennt für Gabrielle«, sagte sie und malte das Zeichen der Zwillinge in die Luft. »Wenigstens ich befolge die Bräuche. Tue *alles* für Benet. Brennt!« Einen einzigen sengenden Moment lang leuchteten die Blüten rot vor Feuer, und eine erschreckend große, helle Flamme loderte auf, die selbst die dunkelsten Ecken der Kapelle ausleuchtete, bevor sie erstarb. »Ich tue alles.« Dervla schlug mit der Handfläche auf den heißen Rand des Kohlebeckens. »Niemand ist mir ebenbürtig in der gewaltigen Macht, die mir die Zwillinge verleihen!«

Als sie Dervla zusah, wie diese mit dem Feuer spielte, nur auf ihre Berufung zur Macht bedacht und darauf, welchen Eindruck sie damit machen konnte, regte sich Zorn in der jungen Frau. Palamar gab sich solche Mühe, ihre wahre Macht zu verbergen – doch bei einer derart selbstbesessenen Person wie Dervla war diese Mühe beinahe vergeudet.

Palamar setzte eine angemessen respektvolle Miene auf. »Was ist passiert, Ehrwürdige? Bitte, erzählt es mir.«

Dervla zögerte. Dann siegte Zorn über ihre Neigung zur Heimlichtuerei. »Benet geriet zwischen Siànne und den Jungen, der deine Schwester getötet hat. Siànne attackierte den Prinzen wie ein Besessener, um den Sha Muira zu erreichen.« Dervla runzelte die Stirn. »Er griff ihn an. Hast du etwas in den Zauber gelegt, das ihn dazu trieb, auch die Beschützer des Jungen anzugreifen?«

Sie kam der Wahrheit zu nahe. Während Dervla den Jungen heimlich gefangen nehmen wollte, wollte Palamar ihn nur tot sehen. Sie legte bestürzt die Hände an die Wangen, die noch von Dervlas Schlägen brannten. »Die Männer waren schon weg, als ich ihre Quartiere erreichte«, sagte sie weinerlich und lenkte damit Dervlas Augenmerk wieder auf diesen Fehler. »Ihr habt mich angewiesen, keine Aufmerksamkeit zu erregen und ihnen nicht zu folgen. Ihr hättet mir sagen müssen, dass Benet ebenfalls dort war. Dann wäre ich ihnen gefolgt.«

»Aber warum ist Benet überhaupt dorthin gegangen?«, murmelte Dervla und überging Palamars langweilige Erklärungen. »Was hat diese *Glamour*-Schlampe ihm gesagt, das ihn dorthin lockte?« Sie machte das Spiralzeichen der Großen Zwillinge über dem Altar und warf ein wenig frischen Weihrauch in das Kohlebecken. »Wir gehen hinunter, um die Antwort zu suchen.«

Palamar erkannte die Vorbereitungen für den Zauber, der das Gewölbe unter dem Altar öffnete, und stellte sich gehorsam auf der anderen Seite der Steinplatte auf.

Als Dervla ihr das Geheimnis der Kapelle enthüllt und Palamar damit in den Kreis der drei aufgenommen hatte, die die größten Geheimnisse der Hohepriesterin hüteten, war die junge Gehilfin von Begeisterung und Ehrfurcht erfüllt gewesen. Nun beobachtete sie mit wachsender Verachtung, wie Dervla sich in Positur warf. War das Macht? Dieses Herumstolzieren und Posieren, diese komplizierten Verrenkungen und Anrufungen der Erde und der Götter?

Was es auch war, es war nicht Macht, wie die Lacontes sie ihre

Kinder lehrten. Die große Marie hatte damals die Stärke ihrer Magie als brennende Lanze beschrieben, die ihre Feinde im Namen des Prinzen durchbohrte und ins Verderben stürzte. *Meine Macht ist ein Schwert in meinen Händen,* hatte die alte Gräfin geschrieben, nachzulesen in den wenigen, sorgfältig verwahrten Schriftrollen – dem ganzen Stolz der Festung Tierce und ewiges Zeugnis ihres Lebens und ihrer Ruhmestaten. *Es hat mir treu gedient, so wie ich Prinzessin Lousielle gedient habe und dem Schwur, den ich ihr aus freien Stücken und ganzem Herzen geleistet habe.*

Ein Schwall kalter Luft, als ringe der Boden nach Atem, kündigte die Vollendung des Rituals an, da Dervla sich für die wenigen Tropfen Blut, die die versteckte Tür öffneten, theatralisch in den Finger schnitt. Blinzelnd erhaschte Palamar einen Blick auf die schattenhaften, steilen Stufen, die unter dem Altarstein verborgen waren. Eigentlich war hier nichts weiter vonnöten als ein oder zwei Tropfen Blut, zusammen mit der Anrufung Eliantés und Emieras. Der Rest – der Rest war nur eine hübsche Zurschaustellung von Macht, nicht mehr als große Gesten.

»Soll ich hier bleiben und das Feuer hüten?«

»Es wird schon nicht ausgehen.« Für die Dauer des Zaubers war der Altar nur eine geisterhafte Erscheinung, die den Zugang zur Treppe freigab. Dervlas Fuß stand bereits auf der obersten Stufe. »Komm mit. Du wirst als meine Zeugin dienen, während ich die Schriftrollen lese.«

Palamar verbeugte sich gehorsam vor Dervla. *Als Zeugin dienen.* Die Worte einer Hohepriesterin zu einer Untergebenen, einer Gehilfin in ihrer Ausbildung. Dervla glaubte, es sei eine solch große Ehre, der Macht der Hohepriesterin in allen ihren Einzelheiten teilhaftig zu werden, dass man darum betteln sollte. Genau so hatte Dervla es von ihrer Mutter gelernt, die vor ihr als Hohepriesterin gedient hatte. Sie war blind für die Tatsache, dass ihre eigene Gehilfin, die sie keineswegs verehrte wie ein Kind die Mutter, das nicht so empfand.

Palamar ging durch den schemenhaften Steinaltar wie durch einen kalten, vorüberziehenden Schatten und betrat die enge Wendeltreppe. Sie duckte sich, als sie am Kohlebecken vorbeikam, denn das blieb solide und heiß. Einst war ihr all das wie ein Wunder erschienen. Die sich weitende Spirale der Stufen hatte wie ein perfektes Abbild der Macht der Zwillinge gewirkt, eine Verbindung, ein Durchgang zur Vergangenheit und zu uraltem Wissen.

Mit ihrem jetzigen Wissen um das Zerrbild der Macht, das dort unten lag, war dieses tiefe Vertrauen längst dahingeschwunden.

Sie stieg ruhig und mit geübten Schritten durch das blinde Reich der Treppe hinunter. Das Klirren von Dervlas Kette hallte in der Enge verstärkt wider und hörte sich an wie tropfendes Wasser. Dieser Raum war unnatürlich trocken, völlig ausgedörrt von Jahrhunderten magischer Nutzung.

Am Ende der Spirale erwartete sie ein wunderschönes grünes Licht. Das Licht der Göttinnen strahlte vom spiralförmigen Gewölbe der heiligen Kammer. Palamar bückte sich, um durch den schmalen Durchlass einzutreten. Dervla hatte den Raum bereits durchquert und durchstöberte ein Regal voll abgegriffener Schriftrollen. Der runde Raum war von der Mitte des Bodens bis zur Kuppel des Gewölbes mit wunderbar bearbeiteten Steinen ausgekleidet und mit meisterhafter Schlichtheit entworfen – einer Schlichtheit, die seit langem von einem Chaos aus Regalen, Truhen und Laden verdeckt wurde, aus denen Pergamente, Papierstapel, gebundene Bücher und Haufen schlecht gegerbter lederner Schriftrollen quollen.

Marie Laconte hatte ihren Erben ein winziges Archiv ihres Lebens hinterlassen und einen Hort gestrenger ungeschriebener Prinzipien. Die Hinterlassenschaft von Delcora, Dervlas Mutter, war sehr viel schrecklicher und verworrener.

Palamar fühlte den bitteren Geschmack von Galle, welche ihre Kehle hochstieg, und sie konnte sich nicht dazu überwinden, auf die hohen Regale und den Wirrwarr zu blicken. Dervla hatte ihr einst stolz erklärt, dass ihre Mutter selbst diese riesige Ansammlung von Papier hier zusammengetragen hatte. Dervla war der Gestank dieses Raumes, der durchdringend nach der widerlich schalen Macht ihrer Mutter roch, die viel zu lang in diesem Sumpf von Papier gefangen gewesen war, so vertraut; deshalb nahm sie gar nicht wahr, dass diese Sammlung eher Anlass zur Scham bot denn zu stolzer Freude.

Als Mitglied der ursprünglichen Geheimen Brut hatte die Stärke der Kriegerin den Mittelpunkt von Marie Lacontes Magie gebildet; für die alte Melaudiere war es ihre Kunst gewesen, für Lady Julie die Musik. Delcoras besondere Begabung hatte darin bestanden, Macht in Worten einzufangen. Doch irgendein Bestandteil dieser Gabe hatte ihren Geist verwirrt, als sie begonnen hatte, diese Worte zu Papier zu bringen. Irgendwo in dem Sumpf zwischen Berichten, Chroniken und Aufzeichnungen hatte die alte Hohepriesterin die Orientierung verloren.

Als Dervla die Amtskette der Hohepriesterin von ihrer Mutter geerbt hatte, hatte sie nichts unternommen, um Ordnung zu schaffen. Von klein auf durchdrungen von Delcoras Geschichten, beharrte sie darauf, dass jedes Wort aus der Feder ihrer Mutter eine Wahrheit vom Rang einer Prophezeiung darstellte.

Mittlerweile hatte Palamar so viel von Delcoras bitteren Ergüssen gelesen, dass sie das nicht mehr für denkbar hielt. Die alte Hohepriesterin hatte zahllose Visionen festgehalten, zusammen mit ihren Aufzeichnungen und Beurteilungen von religiösen Zeremonien, höfischen Ereignissen, ihren Freunden und Feinden.

Doch obgleich Palamar Delcoras Prophezeiungen nicht allzu viel Bedeutung beimaß, so konnte sie doch die Macht in all dem, was die alte Frau zu Papier gebracht hatte, nicht leugnen. Still gelesen oder laut ausgesprochen, besaßen die Worte eine sonderbare bestärkende Macht. Sie steigerten beim Lesen die eigene Kraft mit einer gewissen zähen, geronnenen Energie. Palamar machte sich nichts aus diesem Gefühl, aber sie konnte verstehen, warum es Dervla so oft hierher zog. Manchmal war die Kraft, welche die Schriftrollen der Hohepriesterin verliehen, so stark, dass sie sie in eine Aura blassgrünen göttlichen Lichts hüllte.

Die Schriften der alten Delcora waren mächtig, so viel stand fest, aber ob sie auch die Wahrheit beinhalteten – das war eine andere Frage.

Auf der anderen Seite des Raumes rappelte Dervla sich wieder auf, völlig taub gegenüber den geheimen Gedanken ihrer Gehilfin. Sie griff nach einem halb entrollten Pergament von der bräunlichen Farbe der Blätter, auf denen ihre Mutter die kostbarsten, wertvollsten Vorhersagen festgehalten hatte. Ungeduldig wischte sie unordentlich aufgestapelte Manuskripte von einem Lesepult und beschwerte das entrollte Pergament mit samtenen Sandsäckchen. *»Andionsmond«*, las Dervla mit tiefer, beschwörender Stimme vor.

Es ist Andionsmond, und die Großen Zwillinge kamen und tanzten in meinen Träumen. Die schöne Emiera mit Ihrem Gewand aus Sternen und Mondlicht. Elianté, die Jägerin, nur in Ihr wildes Haar gekleidet. Sie lachten mir zu und legten einen Spiegel in meine Hände.

– Warum erscheint Ihr mir in dieser Nacht?– fragte ich Sie in meiner Verzweiflung. –Corinne ist tot, ihr Sohn zum Prinzen nicht geeignet. Warum erscheint Ihr mir?– Ihr Lachen beschämte mich. Im Spiegel sah ich ein gleißendes Licht, sah eine neue Sonne aufgehen, die Hoffnung eines neugeborenen Königtums. Mein Herz zersprang, da ich nun sah, welch kurzes Leben Roualt dem Narren als Prinz von Tielmark beschieden sein wird. Ein anderer, noch ungeboren, wird sich an seiner Stelle machtvoll erheben, die Prophezeiung zu erfüllen, an welche die alte Lousielle uns band. Dies träumte ich in der Fülle jenes Sommers, da uns Corinnes letztes Kind geboren wurde und unsere liebliche Prinzessin verstarb. Doch ich sehe eine Zukunft, einen Sommer, in dem all das, was ich in dieser Nacht gesehen, genau so eintreten wird. Mittsommer und der Mond des Schwertgottes werden unter schwerem Verrat an Glauben und Vertrauen vergehen. Erst dann, unter des Götterkönigs Mond, wird der Prinz Tielmarks zum König erhoben.

All dies sah ich voraus, als die Zwillinge über mich kamen, jenseits meiner geringen sterblichen Kraft.

Dervlas Stimme erstarb.

»Ein Verrat«, sagte sie grimmig, immer noch am Lesepult verharrend. »Prophezeit für eben jene Nacht, da der Mond des Schwertgottes vergeht.« Sie rollte die Schriftrolle mit schroffen Gesten zusammen.

»Benet muss einen Pakt zum Schutze des mörderischen Jungen geschlossen haben.« Wie stets hatte Dervla rasch eine Auslegung der nebelhaftesten Versprechungen ihrer Mutter zur Hand – egal, wie oft sich ihre bisherigen Deutungen auch als falsch erwiesen haben mochten. »Ich bestand darauf, dass er den Jungen nicht unter den Schutz Tielmarks stellen dürfe, und er hat mein Vertrauen in ihn enttäuscht. Die Götter schenken uns derzeit mehr Beachtung als sonst – vielleicht haben die Zwillingsgöttinnen selbst Siànne auf ihn gehetzt, als Warnung.«

Palamar schwieg still. Wenn die Hohepriesterin sich nicht vorstellen konnte, dass in dieser Nacht noch anderswo Verrat verübt worden war, so war es nicht an einer kleinen Gehilfin, sie darüber zu belehren.

Die Hohepriesterin stieß ein melancholisches Seufzen aus. »Wenn dies nur nicht ein notwendiges Übel wäre, ein Fall, den unser lieber Prinz erdulden muss, um Demut zu lernen, bevor sein Blut mit dem Land vereint und ein Königreich geschaffen wird. Wenn er doch nur hören wollte! Stattdessen muss alles, was zu seiner Vorbereitung nötig ist, im Verborgenen geschehen.«

Sie wandte sich Palamar zu. »Endlich ist der Mond des Götterkönigs Andion erreicht, und es ist an der Zeit, das tiefste Geheimnis meiner Mutter zu offenbaren«.

Völlig überrascht verhielt sich Palamar sehr ruhig.

Dervla schritt in die Mitte des Raums. Sie stemmte den innersten Stein des Bodens hoch und enthüllte ein geheimes Versteck, von dessen Existenz Palamar nichts gewusst hatte. Die Hohepriesterin sprach einen Zauber, und der Gegenstand darin schwebte zu ihr wie ein Falke auf die Faust seines Herrn.

Es war ein Dolch. Eine kurze, schmale Klinge, auf der eine Runeninschrift stand. Das Metall war von stumpfer Farbe und verschmutzt, als wäre es vor Jahrhunderten geschaffen worden, hätte aber damals seinen Zweck verfehlt; dennoch hatte es bis zu diesem Zeitalter fortbestanden in seiner fehlgeschlagenen, dunklen Macht.

»Was ist das?«

»Dies ist der *In Raku,* der Königsmacher. Meine Mutter rang diese Waffe der Ziegenhirtin ab«, antwortete Dervla und hielt mit begierig blitzenden Augen die Waffe hoch. »Mit diesem Sieg errang sie zugleich das Recht und die Pflicht, selbst ein Königtum zu erschaffen, ein Recht, das sie an mich weitergab, um die Zyklen Tielmarks ein für alle Mal zu beenden.«

Palamar kannte den Dolch aus Familiengeschichten, obwohl die Version der Lacontes ein wenig anders lautete. Es war Marie gewesen, die der Ziegenhirtin die Klinge entrissen hatte, nicht Delcora.

»Was habt Ihr vor?«

»Ich werde ihn dazu benutzen, die Prophezeiung zu erfüllen: Unter dem Mond des Götterkönigs werde ich ihn einsetzen und Benet zum König machen.«

Palamar lief es eiskalt den Nacken herunter. Der Schatten einer düsteren Vorahnung überkam sie. Einen Moment lang glaubte sie beinahe an Delcoras Prophezeiung.

»Aber was bedeutet das?«, fragte sie. »Wie wollt Ihr das vollbringen?«

»Der Bissantiner Gesandte hatte heute eine Audienz beim Prinzen – kurz bevor Benet sich mit Gaultry traf. Ich war anwesend, als er die Neuigkeit überbrachte: Sciuttarus hat die Gerüchte bestätigt. Es ist nun offiziell. Der Mordbube wurde auf Bissantys Schattenthron von Tielmark erhoben.«

»Die Gerüchte bestätigt?« Palamar hatte keine Gerüchte gehört.

»Warum sonst hätten wir wohl Jagd auf ihn gemacht?«, fragte Dervla ungeduldig. »Hörst du denn *nie* aufmerksam zu, wenn ich dir etwas mitteile? Warum sonst sollte ich mich so darüber freuen, dass Gaultry Blas zurückgekehrt ist, und mich so darum bemühen, ihren Jungen in meine Hände zu bekommen?«

Dervla hatte Palamar nur gesagt, dass die Brut am besten geschützt wäre, wenn sie selbst den Jungen in geheimen Gewahrsam bekäme. In der Eile, einen neuen Plan zu entwickeln, schien sie das vergessen zu haben.

»Ihr wolltet ihn töten?«, fragte Palamar, und eine fiebrige Hitze schoss durch ihren Körper. Wenn das stimmte, waren all ihre geheimen Pläne umsonst gewesen. Wenn sie es nur gewusst hätte, dann hätte sie Dervlas Plan mit all ihrer Macht *unterstützt*. »Ihr wolltet ihm den Königsmacher ins Herz stoßen?«

»Zur rechten Zeit, zur richtigen Stunde«, nickte Dervla. »Aber nun wird es so nicht gehen. Nicht, da Benet ihm Tielmarks Schutz geschworen hat.« Sie schwang den *In Raku.* »Aber solange wir den Dolch haben und der Junge in der Nähe bleibt, ist noch nicht alles verloren. Wir müssen nur einen Weg finden, Benets Schwur zu umgehen, ohne ihn zu entehren.«

Palamar starrte auf den *In Raku*, wie gebannt vom Versprechen seiner Macht. Kein Wunder, dass das Metall so alt und müde wirkte. Die Macht, die in der Klinge eingefangen war, schrie laut genug, um die Aufmerksamkeit der Götter zu erringen. Auf einmal musste sie an die Prophezeiung denken. *Rot färben wird sich dermaleinst der Pfad des Prinzen von Tielmark vom Blute der Geheimen Brut.* Die Brut-Prophezeiung, der sich Marie Laconte verschworen hatte, um auch ihre Erben diesem Pfad zu verpflichten: den Prinzen zum König zu machen oder bei dem Versuch zu sterben. Dies war die Klinge, die diese Prophezeiung erfüllen konnte.

Sie sah zu, wie Dervla ganz in sich versunken die Klinge blitzen ließ und sie besitzergreifend an sich drückte. Die Frau war blind, wenn sie glaubte, dass Palamar die Gelegenheit nicht nutzen würde, ihre Rache und gleichzeitig die Königswürde für Tielmark zu bekommen.

Aber schließlich wusste Palamar bereits, dass Dervla blind war.

Dervla hatte hilflos dagestanden und zugesehen, wie die alte Herzogin aus dem Leben schied und die Kraft ihres Herzblutes sich unaufhaltsam in die Wiege des ungeborenen Prinzchens ergoss. »Gabrielle, Gabrielle!«, hatte sie gerufen. »So weit dürft Ihr nicht gehen! Der Schutz für das Kind ist schon stark genug! Behaltet auch etwas für Euch!«

Die Hohepriesterin hatte keinen Verdacht geschöpft, dass es ihr eigenes Amulett auf Melaudieres Brust war, das die alte Zauberin dazu zwang, sich bis an die Grenzen ihrer Kräfte zu verausgaben; sie hatte nichts davon geahnt, dass sie Zeugin der gerechten Bestrafung von Elsbet Lacontes Mörderin wurde. Palamars heimlich eingewobener Syphon-Zauber im Amulett der Hohepriesterin hatte sich völlig unbemerkt entfaltet, die Lebenskraft der alten Frau gebrochen und sie so ganz im Geheimen in den Tod geschickt.

Palamar hätte zwar eine öffentliche Hinrichtung durch den Strick vorgezogen, doch sie hatte sich damit abgefunden, dass sie die nie bekommen würde. Sie dachte pragmatisch; als Enkelin der kriegerischen Gräfin Marie war sie dazu erzogen worden, die Grenzen ihrer Kraft und ihres Einflusses zu beachten.

Die junge Erbin der großen Marie Laconte starrte auf ihre Herrin und zwang sich zur Geduld.

Sie würde den *In Raku* und den Mordbuben bekommen, und sie würde die Königsmacherin sein, welche die Prophezeiung der Brut erfüllte. Nichts, aber auch gar nichts durfte sich ihr in den Weg stellen. Alle hielten sie für schwächlich.

Sie würde ihnen das Gegenteil beweisen.

12

Während der Leichnam der Herzogin von den Priestern eingeäschert wurde, regnete es unablässig. Die Mittsommertage unter dem Erntemond des Schwertgottes waren vorüber, und mit ihnen auch das schöne, warme Wetter. Im Morgengrauen war ein Sturm aufgezogen, und aus dunklen Wolken peitschte Regen über das Land.

In Verbindung mit dem Angriff auf den Prinzen am vergangenen Abend und dem Hinscheiden der Herzogin von Melaudiere schien dieser erste Tag nichts Gutes für den neuen Mond des Sonnenkönigs zu verheißen.

Am gestrigen Abend hatten sich die Ereignisse förmlich überschlagen. Während Gaultry, Mervion und Tullier das Stadthaus wieder verrammelt und sich in den Palast begeben hatten – nachdem die traurige Aufgabe erledigt war, Melaneys Leiche in Eis zu packen und Melaudieres Bediensteten für ihre letzte Reise zum Herrenhaus ihrer Familie zu übergeben –, hatte der Prinz eine private Unterredung mit Martin und der Sharif geführt, die unerwartet lange gedauert hatte.

Die Nacht war schon weit fortgeschritten, als Martin die Sharif zu Gaultrys Gemächern brachte und Gaultry – die während des langen Wartens eingenickt und deshalb ganz benommen war – darum bat, mit ihm gemeinsam bei der Einäscherung der Herzogin die Totenwache zu halten.

So war ein ganzer Tag vergangen, und der mit Gras bewachsene Friedhof, welcher am hinteren Ende des Palasthügels sanft zu einer geschützten Bucht mit weißem Sandstrand abfiel, hüllte sich in die Schatten der Dämmerung. Der Regen dämpfte das Rauschen des Meeres und ließ die Szenerie noch melancholischer wirken.

Gaultry stand im Schatten des Portals vor der Einäscherungshalle und lauschte dem Regen und dem gedämpften Lärm der Arbeiten drinnen. Es war ein langer Tag gewesen; ein langer, ungemütlicher Tag. Vor ihr lag noch eine lange Nacht, die nicht viel angenehmer zu werden versprach. Martin, der durch seinen Schwur als Erster Klagemann der Herzogin verpflichtet war, konnte den Ort nicht verlassen, bis beim nächsten Morgengrauen die Asche zeremoniell aufgeteilt worden war; Gaultry hatte den Trauerschwur mit ihm zusammen abgelegt und wollte ihm während der traurigen Totenwache Gesellschaft leisten. Sie lächelte ein wenig bitter, als sie den Tag noch einmal vorüberziehen ließ. Der Brauch, die Toten zu verbrennen, wurde in dem dichten Waldland, wo sie aufgewachsen war, wenig gepflegt. Wenn sie gewusst hätte, wie kompliziert und langwierig die Beisetzungsriten für ein Mitglied des Hochadels waren, hätte sie vielleicht gezögert, ihm dieses Versprechen zu geben.

Nach einem langen Tag des Betens, während der Leichnam langsam verbrannte, würden sich die Gebete und die Einäscherung auch über die ganze Nacht hinziehen. Morgen, nach der Zeremonie der Ascheteilung bei Sonnenaufgang und der formellen Beisetzung eines Teils der Asche in der Aussegnungskapelle des Prinzen um die Mittagszeit würde der Rest des Tages mit Trauerreden und Riten vergehen, während Melaudieres Asche durch besondere Botenreiter auf die zahlreichen Ländereien der Herzogin verteilt wurde.

Nach über sechzig Jahren im Dienste Tielmarks und seiner Prinzen waren die Besitztümer der Herzogin groß und über das ganze Land verteilt. Es war ernüchternd, wie weit verstreut ihre Überreste ruhen würden. Gaultry kam es geradezu unnatürlich vor.

Diese Pause, während der recht wenig getan werden konnte – sie würde bald genug neuer Hektik weichen. Im Laufe des Tages hatten immer wieder Bedienstete bei Martin vorgesprochen, um sich neue Anweisungen zu holen. Aus diesen schloss Gaultry, dass Martin auf Benets Drängen hin Vorbereitungen traf, sich schon am nächsten Morgen an die Front gegen die Lanai aufzumachen; mehr noch, Benet selbst würde mit ihm reiten, begleitet von den Rittern seines innersten höfischen Zirkels.

Zur Überraschung des gesamten Hofes rührte diese Entscheidung des Prinzen vom unerwarteten Austausch mit der Sharif her, mittels der so plötzlich entstandenen gedanklichen Verbindung. Gaultry wusste über die Einzelheiten nicht Bescheid, sondern hatte nur erfahren, dass irgendetwas in diesem Gedankenaustausch ihn zutiefst gewandelt und ermutigt hatte. Nach einer kurzen, hektischen Unterredung mit seinen Beratern hatte er beschlossen, den politischen Alltag hinter sich zu lassen und nach Westen in den Krieg zu ziehen.

Martins dräuender Abschied stand somit noch unmittelbarer bevor, als sie beide befürchtet hatten.

Und über nichts von alledem hatten sie bisher ein Wort gewechselt.

War ihr der Tag des Trauerns qualvoll und endlos lang erschienen, so sollten die Stunden nach Sonnenuntergang reichlich Abwechslung bieten. Gerade als die Sonne hinter dem Palasthügel versank, ließen Wind und Regen einen Teil des Einäscherungsofens einstürzen.

Fast zwei Stunden lang mussten die Zeremonien unterbrochen werden; die Friedhofswärter riefen Gaultry, Martin und die drei Priestergehilfen, die das Feuer hüteten, zu Hilfe; die fünf sollten das Loch notdürftig abdichten, während die Wärter hastig und reichlich verängstigt versuchten, die von vielen Zaubern zermürbte Mauer im hinteren Teil des Ofens zu reparieren. Als die Nacht hereinbrach, wurde die anstrengende Arbeit, Sandsäcke herbeizuschaffen und beim Mauern zu helfen, immer scheußlicher und gefährlicher. Es war bewundernswert und geradezu beeindruckend, welch einen eisernen Willen der oberste Wärter bewies, während er einen Keil aus kaltem Feuerstein nach dem anderen in die glühend heiße Mauer trieb. Doch bis die Arbeit zu seiner Zufriedenheit beendet und der letzte Sandsack gefüllt war, dauerte es bis weit nach Mitternacht.

Dann gab es eine zweite Welle hektischer Betriebsamkeit, als die Priestergehilfen – und Martin als Erster Klagemann – sich beeilten, die in der Zwischenzeit versäumten Gebete nachzuholen.

Zumindest davon blieb Gaultry zu ihrer Erleichterung verschont.

Ein leises Geräusch aus dem Krematorium ließ sie aufblicken.

»Da bist du ja«, sagte Martin und trat zu ihr. Seine Augen waren gerötet und blickten müde; das stundenlange Beten strengte ihn offensichtlich an. »Hast du dich schon waschen können?«

Gaultry schüttelte den Kopf. »Ich warte bis zum Morgen. Jetzt ist es ohnehin dunkel, und ich bin zu erschöpft.«

»Sie haben die Gebete endlich nachgeholt. Zum Glück hat diese kleine Katastrophe die Einäscherung nicht hinausgezögert.« Er brachte ein Grinsen zustande. »Ich glaube, Grandmère hätte das Spektakel genossen, dass bei dieser schmutzigen Arbeit alles hektisch um sie herumspringt. Das ist ein passender Abschluss – dass ihr Tod dazu dient, eine verborgene Schwäche in einem baufälligen Gemäuer ans Licht zu bringen. Vielleicht sollte ich meinen Anteil an ihrem Erbe stiften, damit die Einäscherungshalle erneuert werden kann.«

Gemeinsam stellten sie sich in einer geschützten Nische neben dem Portal unter. Die kleine Sitzbank darin war kalt und hart, aber dennoch höchst willkommen. Gaultry legte den müden Kopf an seine feuchte Schulter, dankbar für den Schutz der Dunkelheit, der ihnen diese Vertrautheit gestattete.

Der Tag war anstrengend und hart gewesen, weil das schlechte Wetter die Trauer um den Verlust so trostlos untermalte, doch er hatte auch seine schönen Augenblicke gehabt. An Martins Seite zu stehen, so nah, dass der Aufschlag seines Ärmels das Kleid an ihrer Hüfte streifte, während sie angemessen würdevoll ihren geteilten Gefühlen Ausdruck verliehen und doch offen ihre Trauer teilen durften ... darin lag etwas, das stärker war als Gaultrys

Traurigkeit und das ungewisse Schweigen über Martins bevorstehende Abreise, zu dem sie sich entschlossen hatte.

Man hatte ihnen einen Tag der Freiheit von den drängenden Angelegenheiten des Reiches gewährt. Selbst während sie heiße, von der Asche schmierige Steine aus dem eingestürzten Einäscherungsofen zerrte, war ihr bewusst, dass ihr diese Stunden in den kommenden Tagen unendlich wertvoll erscheinen würden. Zeit mit Martin, so gut wie allein.

Sie nickte an Martins Schulter gelehnt ein und schlief bald so tief und ruhig, dass sie es gar nicht merkte, als er sie sanft niederlegte, um sich wieder den Gebeten zu widmen.

Martin weckte sie kurz nach Sonnenaufgang. Sie erhob sich von der kratzigen Decke, die er ihr als Kissen unter den Kopf geschoben hatte, und trat aus der Nische. Der Wind hatte sich gelegt, doch der Regen fiel weiter, nun als trübseliges Nieseln. Das düstere Licht des wolkenverhangenen Morgengrauens enthüllte, wie schmutzig sie und Martin tatsächlich geworden waren. Beide waren durch die Arbeit an den Grundmauern von Kopf bis Fuß mit Asche und Lehm verschmiert.

»Dervla ist gekommen, um die Asche aufzuteilen«, sagte Martin, zog sich die ausgeschüttelten Stiefel wieder an und fuhr sich durch das wirre Haar. »Offenbar will sie diesen Teil der Zeremonie rasch hinter sich bringen, noch vor dem Frühstück.«

Die Hohepriesterin trug schlichte Trauerkleidung, grau in grau, damit die Asche nicht so auffiel, welche unweigerlich ihre Gewänder beschmutzen würde. Ihre Amtskette aus wunderschön getriebenem Silber lag um ihre Taille, ihr Kopf war unbedeckt, und das lange, prächtige braune Haar mit einzelnen silbernen Strähnen fiel ihr als Zeichen der Trauer und des Respekts offen über den Rücken. Ihre makellose Erscheinung stand in scharfem Kontrast zum Äußeren der beiden, die sie am Portal erwarteten, obzwar die Anspannung und Müdigkeit in ihrem Gesicht darauf schließen ließen, dass auch sie eine unruhige Nacht verbracht hatte. Sie nahm die Trauernden nicht zur Kenntnis, als sie den Vorraum der Einäscherungshalle betrat und die Klappe des oberen Ofens öffnete; ihre drei Gehilfen versammelten sich um sie und erzählten ihr flüsternd von dem Unfall an den Grundmauern hinter dem unteren Ofen.

Wie Dervla so im glänzenden Licht des offenen Ofens stand und dem Bericht lauschte, wirkte sie abgemagert und schmal, als habe eine lange Fastenzeit sie grausam ausgezehrt. Als ihre Gehilfen zu Ende gesprochen hatten, nickte sie knapp und schickte sie zurück an ihre Plätze. Sie lehnte sich vor und blickte in den Ofen; ihre gestrenge Haltung schien sie vor der sengenden Hitze zu schützen, während sie mit leiser Stimme in die Glut hineinsang und beschwörende Gesten machte. Ihr steifer Rücken spiegelte Wut oder große Unzufriedenheit wider.

»Geht es ihr nicht gut?«, flüsterte Gaultry.

»Sie ist mit vielem unzufrieden«, erwiderte Martin. »Und Benets Entschlossenheit, noch heute Mittag nach Westen an die Front aufzubrechen, macht sie gewiss nicht froher. Sie wird den Palast nicht verlassen können, bevor die Begräbniszeremonien abgeschlossen sind, während er nach Westen aufbricht.«

Mittag. Zu genau der Stunde, da Dervla mit den letzten Riten zur Aussegnung der Herzogin beschäftigt sein würde. »Das verstehe ich nicht«, meinte Gaultry. »Will er denn ohne den Segen seiner Hohepriesterin in die Schlacht ziehen?«

»Er hat ihn schon«, erklärte Martin knapp. »Er hat ihr letzte Nacht befohlen, ihn zu segnen, unter vier Augen und gegen ihren ausdrücklichen Willen. Sie wollte eine öffentliche Segnung, und er hat sie ihr verweigert. Lily wird Benets Aufgaben bei Grandmères Trauerfeier übernehmen, während Benet und seine Krieger schon nach Westen unterwegs sind.«

Dass Benet Dervla derart brüskierte, hätte Gaultry Mut machen sollen, doch sie hörte aus Martins Worten nur heraus, dass Benet Martin umfassend ins Vertrauen gezogen hatte; somit wurde Martin wieder einen Schritt weiter in Richtung auf die

Übernahme eines offiziellen, hohen Rangs im militärischen Kommando des Prinzen gedrängt – einen Schritt, den der Prinz schon lange anstrebte und den Martin, enttäuscht von Titel und Ehren, lange Zeit abgelehnt hatte. Verstört blickte Gaultry in das glühende Innere des Einäscherungsofens. Auf dem Bahrentisch in der Mitte, den sie hinter Dervla gerade noch erkennen konnte, leuchtete ein Berg von Asche und Kohlen, Orange auf Schwarz, noch verstärkt durch die Lichtspiegelung der Ummauerung.

Gabrielle von Melaudiere hatte immer schon gewusst, dass Martin seinem Prinzen dienen musste. Bei seiner Begabung zum Krieger war es unausweichlich, dass zumindest ein Teil dieses Dienstes darin bestehen würde, Tielmark auf dem Schlachtfeld zu verteidigen. Doch die alte Dame hatte Gaultry mehr als einmal gestanden, welche Ängste der Tod von Martins älterem Bruder Morse in ihr wachgerufen hatte – er war als oberster Heerführer von Prinz Ginvers, Benets Vater, ums Leben gekommen. Vor Morse hatte Melaudiere ihre beiden Söhne auf dieselbe Weise verloren, auf ebendiesem Posten. Sie hatte verhindern oder zumindest hinauszögern wollen, dass Martin dasselbe Schicksal ereilte, und sie hatte ihn beschworen, niemals an Benets Seite in die Schlacht zu reiten.

»Wirst du um die Mittagszeit mit Benet nach Westen aufbrechen?«, fragte Gaultry. Sie sprach so gelassen wie möglich, doch sie war zu müde, um ihren Schmerz vollkommen verbergen zu können, als Martin widerstrebend nickte.

»Ja, das werde ich. Ich hatte gehofft, du könntest mich bei der Mittagszeremonie vertreten. Grandmère hätte sich das gewünscht.«

Es war zu bald. Sie hatte zugesehen, wie er nach seinen Dienern schickte und Vorbereitungen für die Abreise traf. Dennoch geschah es einfach zu bald.

»Der Prinz und ich haben uns noch in der Nacht nach Grandmères Tod für diesen Zeitpunkt entschieden«, erklärte Martin.

»Allegrios Rex! Ich konnte ihn nur mit Mühe davon abbringen, sich noch in derselben Nacht in den Sattel zu schwingen. Deine Ardana – bist du sicher, dass sie ihn nicht behext hat? Ich würde es beschwören, wenn sie mir nicht zu Hilfe gekommen wäre: Nur gemeinsam konnten wir Benet davon überzeugen, dass es besser sei, seinen Rittern wenigstens einen Tag Zeit zu geben, um ihre Männer und ihre Ausrüstung vorzubereiten, als sie durch Zwang dazu zu bewegen, den plötzlichen Einfällen ihres Prinzen nachzugeben und im Nachthemd auszurücken.«

»Ich weiß, dass der Prinz an der Front gebraucht wird«, sagte Gaultry. »Ich wünschte nur, er würde noch ein wenig warten.«

Martin seufzte. »Dann hättest du unserem Prinzen die Ardana nicht vorstellen dürfen. Was auch immer *von der Sonne gezeichnet* bedeuten mag, Benet hat es als das lang erwartete Zeichen dafür aufgefasst, dass er seinen Aufbruch jetzt nicht mehr hinauszögern darf.«

Von der Sonne gezeichnet. Die Sharif hatte in den wenigen Augenblicken, die ihnen geblieben waren, bevor die Heerführerin auf ihr provisorisches Lager niedersank, nur eine kurze, wirre Erklärung für diese Worte gegeben, dann hatte Gaultry auch schon mit Martin zur Einäscherung aufbrechen müssen.

Die Sharif konnte ihre Gedanken mit jenen teilen, denen sie vertraute, doch dieses Vertrauen musste für gewöhnlich erst verdient werden; sie gewährte es sonst nie so bereitwillig. Doch während des Durcheinanders beim Kampf in Martins Stadthaus hatte der Prinz in Gedanken die Sharif gerufen und diese Verbindung hergestellt. Sie behauptete, er habe sie angerufen und ihr wahre Berserker-Kräfte verliehen – obgleich Gaultry insgeheim glaubte, dass es fast jeden in einen Blutrausch versetzen würde, an der Seite einer mörderischen Raubkatze zu kämpfen. Doch die Sharif hielt an ihrer Erklärung fest.

Die Macht, mich zu rufen und mir solche Kräfte zu verleihen – nur jene, denen es bestimmt ist, große und mächtige Herrscher zu werden, können sie besitzen. Die Sharif glaubte, dass das, was zwischen ihr und Benet geschehen war, die Gegenwart ihres Gottes in jenem Augenblick bewiesen hätte. *Andion Sonnenkönig herrscht in Ardain, wo wir Ihm unter den Großen Zwölf die größte Ehre erweisen. Ich hätte nie erwartet, das Zeichen der Sonne auf deinem weißhäutigen Prinzen zu entdecken. Aber sei versichert, dass Andions Auge auf ihm ruht.*

»Von der Sonne gezeichnet bedeutet, dass sie glaubt, Benet habe die Macht, König zu werden«, erklärte Gaultry trocken. »Ich bin sicher, dass Benet das nur allzu gerne hört.«

In der Einäscherungshalle bekam Dervla von einem ihrer Gehilfen ein Tablett mit tönernen Urnen überreicht. Sie zeichnete mit einer Hand die Doppelspirale der Zwillinge darüber und stellte die kleinen Gefäße dann in die verglühenden Kohlen unter dem Bahrentisch, um sie zu erwärmen.

»Wenn das nicht von der Sharif ausginge, würde ich es für faulen Zauber halten«, bemerkte Martin. »Aber du hast Recht. Es ist genau das, was Benet hören wollte, und es kam genau zur rechten Zeit – in dem Augenblick, als er erhitzt den Triumph des Kampfes genoss, nach der langen Kühle seines höfischen Lebens.« Er fuhr sich müde mit der Hand durchs Haar und lächelte schwach. »Wenn es die politischen Berechnungen des Hofes durcheinander bringt, muss es wohl sein Gutes haben. Wie gern hätte ich Dervlas Gesicht gesehen, als sie herausfand, dass Benet ein Schiff beschlagnahmt hat, das die Sharif und ihre riesige Katze zurück nach Ardain bringen soll. Eine solche Ehre ist keinem Ausländer zuteil geworden, so lange ich zurückdenken kann.«

Dervla war nicht die Einzige gewesen, die Benets Handlungsweise überrascht hatte. »Die Großzügigkeit des Prinzen hat mir geholfen, meinen Schwur zu erfüllen, dass ich sie sicher in ihre Heimat zurückbringen würde«, sagte Gaultry. Sie verschwieg ihm jedoch, wie traurig es sie insgeheim machte, dass auch die Sharif sie bald verlassen würde. »Aber ihr guter Rat wird mir fehlen.«

»Wie mir die Weisheit meiner Großmutter, die zu einer noch weiteren Reise aufgebrochen ist.«

Sie schwiegen eine Weile, während Gaultry über das seltsame Band nachdachte, welches der Prinz mit der Sharif aus dem wilden Wüstenland geknüpft hatte, und Martin sich seiner Trauer hingab.

Drinnen schickte Dervla sich nun an, die Asche der Herzogin in die kleinen Urnen zu verteilen. Als sie schon halb fertig war, kam einer ihrer Gehilfen mit zwei kleinen Tongefäßen zu ihnen heraus. Er war der Jüngste, ein Knabe mit einem kastanienbraunen Schopf. Gaultry begrüßte ihn mit einer knappen Verbeugung, da sie seinen Namen nicht kannte; Martin neigte nur leicht den Kopf. Der Junge reichte Martin die dick glasierten Gefäße, verneigte sich und machte das Zeichen der Zwillinge. »Master Stalker«, sagte er respektvoll. »Meine Herrin gab mir zu verstehen, dass Ihr nicht an der abschließenden Zeremonie teilnehmen werdet, noch an der Trauerfeier im Palast. Deshalb lässt die Erhabene Euch – durch meine Hand in Treue zu Elianté und Emiera – diese Reliquien überbringen, für Euch selbst und für Melaudieres Erben. Schwört mir, dass Ihr sie beisetzen werdet, wie die Achtung der Götter und ihrer Schöpfung es verlangt.«

»Ich schwöre es«, sagte Martin, »bei den Zwillingsgöttinnen, Allegrios Rex und allen Großen Zwölf gemeinsam.«

Der Gehilfe runzelte die Stirn über die Anrufung des Wassergottes, doch er ließ sich durch diese unerwartete Antwort nicht von den angemessenen Förmlichkeiten ablenken. »Bei meiner Ehre als Diener der Göttinnen Elianté und Emiera entlasse ich Euch mit Ihrem göttlichen Segen aus Eurem Trauerschwur.« Er machte noch einmal das Zeichen der Zwillingsgöttinnen und kehrte dann in die Einäscherungshalle zurück.

»Sehen wir zu, dass wir hier wegkommen«, sagte Martin barsch und warf einen letzten Blick hinein zum Ofen. »Hilfst du mir bitte damit?« Er reichte Gaultry eines der Gefäße. Es war fast glühend heiß von den Kohlen, in denen es gestanden hatte, vielleicht auch von der Hitze der Asche im Inneren. Gaultry legte eine Hand schützend über den Rand, damit der Inhalt nicht nass wurde, als Martin sie aus dem Schutz des Portals in den Regen führte.

Unter ihnen erstreckte sich der Friedhof über einen breiten Abhang, der sanft zur See hin abfiel und aus dem hier und dort zerklüftete Felsen aufragten. Die wichtigsten Gebäude und Grabmale befanden sich ganz oben auf dem Hügel, wo die Landschaft ein wenig mehr Schutz bot. Sehnsüchtig blickte Gaultry zur Silhouette des Palastes auf den Felsen über ihnen hinauf und zog sich die Kapuze übers Haar. Sie war müde und fror. Sie wollte ein Bad und ein warmes Bett – sie hatte sich beides verdient. Aber wenn Martin und der Prinz vorhatten, noch heute Mittag zur Grenze abzurücken, würden diese Annehmlichkeiten warten müssen.

Der schneidende Seewind hatte sich fast völlig gelegt. Die Regenwolken zogen majestätisch am Himmel dahin und ließen ihre nasse Last auf das Land niederfallen. Von fern schallte der einsame Ruf eines Seevogels über das Wasser, obgleich kein gefiedertes Wesen zu sehen war.

Martin deutete auf die Stelle, zu der er wollte, eine kleine Sandzunge, die unterhalb der Friedhofsgrenze in die regnerische See hinausragte. Gaultry war nicht begeistert davon, diesen langen Abhang hinunterzugehen, nur um ihn später wieder hinaufsteigen zu müssen, doch für den Moment wollte sie Martins Führung folgen und behielt diesen Gedanken für sich.

Er schlug einen Pfad ein, der sie geradewegs den Hügel hinabführte. Gaultry passte sich seinen langen Schritten an und fiel an seiner Seite in seinen Rhythmus ein. Es war eine Erleichterung, endlich dem Übelkeit erregenden Brandgeruch der Einäscherungsstätte zu entkommen. Ihre Stiefel traten das lange Sommergras nieder und ließen süßlichen Wiesenduft aufsteigen, der sich mit der frischen Seeluft vereinte, um ihre Lebensgeister zu wecken. Bald ließen sie den dichter mit Gräbern versehenen Bereich des Friedhofs hinter sich und stapften durch tiefes, lange nicht gemähtes Gras. Hier waren die Gräber älter, die Grabmale kleiner und der Boden weniger eben. Als Gaultry über einen niedrigen, verwitterten Stein stolperte, der im Gras verborgen war, hielt Martin inne, damit sie ein wenig verschnaufen konnte.

Nun erkannte sie zwischen den hohen Halmen vier bemooste kleine Urnen, welche in Nischen im Stein verborgen standen. Eine war schon vor langer Zeit zerbrochen und umgefallen, doch statt Asche schien sie Moos und Flechten zu verschütten.

»Das hier sind die ältesten Gräber«, bemerkte Martin und drückte mit der Stiefelspitze das Gras um den Stein herum nieder, um ihr die darin eingeritzten Götterzeichen zu zeigen. »Jede Stelle weiter den Hügel hinauf ist schon viele Male geräumt und wieder benutzt worden. Und die Gräber weiter unten sind im Laufe der Jahrhunderte von den Winterstürmen zerstört worden.«

Gaultry zog die Hände in die Ärmel, um sie zu wärmen, und blickte zum Wasser hinab. Dieses Grab lag noch weit oberhalb der sichtbaren Flutlinie auf dem letzten grasbewachsenen Plateau, hinter dem ein Abhang zur See hinunterführte. Tief im Inneren des Landes aufgewachsen, hatte sie das Meer noch nie bei Sturm erlebt, und sie vermochte sich die gewaltigen Kräfte kaum vorzustellen, welche es vermochten, Wellen bis hier herauf zu schleudern. »Es ist so still heute«, sagte sie. Das klare, vom Regen gesprenkelte Blau des Wassers hatte im Licht der tief stehenden Morgensonne einen ungewöhnlichen türkisfarbenen Schimmer angenommen.

»Ich glaube, die Leute, die sich hier bestatten ließen, haben die See verehrt«, sagte Martin und starrte über die kleine Bucht aufs offene Meer hinaus. »Sie müssen gewusst haben, dass die Brandung eines Tages ihre Asche mitnehmen würde.«

Gaultry zuckte mit den Achseln. Sie hatte Martin während der Riten beistehen wollen, die ihm von früheren Todesfällen her vertraut waren, doch sie fühlte sich nicht recht wohl mit den nekromantischen Zügen, die sie in der aufwändigen Verteilung der Asche erkannte. Wenn den traurigen Überresten der Toten eine

Macht innewohnte, so wollte sie nichts davon wissen. »Willst du deinen Teil der Asche in die See streuen?«, fragte sie.

Martin nickte. »Ich werde den Anteil meines Cousins Gavin aufheben, bis ich ihn wieder sehe. Aber meinen eigenen – dieser Krieg mit den Lanai ist eine sehr ernste Sache, und ich will meine Angelegenheiten in Ordnung bringen, bevor ich in die Schlacht reite. Ich weiß, dass es Grandmère lieber wäre, an den Klippen von Seafrieg mit dem Wasser vereinigt zu werden, doch vor den Göttern ist die See ein einziges Reich, und diese Stelle hier wird genügen müssen.«

»Ich wünschte, ich könnte mit dir nach Haute-Tielmark ziehen«, sagte Gaultry.

Martin nahm die Urne wieder an sich, die er ihr gegeben hatte, und brachte sie sicher im dichten Gras neben dem kleinen Grabstein unter. »Das wäre auch mein Wunsch«, erwiderte er. »Doch dies ist kein gutes Jahr, um dich mit dem Schlachtfeld bekannt zu machen. Wenn dieser Sommerfeldzug sich auf die traditionellen Scharmützel bei Llaras Kessel beschränken würde, hätte ich dich gern dabei. Der See dort und der große Wasserfall – sie sind sehr schön, und ich würde sie dir gerne zeigen. Aber dieses Jahr haben wir einen Krieg mit drei Fronten. Das westliche Hügelland Haute-Tielmarks befindet sich im Aufruhr und ist sehr gefährlich. Wir haben es diesmal nicht mit den üblichen kleinen Horden von Stammeskriegern und ihren Scharmützeln zu tun. Dieses Jahr haben sie Verstärkung von Kriegern vom Fernen Berg erhalten, Männern, die ihr Leben als Räuber oder Söldner verbracht haben. Diese Kämpfer verfolgen umfangreichere Ziele als Mutproben und Ruhmestaten – obgleich diesen Sommer auch ihre Ehre auf dem Spiel steht nach der Schmach, die ihr König erlitten hat. Er hat sich geschworen, die Herden wieder aufzubauen, die sein Schwiegersohn verlor, obgleich sie auf ihren Hochweiden absolut sicher hätten sein sollen.«

Martin nahm Gaultrys Hand. Seine Haut war warm von dem Tongefäß. »Und da ist noch die schwer einzuschätzende Rolle des unbekannten Bissantiner Wunderstrategen, der den Lanai diese vernichtende Niederlage im Hochgebirge bereitet hat. Er soll ein militärisches Genie sein, halb Bissantiner, halb Dramaya, und die größten Vorzüge dieser alten Stämme in sich vereinen. Er ist kaum so alt wie dein Tullier und hat sich bereits als brillanter Feldherr bewiesen. Er und seine Männer sind zur Ehrung nach Bassorah geladen worden. Wer weiß, was uns bevorstünde, wenn der Kaiser ihn von Norden her gegen uns in die Schlacht schickte?«

Gaultry machte besorgt das Zeichen der Zwillingsgöttinnen. »Die Grenze im Norden steht unter dem Schutz der Götter. Elianté und Emiera wachen dort für uns.«

»Das stimmt«, sagte Martin. »Doch das wird uns nicht viel nützen, wenn Bissanty unsere Streitmacht dort bindet, während die Lanai uns noch immer vom Westen her in den Rücken fallen.« Er schüttelte den Kopf. »Sprechen wir jetzt nicht mehr davon. Ich habe dir etwas anderes zu erklären.«

Er hatte wieder nach ihrer Hand gegriffen. Die Hitze seiner Handfläche …

Gaultry erkannte plötzlich, dass mehr als nur die Urne ihn so erhitzte. Sie errötete und wollte zurückweichen, doch er hielt ihre Hand mit sanftem und doch festem Griff. »Gaultry. Bevor wir nach Bissanty gereist sind, haben wir uns einmal offen über die Bande zwischen uns ausgesprochen. Von unserer ersten Begegnung an hat ein magischer Bann unsere Leidenschaft geschürt, doch unsere Bande gehen weit über solche Zaubereien hinaus. Bevor ich dich heute verlasse, muss ich dir erklären, was in Bissanty mit mir geschehen ist.«

»Es hat dich verändert«, platzte Gaultry heraus. »Du bist jetzt wilder. Muss ich denn noch mehr wissen?«

Er nickte. »Ja, das musst du. Vor Bissanty habe ich dich vor mir gewarnt, weil irgendetwas in meinem Inneren mir die Fähigkeit entzog, Gefühle zu empfinden. Das magische Feuer des Banns, mit dem dein Vater mich belegt hatte, hat über ein Jahrzehnt der

Starre und Taubheit hinweggefegt. Doch sobald der Bann erfüllt war, spürte ich, wie ich wieder erstarrte und in diese Betäubung zurücksank. Ohne die Magie, die mich erhitzte, befürchtete ich, dass meine Jahre als Soldat mir die Fähigkeit geraubt hätten, jemanden zu lieben.«

»Das hast du mir kurz vor Tulliers Auftritt beim Fest der Emiera erzählt«, sagte Gaultry. Martin hatte ihr damals wie in einem seltsamen Fieber gegenübergestanden – einem Fieber, das dennoch seinen kalten, ruhigen Herzschlag nicht berührte. »Du hast mir Angst gemacht, aber ich wusste nicht, was ich hätte tun können.«

Martin nickte. »Mein Verstand und mein Körper schienen wie durch einen Wall aus Eis voneinander getrennt zu sein. Ich verstand damals selbst nicht, was mit mir geschah, nur, dass es sich so unwirklich und zugleich machtvoll anfühlte. Doch dann wurde die Feier gestört, und wir erfuhren von den Sha Muira, die auf die Brut angesetzt worden waren. An jenem Tag zerbrach ich das Schwert meines Vaters und setzte damit den Zauber frei, der mich forttrieb, um Helena und ihren Sohn zu beschützen.«

Er warf Gaultry einen zögerlichen, besorgten Blick zu. »Da hat sich für mich alles verändert – als ich Dinevar zerbrochen und die Magie freigesetzt habe. Diese Befreiung bewirkte mehr, als ich erwartet hatte.«

Gaultry schloss die Augen. Wieder sah sie die strömende Magie vor sich, die sprühenden Metallsplitter, als das große Schwert zerbrach und seine volle magische Kraft auf Martin übertrug. Ihr eigener Vater hatte sich in dieses Schwert gestürzt, um den Tod zu finden, und sich nur dadurch aus der Schlinge des Banns befreien können, mit welchem ihn der verräterische Kanzler gebunden hatte. Wer konnte sagen, welche Kräfte dieses Metall gebunden hatte? »War es das, was du unbedingt Melaudiere fragen wolltest, als wir gerade erst in Princeport eingetroffen waren?«, fragte sie.

Er nicke und ließ ihre Hand los. »Nachdem Morse gestorben

war, hat Grandmère gewisse Vorkehrungen getroffen, mit denen sie mich zu schützen glaubte«, fuhr er fort. »Vielleicht haben sie das sogar, aber sie hätte mich vorher fragen müssen, ob ich das auch wollte. Sie hat mich mit Bannschilden belegt, an jenem Tag, als sie Dinevar an meinen Gürtel schnallte – doch jene Bannflüche haben mehr als nur meinen Körper abgeschirmt. Sie haben mich auch daran gehindert, zu lieben und zu fühlen. Indem ich das Schwert zerstörte, habe ich mich davon befreit. Vielleicht nur, um bald den Tod zu finden, doch auch, um endlich wieder jene zu lieben, die in dieser Welt um mich sind.« Er warf seinen Umhang neben dem Stein zu Boden und schlüpfte aus den Stiefeln. »Jetzt bin ich frei«, sagte er. »Nichts kann mich davon abhalten, nach den Dingen zu greifen, die ich mir wünsche.«

Gaultry, die nicht wusste, was er vorhatte, warf ebenfalls ihren Umhang und die Stiefel ab und legte sie ordentlich neben seine; ihre Bewegungen waren ein wenig übertrieben genau, weil sie ihre Unsicherheit verbergen wollte.

»Müssen wir uns nass machen? Mir ist jetzt schon kalt …«

»Du wirst nicht frieren«, sagte er. Er zog sich das Hemd über den Kopf. Am offenen Kragen des Hemdes darunter trug er ein blaues Glasamulett mit dem eingravierten Zeichen des Wassergottes. »Das Wasser hier ist nicht kalt wie am Hafen. Die ganze Bucht ist flach – du wirst schon sehen.«

Er hielt die kleine Urne in einer Hand, bedeckte sorgsam die Öffnung mit den Fingern, drehte sich dann um und rannte aus voller Kraft hinunter zum Strand.

Was würde Dervla nur dazu sagen? Gaultry schälte sich langsamer aus ihrem Hemd und warf einen verschämten Blick hinauf zum Dach des Krematoriums, das gerade noch sichtbar über der Hügelkuppe aufragte. Am Strand unten würden sie vom Eingang der Einäscherungshalle her gut zu sehen sein. War dies ein bekanntes Ritual, das Martin hier vollzog, oder etwas Vertraulicheres?

Sie trug den seltsamen silbernen Ring, welchen ihr der Herzog von Haute-Tielmark bei Sir Jumery zugesteckt hatte, immer noch an einer Schnur um den Hals unter dem Hemd verborgen. Sie legte einen Augenblick lang die Hand darum und überlegte, ob sie ihn nicht lieber ablegen sollte, bevor sie damit in die Brandung sprang. Der Herzog hatte gesagt, er hielte ihn für einen Schlüssel – würde sie jemals das Schloss dazu finden? Die getriebene Silberblume, die den Ring zierte, war unverwechselbar, doch sie hatte noch nie etwas auch nur annähernd Ähnliches gesehen – nicht dass sie bisher Zeit zum Suchen gehabt hätte. Sie versteckte den Ring in einem ihrer Stiefel und warf noch einen schuldbewussten Blick den Hügel hinauf. Was würde Dervla tun, wenn sie das Schmuckstück bei Gaultry entdeckte?

Bis sie den Strand erreicht hatte, war Martin bereits bis zur Spitze der Sandbank vorgelaufen. Sie folgte ihm ein wenig zaghaft und hielt sich von den Wellen fern, die sanft auf dem Sand ausliefen. Der Sand unter ihren bloßen Füßen war überraschend warm, und als doch eine Welle bis über ihren Knöchel schlug, fühlte sich auch das Wasser geradezu angenehm an, verglichen mit dem eisigen Nieselregen, der ihr auf Arme und Gesicht fiel. Da erkannte sie, was Martin von seiner Kindheit an der See her wusste – die Hitze der vergangenen Tage blieb in diesem flachen Wasser selbst dann gespeichert, wenn der Regen die Luft darüber kühlte.

Martin kniete sich am Ende der Sandbank ins flache Wasser, das Tongefäß in beiden Händen, und ließ die Wellen seine Knie umspülen. Er begann in einer leisen, melodischen Sprache zu beten, die Gaultry nicht verstand. Die Worte begannen als sanftes Murmeln und wurden rasch lauter. Bald folgte sein Gebet nicht mehr dem Rauschen der Wellen, sondern begann, es zu beherrschen. Das Gebet erhob sich in sanften Wogen, bis Gaultry staunend beobachtete, wie die Wellen sich von Martins Körper zurückzogen.

Von der flachen Sandbank aus bildete sich ein Pfad im Wasser, ein sandiger, von Wellen umspielter Gang mit Wänden aus Wasser, die sich von beiden Seiten darüber neigten. Martin fuhr mit seiner Anrufung fort und hielt den Blick und seine ganze Aufmerksamkeit auf den Pfad gerichtet, der sich vor ihm auftat. Die Macht seiner Stimme drängte die Wellen zurück und schob den schmalen Sandstreifen immer weiter hinaus, bis am Ende die Wogen zurückwichen und einen grauen, tief zerfurchten Felsen freigaben. Unter einem Umhang aus Seetang war der Stein mit vielfachen Einschnitten übersät – von den Gezeiten und von Menschenhand geschaffen.

Das Gebet erreichte seinen Höhepunkt. Martin erhob sich von den Knien und schritt rasch vorwärts, die Urne in den Händen.

Gaultry hielt zögernd am Rand inne. Woher bezog diese Magie ihre Kraft? War es eine Macht in Martin, die lange geruht hatte und nun wieder erwacht war? Die letzte Macht seiner Großmutter im Augenblick ihres Todes? Ein Zauber, den Dervla der Asche in dem Gefäß verliehen hatte? Martin hatte den alten Gott dieses Landes angerufen – Allegrios, welcher die Küsten schon vor den Zwillingsgöttinnen beherrscht hatte, lange vor der Großen Mutter Llara und bevor die Bissantiner ihre Herrschaft in den Süden ausgedehnt hatten. Gaultry akzeptierte das uralte Dreigespann der ältesten Götter – Llara, Andion und Allegrios, den Himmel, die Erde und die See, welche zu Anbeginn der Zeit die Welt erschaffen hatten. Doch sie hätte nie erwartet, einen Aspekt dieses Dreigestirns durch Martin wirksam werden zu sehen.

Martin hatte den Felsen erreicht. Er riss den Seetang weg und suchte nach einer Stelle für die Urne. Sie beobachtete, wie er eine kleine Nische fand und das Gefäß mit einer Hand voll Seetang darin festklemmte.

Dann drehte er sich, immer noch betend, zu ihr um und breitete die Arme aus.

Sie starrte auf den sandigen Pfad und auf die türkisfarbenen Wellen, die zu beiden Seiten zurückgedrängt wurden, und fürchtete sich. Er sah ihr unverwandt in die Augen und kam langsam auf sie zu.

Da sah sie die Kraft des Raubtiers in ihm, das Muskelspiel seiner Arme, seines ganzen Körpers. Sie sah die wölfischen Augen, die sie beobachteten und ihre Angst wahrnahmen. Asche vom Fundament der Einäscherungsstätte war noch immer über sein Gesicht verschmiert und betonte seine hohen, unnachgiebig wirkenden Wangenknochen. Sie sah die Gefahr in ihm, den Tod, der ihm überallhin folgte, die Wirren des Krieges, die sein Leben bedrohten.

Doch genauso sah sie das Begehren, das er ausstrahlte, die Kraft, die er mit ihr teilen wollte. Im Körper des Kriegers sah sie die verletzliche Glut seiner Liebe.

»Gaultry«, rief er, als nähme er ihren Namen in seinen Gesang auf.

»Martin!« Sein Name drang zitternd aus ihrer Kehle, als sie ihm entgegenrannte. Sein Gebet endete an ihren Lippen, während seine Arme sie umschlangen.

Der freie Pfad durchs Meer hielt nur einen Herzschlag länger. Gaultry erhaschte über Martins Schulter einen irrwitzigen letzten Blick auf den Felsen, dem er die Asche seiner Großmutter anvertraut hatte, und dann holte die See ihn sich wieder. Die Wellen brachen von beiden Seiten herein und schossen bis in Schulterhöhe an Martin empor. Er hob Gaultry rasch in die Höhe, damit die Wellen nicht über ihr zusammenschlugen.

Doch das Wasser war nicht kalt und rau, wie Gaultry es sich vorgestellt hatte. Sie waren hinter der rauschenden Brandung in ruhigem Wasser. Und wie Martin versprochen hatte, war es warm und überaus angenehm. Sie fühlte sich leicht, vom Wasser getragen, und die warme See ließ ihre Unterkleider sanft über ihre Haut streifen. Er hielt sie an sich gedrückt und ihren Kopf sicher über Wasser gestützt. Wie von allein schlangen sich ihre Beine um seine Hüften, um ihm ihr Gewicht noch leichter zu machen; sie klammerte sich an ihn und drückte die Lippen auf sein Haar.

»Ich liebe dich«, flüsterte sie. Trotz des Salzwassers um sie herum fiel genug Regen, um sie nur süße Feuchtigkeit schmecken zu lassen. »Auch ohne alle Macht der Meere in dir.«

»Ich liebe dich auch«, entgnete er ernst. »Von nun an werden wir uns nur noch dann, wenn es unbedingt sein muss, vorübergehend trennen.«

Sie blieben lange zusammen im Wasser und ließen sich von den Wellen treiben. Als sie schließlich wieder an Land gingen und zum Friedhof hinaufstiegen, um ihre vom Regen durchnässten Gewänder und Stiefel einzusammeln, war es Martin und nicht Gaultry, der sich auf einmal der Kühnheit der vergangenen Minuten ein wenig schämte. Keusch mochten sie gewesen sein, doch gewiss nicht unschuldig.

»Ich will dir ein handfesteres Versprechen geben«, sagte er. »Bevor ich heute aufbreche, werde ich Benet um die Erlaubnis bitten, Helena zu schreiben.«

Gaultry, die gerade ihr Hemd zuschnürte, erstarrte. Wenn es um seine Gemahlin Helena ging, gab es nur eine Angelegenheit, die Martin dem Prinzen vorlegen könnte. Eine Bitte, die Ehe auflösen zu lassen.

»Jetzt?«, fragte sie.

»Es wird Hindernisse geben«, gestand er widerstrebend. »Selbst wenn Benet einverstanden ist, muss er immer noch Dervlas Zustimmung als Hohepriesterin einholen. Ich denke, Benet werde ich überreden können. Dervla – das ist eine ganz andere Frage.«

Eine solche Trennung zwischen Eheleuten des Hochadels – und Martins Gemahlin hatte noch immer den alten Titel seines Vaters inne – war eine ernste Angelegenheit. Damit Martin sich rechtsgültig von Helena trennen konnte – von der Frau, mit der er schon seit über zehn Jahren nicht mehr zusammenlebte –, würde er offiziell Klage gegen sie erheben müssen. Gaultry wusste nur von einer Klage, die er vorbringen konnte: die außereheliche Abstammung seines angeblichen Sohnes, des jungen Martin

Montgarret. Als Martin sich von Helena getrennt und sich von seinen Ansprüchen auf den Familiennamen, von dem Titel und allen Besitztümern losgesagt hatte, hatte er den Knaben als seinen Erben nicht angefochten. »Bist du sicher?«, fragte sie. »Im Wald von Arleon würde das Gewohnheitsrecht jegliche Verbindung legitim machen, wenn wir beide uns nur einig sind.«

Martin schüttelte den Kopf. »Ich schulde dir mehr als das.«

Sie hätte fast gelacht – Schuld war nicht das Wort, das sie gewählt hätte, um ihre Gefühle zu beschreiben –, doch aus seiner Miene las sie, dass er nicht zum Scherzen aufgelegt war. »Du und ich besitzen weder Titel noch Ländereien«, rief sie ihm sanft ins Gedächtnis. »Helenas Sohn – du hast zugelassen, dass er voller Erwartungen heranwächst, und nun ist er schon fast zum Mann gereift. Nach so langer Zeit wäre es grausam, seine Hoffnungen zu zerstören – außer es steckt deine Absicht dahinter, das Land der Seafriegs zurückzufordern.«

»Hier geht es nicht um Land und Besitz«, beharrte Martin. »Als ich Helena geheiratet habe, habe ich den Göttern einen Schwur geleistet. Bis ich von diesem Schwur entbunden bin, wird sie immer ein gewisses Anrecht auf mich haben.«

»Bestimmte Verbindlichkeiten müssen nun einmal eingehalten werden«, sagte Gaultry. »Bei deiner Ehre, ich würde nichts anderes von dir erwarten. Aber die öffentliche Entlassung eines Paars von so hohem Adel aus dem Ehegelöbnis? Das ist eine Frage des Besitzes, nicht der Liebe.«

»Frauen wie Helena werden durch angehäufte Reichtümer gestützt.« Martin konnte ihr nicht in die Augen sehen. »Bei Allegrios, die Sache ist noch verzwickter, als ich dir bisher erzählt habe. Ich hätte das schon früher erwähnt, doch irgendwie hat es sich nie ergeben. Meine Schwester hat damit gedroht, Helena den Titel und alle Ländereien Seafriegs streitig zu machen. Mariette hat Grandmère gesagt, sie könne nicht mehr tatenlos zusehen, wie Seafrieg ungerechtfertigt in Helenas Händen verbleibt. Und wenn ich Seafrieg nicht will – sollte es ihr gehören, so meint sie.«

»Sie hat nicht ganz Unrecht.«

Martin seufzte. »Mariette war kaum zehn Jahre alt, als ich mich von Helena losgesagt habe, und da war Morse noch am Leben. In meinem Schmerz habe ich nicht so weit vorausgedacht, dass sie einmal selbst einen ernsthaften Anspruch auf den Titel haben könnte.«

»Und wenn Mariette die Legitimität des jungen Martin erfolgreich bestreitet, bevor du von Helena geschieden bist, wird ihr und ihrem Sohn nichts bleiben. Das willst du nicht.« Enttäuscht hob Gaultry, die nun fertig angekleidet war, ihren Umhang auf und wickelte ihn eng um sich. »Hast du nicht gerade behauptet, die Auflösung dieser Ehe sei etwas, das du *mir* schuldest?«

»Was soll ich denn tun, Gaultry?« Martins Tonfall war ein Echo ihrer eigenen Verdrießlichkeit. »Bei Allegrios! Das liegt in der Vergangenheit. Mein Herz war gefangen und verwundet. Ich wusste damals noch nicht, dass es je wieder geheilt werden und zu neuem Leben erwachen könnte.«

Gaultry schüttelte den Kopf. »Ich liebe dich, Martin, und ich werde nicht zulassen, dass dieses Feuer je erlischt. Doch es wäre mir lieber, ich hätte mich in einen einfachen Holzfäller aus meinen Wäldern verliebt und mich nie mit den Wirren um Besitzansprüche herumschlagen müssen, für die ich kein Verständnis habe.«

Martin streckte die Arme nach ihr aus und drückte sie fest an sich. »Es kommt mir ja auch beinahe irrsinnig vor, an solche Dinge zu denken«, gestand er. »In wenigen Stunden werde ich mit meinem Prinzen in die Schlacht ziehen. Dieses Mal spüre ich das Verhängnis, das über mir schwebt: Die Prophezeiung der Brut wird mich auf Schritt und Tritt verfolgen. Bei jedem Gefecht werde ich denken: ›Dies ist der Augenblick, da ich mein Blut vergießen werde wie schon so viele aus meiner Familie.‹ Und doch geht es hier um Bedeutenderes als das Leben eines Einzelnen, also muss ich gehen.«

Obgleich er ruhig sprach, spürte sie eine verborgene Spannung in ihm. »Gaultry«, fuhr er fort. »Die Woge des Krieges reißt mich mit sich. Doch du wirst hier bleiben, und es gibt sehr viel, was du tun kannst. Entdecke das Geheimnis, wie Benets Pfad rot gefärbt werden kann, ohne das Blut der Brut zu vergießen. Das allein kann dich – kann uns – vor der Prophezeiung bewahren. Entdecke das Geheimnis der Königswürde. Gaultry – ich zähle auf dich.«

»Du darfst nicht gehen«, entfuhr es Gaultry, als sie mit plötzlichem Grauen die Erkenntnis überfiel, in welche Gefahr Martin sich brachte. »Halte Benet die Gefahren vor Augen. Will er denn noch mehr Nachkommen der Geheimen Brut verlieren? Sag ihm, dass du ihn nicht begleiten kannst.«

»Ich soll Mariette allein den Gefahren des roten Pfades ausliefern? Als Grandmères Heerführerin hatte sie keine andere Wahl, als an der Front auszuharren. Soll ich sie denn mit der Aufgabe, Benet zu unterstützen, ganz allein dort stehen lassen?«

Gaultry klammerte sich fest an ihn und vergrub das Gesicht in seiner Hemdbrust. Doch der Stoff wurde rasch vom feuchten Hemd darunter durchnässt, und so fand sie hier nur wenig Trost.

»Ich werde die Brut zu Verhandlungen zusammenbringen«, sagte sie mit neuer Entschlossenheit. »Bei Elianté und Emiera, ich werde dafür sorgen, dass sie sich zusammensetzen. Dervla und Tamsanne und Julie. Marie Lacontes Erben ebenso. Alle. Noch bevor der neue Mond aufzieht, werden wir in Erfahrung bringen, was vonnöten ist, um Benet zum König zu machen – das schwöre ich. Dann werde ich selbst zu dir hinausreiten – zu Benet – und euch die Antwort bringen.«

»Das ist ein gefährlicher Schwur.« Martin drückte die Wange an ihre Stirn. »Doch vielleicht ist es allein diese Antwort, die es wert ist, dass wir ihr unser Leben opfern.«

»Sie wird mich nicht das Leben kosten«, schwor Gaultry. »Weder mich das meine noch dich das deine. Benet wird König werden, und dann ist die Prophezeiung der Brut erfüllt.«

»Du hast die Macht, deine Schwüre zu erfüllen.« Martin strich ihr eine nasse Strähne aus dem Gesicht. »Aber die Götter sind grausam. Vielleicht gewähren sie dir sogar, was du dir zu wünschen glaubst.«

In seinen Armen erschauerte Gaultry. Martin hatte Recht. Trotz ihrer mutigen Worte bezweifelte sie, dass die Brut so leicht davonkommen würde. Die Götter hatten ihnen große Macht gewährt und würden ihren Preis dafür einfordern.

»Wenn Leben und Ehre ein und dasselbe wären, hätten die Götter viel weniger Macht«, meinte sie.

Martin ließ sie los und bückte sich, um die Urne für seinen Cousin vom Fuß des kleinen Grabsteins aufzuheben. »Und die Menschen mehr. Doch nach allem, was ich bisher von der Welt gesehen habe, wäre das keine Verbesserung.«

Sie starrten einander in die Augen, während Gaultry das seelische und körperliche Verlangen nach Ruhe in sich aufnahm, das sein Gesicht schon jetzt zeichnete. Wochen, wenn nicht gar Monate würden vergehen, bevor sie sich wieder sehen konnten. Ungebetene Tränen brannten in ihren Augen. Sie drängte sie zurück. Sie wollte nicht weinen, wollte diesen Abschied nicht noch schwerer machen, als er ohnehin schon war.

Der Schrei einer Möwe, der von der See hereindrang, beendete diesen langen Augenblick.

Sie begannen den steilen Aufstieg zurück zum Palast.

13

Nach Gaultrys aufregenden Stunden in der Einäscherungshalle und mit Martin war die Beisetzung der Herzogin ein wenig enttäuschend. Die eigentliche Zeremonie, an der nur die Prinzessin, Gaultry, einer von Melaudieres Vertrauten und Abgesandte der anderen sechs Herzogshäuser teilnahmen, wurde in der Kapelle unter dem Haupttempel des Palastes abgehalten. Dieser Raum war niedrig und erinnerte unangenehm an eine Gruft. Die Zeugen in der richtigen Aufstellung um den steinernen Altar zu gruppieren dauerte länger als die Beisetzung selbst.

Es folgten die Trauerreden auf den Stufen des Tempels, an denen Gaultry sich nicht beteiligte. Auf der Wiese vor dem Tempel drängten sich Trauergäste aus dem Palast und der Stadt. Aus Rücksicht auf diese Gäste, die im Regen standen, fassten Dervla, Melaudieres eigener Priester und die anderen Redner sich so kurz wie möglich. Dennoch blieb die seltsame Mischung aus Nachrufen, rechtlichen Fachbegriffen und Brauchtum so gut wie unverständlich.

Gaultry stand auf den Stufen des Tempels und blickte über die vielen Türme und Dächer des weitläufigen Palastgeländes hinweg; es kam ihr so vor, als sei der Hof des Prinzen vorübergehend in eine andere Welt versetzt worden, eine dunklere, grauere Welt, wo die Menschen verschlossene und traurige Mienen zur Schau trugen, ob sie nun aufrichtig trauerten oder nicht. Auf den Zinnen der Mauer, die den Palast zur Stadt hin abgrenzte, hatte man heute auf die sonst fröhlich flatternden Fahnen und Banner der Adelshäuser, Regimenter und Abteilungen verzichtet.

Heute war allein Melaudieres Flagge, versehen mit einem Trauerwimpel, neben der des Prinzen gehisst. Zum ersten Mal sah Gaultry deutlich, welche Auswirkungen die Erlasse des Prinzen auf seine unmittelbare Umgebung hatten: Bevor er mit seinen Männern gen Westen aufgebrochen war, hatte Benet drei Tage der Trauer angeordnet, und sein Hof kam seinem Befehl mit glühendem Eifer nach. Das Ergebnis war ermutigend, da es große Einigkeit bewies, und zugleich bedrückend, da Trauer die ganze kleine Welt des Hofstaats beherrschte.

Die Herzogin hatte großzügige Vorkehrungen für Gedenkfeiern und Bankette getroffen. Als die Trauerreden vorüber waren, verteilten sich die Trauergäste auf die Refektorien des Palastes. Wie es sich für die Vertreterin der Familie Melaudiere und ein Mitglied der Geheimen Brut gehörte, war für Gaultry ein Platz an der Tafel im halb privaten Speisezimmer der Prinzessin vorgesehen. Sie hatte einen weiteren Gast mitbringen dürfen und sich für die Sharif entschieden, die auf persönlichen Befehl des Prinzen am folgenden Tag mit der morgendlichen Flut auslaufen würde.

Die Sharif begrüßte sie mit ernster Miene in dem ruhigen Korridor vor den exquisit bemalten Türen des Speisezimmers. Die große Ardana besaß keine Trauerkleidung im Tielmaraner Stil, doch der Prinz hatte ihr Geld zur Verfügung gestellt, damit sie sich Gewänder nach ihrer eigenen Tradition anfertigen lassen konnte, und so erschien sie in einer fließenden sandgelben Robe, die an den Schultern geschlossen wurde und ihre Arme unbedeckt ließ. Ein Messing-Amulett in Form einer aufgehenden Sonne war in der Mitte ihrer Brust auf den Stoff geheftet. Aus Achtung vor den hiesigen Gepflogenheiten offizieller Trauer trug sie einen fein säuberlich gefältelten Schal aus schwarzem Tuch, der lose um ihren Hals geschlungen war und über die Schultern herabfiel.

Wie ist es verlaufen?, fragte sie.

Gut, erwiderte Gaultry. *Allerdings habe ich die meiste Zeit damit zugebracht, am Altarfeuer zu stehen. Dervla hat sich kaum Mühe gegeben, Anteilnahme zu heucheln – sie wollte nur die Asche beigesetzt und die Zeremonie überstanden haben.* Dieses Urteil, so dachte sie, war hart, aber gerecht. Die Hohepriesterin war offensichtlich die ganze Zeit über nicht bei der Sache gewesen.

Das dürfte spannend werden, fügte Gaultry hinzu, als sich die hochschwangere Hofdame der Prinzessin, die Herzogin Ranault mit den Kaninchenzähnen, an ihnen vorbeischob. *Von uns beiden abgesehen, sind hier alle versammelt, die in Benets Abwesenheit den innersten höfischen Kreis um die Prinzessin darstellen – sowohl ihre Freundinnen als auch jene, welchen sie diese Achtung schuldig ist.*

Du gehörst auch zu diesem Kreis.

Gaultry zuckte mit den Schultern, denn sie wusste, dass die Sharif Recht hatte, aber diese Ehre war ihr unangenehm. Ihr hoher Rang konnte ihr nur schaden, sofern sie nicht bald eine Möglichkeit fand, die Prophezeiung der Brut zu erfüllen. Doch das wollte sie der Sharif nicht eingestehen. *Es ist sehr freundlich, dass du meine Einladung angenommen hast,* sagte sie. *Du hast noch so viel zu erledigen, bevor du morgen die Segel setzt.* Während Gaultry als Zeugin der Einäscherung beigewohnt hatte, hatte die Sharif – mit Tullier als Übersetzer an ihrer Seite – fast den gesamten Tag mit den Kanalbauern des Prinzen verbracht, um alles über Wasserpumpen und Rohrleitungen zu lernen; dieses Wissen wollte sie unbedingt in ihre Wüstenheimat mitnehmen, wo das Wasser so knapp war.

Genau genommen hatte sie sich damit in den paar Stunden beschäftigt, die sie nicht abgeschottet in vertraulicher Unterredung mit dem Prinzen verbracht hatte. Die unerwartete Wirkung, welche die Wüstenkriegerin auf Benet ausübte, hatte in den Fluren des Palastes für Wirbel gesorgt; immer wieder war der Sekretär des Prinzen mit neuen Anweisungen aus dem Besprechungszimmer geschickt worden, während die Proviant-, Waffen- und Stallmeister mit dem überraschenden kurzfristigen Befehl zum Ausrücken in Aufruhr versetzt wurden. Gaultry war froh, dass ihr Tag der Trauer ihr dieses Durcheinander erspart hatte.

Ich bin dankbar für diese letzte Gelegenheit, die Häuptlinge deines Prinzen und ihre Stämme beobachten zu können, erklärte die Sharif. *Ardain ist ein Land, das keinen Monat des Friedens erlebt hat, so lange ich zurückdenken kann, und auch meine Mutter kann sich daran nicht erinnern. Wie sich Menschen verhalten, die nicht ständig im Krieg leben – das mag nicht nur für mich, sondern auch für mein Volk von einiger Bedeutung sein.* Sie hielt inne, und ihre Augen blitzten belustigt auf. *Vielleicht ist das beinahe so wichtig wie eure Rohre und Pumpen.*

Frieden ist ein relativer Begriff, dachte Gaultry, als ein Lakai auf sie zutrat und sie hineinführte.

Das innere Speisezimmer war ein schmaler, weiß getünchter Raum mit Fenstern an einer der langen Wände, die auf einen eigenen kleinen Garten mit Terrasse hinausblickten. Die Wand hinter dem Kopfende der Tafel zierte ein Wandbehang, auf dem eine der Tielmaraner Prinzessinnen, vielleicht Corinne, mit einem Mann in bescheidener bäuerlicher Kleidung, der offenbar ihren Prinzgemahl darstellen sollte, ein Festmahl in einem fruchtbaren Obstgarten genoss. Das Gemach hatte auch eine Orchesternische, die heute jedoch mit prächtigem Brokat verhängt war. Gaultry und die Sharif waren unter den Letzten, die hier eintrafen.

Prinzessin Lily hatte bereits ihren Platz am Kopf der prächtigen Tafel aus Walnussholz eingenommen, deren Tischplatte aus einem einzigen gewaltigen Baumstamm geschnitten war. Die feurig glänzende Tischplatte, das überwältigende Festmahl vor und der leuchtende Wandbehang hinter ihr ließen die ohnehin schon schmächtige Frau noch kleiner und glanzloser erscheinen. Ihr hübsches Gesicht wirkte müde. Sie spielte trübselig mit ihrem Ehering, während sie darauf wartete, dass die Gäste ihre Plätze einnahmen.

Gaultry hoffte nur, dass es ihr selbst besser gelang, ihre Sehnsucht nach Martin zu verbergen, als Lily dies in Bezug auf ihren Prinzen vermochte.

In Benets Abwesenheit trug die Prinzessin ein silbernes Diadem, die förmliche Erinnerung an ihre Macht als seine Stellvertreterin. Die Herzogin von Ranault, die zu Lilys rechter Seite saß, von wo aus sie ihr am besten zu Diensten sein konnte, sprang immer wieder auf und zupfte am Haar ihrer Prinzessin herum, als fürchte sie, der schmale Silberstreif darin könnte herausfallen. Ob die Prinzessin Ranaults ständige Aufmerksamkeit als störend oder als beruhigend empfand, war ihr nicht anzusehen.

Das Speisezimmer summte vor ehrfürchtig gedämpften Stimmen. Alle Mitglieder der derzeit bei Hofe vertretenen Herzogshäuser waren erschienen. Ihre trockenen seidenen Gewänder ließen darauf schließen, dass der Regen sie davon abgehalten hatte, sich auf der Wiese vor dem Tempel die Nachrufe anzuhören. Bei den Edelleuten hier handelte es sich um ältere Verwandte, herzogliche Angetraute und ihre kleinen Kinder. Bis auf die in Ungnade gefallene Argat Climens befanden sich sämtliche Herzöge an der Front.

Adele Chevrier, die verkrüppelte Tochter des Herzogs Michael von Arleon, zu dessen Ländereien die Grenzlande gehörten, wo Gaultry aufgewachsen war, war eine der wenigen Gaultry bekannten Personen – und selbst Adele erkannte sie nur an ihrem Rollstuhl und den vielen Lakaien. Früher, im Wald von Arleon, hatte sie kaum gewusst, dass es diese Familie gab, und nur ihr Wappen gekannt: Kreuze und Girlanden und bunte Tiere. Sie fragte sich, was wohl die Sharif von diesen Edelleuten halten mochte. Bis auf Adele waren die Arleons eine gut aussehende, robust wirkende Familie, ein sehr viel gesünderer Menschenschlag als die affektierten Adeligen, denen Gaultry in Bissanty begegnet war.

Zwischen diesen kräftigen Leuten wirkte die junge Prinzessin noch schmaler. Die Menschen, von denen Lily abstammte, Fischer aus dem Hafen von Princeport, wurden nicht seit Jahrhunderten dazu geboren, sich verwegen auf ihren Schlachtrössern reitend in heftiges Kampfgetümmel zu stürzen.

Lakaien geleiteten die Gäste zu ihren Stühlen, damit das Festmahl beginnen konnte. Gaultry und der Sharif waren Plätze an der Walnusstafel zugewiesen worden, zwei von nur vierundzwanzig Plätzen; zu jedem gehörten ein Platzteller und ein umfangreiches Gedeck sowie ein richtiger Stuhl anstelle der sonst üblichen gemeinsamen Sitzbank. Doch viel mehr als vierundzwanzig Gäste drängten sich in dem Speisezimmer. Jene, denen nicht die Ehre eines Sitzplatzes zuteil geworden war, würden sich selbst von dem üppigen Buffet bedienen.

Der innerste Kreis im innersten Kreis, bemerkte die Sharif trocken und strich mit den Fingern über das polierte Holz ihrer Stuhllehne.

Zumindest für heute. Gaultry zuckte mit den Schultern. *Und auch nur zufällig durch Martins plötzliche Abreise, sodass ich ihn als Melaudieres Ersten Klagemann vertreten muss.*

Sowohl die Gästeliste als auch die Tischordnung richteten sich nach einer komplizierten Verknüpfung verschiedener Einflüsse. Dem höchsten Adel und den Ministern des Reiches waren enge Vertraute und Freunde der Herzogin zugesellt, ergänzt durch einige Angehörige der Brut. An der Tafel überwog eindeutig die traditionelle Hierarchie des Landadels. Angehörige der Herzogshäuser und einige adelige Minister, die Gaultry nur entfernt bekannt waren, nahmen die Plätze in der Nähe der Prinzessin ein. Dervla als Hohepriesterin war recht weit oben zu Lilys linker Seite platziert worden. Sie saß als einziges Mitglied der Brut mitten unter dem Hochadel.

Weiter unten in der Sitzordnung waren die Hierarchien nicht mehr so streng, und die Brut vermischte sich mit Melaudieres Vertrauten. Tamsanne und Lady Julie saß einander gegenüber, als sollten diese besonders verehrungswürdigen alten Hexen die unsichtbare Grenze zwischen dem Adel und den restlichen Gästen bilden. Tamsanne in einem uralten schwarzen Gewand – wie alle ihre Kleider oft getragen und sorgfältig an den Säumen eingefettet, damit sie nicht verschlissen – sah aus wie eine Erscheinung aus einer anderen Welt. Sie hatte in Gedanken versunken den Kopf gebeugt und fuhr mit einem runzligen, schwieligen Finger den goldenen Rand ihres Gedecks nach. Ihr würdevolles Auftreten machte diese Spielerei zu einer mystischen, weihevollen Handlung statt zu einer Zurschaustellung schlechter Tischmanieren. Seit ihrem kurzen Besuch am Abend vor Melaudieres Tod war Gaultry Tamsanne nicht mehr begegnet. Sie fragte sich, was Mervion ihr von dem Angriff auf Tullier – und den Prinzen – in Martins Stadthaus erzählt haben mochte und vom anschließenden Streit der beiden Schwestern.

Zu Gaultrys großer Erleichterung saß Mervion unterhalb ihrer Großmutter auf der anderen Seite der Tafel, zwischen Palamar Laconte und einer blonden Frau mit lieblichen Zügen. Zumindest die alte Herzogin hatte Mervion zum inneren Zirkel gerechnet, und das wärmte Gaultry das Herz. Auf Palamars anderer Seite nahm Melaudieres Priester den letzten Platz an der Tafel ein.

Gaultry begriff erst nach einigen Augenblicken, dass die blonde Frau, die sich angeregt mit ihrer Schwester unterhielt, nur Dervlas Nichte Jacqual sein konnte, die Schwester der jungen Frau, die sich nach der Folter durch den betrügerischen ehemaligen Kanzler selbst das Leben genommen hatte. Die Ähnlichkeit war unverkennbar – Jacqual hatte so viel von Dervla, dass sie ihre Tochter hätte sein können; doch das Antlitz der jungen Frau, nicht gezeichnet von den Anstrengungen, die Dervlas hohes Amt mit sich brachte, zeigte mit seinem unschuldigen Liebreiz umso deutlicher, wie unzufrieden und unglücklich Dervla sein musste.

Auf Gaultrys Seite der Tafel folgten auf Lady Julie Melaudieres Verwalter, die Sharif, dann Gaultry – und auf dem letzten Platz Argat Climens, die Herzogin von Vaux-Torres.

Argat wurde als Letzte unter gemurmelten Entschuldigungen eines Lakaien zu ihrem Platz geleitet.

»Welch ein bemerkenswerter Sommer bisher«, meinte die Herzogin. Sie ließ sich anmutig auf ihrem Stuhl nieder, wobei die seidenen Schichten ihres Kleides teuer raschelten. »Ihr könnt euch gar nicht vorstellen, wie hinter verschlossenen Türen darum gerungen wurde, mir auch nur diesen bescheidenen Platz an der Tafel zu verschaffen. Wie peinlich«, schnaubte sie arrogant und ließ einen gleichermaßen belustigten wie spöttischen Blick über die Tafel schweifen. »Noch weiter unten, und ich hätte um Benets Stuhl kämpfen müssen.« Am Fuß der Tafel war traditionsgemäß zu Ehren des abwesenden Prinzen ein Stuhl leer geblieben. »Was Dervla wohl dazu gesagt hätte?«

Gaultry nahm ihre Serviette vom Tisch und vertiefte sich verlegen in die Aufgabe, sie zu entfalten. Die Hitze stieg ihr in die Wangen, als Vaux-Torres, die immer noch auf eine Antwort wartete, sich ihr zuwandte, um sie unter langen, geschwungenen Wimpern hervor zu mustern, ein ironisches Lächeln auf dem makellosen, elfenbeinhellen Gesicht. Für eine Frau, die in Ungnade gefallen war und des Hochverrats verdächtigt wurde, erweckte die Herzogin äußerst erfolgreich den Eindruck, dass sie sich köstlich amüsierte, wie bittersüß diese Belustigung auch sein mochte.

Wer ist das?, fragte die Sharif, während sie höflich Melaudieres Verwalter an ihrer anderen Seite zunickte und mit einer erstaunlich beredten, eleganten Geste ihre mangelnden Sprachkenntnisse andeutete.

Die Herzogin von Vaux-Torres, erklärte Gaultry. Sie war nicht so geschickt wie die Sharif, wenn es darum ging, ihre stumme Unterhaltung zu verbergen. Die Herzogin erfasste diesen Umstand sofort, und ihre Augen wurden ein wenig schmaler.

»Dies muss die berüchtigte Ardana Sharif sein«, bemerkte sie mit seidig glatter Stimme. »Bitte habt die Güte, uns vorzustellen, Lady Gaultry. Ich brenne förmlich darauf, die Frau kennen zu lernen, die unseren wohl geordneten Hof derart in Aufruhr versetzt hat.«

Gaultry, die sich auf diesem Parkett sehr unsicher fühlte, brachte eine unbeholfene Vorstellung zustande. Noch unzulänglicher kam sie sich vor, als Vaux-Torres daraufhin die Ardana in deren eigener Sprache begrüßte, gefolgt von einigen raschen, flüssigen Sätzen, zuerst in einer gemächlich klingenden Sprache, dann in kehligeren Lauten. Anscheinend hatte Argat Climens, im Gegensatz zu Gaultry, die Tischordnung studiert und sich gut vorbereitet.

Die Sharif zog überrascht die Brauen in die Höhe, sagte ein paar Worte in der kehligen Sprache, brach aber dann stirnrunzelnd ab und schüttelte den Kopf. »Ich will nicht sprechen wie meine Feinde«, sagte sie langsam, damit die Herzogin sie auch verstand.

Die Herzogin vollführte eine besänftigende Geste und versuchte es dennoch wieder mit der kehligen Sprache. Die Sharif lachte über die anscheinend gewinnenden Worte der Herzogin und antwortete ihr. *Sehr klug!*, erklärte sie Gaultry immer noch lachend, doch den Scherz behielt sie für sich. *Sie hat einen gefährlichen Sinn für Humor.*

Die Herzogin, zufrieden mit der Antwort der Sharif, drehte sich um und begrüßte Melaudieres Priester, der ihr gegenüber am untersten Ende der Tafel saß.

Ein bemerkenswertes Schauspiel entfaltete sich. In dieser Plauderei machte Vaux-Torres keinerlei Geheimnis aus den Vorwürfen, die sie von ihrem rechtmäßigen Platz weit oben an dieser Tafel so tief hatten fallen lassen. Indem sie die Anschuldigungen ganz offenkundig auf die leichte Schulter nahm, ließ sie sie beinahe unbedeutend erscheinen.

Doch selbst eine so gelungene Vorstellung konnte die Folgen ihrer Schmach nicht ganz tilgen. Gaultry ertappte sie in einem unvorsichtigen Moment dabei, wie sie hungrig zu ihrer Tochter Elisabeth hinaufstarrte, die den Platz der Vaux-Torres' zwischen den Herzoginwitwen von Haute-Tielmark und Basse-Demaine eingenommen hatte. Spiegelten sich in diesem kurzen Moment Pein und Sehnsucht auf ihrem Gesicht?

Gaultry war sich nicht ganz sicher. Vaux-Torres hielt sich über vier Gänge hinweg bewundernswert; mit ihrem trockenen, spöttischen Humor brachte sie Gaultry gleich zweimal dazu, sich zu blamieren, indem sie beim Essen fast laut herausgeplatzt wäre – einmal machte Vaux-Torres eine bissige Bemerkung über Dervla, beim zweiten Mal gab sie einen treffenden Kommentar über Tamsanne ab. Nachdem Vaux-Torres sie auf diese Weise darauf hingewiesen hatte, erkannte auch Gaultry, dass ihre Großmutter herzlich wenig überzeugend versuchte, Interesse an der Konversation mit dem Minister neben ihr zu heucheln. »Und warum sollte sie auch auf ihn hören?«, fragte Vaux-Torres spöttisch, während Gaultry sich die Serviette vors Gesicht hielt und um Fassung rang. »Er wird schon in ein oder zwei Jahren seinen Stuhl räumen, während der Einfluss Eurer Großmutter ungebrochen bleibt.«

Gaultry verstand nun, weshalb Elisabeth, die Tochter der Herzogin, sich bei Hofe so quälte und ständig den Eindruck vermittelte, als könnte sie in diesen gefährlichen fremden Gewässern gerade so den Kopf über Wasser halten. Mit dem laufenden, bösartigen Kommentar dieser Mutter in den Ohren musste die junge Elisabeth ja ständig das Gefühl haben, von Intrigen oder geheimen Bündnissen umgeben zu sein, die sie nicht annähernd durchschaute. Ein spärlich unterwiesener Neuling konnte kaum darauf hoffen, Argat Climens' umfassendem und sehr subtilem Verständnis des höfischen Lebens gewachsen zu sein. Allerdings hatte die Herzogin ihre Raffinesse vielleicht ein wenig zu weit getrieben und versucht, ihren Vorteil zu nutzen und gegen den Treueid, welchen sie dem Prinzen geschworen hatte, auszuspielen – und sich dabei übernommen. Vielleicht hatte Dervla Recht, wenn sie ihr vorwarf, mit den Bissantinern gemeinsame Sache gemacht zu haben –

»Sie hat auch Haute-Tielmark angeklagt«, unterbrach die Herzogin ihre Gedanken. Sogar während sie ein paar charmante Worte mit Melaudieres Priester gewechselt hatte, war ihr Gaultrys Mienenspiel nicht entgangen. »Und Euch hätte sie ebenfalls angeklagt, wenn die alte Dame nicht gewesen wäre, deren Asche heute der Erde übergeben wurde. Und da wir gerade von ihr sprechen, ein Hoch auf Gabrielle Lourdes und alles, was sie für uns und für Tielmark getan hat! Möge ihre Asche in Frieden ruhen, kreuz und quer über das ganze Land verteilt.« Die Herzogin hob ihren Kelch, und Gaultry tat es ihr gleich. Was konnte es schon schaden, das Glas zu Ehren der Frau zu erheben, die sie bei Hof eingeführt hatte?

»Und nun kommt der Moment, auf den Gabrielle sich sehr gefreut hätte«, fuhr die Herzogin fort. Sie wies mit dem Kelch zum Kopfende der Tafel, wo zwei Lakaien die Vorhänge vor der Orchesternische zurückschoben. »Der Moment, da sie auf ihrer eigenen Trauerfeier die gute und die böse Fee zugleich spielen darf.«

Als die Diener beiseite traten, baute sich mitten auf dem Podium ein ungeheuer dicker Herr auf. Er trug ein Gewand aus schwarzer Wolle, und auf seinem zu groß geratenen Kopf prangte eine Perücke, die ganz offensichtlich aus Pferdehaar bestand. Mit bedeutungsvoller Geste hob er eine Schriftrolle und begann, sie aufzurollen. Er stellte sich als Sachwalter der Herzogin von Melaudiere vor und kündigte die öffentliche Verlesung ihres Testaments an.

Wie die Ansprachen vor dem Tempel beschäftigte sich auch dieses Dokument zum größten Teil mit der genauen Beschreibung von Melaudieres Ländereien und herzoglichen Besitztümern und Gabrielle Lourdes' notwendigerweise langatmigen Versicherungen, dass sie selbige nur in Vertretung und ganz im besten Interesse der Erben ihres längst verstorbenen Gatten Hugh verwalte, einschließlich ihrer eigenen Kinder und Kindeskinder. Ein langer Abschnitt befasste sich mit der Aufzählung von Hughs sämtlichen Neffen, Cousins und anderen möglichen Erben für den Fall, dass Gabrielles Enkel sie nicht lange genug überlebten, um sich ihrerseits fortzupflanzen.

Die Süßspeise wurde aufgetragen, Pfirsiche in Sirup, und der Sachwalter verlas eine kurze Passage, die Hughs frühes Ableben bedauerte, »denn du hast mich vor der bissantinischen Geißel bewahrt und mich mit deinem Leben verteidigt zu einer Zeit, da nicht einmal ein Titel meine Sicherheit gewährleisten konnte«. Es wirkte seltsam unpassend, dass lächelnde Diener in diesem behaglichen Gemach das Dessert servierten, während die Worte der Verstorbenen das Grauen wachriefen, das Tielmarks Hof in der Vergangenheit heimgesucht hatte. Warum waren alle diese Leute hier?, fragte Gaultry sich unvermittelt und blickte ein wenig verwirrt um sich. Zu Ehren der Verstorbenen? Um ihres Anteils am Nachlass willen? Um in der Gunst der jungen Prinzessin aufzusteigen?

»Es hat begonnen«, bemerkte Vaux-Torres. »Seht nur, wie sie sich drängen, um ihre Geschenke in Empfang zu nehmen. Und bedenkt dabei, hier sind nur diejenigen versammelt, die ihren Tod als schmerzlichen Verlust empfinden.« Die Lakaien bemühten sich, jene Gäste, die sich im Stehen am Buffet bedient hatten, vor dem Podium zu einer ordentlichen Schlange aufzureihen. Gaultry erkannte einige der Gesichter aus Melaudieres Gefolge: hier einen Knappen, da einen Ritter und dort eine Zofe. Der Sachwalter verlas ihre Namen, und die Genannten traten vor und bekamen ein Vermächtnis in Gold, ein wertvolles Andenken oder beides überreicht. Die Herzogin bewies ihre Großzügigkeit noch im Tode. Gaultry spürte einen Stich der Trauer, als sie daran dachte, dass die junge Melaney unter diesen traurigen, betretenen und doch freudigen Menschen hätte sein sollen, die hier erfuhren, dass der Tod ihrer gütigen Herrin ihnen Freiheit und Unabhängigkeit bescherte. »Sie scheint niemanden vergessen zu haben«, sagte Gaultry leise, als eine Dienerin einen tränenerstickten Freudenschrei ausstieß. Ihr Vermächtnis war eine Pension aus Melaudieres Kassen, die fortan vierteljährlich ausbezahlt werden sollte und ihr ein sorgenfreies Leben schenkte.

»Dahinter steckt viel Arbeit«, erklärte Vaux-Torres. »Und sowohl Gabrielles Verwalter als auch der Sachwalter, der ihre Bücher führt, sind für ihr weiches Herz bekannt. Wartet ab, bis ihr Mann da vorn erst zu den Geschenken für uns hier an der Tafel kommt. Die Prinzessin ist gewiss eingeschritten, um einige Beleidigungen zu entschärfen – die Herzogin hat ihr zweifellos eine großzügige Summe für weitere Geschenke vermacht, falls doch wer übersehen wurde, und einiges davon wird die Prinzessin darauf verwendet haben, Frieden zu stiften, wo Melaudiere brüskieren wollte –, doch Ihr könnt Euch darauf verlassen, dass Melaudiere dennoch auf ihre Kosten kommt. In der Tat«, fuhr sie fort, und ihre dunklen Augen sprühten gefährlich, »bin ich überzeugt, dass mein Geschenk eine dieser unmissverständlichen Spitzen sein wird. Melaudiere konnte doch manchmal etwas humorlos sein.«

»Wir alle an der Tafel bekommen auch Geschenke?«, fragte Gaultry. »Aber wir sind keine Freunde, die die Herzogin persönlich ausgewählt hat.«

»Das ist es ja eben«, erwiderte Vaux-Torres und spießte einen

Pfirsich mit der Gabel auf. »Doch die Etikette gebietet, dass auch wir mit einem Vermächtnis geehrt werden. Ein paar von diesen alten Weibern« – sie deutete auf die Herzoginwitwen auf den besseren Plätzen – »haben nichts zu befürchten. Und ich bin sicher, dass Elisabeth einen hübschen Trauerring bekommen wird. Ich habe gehört, die Prinzessin habe den Entwurf selbst ausgewählt – die arme Melaudiere konnte das ja nicht mehr selbst machen, als ihr Zustand sich so plötzlich verschlechterte …« Sie hielt inne, um ein Stück Pfirsich zu essen. »Für alle anderen wird Melaudiere ein viel sagendes Vermächtnis haben, und dass Lily noch einen hübschen goldenen Ring obendrein gibt, wird dem nicht die Spitze nehmen können.«

Melaudieres Priester wurde als Erster von der Tafel aufgerufen. Er ging langsam und würdevoll nach vorn, ganz anders als manche seiner Vorgänger, die durch ihre Hast peinliche Gier verraten hatten. Im Gegensatz zu den stehenden Gästen wurde sein Vermächtnis nicht laut verlesen. Der Sachwalter zeigte ihm die Stelle, wo sein Name und sein Vermächtnis im Testament vermerkt standen, und einer seiner Gehilfen zog eine Schriftrolle aus einem Beutel und überreichte sie dem Priester. Seine Hand zitterte ein wenig, als er danach griff.

»Das ist ein gutes Geschenk«, bemerkte Vaux-Torres. »Seht nur, wie er sich gleich viel aufrechter hält.« Gaultry waren die nun leicht gestrafften Schultern des Mannes und seine vorgereckte Brust gar nicht aufgefallen. »Aber macht Euch auf etwas gefasst«, fuhr die Herzogin mit kühlem Lächeln fort. »In diesem verbliebenen Beutel mit Geschenken befindet sich ganz sicher etwas, das irgendjemanden hier sehr unglücklich machen wird. Die letzten Worte und Geschenke werden für gewöhnlich laut verlesen, also kann nicht alles so harmlos sein.«

Der Priester kehrte mit angemessen ernster Miene an seinen Platz zurück. Doch Gaultry sah ganz deutlich die aufgeregte Freude durchschimmern. Sie fragte sich, was Melaudiere ihm hinterlassen haben mochte, das ihn so glücklich machte.

Vaux-Torres kam als Nächste an die Reihe, denn die Gäste an der Tafel wurden dem Rang nach aufgerufen. Ein Lakai trat hinzu, um sie nach vorn zu geleiten. »Ihr werdet verzeihen«, bemerkte sie im Gehen leichthin, »falls ich bei meiner Rückkehr weniger guter Laune sein sollte.« Verächtlicher Stolz sprach aus ihrer Haltung, als sie den Tisch umrundete und auf den wartenden Riesen mit der schlecht sitzenden Perücke zustrebte.

Gaultry nutzte diesen Moment, um der Sharif zu erklären, was hier vor sich ging.

Die Ardana nickte verständig. *In meiner Heimat haben wir einen ähnlichen Brauch, wenn ein Anführer stirbt. Da gibt es auch viele Geschenke zum Gedenken an den Toten.*

Auf der anderen Seite des Tisches erhob sich Palamar Laconte, die als Nächste an der Reihe war, zu früh von ihrem Stuhl. Vaux-Torres trat gewandt zur Seite, um einen Zusammenstoß zu vermeiden, doch Palamar wich plump in die falsche Richtung aus und brachte es tatsächlich fertig, der Herzogin auf die langen Röcke zu treten. Es gab einen hektischen Moment, als ihrer beider Diener sich bemühten, die Damen zu befreien, und dann schritt die Herzogin mit einem giftigen Blick auf die jüngere Frau elegant ums Tischende. Palamar, die der Sachwalter als Nächste rufen würde, blieb verlegen stehen.

Die schwerfällige Priestergehilfin konnte nicht einmal etwas so Einfaches richtig machen, wenn keiner ihrer Diener ihr dabei half. Gaultry wünschte, sie könnte Mitgefühl empfinden. Die arme Palamar hatte so viele Angehörige verloren. Außerdem konnte es nicht eben angenehm sein, in ihrer Rolle als Dervlas Lakai nach deren Pfeife zu tanzen. Doch irgendetwas an dieser albernen Person erweckte in ihr Ärger, nicht Mitgefühl. Dieses Missgeschick beispielsweise war so überflüssig – hätte sie einfach abgewartet, bis sie gerufen wurde, dann wäre ihr zumindest dieser peinliche Zusammenstoß mit Vaux-Torres erspart geblieben.

Die Herzogin kehrte ein wenig atemlos von ihrem Ausflug zum Podium zurück, und auf ihren Wangen zeigten sich zwei kleine rote Flecken, gegen die selbst ihre überragende Selbstbeherrschung nichts ausrichten konnte. Gaultry fürchtete das bekannte aufbrausende Temperament ihrer Nachbarin, also nahm sie sich noch einen Pfirsich und beschäftigte sich angelegentlich damit, ihn aufzuschneiden.

»Ihr könnt ruhig einen Blick darauf werfen«, sagte die Herzogin. »Ich werde es Euch sogar selbst zeigen. Es ist gar nicht so schrecklich – und doch so unglaublich einfallsreich. Sie muss gewusst haben, dass ich dem nicht würde widerstehen können.«

Als Gaultry hinschaute, hielt Vaux-Torres ihr Geschenk vorsichtshalber unter die Tischplatte, damit andere Tischnachbarn auch ja keinen Blick darauf erhaschen konnten.

In den hohlen Händen der Herzogin lag ein wunderhübsches goldenes Ei mit zierlichen purpurroten Schnörkeln und Blumen aus Email. Als sie eine verborgene Feder berührte, teilte sich das Ei in zwei Hälften, und ein mechanischer Vogel entfaltete glitzernde, hauchzarte Flügel mit einer erstaunlichen Spannweite und ließ einen winzigen Kamm anschwellen. »Kuckuck!«, flötete er aus einer Art feinmechanischem Blasebalg, der in der Brust versteckt war. »Kuckuck!« Der kleine Vogel war über und über mit rotem und goldenem Email verziert. Zu seinen Füßen lagen vier kleine Eier, jedes in einer anderen Farbe: Rotgold, Goldbraun, Diamantblau und schließlich eines mit exquisiter purpurroter Verzierung. Die ersten drei waren so konstruiert, dass sich winzige Köpfchen aus den Eiern reckten, doch aus dem letzten Ei – dem in wirbelndem Purpurrot – ragte nur ein halbes Schnäbelchen. »Kuckuck!«, zwitscherte die Vogelmutter ein drittes Mal, dann legte sie ihre Flügel wieder an und zog den Kopf ein. Die beiden Hälften schlossen sich mit einem hörbaren Schnappen.

»Es ist zauberhaft«, sagte die Herzogin und strich mit einem Finger über die feinen Emailverzierungen. »Und so unübersehbar von Gabrielles eigener Hand geschaffen. So zierlich. Stellt Euch vor, sie hat sich all diese Mühe nur meinetwegen gemacht« –

bei diesen Worten wurde Vaux-Torres' Tonfall auf einmal hart –, »obgleich sie mich in ihren späteren Jahren so unverhohlen verabscheute und sehr wohl wusste, dass dieses Gefühl auf Gegenseitigkeit beruhte. Ein Kuckuck. Ganz und gar nicht subtil. Und doch hat sie ein solches Kunstwerk daraus gemacht. Wie soll ich da noch beleidigt sein?«

Gaultry beobachtete, wie Palamar ihr Geschenk von dem großen Sachwalter entgegennahm. Aus der Ferne schien es ein schlichter Ring zu sein, doch plötzlich war Gaultry nicht mehr so sicher. Wenn die alte Herzogin sich so viel Mühe gegeben hatte, eigenhändig eine Botschaft an ihre Tischnachbarin in Kunst zu kleiden, hatte sie gewiss auch Palamar etwas zu sagen. »Euer Vogel singt sehr hübsch«, bemerkte sie zögernd und wandte sich wieder Vaux-Torres zu.

»Vaux-Torres ist mein unmittelbarer Besitz«, erklärte Argat Climens kühn. »Ich habe den Titel nicht erworben, indem ich irgendwem Hörner aufsetzte. Das hat die alte Gabrielle immer schon gewurmt, weil sie selbst einen Titel geheiratet hatte, den nur ein Mann als Vasall des Prinzen innehaben kann. Ich denke, dadurch fühlte sie sich nach Hughs Ableben in ihrer Unabhängigkeit bedroht.« Wieder ließ sie das Ei aufschnappen und den Vogel sein kurzes Liedchen zwitschern, doch diesmal hielt sie den Mechanismus an, bevor das Ei wieder zuklappen konnte, und berührte die winzigen Eier. »Die eigentliche Anspielung liegt in diesen Eiern. Dieses hier« – sie berührte das rotgoldene Ei –, »das ist mein Remy, der eines Tages den Titel erben wird. Dies hier ist Anna, das hier Beaumorreau, und dieses hier« – nun lag ihr Finger an dem geschlossenen Ei in wirbelndem Purpurrot –, »das ist meine Elisabeth. Alles recht offensichtlich für meine engeren Freundinnen, zu welchen Gabrielle sich nie gezählt hätte. Welch eine Vorstellung, dass sie meine kleinen Fehltritte mit solchem Interesse verfolgt hat.«

Gaultry schluckte schwer. Ihr war zwar bekannt, dass Vaux-Torres vier Kinder hatte, doch sie war nicht so weit in den höfischen Klatsch eingeweiht, als dass sie von Zweifeln an deren Abstammung hätte munkeln hören. Die Herzogin spürte ihre Verwirrung und schenkte ihr ein katzenhaftes Lächeln, während ihr Blick zu dem Lakaien hinter Gaultry wanderte. »Ihr seid dran«, bemerkte Vaux-Torres. »Ich bin sehr gespannt auf Euer Geschenk, sofern Ihr es mir zeigen möchtet.«

Gaultry war froh, der anstrengenden Unterhaltung auch nur für den Moment zu entrinnen, und ging rasch auf den schwarz gewandeten Riesen zu. Sein breites Gesicht wirkte gütig und freundlich, und er begrüßte sie überraschend vertraulich. »Sie hatte keine Zeit mehr, etwas für Euch zu machen«, sagte er mit aufrichtigem Bedauern und griff in die mit Samt ausgeschlagene Schatulle, die einer seiner Gehilfen ihm hinhielt. »Ich bin sicher, das hätte sie nur zu gern getan. Aber nun gibt es nur diesen Ring und ihre Worte unsterblicher Hochachtung.« Mit einem tintenverkleckstén Finger zeigte er auf Gaultrys Namen auf der Schriftrolle, recht weit unten mit leicht krakeliger Handschrift verzeichnet. »Mit den Initialen H.L. & G.M. graviert«, lautete die Beschreibung des Rings, als sei weiter nichts nötig, um ihn genau zu bezeichnen.

Der Ring war nicht aus Gold wie der von Palamar, den sie kurz im gedämpften Licht des Speisezimmers hatte aufblitzen sehen. Er war aus Silber, besetzt mit einem kleinen Saphir in Carbochonschliff in einer Fassung aus winzigen Eichenblättern, und so eng, dass er gerade so auf Gaultrys kleinen Finger passte. Sie blickte auf die Inschrift hinab, bevor sie ihn auf die Handfläche legte. H.L. & G.M. Hugh Lourdes und Gabrielle Montgarret. Ein Geschenk, das eine junge Frau einst von ihrem Bräutigam erhalten hatte, bevor ihre Vermählung sie zur Herzogin von Melaudiere machte.

»Ihr lächelt«, begrüßte Vaux-Torres Gaultry, als diese zur Tafel zurückkam. »Lasst Euren Ring sehen.« Selbstverständlich hatte sie Gaultry quer durch den Raum beobachtet, so wie Gaultry selbst Palamar beobachtet hatte. »Nicht sonderlich kostbar«, meinte sie und drehte Gaultrys Hand so, dass der kleine Saphir das Licht einfing. »Also kann der Wert offensichtlich nicht im Preis begründet sein. Was könnte das bedeuten?« Gaultry spürte, wie sie unwillkürlich breiter lächelte, so ansteckend blitzte der Schalk aus den Augen der Herzogin. »Gabrielle hätte Euch nach allem, was Ihr für sie getan habt, niemals beleidigen wollen. Also ist es ganz sicher ein bedeutendes Geschenk, so bescheiden es auch aussehen mag. Er ist graviert.« Sie warf Gaultry einen schelmischen Blick zu. Offensichtlich hatte Vaux-Torres in der Schriftrolle nicht nur bei ihrem eigenen Namen nachgelesen, als der Sachwalter ihr das schriftliche Vermächtnis vorgelegt hatte. »Gabrielles Werbungsring vermutlich. Damals hätte Hugh ihr nichts Kostbareres verehren können, denn sonst hätte ihr Vater von seinem Werben Wind bekommen. Die Eiche steht wohl für seinen Schwur, sie mit all seiner Kraft zu beschützen.« Die Herzogin ließ Gaultrys Hand los. »Ein Ring mit großer Vergangenheit, wenn ich mich nicht täusche.«

Gaultry blickte wieder auf den Edelstein hinab. Er war blau wie die See, fast genau die Farbe von Melaudieres Augen, umgeben von silbernen Eichenblättern. »Ihr könntet Recht haben«, gestand sie und strahlte innerlich vor Glück. »Doch im Testament ist seine Geschichte nicht festgehalten.«

»Ihr müsst zwischen den Zeilen lesen«, erklärte Vaux-Torres. »Gabrielle musste sorgsam bedenken, was sie schriftlich festhalten konnte. Worte in einem solchen Testament werden leicht von der Wirklichkeit überholt. Ihren Enkelsohn namentlich aufzuführen und ihn Euch schwarz auf weiß anzutragen, wäre nicht sonderlich diskret gewesen.«

Gaultry verschluckte sich an einem Mund voll Pfirsich. Die Herzogin lächelte lieblich. »Doch genau das ist es, was Ihr herauslest, nicht wahr? Ich sehe Euch doch lächeln.«

»Martin Stalker ist ein verheirateter Mann«, erwiderte Gaultry, deren Herz vor Freude alberne Luftsprünge vollführte, sodass sie Mühe hatte, das Stück Pfirsich herunterzuschlucken.

Wenn das nun tatsächlich die verborgene Botschaft war, die Melaudiere beabsichtigt hatte! »Dieser Ring hat nichts mit ihm zu tun«, war alles, was sie laut zu äußern wagte.

»Aber natürlich«, stimmte die Herzogin sittsam zu. »Ich verstehe. Und nach allem, was Ihr für sie getan habt, seid Ihr sogar ein wenig verärgert über die gute Gabrielle, weil sie sich nicht großzügiger gezeigt hat. Möchtet Ihr den Ring vielleicht gegen mein Ei eintauschen?« Unwillkürlich legte Gaultry eine schützende Hand über ihr Geschenk, und Vaux-Torres lachte. »Das dachte ich mir. Aber glaubt mir, mein Geschenk besitzt dennoch mehr inneren Wert, denn sie hat ihre eigene Magie hineingelegt.«

Die Sharif trat vor und kehrte mit einem goldenen Trauerring zurück – aus schwerem, getriebenem Gold und mit dem breiten, fast kreuzförmigen Schwert der Melaudieres versehen. Ähnliche Ringe wurden auch weiter oben an der Tafel vergeben, weitere einmalige Kunstwerke wie Vaux-Torres' Ei, außerdem Schriftrollen an zwei Minister der Prinzessin, deren Inhalt einen der Herren in helle Empörung versetzte. Als Dervla vortrat, erhielt sie einen kleinen goldenen Gegenstand – doch falls es ein Ring war, zog sie es vor, ihn nicht anzulegen, als sie an ihren Platz zurückkehrte.

Schließlich waren alle bis auf die Prinzessin beschenkt worden. Der Sachwalter trat beiseite und reichte das Testament einem seiner Gehilfen. Ein kleines Tischchen auf Rollen, bedeckt mit einem fein gewebten Gobelin, wurde herangeschoben. Die Form, die Gaultry unter den Falten des Tuchs erahnen konnte, sagte ihr, dass es sich bei diesem letzten Geschenk um die Wiege handeln musste, die sie an Melaudieres Totenbett gesehen hatte.

Lily erhob sich. Im plötzlichen Schweigen hörte man, wie die Anwesenden den Atem anhielten. Obgleich die Prinzessin das traditionelle schwarze Trauergewand trug, war sie unter diesem weiten Umhang in Blau und Weiß gekleidet, und die langen Röcke, die wie schaumgekrönte Wellen von ihrer Taille flossen, waren mit Silber durchwirkt, das im Licht aufblitzte.

»Ich wünsche meine Gabe zu sehen«, erklärte sie laut. »Mein Benet hätte Gabrielle Lourdes die Ehre erwiesen, sie hier vor aller Augen anzunehmen, und nicht versteckt in einem Nebenraum.«

Des Sachwalters Perücke wackelte besorgt. »Euer Hoheit –«

»Bei den Großen Zwölf, ich bestehe darauf. Mir wurde gesagt, dies sei Melaudieres Geschenk an die Zukunft. Lasst uns alle sehen, was sie für die Zukunft erwartete.«

Verlegenes Schweigen hing im Raum. Offensichtlich galt für diese Dinge ein bestimmtes Protokoll, und die Prinzessin hatte beschlossen, sich darüber hinwegzusetzen. Vaux-Torres an Gaultrys Seite lehnte sich vor, und ihre Augen funkelten erwartungsvoll.

»Euer Wunsch ist mir Befehl«, sagte der Sachwalter. Auf sein Zeichen hin zogen zwei Lakaien den Gobelin fort.

Die Wiege war noch schöner, als Gaultry sie in Erinnerung hatte, doch sie wirkte auch Unheil verkündend. Im strahlenden Licht, das die See in die Gemächer der Herzogin spiegelte, war ihr nicht aufgefallen, dass die Fische, welche den Rand der Wiege bildeten, eher Seeschlangen glichen und auch etwas Gefährliches ausstrahlten. Hier, im Halbdunkel der Nische, wirkten sie beinahe bedrohlich, so wie in Silber gefasste Wächter, die sich auf den schäumenden Wogen dahinschlängelten.

Lily trat vom Tisch zurück und ging hinüber zum Podium. Sie kniete sich hin, sodass ihre Röcke sich um sie auffächerten. Ihre kindlich kleinen Hände strichen zärtlich über das glatte Holz im Inneren der Wiege, berührten dann die Köpfe der Seeschlangen und versetzten der Wiege einen leichten Stoß. Sie schaukelte sanft und leicht. Die silbernen Intarsien funkelten. Einen seltsamen Augenblick lang vermischte sich ihr Glitzern mit dem der Silberfäden in den Röcken der Prinzessin, und Gaultry meinte, Lily so zu sehen, wie sie dem Prinzen bei ihrer ersten Begegnung erschienen sein musste – im dunklen Umhang ihres Standes halb der See selbst entwachsend, die Beine im schäumenden Wasser verborgen und das spitze Gesichtchen ganz gefesselte Aufmerksamkeit.

»Wie wunderschön«, sagte Lily, als sie aus ihrem Traum erwachte. »Sie wird Tielmarks Thronfolger viele Tage versüßen.« Sie starrte fast trotzig in die versammelte Menge. »Melaudiere hat uns damit eine große Ehre erwiesen, und ich werde meinerseits dieses Opfer in Ehren halten. Die Gezeiten des Lebens steigen und fallen. Ein Leben ist zu Ende gegangen, doch ein neues beginnt.

Ihr habt euch heute hier eingefunden, um den Tod meiner getreuen Herzogin zu betrauern. Ihr werdet ihre Trauerfeier mit dem Versprechen des neuen Lebens verlassen, das in mir heranwächst. Betet zu den Großen Zwölf, dieses Versprechen zu erfüllen, und bevor Eliante im Frühjahr Ihre grünen Pfeile ausschickt, sollt ihr ein Kind in dieser Wiege liegen sehen.«

Der Aufruhr, mit dem ihre Ankündigung aufgenommen wurde, war lautstark, drückte jedoch nicht nur reine Freude aus. Die oberen Ränge der Tafel zeigten sich merklich zurückhaltend. Während die herumstehenden Gäste klatschten und Glückwünsche riefen – eine Frau sank vor der Prinzessin auf die Knie und küsste ihre Hand –, warfen die Repräsentanten der Herzogshäuser unruhige Blicke in Dervlas Richtung.

Mitten im entstehenden Durcheinander erhob sich Tamsanne von ihrem Platz etwa in der Mitte der Tafel. »Ruhe!«, rief sie, und ihre trockene, brüchige Stimme erhob sich deutlich über den Lärm im Raum. »Schweigt, alle miteinander! Was sind das für Manieren?«

Es war nicht Tamsannes Aufgabe, für Ruhe zu sorgen, und dennoch gehorchten ihr alle. Sie stand unter ihnen wie eine erzürnte Krähe, und irgendwie schien jedermann sie zu fürchten. »Füllt die Kelche«, befahl sie den Lakaien mit blitzenden dunklen Augen. Dann wandte sie sich an Dervla. »Bringt einen Trinkspruch aus. Sprecht die Gebete, und gebt einen Trinkspruch aus. Eure Prinzessin hat etwas verkündet. Sitzt nicht da herum, als hättet Ihr Eure Pflichten vergessen.«

Dervla funkelte sie böse an, erwiderte jedoch nichts. Die Diener huschten wie aufgescheucht durch den Raum und füllten alle

Kelche. Tamsanne wartete reglos ab. Doch sobald sie fertig waren, ergriff sie wieder das Wort. »Dervla von Princeport. Sprecht das Gebet. Eure Prinzessin hat Euch gerufen.«

Diesmal spürte Gaultry es. Ein Widerhall magischer Kraft ließ die Tafel erbeben. Tamsanne sammelte ihre Kräfte, um machtvolle Worte zu sprechen – uralte Worte mit zerstörerischer Kraft. Einer Kraft, die zu finden Tamsanne durch die ältesten Bäume zurückgegriffen hatte bis zu den tiefsten Wurzeln der Magie, welche die Götter unter die Erde gelegt hatten …

Dervla spürte es auch. Dervla, Mervion und Palamar. Gaultry erkannte die Angst, das Wissen, auf den Gesichtern aller, in denen Magie lebendig war. Einen Augenblick lang schien es, als würde Dervla sich Tamsanne widersetzen …

Dann griff die Hohepriesterin nach ihrem Kelch und erhob ihn. »Neues Leben im Haus des Prinzen von Tielmark«, sagte sie. »Lasst es uns gemeinsam preisen.«

Es wurde auf das Kind getrunken, das Gebet wurde gesprochen. Tamsanne nahm wieder Platz und senkte den Kopf. Dervla flüsterte einem der Diener etwas zu. Er gab den Befehl an die anderen Lakaien weiter, und sie ließen die Gäste rasch in einer Reihe Aufstellung nehmen und am Podium vorbeidefilieren, um der Prinzessin die Hand zu küssen. Der Leichenschmaus wurde zur öffentlichen Feier von Lilys Empfängnis.

Gleich darauf schien es, als habe Tamsanne nie gesprochen und sich nie erhoben, um einzuschreiten.

»Es mag sein, dass wir nicht so bald wieder die Gelegenheit bekommen, uns zu unterhalten.« Argat Climens erhob sich und verabschiedete sich auf irgendein unsichtbares Signal hin, das die Hälfte der adeligen Gäste zum Aufstehen bewogen hatte, mit einem Knicks von Gaultry. »Doch es hat mich sehr gefreut, dass wir immerhin ein Gespräch beginnen konnten. Eure Großmutter ist eine bemerkenswerte Frau. Was meint Ihr? Von Euch und Eurer Schwester abgesehen, war da im ursprünglichen Zirkel der Brut irgendeine Macht vorhanden, die nicht von neuem erstehen kann?« Sie blickte zum Kopf der Tafel hin. »Dervla jedenfalls will das nicht glauben.«

Mit einem Flüstern kostbarer Seide war sie verschwunden.

Sie hat nie meine Antworten abgewartet, erklärte Gaultry der Sharif erbittert. *Sie hat mir gar keine Chance gegeben, ihr zu zeigen, dass ich es mit ihrer Schlagfertigkeit aufnehmen kann.*

Die Sharif, die ihren neuen Ring betastete, warf Gaultry einen beruhigenden Blick zu. *Diese Frau braucht deine Antworten nicht,* erwiderte sie. *Sie will dich dazu bringen, Fragen zu stellen. Du brauchst nur zu entscheiden, ob dir diese Fragen nützlich sein werden oder nicht.*

Ich denke nicht daran, mich in die Manöver verstricken zu lassen, mit denen Vaux-Torres ihre Unschuld beweisen will, gab Gaultry zurück. *Wenn sie gemeinsame Sache mit irgendwelchen Bissantinern gemacht hat, dann ist das nicht meine Angelegenheit.*

Sie wäre nie damit zufrieden, nur eine Intrige auf einmal zu spinnen, bemerkte die Sharif und beobachtete Vaux-Torres, die sich in die Schlange einreihte, um vor der Prinzessin das Knie zu beugen und ihr zu gratulieren. *Sie hat dir gegenüber kein Wort über diese Bissanty-Affäre verloren, nicht wahr?*

Nun ja, schon –

Sie braucht deine Hilfe in einer anderen Angelegenheit, erklärte die Sharif bestimmt. *Sie ist zu stolz, um dich darum zu bitten, doch sie versucht, dich in diese Richtung zu lenken.*

Ich werde ihr jedenfalls nicht helfen, erwiderte Gaultry hitzig. *Sie muss sich schon selbst zu helfen wissen.*

Die Sharif lächelte. »Gotri«, sagte sie laut. »Du sagen mir das auch an dem Tag, als du mich vom Sklavenschiff gerettet.«

Dann war es an der Zeit, sich in die Schlange der Gratulanten einzureihen.

14

Nach zwei verregneten Tagen war der Himmel wieder wolkenlos, die Luft rein und klar. Eine sanfte Brise von der See her trug Wärme heran. Es war herrlich, wieder draußen zu sein und den Wind im Haar zu fühlen. Nach dem Ende des Mittsommerfestes war der Hafen fast menschenleer – alle hatten anderswo zu tun oder waren auf See. Gaultry stand mit Tullier ganz am Ende des privaten Docks des Prinzen und sah zu, wie das Schiff der Sharif, bauchig und mit einem hohen Deck, die ausgebleichten, einst weinroten Segel setzte und Fahrt aufnahm. Obwohl es sich um einen Chlamanscher-Segler aus dem fernen Süden handelte, war unter seinen eigenen Flaggen das blau-weiße Banner Tielmarks gehisst, was auf den persönlichen Befehl des Prinzen hin geschehen war.

Während das Schiff sich immer weiter vom Ufer entfernte, stand die Sharif aufrecht am Heck und hielt Aneitha fest, die mit Halsband und Kette neben der Kriegerin herumtollte. Die Gewänder der Heerführerin flatterten im Wind, und ihr lächelnder Blick ruhte unverwandt auf den beiden am Ufer, bis sie ihre stolze Gestalt nicht mehr vom Schiffsrumpf unterscheiden konnten. Sie hatte alles gesagt, was sie zum Abschied hatte sagen wollen. So gab es keine letzten Gedankenrufe, als das Schiff die Landzunge umsegelte und hinter den schimmernden Mauern des Palastes in südöstliche Richtung verschwand.

»Ich werde sie vermissen.« Gaultry stampfte mit einem Fuß auf die Planken des Docks und wandte der See den Rücken zu. Eine weitere Gefährtin hatte sie verlassen. Die Dächer Princeports glänzten in der Morgensonne und zeichneten sich klar vor dem Horizont ab, wo sie auf dem Hügelkamm zum Palast hin aufstiegen. Eine hübsche Aussicht, doch sie reichte nicht aus, um die Traurigkeit zu zerstreuen, die in ihrer Kehle aufstieg. »Andererseits bin ich auch ein wenig erleichtert. Nach dem, was Melaney zugestoßen ist, bin ich froh, dass sie sicher die Heimreise angetreten hat.«

Tullier, der noch immer übers Meer hinausblickte, zögerte, bevor er ihr antwortete. Es ging ihm schon wesentlich besser. Mervions Hilfe und zwei Tage Erholung, während die Tielmaraner mit Melaudieres Beisetzung beschäftigt gewesen waren, hatten ihm gut getan. Er konnte ohne Schmerzen stehen und war schon beinahe wieder so frech wie zuvor, obgleich die jüngsten Ereignisse in ihm eine tiefe Nachdenklichkeit gezeitigt hatten, von der vorher keine Spur vorhanden gewesen war.

»Wer auch immer diese Männer zu Martins Haus geschickt hat, wird es nicht noch einmal auf dieselbe Weise versuchen«, sagte er. »Sie wollten mich in die Hände bekommen, bevor Euer Prinz mich an seinem Hof aufnahm. Der Angriff war so wenig von persönlichem Hass geprägt, dass er ganz sicher in politischen Erwägungen gründete. Doch wer auch immer ihn geplant hat – er oder sie ist bewundernswert zielstrebig.« Zu ihrem Ärger schwang tatsächlich Bewunderung in seiner Stimme mit. »Es ist ihnen egal, was sie zerstören müssen, um ihr Ziel zu erreichen. Solch eiserne Entschlossenheit kannte ich früher auch.«

»Hör endlich auf, ihr nachzutrauern«, erwiderte Gaultry gereizt. »Es gibt noch andere Dinge als Mordlust, die man an Menschen bewundern kann, weißt du?«

Er drehte sich grinsend zu ihr um.

Sie erkannte, dass er sie nur neckte, wenn auch mit reichlich finsterem Humor, und versetzte ihm einen spielerischen Stoß gegen die Schulter. »Erforschen wir noch ein wenig den Strand, bevor wir wieder zum Palast hinaufgehen. Angeblich führt irgendwo ein Pfad an der Küste entlang.« Sie blickte das Ufer hinab zu einer lockenden Welt aus kleinen Lagerhäusern, trocknenden Fischernetzen und Hütten. »Ich bin gerade überhaupt nicht bei Laune, irgendwo im Palast auf Dervla oder Ronsars zu stoßen und mich vor ihren Ränken in Acht nehmen zu müssen.«

Er nickte zustimmend. Der Sekretär des Prinzen hatte Tullier in Gaultrys Gemächern aufgesucht, um ihm die verwickelten und teils abstrusen Bedingungen der Bürgschaft zu erklären, die ihn unter Gaultrys Schutz stellte. In der dreihundertjährigen Geschichte Tielmaraner Unabhängigkeit hatten sich unzählige Präzedenzfälle angehäuft, die jeden einzelnen Umstand des offiziellen Aufenthalts eines Bissantiner Prinzen am Hofe des freien Fürstentums Tielmark regelten, und Ronsars hatte obendrein versucht, Tulliers Minderjährigkeit weitere Komplikationen abzugewinnen. Der Junge war dem Sekretär nicht sonderlich dankbar dafür gewesen, dass der ihm die schier unendlichen Lächerlichkeiten vor Augen führte, die ihm seine unfreiwillige Bedeutung als fünfter Prinz Bissantys eingebrockt hatte.

Nach dem letzten Dock gelangten sie zu der schmalen, nicht eben gut erhaltenen Fußgängerbrücke über den Glassmouth, den breiten, trägen Fluss, der in den Hafen von Princeport mündete. Am anderen Ufer standen Fischerhütten. Auf ihrer Seite führte ein Weg am aufsteigenden Sandsteinufer des Flusses landeinwärts, gesäumt von den Werkstätten vieler Kunsthandwerker und seltsamen niedrigen Zäunen, die deren Hinterhöfe trennten. Der gewundene Pfad sah interessanter aus als die Brücke.

Im Gehen dachte Gaultry über Tulliers Bemerkung zum Angriff in Martins Stadthaus nach. Ein Teil seiner Einschätzung erschien ihr einleuchtend. Traurig erinnerte sie sich an den zusammengesunkenen Leichnam der jungen Melaney. Doch bis die bösartige grüne Magie sich des Schwertmeisters bemächtigt hatte, war Siànnes erklärtes Ziel eine Entführung gewesen, kein Mord; sie war nicht einmal sicher, ob er nur Tulliers Beschützer hatte umbringen wollen oder tatsächlich auch den Jungen selbst.

»Warum sollte ein Tielmaraner dich entführen wollen?«, fragte sie. »Der Bann, der Siànne beherrscht hat – das war ganz gewiss Tielmaraner Magie.«

Der Junge schüttelte den Kopf. »Es ergibt keinen Sinn. Ich könnte es nachvollziehen, wenn Bissanty versuchen würde, mich auf diese Weise zurückzuholen, aber Tielmark? Nein.«

Gaultry trat heftig nach einem Stein, der auf dem Weg lag, und sah zu, wie er das Ufer hinab zum Fluss kullerte. »Ich würde ja hinter all dem Dervla vermuten«, sagte sie, »wenn ich nur einen einleuchtenden Grund finden könnte.«

Ein Stück weiter des Weges erreichten sie die erste der vielen Glasbläsereien, denen der Glassmouth seinen Namen und seinen guten Ruf verdankte. Die kleinen Familienbetriebe arbeiteten in bescheidenen Werkstätten, die sich jeweils unter einem Dach befanden mit den Wohnräumen der Handwerker auf dem Hochufer; darunter lag der Streifen reinen, hellen Sandes, der ihnen als Rohmaterial diente. Der Geruch von heißem, geschmolzenem Glas hing in der Luft, als sie näher herankamen. Gaultry hatte selbst noch keine Gelegenheit gehabt, diesen Winkel Princeports zu erkunden, daher war sie genauso neugierig wie Tullier, und beide reckten die Hälse, um einen Blick in die Hinterhöfe zu erhaschen, wo die Meister ihr Handwerk ausübten.

»Die Bissantiner haben wegen diesem Sand eine ihrer ersten Siedlungen hier in Tielmark errichtet«, erklärte Gaultry. »Melaudiere hat mir erzählt, dass es im Palast heute noch einige uralte Meisterstücke gibt, Perlen, Kelche, Amulette und so weiter, die bis auf die Zeit der Wanderer zurückgehen. Und die Bauern hier in der Gegend stoßen manchmal immer noch auf seltsame Scherben aus Glas und Ton, wenn sie ihre Felder pflügen.«

»Bissanty kann jetzt sein eigenes Glas herstellen«, erwiderte Tullier. »Es gibt Stellen in Dramcampagna, die beinahe ebenso guten Sand liefern; manche liegen sogar kaum weiter von Bassorah entfernt als Polonna Major.«

»Ein weiterer Grund, weshalb dein Kaiserreich uns unser Land getrost lassen könnte.« Gaultry seufzte. »Nicht dass Tielmark unbedingt reicher würde, wenn ihr nicht mehr auf unsere Rohstoffe angewiesen wärt.«

Der Pfad verbreiterte sich zu einem matschigen kleinen Platz. Hier war eine Hand voll wackeliger Ladenräume an die Fronten der Häuser angebaut. Vor einigen saßen Glaskünstler, die die helle Morgensonne nutzten, um kleineren Stücken den letzten Schliff zu geben. Tullier war neugierig genug, um eine Frau zu bitten, sie möge ihm ihre Ware zeigen. Sie rief ihren Sohn herbei, der ein gepolstertes Ledertablett voll fein geschliffener Anhänger und farbenfroher Perlen herausbrachte. Alles war überraschend fein gearbeitet.

»Die da ist sehr hübsch«, meinte Gaultry und deutete auf einen wunderbar gearbeiteten Anhänger, welcher einen weißen Vogel mit topasfarbenem Rücken darstellte.

»Sieht beinahe aus wie eine Taube.« Tullier schüttelte den Kopf. »Sie erinnert mich an meine Schwester.« Er hob das glatt geschliffene Stück vorsichtig an den Rändern auf und vermied es, mit dem Weiß des Vogels in Berührung zu kommen. »Ich frage mich, wie es ihr jetzt wohl geht.« Er legte den Anhänger zögernd wieder zurück, als gebe er damit auch Columba wieder her. »Eigentlich möchte ich es lieber nicht wissen.« Columba hatte in Bissanty versucht, sie zu verraten. Gaultry konnte es gut verstehen, wenn er nicht an sie denken wollte. Seine Hand fuhr weiter über das Tablett. »Der hier«, sagte er. »Der gefällt mir schon besser.«

Er zeigte auf einen Anhänger aus dunkelgrünem Glas. Ein winziger kahler Baum mit ausgebreiteten Ästen war in das Glas geschnitten. »Eine Akazie«, sagte die Frau, hob das Schmuckstück auf und polierte es mit einem Ledertuch. »Für ewiges Gedenken. Und Zuneigung.«

»Sehr hübsch.« Gaultry griff nach ihrem Beutel. »Alle, die gestern auf der Trauerfeier der Herzogin waren, haben ein Pfand ihrer Wertschätzung erhalten.« Sie wandte sich an Tullier. Der Junge hatte die große alte Dame nie gekannt, doch ihr Rat hatte Gaultrys Leben eine solch bedeutsame Wendung gegeben, dass sie den Jungen auch in das Gedenken an sie einschließen wollte. »Du sollst auch etwas bekommen. Möchtest du diesen haben?«

Er strich mit einem Finger darüber, und sie wusste, das hieß ja.

Die Frau verkaufte ihnen den Anhänger zusammen mit einer

Schnur. Er legte ihn aber nicht gleich an. Stattdessen trug er ihn in der Hand, während sie durch stille, enge Gassen gingen und schließlich den Heimweg zum Palast einschlugen. Der Junge wirkte müde. Gaultry hoffte, dass der lange Spaziergang ihn nicht überanstrengt hatte.

»So verlierst du ihn noch«, mahnte sie, als sie ihn mit der Schnur herumspielen sah.

»Bestimmt nicht«, sagte er. »Ich passe schon auf. Es ist nur – ich hatte seit über einem Monat nichts mehr um den Hals hängen. Und meine letzte Halskette habe ich nicht aus freien Stücken getragen.«

Erst jetzt fiel Gaultry ein, dass die letzte Halskette, die Tullier getragen hatte, aus seinen Sha-Muira-Giftperlen gefertigt gewesen war – den Perlen mit dem Gegengift, von denen jeder Sha Muira täglich eine einnehmen musste, um nicht am Gift der Göttin zu sterben, das seinen gesamten Körper durchdrang.

Sie fragte sich, ob es ein Fehler gewesen war, ihm den Anhänger zu schenken. Bei Tullier war es immer so schwierig, zu merken, wann man etwas falsch machte.

Bei ihrer Rückkehr in den Palast erwartete sie eine herrisch formulierte Botschaft von Prinzessin Lily. Sie wünschte ihr sofortiges Erscheinen und hatte einem Lakaien befohlen, sie am Tor des Palastes zu erwarten und unverzüglich in ihr Audienzzimmer zu führen, sobald sie nach ihrem Abschied von der Sharif zurückkehrten.

»Nie habe ich Zeit, mich vor solchen Unterredungen ordentlich zurechtzumachen«, brummte Gaultry, als sie vor einem kleinen Spiegel im Vorzimmer von Lilys Gemächern innehielten und der Lakai ihnen zumindest erlaubte, sich den Straßenschmutz aus den Kleidern zu klopfen. »Ich habe es so satt, hereinzukommen, wie ich gerade bin, und vor lauter geschniegelten und gebürsteten Menschen zu stehen.«

»Ihr seht doch ordentlich aus«, schnaubte Tullier. »Niemand

erwartet, dass Ihr die Hofdame spielt. Die Leute achten Euch aus ganz anderen Gründen.«

»Das glaube ich erst, wenn ich so alt bin wie Tamsanne.« Sie warf ihm einen säuerlichen Blick zu. »Vergiss nicht: Sofern die Prinzessin dir nicht eine direkte Frage stellt, überlass das Reden mir. Sie ist sehr misstrauisch gegenüber allem, was aus Bissanty kommt – bei ihren schlechten Erfahrungen nur zu verständlich. Es ist besser, wenn ihr beide so wenig wie möglich miteinander zu tun habt.«

»Wollt Ihr damit behaupten, Ihr wärt eine bessere Diplomatin als ich?«

»Keiner von uns beiden ist der geborene Diplomat«, erwiderte Gaultry. »Aber Lily mag dich einfach nicht. Also verhalte dich möglichst still, und gib dir Mühe, wie ein braver Junge auszusehen.«

Der Lakai führte sie einen gekachelten Gang entlang hinaus in den auf einem hohen Plateau gelegenen Garten der Prinzessin, von dem aus man über die östliche Flanke des Palastes und nicht auf die Stadt hinaus blickte. Hinter den Obstgärten glitzerte die See. Trotz der herrlichen Aussicht, die ein Gefühl der Weite und Offenheit vermittelte, lagen die Terrassen geschützt im Windschatten der Palastmauer. In der Mittagssonne wirkten die Promenaden jedoch allzu grell und heiß.

Lilys allgegenwärtige Herzogin von Ranault ruhte erschöpft im Schatten eines nahen Baumes; zwei Dienerinnen fächelten ihr Luft zu, denn in ihrem hochschwangeren Zustand fühlte sie sich offensichtlich unwohl. Hinter ihr spielten einige andere Damen Karten an einem Tisch zwischen den Zinnen der breiten Wehrmauer, nahe der Frische eines kleinen Springbrunnens. Die Prinzessin selbst saß allein auf einer kleinen erhöhten Terrasse mit steinernen Balustraden auf einem Stuhl; sie hatte sich in die Kissen zurückgelehnt, und ein Stickrahmen lag auf ihrem Schoß.

Ein Stückchen entfernt wachte Elisabeth Climens, Argats Tochter, über den Honigfresser, der gerade ein duftendes Blumenbeet erkundete. Das Mädchen war wie immer prächtig ausstaffiert und heute zusätzlich mit einem Trauerumhang aus Brokat behängt, der in dieser Hitze gewiss nicht angenehm war. Auf ihrem Gesicht lag der verschlossene Ausdruck eines wohlerzogenen Kindes, das sich danach sehnt, mit seinem vierbeinigen Spielgefährten in dem Beet herumzutollen, anstatt nur brav daneben zu stehen und ihm zuzusehen.

Prinzessin Lily folgte Gaultrys Blick, als sie und Tullier sich näherten. »Elisabeth scheint Gefallen an meinem neuen Schoßtier zu finden«, sagte sie, nachdem sie die beiden begrüßt hatte und Tullier ganz offiziell vorgestellt worden war. »Ich habe es ihr anvertraut. Ich dachte, es würde ihr gut tun, wenn sie eine Beschäftigung hat.«

»Sehr schön, Euer Hoheit«, meinte Gaultry. »Sie ist Euch gewiss dankbar dafür.«

»Diese kleine Aufgabe mag unbedeutend erscheinen.« Die Prinzessin hob den Stickrahmen und zupfte mit der Nadel ein Stückchen Garn zurecht. »Doch wenn einem das Herz schwer ist, kann ein Tier oder sogar ein Korb Wäsche eine willkommene, wenn auch kurzfristige Ablenkung sein.« Gaultry vermutete, dass Lily aus Erfahrung sprach und dabei an die trübseligen, einsamen Tage zurückdachte, als ihr zukünftiger Gemahl unter dem Bann seines Kanzlers dahingedämmert war und die junge Wäscherin sich von aller Welt verlassen gefühlt hatte. »Elisabeth soll Beschäftigung haben, bis der Fall ihrer Mutter verhandelt wurde.«

»Wann wird das sein?«

»In zwei Wochen. Während der Gerichtstage zu den Iden des Andion. Dervla sagt, sie bräuchte noch Zeit, um letzte Beweise zu sammeln.« Lily zuckte mit den Schultern. »Ich halte es für wahrscheinlicher, dass sie diesen sakralen Tag nutzen will, um ihrer eigenen Aussage mehr Gewicht zu verleihen. Soweit ich weiß, hat sie zwar viel zusammengetragen, aber zum größten Teil nur Indizienbeweise.«

Gaultry nickte. An den Iden eines Monats würde die Macht

der Hohepriesterin am größten sein. Das wäre der beste Tag für Dervla, um Zeugen zu befragen – niemand würde die Hohepriesterin an dem Tag belügen, an welchem sie den Göttern am nächsten war.

Lily rutschte unruhig auf ihrem Stuhl herum. So sehr sie sich auch um die Haltung der Herrscherin Tielmarks bemühte, die gelassen Untertanen empfing, sah Gaultry ihr doch an, dass Lily sich ihrer Unerfahrenheit schämte.

Noch vor zwei Monaten hatte sie einigen der hier Karten spielenden Hofdamen als Wäscherin gedient. Nun herrschte sie über sie – nicht allein als Gemahlin des Prinzen, sondern in dessen Abwesenheit auch als Herrscherin des Reiches. Da überraschte es wenig, dass Lily sich lieber auf die kleine erhöhte Terrasse zurückgezogen hatte, anstatt sich unter sie zu mischen. Gaultry trat nervös von einem Fuß auf den anderen. Wegen Lilys mangelnder Selbstsicherheit erforderte der Umgang mit ihr sehr viel Takt und Fingerspitzengefühl. Benets junge Gemahlin konnte oft nicht unterscheiden, ob jemand einem ihrer Befehle aus Respektlosigkeit nicht nachkam oder ihn aus gutem Grund abwog.

»Möchtet Ihr, dass ich irgendetwas für Elisabeth tue?«, fragte Gaultry, als Lily ihr immer noch keinen Grund nannte, weshalb sie nach ihnen geschickt hatte. »Hat sie vielleicht noch Fragen zur Pflege des Honigfressers?«

»Nein, das ist es nicht.« Lily zögerte noch einen Augenblick länger. Dann reckte sie das Kinn vor, und ihre Miene wurde kühl. »Ich habe Euch aus einem anderen Grund rufen lassen. Caius Lepulio, der Bissantiner Gesandte, hat um eine Audienz mit Eurem Schützling ersucht. Ich sehe keinen Grund, ihm diese Bitte abzuschlagen.«

Tullier an Gaultrys Seite erstarrte.

»Was will der Gesandte denn?«, fragte Gaultry und bemühte sich, ihre Bestürzung zu verbergen.

»Er möchte Tullirius Caviedo, dem öffentlich anerkannten Sohn des Siri Caviedo, Seeprinz von Bissanty, mitteilen, dass Kaiser Sciuttarus ihn nach Bissanty befohlen hat. Sciuttarus wünscht, dass Euer Junge hier die Pflichten übernimmt, die mit dem Thron des Fünften Prinzen Bissantys einhergehen.« Lily fügte ihrer Stickarbeit zwei Stiche hinzu und hielt dann inne, um ein anderes Garn in die Nadel einzufädeln. »Falls der Junge dem nachkommen möchte, werde ich dafür sorgen, dass ihm nichts im Wege steht. Mein geliebter Benet war der Ansicht, er sollte in Tielmark bleiben, wo wir ihn im Auge behalten können. Doch Benet hat den Knaben in Eure Hände gegeben, anstatt ihn als Geisel am Hof festzuhalten. Wenn Tullirius willens ist, Tielmark zu verlassen, werde ich Euch von Eurer Bürgschaft entbinden.«

»Tullier ist nicht bereit, nach Bissanty zurückzukehren.« Gaultry vermied es, ihn anzusehen, obgleich sie sich fragte, was er von der Neuigkeit halten mochte, dass sein Vater ihn endlich offiziell als seinen Sohn anerkannt hatte – vielleicht das letzte Glied in der Kette, die ihn nach Bissanty zurückziehen würde.

»Ich wünsche, dass Tullirius den Gesandten anhört«, erklärte Lily starrköpfig, wobei sie ganz deutlich jede Anrede vermied, die vertraulich klingen könnte. »Die Umstände, unter denen der Knabe Bissanty verließ, haben sich geändert. Sein Leben ist nicht länger in Gefahr. Der Kaiser hat seine Ansprüche auf den kaiserlichen Thron anerkannt, anstatt sie ausräumen zu wollen.«

Gaultry war sich ziemlich sicher, dass Kaiser Sciuttarus das keineswegs getan hatte, doch sie wusste nicht, wie sie das höflich andeuten sollte. Lilys störrisch vorgerecktes Kinn warnte sie, dass Tulliers Audienz mit dem Gesandten für die Prinzessin bereits beschlossene Sache war. Zweifellos hatte sie sie deshalb in Gegenwart ihrer Damen hier oben empfangen, wo jeglicher Widerspruch als öffentliche Missachtung ihrer Autorität aufgefasst werden musste.

»Wir sind stets zu Euren Diensten, meine Prinzessin.« Gaultry verneigte sich – immer noch nicht mit vollendeter Anmut, aber verglichen mit ihren ersten Versuchen war eine deutliche Besserung erkennbar. Wenn sie den Anordnungen der Prinzessin nicht

Folge leistete, wie konnte sie dann erwarten, dass die adeligen Hofdamen Lily diesen Respekt erwiesen? Sie wagte einen raschen Blick auf Lilys bleiches junges Gesicht, nun ein wenig gerötet von der sengenden Sonne. Gaultry war der Überzeugung, dass in Benets Abwesenheit zahlreiche unsichtbare Mächte bei Hofe damit begannen, Lily zu bedrängen, unsichtbaren Druck auf sie auszuüben, nach den Schwächen der jungen Prinzessin zu forschen – und ihre Stärken kennen zu lernen. Gaultry beneidete sie nicht um diese Lage, musste aber dennoch versuchen, ihre eigenen Interessen zu wahren. »Natürlich ist es erforderlich, dass ich in meiner Verantwortung als Bürgin des Jungen dieser Unterredung beiwohne und selbst mit anhöre, was der Gesandte ihm zu sagen hat. Ohne meine Einwilligung wird Tullier keinem seiner Vorschläge zustimmen.«

»Nun gut.« Die Prinzessin winkte den Lakaien herbei, der ihre Besucher auf die Terrasse geführt hatte. »Doch ich wünsche, dass Ihr das Angebot des Gesandten wohl bedenkt.«

»Das werde ich«, erwiderte Gaultry grimmig.

»Sehr schön.« Die Prinzessin zupfte wieder an ihrer Stickerei herum. »Es freut mich, dass Ihr Euch einsichtig zeigt. Savin hier wird Euch sogleich zu den Gemächern des Gesandten geleiten.« Ihr junges Gesicht wirkte auf einmal hart. Zum ersten Mal wandte sie sich direkt an Tullier. »Ich habe den Tag nicht vergessen, an dem ich dich zum ersten Mal sah. Der Gestank dieser armen Jungen, die du so grausam ermordet hast, wird mir auf ewig im Gedächtnis bleiben, ebenso wie das blutige Messer in deiner Hand, das du vor der Tafel meines Gemahls zu ziehen wagtest. Benet ist barmherzig. Er hat dir Zuflucht an unserem Hof gewährt, und ich werde seine Wünsche achten. Doch du stellst eine Gefahr für ihn dar, und ich würde dich mit Freuden wieder abreisen sehen.«

»Prinzessin –«, begann Gaultry.

Lily fiel ihr ins Wort. »Spart Euch Eure Verteidigungen«, sagte sie barsch. »Ich werde Euch kein Wort glauben, wenn Ihr mir versichern wollt, dass er keine Schuld daran trug. Meint Ihr etwa, ich sehe einen Unterschied darin, ob nun dieser Junge oder sein Meister Lacontes Söhnen die Kehle durchgeschnitten hat? Wer von beiden die Leiche der armen Lady Destra verstümmelte? Mag sein, dass er nur daneben stand und es geschehen ließ. Weshalb sollte man ihm das verzeihen?«

»Weil er nur ein Junge ist«, zischte Gaultry durch zusammengebissene Zähne und mit einem Seitenblick auf Savin, den Lakaien, der bereitstand, um sie sogleich von der Terrasse zu geleiten, falls sie die Prinzessin allzu sehr in Unruhe versetzten.

»Ich bin kaum jünger als sie«, unterbrach Tullier Gaultry wütend und machte damit jeden Versuch zunichte, die Prinzessin zu beschwichtigen. »Euer Prinz hat dieses alberne Mädchen von seinem Puppenhaus weggeholt. Wenn man ihr zutraut, dass sie weiß, was sie tut, dann habe ich gewiss dasselbe Vertrauen verdient. Ihr sollt nicht meine Jugend vorschützen, um mich zu verteidigen – ich bin Manns genug, mich ihren Vorwürfen zu stellen, wenn sie mutig genug ist, sie zu erheben.«

Lily errötete bis unter den Haaransatz. Der Stickrahmen fiel ihr aus der Hand und rollte unbeachtet über die kleine Terrasse. »Du wagst es –«

»Wenn ich Euch auf einem weniger bequemen Stuhl sitzen sehe, werde ich mir Eure Beleidigungen eher anhören.« Tullier beging nicht den Fehler, sich ihr zu nähern. Seine unverhohlene Wut war unverschämt genug. »Was wisst Ihr schon von jenem Tag, als diese Jungen getötet wurden? Wie könnt Ihr auch nur vermuten, was ich gedacht oder getan habe?«

Gaultry konnte nur verlegen daneben stehen und wünschen, diese Worte ließen sich irgendwie ungesagt machen. Tullier hatte leider Recht, was das Alter der beiden anging. Es war unwahrscheinlich, dass Lily mehr als ein oder zwei Jahre älter war als er. Lilys Lebensumstände hatten sie frühzeitig reifen lassen – erst die kargen, harten Jahre unter den Arbeitern am Hafen, dann das unsichtbare Dienstbotenleben bei Hofe; Tullier hingegen war als Sha-Muira-Lehrling in der Askese dieses Kultes aufgewachsen, der zwar sehr blutrünstig war, ihn aber niemals mit den besonderen Schwierigkeiten menschlicher Beziehungen vertraut gemacht hatte. Diese beiden würden einander nie verstehen können.

Und da Tullier Lilys Gemahl vermeintlich nach dem Leben getrachtet hatte, durfte man auch nicht auf Mitgefühl hoffen.

Die Herzogin von Ranault watschelte besorgt herbei, so rasch es ihr gewaltiger Bauch zuließ. »Fühlt Ihr Euch nicht wohl, Mylady?« Sie hob den Stickrahmen auf und legte der Prinzessin beruhigend eine Hand auf den Arm. »Die Sonne und die Hitze haben Euch ermüdet. Wenn Eure Unterredung beendet ist, sollten wir uns vielleicht nach drinnen zurückziehen.«

»Savin bringt Euch zu den Gemächern des Gesandten Lepulio«, erklärte Lily knapp. Die ehrerbietige, übertriebene Aufmerksamkeit der jungen Herzogin hatte ihr geholfen, ihre Fassung wiederzugewinnen. »Ich beuge mich dem Willen meines Gemahls. Denkt an meine Worte, wenn Ihr mit Lepulio verhandelt.«

»Fischerdirne!« Tullier schimpfte so laut, dass Savin ihm einen missbilligenden Blick über die Schulter zuwarf. »Wenn sie nicht beleidigt werden will, sollte sie auch nicht den ersten Stein werfen!«

»Geh schon voraus«, befahl Gaultry dem großen Lakaien. »Wir brauchen noch einen Moment Zeit, um uns zu besprechen, bevor du uns zum Gesandten bringst.« Sie befanden sich im Garten des Glashofs, wo Gaultry am Abend von Lady Julies Konzert dem Honigfresser einen Pfirsich gepflückt hatte.

»Da gibt es nichts zu besprechen«, sagte Tullier. »Ich werde sein Angebot annehmen und zusehen, dass ich hier wegkomme. Mich will doch hier sowieso niemand haben.«

»Vergiss es«, erwiderte sie. »Und an deiner Stelle würde ich mich nicht zum Narren machen, indem ich diesem Gesandten sage, dass du das vorhast. Und wenn ich diesmal die Hälfte meiner eigenen *Glamour*-Seele in dich hineinpacken muss, ich werde nicht zulassen, dass du gehst.«

»Das könnt Ihr gar nicht, ohne Mervion um Hilfe zu bitten«, sagte Tullier verdächtig trotzig. »Also tut nicht einmal so, als würdet Ihr es versuchen wollen.«

Gaultry schloss die Augen und dachte angestrengt nach. Wie sollte sie ihn davon überzeugen, dass er hier erwünscht war? So erwünscht, dass sie sogar versuchen würde, ihn in seinem verletzten Stolz zu hätscheln, um ihn hier zu halten? Natürlich hatte er Recht – sie konnte sich nicht vorstellen, Mervion um einen solchen Gefallen zu bitten. Nicht nach den abscheulichen Dingen, die Coyal zu ihr gesagt hatte! Es war gar nicht wahr – auf keinen Fall –, dass sie die Hilfe ihrer Schwester als selbstverständlich erachtete. »Mervion darum bitten? Das würde ich sofort tun«, log sie. »Aber du wirst mich nicht dazu zwingen. Dass du dich über Lily aufgeregt hast, ist doch kein Grund, dich sklavisch Sciuttarus' Wünschen zu unterwerfen. Bei Elianté – kannst du denn nicht einmal das einsehen?«

Tullier wich ihrem Blick aus. »Gaultry«, sagte er schwach. »Ich habe Euch nie von dem Bannfluch erzählt, den Corbulo an jenem Tag gewirkt hat, als wir diese Familie und ihre Wachen umgebracht haben.«

Gaultry konnte ihn nicht ansehen – nicht einmal seinen Rücken. Ein köstlicher, reifer Pfirsich hing direkt neben ihrer Schulter. Sie streckte die Hand danach aus und drehte ihn an seinem Stiel, bis er ihr sanft in die Hand fiel. Seine Haut war weich, das Fruchtfleisch warm und die Farbe eine vollkommene Mischung aus rosigem Gelb und Rot. »Nein, davon hast du mir nie erzählt«, stimmte sie ihm gelassen zu. Wenn sie danach gefragt hätte, hätte er ihr gewiss nicht geantwortet.

Selbst jetzt war sie nicht sicher, ob sie das überhaupt hören wollte, doch der Junge schien entschlossen, es ihr zu erzählen. »Der Zauber ist schief gegangen. Irgendetwas ist passiert, und Corbulo konnte ihn nicht so vollenden, wie er wollte.«

»Du hast eingegriffen?«, fragte Gaultry. Sie versuchte, ihre Enttäuschung zu verbergen, als der Junge den Kopf schüttelte.

»Nein, die Mutter. Es hat sie umgebracht, aber es hat Corbulo auch davon abgehalten, den Teil des Zaubers zu vollenden, der Corbulo hätte decken und verbergen sollen. Deshalb hat er sie so zugerichtet – er war wütend. Bei Llara! Es war sehr tapfer von ihr, sich derart zu opfern, aber es erschien mir so sinnlos. Ihre Kinder waren doch schon tot. Warum hätte sie auch nur *versuchen* sollen, unsere Pläne zu durchkreuzen?

Aber wenn sie den letzten Teil des Zaubers nicht ruiniert hätte, hätte Corbulo an dem Festtag, von dem die Prinzessin gesprochen hat, vor dem Tisch des Prinzen gestanden, und nicht ich. Im Gegensatz zu mir war Corbulo sehr erfahren und hätte gewiss dafür gesorgt, dass die Mission erfolgreich ausgeführt wird. Euer Prinz hätte sich und das Fest entweiht, und dann hätte Corbulo als letzten Trumpf auch Benet das Leben genommen. Wer weiß, wie viele Männer mein Meister noch umgebracht hätte, bevor Euer Hof ihn überwältigt hätte? Und ich selbst wäre nach Corbulos Tod allein und hilflos in irgendeinem stinkenden Kanal zugrunde gegangen, weil das Sha-Muira-Gift in meinem Blut gesiegt und mich bei lebendigem Leib verzehrt hätte.«

Gaultry sog den Duft der süßen Frucht ein. Destra Vanderive war Palamar Lacontes Schwester gewesen. Wenn sie an Palamar dachte, an ihre Ungeschicklichkeit, konnte sie sich kaum vorstellen, dass sie eine Schwester gehabt hatte, die mutig genug gewesen war, sich zwei Sha-Muira-Mördern in den Weg zu stellen.

»Tullier«, begann sie. »Mit eingezogenem Schwanz nach Bissanty zu fliehen, weil dich das Gewissen zwickt, ist weder edel noch tapfer. Es soll dir wehtun. Die Gräueltaten, die du und dein Meister verübt habt – die Götter können grausam sein, aber deshalb brauchen die Menschen es ihnen doch nicht gleichzutun.«

»Llara hat unser Opfer gesegnet«, beharrte Tullier. »Sie hat uns selbst Ihre Einwilligung gegeben. Nichts anderes bedeutet es, ein Sha Muira zu sein.«

»Du kannst doch daran glauben und dennoch zugestehen, dass das, was du getan hast, abscheulich war.«

»Bin ich abscheulich?«, fragte Tullier. »Weil ich das getan habe?« Er blickte verletzt zu ihr auf. »Ich werde nicht so tun, als hätte mich jemand dazu gezwungen. Damals war mein Glaube nicht so schwach wie jetzt. Aber wenn ich an den Mut dieser Frau denke …«

»Tullier«, unterbrach ihn Gaultry. »Allein die Tatsache, dass du bereust, was deine Sha-Muira-Meister dir beigebracht haben, bedeutet, dass du noch nicht nach Bissanty zurückkehren kannst. Ich will dir nichts vormachen. Eines Tages wirst du nach Bissanty zurückkehren müssen. Es liegt dir im Blut; dieses Erbe wirst du nicht auf ewig verleugnen können. Aber es ist noch nicht so weit.«

»Woher wollt Ihr das wissen?«

Gaultry drückte ihm den warmen Pfirsich in die Hand. »Es ist Sommer«, sagte sie. »Gönn dir ein bisschen Zeit, das Leben zu genießen, bevor du zu diesen Seelengeiern zurückkehrst.«

Er starrte auf die Frucht, als wolle er von der samtigen Pfirsichhaut eine wichtige Nachricht ablesen. Als er aufblickte, glänzten Tränen in seinen Augen. »Wenn diese Frau nicht gestorben wäre, wäre ich heute nicht mehr am Leben. Das bereue ich nicht.«

Sie wusste darauf nichts zu sagen.

»Gehen wir jetzt zu diesem Gesandten«, sagte sie schließlich. »Was Sciuttarus uns bezüglich seiner Pläne mit dir weismachen will, sollte zumindest amüsant werden.«

Caius Lepulio war ein Mann mit einem harten Gesicht und einem grauen Hautton von jener Blässe, die man sofort mit dem höchsten bissantinischen Adel verband. Über den harten Gesichtszügen war sein Kopfhaar kurz geschoren, sodass man sein Alter schlecht einschätzen konnte. Irgendwo zwischen vierzig und sechzig. In jüngeren Jahren mochte er ein zügelloser Mann gewesen sein – in seinem Gesicht zeigten sich Spuren früherer Ausschweifungen –, doch offensichtlich war er mit dem Alter gefestigter geworden, gestählt und gefährlich. Gaultry mochte ihn vom ersten Augenblick an nicht leiden, und dieser Eindruck wurde sogleich durch seine herablassende Begrüßung bestätigt. Als er Tullier sah, sank er in einen stark übertriebenen Kniefall, bei dem der purpurrote Samt seines Umhangs pompös hinter ihm aufwallte. Doch seine Miene blieb die ganze Zeit über kühl und abweisend. *Ich muss das Knie vor dir beugen,* sagte dieser Gesichtsausdruck, *aber ich bin hier der Herr. Sieh mir zu, und lerne, dich vor mir in Acht zu nehmen.*

»Euer verehrungswürdige Hoheit«, sprach er Tullier an. »Es ist mir eine große Freude, die Ehre Eurer gnädigen Anwesenheit genießen zu dürfen. Llaras Herz-auf-Erden entbietet Euch verwandtschaftliche Grüße.«

»Wendet Euch an mich«, unterbrach Gaultry brüsk sein feierliches Geschwafel. Das passte ihm nicht, und ganz kurz war es ihm anzusehen, trotz seines geschliffenen Auftretens. In Bissanty durften nur wenige Frauen – Witwen von Adel oder Frauen in religiösen Ämtern – öffentlich das Wort ergreifen. »Ich bin die Bürgin dieses Jungen. Ihr müsst schon durch mich sprechen, wenn Ihr ihm etwas zu sagen wünscht.«

Es entstand eine Pause. Der Gesandte erhob sich und zupfte seine Gewänder zurecht. »Lady Gaultry Blas«, sagte er und richtete seine Manschetten. Sein Tonfall ließ ihren Namen und ihren Titel wie eine Beleidigung klingen. »Mir wurde aufgetragen, Euch für Eure loyalen Dienste das höchste Lob auszusprechen, denn Ihr habt unseren jungen Prinzen wohl behütet. Doch Bissanty braucht Eure Dienste nun nicht länger. Der Gnädige Sciuttarus konnte einen verlorenen Cousin wieder im Kaiserlichen Haus willkommen heißen. Ganz Bissanty feiert die Ernennung seines jüngsten Prinzen. Wie Euch gewiss bereits mitgeteilt wurde, hat man mich nach Tielmark entsandt, um die letzten Stadien der Thronbesteigung vorzubereiten und ihn in seine Heimat zurückzugeleiten. Für Euch gibt es nichts mehr zu tun.«

Gaultrys Augen wurden schmal. »Indem ich Tullier geholfen

habe, war ich niemals Bissanty zu Diensten. Ich diene ausschließlich meinem Prinzen. Und meinem Verständnis nach kann nur Benet von Tielmark mich aus der Bürgschaft entlassen, die mir übertragen wurde. Prinz Benet oder die Prinzessin als seine Stellvertreterin. Ich gestehe, ich bin außerordentlich neugierig auf das, was Ihr Tullier anzubieten habt. Doch falls Ihr meint, ich würde Euch gestatten, ihn allein auf Befehl Eures Herrn hin nach Bissanty zurückzubringen, dann habt Ihr Euch leider geirrt. Möchtet Ihr mir jetzt also erklären, wie genau das Angebot aussieht, das zu unterbreiten Ihr einen so weiten Weg zurücklegen musstet?«

»Wo liegen Eure Interessen in dieser Angelegenheit?«, erwiderte Lepulio glatt. Das Quartier des Gesandten im Erdgeschoss eines der neueren Palastgebäude war dem Hafen zugewandt. In diesem Raum bestand die Einrichtung nur aus einem soliden Stuhl und einem schweren Tisch, dessen Platte mit Leder bezogen war; darauf lagen drei in Samt gewickelte Päckchen und zwei vergilbte Pergamentrollen. Im Sprechen zog der Gesandte sich hinter den Tisch zurück. »Ich muss gestehen, dass auch ich neugierig bin, und zwar auf Eure Gründe für diese Einmischung; abgesehen davon hat Kaiser Sciuttarus mir explizit befohlen, Euch diese Frage zu stellen.« Seine Stimme war seidig, giftig. »Seid Ihr auf irgendwelche Garantien für Tielmarks Grenzen aus? Die persönliche Sicherheit, die ein Titel oder Ländereien Euch geben könnten? Eine Blutsverbindung zum Kaiserhaus? Sprecht es ruhig aus. Ihr müsst Euch doch etwas davon versprechen. Sagt es mir nur, dann kommen wir gewiss zu einer Einigung, mit der alle Seiten zufrieden sein können.«

Tullier, der das Gesicht des Mannes höchst aufmerksam gemustert hatte, trat plötzlich vor. »Ich kenne Euch«, sagte er. »Ihr habt als Quästor gedient in dem Jahr, als die Charta der Sha Muira erneuert wurde.« Dann wandte er sich an Gaultry: »Dieser Mann hat sämtliche Finanzen der Sha Muira überwacht in dem Jahr, als der Kaiser ihre Überprüfung angeordnet hat. Er gehört zum engsten Kreis an Sciuttarus' Hof.« Der Junge konnte nicht anders, er errötete vor Aufregung. »Es gibt in Bissanty nur ganze fünf Männer wie ihn – und Llaras Herz-auf-Erden hat ihn hierher geschickt, um mit mir zu verhandeln!«

»In der Tat.« Lepulio fegte mit einem Finger über die lederne Oberfläche der Tischplatte. Diese Geste war so vielschichtig wie der Mann selbst. Sie vermittelte so viel auf einmal: das Gefühl, dass er diesen Tisch, den Raum, sein Quartier, ja ganz Tielmark als unrein und unter seiner Würde empfand; doch er nahm all das duldsam auf sich, weil sein Kaiser es von ihm verlangte. »Ihr könnt meine Entsendung als Zeichen der höchsten Wertschätzung betrachten, welche der Kaiser dieser Angelegenheit angedeihen lässt.«

»Sagt mir, wie Euer Angebot lautet«, beharrte Gaultry, die fest entschlossen war, sich von ihm nicht aus der Fassung bringen zu lassen.

»Sicherheit«, antwortete Lepulio gewandt. »Ich habe Anweisung, den jungen Tullirius aus seiner gegenwärtigen gefährlichen Lage zu befreien und ihn sicher nach Hause zu geleiten.«

»Dass ich nicht lache«, gab Gaultry zurück.

»Allein in der vergangenen Woche wurden zwei Anschläge auf Tullirius verübt, wie meine Quellen mir versichern. Weshalb solltet Ihr mein Angebot also für lachhaft halten?«

»Wenn man für einen Augenblick von der Hetzjagd absieht, die uns durch halb Bissanty verfolgt hat«, erwiderte Gaultry kühl, »ging der erste Angriff hier in Tielmark von Bissantiner Soldaten aus. Ja, der Mann, der meinen Schützling bei Sizors Brücke verwundet hat, war ein Soldat aus Bissanty. Wer weiß, inwiefern Euer Kaiser auch bei der zweiten Attacke seine Hand im Spiel hatte?« Noch immer war nicht aufgeklärt worden, wer Siànne und die anderen Palastwachen geschickt hatte, doch es war nicht auszuschließen, dass es sich um einen hochrangigen Tielmaraner Höfling handelte, der mit Bissanty unter einer Decke steckte.

Lepulio legte seine Schriftrolle nieder, strich über den dunklen Edelstein, der an seiner Amtskette hing, und setzte eine nachdenkliche Miene auf. »Wenn dort Soldaten beteiligt waren, können es gar keine Männer des Kaisers gewesen sein. Dem Kaiser ist selbstverständlich bewusst, wie sinnlos es wäre, Soldaten nach dem Jungen auszusenden. Tullirius hat das Blut der Großen Llara geerbt. Die Hand gegen ihn zu erheben zieht Ihren Zorn nach sich und kann nur zur Verdammnis führen.

Nach Llaras eigenen Gesetzen steht dem Jungen dieser Segen gar nicht zu. Es kann nicht sein, dass gleich zwei kaiserliche Brüder das Blut ihrer Großen Mutter an ihre Kinder weitergeben. Als Sciuttarus es von seinem Vater erhielt, hätte sich seinem Onkel die Möglichkeit, es seinerseits weiterzuvererben, auf ewig verschließen müssen. Und doch – und doch kann nicht geleugnet werden, dass der Onkel des Erhabenen Kaisers genau das zuwege gebracht hat.«

Lepulio lächelte, eher bitter denn humorvoll. »Ihr könnt Euch die blökenden Herden von Priestern kaum vorstellen, die der Kaiser auf diese Angelegenheit angesetzt hat. Doch die Tatsache bleibt bestehen – es gibt in ganz Bissanty keinen Soldaten, der dem Jungen etwas antun könnte, ausgenommen, er wüsste nicht, wen er vor sich hat. Doch da mein gnädiger Herr den Jungen nun auf einen Thron seines Reiches erhoben hat – welcher Soldat könnte den Segen dieser Unwissenheit für sich in Anspruch nehmen?«

»Beide Angriffe fanden statt, bevor Benet Tullier offiziell an seinen Hof eingeladen hatte«, entgegnete Gaultry. »Bis dahin waren wir gewöhnliche Reisende, die nicht unter irgendeinem besonderen Schutz standen. Bissanty hatte durchaus Gelegenheit, ihn anzugreifen, bevor er unter Benets Schutz gestellt wurde.«

»Dasselbe könnte man jedem in Tielmark unterstellen, der ein Motiv hat, ihm schaden zu wollen«, erklärte der Gesandte. »Und das trifft auf viele zu, von der unglückseligen Familie dieser Destra Vanderive bis hin zu jedem Tielmaraner, der in Tullier eine Gefahr für Euren Prinzen sieht – ob er ihn nun für einen mörderischen Sha Muira oder einen Emporkömmling hält, der dazu benutzt wird, Eurem Prinzen den souveränen Thron streitig zu machen. Ihr seht also« – bei diesen Worten wickelte er das größte der in Samt eingeschlagenen Päckchen aus, und seine Finger strichen zärtlich über den weichen Flor des Stoffes, während er ihn auseinander faltete –, »Bissanty sollte Tullirius' Heimat sein. Falls er dort Feinde hat, so kann er diese wenigstens an einer Hand abzählen.«

Der Stoff lag nun ausgebreitet da und enthüllte eine atemberaubende Amtskette. Schwere, einander überlappende Goldplatten waren abwechselnd mit Reifen aus Golddraht und in Gold gefassten Rubinen geschmückt. Er legte die Kette neben die Pergamentrollen, zu denen er als Nächstes griff. »Diese Schriftrolle bezeichnet die Ländereien, die dem jungen Tullirius übertragen wurden.« Er tippte den Rand der Rolle an. »Die andere führt alle anderen Besitztümer auf, welche nun ihm gehören. In Eurem Heimatland«, sagte er mit einem Blick auf Tullier, der in geliehenem Hemd und ebensolcher Hose, die Gaultry ihm beschafft hatte, zwar nicht direkt verkommen wirkte, aber gewiss nicht angemessen gekleidet, »seid Ihr ein reicher Edelmann mit unzähligen Möglichkeiten und großem Einfluss. Ihr besitzt Herrenhäuser, ertragreiche Ländereien, Sklaven – sogar das Recht, eine besondere Steuer in den Ländern der anderen Prinzen zu erheben, um Euch die nötigen Mittel zu verschaffen, solltet Ihr ein Regiment aufstellen und Euch im Krieg beweisen wollen. Ihr herrscht nicht über Euer Land, Tielmark, das ist wahr, doch Bissantys Schattenprinz von Tielmark ist alles andere als ein armer Schlucker.«

Das zweite Bündel enthielt einen juwelengeschmückten Dolch. Das dritte einen emaillierten Reichsapfel. »Ihr seht, zu welchen Zugeständnissen mein kaiserlicher Herr bereit ist. Nicht eines dieser Wahrzeichen der Macht ist während der letzten sechs Jahrhunderte über die Stadtgrenze von Bassorah hinausgebracht worden, doch nun hat er mich mit all diesen Insignien hierher geschickt. So groß ist das Vertrauen des Kaisers in Euch, dass er mich angewiesen hat, sie in Eure Obhut zu geben.«

Die funkelnden Schätze zogen sie so unwiderstehlich an wie Licht die Motten. Die fein getriebenen Drahtbilder auf der Amtskette zeigten die Entstehungsgeschichte Tielmarks, die Schlachten, welche die Bissantiner geschlagen hatten, um es unter ihre Herrschaft zu bringen, und die nun so weit in der Vergangenheit lagen, dass sie fast vergessen waren. Ein wenig primitiv, aber dennoch prächtig prallten auf den winzigen Bildern Ritter zu Pferde aufeinander, Felder und Häuser gingen in Flammen auf, und große steinerne Götzen wurden umgestoßen und brachen in Stücke.

»Wie hat Prinz Costin auf seine Absetzung reagiert?«, fragte Tullier. Im Gegensatz zu Gaultry war er nicht näher an den Tisch getreten. Wenn er sich überhaupt bewegt hatte, so war er eher zurückgewichen. Er berührte den Kragen seines Hemdes – als wollte er sich vergewissern, dass das gläserne Amulett, das Gaultry ihm vorhin gekauft hatte, noch sicher unter dem Stoff um seinen Hals hing.

»Costin?« Kurz huschte ein verstörter Ausdruck über das Gesicht des Gesandten, der jedoch sofort wieder unterdrückt wurde.

»Sciuttarus war unverheiratet, als er den Kaiserthron bestieg«, erklärte Tullier Gaultry. »Seine Brüder – und mein Vater sowie ein weiterer Cousin – haben unter ihm die fünf Prinzenthrone eingenommen, bis seine Frauen ihm Söhne schenken würden, denen diese Plätze eigentlich gebühren. Bis heute fehlen ihm immer noch zwei Söhne. Costin Aggripinelus saß zwanzig Jahre lang auf dem Thron von Tielmark, seit er ein Knabe war. Es kann ihm gewiss nicht gefallen haben, um meinetwillen vom Thron gestoßen zu werden.«

Da Gaultry nicht aus Bissanty kam, hatte sie diesen offensichtlichen Haken in Sciuttarus' scheinbar großzügigem Angebot nicht gesehen. Was der Kaiser zu geben beliebte, konnte er auch wieder wegnehmen. »Das gilt es zu bedenken«, sagte sie zu Tullier. »Was meinst du, wie lange es dauern wird, bis der Kaiser beschließt, wiederum dich vom Thron zu stoßen?«

»Hier liegt der Fall gänzlich anders«, unterbrach Lepulio sie. »Wenn Tullirius erst einmal diesen Thron bestiegen hat, kann keine weltliche Macht ihn wieder absetzen. Llaras Blut fließt in seinen Adern, und die Große Mutter wacht eifersüchtig über Ihre sterblichen Erben. Niemals könnte er durch einen Mann ersetzt werden, der nicht von Ihrem Blute ist.«

»Und eben dieses versucht Sciuttarus noch immer seinen Söhnen zu vererben, nicht wahr?«, fragte Gaultry. Llaras Herrscherblut ging erst dann auf die Nachkommen eines Kaisers über, wenn er fünf Söhne gezeugt hatte. Nun schien eine rivalisierende Linie des Kaiserhauses – Tulliers Vater – dieses Ziel als Erste erreicht zu haben, und es war unklar, wie der Kaiser diese Erbschaft je wieder zurückgewinnen könnte; sicher war nur, dass er es versuchen würde. »All diese Priester, die sich die Köpfe über diesen Widerspruch zerbrechen – wie können Sciuttarus' Nachkommen auch nur hoffen, jemals den Kaiserthron zu besteigen, wenn ein rivalisierender Cousin sich bereits hinterrücks auf diesen Platz geschlichen hat?«

»Falls dem so ist«, antwortete Lepulio, »müssten die Priester das erst noch nachweisen. Versteht dieses Angebot nicht falsch: Der Kaiser bietet dem Jungen einen echten Titel und große Macht.« Er griff nach der prächtigen Amtskette. Das viele Gold wog offensichtlich schwer in seinen Händen, und die Rubine funkelten feurig, als er sie ins Licht hielt. »Wenn er diese Macht nicht zu nutzen versteht, so ist das nicht dem gesegneten Sciuttarus anzulasten. Llaras Herz-auf-Erden würde Euch keine leeren Versprechungen vorgaukeln. Er weiß, was es bedeutet, die Große Llara zu erzürnen, selbst für einen so mächtigen Mann wie ihn. Das würde er kein zweites Mal im Leben riskieren. Ihr habt mein Wort darauf, und seines durch mich. Tullirius wird auf dem

Thron von Tielmark sitzen, so lange er lebt. Llaras Blut fließt in seinen Adern. Es steht ihm zu, dass wir alle diese Tatsache würdigen.«

Tullier lachte verbittert. »Als Quästor habt Ihr die Insel der Sha Muira bereist«, sagte er. »Ihr habt die Zellen inspiziert, das Übungsgelände, die Jobi-Räume, wo die Sklaven getötet werden. Sie haben Euch sogar ins innerste Heiligtum von Llaras Tempel vorgelassen. Bevor Euer Herr Euch herschickte, habt Ihr gewiss jede Einzelheit meines Lebens nachgeprüft. Meine ehemaligen Lehrmeister haben Euch auf Befehl des Kaisers wahrscheinlich sehr ausführlich über mich unterrichtet. Was haltet Ihr von meinen Leistungen im Muir-Reic-Ritus? Meine Tapferkeit beim Khai Sha?«

Lepulio legte die Kette zurück und bedeckte sie sorgsam mit einer Ecke des samtenen Tuches; er hatte zu spät erkannt, dass dieser Anblick den Jungen nur noch mehr in Rage brachte. »Ich bin das einzige Mitglied des innersten Zirkels, das persönliche Erfahrung mit den Sha Muira hat«, gestand er. »Daher befand der Kaiser, ich sei am besten dazu geeignet, mit Euch zu verhandeln, damit Ihr Euren Thron besteigen könnt.«

»Aber ich bin kein Sha Muira mehr«, erwiderte Tullier kalt. »Ihr werdet den Schlüssel dazu, mich zu besitzen, nicht in meiner Vergangenheit finden.« Er wandte sich an Gaultry. »Die Audienz ist beendet. Dieser Schmeichler wurde geschickt, mir einen leeren Teller zu präsentieren. Ich werde mit ihm nicht um bloße Gefälligkeiten verhandeln.«

»Sciuttarus will Euch in Bissanty haben«, rief Lepulio, als Tullier schon die Tür aufstieß. »Er ist sogar bereit, einen Schwur zu leisten –«

Tullier hörte ihm gar nicht mehr zu. Er stapfte wütend durchs Vorzimmer und hinaus in den Korridor. Gaultry folgte ihm, stolz auf seine leidenschaftliche Ablehnung, aber zugleich neugierig, denn irgendetwas musste ihr dort drinnen entgangen sein. Die Insel der Sha Muira war ein behütetes, abgeschiedenes Heiligtum, das Außenstehende nur äußerst selten besuchen durften. Sie gierte förmlich danach, zu verstehen, was für einen Vorteil sich der Kaiser bei der Überredung Tulliers davon versprach, einen Mann zu entsenden, der die Insel selbst gesehen hatte.

Sie erreichte die hoch gewölbte Eingangshalle des Gebäudes, in dem die ausländischen Würdenträger und Gesandten untergebracht waren, gerade rechtzeitig, um Tullier draußen im Vorhof verschwinden zu sehen. »Hitzkopf«, sagte sie besorgt.

»Er könnte eines Tages Kaiser von Bissanty werden«, sagte eine Stimme neben ihr. »Ist das nicht aufregend, wenn Ihr bedenkt, dass er Euch ergeben ist?«

Gaultry fuhr herum. Argat Climens erhob sich von der harten Bank, auf der sie gewartet hatte, und strich ihre Röcke glatt. Heute trug sie schweres rotes Leinen, durchbrochen von steifer cremeweißer Spitze. »So, nun bin ich dran«, sagte sie. »Zu dumm. Ihr habt ihn gewiss nicht in beste Laune versetzt.«

»Ihr!«, entfuhr es einer erstaunten Gaultry. »Was tut Ihr denn hier? Habt Ihr nicht schon genug Vorwürfe zu entkräften, auch ohne private Unterredungen in den Gemächern des Feindes?« Sie hatte im Augenblick nicht die Geduld für die raffinierten Seitenhiebe der Herzogin von Vaux-Torres.

»Private Unterredungen«, wiederholte Vaux-Torres. Sie lachte leise und verächtlich. »Falls ich tatsächlich private Unterredungen mit dem Gesandten geplant hätte, befände ich mich jetzt vielleicht nicht in solchen Schwierigkeiten.«

»Ihr solltet auch an Eure Tochter denken«, fuhr Gaultry sie an. »Wollt Ihr nicht wenigstens sie beschützen?« Sie musterte ihr Gegenüber rasch. Die Herzogin von Vaux-Torres sah heute wunderschön aus – zu schön, um sich lediglich für geschäftliche Verhandlungen mit dem Gesandten eines verfeindeten Reiches hergerichtet zu haben. Elfenbeinzarte Schultern schimmerten über der cremefarbenen Spitze, das prächtige ebenholzschwarze Haar fiel ihr in kunstvoll gelockten Flechten um den zarten Hals. Unter dem Aufsehen erregenden Kleid zeichnete sich ihr sinnliches, selbstsicheres Temperament in jeder üppigen Rundung ab und enthüllte jedes Detail ihrer gereiften Schönheit.

Das Rot des Kleides erinnerte Gaultry an Melaudieres Geschenk, an die roten Verzierungen auf dem Kuckucksei. »Denkt doch an Elisabeth«, wiederholte sie. »Denkt an die Ehre Eurer Familie.« Sie rauschte an der Herzogin vorbei zur Tür, um Tullier einzuholen.

»Wie kommt Ihr darauf, dass ich das nicht täte?« In ihrer Ungeduld, Tullier zu erwischen, hörte Gaultry diese letzten Worte kaum.

15

Gaultry blinzelte in die Sonne, als sie auf den kiesbedeckten Hof vor dem Gesandtschaftshaus trat. Sie hob die Hand gegen das blendende Licht und sah sich um, doch Tullier war nirgends zu entdecken. Zahlreiche Durchgänge und drei steinerne Treppen gingen von dem schmalen, unregelmäßig geformten Hof ab. Gaultry war mit diesem Teil des Palastes nicht vertraut und wusste nicht einmal genau, welchen Weg sie zu ihren Gemächern im Sommerpalast einschlagen musste; sie hatte keine Ahnung, wohin ihr Schützling verschwunden sein mochte.

»Großartig«, brummte sie. Sie wollte keinen der herumstehenden Lakaien oder Diener fragen, ob sie ihn gesehen hatten, damit kein Gerede aufkam, sie könne den Jungen nicht unter Kontrolle halten. »Von mir aus. Leck deine Wunden allein. Ich hoffe, es hilft dir wenigstens.« Sie seufzte matt und entschied sich für eine Treppe auf der gegenüberliegenden Seite des Hofs.

Eine Woge der Einsamkeit überflutete sie auf dem Weg nach oben. Die vielen Todesfälle und anderen Abschiede lasteten schwer auf ihr, ebenso der Druck, sich ständig in der Öffentlichkeit und unter so vielen fremden Gesichtern zu bewegen, hinter denen nur allzu oft Böswilligkeit oder Abneigung lauern mochte. Das Leben bei Hofe war sogar noch überwachter, beengender und verwirrender, als sie es in Erinnerung gehabt hatte.

Das kurz gehaltene Gras der Rasenflächen und die Künstlichkeit der sorgsam gepflegten Blumenbeete des Palastes erschienen ihr plötzlich unerträglich bedrückend. Sie sehnte sich nach einem unbefestigten Pfad, einem wilden, urwüchsigen Wald. Sie wusste nicht, wie lange sie auch nur den Anschein würde wahren können, als fände sie sich im Irrgarten der höfischen Politik zurecht, dessen Windungen ihre Aufmerksamkeit immer weiter von dem eigentlichen Problem ablenkten, dem sie sich für Tielmark stellen musste: das Rätsel der Königswürde zu lösen. Doch wenn sie sich darauf einließ, ihre magischen Kräfte zu Hilfe zu nehmen … Das käme dem Eingeständnis gleich, dass sie mit dem höfischen Leben überfordert war. Dann würden sich gewiss alle auf sie stürzen wie Wölfe auf ein strauchelndes Reh. Ihre Möglichkeiten, sich innerhalb des Palastes zu bewegen, würden noch mehr beschnitten – und wie sollte sie dann jene erreichen, die sie auf ihre Seite bringen musste? Wie sollte sie dann Martin retten, ihre Familie, Tullier und sich selbst?

Gaultry lehnte sich auf einem Treppenabsatz im kühlen Schatten an die Mauer und schloss die Augen. Für einen Moment versetzte sie sich zurück in die uralten Wälder von Arleon: die gewaltigen bemoosten Bäume, die sanften Hügel, die Wildnis und die vertrauten Gefahren der Grenzlande. Sie stellte sich vor, zwischen diesen Bäumen hindurchzulaufen, ungehemmt und selbstsicher, ein Reh oder einen Hasen zu jagen oder sich einfach auf einem aufragenden Felsen ein wenig auszuruhen, während die blauvioletten Wasser des Großen Nebelflusses mit seinen verlockenden magischen Gefahren sich tief unter ihr durch die Felsen wanden auf ihrer gemächlichen Reise zur weiten See.

Sie fühlte sich gleich wieder mehr wie sie selbst und machte sich daran, die nächsten Stufen zu erklimmen.

Martin und der Prinz hatten vermutlich Sizors reparierte Brücke bereits überschritten und trieben ihre Pferde und Männer westwärts voran. Auf der Hochstraße, die sich wie ein schmaler Grat an der ganzen Nordseite Tielmarks entlangzog, durch den Bissanty-Landfinger und hinein nach Haute-Tielmark, würden sie in scharfem Tempo eine Woche brauchen, um die Westgrenze zu erreichen. Sie fragte sich, was das Heer des Prinzen dort erwarten mochte. Die Heere der Herzöge, die sich zu einer letzten großen Schlacht gegen die Lanai versammelt hatten? Weit verstreute Kämpfe, Tod und Chaos? Ein unerwarteter, früher Sieg, der die Stammeskrieger zum Rückzug in die Berge zwang? Nach allem, was Victor von Haute-Tielmark ihnen geschildert hatte, bezweifelte sie, dass das Kriegsglück der Tielmaraner Streitmacht Letzteres bereits ermöglicht haben könnte.

Plötzlich stand ihr der große, bärenhafte Herzog wieder vor Augen, wie er ihnen am Morgen der Abreise von Sir Jumery auf den Wagen geholfen hatte. Gaultry musste grinsen.

Sie hatte den Mann als einen Feind eingestuft, als möglichen Verräter, doch irgendwie hatte er sie davon überzeugt, dass diese Einschätzung vorschnell gewesen war. Ihre Meinung über ihn war wohl bei seiner Schilderung des frechen Streiches umgeschlagen, mit dem er Dervla und ihren Plan, ihn öffentlich bloßzustellen, durchkreuzt hatte. Welcher Verräter würde so freimütig zugeben, absichtlich die Hohepriesterin derart an der Nase herumgeführt zu haben? Außerdem konnte Gaultry den scheinbaren Widerspruch, die Hohepriesterin ärgern und zugleich Tielmark selbst treu dienen zu wollen, nur allzu gut nachvollziehen.

Sie berührte den silbernen Ring, den Haute-Tielmark ihr gegeben hatte und den sie immer noch an einer Lederschnur unter ihrem Hemd verborgen trug. Sie würde bald versuchen müssen, seinem Geheimnis auf die Spur zu kommen und ein besseres Versteck für den Ring selbst zu finden. Nun, da Dervla die Mittsommer-Zeremonien und die unerwarteten und zeitraubenden Beisetzungsriten von Melaudiere hinter sich hatte, würde sie wieder jedem nachschnüffeln, der sich ihr entgegenstellen könnte. Diesen Ring bei sich zu tragen war riskant, vor allem, da er aus dem geheimen Versteck des Verräters Heiratikus stammte – und sie nicht wusste, weshalb der ihn dort verborgen hatte oder warum Dervla ihn für so bedeutend hielt.

Als sie den Kopf der Treppe erreichte, kam das Dach des großen Saales von Tielmark in Sicht, und dahinter die Kuppel des weißen Tempels, Dervlas Reich. Gaultry schüttelte den Kopf. Sie verstand die Unsicherheit der Hohepriesterin nicht. Es kam ihr vor, als müsste Dervla ständig alle Aufmerksamkeit auf sich selbst als Quelle der Macht gerichtet sehen. Für Gaultry war das nicht nachvollziehbar. Die magischen Gaben der Zwillingsgöttinnen zeigten sich so unverhüllt in der älteren Priesterin. Sie bildeten ein schier unerschöpfliches Reservoir magischer Kraft und ließen keinen Zweifel an der Gunst der Zwillingsgöttinnen. Wenn die Götter ihre Verdienste derart anerkannten und sie mit solcher Macht belohnten, weshalb fühlte Dervla sich dann von jedem bedroht, der den Prinzen unterstützen wollte, ohne seine Pläne auf ihre zu beziehen?

Der Gedanke an Dervla führte Gaultry unweigerlich weiter zur Geheimen Brut. Sie hatte Martin versprochen, sie wieder zusammenzuführen, doch sie wusste ja nicht einmal, was sie ursprünglich auseinander gebracht hatte.

Eigensucht, gepaart mit widerstreitenden Meinungen über den besten Weg für Tielmarks Zukunft, hatte gewiss eine große Rolle gespielt. Ohne einen mächtigen und erfahrenen Herrscher, der ihr Streben nach persönlicher Macht bremsen und ihre Kräfte auf ein einziges Ziel hätte bündeln können, war der Zirkel auseinander gebrochen. Sie seufzte. Die damalige Lage unterschied sich, zumindest oberflächlich gesehen, gar nicht so sehr von den Schwierigkeiten, vor denen sie heute standen.

Gaultry erklomm eine weitere Treppe und hielt inne, bevor sie eine andere wieder hinabstieg. Es war an der Zeit, die wahren Gründe für die Spaltung der Brut in Erfahrung zu bringen. Es war an der Zeit, sich Tamsanne vorzunehmen.

In all den Jahren, während Gaultry bei ihrer Großmutter aufgewachsen war, hatte die alte Frau kaum etwas aus der Zeit erzählt, bevor sie sich in den Wald von Arleon zurückgezogen hatte. Mit dem Wissen, das Gaultry nun besaß, erkannte sie, dass Tamsanne so viel vor ihren Enkelinnen verborgen hatte, um ihnen eine unbeschwerte Kindheit zu schenken. Dass sie sich als erwachsene Frauen so viel aufbürden konnten, verdankten sie der Kraft, die diese Kindheit mit ihren einfachen Wahrheiten ihnen verliehen hatte.

Plötzlich erkannte Gaultry, dass sie Tamsanne in letzter Zeit aus dem Wege gegangen war. Sie hatte schon früh gelernt, ihre Großmutter nicht mit Fragen zu bedrängen. Doch nun gab es gewisse Dinge, die sie unbedingt erfahren musste – gewisse Fragen, die sie ihr stellen *musste,* um der gesamten Brut willen, nicht nur für sich und Martin –, sie musste ein paar Antworten zu den früheren Entscheidungen der Brut bekommen und über die Königswürde. Doch falls persönliche Angelegenheiten ihrer Großmutter sich irgendwo mit diesen Fragen von öffentlichem Interesse kreuzten ... da würde Tamsanne gewiss versuchen, ihr auszuweichen.

Euer Großvater war ein toter Mann, als Tamsanne ihn benutzte, um ein Kind zu zeugen. Welches Körnchen Wahrheit steckte hinter Sir Jumerys ungeheuerlichen Worten? Gaultry wusste so wenig über die Geschichte ihrer Familie. Ihre Mutter Severine war entrückt und geistig schwach gewesen. Tamsanne hatte mehr als einmal erwähnt, dass ihre Verbindung mit dem beständigen Thomas Blas, der vom Stallburschen zum Krieger aufgestiegen war, Severines zutiefst wilde Natur sehr günstig beeinflusst und gefestigt hatte. Doch der Grund für Severines Schwäche war nie zur Sprache gekommen, und ebenso wenig die Möglichkeit, ob diese irgendwann auch bei ihren Töchtern auftreten könnte.

Als Gaultry zusammen mit Martin Tamsanne verlassen hatte, hatte die alte Frau mit keinem Wort das Erbe erwähnt, das ihre

Enkelin gerade in sich zu entdecken begann. Sie hatte Gaultry nichts von ihrer wahren Abstammung gesagt oder von der gewaltigen Magie, die bald in ihr erwachen sollte.

Und doch hatte Tamsanne eine Rhasan-Karte für sie gezogen und gedeutet. Das Rhasan-Spiel, das Tamsanne benutzte, war seit Generationen in der Familie weitervererbt und damit immer mächtiger geworden, seine Magie gefährlicher und stärker, die Vorhersagen immer genauer. Gaultrys Karte war die Orchidee gewesen – die Karte, die die *Glamour*-Magie symbolisierte. Als Tamsanne diese Karte gesehen hatte, musste sie zumindest etwas von der Macht geahnt haben, die sich bald in ihren Enkelinnen manifestieren würde. Gaultry konnte sich nur fragen, was Tamsanne noch bei dieser Legung erspürt und ihnen verheimlicht hatte.

Irgendeine Verbindung musste zwischen diesen Ereignissen bestehen: der hellsichtigen Geistesschwäche ihrer Mutter, die sie so früh dieser Welt entrissen hatte, der *Glamour*-Magie, die sich in ihren beiden Töchtern offenbart hatte, und Sir Jumerys grässlichen Worten. *Euer Großvater war ein Toter.* Tamsanne hatte sich immer streng und höchst energisch gegen den Gebrauch nekromantischer Magie ausgesprochen. War der Grund dafür, dass sie sie einmal selbst benutzt hatte, um ein Kind zu empfangen? Die entsetzliche Vorstellung, dass ihre wundervolle *Glamour*-Seele aus nekromantischem Frevel entstanden sein könnte – Gaultry wollte nicht einmal daran denken. *Es erheben sich ja selbst die Leichen aus der Erde, um Euch* Kraft *zu spenden,* hatte Sir Jumery gesagt. Vielleicht war das der Grund, weshalb es so schmerzhaft, ja gefährlich war, ihre *Glamour*-Magie einzusetzen. Diese Vorstellung widerte sie an.

Doch sie musste bei ihrer Großmutter mit eisernem Schweigen rechnen. Die Frage der Königswürde könnte es erfordern, diese privaten Nachforschungen eine Zeit lang zurückzustellen.

Wenn Gaultry geschickt genug fragte, würde Tamsanne ihr vielleicht sogar einiges enthüllen, den Rest jedoch weiter verschweigen. Das war bestenfalls eine schwache Hoffnung – Tamsanne war mit Severine schwanger gewesen, als die Brut damals den Zauber gewirkt hatte, um die junge Corinne zu schützen. All diese Ereignisse – irgendwie hing all das zusammen.

Gaultry durchquerte einen weiteren Hof und hielt auf eine Treppe zu, die zu den Palastmauern hinaufführte; der Seewind erfrischte sie ein wenig, während sie auf diese Weise um die Ostseite des Palastes herumging, und half ihr, ihre schlimmsten Ängste für einen Moment zu vergessen. Sir Jumery war ein verbitterter alter Mann. Es könnte sein, dass ihre Großmutter eine ganz harmlose Erklärung für das schreckliche Geheimnis hatte, das er entdeckt zu haben meinte. Zur rechten Zeit würde sie schon den Mut aufbringen, Tamsanne zu fragen, was wirklich hinter dieser Anschuldigung steckte.

Für den Moment würde sie sich damit beschäftigen, das Rätsel der Königswürde zu erforschen. Tamsanne würde ihr sagen können, was die Brut daran gehindert hatte, einmütig zu handeln. Sie würde ihr erklären können, warum die Brut daran gescheitert war, Tielmark zum Königreich zu machen und Corinne zur Königin, und warum sie die schwere Aufgabe, das Wesen der Tielmaraner Herrschaft zu wandeln, einer anderen Generation aufgebürdet hatten.

Gaultrys private Fragen konnten hoffentlich auf friedvollere Zeiten warten.

Tamsanne hatte sich im Obstgarten des Palastes eingerichtet, unter der Terrasse, auf der Gaultry und Tullier mit der Prinzessin gesprochen hatten.

Als Gaultry den großen Obstgarten erreichte, hörte sie, dass jemand – mehrere Jemande – Lauten stimmten. Sie unterdrückte ein ungeduldiges Stöhnen. Anstatt Tamsanne allein anzutreffen, war es ihr tatsächlich gelungen, Lady Julie und ihrem Gefolge in die Arme zu laufen. Einige Höflinge, die ihr vage bekannt vorkamen, hatten sich unter den Bäumen niedergelassen; auf einer grünen Lichtung vor sich erkannte sie Lady Julies Musikanten von dem Konzert.

Es schien schlicht nicht möglich zu sein, innerhalb dieses Palastes mit jemandem unter vier Augen zu sprechen. Allmählich begriff sie, warum der Hof aufgebaut war wie ein Irrgarten. Wer fand hier jemals die Gelegenheit, sich mit einem anderen zu unterhalten, ohne dass wieder andere zuhörten?

»Elisabeth«, sagte sie, kaum überrascht, als das Mädchen mit dem Honigfresser im Gefolge hinter einem der Pflaumenbäume hervortrat, die um die kleine Lichtung standen, wo sich die Musikanten versammelt hatten. Das Mädchen schien es darauf abgesehen zu haben, überall plötzlich aufzutauchen, wohin Gaultry sich auch begeben mochte. »Was tut Ihr denn hier?«

»Ich möchte Lady Julie singen hören.« Elisabeth hob den Honigfresser auf und gesellte sich zu ihr. »Sie hat eben ein Stück mit ihrer Enkelin zusammen vorgetragen.« Sie deutete auf die junge Geigerin, die nun unter dem Blätterdach eines Pflaumenbaums saß und sich mit dem Stimmen ihres Instruments beschäftigte; ihr hellblondes Haar, recht kurz und glatt, fiel ihr vors Gesicht. »Alle haben getanzt, bis gerade eben noch. Jetzt ruht sich Lady Julie im Gartenhaus aus, zusammen mit Eurer Großmutter.« Mit einem Nicken wies sie über die Schulter zurück. Das Gartenhaus, eine bescheidene Hütte mit bemoostem Dach, war hinter einigen Bäumen gerade noch auszumachen. »Aber ihre Musikanten haben weitergespielt, also bin ich noch geblieben.«

»Ich bin eben Eurer Mutter begegnet«, bemerkte Gaultry. Trotz der freimütigen Art des Mädchens fiel es ihr schwer, nicht misstrauisch zu werden, wenn sie an die fragwürdigen Beziehungen der Mutter dachte. Zirkel innerhalb von Zirkeln. Wenn Gaultry nicht von einem Augenblick auf den anderen beschlossen hätte, den Obstgarten aufzusuchen, hätte sie sich über den Zufall, Elisabeth hier anzutreffen, doch sehr gewundert. »Sie sieht gut aus. Sie hat sich sehr fein gemacht für eine Unterredung mit dem Bissantiner Gesandten.«

Elisabeth machte ein finsteres Gesicht. »Coltro Lepulio.« Niemand hatte Gaultry gesagt, dass der Mann einen Titel führte – aber vielleicht hatte sie in ihrer Verwirrung über seine Vorschläge auch nicht darauf geachtet. Ein Coltro stellte in Bissanty etwa dasselbe dar wie ein Graf in Tielmark, nur dass die Coltros wesentlich mehr Einfluss hatten. Sie besaßen einige Rechte zur Aushebung von Soldaten wie hier die Herzöge – für diesen Rang und Titel gab es wiederum in Bissanty keine Entsprechung, denn diese Rolle blieb allein den kaiserlichen Prinzen vorbehalten.

Elisabeths Sorgen wegen des Gesandten waren jedoch eher persönlicher Natur. »Er lässt sie ständig rufen«, bemerkte sie niedergeschlagen. »Ich weiß nicht, warum sie sich überhaupt darauf einlässt. Warum sucht sie nicht irgendeinen Vorwand, ihn abzuwimmeln, bis wenigstens diese Sache mit der Hohepriesterin geregelt ist?«

Gaultry fand das auch seltsam. »Hat Eure Mutter denn sonst nichts zu tun, das sie bis zu den Iden als Ausrede vorschützen könnte?«

»Jede Menge.« Elisabeth nickte bekräftigend. »Obwohl ich sie bei allen offiziellen Anlässen vertrete, muss sie immer noch mit allen verhandeln, die uns den Zehnten schulden. Es ist lästig und sehr ungünstig, dass sie mitten im Sommer zum Hof kommen müssen, statt dass sie einen nach dem anderen besucht, doch bisher haben sie sich verständnisvoll gezeigt. Sie kommen selbst oder schicken Boten.« Sie streichelte den Honigfresser und zog aus einer Tasche eine dunkelblaue Pflaume für ihn. »Ihr solltet manche dieser Leute sehen, die sie herschicken!« Ein Lächeln vertrieb ihre düstere Miene. »Die haben die Felder ihres Herrn noch nie verlassen, und Mama ist ja eine recht eindrucksvolle Person – vom Palast und der Stadt ganz zu schweigen!« Da Elisabeth eher mit den Bauerntölpeln lachte, die zum ersten Mal von ihren Feldern fortkamen, als über sie, lächelte auch Gaultry. Und Argat war allerdings überwältigend, da gab es keinen Zweifel.

»Heute Morgen kam ein Mann von einem unserer Richter. Seine Livree war so zerschlissen, dass Mutter ihn auf ihre Kosten neu ausstatten ließ.« Elisabeth lächelte wieder. »Das ist ihre große Schwäche. Sie kann es nicht ertragen, wenn jemand nicht vollkommen makellos aussieht. Sie behauptet, das würde den gesamten Menschen verbessern – allerdings bin ich nicht ganz sicher, ob das auch bei mir zutrifft.« Sie streichelte die Schnauze des Honigfressers, und er schnappte spielerisch nach ihren Fingern, gierig nach einer weiteren Pflaume. Von der letzten war Saft auf Elisabeths Ärmel getropft, doch die schien das nicht zu bemerken. »Aber vielleicht hat sie ja Recht – der Mann war jedenfalls sehr dankbar für seine neue Garderobe. Er schien richtig begeistert zu sein – von den Kleidern, dem Glanz des Hofes, dem lebhaften Treiben hier. Das ist ganz gewiss mehr, als er von zu Hause gewöhnt ist, bei Sir Jumery.«

Gaultry erstarrte. Der Honigfresser bemerkte es sofort und richtete glänzende, fragende Augen auf sie. Elisabeth war so von ihrer Erzählung in Anspruch genommen, dass sie nichts merkte. »Man könnte glauben, dem alten Mann fiele das Dach über dem Kopf zusammen, so hat sein Diener gejammert. Aber ich glaube, das lag nur daran, dass er auf einmal die gesamte Pracht Princeports vor Augen hatte. Was meint Ihr? Findet Ihr Princeport nicht auch eindrucksvoll? Als ich Anfang des Sommers zum ersten Mal herkam, war ich sehr beeindruckt. Jetzt habe ich mich natürlich schon ein bisschen daran gewöhnt.«

»Das ist alles eine Frage des Vergleichs«, bemerkte Gaultry gelassen und versuchte, nicht verstört dreinzublicken. Das Auftauchen eines von Sir Jumerys Männern so kurz nach ihrer Ankunft konnte kein Zufall sein. »Außerdem hängt es wohl davon ab, ob man daran gewöhnt ist, solche Vergleiche zu ziehen. Als ich das erste Mal nach Princeport kam, hatte ich noch nie einen Ort mit einem größeren Markt besucht, geschweige denn eine Stadt. Aber jetzt habe ich Bissantys Hauptstadt gesehen, und die von Tielmark natürlich auch. Allein das Gedränge so vieler Leute an einem Ort überwältigt mich immer noch, aber zumindest habe ich jetzt einen Vergleich, wenn ich eine Menschenmenge vor mir sehe.« Sie wusste, dass sie plapperte, doch sie musste irgendetwas sagen, um ihre Verwirrung und Sorge zu überspielen. Wenn Sir Jumery einen Mann hergeschickt hatte, um Vaux-Torres Bericht zu erstatten, welche Nachrichten hatte er dann mitgebracht? Harmlose Schilderungen des Angriffs bei Sizors Brücke? Einen wütenden Bericht über den Kampf mit Gaultry bei dem Grabhügel? Den bitteren Vorwurf, welchen der alte Mann gegen ihre Großmutter erhob? *Euer Großvater war ein toter Mann.* »Dieser Bote, von dem Ihr erzählt habt – wusste er etwas Interessantes zu berichten? Oder geht es wie immer nur um die Felder und die erste Ernte?«

Elisabeth schüttelte den Kopf. »Davon erfahre ich nie etwas. Meine Mutter hat zwar nichts dagegen, mich als Galionsfigur der Vaux-Torres' vorzuschicken, doch Beaumorreau ist derjenige, mit dem sie die wichtigen Angelegenheiten bespricht. Wenn mein Bruder nicht diesen Sommer unser Heer in Haute-Tielmark anführen würde, stände er jetzt an meiner Stelle hier.« Sie drückte den Honigfresser an sich und setzte ihn dann ab, damit er einen nahen Baumstamm erforschen konnte. »Manchmal wünschte ich, sie würde mir mehr vertrauen, doch so ist das leider, wenn man die Jüngste ist. Vielleicht sollte ich sogar dankbar sein für die Lanai-Kriege und die Schwierigkeiten meiner Mutter, denn das ermöglicht mir eine Saison bei Hofe – aber ich hoffe, das sind nicht die einzigen Gründe!«

»Ihr scheint Euch recht gut zu schlagen«, sagte Gaultry ermunternd. Es gefiel ihr, dass das Mädchen über sich selbst lachen konnte. »Wenn Ihr mich jetzt entschuldigen würdet, ich muss mit meiner Großmutter sprechen.«

»Oh – ich – Ihr seid beschäftigt, und ich habe Euch aufgehalten.« Die Wangen des Mädchens wurden rot vor Verlegenheit. »Bitte entschuldigt –«

»Elisabeth«, unterbrach Gaultry den Wortschwall. »Tadelt Euch nicht selbst. Ich freue mich auch, unter all diesen geschäftigen Höflingen ein freundliches Gesicht zu sehen.« Sie verdammte insgeheim Dervlas kleinliche Spielchen, die das Mädchen so einsam machten, tätschelte den Honigfresser und suchte sich einen Weg durch die Musikanten und Baumreihen zu dem Gartenhaus.

Das Häuschen war recht niedrig, mit soliden Wänden und einem übertrieben dicken Reetdach. Sie zögerte an der Tür, die von einem in vielen Jahren des Gebrauchs glatt geschliffenen Holzkeil ganz offen gehalten wurde. Aus der Tür drang ein kühler Hauch von drinnen heraus. Gaultry, die aus dem hellen Sonnenschein kam, sah nur Dunkelheit. Sie lächelte in sich hinein. Tamsanne hatte sich von allen Gebäuden des Palastes ausgerechnet dieses ausgesucht, weil sein Geruch, seine Atmosphäre, seine uralte, erdige Ausstrahlung an ihre eigene Hütte im Wald von Arleon erinnerten. Der Duft von Kräutern, den die Luft aus der Hütte herantrug, versetzte sie augenblicklich zurück in ihre Kindheit und zu allem, was ihr vertraut war. Zu der Person, die sie als ihr wahres Selbst betrachtete: eine Frau, die leicht auf ihre magischen Kräfte zugreifen, sie jedoch nur in Gefahr mit ganzer Macht wachrufen konnte; eine Frau, die verschämt und in sich gekehrt war, außer auf dem Höhepunkt einer Jagd; eine Frau, die gewiss zu schüchtern war, geachtete ältere Menschen mit Fragen zu belästigen, die sie nicht zu beantworten wünschten.

Alles Eigenschaften, die sie sich heute nicht leisten konnte.

»Tamsanne?«, rief sie. »Darf ich eintreten?«

»Gaultry«, erwiderte Tamsanne. »Natürlich, komm herein. Ich habe mich schon gefragt, wann du endlich die Zeit finden würdest, mich zu besuchen.«

Gaultry trat ins Dunkel der Hütte und ließ ihren Augen einen Moment Zeit, sich daran zu gewöhnen. Das kleine Gartenhaus hatte einen sauber geschrubbten Boden aus breiten, hellen Holzdielen. Der Kamin verfügte über einen Sims aus Holz und eine kleine Kochstelle, und die Schlafnische befand sich daneben anstatt auf dem Dachboden darüber. Bis auf diese Kleinigkeiten hatte Tamsanne alles genau so eingerichtet wie bei sich zu Hause, von den Kräutern, die zum Trocknen von den Dachbalken hingen, über die unordentlich gestapelten Kisten und Beutel bis hin zu Bellows, ihrem uralten schwarzen Hund, der auf einer Decke vor dem Kamin döste. Zweifellos gehörte ein Teil der Einrichtung dem vorübergehend ausquartierten Gärtner. Dennoch fühlte Gaultry sich sofort heimisch.

Doch dieses Gefühl verflog jäh, als sie der dezent parfümierten Lady Julie gewahr wurde, die mit Tamsanne an dem grob geschnitzten Lindenholztisch saß und fein polierte hölzerne Figürchen über ein kariertes Spielbrett schob. Die beiden alten Damen hätten unterschiedlicher nicht aussehen können: Tamsanne runzlig und zerbrechlich in ihren verstaubten Trauergewändern, Lady Julie zierlich in schmuckem gedecktem Grau, das wellige weiße Haar elegant frisiert.

»Ihr beide kennt euch ja bereits«, sagte Tamsanne knapp, machte einen Zug auf dem Spielbrett und schlug eine von Lady Julies Figuren.

»Benet hat uns einander vorgestellt«, entgegnete Julie. Sie machte einen raschen Gegenzug.

»Soll ich vielleicht später wiederkommen?«, fragte Gaultry. »Ich habe ein paar wichtige Fragen an dich.«

Tamsanne rieb sich die leicht geschwollenen Fingerknöchel und konzentrierte sich auf das Spielbrett, statt sofort zu antworten. »Es ist Jahre her, seit ich zuletzt gespielt habe«, klagte sie. »Und ich sehe, dass Ihr diesen Vorteil voll zu nutzen versteht.«

Gaultry trat näher an den Tisch. Was immer sie da spielten, es sah komplizierter aus als Dame. Auf beiden Seiten gab es geschnitzte Reiter, einen König und ein Paar Zauberer. Da sie die Regeln nicht kannte, konnte sie nicht einschätzen, ob eine der beiden Seiten am Gewinnen war.

»Ihr habt mich schon in zwei Runden geschlagen«, erwiderte Lady Julie trocken. »Es hat also nicht den Anschein, als hätten die vergangenen Jahre Eurem Spiel geschadet.« Sie blickte zu

Gaultry auf. »Es ist fünfzig Jahre her, seit Tamsanne und ich zuletzt an diesem Spielbrett saßen, und sie gibt mir immer noch das Gefühl, ein unwissendes junges Mädchen zu sein – ein Vorteil, den sie auch zu nutzen versteht.« Unter diesen scheinbar harmlosen Worten klang leiser Spott hervor. Der zeigte sich vor allem in der kaum verhohlenen Belustigung in ihren Augen.

»Meine Großmutter hat schon immer die Selbstsicherheit im Hinblick auf ihre Macht besessen«, bemerkte Gaultry. Es ärgerte sie, dass ihre Schüchternheit für die beiden alten Damen wohl ebenso spürbar war wie für sie selbst. »Das Alter hat mit diesem Vorteil wenig zu tun.« Erst als sie sie aussprach, bemerkte Gaultry, wie viel Wahrheit in diesen trotzigen Worten enthalten war. »Von mir kann ich das nicht behaupten, aber meine Schwester hat bereits dasselbe sichere Auftreten.«

Tamsanne nickte über dem Spielbrett. »Mervion braucht ihre Kräfte nicht einzusetzen, um sich ihrer Macht bewusst zu sein.«

»Seht Ihr?«, fragte Lady Julie amüsiert. »Sie hat es nicht einmal nötig, damit zu prahlen, dass sie mich mit Leichtigkeit besiegen kann. Sie braucht es nur anzudeuten, und schon verliere ich.«

Gaultry blickte auf das Brett und versuchte, den Spielverlauf nachzuvollziehen – Tamsanne, das erkannte sie nun, zwang Julies Figuren zum Rückzug. Gaultry sah zu, wie ihre Großmutter einen weiteren Reiter schlug, und plötzlich fiel ihr der Augenblick ein, da Mervion sich die Hälfte ihrer *Glamour*-Seele zurückgeholt hatte: ihre vollkommen gesammelte Haltung, als sie sich über Tullier gebeugt hatte, wobei es ihr scheinbar gar nicht in den Sinn kam, dass sie Hilfe benötigen könnte; die Gelassenheit, mit der sie die Kraft aufgewandt hatte, um den Zauber durchzuführen; die Ruhe, mit der sie ihn dann gewirkt hatte. In diesen Dingen glichen Auftreten und Leistung ihrer Schwester den Fähigkeiten ihrer Großmutter. In anderer Hinsicht – etwa in der gequälten Weigerung ihrer Schwester, ihre Fähigkeiten weiterhin anzuwenden – gewiss nicht.

Sie starrte auf den gebeugten Kopf ihrer Großmutter hinunter.

Da kam ihr der unangenehme Gedanke, dass vielleicht auch Tamsannes starke Fassade, genau wie Mervions, heimliche Zweifel verbarg.

Doch so etwas konnte sie vor Lady Julie nicht fragen.

»Ich bin hergekommen, um mit Tamsanne zu sprechen, aber ich habe auch eine Frage an euch beide. Warum genau hat die Brut am Ende des letzten Regierungszyklus Tielmark nicht zum Königreich gemacht?« Über die alten Frauen senkte sich bei diesen Worten eine seltsame, geradezu abweisende Stille, die sie von weiteren Fragen abbringen sollte. Doch Gaultry ignorierte sie entschlossen und wagte sich stolpernd noch weiter vor. »Ich habe ein Recht, das zu erfahren. Der Schwur der Brut bindet auch mich. Dem Wortlaut der Prophezeiung zufolge müsst ihr doch gewusst haben, was Lousielle von euch erwartete, über Corinnes Rettung hinaus. Euch muss bewusst gewesen sein, welcher Bedrohung ihr eure Nachkommen damit aussetzen würdet und dass ihr dem Fluch nur entrinnen konntet, indem ihr die Prinzessin auf den roten Königsthron setzt. Ihr alle zusammen müsst damals die Macht und das Wissen besessen haben, um das vollbringen zu können. Lady Julie erwähnte eine Abstimmung – aber warum habt ihr es nicht einmal versucht?«

»Warum glaubt Ihr, wir hätten es nicht versucht?«, erwiderte Lady Julie. »Meint Ihr denn, wir wären so dumm gewesen, blindlings in die Falle zu tappen?«

»Ich weiß es nicht«, antwortete Gaultry störrisch. »Deshalb will ich es ja von Euch hören.«

»Lousielle hat die Brut aus sieben Frauen geschaffen, die noch nie Kinder geboren hatten«, ergriff Tamsanne das Wort. Ihre Stimme war trocken wie Pergament. »Und nur eine von uns war überhaupt schon verheiratet – Gabrielle Lourdes, und das erst seit kurzem. Hätte eine von uns damals eine so tiefe Einsicht in Zeit und Schicksal haben können?«

»Also habt ihr es versucht«, sagte Gaultry. »Was ist passiert?«

Julie lehnte sich zurück und legte die Hände auf die Tischkante. Im Gegensatz zu Tamsanne waren ihre Finger lang und schmal, die Nägel sorgfältig gepflegt. »Einen König zu machen erfordert große Opfer«, erklärte sie. »Wie sonst könnte ein Mann das Recht verdienen, sich als Herrscher über andere zu erheben? Wären Tielmarks Bauern denn glücklicher oder wohlhabender, wenn ein König anstelle eines Prinzen auf ihrem Thron säße?«

»Das haben wir neulich schon ausgiebig diskutiert«, fiel Gaultry ihr ungeduldig ins Wort. »Ich kenne Eure Ansicht bereits, die immerhin zugesteht, dass Tielmarks Bauern als Untertanen eines Königs ein besseres Los hätten denn als Sklaven des Kaisers von Bissanty. Habt Ihr denn einen Plan, den Kaiser von seinem Thron zu stürzen? Bissantys unablässigen Verschwörungen, die unser Land wieder unter ihre Herrschaft zwingen sollen, ein Ende zu bereiten? Wenn ja, würde ich ihn gern hören. Das würde uns die Mühe ersparen, das Wesen der Herrschaft Tielmarks so grundsätzlich zu verändern.«

»Was wärt Ihr denn bereit, diesem Ziel zu opfern?«, entgegnete Julie. »Eure persönliche Opferbereitschaft war in der Vergangenheit nicht immer so groß wie Eure Worte. Was wart Ihr zu opfern bereit, um Benet in der letzten Prinzennacht den Thron zu sichern?«

Gaultry schluckte. In jener schrecklichen Nacht war Mervions Leben in ihre Hände gelegt und gegen das des Prinzen aufgewogen worden. Obgleich ganz Tielmarks Schicksal auf dem Spiel gestanden hatte, hatte sie geschwankt. Nur durch die Gnade von Eliante und Emiera war ihr diese entsetzliche Wahl erspart geblieben. Als Gaultry den Zwillingsgöttinnen direkt ins Antlitz geblickt hatte, hatte sie den nötigen Glauben gefunden, Mervion in Ihre Hände zu geben.

Das Leben ihrer Schwester in die Hände ihrer eigenen Göttinnen zu legen war eine ganz andere Sache, als es als Opfer für die Freiheit Tielmarks darzubringen.

»Was könnte ich persönlich schon opfern?«, erwiderte Gaultry. »Ich habe nicht mehr zu bieten als mein eigenes Leben.«

Ihren eigenen Tod. Sie erschauerte. Als würde ihr ein solches Opfer leicht fallen! Grässliche Bilder ihres möglichen Schicksals schossen durch ihren Kopf. »Ich könnte nur hoffen, dass ich diese Entscheidung möglichst rasch treffen müsste.«

»Was, wenn Ihr mehr opfern müsstet als Euer Leben?«, beharrte Lady Julie. »Was, wenn die Götter Mervion verlangten? Oder Melaudieres Enkelsohn, diesen Krieger? Würdet Ihr sie opfern, könntet Ihr sie opfern, auch wenn Ihr wüsstet, dass sie freiwillig nicht dazu bereit sind?«

»Ein solches Opfer würden die Götter nicht annehmen«, wandte Gaultry ein. Sie schwitzte nun, und die kühle, dunkle Hütte erschien ihr auf einmal stickig und beengt. »Tielmark hätte einen König, doch die Natur dieses Opfers selbst würde die Natur seiner Herrschaft vergiften. Das Opfer wäre das Ergebnis nicht wert.«

Julie nickte und sank auf ihrem Stuhl zurück. »Genau dasselbe Argument hat Eure Großmutter vor fünfzig Jahren vorgebracht.«

Tamsanne hob ihre Königsfigur hoch und betrachtete die feine Schnitzerei. »Einige unter uns waren bereit, unser Gewissen zu opfern, um Corinne zur Königin zu machen. Andere sind davor zurückgeschreckt. Und Corinne war einfach noch nicht bereit, selbst eine solche Entscheidung zu treffen. Damals erschien es ihr schon ungeheuerlich genug, den Götterpakt überhaupt erfüllen zu können.«

Gaultry konnte die Miene ihrer Großmutter nicht deuten. Trotz der ausweichend formulierten Antwort wusste sie jedoch, dass Tamsanne nicht unter jenen gewesen war, welche sich über ihr Gewissen hinweggesetzt hätten. »Erzählt mir, was passiert ist«, bat sie. »Ich muss es wissen.«

»Wie ich Euch schon erklärte, haben wir abgestimmt«, sagte Lady Julie. »Tamsanne, Melaudiere und ich standen gegen Richielle, Delcora und Marie Laconte.«

»Und Melaney Sevenage hat sich euch angeschlossen«, vermutete Gaultry.

»Es bedurfte einiger Überzeugung.« Julie warf Tamsanne einen Blick zu. »Und es waren nicht die Argumente Eurer Großmutter, die sie auf unsere Seite gezogen haben.«

»Aber ihr habt euch durchgesetzt«, beharrte Gaultry.

»Mag sein.« Lady Julie nahm Tamsanne die Königsfigur ab und stellte sie wieder an ihren Platz auf dem Brett. »Doch dass wir unsere Skrupel nicht überwinden konnten, bedeutete auch, dass unser Leben und das unserer Nachkommen auf ewig an das Leben unseres Prinzen gebunden ist.«

»Musste es denn wirklich dazu kommen?«, fragte Gaultry. »Ihr hättet doch beschließen können, niemals Kinder zu bekommen. Ihr müsst doch geahnt haben, welchem Schicksal ihr uns ausgeliefert habt.«

»Das wäre eine mögliche Lösung gewesen«, stimmte Lady Julie mit eisiger Stimme zu. »Bedauerlicherweise hatten einige von uns nicht die Freiheit, selbst zu entscheiden, ob wir Mutter wurden oder nicht. Aha!« Sie zog einen Zauberer hinter einer Reihe von Reitern hervor und stellte ihn neben Tamsannes König. »Endlich gewinne ich auch einmal!« Sie sah die ältere Hexe an. »Ihr habt nicht richtig aufgepasst.«

Tamsanne stieß ihren König um und gab sich mit ausdrucksloser Miene geschlagen. »Die Art, wie die Abstimmung vonstatten ging, hat große Bitterkeit hervorgerufen. Die Hexen, die sich gegen uns gestellt haben – und Marie Laconte zähle ich jetzt nicht dazu, denn sie hat sich uns angeschlossen, nachdem Melaney sich für unsere Seite entschieden hatte –, haben dafür gesorgt, dass wir unsere Entscheidung teuer bezahlen mussten.«

»Das wurde nie bewiesen.« Lady Julie blickte zur Tür. »Seid vorsichtig mit dem, was Ihr sagt. Schlimme Dinge hätten nun einmal geschehen können, auch ohne das, was sie getan haben.«

Tamsanne lachte, ein Geräusch, das wie das Rascheln trockener Blätter klang und Gaultry einen Schauer über den Rücken jagte. Zum ersten Mal, seit Gaultry eingetreten war, sah sie ihrer Enkelin in die Augen. »Böse, verräterische Taten wurden verübt, angeblich nur, um die Prinzessin zu unterstützen. Aus Rache dafür, dass ihr die entscheidende Wahl zugefallen war, wurde Melaney nach Bissanty verschleppt. Dort starb sie unter grauenvollen Umständen. Aber das war noch nicht alles. Julie wurde verraten und einer Bande Bissantiner Soldaten ausgeliefert, die sich mit ihr amüsierten wie mit einer Bannsklavin. Das waren schreckliche Zeiten. Auch nachdem der Zauber Corinne befreit hatte, übten jene, die mit Bissanty paktierten, große Macht in Tielmark aus. Ich – wenn ich bei Hofe geblieben wäre, hätte ich mein Kind verloren – das Kind, für das ich mich zum großen Schaden meiner persönlichen Ehre entschieden hatte. Allein Gabrielle konnten sie dank ihres Titels nichts anhaben. Ich würde gern glauben können, dass Richielle und Delcora nicht hinter diesen Gräueltaten steckten. Leider entspräche das nicht der Wahrheit. Wenn diese beiden sich nicht auch untereinander zerstritten hätten, wer weiß, was sie noch alles angerichtet hätten?«

Das Kind, für das ich mich zum großen Schaden meiner persönlichen Ehre entschieden hatte. Das musste Gaultrys Mutter Severine gewesen sein, die bereits in Tamsannes Schoß heranwuchs, als die gewaltige Magie entfesselt wurde, die Corinne den Prinzenthron sicherte. Hatte diese Magie das Ungeborene irgendwie berührt und das Kind für sein kurzes Leben gezeichnet, oder war der Samen für Severines wilde Natur schon früher gesät worden?

»Großmutter«, sagte sie. »Du warst mit meiner Mutter schwanger, als Lousielle dich darum bat, dich der Brut zu verschwören. Bitte hilf mir, das zu verstehen. Wenigstens du musst doch eine Ahnung davon gehabt haben, wie weit in die Zukunft sich der Schwur auswirken würde, den Lousielle dir abverlangte. Warum hast du ihn dann geleistet? Und als du dich dann schon der Prophezeiung verschworen hattest – warum hast du nicht für das Königreich gestimmt?«

»Ich mag noch sehr jung gewesen sein«, sagte Tamsanne nüchtern, »doch ich hatte bereits erfahren müssen, dass man sich Pein nicht dadurch ersparen kann, dass man sich dem Ruf der eigenen

Macht verweigert. Doch die Königswürde – diesem Ruf musste nicht ich folgen. Das war Corinnes Entscheidung. Richielle und Delcora – sie wollten ihr diese Wahl nicht überlassen. Sie setzten ihre Erwartungen darauf, reich belohnt zu werden, wenn sie der neuen Königin vollendete Tatsachen präsentierten.« Sie streckte die Hände vor sich aus, die eine geschlossen, als hielte sie einen Dolch darin, die andere mit gestreckten Fingern, als berühre sie dessen Spitze.

»Wir hatten zwei Prinzen von Tielmark vor uns: Corinne von Tielmark betete zu der Asche, die das Erscheinen der Großen Zwillinge hinterlassen hatte, und Pallidonius von Bissanty wand sich neben ihr vor dem Altar – Bissanty hatte seinen Schattenprinzen von Tielmark geschickt, um die Prinzessin des Freien Tielmark zu heiraten, womit Tielmark den Götterpakt gebrochen hätte und wieder unter die Herrschaft Bissantys gefallen wäre. Richielle hatte einen Dolch bei sich. Einen uralten Dolch, *In Raku* genannt. *Der Königsmacher* in der Sprache der alten Wanderer. Noch bevor unsere Abstimmung beendet war, wollte sie ihn Pallidonius ins Herz stechen.«

Tamsanne schüttelte den Kopf. »Wenn sie geduldiger gewesen wäre, hätte sie uns vielleicht noch auf ihre Seite ziehen können. Wer weiß? Vielleicht hätten wir sogar den armen, fetten Pallidonius von der Notwendigkeit überzeugen können, sein Leben freiwillig zu opfern. Er war ein Schwächling – und Melaney sehr zugetan. Ihre Ehre und Schönheit hätten weitaus stärkere Männer zutiefst bewegen können. Ihre Schönheit hätte ihn zu diesem einen Augenblick edler Selbstlosigkeit verführen können, den wir gebraucht hätten, um diese Tötung zu rechtfertigen.« Tamsanne zuckte die Schultern. »Doch es sollte nicht sein. Richielles überstürzte Gier im Angesicht des hilflos ausgelieferten Pallidonius nahm uns alle gegen sie ein.«

»Ist es das, was Tielmark tun muss, um einen König zu machen?«, fragte Gaultry argwöhnisch. »Einen Prinzen töten, damit der andere in seinem Blut baden kann? Das ist das Opfer, das die Götter verlangen?« Ihr schlug das Herz bis zum Hals. Nun erkannte sie, weshalb Julie ihr vorgehalten hatte, wie schwer ein Opfer sein konnte. Zum ersten Mal seit fünfzig Jahren standen wieder beide Prinzen von Tielmark auf Tielmaraner Boden. Was hatte sie nur getan, indem sie Tullier mit nach Tielmark genommen hatte?

»Richielle war davon überzeugt«, antwortete Tamsanne. »Mit dem *In Raku* in Händen war sie sich ihrer Sache sehr sicher. Ich glaube ja eher, dass man so einen Tyrannen erschafft.«

»Sich mit einem Gott zu vereinigen ist eine weitere Möglichkeit, die Königswürde zu erwerben«, bemerkte Lady Julie und löste damit die Spannung ein wenig. »Zumindest behaupteten das die alten Dichter. Wenn das stimmt, sind die Großen Zwölf recht wählerisch geworden in der Gewährung ihrer Gunst.«

Sie stellte die Figuren für ein neues Spiel auf. »Ich habe damit begonnen, in den alten Liedern nachzuforschen, wie ich Benet versprochen habe. Er hat mir freie Hand dabei gegeben, die kleine Gilde der Hofbarden zu befragen – die Hüter der alten Geschichten. Mit diesen Barden zu arbeiten ...« Julies Mund verzog sich zu einem leidenden Lächeln. »Sie sind es nicht gewöhnt, ihre mündlich weitergegebenen Geschichten auf Befehl auszugraben, aber ich konnte schon einige Fortschritte erzielen. Es gibt Balladen, die davon handeln, wie Könige in Liebe und in Krieg gemacht wurden. Falls es einen Präzedenzfall für einen Ritualmord gibt, so habe ich ihn bisher noch nicht gefunden, was auch immer Richielle glauben wollte.«

»Ist Tullier in Gefahr?«, fragte Gaultry.

»Das wäre er, falls die Ziegenhirtin plötzlich wieder erscheinen sollte«, erklärte Lady Julie. »Das kleine Hindernis, dass Benet den Jungen persönlich unter seinen Schutz gestellt hat, würde *die* nicht aufhalten.«

»Richielle«, hauchte Gaultry. »Könnte sie hinter diesen Angriffen auf Tullier stecken?«

»O ja«, antwortete Lady Julie. »Wenn sie noch am Leben und

hier in Princeport wäre, hätte sie es ganz sicher auf ihn abgesehen. Es gibt Rituale, die sie erst vorbereiten müsste, aber sie wäre gewiss hinter ihm her.«

»Falls Richielle überhaupt noch lebt, dann ist sie jedenfalls nicht in Princeport«, wandte Tamsanne ein. Lady Julie warf ihr einen fragenden Blick zu. Tamsanne zuckte mit den Schultern und machte das Zeichen der Göttinnen. »Ich war seit meiner Ankunft auch nicht untätig. Und Richielle – sie bereitet mir tatsächlich mehr Sorgen als Delcoras verwirrte junge Tochter.«

Gaultry fiel es nicht leicht, Dervla als verwirrt oder auch als jung zu betrachten. »Glaubst du, die Hohepriesterin hat die Angriffe auf Tullier geplant?«

»Es muss jemand mit hervorragenden Verbindungen sein«, meinte Tamsanne. »Doch ich würde eher irgendeinen Tielmaraner verdächtigen, der mit Bissanty im Bunde ist, wenn ich an die Soldaten bei der ersten Attacke denke. Dervla selbst hat die Vermutung geäußert, es sei Argat Climens.« Sie lächelte über Gaultrys verdutztes Gesicht. »Du hast noch nichts davon gehört? Es stimmt jedenfalls, dass Vaux-Torres mehr Verbindungen zu Bissanty hat, als gut für sie ist.«

Gaultry runzelte die Stirn. Irgendwie wollte sie nicht, dass die Herzogin von Vaux-Torres dahinter steckte. »Erzählt mir mehr über die Ziegenhirtin«, bat sie, denn die war ihr als Verdächtige lieber als Argat Climens. »Warum fürchtet ihr sie? Selbst wenn sie noch lebt, müsste sie doch jetzt alt und schwach sein.«

Tamsanne schüttelte den Kopf. »Richielle hatte die Kraft des alten Wandererblutes. Sie entstammte einem Menschenschlag, der lange und langsam lebte und dabei immer noch mächtiger wurde. Richielle hat nicht nur ihre Ziegen gehütet. Sie glaubte, sie könnte uns ebenso vor sich hertreiben – sonst hätte sie der alten Lousielle niemals einen Schwur geleistet.« Sie zögerte. »Die Ziegenhirtin besitzt uralte Rhasan-Karten. Sogar noch älter als meine, und dazu mächtiger. Und sie war nie so zurückhaltend damit wie ich, wenn es darum ging, daraus zu lesen.«

Irgendetwas an Tamsannes Beschreibung kam ihr bekannt vor. »Hat sie die Karten, die sie zog, selbst bestimmt?«, fragte Gaultry.

Tamsanne warf ihr einen scharfen Blick zu. »So ist es. Wie kommst du darauf?«

»Ich habe in Bissanty jemanden getroffen«, erklärte Gaultry mit schwacher Stimme. Verbindungen zwischen vergangenen Ereignissen drängten sich ihr auf. »Tulliers Halbschwester Columba. Eine Frau, die sie als Sumpfhexe bezeichnete, hat ihr einmal die Rhasan-Karten gelegt. Für Columba und ihren Liebhaber. Die Sumpfhexe hat drei Karten gezogen. Bei den ersten beiden hätte noch alles mit rechten Dingen zugehen können. Doch die dritte – die dritte zwang ihnen eine neue Zukunft auf.«

»Das hört sich ganz nach Richielle an«, sagte Tamsanne. »Wann war das?«

»Ich weiß es nicht. Vor zehn Jahren? Oder vor fünf?« Gaultry hatte in einer mondlosen Gewitternacht den verfallenden Tempel aufgesucht, in dem diese Legung damals stattgefunden hatte. Sie wusste nicht, wie lange das Gebäude schon in Trümmern lag, sondern nur, dass der Tempel verlassen worden war, nachdem die Rhasan-Magie ihn besudelt hatte.

»Demnach muss Richielle noch am Leben sein.«

»Und in Bissanty«, fügte Gaultry hinzu. »Aber was sollte sie dort?«

»Die Wanderer haben die neuen Grenzen nie zur Kenntnis genommen«, erklärte Tamsanne. »Für Richielle ist unsere Grenze zu Bissanty eine politische Erfindung, die für sie keinerlei Gültigkeit besitzt.«

»Ich muss sofort Tullier suchen«, sagte Gaultry ängstlich. »Er muss davon erfahren.«

»Du solltest dir lieber die Zeit nehmen und mit deiner Schwester sprechen«, mahnte Tamsanne.

»Das werde ich. Wenn ich Tullier gefunden habe.«

Als Gaultry die Hütte verließ, griff Lady Julie nach einem ihrer Reiter. »Diesmal werde ich Euch mit fairen Mitteln schlagen«, sagte sie und eröffnete eine neue Partie.

Sie fand Tullier im Wildpark vor ihren Gemächern. »Ich habe schlimme Neuigkeiten«, begann sie.

»Noch schlimmer als das, was Lepulio mir zu bieten hatte?« Tullier trat auf einen Klumpen Erde ein. »Er hält mich immer noch für einen Sha Muira, wisst Ihr? Alles, was er mir angeboten hat, beruhte auf dieser Taktik. Was könnte schlimmer sein als das?«

Gaultry sah, dass er immer noch sehr aufgewühlt war. Sie zögerte, denn sie wollte ihm nicht noch mehr aufbürden.

»Also, was könnte schlimmer sein?«, wiederholte Tullier, denn sein Interesse war überhaupt erst dadurch geweckt worden, dass sie nicht mehr reden wollte.

»Weißt du noch, wie dein Bruder Lukas eine Rhasan-Leserin dazu benutzt hat, deine Schwester zu binden?«

Der Junge nickte. »Die Rhasan-Karten haben sie dazu gezwungen, ihr Keuschheitsgelübde zu brechen. Und zur Strafe, weil sie sich selbst entweiht hatte, musste sie Lukas ihr Herrscherblut überlassen. Wie könnte ich das vergessen? Dadurch war er beinahe stark genug, uns beide umzubringen.«

»Die Hexe mit den Rhasan-Karten war aus Tielmark. Richielle, Mitglied der Geheimen Brut.«

»Wäre sie dann nicht viel zu alt dafür gewesen?« Tullier sah sie zweifelnd an. »Gaultry, ich weiß, dass Ihr gern glauben möchtet, Tielmark sei stark – aber für das Kaiserreich ist es nichts weiter als eine lästige Stechmücke. Wenn eure Grenzen nicht durch den Götterpakt geschützt wären –«

»Das mag ja alles stimmen«, unterbrach Gaultry ihn ungeduldig. »Trotzdem war es eine Tielmaraner Hexe, die ihr doppeltes Spiel mit eurem Herrscherblut getrieben hat. Warum sollte sie das tun? Weder Lukas noch Columba standen in der Erbfolge einem der bissantinischen Throne nahe, aber Lukas hat durch das, was sie für ihn getan hat, ungeheure Macht gewonnen. Was wollte sie damit erreichen? Was hat Lukas ihr dafür gegeben?«

»Seid Ihr sicher, dass es diese Tielmaraner Hexe war?«

»Ja, das bin ich. Nur Richielle hätte die Rhasan-Karten auf diese Weise benutzen können.«

Tullier weigerte sich, die Sache ernst zu nehmen. »Falls wir ihr irgendwann einmal begegnen, sollten wir also daran denken, uns auf keinen Fall von ihr die Karten legen zu lassen.«

»Sie könnte uns dazu zwingen.« Gaultry runzelte die Stirn. »Du solltest das nicht so leichtfertig abtun. Wer weiß, in welchem Maße sie ihre Macht vergrößern konnte, seit sie Lukas solche Kraft verlieh?«

»Wenn sie so erpicht darauf ist, das Kaiserreich in Aufruhr zu versetzen, warum macht Ihr Euch dann überhaupt Sorgen um sie? Ist es nicht genau das, was Ihr erreichen wollt?«

»Was ich für Tielmark erreichen will, ist, dass uns die Freiheit erhalten bleibt, die uns von Bissanty unterscheidet.« Gaultry blickte in sein schmales Jungengesicht. Er hatte in seinem kurzen Leben schon so viel gelitten, und nun hatte sie eine neue Bedrohung für ihn heraufbeschworen. »Diese Sache mit der Königswürde – dahinter steckt so viel mehr, als ich anfangs dachte.

Tullier – ich habe heute etwas erfahren, das mich dazu bewegt, dich am liebsten aus Tielmark fortzuschicken. Nicht nach Bissanty. Vielleicht auf die Inseln oder in den Süden, wo du bei der Sharif bleiben könntest.«

»Was ist geschehen?«, fragte Tullier ruhig. Sie hätte beinahe gelächelt. Er konnte sich so theatralisch aufführen, wenn er von ihr beruhigt werden wollte, doch sobald er einen Zweifel in ihr spürte, stand er plötzlich fest wie ein Fels in der Brandung.

»Ich glaube, jemand will Benet zum König machen, indem er dich ermordet. Als Bissantys Gegenstück zu Benets Macht halten manche dich für das angemessene Königsopfer.«

Er nahm diese Neuigkeit gefasster auf, als sie erwartet hatte. Sein Verhalten, eine Art nüchterne historische Neugier, hätte sie nicht überraschen sollen. Er konnte das, was sie ihm soeben gesagt hatte, sogar mit einer wirren Legende ergänzen – der bissantinischen Version derselben Ereignisse.

In der bissantinischen Geschichte spielte die Brut keine Rolle, und nicht einmal Magie war im Spiel. Die Legende besagte nur, dass Prinz Ighion Pallidonius völlig unerwartet von der jungen Corinne verschmäht und mit Schimpf und Schande zurück nach Hause geschickt worden sei – ein Szenario, das jedem Bissantiner mit ein wenig Verstand sehr verdächtig hätte erscheinen sollen.

»Ich fand schon immer, dass die ganze Geschichte sich irgendwie komisch anhörte«, bemerkte Tullier. »Es war so offenkundig, dass da noch mehr dahinter stecken musste. Aber aus bissantinischer Sicht wurden diese Ereignisse durch die Vorgänge in unserem eigenen Land überschattet. Eigentlich konnte der Pallidon von Glück sagen, dass er jenen Frühling in Tielmark verbrachte. Während er fort war, rollte eine Woge von Brudermorden über das Kaiserhaus hinweg – und Ighion Pallidonius war ein sehr sanfter Mann. Es war wesentlich besser für ihn, dass er da herausgehalten wurde. Wenn er zu Hause geblieben wäre, hätte er nicht überlebt.« Er dachte nach. »Wisst Ihr, dieser Pallidonius, den Corinne verschmäht hatte, war der ältere Bruder meines Vaters. Er ist schließlich sogar Kaiser geworden – er ist Sciuttarus' Vater.« Sein Blick wirkte belustigt. »Also, das nenne ich einen Kontrast der Herrschaft! Sciuttarus ist stolz darauf, mit eiserner Faust zu regieren.«

Gaultry hätte diese Verbindungen niemals allein hergestellt. Für sie waren die Prinzen, die vor Benet regiert hatten, nur vage, beinahe mythische Gestalten. Dreizehn Prinzen hatten zwischen Clarin und Benet auf Tielmarks Thron gesessen, doch nur Briern der Kühne, der zu Tielmarks hundertjährigem Thronjubiläum regiert hatte, und sein unglückseliger Sohn, Berowne der Verrückte, waren ihr als wirkliche Menschen erschienen, bevor sie an den Hof gekommen war. Tullier hingegen waren die persönlichen Vorlieben und Verbindungen der Kaiser über viele Jahrhunderte bissantinischer Geschichte eingetrichtert worden. Er konnte ihre

Motive hinterfragen, über ihre Politik, ihre Siege und ihr Versagen diskutieren.

Das musste Lepulio einkalkuliert haben, als er Tullier die unschätzbar wertvollen Insignien des bissantinischen Thrones von Tielmark angeboten hatte.

Tulliers Reaktion auf Gaultrys Erzählung von der Brut, seine akademische Befriedigung, endlich ein kaiserliches Geheimnis geklärt zu haben, verstörte sie. Doch sofern diese Enthüllung sich auf sein Leben, seine Zukunft auswirkte, erschien er geradezu empörend gelassen.

Teilweise blieb er wohl so ungerührt, weil er nicht an die Ziegenhirtin Richielle glaubte, doch vor allem glaubte er nicht, dass es ein einfaches Rezept dafür geben konnte, wie man die Aufmerksamkeit der Götter erregte.

»Wer weiß schon, welche Faktoren zusammenwirken müssen, um einen Mann zum König zu machen?«, fragte er. »Etwas, das vor fünfzig Jahren funktioniert hätte, wird gewiss nicht dasselbe Ergebnis erzielen, wenn es unter den heutigen Sternen wiederholt wird.«

»Das heißt noch lange nicht, dass irgendein machtgieriger Verrückter es nicht trotzdem versuchen könnte!« Gaultry hätte ihn am liebsten wachgerüttelt.

»Wenn wir den Plan kennen, können wir ihn auch vereiteln.«

»Hoffen wir, dass du Recht hast«, erwiderte Gaultry. »Bis dahin werden wir uns eben noch mehr Mühe geben müssen, einen anderen Weg zu finden, wie Tielmark zu einem Königreich gemacht werden kann.«

16

Wäre dies ein Traum, so hätte es ihr möglich sein müssen, daraus aufzuwachen.

Sie rannte nun schon eine ganze Weile. Dabei war ihre Umgebung immer verschlungener und wirrer geworden. Hier türmte sich ein glitzerndes Gerüst aus Glas auf, unwirklich zart und komplex. Diese Kammer, eine Sinfonie aus Glas und funkelnden Springbrunnen, war bisher der atemberaubendste Raum und zugleich auch der verstörendste. Wasserfontänen schossen aus dem Boden auf, spritzten sie nass und behinderten sie. Ihr Körper fühlte sich so erschöpft an, als sei sie tatsächlich gerannt, und ihr Atem ging trocken und schmerzhaft. *Wäre dies ein Traum, würde sie nicht nach Atem ringen müssen, dürfte ihre ausgepumpte Lunge sie nicht langsamer machen.*

Ihr Verfolger – sie wusste, dass jemand sie verfolgte – jagte sie mit sturer Beharrlichkeit, ihr immer dicht auf den Fersen, immer unsichtbar. Sie hatte nun schon so oft versucht, sich aufzuwecken. Doch jeder Versuch öffnete nur weitere Türen, die sie tiefer in das betörende Labyrinth führten.

Wenn sie es doch wieder probierte, stürzte sie über geborstene Stufen, von Balkonen, fiel sie hinab in immer neue Ebenen gekachelter Kammern. Bei einem Versuch, aufzuwachen, war sie durch eine Reihe von Türen gestolpert, immer weiter, bis sie den Rhythmus erfasst hatte, sich absichtlich fallen ließ und damit den Sog unterbrach. Einmal hing sie daraufhin plötzlich an geschnitzte Geländerpfosten geklammert und musste versuchen, eine Treppe von außen her zu erklimmen. Und immer saß ihr der Verfolger im Nacken.

Nun stand sie unter dem hoch aufragenden Dach des Saals aus Glas und Wasser, und sie wurde müde. Die Suche nach einem Ausgang war so anstrengend. Ein Teil von ihr wollte sich nur noch hinlegen und ausruhen.

Wenn sie sich nicht bald in Sicherheit bringen konnte, so warnte sie ihr Instinkt, würde der unsichtbare Verfolger sie einholen. Allein dieser Gedanke hielt sie in Bewegung.

Der Springbrunnen-Saal war wunderschön und sehr friedvoll, doch sie durfte hier nicht bleiben. Sie nahm alle Willenskraft zusammen und watete weiter durch die Fontänen, bis sich die Wasserwand schließlich teilte und enthüllte, wo es weiterging.

Der nächste Korridor wirkte sogar noch unwirklicher als der Saal aus Glas und Wasser. Echte, lebendige Blumen bedeckten den Teppich zu ihren Füßen, und an den Wänden aus grüner und brauner Rinde hingen Porträts von Männern und Frauen, deren Gesichter jedoch hinter Tiermasken verborgen waren. Ihre Hände und Leiber waren so dargestellt, dass sie zu den Masken passten: ein Bärenmann, eine Wieselfrau, ein Schafsmann mit einer wolligen Richterperücke.

Das letzte Bild dieser Galerie, das einzige Porträt ohne Maske, zeigte Benet.

Seine Miene zeigte Trauer, doch er trug einen entschlossenen, wenn auch betrübten Zug um den Mund. Er war in die zeremoniellen Prachtgewänder eines Prinzen gekleidet, aber über dem goldblonden Schopf trug er die schlichte Kopfbedeckung eines Soldaten. In den Händen hielt er eine goldene, mit blutroten Edelsteinen besetzte Krone, und über den Juwelen ragte das Sonnensymbol des Götterkönigs Andion auf. Die Spitzen der metallenen Sonnenstrahlen hatten Benets Finger zerschnitten, sodass sie bluteten. Als Gaultry stehen blieb, um das Porträt zu betrachten, verschwamm das Bild und begann sich zu wandeln.

Benets Züge verblassten. Darunter kamen Tulliers grüne Augen zum Vorschein, sein arrogantes Kinn, seine begierige Miene. Doch auch Tullier klammerte sich an die Königskrone, so fest, dass seine Lippen sich vor Schmerz verzerrten. Das Bild sah so echt aus, dass Gaultry die Hand ausstreckte, um ihn zu trösten, doch als sie es berührte, verwandelte sich das Bild wiederum zu Benet. Gaultry zog die Hand zurück. Die tiefe Melancholie in den

Augen beider Männer war das einzig Unwandelbare, und nach der Parade unmenschlicher Tiermasken wirkte sie verstörend.

Sie wäre noch länger stehen geblieben, um das Bild zu beobachten – ihren Verfolger hatte sie für den Augenblick vergessen –, doch plötzlich zerbarst etwas mit einem lauten Knall und riss sie aus dem Bann des Gemäldes.

Wenige Schritte vor ihr schraubte sich eine Wendeltreppe in die Höhe. Sie war noch nicht dagewesen, als Gaultry zuletzt dorthin geschaut hatte. Im Gegensatz zum gläsernen Saal und der Gemäldegalerie mit ihrer übersteigerten Intensität, ihren prächtigen Farben und geschnitzten Türen, die nirgendwohin führten, war diese Treppe grau, neblig und bar jeder Farbe.

Eine plötzliche Eile überkam sie wie ein drängender Ruf: *Rasch jetzt – hier gibt es ein Entkommen …*

Diese Treppe zu betreten war, als träte sie ins Reich der wahren Vision. Der Stein war grau, das Licht diffus. Ein Gefühl der Taubheit breitete sich in ihr aus, während sie hinaufstieg. Nach zahllosen, ewig gleichen Umdrehungen der Treppenspirale kam sie zu einem kleinen Fenster. Das Glas war aus den Fassungen geschlagen worden, sodass nur noch ein Gitter schmaler Bleifassungen übrig geblieben war. Scherben knirschten unter ihren Füßen, als sie näher kam. Was auch immer dieses Fenster zerbrochen hatte, war von außen hereingedrungen.

Ein kühler Luftzug mit einem leisen Moschusgeruch darin streifte ihr Gesicht, als sie durch das Fenster auf einen fernen, grauen und in Nebel gehüllten Hügel blickte. Mitten im Nebel, auf der Kuppe des Hügels, wartete eine Gestalt, unendlich geduldig und unheilschwanger.

Ich habe alle Antworten. Diese Worte hallten durch den Nebel wie herabkullerndes Geröll. Sie nahmen den gesamten Raum vor dem Fenster ein wie Donner aus einem gewittrigen Himmel. Die Stimme war hart vor Alter, Macht und Arroganz. Die Worte kamen auf dem Wind zu Gaultry geritten, bezwingend und beängstigend zugleich. *Empfange sie von mir.*

Gaultry packte die Fensterstreben und rüttelte daran. Ihr blieb keine Zeit, sich ihren Weg hinunter zu der Ruferin durch das Schloss zu suchen. Der bunte Irrgarten von Gängen und Treppen würde sie verschlingen, und sie würde ihrem Feind in die Arme laufen. Wenn sie es nur schaffte, dieses bleierne Gitter aufzubrechen, dann könnte sie sich in einen Vogel verwandeln – sie könnte sich vom Turm aus in die Luft schwingen und den Hügel dort drüben erreichen. Dieser Wahn durchflutete sie wie ein reißender Strom. Obgleich sie sah, wie irrwitzig das tatsächlich war, konnte sie sich nicht davon abhalten, sich noch einmal gegen das Gitter zu werfen.

Ein Bleistab brach heraus, dann die Verankerung eines zweiten. Wenn die Streben nur nicht so dicht und so klein wären! Als sie am dritten Stab zerrte, ließ ein unheimliches Heulen sie innehalten.

Sie erstarrte, gebannt von diesem Schrei, und versuchte, ihn zu orten. Als das Geschrei von neuem anhob, wusste sie es. Was da so schrie, waren die Blumen, die den Boden der Porträtgalerie bedeckten. Jemand ging durch diesen Flur und zermalmte sie unter seinen Füßen. Jemand, der hinter ihr her war.

Der Ruf von dem fernen Hügel erschallte wieder, lauter und drängender. *Glamour-Seele,* rief er. *Komm zu mir! In mir findest du alle deine Antworten.*

Doch trotz der drei gebrochenen Fensterstreben blieb ihr dieser Fluchtweg verschlossen. Von unten drangen die Schritte ihres Verfolgers auf der Treppe bedrohlich an ihr Ohr. Sie würde das Fenstergitter nicht mehr rechzeitig aufbrechen können. Nackte Angst rang mit dem Sog der Ruferin auf dem Hügel – und gewann. Gaultry floh die immer enger werdende Spirale hinauf.

Ich träume, sagte sie sich. *Ich träume, und ich will nicht in diesem Traum bleiben.* Während sie rannte und immer weiter hinauf stolperte, drückte sie beide Handflächen auf das Brustbein. Neue Kraft durchflutete sie, als sie den Hort ihrer Macht berührte. Sie war nicht das wehrlose Spielzeug dieser fremden Kräfte, die in ihren Schlaf eingedrungen waren, des unsichtbaren Verfolgers und der Ruferin auf dem Hügel. Sie konnte – sie würde – sich gegen sie wehren. *Ich bleibe nicht in diesem Traum gefangen.* Sie nahm all ihre Willenskraft zusammen und weckte die Magie in ihrer Brust. *Ich bleibe nicht in diesem Traum gefangen.* Goldene Hitze flammte auf und stützte ihre Entschlossenheit mit magischen Pfeilern. In dem Augenblick, als ihre *Glamour*-Magie sich entfaltete, rannte sie in vollem Lauf gegen eine unsichtbare Wand.

Sie zerbarst, als sie dagegen prallte, und Gaultry wurde fast zu Boden geschleudert. Unsichtbare Scherben eines Zaubers rieselten hernieder und brannten auf ihrer Haut.

Halb betäubt taumelte sie auf den grauen Steinstufen und rang um mehr als nur das körperliche Gleichgewicht. Ein Zauber. Dieser unsichtbare Wall war ein Zauber gewesen, der sie in der Welt ihres eigenen Schlafes gefangen gehalten hatte. Sie hatte ihn durchbrochen, aber war sie damit auch frei? Die Windungen der grauen Treppe vor ihr wirkten unverändert.

Ich will in mein Bett.

Zu ihrer unendlichen Erleichterung beschrieb die Treppe eine letzte Kurve und endete dann vor einer vertrauten, holzgetäfelten Tür, bemalt mit roten Vögeln und grünen Blättern. Gaultry keuchte vor Erleichterung, stieß die Tür auf und stolperte in ein Schlafgemach – ihr eigenes.

Da war ihr Bett, ihr Nachtkästchen, die uralte Holzvertäfelung ihres Zimmers im Sommerpalast. Ihr Wunsch hatte mit der Kraft ihrer Magie einen Gegenzauber erzeugt und sie dorthin gebracht, wo sie sein wollte. Da lagen ihre Kleider, ihre Jagdausrüstung. All ihre vertrauten Dinge – und noch etwas.

Selbst im Traum errötete sie.

Ihr Herz hatte wohl mehr heraufbeschworen, als sie beabsichtigt hatte.

Martin lächelte ihr im matt erleuchteten Schlafgemach entgegen. Er war zwar vollständig bekleidet und trug seinen Soldatenrock, doch auf seiner Wange zeichnete sich ein Abdruck von Stofffalten ab wie von einem Kissen, als habe sie ihn eben aus tiefem Schlaf geweckt.

Was hast du, Liebste? Er rieb sich die Augen und schwankte müde auf sie zu. *Warum hast du mich gerufen?*

Es ist alles in Ordnung. Sie schlang die Arme um ihn. *Ich habe nur schlecht geträumt.*

Vor einem bösen Traum kann ich dich nicht beschützen.

Doch, das kannst du. Sie küsste seinen Hals. Es schmeckte wirklich nach seiner Haut, roch wirklich nach ihm. *Halt mich fest. Erfülle meinen Traum mit allem, was ich begehre.*

Gerne – das wölfische Grinsen ließ sein Gesicht strahlen. Seine Kleider öffneten sich wie von selbst, und er drückte sie an seine warme Haut. Er hob sie auf die Arme, so leicht und mühelos wie an jenem Morgen im Meer, und legte sie aufs Bett.

O Geliebte. Im Traum konnten sie sich vereinigen; in diesem Traum, in dem die Zeit nicht fortschritt, konnten sie die Umarmung genießen, die das wahre Leben ihnen so lange schon verwehrte. Diese Erkenntnis durchzog das wilde Spiel ihrer geisterhaften Liebkosungen mit einer samtigen, Wasser gleichenden Zärtlichkeit, die vom Leben selbst herrührte. Doch während Gaultry ihn so berührte, drang allmählich etwas anderes in ihr Bewusstsein: Martins kräftiger, dröhnender Herzschlag, das erregte Pulsieren seines Blutes. Sie konnte es unter den Fingern spüren, es ganz deutlich hören. Diese Laute waren kein Traum. Das war – das war eine Warnung, die sie nicht ignorieren durfte.

Diese Erscheinung – Martin – war keine harmlose Illusion, ob nun von den Göttern geschickt oder nicht, die sie nur in ihrem Traum besuchte. Das war ein Spaltzauber. Irgendein Teil ihres Liebsten lag hier bei ihr, während sein Körper selbst viele Meilen weit weg unter seinem Umhang am Straßenrand schlief. Welchem Druck, welcher Not hatte sie ihn ausgesetzt, indem sie so gedankenlos einen Teil von ihm über eine so weite Entfernung zu sich her zog?

Sie beugte sich vor und drückte die Lippen an sein Ohr.

Geh jetzt. Ebenso blitzartig wie bei ihrem Entkommen von der grauen Treppe im Traum ließen die Worte ihren Willen geschehen. Unter ihr breitete sich goldenes Feuer aus. *Ich hätte dich nicht hierher holen dürfen. Es ist gefährlich.*

Martin runzelte die Stirn, und ein Ausdruck besorgter Erkenntnis breitete sich über seinem Gesicht aus. Er streckte die Hand nach ihr aus – und dann war er fort, und zurück blieb nur das leere Bett.

Sie war allein. Allein in ihrem Bett, und sie wusste, dass sie noch immer in dem Traum gefangen war und ihr Feind nicht weit hinter ihrer Tür lauerte. Sie blieb stocksteif liegen. Wenn sie ganz still war, mucksmäuschenstill, würde der Feind sie vielleicht nicht finden.

Sie lag da wie versteinert und versuchte, sogar den Atem anzuhalten. Sie glaubte schon, es könnte noch einmal gut gegangen sein, bis sie entsetzt fühlte, wie eine pulsierende Magie über sie hinwegkroch, von der aus sich tausend kleine Fühler über ihren Körper ausbreiteten. Auf dem Kissen neben ihrer Wange spürte sie eine leise Bewegung.

Ich bleibe nicht in diesem Traum, schrie sie, doch nach dem zärtlichen Intermezzo mit Martin hatte dieses Mantra keine Kraft mehr. Sie konnte nur still liegen bleiben, ganz still, und beten, dass die Bewegung an ihr vorübergleiten würde. Doch das reichte nicht. Aus den Augenwinkeln sah sie etwas Langes, Dünnes, hörte etwas rascheln, das sich schnell über das Kissen zu ihr ausbreitete. Ein Rankengewächs, schwarz-grün, mit winzigen, spitzen Blättern, so wie Teufelshuf. Schwarz-grün. Rächergrün. Die Farbe der zornigen Magie, die sie auf der Brücke angegriffen hatte, der zornigen Magie, die den Prinzen umgebracht hätte, wenn Mervion nicht eingeschritten wäre. Die Ranke kroch schnell wie eine Schlange in ihr Haar, das auf dem Kissen ausgebreitet lag.

Viel zu spät versuchte sie, aus dem Bett zu springen. Die Ranken zerrten sie zurück, schlangen sich immer beharrlicher in ihr Haar und um ihre Glieder. Panik überkam sie. Die Ranken, die sich um ihre Handgelenke gewickelt hatten, schnellten zu beiden Seiten an die Bettpfosten und banden sie so fest daran, dass sie sich kaum mehr rühren konnte. Der Angriff verschlang sie so schnell und zornig, dass sie nicht einmal überlegen konnte, wie sie sich befreien könnte.

Ihre Gegenwehr wurde immer schwächer, während die Ranken vor Energie förmlich knisterten und sich nun vor allem an ihrem Kopf sammelten. Wie wütende Maden versuchten die gespaltenen Blätter sich in ihre Haut zu bohren, sie drückten sich immer enger an sie und raschelten um ihre Ohren.

Der Albtraum – nein, der Zauber – entfaltete sich mit den Ranken zu seiner vollen Kraft. Etwas stach in ihre Kopfhaut. Die Ranken, die sich um ihren Kopf geschlungen hatten, zogen sich immer enger zusammen und streckten dabei lange, dünne Dornen aus. Diese stachen wie winzige Dolche auf ihre Kopfhaut ein, auf ihre Schläfen, sodass Blut floss, wo sie den Kopf verzweifelt ins Kissen drückte.

Sie konnte ihre Willenskraft nicht wachrufen. Sie konnte sich nicht befreien. Panische Erleuchtung überfiel sie, als ein Strom verborgenen Wissens sich plötzlich Bahn brach: Der Feind lauerte vor der Tür, doch sie – es war eine Frau – hatte diese mörderische Krone nicht geschickt. Wenn Gaultry sie herbeirufen könnte, würde ihre Verfolgerin den Angriff der Ranken aufhalten. So sehr sie Gaultry auch hassen mochte, sie würde es nicht zulassen, dass der Dornenkranz sich auftürmte, dass die Ranken ihre mörderischen Früchte trugen …

Das ist nur ein Traum, schrie Gaultry. *Bitte helft mir! Ich will nicht so sterben!* Welches Grauen – hilflos in einem Traum zu sterben! Ein schimmerndes Bild der Zwillingsgöttinnen, Ihrer undurchdringlichen Gesichter, Ihrer überirdischen Schönheit, tauchte in ihr auf, als sie immer schwächer wurde. *O Elianté*, rief sie. War es zu spät für Gebete, nun, da ihre Kraft erlahmte?

Emiera, edle Herrin. Seid Ihr gekommen, um mich sterben zu sehen? Die wunderschöne Emiera betrachtete sie mit unendlicher Ruhe. Mit himmlischer Anmut streckte Sie Ihre göttliche Hand aus …

»Gaultry!« Jemand schüttelte sie kräftig und ließ die Vision zerplatzen. »Gaultry, du hast einen Albtraum! Oh Llara, hilf mir – wach auf!« Es war Tullier, der von seinem Schlafplatz im Salon in ihr Schlafgemach gekommen war. Trotz dieser Unterbrechung ließ der Bann des Albtraums sie nicht los. Ein roter Schleier aus Qual nahm ihr die Sicht. Sie wimmerte, ergab sich –

Ein schmerzhafter Schlag presste sie in die Matratze. Das tat so entsetzlich weh, dass der Schock sie abrupt weckte.

»Ihr Götter, rettet mich«, keuchte sie. Sie schlug die Augen auf und sah nur Schwarz. Einen Moment lang war sie nicht sicher, ob sie nun endlich wach war, bis sie Tullier neben sich auf dem Bett spürte, der zögerte, sie noch einmal zu schlagen.

»Gaultry.« Seine Stimme war ein verängstigtes Flüstern. »Seid Ihr wach?«

Allmählich fand sie sich in der dunklen Wirklichkeit zurecht. Sie war nass. Ihre Bettdecke war um sie gewickelt wie ein Leichentuch, ein Echo der mörderischen Ranken aus ihrem Traum. Im Zimmer war es stockdunkel bis auf die beiden hohen, schwach erleuchteten Oberlichter, und erstickend heiß. Ihr Körper bebte vor unterdrückter Anspannung. Die spitzen Dornen an ihren Schläfen schienen sie immer noch zu quälen.

»Hol eine Kerze«, bat sie mit zittriger Stimme und bereute, überhaupt gesprochen zu haben, denn ihre Stimme verriet entsetzliche Angst.

»Was ist passiert?« Auf der Suche nach der Zunderbüchse stolperte Tullier im Dunkeln über irgendetwas. »Ich rieche Blut.« Er tastete sich zu ihr zurück.

»Mir ist nichts geschehen.« Erst jetzt merkte sie, dass das stimmte. Bis auf ihr nasses Bettzeug war alles in Ordnung. »Du möchtest wissen, was passiert ist? Das wüsste ich selbst gern.«

Ich habe alle Antworten. Die Stimme von dem Hügel hallte so deutlich in ihren Gedanken wider, als hörte sie die Worte von neuem.

Während sie zu sich kam, wurden die zersplitterten Bilder der Erinnerung klarer, anstatt zu verschwimmen. Diese ferne, hallende Stimme. Ebenso der unsichtbare Verfolger, welcher sie die Treppe hinaufgehetzt hatte, und der Feind, der vor ihrer Tür gelauert hatte, während die Ranken sie in ihrem eigenen Bett erstickten. Weder der Moment, als sie ihre magischen Kräfte eingesetzt hatte, um sich aus dem Palast der Träume zu befreien, noch der darauf folgende Augenblick in ihrem Bett, als es ihr vor lauter Panik nicht gelungen war, ihre Kräfte heraufzubeschwören – nichts davon hatte sie sich eingebildet. »Jemand hat einen Bannzauber auf mich gehetzt, während ich schlief. Er sollte mich in meinen Träumen festhalten. Oder, falls das nicht gelang, mich umbringen.« Obwohl es so heiß im Zimmer war, schlotterte sie im Nachhall der Angst. Die Göttinnen hatten über sie gewacht. Als ihre eigenen Versuche fehlgeschlagen waren, hatten Sie ihr Tullier geschickt …

Das wollte sie nicht glauben. Das konnte sie nicht glauben. Die Götter kümmerten sich nicht um solche Dinge. Sie hätten nicht eingegriffen. Sie konnte glauben – und das würde sie auch –, dass Tullier gehört hatte, wie sie Sie anrief, doch weiter nichts. Sich darüber hinaus etwas einzubilden – das forderte eine göttliche Zurechtweisung geradezu heraus.

»Warte«, sagte sie, als Tullier mit der Kerze näher kam. Sie tastete nach ihrem Nachthemd. »Jetzt kannst du kommen.«

Flackernder Kerzenschein fiel aufs Bett und erleuchtete ein Schlachtfeld. Ihr drehte sich der Magen um, und nur durch heftiges Schlucken ersparte sie sich die Demütigung, sich auch noch zu übergeben. Das Bett war feucht von Blut, nicht von Schweiß. Tullier ließ beinahe die Kerze fallen, als er sie erblickte. »Ihr seid ja blutgetränkt. Wo habt Ihr Euch verletzt?«

Nach einigen Momenten fieberhafter Untersuchung stellten sie fest, dass sie unversehrt war. Doch das Blut auf den Laken und auf ihrer Haut konnte nur ihr eigenes sein.

Gequält lehnte Gaultry sich an das Bettgestell. »Das ist ja grauenhaft. Als Erstes müssen wir uns um die Wäsche kümmern. Wir können das nicht so liegen lassen, bis es morgen früh das Mädchen findet.« Einen hysterischen Augenblick lang dachte sie daran, Lily um Hilfe zu bitten. Schließlich hatte sie auf diesem Gebiet viel Erfahrung. *Euer Hoheit,* könnte sie etwa sagen. *Würdet Ihr uns bitte mit unserer schmutzigen Bettwäsche helfen?*

Tullier machte sich sofort daran, die blutbesudelten Laken von der Matratze zu ziehen. »Woher wisst Ihr, dass es ein Zauber war?«, fragte er. »Schon bevor ich Licht gemacht habe?«

»Das Ding, das mich festgehalten hat, konnte nur magisch sein«, erklärte sie. »Ich habe immer wieder Teile des Bannzaubers gebrochen, obwohl ich mich nicht aufwecken konnte.« Teile des Zaubers. Das war nicht ganz richtig. Einzelne Zauber. Der Traum hatte aus einzelnen Teilen bestanden, mit mindestens drei verschiedenen feindlichen Energien. Die bizarre Verfolgung, die sie immer tiefer in den Irrgarten des verwinkelten Palastes trieb, hatte sich ganz deutlich von der grauen Begegnung mit der Gestalt auf dem fernen Hügel unterschieden. Der letzte Teil, der grausame Angriff – das war wiederum etwas ganz anderes gewesen. Die typische Farbe der Ranken, dieses zornige Dunkelgrün, stand ihr wieder vor Augen. Drei Zauber? Drei Angreifer? Mit Mühe unterdrückte sie ein heftiges Zittern.

»Ich habe mich mit einer Beschwörung befreit«, sagte sie. »Das war ganz sicher wahre Magie.«

Tullier hielt eines der Laken vor die Kerze. Das Licht schimmerte matt durch den groben Stoff. So hinterleuchtet hoben die Flecken, wo das Laken mit Gaultrys Körper in Berührung gekommen war, sich in grellem Scharlachrot ab. »Das ist kein gefährlich großer Blutverlust«, bemerkte er sachlich. »Auch wenn es schlimm aussieht.«

Du musst es ja wissen, dachte Gaultry. *Dir hat man schließlich gründlichst beigebracht, wie man Leichen und andere Spuren eines Mordes beseitigt.* Laut sagte sie nur: »Der letzte Teil des Zaubers sollte mich umbringen.«

Der Junge zögerte. »Mag sein. Aber das Blut hier könnte eine Antwort Eures eigenen Körpers sein, der den feindlichen Spruch austreiben wollte, und ansonsten scheint Ihr ja nicht verletzt zu sein.« Einen Moment lang starrte er in die Dunkelheit, dann hellte sich seine Miene plötzlich auf. »Bei Llara, ich habe Euch schon einmal so bluten sehen. Eure Kleider sahen genauso aus an dem Tag, als Ihr Eure *Glamour*-Seele aus meinem Körper zurückgeholt habt. Habt Ihr Eure *Glamour*-Magie zu Hilfe genommen, um aus dem Traum zu entkommen, oder nur die Kraft der Jägerin?«

»Glamour«, sagte sie knapp und fragte sich beunruhigt, ob dieses Kind, das nie eines gewesen war, Recht haben könnte. Sie war sich ihrer *Glamour*-Kraft erst seit so kurzer Zeit bewusst, und selbst während dieser Zeit hatte sie diese Macht nicht einsetzen können, oder sie war aufgespalten und dadurch geschwächt gewesen. Da sie ihre Kraft nun endlich ganz besaß, fürchtete sie sich davor, sie einzusetzen. Der körperliche Preis, den ihr der Gebrauch ihrer *Glamour*-Seele abverlangte, schreckte sie. Sie konnte zwar mit den Rändern dieser goldenen Kraft ein wenig herumspielen, doch sie ernsthaft einzusetzen – nein: Ihre Macht war wie eine Urgewalt auf das Ziel zugeschossen, das ihr Wille vorgab, erschreckend und gefährlich. Würde sie sie immer so überwältigen, wenn sie daraus Kraft zog, oder würde sie lernen, diese gewaltige Macht zu beherrschen? »Ja, ich habe meine *Glamour*-Seele benutzt, aber ich glaube immer noch, dass der letzte Teil dieses Traums stark genug gewesen wäre, mich zu töten.« Sie erschauerte. »Ich glaube, im Schlaf wäre ich zu schwach gewesen, um diesen Bann abzuwenden. Wenn du mich nicht geweckt hättest …«

Im Kerzenschein wirkten Tulliers Augen groß und rund. Groß, jung und von plötzlichen Zweifeln erfüllt. Sorge, vermischt mit Pein, huschte über sein Gesicht, bevor er sich abwenden konnte. »Ich weiß nicht, was mich geweckt hat«, flüsterte er. »Ich habe Euch ja kaum gehört, als ich wach war. Gaultry, wenn Ihr gestorben wärt –«

Er wandte sich abrupt ab und kümmerte sich weiter um das Bett.

Sie sah zu, wie er eine Schicht nach der anderen von dem eleganten Bett zog, und stellte sich die Ranken vor, wie sie über diese Laken gekrochen waren und sie gebunden hatten. Der Zauber war sehr stark gewesen. So stark – ihr kam eine Idee. Sie schob Tullier beiseite und packte eine Ecke des letzten Betttuchs.

»Das ist aber sauber«, protestierte er, als sie es vom Bett riss.

»Wir müssen in die Matratze schauen.«

Der Bezug der Matratze war mit hölzernen Knöpfen verschlossen. Geschickt übereinander gelegte Schichten hielten selbst die spitzesten Strohhalme sicher ab. Ein weiterer Luxus des Palastlebens, an den man sich so leicht gewöhnte. Gaultry knöpfte den Bezug auf und begann, büschelweise Stroh herauszurupfen.

»Sollten wir nicht lieber etwas unterlegen?«, schlug Tullier vor und hielt seine Seite der Matratze noch geschlossen. »Wenn wir das saubere Stroh mit der Bodenstreu vermischen, müssen wir die Matratze nachher mit frischem Stroh neu stopfen.«

Gaultry wollte gerade nicken, als etwas im Inneren der Matratze im Kerzenschein glänzte. »Tullier«, hauchte sie. »Bitte stell dich vor die Tür.«

Sie schützte ihre Hand mit einer der abgezogenen Kissenhüllen und schob sie wieder hinein, um das Stroh von der Stelle wegzuschieben.

Eine Krone dorniger Ranken kam zum Vorschein, verzerrt und schwer vor schwärzlich grüner Magie; sie war genau unter der Stelle versteckt worden, wo ihr Kopf auf dem Bett zu liegen kam. Sie war klein, wie für eine Figur oder eine Puppe gefertigt. Klein, aber machtvoll. Die Magie brannte und stach selbst durch den Kissenbezug hindurch, als sie das Ding vorsichtig herausholte.

»Was ist das?«, fragte Tullier. Sie beachtete ihn nicht weiter und konzentrierte sich voll und ganz darauf, das grässliche Ding in eine Falte der Kissenhülle zu bugsieren. Wo es den Stoff berührte, versengte es ihn, aber es brannte ohne Hitze. Sie hielt das Kissen so weit wie möglich von sich weg und schüttelte es in den Kamin aus. Der kleine Kranz aus Ranken glitzerte boshaft auf dem Rost. Er spuckte und zischte leise und flackerte auf, als werde er von unsichtbaren Flammen des Hasses verzehrt.

Galle stieg ihr die Kehle hoch. »In meinem Traum war das Ding so groß, dass es auf meinen Kopf passte.«

»Was ist denn das?«, fragte Tullier wieder. Fasziniert beobachteten sie, wie der Kreis aus winzigen Blättern zornig zuckte, so heftig, dass er sich dabei fast umgedreht hätte. Gaultry drückte ihn vorsichtig mit der Kohlenschaufel nieder. Zu ihrer großen Erleichterung brachte das kalte Eisen das Ding zur Ruhe. »Wer hat das in Eure Matratze gelegt?«

»Das weiß ich auch nicht. Aber was das ist – es sieht aus wie irgendein Fetisch. Und in ihm liegt dieselbe Magie, die Sizors Brücke zerstört und diesen armen Siànne bei dem Angriff in Martins Stadthaus beherrscht hat.« Trübsinnig stupste sie den kleinen Kranz mit dem Schürhaken an. Soviel zu ihrer Hoffnung, dass die magischen Attacken aufhören würden, wenn Benet sie beide erst einmal offiziell unter seinen Schutz gestellt hatte. »Die Frage ist immer noch: Wen sollte dieser Zauber umbringen? Dieser Kranz lag in meinem Bett – glaubten sie, du schliefest darin, oder war ich das Ziel?«

Tullier stellte die Kerze ab, sodass sie sein Gesicht nicht sehen konnte. »Die Frau, die sich um diese Gemächer kümmert, weiß, wo ich schlafe. Es wäre nicht schwer gewesen, das von ihr in Erfahrung zu bringen.«

»Dass du da draußen schläfst, heißt für viele Leute noch lange nicht, dass du nicht auch in meinem Bett liegst«, erwiderte Gaultry verlegen. »Zumindest dieser Gesandte aus Bissanty geht ziemlich sicher davon aus.«

»Gaultry«, begann Tullier schüchtern. »Ich weiß, dass Ihr und Martin …« Er verstummte.

Die beiden starrten einen langen, verlegenen Augenblick auf den Fetisch und versuchten, die Absicht dahinter zu ergründen.

»Was wollt Ihr jetzt tun?«, fragte Tullier schließlich. »Das Ding verbrennen?«

»Noch nicht.« Gaultry stand auf und wischte sich die Hände ab. »Tamsanne sollte sich das erst ansehen. Ihre Magie hat eine besondere Verbindung zu Pflanzen. Vielleicht kann sie den Ursprung dieser Ranke feststellen. Wenn derjenige, der diesen Fetisch hergestellt hat, dumm genug war, Pflanzen aus seinem eigenen Garten zu verwenden, dann müsste Tamsanne ihm so auf die Spur kommen können.«

»Jetzt oder morgen?«

»Sofort. Dieses Ding ist so wütend, dass es sich bis morgen früh vielleicht selbst zerstört. Tullier, würdest du bitte einen Lakaien suchen, der sie herbringt? Sag ihm, er soll im Obstgarten nach ihr suchen, nicht nur in dem Gartenhaus – sie sammelt ihre Pflanzen meistens bei Sternenlicht. Ich würde ja selbst gehen, aber … Ich glaube, ich muss mich hinsetzen.« Das war nicht übertrieben. Der Raum schien sich um sie herum zu drehen.

Er warf ihr einen besorgten Blick zu. »Natürlich. Ruht Euch aus. Ich finde schon jemanden.«

Als er fort war, beschwerte sie den Fetisch sicherheitshalber auch noch mit dem Schürhaken. Sie wollte nicht mehr allein davor sitzen, also flüchtete sie sich auf die Terrasse.

Die warme Nachtluft, die große Sternendecke über ihr, die leisen, sanften Töne der Grillen waren ebenso beruhigend wie eine vertraute Umarmung. Sie lehnte sich an das eiserne Geländer der Terrasse und versuchte, sich zu entspannen.

Das Durcheinander von Zaubern und Gegenzaubern schwirrte ihr immer noch im Kopf herum. Sie war nicht wach und bewusst genug gewesen, um überlegt zu handeln. Selbst jetzt konnte sie kaum verstehen, was sie da getan hatte. Wie jämmerlich war es eigentlich um ihre Selbstbeherrschung bestellt, wenn sie in der Hitze der Schlacht Martin herbeihexte? War ihm das alles wie ein böser Traum erschienen, oder hatte ihr magischer Befehl ihn teilweise aufgeweckt? Als ihr seine Reaktion wieder einfiel, lächelte sie zittrig. Nein, Martin hatte gewusst, dass das mehr als ein Traum war. Doch würde er sich daran erinnern, wenn er erwachte? Würde das, was sie getan hatte, ihm körperlich schaden? Sie erinnerte sich an seinen verletzlichen Herzschlag, so laut, so stark, so *gegenwärtig*, und machte sich große Sorgen um seinen körperlichen Zustand. Ein Zauber, der den Geist eines Menschen aus weiter Ferne herbefahl und auch noch den Schatten eines Körpers mit sich zog – so etwas war sehr gefährlich. Würde er erkennen, was sie getan hatte, und wütend auf sie sein?

Bis Tullier zurückkehrte, war sie in ein dumpfes Brüten über ihre unzähligen Fehler verfallen.

»Ich habe jemanden gefunden und nach Tamsanne geschickt.« Der Junge trat zu ihr auf die Terrasse. »Er war nicht gerade begeistert, als ich ihn geweckt habe, aber er ist trotzdem gegangen. Ich habe darauf bestanden, es sei sehr dringend.«

»Es ist auch dringend.« Gaultrys Stimme klang schrill, doch das konnte sie nicht verhindern. Sie brauchte mehr, um sich von der Angst zu erholen, die der Zauber ihr eingejagt hatte. Sie brauchte etwas – ein Gebet, ein Opfer –, um ihr Herz vom Kummer zu reinigen. »Wie können wir hier bei Hofe bleiben, wenn wir in unseren eigenen Betten angegriffen werden? Und wenn wir hier nicht bleiben können, wo sollen wir dann hin? Sollten wir versuchen, uns irgendwo zu verstecken? Sollten wir ständig in Bewegung bleiben? Ich weiß nicht, was wir tun sollten. Tullier – ich konnte meine Kraft nicht sammeln, als ich in diesem Traum gefangen war. Ich habe so viele Fehler gemacht – der Zauber hätte mich eigentlich umbringen müssen.«

»Dieses Ding ist nicht von allein in Eure Matratze gekrochen«, sagte Tullier sanft. »Und es hat Euch auch nicht umgebracht. Wer auch immer es dorthin gelegt hat, ist derjenige, der hier einen

Fehler begangen hat. Denn diesmal haben sie sich selbst die Finger schmutzig gemacht. Bisher haben sie Soldaten dazu benutzt – jetzt handeln sie selbst. Folglich kommen wir der Quelle immer näher. Wir finden bestimmt bald heraus, wer dahinter steckt. Das ist gefährlich für uns – aber es wird uns auch nützlich sein.«

»Es fühlt sich aber nicht nützlich an«, erwiderte Gaultry düster. »Es fühlt sich an, als wäre ich eben beinahe in meinem eigenen Bett gestorben.«

Sie standen, jeder in seine Gedanken versunken, am Geländer und lauschten den Grillen. Hinter der Silhouette der Türme des Palastes ließ sich die Mondsichel sehen, die, schon im Untergehen, tief am Himmel hing. Nicht weit davon entfernt, ein wenig weiter östlich, glänzten bleich die Zwillingssterne, sodass sie im leuchtenden Hof des Mondes kaum zu erkennen waren. Der Anblick dieser Sterne, der besonderen Konstellation der höchsten Göttinnen Tielmarks, flößte Gaultry ein wenig Ruhe ein. »Ich frage mich, wie lange der Diener brauchen wird, um Tamsanne zu finden. Ich hoffe, wir haben ihm damit keinen unmöglichen Auftrag gegeben.«

»Er findet sie bestimmt«, entgegnete Tullier. »Ich habe ihm eingeschärft, dass er nicht zurückkommen darf, ehe er sie gefunden hat.« Seine barsche Miene bei diesen Worten sagte ihr, dass der Mann diesen Auftrag ganz sicher ausführen würde.

»Ich glaube, ich sollte noch etwas tun, bevor sie kommt.« Gaultry hob die Hand und streckte zwei Finger aus, als wollte sie das Sternenpaar am Himmel berühren. »Ich muss Elianté und Emiera ein Dankgebet dafür darbringen, dass ich noch am Leben bin und Ihre Sterne bewundern kann. Ja. Ich werde mich waschen und zum Tempel hinübergehen.«

»Jetzt?«, fragte Tullier. »Aber was ist mit Tamsanne?«

»Ich schulde es meinen Göttinnen«, erklärte Gaultry, und dies entsprach der Wahrheit. Die Vision von Eliantés hilfreich ausgestreckter Hand – wie wenig hätte gefehlt, und Tullier hätte ihre

Not nicht bemerkt und wäre ihr nicht zu Hilfe gekommen. »Das kann nicht warten.«

»Ich lasse Euch nicht allein gehen«, sagte Tullier. »Gaultry, wenn Ihr sehen könntet, wie bleich Ihr seid …«

»Ich muss das Gebet verrichten«, beharrte sie mit noch größerer Überzeugung.

»Dann hinterlasst Tamsanne eine Nachricht. Oder geht später.«

Gaultry schüttelte den Kopf. »Es muss jetzt gleich sein. Ich weiß nicht, warum – ich fühle es einfach. Wenn du unbedingt mitkommen willst, würdest du dann bitte alles verriegeln, während ich mir frische Kleidung suche? Ich hinterlasse eine Botschaft für Tamsanne.« Sie blickte wieder zu den Sternen auf, die zu ihr herabblinzelten, so strahlend und doch so unendlich weit entfernt mit ihren vom Mondlicht fast ausgeblendeten Strahlenkronen. »Wenn irgendjemand dafür Verständnis haben wird, dann sie.«

17

Gaultry und Tullier schlüpften durch eine kleine Tür in den Tempel, welche in eines der großen, schön geschnitzten Portale zur gewaltigen Tempelhalle eingelassen war. Ein starker Duft nach Räucherwerk hing in der Luft, und der dunkle, warme Raum mit der hohen Kuppel begrüßte sie mit friedvoller Stille. Nur vier Öllampen über dem steinernen Altar in der Mitte der Halle spendeten ein wenig Licht. Unter ihren Schirmen warfen sie einen Kreis aus Helligkeit um den Altar.

Gaultry ließ Tullier auf ihre Laterne aufpassen und trat an den Altar. Sie hatte erwartet, dass zumindest ein schläfriger Priester oder Gehilfe nachts den Tempel bewachte, und war dankbar für die Ungestörtheit.

Der Altar war ein uralter Felsbrocken, in dessen Seiten und Oberfläche die Doppelspirale der Großen Zwillinge eingemeißelt war. Gaultry hatte zwar schon einige Male den Tempel besucht, seit sie vor ihrer Reise nach Bissanty an den Hof gekommen war, doch nun hatte sie zum ersten Mal die Gelegenheit, den Altar allein und ganz aus der Nähe zu betrachten. Vorsichtig fuhr sie eine gemeißelte Spirale mit dem Finger nach. Ihre Hände waren bei weitem nicht die ersten, die den Stein auf diese Weise berührt hatten. Die Spiralen wiesen eine schwarze Patina auf von den vielen ehrfürchtigen Händen, und sie waren glatt geschliffen von den unzähligen Gebeten, die hier gesprochen worden waren.

Im Wald von Arleon hatte sie ihre Gebete genauso gut unter einem grünen Blätterdach verrichtet, doch hier, innerhalb der Palastmauern, erschien es ihr richtig und angemessen, Tielmarks Göttinnen in Ihrem eigenen Haus aufzusuchen.

Sie atmete tief den betörenden Duft des Räucherwerks ein und strich mit den Händen über die verwitterte Oberfläche des hässlichen grauen Steins, um sich mit seiner gelassenen Ewigkeit zu verbinden. Die Spuren auf dem Stein erzählten eine Geschichte: Der Felsbrocken hatte jahrhundertelang unter freiem Himmel gestanden, bevor man ihn unter dieses Dach geschleppt hatte. Auf dem Stein stand die Feuerschale, ein schlichtes, geschmiedetes Becken mit einem Rost, in welche auch größere Zweige passten; nun glühten sorgsam bedeckte Kohlen darin. Sie starrte auf diese Kohlen hinunter und genoss das Gefühl der Geborgenheit, das sie überkam. Ihre Aufregung, ihr Entsetzen über die Falle im Traum – all das fiel von ihr ab.

Tullier, der außerhalb des Lichtkreises stand, konnte seine Ungeduld über ihre Trödelei nicht im Zaum halten. »Wollt Ihr jetzt beten oder nicht? Wenn Ihr Tamsanne so dringend sprechen wollt, sollten wir uns nicht lange hier aufhalten.«

Sie warf ihm einen scharfen Blick zu, denn sie wollte sich nicht hetzen lassen, doch dann fiel ihr ein, dass er ganz Recht hatte, also begab sie sich auf die Suche nach geeigneten Dankesgaben.

Die Opfertruhe neben dem Altar war mit ordentlich aufgereihten, getrockneten Zweigen versehen: Esche für Emiera, Eiche für Elianté. Gaultry wählte zwei gut durchgetrocknete Zweige aus, zerbrach sie und legte sie in die Feuerschale.

»Edle Herrin Emiera«, betete sie und schürte die Kohlen. »Elianté, kühne Jägerin. Für meine Rettung schicke ich Euch meinen Dank, meinen Glauben ...« Die Flammen züngelten auf, erfassten ein Büschel trockener Blätter und leckten am Holz des kleinen Astes.

»Ich danke Euch«, fuhr Gaultry fort, »für mein Leben und meine Gesundheit heute Nacht. Ich danke Euch.« Das Licht des Feuers wurde für einen Moment so grell, dass sie den Blick senken musste. Sie richtete ihn stattdessen auf die Feuerschale unter den Flammen und sah zunächst nur einen matten Glanz auf der oft gescheuerten Oberfläche, und dann, dahinter, etwas Flüchtiges; etwas, das in dem Augenblick verschwand, da sie versuchte, genauer hinzusehen.

Das Kohlebecken war aus sehr haltbarem Metall gefertigt, aber abgenutzt. Die Ränder waren vom ständigen Gebrauch zerkratzt und eingedellt. Eine unerwartete Erinnerung drang in ihre Gedanken: Dies war das zweite Mal in nur zwei Tagen, dass sie ihre ganze Aufmerksamkeit auf eine Feuerschale richtete. Das erste Mal war bei der letzten Beisetzungszeremonie der Herzogin gewesen, unten in der Kapelle.

Diesmal lagen Zweige für die Göttinnen darin, letztes Mal waren es weiße Lilien für die Tote gewesen. Eine neue Woge der Traurigkeit wallte in ihr auf, und mit der Trauer auch Wut. Weder Dervla noch Palamar hatten während der letzten Riten von Melaudieres Bestattung irgendwelche Anzeichen von Trauer gezeigt. Dieses Verhalten war ihrer Rolle bei diesen Zeremonien sicherlich angemessen, doch zumindest Dervla hatte die alte Herzogin gut gekannt – in den schrecklichen Monaten, während der verräterische Kanzler den Prinzen mit seinen Bannflüchen gebunden hatte, war Dervla sogar auf ihre Hilfe angewiesen gewesen. Gaultry glaubte nicht, dass es die Zeremonie irgendwie beeinträchtigt hätte, wenn Dervla dabei einen Hauch persönlicher Trauer hätte durchschimmern lassen.

In der Feuerschale fing nun der Eichenzweig Feuer. Sie schüttelte den Kopf, um ihn frei zu bekommen und all ihre Gedanken auf ihr Dankgebet zu richten. Irgendetwas hatte sie hierher getrieben, damit sie den Großen Zwillingen ihre Dankbarkeit bezeugte, und nicht, um über die Manieren der Hohepriesterin den Kopf zu schütteln.

Doch irgendetwas hier ließ ihr keine Ruhe – es ließ nicht zu, dass sie die Wärme der Hingabe in sich aufsteigen ließ und sich darin versenkte.

Wieder ertappte sie sich dabei, dass sie das Kohlebecken anstarrte. *Irgendetwas* daran fesselte ihre Aufmerksamkeit noch stärker als ihr inniger Wunsch, ein Dankgebet zu sprechen. Aber was? Das Becken war größer und viel schlichter als jenes auf dem Altar der Aussegnungskapelle. Statt getriebener Blumen und kunstvoll gestanzter Muster glich es in seiner urtümlichen Form dem rauen Altarstein.

Die schmiedeeisernen Blumen.

Durch ihr Hemd hindurch tastete sie nach Haute-Tielmarks Ring, der schon so lange an seiner Lederschnur dort versteckt war. Als sie die Form unter dem Stoff fühlte, stand ihr plötzlich die Feuerschale in der Aussegnungskapelle klar und deutlich vor Augen, vor allem die Blumen, die den Rand verzierten.

Sie passten zu den Blumen auf dem Ring.

»Elianté kühn, Emiera fein, ich verehre Euch.« Sie zog den Ring hervor und hielt ihn über die Opferzweige, die schon zu Asche verbrannt waren. »Ich danke Euch für Eure Führung. Für Eure Antworten auf Fragen, die ich nicht einmal richtig stellen konnte.« Rasch schob sie die Kohlen zusammen.

»Tullier.« Sie suchte sein Gesicht in den Schatten der Halle. »Wir müssen uns noch etwas ansehen, bevor wir Tamsanne treffen. Bei den Göttern, das kann nicht bis morgen warten.«

Er warf einen Blick auf ihre Miene und sagte nur: »Ich bin dabei.«

Die Tür mit den bronzenen Beschlägen vor der Treppe, die hinunter in die Aussegnungskapelle führte, war verschlossen. Sie bat Tullier, sie zu öffnen. Das Schloss hatte einen sehr einfachen Mechanismus, denn es sollte lediglich zufällige Besucher abschrecken. Er hatte es schneller geknackt, als ihr Opfer gebrannt hatte. Ein kühler Luftzug stieg aus der völligen Schwärze auf, die über den abwärts führenden Stufen lag.

»Verschließ sie wieder«, wies Gaultry ihn an, als sie hindurchtraten. »Ich weiß nicht genau, wonach wir hier suchen oder wie wichtig es sein könnte. Es wäre mir lieber, wenn uns niemand stört, bis wir mehr über das wissen, was wir eigentlich tun.«

Tullier nickte und ließ das Schloss wieder zuschnappen.

Die Kapelle lag zwar nun im Dunkeln, doch sie erinnerte sich gut daran, wie es hier aussah. Die schweren, tief herabgezogenen Balken, die zahlreichen Gedenkplatten zu Ehren der Toten. Schatten verbargen das graue Kreuz auf der Platte der Melaudieres in einer Nische zwischen zwei Balken. Mittlerweile war die Platte sicher eingemauert und versiegelt worden, bis ein weiterer Herzog von Melaudiere hier beigesetzt wurde. Ein melancholisch stimmender Gedanke.

Gaultry ging durch die nachtblaue Dunkelheit hinüber zu dem einzigen schmalen Fenster des Raumes. Dahinter war nur die flache, nächtliche See und ein Stück der verwitterten Klippen am Nordrand des Palastes zu erkennen. Bei der Errichtung dieser Kapelle und des Tempels waren die Baumeister bis ans Äußerste ihrer Kunst gegangen, denn beide waren gefährlich nah an der jähen Felswand erbaut worden. Doch ihre architektonische Meisterleistung bedeutete zugleich, dass ein Licht, das aus diesem Fenster schien, vom Ufer her nicht zu sehen war.

»Du kannst die Laterne aufblenden«, sagte sie zu Tullier. »Niemand wird den Lichtschein sehen, außer vielleicht weit draußen auf See.«

Nach der Zeremonie für die Herzogin war das Kohlebecken auf dem Altar sauber geschrubbt worden. Ein dumpfer Brandgeruch hing noch in der Luft, doch jede Spur von Asche war getilgt worden. Gaultry blieb stehen und tastete nach dem Ring.

»Wo habt Ihr den Ring her?«, fragte Tullier, als sie ihn in der Hand hielt.

»Der große Herzog, der uns die Fahrt auf dem Fischwagen beschafft hat, hat ihn mir gegeben. Am Morgen nach dem Überfall auf Sizors Brücke.« Sein vorwurfsvoller Blick entlockte ihr nur ein Schulterzucken. »An diesem Morgen konnte ich dir nicht davon erzählen, weil es dir zu schlecht ging, und später hatte ich keine Gelegenheit mehr. Er hat mir erklärt, das müsse eine Art Schlüssel sein – doch er wusste nicht, was sich damit vielleicht öffnen ließe.«

Ihr Erinnerungsvermögen – oder die Götter – hatten ihr einen guten Dienst geleistet. Die Blume auf Haute-Tielmarks Ring entsprach genau den Verzierungen der Feuerschale, und die Lücke, wo der Ring in den Rand des Kohlebeckens passen würde, fiel ihr sofort ins Auge. Eine Nadel, getarnt als Teil einer Pflanze, ragte aus der Mitte der kleinen Lücke auf und schien genau dem Löchlein in der getriebenen Blume auf dem Ring zu entsprechen. »Sieh dir das an.« Sie reichte Tullier den Ring und deutete auf den Rand des Kohlebeckens. »Diese beiden sind wie füreinander geschaffen, meinst du nicht?«

Tullier wendete den Ring in der Hand und betrachtete das Nadelloch in der Blume und dann den klappbaren Dorn im Reif des Schmuckstücks. Sogleich hielt er ihn an den Rand der Feuerschale und sah sich an, wie die Nadel in die Blume gleiten würde. »Wenn man den Ring am Finger hat und ihn auf die Nadel am Kohlebecken schiebt«, erklärte er schließlich, »wird der Dorn nach innen gedrückt und sticht den Träger in den Finger.«

»So ist es.« Gaultry erschauerte. »Der Altar will Blut schmecken, bevor er seine Geheimnisse offenbart.«

Über den Altar hinweg sah er ihr besorgt in die Augen. »Wenn wir in Bissanty wären, wären sowohl Euer Ring als auch der Altar vergiftet. Nur jene, die über genügend angeborene Immunität verfügen, um das Gift zu überleben, könnten diesen Schlüssel benutzen.«

»Entzückend«, erwiderte Gaultry, nahm den Ring wieder an sich und steckte ihn an den Finger. Bissantys gnadenlose gesellschaftliche Auswahl nach persönlicher Immunität gegen Gift war eine der weniger schönen Seiten des Kaiserreichs. »Ein Glück für mich, dass wir hier nicht in Bissanty sind.«

Trotz ihrer scheinbaren Ungerührtheit zitterte ihre Hand, als sie sie über den Rand der Feuerschale hielt. Sie wünschte, Tullier hätte den Mund gehalten.

»Lasst mich das tun«, drängte Tullier, als er sie zögern sah. »Wenn er vergiftet ist, kann er mir nichts anhaben.«

Sie hätte beinahe genickt. Tulliers Herrscherblut in Verbindung mit der jahrelangen Gewöhnung an das Gift der Sha Muira hatten ihn gegen so gut wie alles immun gemacht, und nur die stärksten Gifte mit göttlicher Wirkkraft konnten ihm vielleicht noch schaden. Doch sich als solcher Feigling zu erweisen, hier im Tempel ihres Prinzen … »Dieser Altar ist *meinen* Göttinnen geweiht«, sagte Gaultry, der es gar nicht gefiel, dass etwas so Einfaches so rasch zu einem unerhörten Risiko werden konnte. »Und dies ist Tielmark, nicht Bissanty. Welche Macht auch immer ihm innewohnt, welche Magie, sie wird nicht den Gesetzen Bissantys gehorchen. Und Tielmaraner sind keine Giftmischer.«

Er wollte ihr widersprechen, doch ihre Miene ließ ihn verstummen.

Das ist wahres Gottvertrauen, sagte sie zu den Zwillingsgöttinnen und schob das Loch im Ring über die Nadelspitze – *und ich hoffe sehr, dass Ihr es zu würdigen wisst.*

Sie drückte den Ring hinunter. Blume traf auf silberne Blume und vervollständigte das Muster, das die Feuerschale zierte. Die eingeführte Nadel ließ den Dorn vorschnellen, als sie den Ring hinunterdrückte, und dieser stach ihr so schmerzhaft in den Finger wie ein Wespenstich. Erschrocken über den unerwartet starken Schmerz zuckte sie zurück. Ein einzelner Blutstropfen fiel und landete bebend auf dem polierten Metall.

Nichts.

»Ist das alles?«, fragte Tullier.

Sie hatten beide etwas Dramatischeres erwartet.

»Sofern du keinen vernünftigen Vorschlag parat hast, was ich als Nächstes tun sollte, war das alles, jawohl.« Sie war enttäuscht. »Haute-Tielmark war so sicher, dass dieser Ring sehr wichtig sei. Er hat seine Ehre aufs Spiel gesetzt, damit Dervla ihn nicht in die Hände bekommt. Nun, da sind wir, und jetzt wissen wir auch, wo der Ring hingehört. Aber warum hat er nichts bewirkt?«

»Versucht es noch einmal«, schlug Tullier vor. »Vielleicht ist doch etwas geschehen, und wir haben nur nicht gut genug aufgepasst.«

Gaultry rang die gestochene Hand. »Beim ersten Mal warst du noch sehr dagegen, dass ich es versuche. Wohin sind deine Zweifel so plötzlich verschwunden?« Der Stich tat weh. Sie war nicht begierig auf einen zweiten.

»Ihr habt Eure Hand nur ganz kurz auf dem Rand liegen lassen. Vielleicht will der Altar mehr Blut.«

»Na schön«, fauchte sie. Natürlich fiel ihm als Erstes ein, mehr Blut zu verlangen. Seine verfluchte Ausbildung. »Also gut, dann …« Sie trat vor, um sich mit einer Hand am Altarstein abzustützen und es möglichst rasch hinter sich zu bringen.

Doch der Stein war irgendwie nicht mehr da. Anstatt sich daran abzustützen, glitten ihre Hände einfach durch die noch sichtbare Oberfläche des Altars hindurch. Unwillkürlich trat sie einen Schritt vor, um das Gleichgewicht zu wahren, doch weder die Substanz des Bodens noch des Altarsockels waren mehr vorhanden, und nichts bremste ihren Fall. Tullier packte sie von hinten. Zusammen vollführten sie eine ungeschickte Pirouette und strauchelten von dem unsichtbaren Rand zurück. Tullier ließ die Laterne fallen, die auf den Boden aufschlug und erlosch.

»Bei allen Göttern!«, fluchte Gaultry, die endlich das Gleichgewicht wiedergefunden hatte. »Bleib ganz still stehen und lass deine Augen sich an die Dunkelheit gewöhnen. Wer weiß, was sich sonst noch in Luft aufgelöst hat?«

Durch das Fenster fiel ein schmaler, schwacher Lichtstreif nicht annähernd bis in die Mitte des Raumes, doch er reichte aus, um ihnen ein wenig Orientierung zu ermöglichen. Tullier kramte nach seiner Zunderbüchse. »Ich laufe rasch hinauf und hole uns eine Lampe«, erbot er sich. »Das geht wahrscheinlich schneller, als –«

»Warte«, sagte Gaultry plötzlich. »Ich sehe etwas.«

Ihre Augen hatten sich endlich auf die Dunkelheit eingestellt und zeigten ihr nun einen schwachen grünen Schimmer mitten im Raum unter der Stelle, wo der Altar stand. Gestanden hatte. Sie starrte dorthin, und er wurde deutlicher. Was sie zuerst für den flachen Schemen einer konischen Muschel mit Kammern gehalten hatte, ein Wesen von nautilusartiger Gestalt, war in Wirklichkeit der schwache Umriss einer abwärts führenden Wendeltreppe, die genau unter dem Sockel des Altarsteins begann. Vorsichtig ging sie darauf zu. Ihre tastenden Hände konnten den Altar nicht erfühlen. Im Dunkeln war er nun tatsächlich unsichtbar, nicht nur substanzlos. »Da ist etwas unter dem Altar!« Ihre Stimme überschlug sich vor Aufregung. »Stufen. Eine geheime Treppe.«

»Lasst mich Licht beschaffen, und dann sehen wir sie uns an.«

Gaultry schüttelte den Kopf, und dann fiel ihr auf, dass er die Geste ja nicht sehen konnte. »Das ist das Licht der Göttinnen«, erklärte sie ungeduldig. »Siehst du es denn nicht?« Dieses unheimliche Leuchten war nichts als das Grün der Macht der Großen Zwillinge in der reinsten Form. »Wenn du Licht machst, kann ich es vielleicht nicht mehr sehen.« Sie griff im Dunkeln nach seiner Hand. »Komm, stell dich hierher. Kannst du es jetzt erkennen?«

Tullier sah nichts. »Meine Göttin ist die Große Llara selbst, nicht Eure albernen Zwillinge.« Seine Stimme brach. »Diesem Licht gegenüber bin ich blind.«

»Das tut mir Leid, Tullier.« Gaultry starrte auf die obersten Stufen, die von dem warmen, grünen Leuchten schwach erhellt wurden. Gewiss hätten die Götter sie nicht zu diesem Geheimnis geführt, wenn sie nicht wollten, dass sie es ergründete. »Ich muss da hinunter, und an Orten wie diesem – wenn man da eine Lampe braucht, bedeutet das, dass man dort eigentlich nichts zu suchen hat. Möchtest du hier warten oder mit mir kommen?«

»Ich komme mit.« Er zögerte. »Sogar blind.«

»Gut«, lobte sie ihn, dankbar für seine eisernen Nerven. »Nimm meine Hand.« Ihre Fingerspitzen streiften die seinen und fanden dann festeren Halt. »Das wird genauso gut gehen wie in der Nacht, als du mich im Haus deines Vaters durch die Geheimgänge in den Wänden geführt hast«, fügte sie hinzu, um ihn zusätzlich zu beruhigen. Die körperliche Ausbildung, die er als Sha-Muira-Lehrling erhalten hatte, war so ausgezeichnet, dass sie ihm körperlich nur selten überlegen war. »Nur dass diesmal du den Blinden spielen darfst, und ich werde das bestimmt nicht ausnutzen und dich gegen Wände laufen lassen.«

Tullier antwortete nicht. Sofort bereute sie ihre falsche Fröhlichkeit. Damals war es zwischen ihnen völlig anders gewesen. Ihn jetzt daran zu erinnern, musste ihm wie Hohn erscheinen, nicht wie ein Scherz. »Na, komm«, seufzte sie. »Es tut mir Leid, was ich da gesagt habe. Ich passe gut auf dich auf – ich will dich bei mir haben. Auch wenn es nicht angenehm für dich ist. Ich weiß nicht, was wir dort unten vorfinden werden.«

»Dann lasst mich eine Lampe holen«, sagte er heiser.

»Wenn wir eine Lampe mitnehmen ...« Gaultry wusste nicht so recht, wie sie das erklären sollte. »Die Zwillinge würden es als Beleidigung und Mangel an Glauben auffassen, wenn wir mit unserem eigenen Licht dort hinuntergingen.«

»Glaube«, knurrte er. »Ihr Tielmaraner verlasst euch viel zu sehr darauf.« Aus Tulliers Mund war das dummes Geschwätz, denn er hatte die ersten vierzehn Jahre seines Lebens dem Dienst an Llara Donnerkeil gewidmet.

»Wir nehmen die Laterne mit«, sagte sie und überging sein Murren. »Nur zur Sicherheit.« Die Laterne, die erloschen am Boden lag, würde ihm ein wenig Mut einflößen, und sie war sicher, dass es nicht schaden konnte, sie mitzunehmen, solange sie sie nicht anzündeten. »Und sorg dafür, dass du die Zunderbüchse griffbereit hast, falls es zum Schlimmsten kommt und das Göttinnen-Licht erlischt.«

Er zog seine Hand aus ihrer und raschelte kurz im Dunkeln herum. »Hab sie«, sagte er. »Gehen wir.«

»Immer noch nichts«, jammerte Tullier. Nachdem sie die enge Wendeltreppe und einen schmalen Durchgang gemeistert hatten, standen sie im einzigen Zugang einer Kammer. Für Gaultry war das grüne Licht der Göttinnen mit jedem Schritt hinunter immer heller geworden. Am Ende des Weges, in dieser Kammer, war es hell wie der lichte Tag, allerdings noch immer mit einem kräftigen grünen Stich. Es war wie das Licht an einem stillen Tag unter Bäumen in voller, sommerlicher Blätterpracht.

Für Tullier hatte sich die Finsternis kein bisschen verändert.

»Wir sind in einer kreisrunden Kammer.« Sie zögerte, denn sie wusste nicht recht, wie sie sie beschreiben sollte. Gewisse Elemente hier drinnen strahlten die Kraft der Göttinnen aus. Über ihr ging vom Stein der sehr schön spiralförmig behauenen Gewölbedecke fast spürbar die Liebe und Kraft der Großen Zwillinge aus, die Quelle dieses hellen, grünen Lichts. Als sie weiter in die Kammer vortrat, wurde die Kraft sogar noch stärker. Eine offene, freie Empfindung breitete sich in ihrer Brust aus – wie das halb ängstliche Gefühl auf einer ungeschützten Höhe, wenn man den jähen Abgrund fürchtet, doch um der Aussicht willen riskiert, noch weiter vorzutreten. »Diese Kammer muss eine geheime Stätte sein, an der die Hohepriesterin meditieren kann. Sie ist erfüllt von der Macht der Großen Zwillinge – es ist nicht nur das Licht, der Stein der Mauern selbst strahlt sie aus.«

»Darf ich überhaupt hier sein?« Tullier runzelte besorgt die Stirn. Da er nichts sehen konnte, ließ er sich Ängste anmerken, die er bei besserer Beleuchtung vor ihr verborgen hätte.

»Ich denke, du bist hier sicher«, erwiderte Gaultry vorsichtig. »Aber versuch ja nicht, diese Lampe anzuzünden.«

Zu Hause im Wald von Arleon hatte Tamsanne eine Grotte gehabt, die sich ähnlich anfühlte – der Stein war wie ausgetrocknet, weil er ständig starker Magie ausgesetzt war, und die Luft knisterte wie ein Wald nach einem Gewitter. »Diese Stätte müssen die Hohepriesterinnen von Tielmark schon seit der Zeit besucht haben, als Clarin die Unabhängigkeit von Bissanty errang und den ersten Palast in Princeport errichtete. Sie ist zwar alt, aber nicht uralt.« In diesem Raum schwangen nicht so geheimnisvolle Kräfte wie etwa auf dem Friedhof am Meer oder bei Sir Jumerys Grabhügel mit seinem Blutaltar – er fühlte sich nicht einmal so mächtig an wie Tamsannes Grotte, obwohl die Kraft der Götter dort sogar schwächer war. Dies war keine alte Stätte, die zu einem neueren Zweck umgewandelt worden war; nein, diese Kammer war in die Felsenklippe gehauen und einem einzigen Zweck geweiht worden: der Verehrung der Zwillingsgöttinnen von Tielmark. Gaultry konnte Ihre angenehme Gegenwart beinahe spüren und fühlte sich darin eingehüllt wie in einem schützenden Mantel.

Und doch ... Gaultry blickte sich zweifelnd in der Kammer um und bemerkte nun seltsamere Aspekte daran. Die mit bildhauerischer Anmut gearbeiteten Stützpfeiler, welche sich vom Gewölbedach herunterzogen, verschwanden weiter unten hinter unordentlichen Haufen von allerlei Kram. Mit Schriftrollen überladene Regale, schiefe Bündel gefalteter Pergamente und Haufen in Leder gebundener Bücher, die krumm und schief an der Wand aufgestapelt lagen, verdeckten die schönen Steinmetzarbeiten. Insgesamt wirkte der Raum eher wie ein schmutziger, voll gestopfter Eichhörnchenkobel denn wie eine Stätte der Versenkung und Meditation. Am Boden übertönte eine fast spürbare Schicht menschlicher Zwanghaftigkeit die Energie der Großen Zwillinge. Gaultry hatte noch nie so viele Bücher und Pergamente in einen Raum gestopft gesehen. So hatte sie sich einen Hort des Wissens nicht vorgestellt, alles in unordentlichen Haufen, schmutzig und staubig.

Gaultry sträubten sich die Nackenhaare. Dieser Raum verriet nichts Gutes über den gegenwärtigen Geisteszustand der Hohepriesterin.

»Dieser Ort fühlt sich seltsam an«, bemerkte Tullier. »Seid Ihr sicher, dass es nicht verboten ist, ihn zu betreten?« Er stand immer noch in dem unregelmäßig geformten Durchgang, eine Hand auf den eingemeißelten Verzierungen des Steins, die andere schützend vor die Brust gelegt. Etwas an der Art, wie er diese leicht ausgestreckte Hand vor sich hielt – den Daumen eingezogen, die Finger keilförmig zusammengepresst –, erinnerte sie daran, dass ein Teil seiner Sha-Muira-Ausbildung vorwiegend im Dunkeln stattgefunden hatte. Machte ihn das hier drinnen mehr oder eher weniger ängstlich?

»Hier ist es merkwürdig unordentlich«, sagte Gaultry. »Lauter Pergamente und so. Doch die Großen Zwillinge würden mir nicht gestatten, Ihr Licht zu sehen, wenn unsere Anwesenheit hier wirklich falsch wäre.« Sie betrachtete noch einmal die chaotischen Berge, welche die Kammer füllten, und machte sich Sorgen. Wenn auch Tullier die seltsame Spannung hier drinnen spüren konnte, dann bildete sie sich das gewiss nicht ein. »Ich weiß nicht, was du da spürst, aber ich glaube, all dieser Kram hat die Schwingung des Raumes verändert. Dervla oder die Priesterinnen vor ihr haben überall Schriftrollen, Bücher und andere Sachen verteilt.« Sie drehte sich ein paarmal um sich selbst und sah sich sehr gründlich um. Soweit Gaultry wusste, brauchte die Hohepriesterin keine Journale, Aufzeichnungen oder Berichte über ihr Amt zu führen. Dafür waren die Schreiber oder Chronisten des Prinzen zuständig. Welche Aufgabe der Hohepriesterin könnte solche Haufen staubiger Unterlagen erfordern?

Auf der anderen Seite des Raums stand ein hohes Pult. Gaultry ließ Tullier in der Tür stehen und ging hinüber. Erst kürzlich hatte jemand hier gestanden und geschrieben. Getrocknete Tinte, eine hastig beiseite gelegte Schreibfeder und Schnipsel vom Zuschneiden eines Blattes lagen unaufgeräumt darauf herum. Auf dem Regal daneben lagen drei Schriftrollen, eine davon so uralt und trocken, dass Gaultry es nicht wagte, sie zu öffnen, und zwei aus vergilbtem, verblichenem Pergament. Da sie vermutete, dass derjenige, der dieses Pult benutzte, sich eben diese Rollen zuletzt angesehen hatte, breitete sie eine der gelblichen Pergamentrollen auf dem unordentlichen Pult aus.

Unten war ein Siegel angebracht, eine geflügelte Doppelspirale, das Zeichen von Dervlas Mutter Delcora. Die Überschrift war eine minutiös ausgeschmückte Zeile: *Der PRINZ kann niemals eine treuere Wächterin haben als seine HOHEPRIESTERIN.* Prächtige Zierrahmen in farbiger Tinte zogen sich an den Seitenrändern hinab. Die Schrift dazwischen war lockerer, weniger künstlerisch, als wären Überschrift und Ränder lange vor dem Text selbst gemalt worden.

Die Macht der Großen Zwillinge strömt durch IHREN Leib; SIE ist Ihr Sprachrohr, durch SIE wird dem PRINZEN der Pfad seines Schicksals enthüllt. Die HOHEPRIESTERIN Tielmarks führt den PRINZEN durch den ewigen Kreislauf des Jahres. SIE bewacht die verborgenen Mysterien, deren Befolgung allein Tielmarks Wohlstand zu sichern vermag. Die Götter, die IHR Kraft verleihen, segnen IHRE Weisheit.

Zwei Wochen sind verflogen, seit Corinne zur Freien Prinzessin von Tielmark gekrönt wurde. Wir haben den Monat der Emiera erreicht, und schon nahen die Iden. Mehr Blumen, als ich je zuvor sah, erblühten in diesem Frühjahr, und die Maifeiern gestalteten sich so wild und hingebungsvoll, wie ich es wohl niemals wieder erleben werde. Die Vorbereitungen zum

Fest der Emiera waren geprägt von frischer Freude und Liebe, und die Bauern strömten aus allen vier Himmelsrichtungen zusammen, um ihrer Prinzessin den neuen Schwur zu leisten. Ein wahrer Freudentag. Als die Zeit gekommen war, da Corinne sich dem Sommer weihte, nahm die Große Herrin Emiera ihr Opfer mit allen Anzeichen göttlicher Freude und Billigung entgegen. Dieser Sommer wird uns eine Ernte bringen, die Tielmark viele Jahre lang nicht vergessen dürfte.

Ich leitete die Prinzessin und ihren Gemahl in der Zeremonie an. Hilflos und bereitwillig folgten sie jedem meiner Worte. Die Herrin Emiera belohnte ihren Gehorsam mit den segensreichsten Vorzeichen, welche zu sehen mir bisher vergönnt war. Dank gebühren Ihrer Größe und meiner Kraft für alles, was uns heute hier gelungen ist!

Gaultry erkannte etwas verspätet, dass die Schriftrolle eine Art Tagebuch der alten Hohepriesterin darstellte; sie schloss die Augen und wandte sich ab.

»Wo seid Ihr?«, fragte Tullier nach einer Weile. »Was tut Ihr? Ich kann Euch nicht einmal mehr atmen hören.«

Sie hatte nicht gemerkt, dass sie den Atem angehalten hatte. Zittrig stieß sie die Luft aus und öffnete die Augen. Tullier war ein paar Schritte vorgetreten, und seine Hand berührte vorsichtig die Ecke eines hölzernen Gestells mit Schriftrollen, das für ihn immer noch in völliger Finsternis lag. Sie konnte ihm seine Ungeduld nicht übel nehmen. »Ich betrachte gerade die Schriftrolle, die Dervla wohl erst vor kurzem gelesen haben muss«, erklärte sie. »Ihre Mutter, die vor ihr das Amt der Hohepriesterin innehatte, hat sie am Tag von Emieras Fest geschrieben, vor fünfzig Jahren, nachdem die Brut Benets Großmutter als Prinzessin bestätigt hatte.«

»Was steht denn drin?« Seine Stimme verriet keinerlei Regung, doch er verzog bestürzt das Gesicht, weil er wieder einmal vergaß, dass sie ihn sehen konnte. Das Fest der Emiera war der Feiertag, den Tullier und sein Sha-Muira-Lehrmeister hatten entweihen wollen.

»Bis jetzt nur, dass sich Delcora für alles, was während der Feier gut ging, selbst auf die Schulter klopft. Was sonst könnte man auch von Dervlas Mutter erwarten?« Gaultry strich schuldbewusst die Schriftrolle glatt. Sie zögerte, weiter darin zu lesen. Das Fest der Emiera feierte das knospende Leben im Frühjahr, das neue Leben, das die Bauern Tielmarks aussäten. Obwohl das Ritual, das der Prinz und seine Gemahlin an jenem Tag durchzuführen hatten, sich in den Schleier des Geheimnisvollen hüllte und im Verborgenen abgehalten wurde, war es doch nicht möglich, das Wesen der Zeremonie ganz zu verschleiern. Eine unverhältnismäßig große Anzahl der Herrscher Tielmarks waren neun Monate nach dem Fest der Emiera geboren worden – und immer in Jahren, die außerdem solch reiche Ernte brachten, dass noch nachfolgenden Generationen davon vorgeschwärmt wurde. Zwar enthielt Delcoras Schriftrolle keine solchen Einzelheiten, doch Gaultry las zwischen den Zeilen und spürte ganz deutlich die fieberhafte Erregung der alten Hohepriesterin über ihre führende Rolle in diesem geheimsten und intimsten der prinzlichen Rituale, in einem Jahr und zu einem Zeitpunkt, da die junge, frisch verheiratete Prinzessin Corinne reif gewesen wäre, ihr erstes Kind zu empfangen.

Sie konnte der alten Hohepriesterin diese Erregung kaum verübeln. Corinne erfolgreich durch dieses Ritual zu leiten, noch dazu in dem Jahr, als die Freiheit Tielmarks am zweihundertfünfzigsten Jahrestag der Unabhängigkeit von Bissanty erneuert worden war – das musste der krönende Höhepunkt von Delcoras Amtszeit gewesen sein.

Doch Gaultry hatte keinerlei Recht, diese Bekenntnisse zu lesen. Sie bedeckte die Schriftrolle mit der Hand und überlegte, ob sie weiterlesen sollte.

Sie hatte nie die Absicht gehabt, ungebeten Einblick in die geheimen Mysterien des Hohepriesterinnen-Amtes zu nehmen. Innerlich verfluchte sie Haute-Tielmark und die Mission, auf die er sie unwissentlich geschickt hatte. Dervla gierte völlig zu Recht nach dem Schlüssel, den der Verräter Heiratikus irgendwie entwendet haben musste. Sie hatte jedes Recht, allen Grund, ihn um jeden Preis wieder an sich bringen zu wollen. Was tat sie nur, indem sie mit Tullier an diesem heiligen Ort herumschlich und auch noch Delcoras private Aufzeichnungen las?

Sie breitete die Rolle flach auf dem Pult aus, um sie wieder zu einem dünnen Zylinder zusammenzurollen, und schalt sich für ihr Eindringen. Ihre Wut auf sich selbst und das Bemühen, nur nicht weiter zu lesen, machten sie ungeschickt, und sie stieß das Fass mit halb eingetrockneter Tinte um. Der Deckel fiel herunter, und sie konnte gerade noch verhindern, dass die Tinte auslief. Als sie das Glasgefäß auffing, kullerte der Deckel über das Pergament und blieb genau an der Stelle liegen, wo sie zu lesen aufgehört hatte.

Tamsannes Name stach ihr in die Augen, der in verkrampften, wütenden Buchstaben niedergeschrieben worden war. *Tamsanne*, las sie. *Der Wechselbalg in Tamsannes Schoß.*

Danach blieb ihr nichts anderes übrig, als die ganze Schriftrolle zu lesen. Abwesend setzte sie den Deckel auf das Tintenfass, während sie gebannt nach der Stelle suchte, wo sie aufgehört hatte.

> Ich leitete die Prinzessin und ihren Gemahl in der Zeremonie an. Hilflos und bereitwillig folgten sie jedem meiner Worte. Die Herrin Emiera belohnte ihren Gehorsam mit den segensreichsten Vorzeichen, welche zu sehen mir bisher vergönnt war. Dank gebühren Ihrer Größe und meiner Kraft für alles, was uns heute hier gelungen ist!

Dies, so erkannte Gaultry, war der letzte Absatz, der sich auf die Zeremonien des Tages bezog. Von hier ab wurde der Bericht persönlicher – und belastender.

Noch während ich meine Prinzessin durch den beglückenden Irrgarten alles Heiligen führte, reiste Melaney Sevenage heute nach Bassorah ab. Das Schiff legte zu Mittag ab, einem großen Vogel gleich, welcher, vom Wind getragen, rasch und weiß Llaras Herzen zustrebt. Ich hatte zwei Gehilfen eingeschworen, die als Zeugen dienten, während ich selbst mit dem Fest der Emiera befasst war. Vor ihren Augen verkündete die Große Herrin Emiera Ihr Urteil: Obschon Melaney gar kläglich um Hilfe schrie, obschon sie sich die Haare raufte und ihre Kleidung zerriss, selbst bis zum letzten Augenblick, da sie unter Deck gezogen wurde, wurden die Klageschreie der holden Dame nicht erhört. Sie, die es wagte, sich meinen Platz in Corinnes Herzen erschleichen zu wollen, wird nun ihrer gerechten Strafe zugeführt. Den Göttern ist Genüge getan.

Der PRINZ kann niemals eine treuere Wächterin haben als seine HOHEPRIESTERIN.

Heute habe ich diesen Schwur gehalten.

Mit pochendem Herzen las Gaultry diesen Abschnitt ein zweites Mal. Als Tamsanne und Julie ihr erzählt hatten, Richielle und Delcora hätten sie bedroht, hatten sie keinerlei Einzelheiten preisgegeben. Gaultry hatte gedacht, sie meinten damit irgendwelche verschleierten Drohungen, doch sie wäre nie darauf gekommen, es könnte sich dabei um einen bösartigen, bezeugten Plan zur Vernichtung einer Hexe der Brut handeln, ganz zu schweigen von der Bestätigung, dass er gelungen war. Als geschworene Hüterin des Prinzenthrones hatte Delcora ihr Amt missbraucht, zumindest aber tatenlos zugesehen, wie Melaney in den sicheren Tod geschickt wurde.

Dieses Pergament – Gaultry starrte voll Grauen darauf hinab – Dervla musste es schon viele Male gelesen haben. Glaubte auch Delcoras Tochter, dass ihre Rechte als Hohepriesterin sich bis hin zu planvollen Morden erstreckten? Melaney war den Bissantinern ausgeliefert worden ... Davon sprach man noch heute, fünfzig Jahre später, im Ton des Entsetzens. Dervla konnte so etwas doch gewiss nicht gutheißen!

Nach dem Absatz über Melaney waren einige Zeilen leer gelassen worden. Als der neue Text begann, war die Handschrift kleiner, weniger sorgfältig, als sei die Verfasserin von starken Gefühlen überwältigt gewesen:

Ein Fieber überkam mich, während ich die Ereignisse des Tages festhielt. Emieras kühle Hand legte sich auf meine Stirn, Elianté erhob mich in die Lüfte. Violette Wolken taten sich auf. Eine Vision wurde mir gewährt von den Dingen, wie sie sein sollten. Nicht alle Geschenke der Götter sind süß. An jenem Tag, da wir Corinne zu ihrem Thron verhalfen, verlor ich das Kind aus meinem Schoß. Dieser Verlust schmerzt mich mehr, als ich in Worte zu fassen vermag – das mir, Delcora von Princeport, die ich den Göttern jeden Tag meines Lebens treu gedient habe. Dieses Kind hätte mein Erbe werden sollen und der größte Prinz, der jemals Tielmark regierte. In meinem Leib wurde er Zeuge von Corinnes Krönung. Er spürte die Gegenwart der Göttinnen. Er erfuhr Ihre Macht. Dieses Wissen hätte ihn vom Augenblick seiner Geburt an geleitet. Doch an jenem Tag opferte ich all meine Kraft dem Zauber, und es blieb nichts, ihn in meinem Leib festzuhalten. Ich muss hier auch meine Schwäche eingestehen: An jenem Tag zweifelte ich an der Weisheit der Großen Zwillinge, obschon ich mich vor Ihnen verneigte. Sie, die mir in so vielen schweren Prüfungen Kraft gespendet haben, hatten sich scheinbar von mir abgewendet.

Doch am heutigen Tage, zum zweihundertfünfzigsten Fest der Emiera, erkenne ich trotz meines vorherigen Wehklagens, dass die Zwillingsgöttinnen barmherzig sind und dass selbst ich, die allzu fehlbare Dienerin Ihrer Gnade, für meinen Glauben belohnt werde. Mein Verlust war nicht umsonst: Das Opfer meines Leibes wird mit dem gerechten Lohn geehrt, und mehr noch als gerecht. Alle Taten aller Hexen unseres Zirkels werden uns vergolten, wie wir es verdient haben. Wie Melaney Sevenage für ihre Treulosigkeit bezahlte, so werde auch ich bekommen, was mir zusteht. Im Fieber wurden mir die Waagschalen der Großen Zwillinge enthüllt, das göttliche Gleichgewicht, und es wurde mir ein Blick auf meine Belohnung gewährt. Ich zittere davor, noch während ich dies niederschreibe. Die abscheuliche Wahrheit ist fast mehr, als ich begreifen kann: Wenn diese Hündin Tamsanne aus dem Wald von Arleon das Geheimnis, das ihren eigenen Schoß beschützte, mit mir geteilt hätte, so hätte mein Sohn jene Prinzennacht überlebt. Indem sie mir diese Hilfe verwehrte, hat Tamsanne mein Kind ermordet, so gewiss, als hätte sie ihm eigenhändig das Genick gebrochen.

Heute Nacht versprachen die göttlichen Herrinnen Tielmarks, mich für meinen Verlust zu entschädigen. Ich werde ein weiteres Kind empfangen. Ja, heute Nacht sah ich ihr Gesicht, sah sie vom Kind zur Frau heranwachsen und ihre Macht aufsteigen wie einen Kometen, der über den Himmel schießt. Ihr Name wird Dervla sein, und die göttliche Macht der Zwillinge wird in ihr strömen wie ein Fluss, hoch und voll der Kraft des Frühlings.

Die Aussichten, welche die Zwillingsgöttinnen mir gewährten, zeigten mir sogar noch mehr. Lousielles Prophezeiung wird auf mein Kind und alle anderen Kinder der Brut übergehen und sie dem Tode weihen, bis Tielmark einen König hat, bis Corinne oder eines ihrer Kinder den roten Königsthron besteigt. Die Geschicke der Hexen unseres Zirkels sind auf ewig miteinander verknüpft, bis dieser Thron errungen sein wird. Dervla muss sogar noch stärker werden, als die Großen Zwillinge sie mir gezeigt haben, wenn das Schicksal ihres Blutes sie nicht allzu früh ereilen soll. Ich habe entschieden, was nun zu tun ist. Der Wechselbalg in Tamsannes Schoß wird dazu dienen, meine Dervla zu stärken: Alle Macht, die Tamsanne ihrem Kind vererbt, wird auf das meine übergehen an dem Tage, an dem ich es befehle. Ich bin die Hohepriesterin. Ich bin die

Hüterin meiner Prinzessin. Die Waldhexe wird sich mir beugen müssen. Wenn die Sterne richtig stehen, wenn Andions Mond über den Himmel zieht, wird Tamsanne alles, was ihrem Kind angedeihen sollte, an mich abtreten. Von jenem Tage an wird Dervlas Macht selbst die Sterne blenden.

All dies sehe ich vorher, und so wird es eintreffen. Ich bin die Hohepriesterin Tielmarks, die wahre Hüterin dieses Reiches. Ich kann die Zukunft schauen.

Gaultry trat von dem Pult zurück.

»Ein Teil hiervon ist eingetreten«, sagte sie verstört. »Aber ist irgendetwas davon wahr?« Lady Julie und Tamsanne hatten die Strafen der Hexen, die sich auf ihre Seite gestellt hatten, nicht als göttliche Vergeltung aufgefasst.

Gaultry nahm die zweite vergilbte Schriftrolle und legte sie auf das Pult. Die Ränder waren ebenso verziert wie bei der Ersten, doch hier fehlte die ornamentale Überschrift.

Nun naht der Tod. Meine Tochter wird an meine Stelle treten. Sie wird mir die Augen schließen und die Kette umlegen, die meine Macht symbolisiert. Endlich wird sie meine magische Kraft in sich aufnehmen. Trotz meiner Befürchtungen hat sie nunmehr die anderen Gehilfinnen übertroffen, und die Zwillingsgöttinnen haben ihr den gerechten Lohn zuteil werden lassen: Sie *wird* die nächste Hohepriesterin sein. Dennoch bin ich nicht zufrieden. Obschon ihre Macht groß ist, hat Dervla noch nicht die Sterne gesehen, aus denen die Kraft der Großen Zwillinge strahlt. Noch hat sie Ihre Stimmen nicht gehört, die in tausend Liedern von Schönheit und Verzweiflung singen. Das Fundament Ihrer Kraft ist noch nicht in ihr. Was hält sie nur davon zurück?

Gestern Nacht fühlte ich die Berührung der Herrin Emiera. Ich war zu schwach, um die ganze Vision zu empfangen. Nur ein Bild blieb mir erhalten: eine Frau mit rotbraunem Haar, die über die Kohlen eines großen Feuers tanzt. Lange versenkte ich mich in diese Vision, suchte ihre Bedeutung zu ergründen. Ich mühte mich, das Gesicht der Frau zu erkennen, doch meine Kraft reichte nicht mehr aus, ihre Züge klarer erscheinen zu lassen.

Meine geistige Sicht mag vernebelt sein, doch mein Geist ist klar. Es gibt für mich keinen Zweifel daran, wer diese Frau sein muss: Tamsannes verfluchtes Balg, das Zwillingskind meines toten Erstgeborenen. Das Kind, das die Waldhexe in jener Nacht in ihrem Schoß behielt, als die Brut Corinnes Krone rettete und mein erstgeborener Sohn den Tod fand.

Tamsanne versicherte mir, auch ihr Kind sei gestorben. Bevor wir ihr gestatteten, wieder in ihrem Wald zu verschwinden, untersuchte ich sie gründlich und fand das bestätigt. Doch irgendwie muss die Waldhexe mich getäuscht haben. Sie hatte keine Fehlgeburt. Meine Vision beweist mir, dass sie mich getäuscht hat. Sie hat die Götter selbst getäuscht. Und all das nur, um das Ungeheuer in ihrem Schoß zu schützen. Dervla wird die Macht dieses Kindes niemals bekommen. Längst ist die Zeit vorüber, da sie sie hätte an sich nehmen können. Das Wissen, dass ihr diese Macht zugestanden hätte, hat sie geschwächt. Meiner Tochter freien Zugang zu meinem Archiv zu gewähren, hat sie geschwächt …

Die folgenden Zeilen waren ausradiert worden, und Gaultry konnte nicht beurteilen, ob das damals geschehen war, als sie geschrieben wurden, oder erst lange danach.

Sie lehnte sich zurück und blickte sich in der Kammer um. Waren all die Schriftstücke, die sie hier sah, Delcoras Aufzeichnungen? Konnte eine einzige Frau im Laufe eines Lebens überhaupt so viel Papier und Pergament angehäuft haben? Sie zog ein halbes Dutzend Schriftrollen aus einem nahen Regal und warf einen Blick hinein: die Beschreibung der Hochzeit eines Höflings mit einer Liste der Priester; die Schilderung einer nächtlichen Suche nach bestimmten Pflanzen; eine Liste der Teilnehmer an einem Jagdausflug des Prinzen. Die kurze Untersuchung eines anderen Gestells brachte Ähnliches zum Vorschein. Alle Pergamente datierten aus Delcoras Amtszeit als Hohepriesterin. Die gelblichen Schriftrollen waren anscheinend den Beschreibungen offizieller Zeremonien und Berichten von »Fiebern« vorbehalten, die Delcora der Berührung der Großen Zwillinge zuschrieb.

Eine kurze Stichprobe bestätigte ihren Verdacht. All diese Unterlagen – zumindest alle, die sie gesehen hatte – stammten von Delcora.

Der Raum enthielt die gesammelten, ungefilterten Gedanken einer Toten. Das war fast mehr, als Gaultry verkraften konnte. Eine tote Frau, eine mächtige Hexe, die jahrzehntelang die rechte Hand der Prinzen von Tielmark gewesen war, hatte pedantische, wenn auch verrückte Aufzeichnungen über ihre Amtszeit geführt. Warum hatte sie all das aufbewahrt? Und warum bewahrte ihre Tochter es weiter auf?

Gaultry sah sich noch einmal die Schriftrollen an, die Dervla auf dem Pult abgelegt hatte. Benutzte Dervla die Worte ihrer Mutter als Richtschnur, um ihre eigene Handlungsweise zu gestalten oder zu rechtfertigen? Wann hatte die Hohepriesterin sich diese beiden Schriftrollen zuletzt angesehen? Und was hatte sie damit bezweckt?

Die dritte Schriftrolle, brüchig vor Alter, schien ihr zu bestätigen, dass Dervla als Letzte an diesem Pult gelesen hatte. Sie beschrieb die Vorbereitungen, welche für die Einäscherung eines geehrten Mitglieds des Hochadels zu treffen waren – genau dieselben Verrichtungen, die Dervla an jenem Morgen ausgeführt hatte, bevor Martin und der Prinz aufgebrochen waren.

Die anderen beiden Schriftrollen ... hatte Dervla sie nach dem Leichenschmaus zu Ehren Melaudieres hervorgeholt, nachdem Tamsanne sie an der Tafel der Prinzessin herausgefordert hatte? Hatte dieser Vorfall sie dazu getrieben, eine uralte Feindschaft auszugraben? Konnte Dervla tatsächlich glauben, dass Tamsanne die Fehlgeburt ihrer Mutter verschuldet hatte? Teilte Dervla womöglich Delcoras Überzeugung, Tamsanne hätte nicht vom Hof fliehen dürfen, um ihr ungeborenes Kind zu schützen?

Wie dem auch sei, Gaultry fand die Vorstellung beunruhigend, dass die Angelegenheiten ihrer Großmutter, von ihren eigenen ganz zu schweigen, Dervla so beschäftigten. *Der PRINZ kann niemals eine treuere Wächterin haben als seine HOHEPRIESTERIN!* Glaubte Dervla, dass dieser Grundsatz ihr das Recht gab, jeden auszuschalten, der sich erbot, den Prinzen auf seine Weise zu beschützen?

Bedeutete dies, dass Dervla zumindest indirekt hinter den Angriffen auf sie und Tullier steckte? Das Siegel ihrer Kraft war Gaultry weder bei dem Hinterhalt auf Sizors Brücke noch in Martins Stadthaus begegnet. Das dunkle, verrottete Grün der Rache, das sie auf der Brücke, in Martins Haus, in ihren eigenen Träumen attackiert hatte – das war nicht die Kraft, die sie bei Dervla gespürt hatte, und ihre Zauberkräfte hatten schon mehrmals die magischen Klingen gekreuzt. Doch vielleicht verbarg sie diese dunklere Magie hinter dem Schleier ihres Amtes?

Es war an der Zeit, mit Tamsanne zu sprechen und das festzustellen. Hier konnte sie nichts mehr tun – es würde Wochen dauern, den ganzen Raum gründlich in Augenschein zu nehmen. Es war pures Glück, dass sie und Tullier immerhin schon einiges in Erfahrung gebracht hatten, ohne hier ertappt zu werden. Sie wollte dieses Glück nicht überstrapazieren.

Tullier drehte den Kopf, als sie näher kam, und verfolgte jede auch noch so leise Bewegung. »Was habt Ihr gefunden?«, fragte er.

»All die Unterlagen hier enthalten Dinge, die die alte Delcora für wichtig hielt. Es kommt mir vor wie eine eigene Welt auf Pergament, alles aus Delcoras verzerrter Sicht betrachtet.« Gaultry hielt inne und überlegte, welche ihrer Entdeckungen sie mit ihm teilen sollte. »Die Schriftrolle, die Dervla auf dem Pult liegen hatte, beschreibt einen Groll, den Delcora gegen meine Großmutter hegte. Vielleicht hat Dervla diesen Hass von ihrer Mutter übernommen.«

»Fünfzig Jahre sind eine lange Zeit, um einen Groll zu hegen.«

»Ich weiß«, erwiderte Gaultry trocken. »In den Augen der Götter sind fünfzig Jahre gar nichts. Aber etwas stört mich daran: Es geht klar aus den Schriften hervor, was die alte Delcora glaubte, doch was davon glaubt auch Dervla? Sie ist eine erwachsene Frau auf dem Gipfel ihrer Macht. Delcora ist vor Jahrzehnten gestorben, aber ihr Zorn – und wie sie ihn beschrieben hat – wirkt auf mich so frisch. Wie muss das erst Dervla empfinden?«

»Wer weiß?« Tullier wirkte angespannt. In pechschwarzer Finsternis auf sie zu warten, hatte an seinen Nerven gezerrt. »Aber wenn sie diese Schriftrolle hervorgeholt hat, interessiert sie sich offenbar dafür«

»Suchen wir Tamsanne«, schlug Gaultry vor. »Ich wüsste nicht, was ich dieser Papierhalde sonst noch abgewinnen könnte.«

Sie ging voraus und half ihm die enge Treppe hinauf. Das Licht der Göttinnen verblasste, je höher sie stiegen. Bis sie die Aussegnungskapelle erreichten, hatten ihre Augen sich so gut an die Dunkelheit gewöhnt, dass selbst das schwache Licht, welches durchs Fenster fiel, die letzten Reste des grünen Schimmers auslöschte.

Tullier entzündete ihre Laterne. Als sie im Licht dieser Flamme den Altar berührte, fand sie wieder soliden Stein vor. Die Treppe nach unten war erneut verborgen.

»Ich frage mich, wie Heiratikus an diesen Ring gekommen sein mag«, bemerkte sie und zog ihn ab, »und ob er je sein Geheimnis ergründen konnte.« Sie band den Ring wieder an die Schnur und barg ihn unter ihrem Hemd. »Das halte ich allerdings nicht für wahrscheinlich. Er wäre für das Licht der Göttinnen ebenfalls blind gewesen, und dort unten eine Lampe anzuzünden – ich bin ziemlich sicher, dass er damit einen Zauber gegen unerwünschte Eindringlinge ausgelöst hätte. Dervla jedoch muss das ständig gefürchtet haben.«

Tullier zuckte mit den Schultern. »Was gibt es da zu fürchten? Ihre Mutter ist doch schon lange tot.«

Gaultry schüttelte den Kopf. »Es ist sehr seltsam, dass Dervla all diese Unterlagen dort gesammelt aufbewahrt. Als ginge etwas verloren, wenn man die Sachen weiter verstreut lagert. Ich glaube, Dervla hätte auf jeden Fall verhindern wollen, dass er das sieht, geschweige denn die Chance hätte, sich alles in Ruhe durchzulesen.«

»Das gilt auch für Euch.«

»Dann machen wir, dass wir hier wegkommen, bevor sie uns erwischt.«

18

Die breiten Stufen des Amphitheaters vor dem Tempel waren feucht vom Tau. Eine sanfte Meeresbrise wehte über die Palastmauer an der Seeseite heran, doch am Himmel war noch kein Vorbote des Morgengrauens zu erkennen. Der Palast begann sich bereits zu regen. Die leisen Geräusche vieler Menschen, die früh aufstanden, um sich ihren morgendlichen Pflichten zu widmen, trieben sacht durch die kühle Luft.

»Wir hatten Glück, dass uns niemand erwischt hat«, bemerkte Tullier. »Sicher wird bald jemand erscheinen, um sich um das Feuer im Tempel zu kümmern.« Der unglückliche Unterton in seiner Stimme ließ Gaultry aufblicken.

Der Junge war jahrelang darauf abgerichtet worden, dem Befehl eines einzigen Bannmeisters fraglos zu gehorchen, eines Meisters, dem er sein Leben und sein ganzes Vertrauen geschworen hatte. Zwar hatte Gaultry diesen Bann durchbrochen, doch manchmal erinnerte etwas an ihrer eigenen Beziehung zu dem Jungen unangenehm an diese Lehrling-Meister-Prägung. Sie hörte eine Frage aus seinen Worten heraus, die er ihr nicht geradeheraus zu stellen wagte. Gewiss war es nicht die Gefahr, entdeckt zu werden, die ihn so schreckte. Bei derartigen Abenteuern blühte er sonst regelrecht auf. War er wütend, weil sie ihm nicht alles erzählt hatte, was sie in der geheimen Kammer der Hohepriesterin erfahren hatte?

»Tullier.« Sie blieb vor dem Eingang zum gekachelten Entree des Sommerpalastes stehen. »Du warst mir heute Nacht eine große Hilfe. Ohne dich wäre ich schon an dem ersten Schloss gescheitert. Aber die Dinge, die ich in dieser versteckten Kammer erfahren habe – das hat etwas mit meiner Familiengeschichte zu tun. Und den Kräften, die die Geheime Brut zerrissen haben. Dieses Wissen könnte dich in große Gefahr bringen, wird dir aber kaum nützlich sein.«

»Gaultry, wisst Ihr, was Sciuttarus' Gesandter mir bei dem gestrigen Gespräch angeboten hat?«

Gaultry konnte kaum ihren Ärger darüber verbergen, dass er ausgerechnet in diesem Moment wieder davon anfing. Gestern hatte er sich geweigert, überhaupt mit ihr darüber zu sprechen. »Abgesehen von dem Angebot, das offen auf dem Tisch lag?« Sie sah die große Amtskette vor sich, die Bilder von Bissantys fast vergessenem Sieg über Tielmark, in uraltes Metall gefasst. Das wehmütige Gesicht des Gesandten Lepulio, als er Tullier die große Kette präsentierte, die goldenen Glieder, die so schwer in seinen Händen wogen, blitzten in ihren Gedanken auf. Sie schüttelte den Kopf. »Ich gebe zu, dass ich nicht verstehe, welche Macht die bissantinische Schattenkrone von Tielmark verleihen soll. Der Schattenprinz ist von Tielmarks Grund und Boden abgeschnitten, also kann er auch keine Kraft daraus beziehen, so wie Benet das tut. Was bleibt dann noch? Ein symbolischer Platz bei längst überholten Riten oder Zeremonien?«

»Es geht um viel mehr als Zeremonien«, erklärte Tullier ernst. »Die Prinzen Bissantys sind die erklärten Söhne der Llara. Jene, die als kaiserliche Prinzen sterben, werden den Göttern gleich verehrt. Das mag ein untergeordneter Kult sein, aber dennoch verspricht er eine gewisse Unsterblichkeit. Solange ich den bissantinischen Thron Tielmarks innehätte, würde die Große Mutter Llara mir lächeln als Ihrem eigenen Sohn. Wenn ich mit der Krone auf dem Kopf stürbe, könnte ich sicher sein, dass meine Seele unmittelbar zu Ihr zurückkehrt. Es wäre eine Garantie dafür, dass Sie mir Ihren ewigen Segen gewährt.« Er blickte zum Tempel zurück. »Als Sha Muira habe ich mein ganzes Leben lang nur eines gefürchtet: Llaras göttliche Gunst zu verspielen. Nun wird mir Ihre bedingungslose Liebe angeboten – und ich kann sie nicht annehmen, ohne meinerseits Bedingungen zu stellen.

Lepulio sagte, ich solle nach Bissanty zurückkehren, wo ich meine Feinde an einer Hand abzählen könnte. Diese Feinde – damit meinte er meine Familie. Kaiser Sciuttarus und seine drei Söhne. Vielleicht auch Siri Caviedo – meinen Vater. Das wären dann fünf, nicht wahr?« Er lachte, ein elendes, hustendes Lachen. »In Bissanty wäre ich mächtig, doch man würde mich dort niemals lieben. Meine Familie würde jeden vernichten, der dumm genug wäre, in meine Nähe zu kommen. Meine einzige Sicherheit wäre meine Bindung an mein Land – die nicht zustande kommen kann, solange Benet Tielmark als unabhängiger Prinz regiert – und der Segen der Großen Llara. Für einen echten Sha Muira wäre das schon genug.« Er fuhr sich müde über die Stirn.

»Der Kaiser will mich in seiner Nähe haben, bis er einen Weg findet, mich loszuwerden, ohne Llaras Zorn heraufzubeschwören – und wenn er eine Möglichkeit gefunden hat, wird er nicht zögern. Er denkt, mich zum Prinzen zu erheben und mir damit Llaras Segen zu garantieren, sei genug, um mich gefügig zu machen. Weshalb sollte ich den Tod fürchten, selbst von Sciuttarus' eigener Hand, wenn ich weiß, dass mir die ewige Liebe Llaras in der nächsten Welt sicher ist? Als Sha Muira habe ich nur dafür gelebt.

Der Kaiser hat Lepulio als Gesandten ausgewählt, weil Lepulio die Sha Muira kennt. Er begreift nicht – das muss ihm auch unbegreiflich sein –, dass Eure *Glamour*-Magie und die Eurer Schwester mich von jener Fessel befreit hat. Llara ist noch immer meine Göttin, doch nun weiß ich, dass es viele Wege gibt, Sie zu erfreuen.«

Tulliers Blick wurde melancholisch. »Einstmals hätte ich mit Freuden die Krone gewählt und den Tod – selbst wenn das Land, an Benet gebunden, mich nicht als Herrscher angenommen hätte. Aber –«, sein Blick wurde hart, »aber mich selbst dafür zu opfern und zum Lohn nur die Bande an eine Familie zu erhalten, die mich auf ewig hassen wird …« Tullier machte eine wütende Geste. »Ich will das nicht. Ich bin kein Sha-Muira-Krieger mehr. Ich werde diesen Schmerz nicht willkommen heißen.«

»Hass steckt auch in dem, was ich heute Abend entdeckt habe«, erwiderte Gaultry zaghaft. Sie wollte nicht glauben, dass Hass dazu bestimmt war, sich in einer Familie weiter zu vererben, doch es war kaum ein anderer Grund denkbar, weshalb der Hohepriesterin Delcoras bitterböse Schriften so sehr am Herzen lagen.

»Ich werde Euch davor schützen.« Tullier war tiefernst. Sie sah sogar an seinem Blick, dass er sie beschützen wollte – dass er sich nach dem Recht sehnte, das tun zu dürfen.

»Das kannst du nicht. Alles, was ich heute Nacht entdeckt habe, könnte auch dich gefährden.«

»Ihr könnt mich im Moment nicht nach Bissanty zurückschicken, und wenn Ihr mich im Dunkeln tappen lasst, solange ich in Tielmark bleiben muss, hilft mir das auch nicht gerade. Eure Feinde sind auch meine Feinde. Ihr *müsst* mir ihre Namen nennen.«

Sie seufzte. Sie wusste nicht, wie sie mit der jugendlichen Leidenschaft umgehen sollte, die nun in ihm erwachte, nachdem er von den quälenden Schatten des Sha-Muira-Giftes geläutert war. Er war wie trockener Zunder, der nach einem Funken gierte. Er mochte in vielen Dingen so gut ausgebildet sein wie ein Erwachsener, doch sie traute dem hitzköpfigen Jungen in ihm nicht über den Weg, der jederzeit zum Vorschein kommen und überaus heftig zuschlagen konnte – vielleicht sogar mit mörderischer Wut.

»Ich wünschte, ich wüsste, vor wem ich dich in erster Linie beschützen muss«, seufzte sie. »Deine Familie steht natürlich ganz oben auf der Liste. Aber wer ist dein gefährlichster Feind hier in Princeport?«

»Ihr wisst es«, beharrte Tullier. »Die Schriften, die Ihr vorhin gelesen –«

»Die Schriften haben mir nicht verraten, wer die Fetischkrone in meinem Bett versteckt hat. Sie haben mir nicht eröffnet, wer uns in Martins Stadthaus angegriffen hat. Was ich darin gefunden habe … Es drehte sich alles um Dervlas Mutter, nicht um Dervla selbst. Ich habe einen Verdacht, was die Beweggründe der Hohepriesterin angeht, doch ich habe keinen Beweis dafür.«

»Ich verdächtige sie auch.«

»Hab noch ein wenig Geduld. Tamsanne wird uns gewiss etwas über diese Krone sagen können.«

»Ich will trotzdem wissen, was Ihr aus den Schriftrollen erfahren habt.« Er war von zweifelndem Zögern wieder in sture Verstocktheit zurückgefallen. Immerhin erinnerte das weniger an einen Sha-Muira-Lehrling, doch es war ebenso ärgerlich. Sie wusste nicht, was sie ihm antworten sollte.

»Gehen wir zurück in meine Gemächer«, sagte sie nach einer ungemütlichen Pause. »Wir waren so lange weg, dass Tamsanne vielleicht schon auf uns wartet.«

Dieser Gedanke trieb sie ebenso voran wie das finstere Gesicht des Jungen.

Das Stückchen Papier mit ihrer Nachricht für Tamsanne hing immer noch unter dem Türklopfer, wo Gaultry es befestigt hatte. Sie nahm es herunter, suchte nach ihren Schlüsseln und schob die Tür auf.

»Nimm die Blende von der Lampe«, sagte sie zu Tullier, »und hol die Kerzen …« Ihre Stimme versagte, als das Licht auf etwas fiel, das hier nicht hätte sein dürfen – schimmernde weiße Seide, die von dem durchgewetzten Diwan herabfloss. Einen schwindeligen Moment lang dachte sie, Mervion sei gekommen, um sich mit ihr zu versöhnen, doch dann erkannte sie – »Was, in Eliantés Namen …«

Es war Elisabeth Climens. Sie war in eine lächerlich üppige Robe gehüllt, die ihr viel zu lang war, und hatte sich in eine Ecke des Diwans gekuschelt. Grasflecken und vertrocknete Blätter verunzierten den Saum ihres Gewandes. Sie musste in großer Eile durch den Wildpark hierher gekommen sein. Unter dem albernen Morgenmantel trug sie nichts als ein dünnes Hemd. Sie hatte nicht einmal Schuhe an. An ihrem Hals glitzerte ein dünnes Goldkettchen, das in ihrem Ausschnitt verschwand. Neben sich spürte Gaultry Tulliers aufflammendes Interesse, als er die unbedeckten Schultern des Mädchens gewahrte, doch er unterdrückte es rasch.

»Bitte«, sagte Elisabeth. Ihr Haar war für die Nacht zu zwei losen Zöpfen geflochten, die über ihren wohlgeformten Schultern und der seidenen Robe sehr kindlich aussahen. Ihre Augen wirkten riesig und verängstigt in dem kreidebleichen Gesicht. »Ich wusste nicht, wohin ich sonst gehen sollte.«

»Wie seid Ihr hier hereingekommen?«, fragte Tullier barsch.

Sie deutete mit einem Nicken zur Terrasse. »Dort stand eine Tür offen. Ich wollte nicht draußen warten.«

Gaultry und Tullier wechselten einen Blick. Tullier schüttelte den Kopf. Er hatte den Raum sicher verschlossen, bevor sie aufgebrochen waren. Es hätte nicht sein dürfen, dass Elisabeth einfach so hereinspazieren konnte.

»Was wollt Ihr hier?«, fragte Gaultry, der es schwer fiel, ihre Stimme freundlich klingen zu lassen. Sie warf einen raschen Blick auf den Kamin und verbarg ebenso hastig ihre Erleichterung, als sie sah, dass die Fetischkrone offenbar unberührt geblieben war. Gaultry hatte für eine Nacht genug Irrungen und Wirrungen hinter sich. Elisabeth war ein nettes Mädchen – aber was sie hier noch vor dem Morgengrauen zu suchen hatte, war eine Frage, mit der Gaultry sich eigentlich nicht mehr befassen mochte. Sie konnte nur beten, dass sie das alberne Problemchen, das Elisabeth hergetrieben hatte, möglichst rasch würde lösen können, damit sie das Mädchen wieder in sein eigenes Bett schicken konnte, bevor Tamsanne kam. Sie warf Tullier einen Blick zu, der ihm bedeutete, sie allein zu lassen, damit sie Elisabeth in Ruhe befragen konnte. Der Junge verstand den Wink, nickte und ging sich die Terrassentüren ansehen, damit Elisabeth sich ungestörter fühlte.

»Es ist schon fast Morgen«, sagte Gaultry. »Was wollt Ihr von mir?«

»Meine Mutter braucht Eure Hilfe.«

Argat Climens? Das Bild der arroganten Herzogin von Vaux-Torres stand Gaultry plötzlich deutlich vor Augen. Sie konnte sich kaum einen unwahrscheinlicheren Hilferuf vorstellen. Und abgesehen davon – weshalb glaubte Elisabeth, Gaultry würde sich in die Angelegenheiten einer Frau verwickeln lassen, die als Verräterin verschrien war? »Warum sollte ich Eurer Mutter helfen wollen?«

»Sie steckt in schrecklichen Schwierigkeiten.«

»Ist das etwas Neues?« An der Terrassentür beugte Tullier sich vor, um den Riegel zu untersuchen; dann spannte sich sein ganzer Körper wie der eines Jagdhundes, der eine Spur witterte, und er schlüpfte hinaus auf die Terrasse. »Eure Mutter scheint sich sehr gut selbst in Schwierigkeiten bringen zu können. Und sich immer wieder daraus zu befreien.«

»Ihr habt ja Recht«, entfuhr es Elisabeth. »Ich weiß, wie sie auf Euch wirken muss. Aber sie hat niemanden verraten. Nie ...«, das Mädchen geriet ins Stammeln. »Niemals den Prinzen. Doch ihre Vergangenheit hat sich anscheinend verschworen, sie nun einzuholen. Ohne Eure Hilfe wird sie etwas Unverzeihliches tun.«

Gaultry brannte darauf, zu erfahren, was Tullier entdeckt hatte, doch sie ließ sich müde neben Elisabeth auf den Diwan sinken. »Fangt einfach ganz von vorn an. Warum seid Ihr hier?«

Elisabeth zauderte und spielte fahrig mit dem Saum ihres Morgenmantels. »Mama sagte, Ihr wäret die Einzige, der der Prinz vollauf vertrauen kann.«

Gaultry schnaubte ungläubig.

»Doch!«, rief Elisabeth erregt. »Das stimmt! Sie hat es an dem Abend zu mir gesagt, als Ihr nach Princeport zurückgekehrt seid, gleich nach Lady Julies Konzert. Ich musste ihr genau berichten, was ich dort gesehen hatte, und sie fand es merkwürdig, dass Ronsars uns zusammengeführt hatte. Da hat sie das gesagt, dass der Prinz Euch vollauf vertrauen könnte. Und wie sie es gesagt hat – so spöttisch –, daran habe ich gemerkt, dass sie das wirklich glaubte. Deshalb …«, sie zauderte wieder. »Deshalb bin ich hergekommen. Was auch immer Ihr tun werdet, nachdem ich Euch davon erzählt habe – ich weiß, dass es das Richtige sein wird.«

Dies, so dachte Gaultry und starrte das verängstigte Mädchen an, war eine Angelegenheit von wahrhaft Climens'scher Vertracktheit. Sollte sie glauben, dass die Herzogin von Vaux-Torres ihr ein echtes Kompliment gemacht hatte, oder hielt die Herzogin Gaultry für ein weltfremdes Mädchen vom Lande und rechnete damit, dass sie den falschen Weg einschlagen und damit einen noch subtileren Verrat decken würde? Sie merkte, dass sie der jungen Elisabeth unwillkürlich vertraute – aber was, wenn Vaux-Torres es absichtlich so eingefädelt hatte, dass das Mädchen heute Nacht hierher kam und sich ihr anvertraute? Plötzlich sah sie das katzenhafte Lächeln der Herzogin vor sich, höhnisch und stolz zugleich. Gaultry traute es Argat Climens durchaus zu, ihre Tochter dazu zu bringen, dass sie irgendeine herzzerreißende Geschichte erzählte, der Gaultry in ihrer weichherzigen Torheit nicht würde widerstehen können. »Nur weiter«, sagte sie zu Elisabeth, doch sie hatte ein ungutes Gefühl. »Sagt mir, warum Ihr hergekommen seid.«

Der Blick des Mädchens huschte zur Tür.

»Geht es um Tullier?«

»Teilweise«, flüsterte Elisabeth.

»Dann erzählt mir die kürzeste Version, ich bitte Euch. Es war eine lange Nacht, und ich würde gern vor dem Morgengrauen noch ein Stündchen schlafen.«

»Meine Mutter weiß nicht, dass ich hier bin«, begann Elisabeth zögerlich. »Das solltet Ihr als Erstes wissen.« Sie wich Gaultrys Blick aus, doch damit schien sie eher ihr verletzliches Ehrgefühl schützen denn eine Lüge verbergen zu wollen. Ihr Gesicht wirkte hart und entschlossen und gewährte eine Ahnung von der Frau, die sie einmal sein würde, wenn sie bei Hofe überlebte. Sie war ihrer Mutter sehr, sehr ähnlich und hatte sowohl etwas von deren Schönheit als auch ihren schnellen, scharfen Verstand. Doch in den Zügen des Mädchens spiegelte sich noch etwas Anderes: eine Geradlinigkeit, eine bodenständige, ehrliche Kühnheit, die sie gewiss nicht von ihrer Mutter hatte. Plötzlich dachte Gaultry, dass Argat Climens, bei all ihren Fehlern, eine hervorragende Mutter war. Die Frau konnte natürlich nicht anders, als ihre Kinder einzuschüchtern – und mit ihnen mindestens halb Tielmark –, aber sie hatte sie so erzogen, dass gewiss keine Schwächlinge aus ihnen werden konnten, wenn sie denn die mütterliche Sphäre eines Tages verließen. Elisabeth machte ihr Ehre.

Doch dieses Meisterwerk der Erziehung wirkte gerade etwas überfordert von dem Versuch, eine Geschichte, deren Verwicklungen Elisabeth selbst nicht ganz begriff, in nachvollziehbarer Reihenfolge zu erzählen. »Die Dinge, die ich heute Nacht herausgefunden habe …« Elisabeth brach mit reuiger Miene ab. »Ich habe schon einiges davon geahnt, aber ich wusste es nicht mit Sicherheit. Wenn ich es gewusst hätte – dann hätte ich vielleicht manches anders gemacht.« Sie faltete die unruhigen Hände im Schoß.

»Die Hohepriesterin Dervla kam heute Nacht zu meiner Mutter. Sehr spät. Die Diener mussten sie aus dem Bett holen, und dadurch bin dann auch ich aufgewacht – wenn der Wind richtig steht, kann ich von meinem Bett aus Mamas Klingel hören. Meine private Treppe führt direkt ins Schreibzimmer meiner Mutter.

Ich hörte Stimmen und ging hinunter, um festzustellen, wer da gekommen war. Doch als ich dann hörte, was sie sagten, konnte ich mich nicht mehr bemerkbar machen. Ich hätte einfach zurück ins Bett gehen sollen, doch was ich dort hörte – ich musste einfach lauschen.

Meine Mutter pflegt enge Beziehungen nach Bissanty.« Elisabeth senkte verlegen den Blick und sah wieder aus wie ein junges Mädchen. »Ihr wisst vielleicht über meine Schwester Anna Bescheid?«

Gaultry schüttelte den Kopf. »Sollte ich das?«

Elisabeth errötete. »Zunächst sprachen sie über Anna. Beaumorreau und ich haben Glück. Wir haben beide Mutters Gesichtszüge geerbt. Anna hat es nicht so gut getroffen. Ich zeige es Euch –« Sie zog ein kleines Medaillon hervor, das an der Goldkette hing, und klappte es auf, sodass vier winzige Miniaturen sichtbar wurden. Gaultry hielt das Schmuckstück ins Licht. Da war nicht viel zu sehen – wie könnten solch winzige Bilder auch irgendwelche Einzelheiten zeigen? Doch eines war auf den ersten Blick zu erkennen. Der Künstler war entweder ungeheuerlich genau gewesen oder geradezu niederträchtig. Anna Climens' Gesicht hob sich durch seinen ungewöhnlich grauen Teint deutlich von denen der anderen Geschwister ab.

»Ihr Vater war ein Bissantiner?« Diese besondere graue Blässe hatte Gaultry bisher nur bei Bissantinern von höchstem Adel gesehen, Männern wie Coltro Lepulio: gesellschaftlich bedeutend, gefährlich und äußerst ehrgeizig.

»Mutter war ein Jahr lang als Tielmaraner Gesandte in Bissanty.« Elisabeth klang bitter. »Sie hätte kaum weniger diskret sein können.«

»Was hat das mit heute Nacht zu tun?« Verstört ließ Gaultry das Medaillon an seiner Kette zurückschwingen. Die Verbindungen zwischen den beiden Ländern waren auch ohne solche Torheiten gefährlich genug. Sie konnte kaum glauben, dass Argat Climens sich aus Liebe von einem Bissantiner Edelmann hatte schwängern lassen. Elisabeth, die vielleicht etwas von Gaultrys wenig mitfühlenden Gedanken auffing, schob das Medaillon hastig wieder unter ihr Hemd.

»Die Hohepriesterin hat den Namen des Mannes herausgefunden, der meine Schwester gezeugt hat. Außerdem hatte sie einige Briefe meiner Mutter an sich gebracht. Briefe, die sie Männern in Bissanty geschrieben hatte. Nicht nur Annas Vater. Auch anderen. Die Freunde meiner Mutter in Bissanty sind alle von hohem Rang im Reich – kennt sie überhaupt andere Männer? Wie auch immer, Dervla hatte ihre Briefe dabei. Es stand nichts Politisches über Tielmark darin, aber sie hatten ihr die Namen der Männer verraten, die meine Mutter in Bissanty gekannt hatte.

Meine Mutter fing an, mit ihr zu streiten. Zuerst schien es ihr nichts auszumachen, dass Dervla ihre Briefe hatte. Sie sagte, die privaten Affären einer Dame stellten noch lange keinen Hochverrat dar, und sie sei bereit, das offen vor dem gesamten Hof des Prinzen zu verkünden. Sie sagte ein paar hässliche Sachen …« Dunkle Lider flatterten auf Elisabeths Wangen, sie senkte den Kopf und verbarg so ihre Miene. »Doch ich finde es sehr mutig von ihr, dass sie bereit ist, ihre Affären in aller Öffentlichkeit zuzugeben. Ich hatte den Eindruck, dass Dervla schon vorher versucht hatte, sie auf diese Weise zu erpressen, doch meine Mutter blieb dabei, dass man ihr nichts vorwerfen könne. ›Stellt mich meinetwegen gleich morgen vor Gericht‹, verhöhnte sie Dervla. ›Mein guter Ruf hält dem leicht stand.‹

Dervla hörte auf zu streiten und lachte. Sie sagte, es sei schließlich nicht ihre Schuld, wenn meine Mutter beschließe, alle Klugheit in den Wind zu schreiben. ›Glaubt Ihr denn, ich wäre heute Nacht hergekommen, wenn meine Beweise gegen Euch nichts weiter anrichten könnten, als Euren Ruf zu ruinieren? Ich habe mit dem Gesandten Lepulio gesprochen‹, sagte sie. ›Meint Ihr vielleicht, er würde Euch weiterhin decken? Sprecht noch einmal mit ihm, und Ihr werdet feststellen, dass er jetzt ein ganz neues Lied singt. Im Austausch für das, was ich ihm verschaffen kann, hat er dafür gesorgt, dass Eure ehemaligen Liebhaber gegen Euch aussagen. Man wird Euch vor Gericht ans Kreuz nageln. Und nicht nur Euch, sondern auch Eure Kinder. Das Haus Vaux-Torres wird alles verlieren. Und vielleicht wird Benet mir zur Belohnung sogar gestatten, den Nachfolger für Euren Titel und Eure Ländereien selbst auszuwählen.‹

Mama wollte ihr nicht glauben. Sie beharrte darauf, dass der Gesandte sich niemals dazu herablassen würde, Beweise gegen sie zu fälschen, was immer er Dervla auch gesagt haben mochte. Die Hohepriesterin wurde wütend, doch meine Mutter glaubte ihr immer noch nicht. Schließlich verlor die Hohepriesterin die Geduld, und sie erzählte meiner Mutter, was sie Lepulio geboten hatte, damit er zur Mithilfe bereit war.

Dervla besitzt eine Waffe. Eine uralte Klinge, in den Feuern der fernen Vergangenheit geschmiedet. Sie ist mächtig genug, eines Gottes Fleisch und Blut zu töten – ohne dass der Fluch jenes Gottes den Mörder treffen kann.« Elisabeth hielt inne und blickte zu Gaultry auf, die eine erschrockene Bewegung gemacht hatte.

Eines Gottes Fleisch und Blut.

Genau das war Tullier, nun, da ihn Bissanty zum Prinzen von Tielmark gekrönt hatte.

»Nur weiter«, sagte Gaultry. »Ich bin ganz Ohr.«

»Dervla sagte Mutter, dass der Kaiser, wenn er den Thron für seine eigenen Söhne sichern wolle, das am ehesten erreichen könne, indem er den Jungen mit diesem Dolch ermordet. Sie sagte, es sei abgemacht, dass sie den Dolch den Bissantinern übergeben würde, gegen deren heiligen Schwur, dass sie ihn nur nach ihren Anweisungen benutzen würden. Die Stille, die daraufhin eintrat, sagte mir, dass meine Mutter ihr jetzt glaubte. Nicht nur das, denn ich bin mir sicher, sie glaubte auch, dass der Gesandte, was immer sie ihm auch bieten mochte, Dervlas Angebot vorziehen würde. Schließlich fragte sie Dervla, was diese von ihr verlange und welche Garantien Dervla ihr für die Sicherheit unserer Familie geben könne.

›Nur eine Kleinigkeit‹, erwiderte Dervla. Doch diese ›Kleinigkeit‹ bestand darin, dass meine Mutter Arrangements treffen muss, damit Euer kleiner Mörder den Bissantinern in die Hände fällt! Dervla wollte mit dieser Sache nichts zu tun haben, bis die Bissantiner ihren Teil der Abmachung erfüllt haben. Später, nach dem Tod des Jungen, wollte sie Benet die ganze Wahrheit enthüllen.

Das machte meine Mutter furchtbar wütend. Sie sagte, wenn Benet über Dervla Bescheid wüsste, würde sie alles verlieren. ›Der Junge steht unter Benets Schutz‹, fuhr sie Dervla an. ›Wenn ich dafür sorgte, dass er den Bissantinern in die Hände fällt, würde Benet mir bei lebendigem Leib die Haut abziehen, weil ich sein Wort gebrochen habe, was auch immer er persönlich dabei gewonnen haben mag.‹«

»Was hat Dervla darauf erwidert?«, fragte Gaultry. Ihre Zunge schmeckte nach Asche, doch sie versuchte, ruhig zu sprechen. Der Dolch, den Dervla den Bissantinern übergeben wollte – das konnte nur der *In Raku* sein, der Königsmacher. Tamsanne hatte ihn ihr im Obstgarten beschrieben. Anscheinend wollte Dervla zwei Fliegen mit einer Klappe schlagen. Benet zum König erheben und die Bissantiner Tullier aus dem Weg räumen lassen.

»Sie schalt meine Mutter eine Närrin und sagte, Benet würde ihr dankbar sein, weil sie den Mut aufgebracht habe, der ihm fehlte – dass Benet den Jungen gar nicht erst unter seinen Schutz hätte stellen dürfen. Meine Mutter brachte noch ein letztes Argument vor – sie sagte Dervla auf den Kopf zu, dass sie Benet nicht sehr gut kenne, wenn sie glaubte, er werde solche Hinterlist belohnen. Dann – dann erklärte sie sich bereit, zu tun, was Dervla verlangte.«

Elisabeth öffnete die Hände wieder und stand hastig auf, sodass der Morgenmantel sich hinter ihr aufblähte. »Ich hoffe, ich habe das alles richtig behalten. Jedenfalls ist das alles, woran ich mich erinnere, auch wenn ich vielleicht nicht mehr jedes einzelne Wort weiß. Danach hörte ich nur noch Beleidigungen: Meine

Mutter war geschlagen, und Dervla nutzte die Gelegenheit, ihr das unter die Nase zu reiben.« Sie hob die Hand vors Gesicht, eine müde Geste, die kurz ihre Augen verdeckte. »Bei all ihren Fehlern hängt Mama leidenschaftlich am Land der Vaux-Torres, und sie liebt uns über alles, ihr eigen Fleisch und Blut. Ich zweifle nicht daran, dass sie tun wird, was Dervla verlangt, um unsere Familie zu schützen.«

Elisabeth machte eine kurze Pause. »Das darf ich nicht zulassen. Ich werde es verhindern. Nachdem Dervla gegangen war, ging ich zunächst wieder zu Bett und überlegte, was ich tun sollte. Schließlich fiel es mir ein – wenn Ihr wüsstet, dass eine Entführung geplant ist, könntet Ihr sie vielleicht verhindern. Ich dachte, wenn Ihr es schon vorher von mir erfahrt, könntet Ihr den Plan vielleicht so vereiteln, dass die Ehre meiner Mutter keinen Schaden nimmt.«

Gaultry lehnte sich zurück und betrachtete das ängstliche Gesicht des Mädchens und seine gehetzten Bewegungen. Elisabeth konnte keinerlei Beweise vorlegen für das, was sie ihr eben erzählt hatte – nichts sprach für sie als die Umstände ihres hastigen Erscheinens. Sie bemühte sich, festzustellen, was Elisabeth zu gewinnen hätte, wenn sie ihr Lügengeschichten aufband. Es überraschte sie nicht, dass Dervla Tullier aus dem Weg räumen wollte und dass sie sogar mit Bissanty taktieren würde, um ihn aus Tielmark fortzuschaffen. Doch warum hatte sie sich die Herzogin von Vaux-Torres als Werkzeug dazu ausgesucht? »Hat Dervla etwas davon gesagt, *wann* Eure Mutter Tullier den Bissantinern ausliefern soll?«

Elisabeth runzelte die Stirn. »Ich glaube nicht. Sie sprach vom Monat des Götterkönigs und einer bestimmten Konstellation der Sterne. Als sie davon sprach, wann Benet davon erfahren sollte, erwähnte sie den Vollmond – als erwarte sie Benet noch vor Ende dieses Monats wieder in Princeport. Ich weiß nicht, wie das möglich sein sollte, da er doch eben erst gegen die Lanai in den Krieg gezogen ist.«

Gaultry warf einen Blick zum Kamin. Von ihrem Platz aus lugten die spröden Zweige der Fetischkrone gerade noch unter dem Schürhaken und der Schaufel hervor. »Hat Dervla erwähnt, warum sie Eure Mutter mitten in der Nacht aus dem Bett geholt hat? Weshalb diese Eile? Wäre es nicht unauffälliger gewesen, wenn sie sie zu einer vernünftigeren Uhrzeit aufgesucht hätte?«

»Ich weiß nicht.« Elisabeth wirkte aufrichtig verwirrt. »Meine Mutter hat auch nicht danach gefragt. Vielleicht hat Dervla es ihr auch erklärt, bevor ich anfing, die beiden zu belauschen.«

»Mag sein«, sagte Gaultry. Wieder blickte sie sich nach den versengten Ranken um. Sie hätte jetzt ihren Kopf darauf verwettet, dass Dervla auch hinter diesem Angriff steckte. Als der Zauber versagt hatte, musste Dervla es gespürt haben – deshalb hatte sie rasch einen neuen Weg eingeschlagen.

Ein leises Klopfen an der Tür unterbrach ihre Gedanken. Elisabeth warf Gaultry einen verängstigten Blick zu. »Meine Mutter –«

»Wir erwarten jemanden«, beruhigte Gaultry sie. »Du brauchst keine Angst zu haben. Aber vielleicht wartest du lieber draußen bei Tullier, während ich meinen Besuch empfange?« Elisabeth blickte argwöhnisch über die Schulter zurück, als Gaultry sie sanft hinaus auf die Terrasse schob, doch sie widersetzte sich nicht, eine kleine Gnade, für die Gaultry dankbar war.

Tamsannes Hand war schon für das nächste Klopfen erhoben, als Gaultry die Tür öffnete. Die alte Frau blickte zu ihrer Enkelin auf und legte fragend den Kopf schief. Langsam ließ sie die Hand sinken.

»Da bist du ja. Ich dachte schon –« Tamsannes dunkle Augen wirkten in der schwachen Beleuchtung auf dem Flur eigenartig unruhig. »Ach, was ich dachte, ist nicht weiter wichtig. Willst du mich nicht zu dir hereinbitten?« Sie war ganz in Schwarz gekleidet, der Beutel an ihrem Gürtel voll gestopft mit frischen Blättern. Im Gegensatz zu Elisabeth in ihrem weißen Leuchtfeuer von einem Gewand verschmolz Tamsanne mit den nächtlichen

Schatten. Der Mann, den Tullier nach ihr geschickt hatte, hatte es gewiss sehr schwer gehabt, sie zu finden.

»Wir wussten nicht recht, wann du kommen würdest«, sagte Gaultry. »Ich dachte mir schon, dass du draußen unterwegs sein würdest.«

Tamsanne nickte. »Euer Bote hat das halbe Gärtnerhaus geweckt, um mich zu finden.« Sie trat ein. »Mein Besuch hier wird also nicht geheim bleiben, was auch immer dich veranlasst hat, mich rufen zu lassen. Ich nehme doch an, es ist sehr wichtig.«

»Großmutter«, sagte Gaultry, verwirrt über diese Schelte zur Begrüßung. Es kam ihr immer noch merkwürdig vor, diese Frau als ihre Großmutter und nicht als ihre Großtante zu betrachten. Tamsanne war so winzig, so dunkel und zierlich wie ein Spatz, während Gaultry und ihre Schwester groß gewachsen, feurig und robust waren. Diese Frau hatte sie so liebevoll großgezogen und versorgt, doch niemals hatte sie ihnen enthüllt, dass sie von ihrem Blut abstammten. Ihr Vertrauen zu dieser Frau war so riesig – und doch so erschüttert. »Wir haben unerwartet Besuch bekommen. Elisabeth Climens ist hier. Ich muss sie erst wegschicken, bevor wir uns unterhalten können.«

Tamsanne zog die Brauen in die Höhe. »Du bist nicht allein? Es ist noch eine Frau in deinen Gemächern?« Ihre Stimme bebte ein wenig, als sei sie erleichtert.

»Ja, aber damit hatte ich nicht gerechnet.« Gaultry verstand nicht, warum ihre Großmutter so sprach. »Aus demselben Grund, weshalb wir nach dir geschickt haben, sind Tullier und ich vorhin zum Tempel gegangen, um zu den Zwillingen zu beten. Als wir zurückkamen, war Elisabeth hier.« Hastig fasste Gaultry Elisabeths Schilderung von Dervlas nächtlichem Besuch bei ihrer Mutter zusammen. »Der Zeitpunkt war recht merkwürdig gewählt. Elisabeth muss gekommen sein, kurz nachdem wir gegangen waren.«

»Also warst du während der ganzen Zeit, seitdem du nach mir geschickt hast, wirklich nicht in diesem Raum?«

Gaultry verstand nicht, weshalb ihre Großmutter so darauf herumritt. War sie verärgert, weil Gaultry und Tullier nicht hier auf sie gewartet hatten? »Ich habe mich ja bemüht, wieder hier zu sein, bevor du kommst«, entschuldigte sie sich.

Tamsannes Miene überraschte Gaultry. Sie lächelte, wie über einen heimlichen Witz. »Dann warst du also gar nicht hier.« Sie legte Gaultry sacht eine Hand auf die Schulter, beinahe so, als wolle sie sie nach einer unerwartet langen Abwesenheit willkommen heißen. »Ja, das erscheint mir richtiger.«

»Richtiger als was?«

Tamsanne schüttelte den Kopf, und ihre Belustigung verflog. »Später. Erst einmal müssen wir uns mit dieser neuen Bedrohung befassen. Du sagst also, Dervla habe Argat Climens mit ihren Kindern erpresst? Wie enttäuschend.« Ihre Miene wurde finster. »Unsere neue Hohepriesterin ist wahrhaft eine würdige Tochter Delcoras.«

Gaultry zögerte, denn sie vermutete, dass Tamsanne dabei an die Drohungen dachte, die Delcora in ihren Aufzeichnungen erwähnt hatte, doch die alte Frau sagte nichts weiter, weder über die Hohepriesterin noch über deren Mutter. »Ich muss mit dem Mädchen sprechen.« Tamsanne trat auf die Terrasse zu. »Lass mich mit Elisabeth reden, bevor du sie nach Hause schickst.«

»Warte, Großmutter. Die Sache, wegen der ich dich gerufen habe –« Gaultry hielt Tamsanne an der Schulter zurück und deutete auf das Kamingitter. Sie wollte nicht, dass Tamsanne mit Elisabeth sprach, ohne zu wissen, was sich vor deren Ankunft abgespielt hatte. »Dort liegt sie. Elisabeth war heute Nacht nicht mein erster Besuch.«

Die schwarzen Dornen der Krone lauerten unheilvoll unter dem versammelten Kamingerät, mit dem Gaultry das Ding beschwert hatte. Tamsanne warf einen kurzen Blick darauf und sog scharf den Atem ein. »Zumindest hat das Eisen es ruhig gestellt. Das war ein kluger Einfall. Hat Elisabeth es gesehen?«

»Ich glaube nicht.«

»Dann ruf sie herein. Wir kümmern uns zuerst um sie.«

Gaultry steckte den Kopf durch den Spalt der Terrassentür. »Elisabeth«, rief sie leise. Das Mädchen war nur ein heller Schemen auf der Terrasse, mit dem dunklen Schatten Tulliers zur Seite. »Meine Großmutter möchte Euch sprechen.«

Tamsanne stand vor dem Kamin und zündete die Lampen auf dem Sims an, als alle wieder hereinkamen. Der Raum wurde heller, die Schatten flohen. Gaultry wusste nicht so recht, ob ihre Großmutter sich ausgerechnet dorthin gestellt hatte, um den Blick auf das Kamingitter zu versperren, oder ob sie für ihre Befragung nur den Raum ein wenig erhellen wollte. Vielleicht traf beides zu.

»Elisabeth Climens.« Die alte Frau bedeutete dem Mädchen, sich zu setzen. »Ich habe Euch in den vergangenen Wochen oft genug hier am Hof gesehen. Öfter, als man erwarten würde, wenn ich es jetzt recht betrachte. Aber bisher hat niemand daran gedacht, uns einander vorzustellen, also lernen wir uns eigentlich erst jetzt kennen.«

Elisabeth knickste tief und setzte sich, wie befohlen, auf den Diwan. Irgendwie schaffte sie es sogar, das trotz ihrer fülligen Robe elegant zu bewerkstelligen. Ihre Wangen waren ein wenig gerötet, vielleicht in dem Wissen, dass sie einander deshalb nicht vorgestellt worden waren, weil sie die Tochter eines Herzogs war, während Tamsanne, abgesehen von ihrem Erscheinen bei Melaudieres Leichenschmaus, sich bei Hofe stets als Wald- und Wiesenhexe ganz am Rande hielt. »Es ist mir eine Ehre –«, begann sie, doch Tamsanne schnitt ihr das Wort ab.

»Ihr wart bei vielen Proben von Lady Julie. Auch bei dem albernen Blümchenpflücken, das der Prinz mich veranstalten ließ. Ich habe Euch außerdem bei Melaudieres letztem Empfang gesehen, bevor sie zu krank für öffentliche Auftritte wurde.«

»Ich interessiere mich eben für manches«, sagte Elisabeth.

»Für die Geheime Brut oder für unsere Magie?«

Elisabeth wirkte plötzlich argwöhnisch. »Ich bin das vierte

Kind meiner Mutter«, erklärte sie zaghaft. »Die vierte Tochter eines Herzogs kann vom Leben wenig erwarten, es sei denn, sie verliert viele Geschwister. Es hat mir Freude gemacht, Frauen zu sehen, die schon so lange leben und so genau wissen, wofür.«

Tamsanne lächelte kalt. »Ja«, sagte sie. »Eine hohe Geburt ist eine schwere Bürde.« Sie wandte dem Mädchen den Rücken zu und ging zur Terrassentür hinüber. »Doch ich habe den Verdacht, Ihr habt sehr wohl bemerkt, dass Euch alle Türen offen stehen.« Sie zog die Tür zu und legte den Riegel vor, wobei ihre runzelige Hand einen Moment auf dem Metall verharrte.

Elisabeth warf Gaultry einen unsicheren Blick zu, denn sie wusste nicht, wie sie diese Beleidigung auffassen sollte. Gaultry wunderte sich selbst über Tamsannes unerwartete Grobheit und zuckte nur mit den Schultern. Trotzig reckte Elisabeth das Kinn vor. Statt auf Tamsannes kühlen Ton einzugehen oder lange Erklärungen zu beginnen – wie Gaultry selbst es vermutlich getan hätte –, beschloss sie, Tamsannes Unhöflichkeit einfach auszusitzen und abzuwarten, worauf sie wohl hinaus wollte. Gaultry fragte sich, ob sie Elisabeths Rückgrat bewundern oder sich wegen ihrer Unwissenheit Sorgen um das Mädchen machen sollte. Sich Tamsanne zu widersetzen, war nie ein leichtes Unterfangen. Tamsanne fand so gut wie immer eine Möglichkeit, den Spieleinsatz ihres Gegners in die Höhe zu treiben, ohne selbst ein größeres Risiko einzugehen.

Ein angespanntes Schweigen zog sich immer länger hin, und dann nahm die alte Frau das Verhör wieder auf. »Erzählt mir von dieser Waffe. Beschreibt mir die Waffe, von der Dervla Eurer Mutter erzählt hat.«

Elisabeth wirkte überrascht von dem plötzlichen Themenwechsel, und ein wenig erleichtert. »Ich habe Gaultry schon alles erzählt, was ich gehört habe.«

»Sagte Dervla, sie habe sie dem Gesandten bereits übergeben, oder hat sie den Dolch noch in ihrem Besitz, bis der Handel abgeschlossen sein wird?«

»Sie hatte ihn noch«, sagte Elisabeth und verstummte dann. »Nein. Ich bin nicht sicher. So, wie sie sprach … Ich kann es nicht mit Bestimmtheit sagen.«

»Hatte diese Klinge auch einen Namen?«

Elisabeth machte eine hilflose Geste. »Sie hätte den Dolch überhaupt nicht näher beschrieben, wenn Mama sich nicht so hartnäckig geweigert hätte, ihr ohne einen schlüssigen Beweis zu glauben, dass Dervla Lepulio in der Hand hat.«

»Das ist sehr wichtig«, erklärte Tamsanne geduldig. *»In Raku?* Hat sie ihn so genannt?«

»Ich weiß es nicht mehr. Sie sagte nur, er sei alt. Von den Wanderern. Mächtig genug, das Kind eines Gottes zu töten, und mit so starkem Zauber versehen, dass er denjenigen, der ihn führt, vor der Vergeltung des Gottes bewahren könne.«

Tullier war auf der Terrasse gewesen, als sie zuvor Gaultry den Dolch beschrieben hatte. Seine Miene verdüsterte sich. »Kein Wunder, dass Lepulio mir so eifrig versichert hat, dass ich den Schattenthron von Tielmark mein Leben lang innehaben würde.«

Tamsanne warf ihm einen tadelnden Blick zu, weil er sie unterbrochen hatte, wandte sich dann wieder Elisabeth zu und nickte ermutigend. Gaultry rutschte unruhig hin und her und betrachtete ihre junge Besucherin, die sich bei Tamsannes nun viel sanfterer Befragung sichtlich entspannte. Doch wenn Tamsanne so milde und großmütterlich wurde, war es ratsam, erst recht auf der Hut zu sein. Die arme Elisabeth war zu unerfahren, um die Falle zu wittern. Tamsanne schlich sich immer näher heran – stellte weitere Fragen über den Dolch, erhielt immer dieselben Antworten. Sie umrundete den Diwan, bis sie beinahe vor dem Mädchen zum Stehen kam.

Wenn sie dann zuschlug, war die plötzliche Verwandlung von der Großmutter zur Furie besonders erschreckend.

»Sagt mir eines, Kind.« Tamsanne trat so dicht an Elisabeth heran, dass ihre staubigen schwarzen Röcke beinahe deren in Seide gehüllte Knie berührten. »Kennt Ihr den Namen des Mannes, dem sich Eure Mutter hingab, um Euch zu empfangen?« Tamsanne packte Elisabeths Handgelenke und drehte grob die weißen Handflächen nach oben. »Eure Mutter hat sich planvoll decken lassen wie eine Zuchtstute. Die Spekulationen haben sich längst erschöpft, und lange genug wurde gerätselt, in welches Netz der Macht sie Vaux-Torres mit ihren sorgsam gewählten Paarungen einbinden wollte. Was meint Ihr, wen sie sich ausgesucht hat, um Euch hervorzubringen?«

Elisabeth wusste nicht, wie sie darauf antworten sollte. Sie hätte sich vermutlich am liebsten in schockiertes Schweigen gehüllt, doch Tamsanne drang immer weiter auf sie ein.

»Ich … ich weiß es nicht.« Elisabeths Augen waren vor Bestürzung weit aufgerissen. Sie versuchte, sich aus Tamsannes Griff zu befreien, ohne sich allzu offen zur Wehr zu setzen, doch die alte Frau hielt sie unerbittlich fest. »Meine Mutter sagte mir, es sei noch nicht an der Zeit, dass ich es erfahre.«

»Ich könnte es Euch sagen«, herrschte Tamsanne sie grausam an. Sie malte die Spiralen der Göttinnen auf Elisabeths Handfläche. In dieser einfachen Geste lag eine Macht, die deutlich spürbar und stark genug war, um das Licht der Kerzen zu dämpfen und die Luft im Raum stickig und schwer zu machen. Tamsanne griff tief in sich hinein, beängstigend machtvoll. Die Falten in ihrem Gesicht wurden tiefer. Gaultry las aus Elisabeths Miene, dass auch diese verstärkt die Kraft der alten Frau auf ihrer Handfläche spürte, wo Tamsanne sie hingezeichnet hatte. »Ihr behauptet, nicht zu wissen, welchen Zweck Euer Dasein erfüllen soll, aus welchem Grund Ihr geboren wurdet. Das mag stimmen. Doch eine Herzogin braucht nicht unbedingt noch ein viertes Kind, und die Eitelkeit Eurer Mutter ist legendär. Weshalb hätte sie ihrem Körper die Last einer vierten Schwangerschaft aufbürden sollen, wenn sie sich nicht etwas davon versprach?«

Gaultry beobachtete das Mienenspiel des Mädchens und war versucht, einzuschreiten. Sie verstand nicht, warum Tamsanne Elisabeth derart mit der Untreue ihrer Mutter verhöhnte, warum sie das für so wichtig hielt. Und doch musste es sehr bedeutungsvoll sein, wenn Tamsanne sich solche Mühe gab, es aus ihr herauszupressen.

»Ich glaube, meine Mutter hat ihn geliebt«, sagte Elisabeth mit zitternder Stimme. »Das hat sie mir jedenfalls gesagt. Und bei so etwas würde sie nicht lügen. Nach all den Intrigen und dem Krieg wollte sie ein Kind nur für sich, für ihre Liebe –«

»Ihr müsst Eure Mutter schließlich am besten kennen«, erwiderte Tamsanne. »Vielleicht entspricht es sogar der Wahrheit, dass sie Euch nicht belügen würde. Aber denkt nach, Kind. Wann hat sie je etwas Wichtiges aus nur einem einzigen Grund getan?«

Tränen kullerten aus Elisabeths dunklen Augen. Verstockt und schweigend saß sie da und versuchte nicht, sie fortzuwischen.

»Ich könnte Euch Eure Zukunft vorhersagen«, bemerkte Tamsanne, nun wieder sanfter. Sie beugte sich verschwörerisch vor. »Ich könnte Euch zeigen, was Eure Mutter für Euch geplant hat.«

Einen Augenblick lang schien Elisabeth von dieser Möglichkeit wie gebannt. Dann sprang sie wütend auf und zog sogar noch die Schleppe ihres überlangen Morgenmantels aus Tamsannes Reichweite. »Von Euch will ich gar nichts hören.« Sie wischte sich hastig die Tränen fort. »Ich vertraue lieber meiner Mutter und bleibe ihr treu, statt *Euch* irgendetwas schuldig zu sein.« Sie fuhr zu Gaultry herum. Ihre bebenden Lippen und die pulsierenden Adern an ihren Schläfen verrieten, wie nahe sie einem Tränenausbruch war, doch sie riss sich zusammen. »Bei den Zwillingen! Ich bin heute Nacht hierher gekommen, weil ich hoffte, Ihr würdet mir helfen. Was ich Euch gesagt habe, wird Euch erlauben, Euch selbst zu helfen – auf Kosten meiner Mutter, wenn Ihr es denn so wollt.« Sie wandte sich wieder Tamsanne zu und warf den Kopf zurück, ein unbewusstes Echo der Arroganz ihrer Mutter. »Behaltet Eure Prophezeiungen für Euch. Es wird Zeit, dass ich mich verabschiede.«

Sie ging zur Terrassentür, doch kurz bevor sie sie erreichte, geriet ihre Beherrschung ins Wanken. »Elianté!«, flüsterte sie kaum hörbar. »Emiera! Das habe ich nicht verdient.« Sie legte die Hand auf den Riegel und lehnte den Kopf ans kühle Glas der Tür; ihre Schultern zuckten, und sie konnte ein Schluchzen nicht unterdrücken.

Draußen lag schon das erste Grau der Morgendämmerung auf den Pflastersteinen und dem saftigen Grün des Wildparks. Der helle Morgen versprach einen weiteren wunderschönen, heißen Sommertag. Das hübsche Mädchen mit dem schweren Herzen beugte sich ihm wie ein Denkmal des Jammers.

Dann war ein flüsterndes Geräusch wie ein leiser Atemzug zu hören, und der Augenblick war vorüber. Elisabeth öffnete die Doppeltür mit einem wütenden Ruck, stolperte über die Terrasse und verschwand unter den Bäumen.

Als Gaultry ihr nacheilen wollte, gebot Tamsanne ihr Einhalt. »Lass sie allein nach Hause finden. Wenn du sie jetzt aufhältst, überlegt sie es sich vielleicht noch einmal, ob sie ihren Besuch hier auch wirklich geheim halten will.«

»Was sollte das denn?«, fragte Gaultry ärgerlich. »Warum warst du so gemein zu ihr? Elisabeth ist in bester Absicht hergekommen, was auch immer ihre Mutter beabsichtigen mag.«

Tamsanne seufzte. »Sie war dein Gast. Du bist zu Recht verärgert. Elisabeth ist ein gutes Mädchen, und ich bin eine dumme alte Frau. Aber die Zeit für höfliches Geplauder rinnt uns durch die Finger. Du hast mich dringend hierher gebeten. Der Bote, den du geschickt hast, musste im Dunkeln über fünf Wiesen stolpern, um mich zu finden. Ich warte schon länger darauf, dass etwas geschieht. Der Mittsommermond, die Sterne – in diesem Monat deutet alles am Himmel auf schwer wiegende Entwicklungen hin, und die Brut, dich eingeschlossen, wird inmitten dieser Ereignisse stehen. Ich dachte, dein Ruf bedeute, dass diese Ereignisse nun ihren Lauf nähmen – und vielleicht haben sie das auch, und zwar in einer Weise, die ich nicht hätte vorhersehen können.«

»Was willst du damit sagen?«, fragte Gaultry. Da war etwas in der Stimme ihrer Großmutter. Etwas, das sich anhörte wie ein geplagtes Gewissen. Gaultrys Herz hüpfte ängstlich. Im Gegensatz zur alten Melaudiere war Tamsanne nicht mit seherischen Gaben geboren worden. Sie hatte nur ihre Rhasan-Karten …

Tamsanne, die Gaultrys Miene richtig deutete, gestattete sich ein erschöpftes Nicken. »Ich habe eine Rhasan-Karte gezogen, bevor ich hierher aufbrach. Ich verstand sie nicht gleich – zuerst dachte ich, sie beträfe dich, mein Kind, und das war in der Tat verwirrend. Doch nun, da ich die junge Climens gesehen habe, verstehe ich, was die Karte bedeuten sollte.«

»Haben die Karten dir Elisabeths Vater verraten?«, platzte Gaultry heraus. Was hatte Tamsanne nur dazu veranlasst, die Karten zu befragen? Die Rhasan-Magie war so mächtig, so gefährlich. Was hatte Tamsanne sich davon erhofft? Warum hatte sie das riskiert?

»Ihren Vater?« Tamsanne schüttelte den Kopf. »Nein. Warum sollte ich die Rhasan-Karten danach fragen? Die Antwort ist doch offensichtlich, wenn man das Mädchen nur ansieht. Nein, die Karten haben mir etwas von viel größerer Bedeutung enthüllt.«

»Offensichtlich?«, murmelte Gaultry. »Nur für jemanden, der älter ist als die Hügel, von denen sie kommt.« Sie erkannte an Tamsannes Tonfall, dass sie keine nähere Erklärung erwarten konnte.

»Gib Acht.« Tamsanne folgte Elisabeths Spuren und griff nach dem Riegel der Terrassentür. »Elisabeths empörter Abschied bedeutet weit mehr, als es den Anschein hat.« Als sie an dem metallenen Hebel drehte, brach er ab und zerfiel zu einer Hand voll körniger Asche. »Von Magie zermürbt. Ich habe diese Tür mit einem starken Zauber belegt. Eigentlich hätte es Elisabeth nicht gelingen dürfen, die Tür einfach so zu öffnen. Und vielleicht hätte sie es gar nicht versucht, wenn ich sie nicht mit Beleidigungen angestachelt und sie dazu getrieben hätte, unwillkürlich etwas sehr Wichtiges über sich selbst preiszugeben.« Tamsanne schüttelte die Asche hinaus aufs Terrassenpflaster und wischte sich die

Hände ab. »Ich bin sicher, sie ahnt nicht einmal, was sie soeben vollbracht hat.«

Mit kaum verhohlener Erregung zog sie die Terrassentüren wieder zu. »Das Mädchen, das eben aus diesem Zimmer gestürmt ist, wird Tielmarks nächste Hohepriesterin sein. Ist das nicht erstaunlich? Dervla rechnet ganz gewiss nicht damit, sonst würde sie die Mutter nicht so bedrängen und sie dazu zwingen, für Dervlas heimliche Untaten den Kopf hinzuhalten.«

»Was?«, fragte Gaultry entgeistert. »Elisabeth wird einmal Hohepriesterin sein? Aber darf Dervla denn ihre Nachfolgerin nicht selbst bestimmen?«

Tamsanne schüttelte den Kopf. »Das liegt allein bei den Zwillingsgöttinnen. Es stimmt, ein wahrhaft gläubiger Priester weiß meist selbst, wer an seine Stelle treten soll, doch offensichtlich liegt die Sache hier anders, sonst würde Elisabeth schon längst zu Dervlas Gehilfinnen gehören. Was mir sagt, dass Dervla und der Mutter dieses Mädchens viele Fehler unterlaufen sind, die sie noch dadurch verschlimmert haben, dass die beiden Frauen jede nur ihre eigenen, voneinander getrennten Kreise ziehen. Da ich Argat Climens kenne und weiß, dass sie die Götter nicht allzu sehr fürchtet, muss ich davon ausgehen, dass sie den Ausgang ihrer Intrige anders geplant hatte.«

»Warum hast du es Elisabeth nicht gesagt?«, fragte Gaultry, die wütend und verwirrt zugleich war. »Findest du nicht, dass sie so etwas wissen sollte?«

Tamsanne schüttelte den Kopf und wirkte noch immer freudig erregt. »Lieber soll sie mich verabscheuen, als ihre Bestimmung erfahren, bevor die Zeit reif ist. Sie ist ein kluges Mädchen, und sie weiß es auch – denk nur daran, wie sie der Versuchung widerstanden hat, in die ich sie geführt habe! Es ist gewiss besser, dass ich das heute Nacht selbst festgestellt habe, anstatt die Rhasan-Karten zu befragen. Der leichtere Weg ist nur allzu oft der falsche.

Die arme Elisabeth!« Tamsannes Gesicht verzog sich beinahe

zu einem Lächeln, und ihre geheimnisvolle, zutiefst belustigte Miene erinnerte Gaultry sofort an den Augenblick, als ihre Großmutter vorhin eingetreten war und erfahren hatte, dass ihre Enkelin nicht das einzige weibliche Wesen im Raum war. »Und wie erleichtert war ich doch, sie hier vorzufinden. Als ich die Rhasan-Karte aufdeckte, glaubte ich einen entsetzlich verwirrenden Augenblick lang, die nächste Hohepriesterin von Tielmark würdest *du* sein.«

19

Ein Stück der Fetischkrone lag auf dem kleinen Rund von Steinplatten unterhalb von Gaultrys Terrasse. Tamsanne hatte es mit Kreidezeichen umgeben. Die vier Himmelsrichtungen waren mit Kreisen bezeichnet, in denen ebenfalls kleine Häuflein von Blättern und Rankenstückchen lagen. Gaultry stand mit Tullier auf der Terrasse darüber und beobachtete ihre Großmutter. Bei Tamsanne sah das alles so mühelos aus, doch Gaultry wusste aus eigener Erfahrung, dass jeder Strich, jeder Punkt die Verbindung der alten Frau zu den versengten Ranken vertiefte. Dabei folgte die Anordnung keinem festgelegten Muster. Ständig passte Tamsanne etwas an, stellte sich genauer darauf ein, während sie tiefer in den Zauber vordrang.

Gaultry hätte die Versunkenheit ihrer Großmutter beinahe mit Händen greifen können, während diese die am wenigsten versengten Zweige aus der Krone in so etwas wie einen unsichtbaren, magischen Korb einschloss und auf den Augenblick hinarbeitete, wenn die ersten Sonnenstrahlen die Bäume über ihr erreichen würden. Wenn sie ihren Zauber in genau diesem Moment besiegelte, würde er ein noch besseres Ergebnis bringen.

Gaultry war verstört – nein, verärgert – gewesen, weil ihre Großmutter keinerlei Überraschung gezeigt hatte, als sie ihr von dem Angriff im Traum erzählte und ihr genau beschrieb, wo sie die Krone gefunden hatte. Tamsanne hatte nur genickt und sich angeschickt, die Krone zu zerpflücken, um das geeignetste Stück zu finden, das sie brauchen würde, um dem Ursprung des Zaubers auf die Spur zu kommen. Wenn Tamsanne geahnt hatte, dass so etwas passieren könnte, dann hätte sie Gaultry wenigstens davor warnen sollen.

Wenn Tullier nicht dabei gewesen wäre, hätte Gaultry eine Erklärung dafür verlangt. Natürlich war es nicht immer einfach, zu entscheiden, wann man sein Wissen mit anderen teilen sollte und wie man dann mit diesem geteilten Wissen umzugehen hatte. Was, zum Beispiel, sollte sie mit dem Wissen anfangen, das Elisabeth ihr vorhin geliefert hatte? Sich verrenken, um die Herzogin von Vaux-Torres daran zu hindern, etwas Falsches zu tun? Ihr eine Falle stellen und zusehen, wie das verflixte Weibsbild sich ihr eigenes Grab schaufelte? Obwohl Gaultry so wütend und verängstigt war, verstand sie doch, weshalb Tamsanne gezögert haben mochte, jeden Verdacht mit ihr zu teilen. Aber trotzdem, wenn Tamsanne von etwas gewusst hatte, das Gaultry vor der Fetischkrone hätte schützen können …

Tullier neben ihr achtete kaum auf die Vorbereitungen ihrer Großmutter. Im blassen Morgengrauen konnte man fast meinen, er dämmere vor sich hin, taub für die erwachenden Kräfte ihrer Großmutter, wie er blind für das Licht der Göttinnen in dem verborgenen Schrein gewesen war.

Doch der Hintergrund der jüngsten Entwicklungen konnte ihm nicht entgangen sein. Sie fragte sich, ob er immer noch in Tielmark bleiben wollte, nachdem Elisabeth ihnen enthüllt hatte, dass Dervla eine uralte Klinge besaß, mächtiger als die Götter selbst. Elisabeth hatte den Dolch zwar nicht benennen können, doch es gab keinen Zweifel, dass diese Klinge der *In Raku* war, der Königsmacher, den Richielle bei Prinzessin Corinnes Vermählung gezogen hatte. Richielle musste den Dolch wohl an Delcora weitergegeben haben, bevor sie den Prinzenhof verlassen hatte, und als Delcoras Nachfolgerin hatte Dervla dann die Klinge mit den anderen Schätzen der Hohepriesterin geerbt.

Wenn Tamsanne mit ihrem Zauber fertig war, würde sie dem Jungen wieder einmal seine Möglichkeiten vor Augen halten.

Endlich ließ der Sonnenaufgang den Horizont erstrahlen, und Licht fiel auf das Blätterdach der Bäume und die grobe Steinmauer des Gebäudes hinter ihnen. Tamsanne stellte sich breitbeinig über das Stück Ranke in der Mitte und hob die Handflächen dem Morgen entgegen wie ein Baum mit ausgebreiteten Ästen. Gaultry hielt sich gespannt am Terrassengeländer fest und spürte, wie ihre Großmutter sich mit der Erde verband, während die Farben des Sonnenaufgangs verschmolzen und sich verströmten: Es war ein leichtes Beben im Boden, eine stirnrunzelnde, unfreundliche Anrufung der Macht. Das kannte sie gut – Tamsannes Magie erstreckte sich tief in das fremdartige Leben der Pflanzen und ihrer Wurzeln und fühlte sich sehr breit und umfassend an.

Doch hier spürte sie noch etwas anderes als nur die erdige, abweisende Haltung der Pflanzen.

Während Tamsanne sich immer tiefer mit der Erde verband, spielte sich eine plötzliche Verwandlung ab. Einen flackernden Augenblick lang zog sich etwas wie rissige Borke oder raue Wurzelstränge über ihre Haut. Nur ein Hauch, als hätten die tiefen Mächte der Erde, in denen Tamsannes Kraft wurzelte, sich einen Augenblick lang enthüllt. Dann war dieser Moment der finsteren Wandlung vorüber, als sei nichts gewesen, und Tamsanne trat von den Überresten ihres Zaubers zurück.

Ganz kurz glaubte Gaultry, sie hätte sich das alles nur eingebildet.

Doch dann, drei Schritte von der Mitte des magischen Kreises entfernt, strauchelte Tamsanne und griff sich an die Kehle.

Etwas war schief gegangen.

In ihrer Hast, ihre Großmutter zu erreichen, fiel Gaultry beinahe die Treppe hinunter. »Tullier!« Ihre Stimme war schrill vor

Angst. »Komm und hilf mir – wir müssen sie auf die Wiese legen.«

Er starrte auf sie nieder, überrumpelt und reglos. Er hatte den magischen Impuls nicht gespürt und begriff nicht, was das Straucheln der alten Frau zu bedeuten hatte. Er war einfach stehen geblieben.

Allein zerrte Gaultry ihre Großmutter von den Kreidezeichen auf den Platten fort und auf das Gras daneben, dann riss sie an Tamsannes Kleid, um den Kragen aufzubekommen. Das Gesicht der alten Frau war verfärbt, als habe sie einen Schlaganfall erlitten.

»Tullier!« Sie weinte, rieb kräftig Tamsannes Handgelenke und forschte dann nach einem Pulsschlag. Erst jetzt kam er angerannt, um ihr zu helfen.

»Rollt sie auf die Seite«, riet er. »Wenn wir sie so liegen lassen, kann sie an ihrer eigenen Zunge ersticken.«

»Sie muss die Erde berühren«, sagte Gaultry, während sie schon nach seinen Anweisungen Tamsanne auf eine Seite legte. Dann nahm sie den schlaffen Arm ihrer Großmutter, der nun oben lag, breitete Tamsannes Finger aus und drückte sie ins moosige Gras. »Fühlst du das, Großmutter? Zieh neue Kraft daraus!«

»Was tut Ihr denn da?« Tullier legte eine Hand an Tamsannes schmale Schulter. »Wir müssen ihre Lunge wieder in Bewegung bringen!«

»Sie muss die Erde berühren«, schluchzte Gaultry unter Tränen. »Sie kann sich nur selbst helfen, wenn sie die Erde berührt!« Tullier verdrehte die Augen, ließ sie gewähren und bemühte sich stattdessen, Tamsannes Brust und Rücken kräftig zu bearbeiten. »Oh Ihr Großen Zwillinge!«, betete Gaultry laut. »Jägerin Elianté! Nimm sie noch nicht von mir! Bitte – noch nicht!«

Um sie herum erstrahlten die Bäume in der Sonne. Tamsanne blieb reglos und schlaff, trotz all ihrer Bemühungen, ihr zu helfen. »Mach weiter!«, schluchzte Gaultry.

Die Sonnenstrahlen erreichten das Geländer der Terrasse, etwa sechs Fuß über ihren Köpfen, und irgendetwas geschah. Ob es an Tulliers Wiederbelebung oder Gaultrys Bemühungen lag – plötzlich stieß die alte Frau ein zittriges Seufzen aus. Ihr Körper spannte sich, und sie schnappte nach Luft.

»Noch einmal«, befahl Gaultry verzweifelt. »Tu noch mal genau dasselbe wie gerade eben! Mach weiter!«

Tullier legte beruhigend eine Hand auf ihre. »Sachte! Merkt Ihr es denn nicht? Was auch immer das war, sie hat es überstanden. Sie kehrt langsam wieder zurück. Lasst sie in Ruhe zu Atem kommen.«

Sie saßen zusammen neben Tamsanne und sahen zu, wie die alte Frau darum kämpfte, wieder zu sich zu kommen. Gaultry tätschelte sanft ihre Schulter, ihre trockene, zerfurchte Wange. Sie war unendlich erleichtert, doch sie fand es beängstigend, das unverhüllte Alter im Gesicht ihrer Großmutter zu sehen; sehr deutlich erkannte sie, dass sonst nur bewusste Willensanstrengung diese gealterten Züge mit dem Anschein von Kraft und Jugend belebten. Als Gaultry nun ihre Großmutter ansah, wurde sie unangenehm an ihren letzten Besuch bei der alten Melaudiere erinnert. Die Herzogin hatte ebenfalls fast bis zu ihrem Todestag über gewaltige magische Kräfte verfügt – ja, es war die Kraft ihres allerletzten Zaubers gewesen, der ihrem Körper die letzte Lebenskraft entzogen hatte.

Die Magie in der Fetischkrone war sehr stark gewesen. Hatte Gaultry gedankenlos Tamsannes Leben aufs Spiel gesetzt, indem sie sie darum bat, sich ähnlich zu überanstrengen?

Tamsanne öffneten die Augen einen Spaltbreit. Benommen blickte sie in den Himmel, versuchte, sich zurechtzufinden, und streckte die Hand nach Gaultrys Gesicht aus. »Hör mir zu –«, sagte sie schwach.

»Leg sie auf den Rücken«, sagte Gaultry. »Mach es ihr bequemer.« Sie bettete Tamsannes Kopf in ihren Schoß. Ihre Großmutter versuchte verzweifelt, zu sprechen, doch sie brachte kein Wort heraus. »Lass dir noch ein bisschen Zeit«, beruhigte Gaultry sie und strich ihrer Großmutter übers Haar. Dann wandte sie sich an Tullier. »Sie braucht etwas Wasser.«

»Ich glaube, sie wurde vergiftet.« Tullier stand auf.

»Mit einem Giftbann«, bestätigte Gaultry. »Ich hätte sie nicht in die Nähe von diesem Ding lassen dürfen, geschweige denn sie bitten, daran herumzuzaubern. Ich hätte wissen müssen, wie gefährlich das war.«

Tullier zuckte mit den Schultern. »Wir brauchten Antworten. Was auch immer es war, der Höhepunkt ist vorüber. Sie hat ihn überstanden. Das Schlimmste ist vorbei.«

Gaultry holte bebend Luft und verbiss sich eine wütende Erwiderung. Er war zu jung, um die Bedeutung von Tamsannes hohem Alter zu begreifen. Unter all ihrer Hexenmacht war sie alt und gebrechlich. Gaultry war erleichtert, als er endlich ging, um Wasser zu holen. Sie wollte nicht wütend auf ihn sein, nur weil er zu jung war, um etwas zu verstehen.

Tamsanne wusste so viel. So viel, dass Gaultry endlich ihren Mut zusammennehmen und sie danach fragen musste.

Tamsanne sagte ihr mit einer schwachen Geste, dass sie Gaultrys Hand halten wollte. Gaultry nahm sofort Tamsannes Hand in die ihre und ließ ihr Herz sprechen. »Hol dir Kraft von mir. Leih dir meine Kraft, um dich zu heilen.« Sie senkte den Kopf, schloss die Augen und stellte sich den Fluss der Energie in ihrem Körper vor, lebendig, jung, mit der strahlend grünen Kraft der Zwillingsgöttinnen erfüllt und von goldener *Glamour*-Magie durchzogen. Sie sah die Energie ihrer Großmutter vor sich, dunkler, reifer, tief in ihrem Zentrum zusammengezogen, von dem sich nur ein schwacher Faden in ihre Hand vortastete, die in der Hand ihrer Enkelin ruhte. Sanft folgte Gaultry diesem Faden nach innen; plötzlich sah sie Mervions ruhiges Gesicht vor sich, wie es in dem Moment ausgesehen hatte, als Mervion sich über Tullier gebeugt und ihre halbe *Glamour*-Seele von ihm zurückgeholt hatte. Mervion hatte keine umständlichen Anrufungen gebraucht, um sich ihre Kraft zu nehmen; sie hatte auch keine langen Sprüche benötigt, als sie ihre Kraft unmittelbar danach wie eine Waffe dem Feind entgegengeschleudert hatte. Alles, was Mervion dazu gebraucht hatte, war sie selbst.

Gaultry drückte die trockene Hand ihrer Großmutter mit beiden Händen. *Nimm dir meine Kraft, Großmutter, so wie Tullier sich Mervions Kraft leihen durfte.* Als sie diesen Wunsch innerlich formte, spürte sie auch schon, wie er Wirklichkeit wurde, fühlte Kraft aus ihrem jungen Körper in die gekrümmte alte Frauenhand ihrer Großmutter strömen. *Nimm sie dir, Großmutter; nimm sie und heile dich.* Als ihre Kraft sich so verströmte, brach etwas in ihr wie eine Schwachstelle in einem alten Damm. Einen atemberaubenden Augenblick lang fühlte sie sich schwindelig, schwerelos. Dann erhob sich ihre Magie vor ihrem inneren Auge wie noch nie zuvor, ein tausendköpfiges Ungetüm, bereit, sich ganz nach ihrem Willen zu formen. Sie hätte beinahe laut aufgelacht, als sie in diesen Gesichtern alten, beengten Gestalten begegnete – sich selbst, die sich ständig fragte, wie sie die Gestalt ihrer Macht auch nur im Mindesten in den Griff bekommen sollte. In der gewaltigen Woge von Möglichkeiten, die nur auf ihren Befehl warteten, erkannte sie, dass sie die ganze Zeit nach etwas außerhalb ihrer selbst geforscht hatte – dabei hätte sie den Blick nur nach innen wenden müssen. Das war es also, was Mervion schon so lange wusste; dies war das Wissen, das ihrer Schwester solche Macht verliehen hatte.

Nun besaß Gaultry es selbst.

»Gaultry.« Die Stimme ihrer Großmutter unterbrach ihre wirbelnden Gedanken. »Gaultry, komm zurück. Dir ist gelungen, was du erreichen wolltest.«

Die Farben tanzten weiter, sprühten vor Energie und blendeten die Worte ihrer Großmutter aus. Gaultry sah einen Tiergeist nach dem anderen: eine Möwe, eine wütende Katze, ein rasendes Wildschwein. Bilder von jedem Lebewesen, dessen Geist sie je übernommen hatte, waren in ihr gefangen und hundertfach gespiegelt. Während eines nach dem anderen vor ihr aufstieg, fauchte sie, krähte, grunzte …

Mitten in diesem Chaos erschien ein ruhiger Punkt: Ein kleiner, purpurroter Fleck erblühte. Als sie sich darauf ausrichtete, erkannte sie ihn als purpurrote Orchidee. Sie begann sich zu öffnen, ihre Blütenblätter zu entfalten, doch sie bewegte sich nicht, während alles andere um sie herum vor ihr zurückzuweichen schien. Gaultry, die in dieser stürmischen Bildersee trieb, griff danach, streckte die Hand aus, um sie zu pflücken. Es war nicht leicht, doch indem sie ihren Willen darauf ausrichtete, glitt sie langsam darauf zu ... Ihre Finger berührten den Stängel.

Auf einmal waren ihre Augen offen, und das Bild der Blume verschwamm. Über ihr sah sie das Gesicht ihrer Großmutter, und dahinter das endlose Blau des Morgenhimmels. Irgendwie lag nun sie auf dem Boden und ihr Kopf in Tamsannes Schoß, anstatt umgekehrt.

»Großmutter.« Ihre Stimme klang krächzend. »Was ist geschehen?«

Tamsanne strich ihr über die Wange. »Deine Macht ist losgebrochen, als du mir deine Kraft geliehen hast, und du warst nicht darauf vorbereitet, sie unter Kontrolle zu halten. Den Zwillingen sei Dank, dass du mich schon soweit wiederbelebt hattest, dass ich dich zu dir selbst zurückholen konnte. Ich habe dir das Bild von der Orchidee gesandt – das Symbol der *Glamour*-Kraft. Als du nach der Blume greifen wolltest und alles andere beiseite geschoben hast, da hast du dich endlich auf deine eigene Magie besonnen, tief im Kern deiner Seele, und so die Kontrolle wiedererlangt.«

Sie half Gaultry, sich aufzusetzen. Tullier stand, bleich vor Angst, mit einem Zinnbecher neben ihnen. »Bei dir waren es schon immer Tiere, mein Kind. Du hast dich auf sie gestützt, weil du deiner eigenen Kraft nicht vertrautest.« Tamsannes Blick bohrte sich mit einer Mischung aus Stolz und Ungeduld in Gaultrys Augen. »Ich habe zugesehen, wie du alle möglichen Geschöpfe übernommen hast, seit du ein kleines Kind warst und nie in dir selbst nach einer ähnlichen Kraft suchtest. Doch du musstest deinen Weg selbst wählen. Und der, den du wähltest, verlieh dir wiederum eine andere Stärke. Du hast gelernt, dass es für Probleme viele verschiedene Lösungen geben kann, wenn du dich nicht allein auf deine eigenen Kräfte und Fähigkeiten verlässt. Das ist eine wichtige Erkenntnis, vor allem für jene, denen eine so gewaltige Macht innewohnt wie dir. Tyrannen lernen das niemals.« Sie nahm Tullier den Becher ab und flößte Gaultry etwas Wasser ein. »Kannst du dich aufsetzen? Ich möchte dir erzählen, was ich herausgefunden habe, solange es mir noch frisch in Erinnerung ist.«

Gaultry stemmte sich vorsichtig hoch. Die Bewegung wurde mit dröhnenden Kopfschmerzen belohnt. »Ich höre dir zu«, sagte sie schwach. »Aber lass mich noch einen Moment liegen bleiben.«

Tamsanne warf Tullier einen missbilligenden Blick zu. »Ich hätte gern mehr Wasser«, sagte sie. »Aber im Augenblick würdest du dich wohl nicht vom Fleck rühren.«

»Ich habe ein Recht, zu erfahren, was Ihr gesehen habt«, erwiderte Tullier. »Ich lasse nicht zu, dass Ihr mich ausschließt.«

Tamsanne seufzte, beließ es aber dabei. Sie wandte sich an Gaultry. »Zwei Hexer oder Hexen haben diesen Fetisch mit ihren Zaubern erschaffen. Die wichtige Frage, die ich noch nicht beantworten kann, lautet – wie viel wussten die beiden von den Absichten der jeweils anderen? Die Magie war dicht verwoben, das stimmt, doch es lag auch ein Widerspruch neben dem anderen, und das wäre nicht passiert, wenn beide Hexen die Arbeit der anderen gekannt hätten.« Sie blickte auf Gaultry nieder. »Der Fetisch zielte auf dich, meine Liebe. In erster Linie sollte er dich so tief in dich hineintreiben, dass du nicht wieder aufwachen und in den Machtspielchen des Hofes keine Rolle mehr spielen würdest. Hätten seine Schöpferinnen einander nicht so viel verheimlicht, dass sich ihre Absichten teilweise kreuzten, dann wäre dieser Zauber gewiss erfolgreich gewesen. Doch eine von beiden wollte dich nur auf Dauer in tiefsten Schlaf versetzen. Sie hat sogar eingearbeitet, wann du wieder aufwachen solltest. Die andere – die andere wollte dich umbringen. Durch diese widersprüchlichen Befehle haben die beiden unwissentlich zahlreiche Schwachstellen in ihrem Zauber geschaffen. Nicht zuletzt dadurch konntest du entkommen.«

Gaultry erinnerte sich an das verschlungene Labyrinth ihres Traum-Palastes, an den bedrohlichen Verfolger, der sie immer tiefer in den Irrgarten hineingetrieben hatte. Sie erinnerte sich an ihre Freude, als sie die Tiermasken-Porträts entdeckte, ihre Faszination angesichts des bunten Teppichs lebender Blumen. Sie hatte das Gefühl gehabt, als öffneten sich ihr verborgene Geheimnisse. Sie hatte mehr davon sehen wollen. Ja, mit der ständigen Verfolgung und der großen Schönheit um sie herum wäre es durchaus möglich gewesen, dass sie, gefangen in diesem Traumreich, dort geblieben wäre. »Was ist mit der Gestalt auf dem grauen Hügel?«, fragte sie. »Mit dem, was sie gesagt hat? Und was ist mit der Magie, die dich fast umgebracht hätte, als du den Zauber zurückverfolgt hast?«

Tamsanne legte beunruhigt den Kopf schief. »Ich kann nicht alles deuten. Ich kann dir nur sagen, was die Hexen mit der Krone beabsichtigten. Und die Magie, die mich angriff – das war ein recht einfacher Zauber. Ein Syphon.«

»Ein Syphon?« Von so etwas hatte Gaultry noch nie gehört.

»Eine magische Falle. Sie hat meinem Zauber sogar zum Erfolg verholfen. Sie hat ihn ins Unsinnige gesteigert. Mein Spürzauber bewirkte alles, was ich mir nur hätte wünschen können, und weit mehr. Der Syphon sog so viel von meiner Kraft in den Spürzauber hinein, dass er mich umgebracht hätte – entweder in dem Augenblick, als er vollständig ausgeführt war, oder gleich darauf. Ich habe sehr viel von dem erfahren, was ich wissen wollte, doch wenn du mir nicht beigestanden, mich nicht aus meiner Versenkung gerissen und meinen Körper zum Atmen gezwungen hättest – wenn du mir nicht deine eigene Kraft gespendet hättest –, dann wäre mein Leben verwirkt gewesen.«

Tamsanne runzelte die Stirn. Sie berührte den schwarzen Stoff ihres Ärmels, welcher noch immer mit einem Trauerband versehen war, und machte das Zeichen der Göttinnen. »Natürlich liegt der Verdacht nahe, dass genau dies der armen Gabrielle zugestoßen sein muss. Sie hat ein Geschenk von ungeheurer Kraft für ihren Prinzen geschaffen. Wenn Benets Erbe zur Welt kommt und in dieser Wiege liegt, wird der Schutz, den sie ihm gewährt, in die Legende eingehen. Doch ich kann mir nicht vorstellen, dass es Gabrielles Absicht war, für diesen Schutzzauber mit dem eigenen Leben zu bezahlen. Ich denke, sie hätte einen etwas geringeren Zauber vorgezogen und damit die Freude, das Kind aufwachsen zu sehen und ihm ihren fortwährenden und tatkräftigeren Schutz angedeihen zu lassen.«

»Wer war das?«, fragte Gaultry. »Wer hat das getan?«

Tamsanne warf Tullier einen vorsichtigen Blick zu. »Das ist nicht so eindeutig, wie ich es gerne hätte.«

»Du kannst vor Tullier ruhig offen sprechen«, fuhr Gaultry sie an. »Wenn er nicht gewesen wäre, hätte diese verdammte Krone mich umgebracht! Er hat es zumindest verdient, zu erfahren, wer mich damit treffen wollte.«

Tamsanne zuckte mit den Schultern. »Wenn du unbedingt eine Antwort hören willst: Das Grundwerk der Krone wurde ganz sicher von Dervla geschaffen. Das Siegel auf den Schlüsseln, die dich wieder davon befreit hätten, war unverkennbar ihres. Aber die Hexe, die dich umbringen wollte – ich weiß es nicht. Sie ist magisch sehr begabt, aber heimlichtuerisch. Ich würde eine von Dervlas Gehilfinnen dahinter vermuten. Diese Leute – sie teilen nicht immer all ihr Wissen mit ihrer Hohepriesterin. Dazu ist die Rivalität untereinander viel zu stark, wen von ihnen die Götter einst zu ihrer Nachfolgerin bestimmen werden.«

Gaultry versuchte, sich die Gesichter der Priestergehilfen vorzustellen. Da war zunächst einmal Palamar. Und Ilary, das offizielle Oberhaupt der Gehilfen, ein Mann, ungefähr so alt wie Dervla. Danach wurden die Namen und Gesichter verschwommener.

»Palamar muss Tullier von ganzem Herzen hassen«, bemerkte Gaultry zweifelnd. »Und das könnte sie auch auf mich übertragen haben. Aber ich kann mir kaum vorstellen, dass Palamar sich gegen Dervla wenden würde, nicht einmal heimlich. Sie kommt mir immer so gehorsam vor.« Dann drang ihr ein anderer Teil von Tamsannes Worten ins Bewusstsein. »Wann wollte Dervla mich denn wieder aufwachen lassen?«

»In der ersten Nacht des neuen Mondes. Am Ende des Monats, wenn die Sterne in des Sonnenkönigs Krone ihren höchsten Stand überschritten haben.« Tamsanne streckte die Hand aus, um ihr aufzuhelfen. Vorsichtig richtete Gaultry sich auf; während ihre Großmutter sich vollkommen erholt zu haben schien, fühlte sie sich schwach und zittrig. »Wenn Dervla Vaux-Torres zwingen will, den Jungen den Bissantinern auszuliefern, dann rechnet sie gewiss damit, dass die Bissantiner ihr den Ritualmord an deinem kleinen Tullier abnehmen werden – womit sie Benets Schwur, den Jungen zu schützen, unterlaufen könnte. Bei den Göttern, ich wüsste gern, wie sie auf solche Gedanken kommt! Was für ein Herrscher würde denn aus Benet werden, wenn er durch einen geheimen, eidbrecherischen Mord auf den Königsthron gelangt? Das wäre eine Katastrophe für uns alle.« Tamsanne schüttelte den Kopf. »Doch zumindest wissen wir, wann sie zuschlagen wird. Damit der Dolch seine Macht entfaltet, muss das Ritual zu einem ganz bestimmten, astrologisch bedeutenden Zeitpunkt ausgeführt werden, wenn die Augen der Götter besonders achtsam auf uns ruhen. Das wären entweder die Iden oder zu Vollmond, am Monatsende.«

»Die Iden«, vermutete Gaultry, die erschüttert war, aus Tamsannes Mund so nüchtern das zu hören, was sie selbst schon befürchtet hatte. »Dervla hat Argat gesagt, Benet werde vor dem Monatsende zurück bei Hofe sein. Das hat Elisabeth jedenfalls gehört. Also will Dervla ihr Komplott bis dahin abgeschlossen haben, wenn sie erwartet, dass Benet so bald mit den Lanai fertig wird und von der Grenze zurückkehrt.«

»Die Iden sind in kaum zwei Wochen«, murmelte Tamsanne. »Das gibt der Herzogin von Vaux-Torres nur wenige Tage, um Tulliers Entführung zu bewerkstelligen. Doch diese kurze Zeitspanne mag ausreichen, um Elisabeths Beschluss, ihrer Mutter nichts zu sagen, ins Wanken zu bringen. Dann läge der Vorteil der Überraschung auf Argats Seite.«

»Das glaube ich nicht. Elisabeth will doch nichts gegen den ausdrücklichen Willen des Prinzen tun.«

Tamsanne seufzte. »Da hast du Recht, das wäre gewiss nicht ihre Absicht. Aber du sagtest selbst, das Mädchen ist keine Lügnerin, und wie du bereits erfahren hast, ist ihre Mutter eine äußerst aufmerksame Beobachterin. Argat könnte Elisabeth alles entlocken, bevor die überhaupt merkt, dass sie sich verraten hat.«

»Was soll ich denn tun?«, fragte Gaultry flehentlich. »Wie kann ich Tullier beschützen? Ich werde ja selbst im Schlaf angegriffen. Wie soll ich mich dagegen wehren?«

Tamsanne legte die Hand an die Stirn, und ein müder Ausdruck legte sich auf ihr Gesicht. Sie hatte sich doch nicht so rasch erholt, wie sie vorgegeben hatte. »Du darfst Argat keine Gelegenheit geben, ihn zu fassen. Verlasst Princeport. Nimm den Jungen und geh. Das würde vielen Zwecken zugleich dienen – nicht zuletzt könntest du auf diese Weise ehrenhaft mit dem Vertrauen umgehen, welches die junge Elisabeth in dich gesetzt hat. Bring dich selbst und den Jungen fort von hier, und Argat Climens hat gar keine Chance mehr, sich zu entehren.«

»Die Lösung kann doch nicht so einfach sein«, wandte Gaultry ein. »Argat könnte uns folgen. Oder uns verfolgen lassen.«

»Bis Benet zurückkehrt, ist die Herzogin von Vaux-Torres mit ihrem Ehrenwort gebunden, in Princeport zu bleiben. Dervla kann nicht von ihr verlangen, dieses Ehrenwort zu brechen, denn Argats Ehre ist ja eben das Druckmittel, mit dem Dervla sie sich gefügig machen will.«

»Ich soll den Hof auch nicht verlassen«, rief ihr Gaultry ins

Gedächtnis. »Benet hat die Brut aus gutem Grunde nach Princeport befohlen.«

»Das hat dich letztes Mal auch nicht davon abgehalten«, erwiderte Tamsanne. »Und hat der Prinz dir nicht selbst für den Notfall sein Siegel gegeben und dir damit gestattet, es auch zu nutzen?«

Der kleine lederne Schild, den sie am Abend von Lady Julies Konzert erhalten hatte, lag offen auf Gaultrys Kaminsims. Tamsanne musste ihn gesehen haben, als sie die Kerzen entzündete. »Wo sollen wir denn hin?«, fragte Gaultry. »Nach Hause in den Wald von Arleon? Über die Grenzen Tielmarks hinaus? Vielleicht könnten wir ein Schiff nehmen und der Sharif nach Süden folgen. Ich habe selbst schon daran gedacht, Tullier vorsichtshalber dorthin zu schicken.«

»Nicht dass ich damit einverstanden gewesen wäre«, warf der Junge ein. Er hatte ihr Gespräch sehr aufmerksam verfolgt. »Aber vielleicht hat Eure Großmutter Recht. Ich habe nichts dagegen, eine gehörige Strecke Weges zwischen mich und diesen *In Raku*-Dolch zu bringen.«

Tamsanne dachte darüber nach. »Wir wissen nicht mit Sicherheit, ob Dervla den *In Raku* noch hat. Sie könnte ihn schon an die Bissantiner übergeben haben, und jeglicher Ort, an dem der Dolch sich befindet, ist sehr gefährlich für dich.« Sie hielt inne und überlegte. »Es gibt nur eine Möglichkeit. Du musst den Jungen zu Benet bringen. Das ist der einzige Ort, wo er ganz geschützt ist.«

»Zu Benet? Benet reitet im Eiltempo zur westlichen Grenze«, sagte Gaultry bestürzt. »Und warum sollte Tullier bei ihm sicher sein?«

Tamsanne warf Gaultry einen belustigten Blick zu. »Vertraust du deinem Prinzen?«

»Was soll das heißen?«, fuhr Gaultry empört auf. »Selbstverständlich vertraue ich ihm.«

»Dann musst du auch darauf vertrauen, dass er niemals einwilligen würde, diesen Jungen rituell ermorden zu lassen, um seinen Anspruch auf die Königskrone zu stärken. Sowohl an den Iden wie auch zum Ende des Monats, wenn der Mond von Andion Götterkönig endet, wird das also der einzige sichere Ort für ihn sein. Bei Benet.«

Martin hatte nicht gewollt, dass sie an die Westfront kam. Nicht dieses Jahr, hatte er gesagt. Die Gefechtslinien sind zu wirr. Das Chaos ist zu groß. Bleib am Hof, hatte er sie angefleht, und finde die Antwort auf das Rätsel der Königswürde, auf dass die Brut von ihrem Fluch befreit wird. »Sollten wir nicht einen anderen Weg finden, Benet zum König zu machen?«, schlug sie vor. »Einen Weg, der kein Blutopfer erfordert? Irgendjemand muss sich darum kümmern.«

»Gaultry«, sagte Tamsanne. »Wenn ich dir schwöre, dass ich mit Julie daran arbeiten werde, ja sogar mit Dervla – mit allen verbliebenen Hexen der Brut, bist du dann bereit, zu gehen?«

»Argat wird mir ihre Männer hinterherschicken. Oder Dervla und ihr blinder Passagier.«

»Nur, wenn sie merken, dass du fort bist. Überleg doch mal! Mervion könnte für dich einspringen. Wir lassen den gesamten Hof glauben, du wärst noch hier – während du dir den Jungen schnappst und verschwindest.«

»Und Mervion an meiner Stelle in Gefahr schwebt? Warum bist du nur so darauf aus, uns loszuwerden?«

Tamsanne setzte sich, plötzlich ernüchtert, auf die unterste Stufe der Terrasse. »Weil ich Angst habe«, gestand sie. »Weil Dervlas Mittäter, wer auch immer das sein mag, mit einer Magie arbeitet, die mit dunklen, vergifteten Gefühlen aufgeladen ist; seine oder ihre Treue zu Tielmark ist so schwach, dass er oder sie keine Skrupel hat, Mitglieder und Nachfahren der Brut zu ermorden, die Benets mächtigster Schutzschild sein könnten, wenn sie – wir – nur endlich aufhören könnten, gegeneinander zu arbeiten. Ich glaube, Dervlas blinder Passagier hat Gabrielle von Melaudiere ermordet. Er oder sie – ich denke, es ist eine Sie –

muss Gabrielles Pläne für das Königtum gefürchtet haben, oder sie wollte verhindern, dass Melaudieres Einfluss und Kraft uns wieder vereinigen könnten. Bedauerlicherweise legt das eine Verbindung zu Bissanty nahe.

Dann ist da noch die Sache mit dem Königsdolch. Ich fürchte, dass ein unfreiwilliges Opfer mit dem *In Raku* Tielmark zu einer grausamen, hässlichen Zukunft verdammen würde. Dervla glaubt vielleicht, dass sie im Grunde Gutes damit tut – doch sie irrt sich. Eine dunkle Macht arbeitet an der Seite unserer Hohepriesterin und missbraucht Dervlas Pläne zu ihren eigenen Zwecken, und Dervla ist so von ihrem Ehrgeiz geblendet, dass sie es nicht sehen kann.«

Gaultry drehte und wendete in Gedanken den Vorschlag ihrer Großmutter hin und her. Irgendwo darin spürte sie die Drohung schrecklicher, erbarmungslos eintretender Folgen. Sie wusste nicht, was das sein könnte oder wen Tamsannes Plan in Gefahr bringen würde. Aber wenn nicht Tullier oder sie selbst, wen dann?

»Selbst wenn ich bereit wäre, zu gehen, glaube ich kaum, dass Mervion meine Stelle einnehmen möchte.«

»Du würdest ihr diese Chance verweigern, ihrem Prinzen zu dienen? Ihr die Chance verweigern, dich zu beschützen? Du würdest doch jederzeit dasselbe für sie tun. Wenn du ihr nicht einmal die Möglichkeit dazu gibst, tust du ihr damit keinen Gefallen, falls dieser Gedanke dahinter steckt.«

»Du hast nicht unter dieser Fetischkrone gelitten«, erwiderte Gaultry eisig. »Das hat nichts mit Eigensucht zu tun. Ich will Mervion keiner so ernsten Gefahr aussetzen.«

Tamsanne zuckte ein wenig beunruhigt mit den Schultern. »Das Blut der Brut fließt gleichermaßen in euch beiden. Mervion ist bereits in Gefahr. Es wird ihr mehr helfen, als du dir vielleicht vorstellen kannst, diese Gefahr in ein klares Ziel umzuwandeln. Selbst wenn ich mich irre – Mervion hat zumindest das Recht, das selbst zu entscheiden.«

»Also gut«, gab Gaultry nach. In diesem letzten Punkt konnte sie nicht widersprechen. »Unter der Bedingung, dass Mervion sich aus freien Stücken dazu bereit erklärt, werde ich mit Tullier nach Westen reisen.« Sie wandte sich an den Jungen. »Wir beschaffen uns alles Nötige unten in der Stadt. Dann erregen wir kein unnötiges Aufsehen, indem wir voll bepackt zum Tor hinausmarschieren. Geh schon hinein und sieh zu, was du einpacken kannst, ohne zu viel Aufmerksamkeit zu erregen.«

Er nickte und verschwand nach drinnen.

»Wir gehen nur, wenn Mervion wirklich damit einverstanden ist, meinen Platz einzunehmen«, wiederholte Gaultry. »Und im Moment glaube ich kaum, dass ich sie dazu überreden kann.«

»Wir werden ja sehen.« Tamsanne starrte ihre Enkelin an, als wolle sie ergründen, warum diese so zögerte. »Sie liebt dich, weißt du? Dieses neue Band, das sie mit Coyal geknüpft hat, ändert nichts daran – nicht mehr als deine Gefühle für den Wandersmann etwas daran ändern würden.« Gaultry senkte den Blick – bis Tamsanne sich anschickte, Tullier nach drinnen zu folgen.

»Warte«, bat Gaultry. Sie brauchte noch eine letzte Antwort. »Großmutter, die junge Elisabeth kam zu mir, um Hilfe zu erbitten, doch wir haben sie mit neuen Fragen wieder fortgeschickt. Du sagtest, du wüsstest, wer ihr Vater ist.«

Tamsanne runzelte die Stirn. »Wenn Elisabeth selbst noch nicht bereit war, das zu erfahren, dann werde ich es nicht ausplaudern. Aber das Rätsel ist wirklich nicht schwer zu lösen. Argat Climens ist eine faszinierende Frau, aber zügellos in ihrer Eitelkeit und ihrem Ehrgeiz. Ihre Kinder gebar sie nur, um ihren Ruhm zu mehren. Es ist wahrlich nicht schwer, darauf zu kommen, warum sie sich von wem schwängern ließ.«

Gaultry schüttelte den Kopf. »Ich will gar nicht wissen, wer Elisabeths Vater ist.«

Tamsanne zog die Brauen in die Höhe.

»Ich will etwas über *meinen* Großvater erfahren.« Ob ihrer Unverschämtheit rauschte ihr das Blut in den Ohren. Tamsannes Ungerührtheit verflog und wurde einen flüchtigen Augenblick lang durch einen Ausdruck nackter Pein ersetzt. »Ich – du möchtest es mir vielleicht nicht erzählen, aber nach allem, was geschehen ist … Großmutter, ich hätte dich heute Morgen fast verloren. Als ich bei Jumery Ingoleur war – etwas, das er sagte, führte dazu, dass ich es unbedingt wissen muss. Ich weiß, dass du das Blutband der Ingoleurs durchtrennt hast, am Grabhügel auf seinem Land. Ich glaube nicht, dass du ein solches Band ohne einen sehr guten Grund zerstören würdest – du selbst hast mich gelehrt, dass solche Bindungen unendlich kostbar sind, und dass immer weniger von diesen ungebrochenen Banden, die bis weit in die Vergangenheit zurückreichen, die Zeit überdauern. Deshalb glaube ich, dass das, was er über meinen Großvater sagte, wahr sein muss.«

Ein langer Moment verstrich schweigend. Tamsanne wandte ihr den Rücken zu. Gaultry wartete, voller Angst, dass Tullier zu früh zurückkehren, sie unterbrechen und damit Tamsanne eine Chance geben würde, sich der Frage zu entziehen.

»Was hat er denn gesagt?«, fragte Tamsanne misstrauisch. »Welche abscheuliche Behauptung hat er aufgestellt?«

Nun war es an Gaultry, zu zögern. *Euer Großvater war ein toter Mann, als Tamsanne ihn benutzte, um ein Kind zu empfangen.* »Er sagte – er sagte, dass Großvater nicht mehr am Leben war, als du – als er – als meine Mutter …«

»Er meint, ich hätte deine Mutter empfangen, indem ich mich mit einem Leichnam amüsierte?« Tamsanne gab einen leisen, kehligen Laut von sich. Ein ersticktes Lachen. »Was geht nur in deinem Kopf vor sich? Sir Jumerys Blutband ging tief, doch sein Vorstellungsvermögen ist sehr oberflächlich, und er war der Erwartung erlegen, dass alles, was er über mich in Erfahrung bringen konnte, abscheulich sein würde. Ein größerer Irrtum als seiner wäre kaum denkbar. Dein Großvater war ein wunderschöner Mann. Groß und golden. Feurig wie die Sonne. Ein Jäger in Gries Village, wo ich geboren wurde. Er hieß Jarret. Er war nicht wie die Männer, die du und deine Schwester euch ausgesucht habt. Hier am Hof hätte man ihn als einfältig betrachtet. Jarret hat die

Wälder niemals verlassen. Sie waren seine Heimat. Sein Schicksal.« Als sie sich nun zu Gaultry umwandte, hatte sie ihren Humor wiedergefunden. »Hast du *wirklich* geglaubt, du stammtest von nekromantischem Frevel ab? Nachdem ich dich so lange gelehrt habe, diese Dinge zu fürchten?«

»Ich wusste nicht, was ich denken sollte«, sagte Gaultry schüchtern, erleichtert über das Lächeln ihrer Großmutter. »Wie ich es auch drehte und wendete, es ergab keinen Sinn.«

»Du bist deinem Großvater in vielen Dingen so ähnlich«, bemerkte Tamsanne leise. »Du und deine Schwester, alle beide. Sogar mehr noch als eure Mutter. Sie – sie war eigentlich eine kluge Frau, doch diese Wildheit in ihr versperrte ihr so vieles. Jetzt kann ich es dir ja sagen, deine Ähnlichkeit mit meinem Jarret hat mich insgeheim oft sehr glücklich gemacht.«

»Bin ich ihm denn ähnlich?«, fragte Gaultry verlegen.

»Er war ein Jäger, genau wie du, und zwar ein sehr guter.«

Gaultry freute sich so über die Dinge, die sie über ihren Großvater erfahren hatte, dass ihr erst später auffiel, was ihre Großmutter ihr nicht erklärt hatte, nämlich wie Sir Jumery dazu gekommen sein mochte, diesen falschen Schluss über die Empfängnis ihrer Mutter zu ziehen. Im Nachhinein wurde ihr klar, dass Tamsanne ihr absichtlich so viel erzählt hatte, um sie von ebendieser Frage abzulenken.

Sie hätte es besser wissen sollen, als fest zu versprechen, dass sie Princeport verlassen würde, wenn Mervion bereit war, ihren Platz einzunehmen. Als Gaultry ihre Schwester in der Stadt aufsuchte, wo sie mit Coyal zusammen wohnte, war sie mehr als bereit. Sie war geradezu begierig darauf.

»Ich werde dich hier vertreten«, sagte sie mit strahlenden Augen. »Und Coyal – mit Hilfe meiner Magie kann Coyal den Jungen spielen –, sieh nur, der Hund mag ihn schon. Wer soll da noch den Unterschied bemerken?«

Gaultry warf einen zweifelnden Blick auf Coyals schlanke,

aber muskulöse Gestalt, den leuchtenden Schopf blonder Haare, die kräftige Form von Kopf und Kinn. Als er und Tullier sich zusammen über den mageren jungen Hund beugten – der Welpe war im Hundezwinger des Palastes gut gefüttert und ein wenig kräftiger geworden, doch das jämmerlich hungrige Aussehen war ihm geblieben –, konnte Gaultry sich nicht vorstellen, dass jemand die beiden verwechseln könnte. Der junge Ritter war nicht übermäßig groß gewachsen, das stimmte schon, doch er sah Tullier überhaupt nicht ähnlich. Es war allzu offensichtlich, dass er bereits zum Mann gereift und über die schlaksige Figur und Bewegung der Jugend hinausgewachsen war. »Sie sind sich nicht besonders ähnlich«, sagte sie nur.

»Nein«, entgegnete Mervion, »da hast du Recht. Aber niemand wird den Unterschied bemerken, wenn ich Coyal verzaubert habe. Der Hund des Jungen – der wird gut dazu passen. Eine weitere Ablenkung, die Misstrauen entgegenwirkt.»

Ihre Pläne eilten bereits allem voraus, was Gaultry sich überlegt hatte, um die Täuschung so echt wie möglich erscheinen zu lassen. Den Hund hatten sie nur deshalb mitgebracht, weil sie und Tullier sich immer noch darüber stritten, ob der Junge ihn mitnehmen durfte oder nicht.

Zumindest *dieses* kleine Problem wäre gelöst, wenn sie den Hund Mervion und Coyal anvertrauten.

»Der Hund sollte wirklich bei uns bleiben«, bot Coyal freundlich und hilfsbereit an. »Das Grenzland ist kein guter Ort für einen unerzogenen Welpen.« Ein zwingendes Argument, auf das Gaultry leider nicht von allein gekommen war. Tullier war von einer selten jungenhaften Sorge ergriffen, das Hündchen werde ohne ihn elend und einsam sein.

»Warum seid ihr dazu bereit?«, fragte Gaultry ihre Schwester.

»Ich habe dir doch von dem jüngsten Anschlag erzählt – es könnte sehr gefährlich für dich werden. Du könntest gezwungen sein, deine Magie auf eine Weise einzusetzen, die dir missfällt.«

Mervion begutachtete kritisch Gaultrys neues blaues Kleid

und hielt es vor sich, um zu sehen, ob es ihr passen würde. »Ich muss das tun«, sagte sie. »Für Coyal und für mich. Coyal braucht eine Gelegenheit, um seine Treue zu Tielmark zu beweisen. Ich –« Nun endlich drehte Mervion sich um und sah Gaultry an. »Ich war wütend auf dich. Ich kann dir kaum beschreiben, wie verlassen ich mich fühlte, als du mich ganz allein am Hof zurückließest, um zu Martins Rettung zu eilen.«

»Ich hätte auch gern eine andere Wahl gehabt«, verteidigte sich Gaultry. »Und ich hätte ganz sicher anders gehandelt, wenn du mir nur gesagt hättest, dass die Hälfte deiner *Glamour*-Seele in Tullier steckte.«

»Es war dumm von mir, dir das nicht zu sagen«, gestand Mervion. »Anfangs warst du so beschäftigt, dass ich dachte, du könntest keine weitere Ablenkung brauchen. Und dann – dann war es zu spät.«

»Mervion«, sagte Gaultry. »Auch ich habe viele Fehler gemacht. Ich habe so viel von dir verlangt –«

Ihre Schwester schnitt ihr mit einem Kopfschütteln das Wort ab. »So dachte ich auch manchmal, doch Coyal erinnert mich oft daran, dass ich das in so schwierigen Zeiten nicht so sehen darf. Wir alle werden nicht mehr selbst über unser Leben bestimmen können, bis die Prophezeiung der Brut sich erfüllt hat. Deshalb muss ich dir helfen – deshalb werde ich diese Scharade mitmachen.«

Gaultry umarmte sie. Mervion drückte sie herzlich an sich. »Gute Reise«, flüsterte sie. »Mögen die Zwillinge mit dir reiten.«

»Pass gut auf Tamsanne auf«, erwiderte Gaultry. »Sie ist schwächer, als sie uns glauben machen will.«

Alles andere war rasch besprochen. Coyal nahm Mervions Hand, als Gaultry und Tullier ihre Gemächer verließen, die dunkle Treppe hinunterstiegen und auf den gepflasterten Hof hinaustraten.

»Gebt auf euch Acht«, rief er ihnen nach, »und mögen die Götter mit euch sein.«

Gaultry, die sich bemühte, ihre Abneigung gegen Coyal zu überwinden, rang sich einen möglichst freundlichen Abschiedsgruß ab.

Draußen auf der Straße blickte Gaultry die Allee zum Palast hinauf. Die fernen Türme blinkten in der frühen Morgensonne, strahlend, sauber und einladend.

Seufzend wandte sie sich ab. Für sie führte der Weg jetzt erst einmal nach Westen.

»Bist du bereit für den langen Ritt, Tullier?«

Er nickte begierig.

»Fürs Erste werden wir irgendwo Pferde mieten«, erklärte sie. »Ich möchte das Siegel des Prinzen nicht benutzen, ehe wir Princeport nicht ein gutes Stück hinter uns gelassen haben.«

20

Dank der Autorität des Prinzensiegels konnten sie bis zur Grenze des Bissanty-Landfingers Pferde requirieren, so oft es nötig war. Sie ritten vier Tage lang, ruhten sich einen Tag aus, und ritten dann einen weiteren Tag. Gaultry war zum Schluss wund geritten, doch allmählich konnte sie daran glauben, dass sie das Schlachtfeld bei Llaras Kessel tatsächlich noch vor den Iden erreichen würden.

Als sie jedoch die Grenze erreichten, verliefen die Dinge dort nicht so glatt, wie Gaultry es gehofft hatte. Die Hochstraße Tielmarks verlief quer durch den Landfinger nach Haute-Tielmark. Die zweihundert Jahre alten Vereinbarungen, die Briern der Kühne beim Friedensschluss den Bissantinern abgerungen hatte, garantierten freie Durchreise. Doch am Morgen, als sie dort ankamen – war die Grenze geschlossen.

Die Grenzwachen auf der Tielmaraner Seite sahen das gelassen. »Sie ist seit dem Tag geschlossen, an dem Benet und seine Mannen sie passierten«, erklärte der Hauptmann. »Der Befehl aus Bassorah kam nur wenige Stunden, nachdem der Prinz die Grenze bereits überschritten hatte. Ich bin sicher, das hatten sich die Feldherren des Kaisers anders gedacht!« Als sie das Siegel des Prinzen vorwies, schickte er einen seiner Männer nach Erfrischungen.

»So geht das jeden Sommer«, versicherte er ihnen auf Gaultrys empörte Miene hin. »Der Kaiser schließt die Grenze – nur für eine Woche oder so –, um uns Scherereien zu machen.«

»Wir müssen bis zu den Iden Llaras Kessel erreichen!«

Der Mann zählte die Tage an den Fingern ab. »Das könntet ihr noch schaffen«, sagte er mit einem zweifelnden Blick. »Es ist über eine Woche her, seit sie die Grenze geschlossen haben. Das ist schon ungewöhnlich lange. Ihr könntet warten – vielleicht machen sie sie morgen wieder auf, oder übermorgen, oder in drei Tagen. Ansonsten müsstet ihr einen großen Umweg machen und den Landfinger umrunden.«

»Wir könnten uns auch einfach eine Stelle suchen, wo keine Bissantiner Wachen postiert sind, und uns durchschleichen.« Gaultry hatte genau das in diesem Frühjahr schon einmal getan. »Ich habe es schon geschafft, so schwer ist das nicht.« Von den tierischen Bewohnern des Landfingers beinahe aufgespießt zu werden, durfte man ja nicht als Schwierigkeit betrachten; dieses schlimme Schicksal hatte sie schließlich noch einmal abwenden können.

»Im Hochsommer?«, fragte der Mann ungläubig. »Ihr würdet keine zwei Meilen weit kommen. Jetzt ist Grünfliegen-Saison. Diese Biester schwirren in den tieferen Lagen herum, allgegenwärtig wie die Luft. Tagsüber sind sie in so gewaltigen Schwärmen unterwegs, dass sie einen ausgewachsenen Mann forttragen könnten. Und nachts kann man vor lauter Stechmücken kaum atmen.« Er zuckte die Achseln. »Versucht es, wenn eure dringende Aufgabe euch keine andere Wahl lässt. Aber geht auf jeden Fall ein gutes Stück weiter nach Süden, bevor ihr die Grenze überquert. Die Bissantiner halten die Augen offen, zumindest die ersten paar Meilen um jeden Grenzübergang.«

Das kam ihr von ihrem letzten Besuch des Landfingers her bekannt vor.

»Wie schützen sich denn die Bissantiner gegen die Fliegen?«, fragte sie.

»Mit Rauchfeuern, die Tag und Nacht brennen. Dadurch sind die größeren Posten gut zu erkennen, doch lasst euch davon nicht täuschen. Sie schicken auch Männer auf Patrouille aus, mit Netzen über den Köpfen und vom Scheitel bis zu Sohle mit einem Öl beschmiert, das die Fliegen abhält. Wenn der Kaiser die Grenze für geschlossen erklärt, dann nehmen sie diesen Befehl sehr ernst.«

Gaultry dankte ihm. Kraft ihres Siegels stellte er ihnen frische Pferde aus seinen Ställen zur Verfügung und beobachtete mit zweifelnder Miene, wie sie aufstiegen.

»Es würde mich nicht überraschen, die zwei allein zurückkommen zu sehen«, warnte er sie. »Diese Fliegen – die sind wirklich wild, und feines, saftiges Pferdefleisch – das lockt sie nur noch mehr an.«

»Dann schicken wir sie zu Euch zurück, bevor wir die Grenze überqueren«, sagte Gaultry. Später würde sie ihre leicht überheblichen Worte noch bereuen. »Auf der anderen Seite wird man uns gewiss neue geben.«

»Geht in Ordnung«, sagte der Hauptmann und nickte. »Lasst sie einfach frei, dann kommen sie von ganz allein wieder hier angelaufen. Das Land dort hinunter ist karg – sie wissen, wo sie einen vollen Trog finden.«

Der Hauptmann hatte nicht übertrieben, was die Fliegen anging. Mittags entschied Gaultry, dass sie nun weit genug nach Süden geritten waren, um einen Versuch zu wagen. Sie meinte, eine günstige Stelle dafür entdeckt zu haben: Der letzte Bissantiner Grenzposten, durch den Qualm der Rauchfeuer deutlich zu sehen, lag weit hinter ihnen, und der Boden auf der anderen Seite der Grenze war zwar von tiefen, schlammig schwarzen Gräben durchzogen, sah aber ansonsten nicht viel anders aus als hier auf der Tielmaraner Seite.

Der erste Versuch mit den Pferden schlug völlig fehl. Sie hatten erst ein paar Schritte in den Landfinger hinein getan, als auch schon eine unerträglich summende Wolke Stechfliegen auf sie herabsank, glasgrün mit goldenen Augen und Flügeln. Sie waren zwar kaum größer als Gaultrys kleinster Fingernagel, doch sie stürzten sich gierig auf alles, was sich bewegte. Vor allem hatten sie es auf bloße Haut, den unbedeckten Kopf und die Nüstern und Augen der Pferde abgesehen. Gaultry hatte noch nie Insekten erlebt, die ihre Opfer so wild und blutrünstig angriffen wie diese Fliegen – und sie musste feststellen, dass sie nicht gleichzeitig ihr Pferd im Griff behalten und sich gegen die Biester wehren konnte.

Sie traten den schmachvollen Rückzug an.

»Wir versuchen es noch einmal ohne die Pferde«, keuchte Gaultry entschlossen.

»Ich bin nicht gerade versessen darauf«, gestand Tullier.

»Er hat doch gesagt, ohne Pferde ginge es besser.«

»Nein«, erwiderte Tullier. »Er hat nur gesagt, dass es mit Pferden noch *schlimmer* sei. Von *besser* war nicht die Rede.«

Sie ritten einige Meilen weiter nach Süden auf der Suche nach einem höher gelegenen Landstrich, wo ihnen die Überquerung leichter fallen würde. Dann packten sie ihre Ausrüstung um, da sie alles zu Fuß weitertragen mussten. »Wir sollten die Pferde hier anbinden«, meinte Tullier. »Wenn wir wiederkommen, werden wir sie brauchen.«

»Wir werden sie nicht brauchen«, erklärte Gaultry störrisch. »Und wir können sie nicht hier anbinden, wenn wir nicht zurückkommen.«

»Wir werden zurückkommen.«

»Werden wir nicht. Bei Eliantés Speer! Und selbst wenn wir

wieder umkehren müssen, haben wir immer noch das Siegel des Prinzen. Dann gehen wir einfach weiter nach Süden und beschaffen uns zwei Pferde im nächsten Dorf, auf das wir stoßen.«

»Gibt es denn da überhaupt Dörfer?«, fragte Tullier. »So nah an der Grenze?«

»Dazu wird es sowieso nicht kommen«, entgegnete sie zuversichtlich. »Hier schlagen wir uns jetzt durch, und damit ist die Sache erledigt.«

»Ich wusste gar nicht, dass die Grenze hier so gut bewacht wird.« Tullier hatte Recht behalten, sie waren wieder dorthin zurückgekehrt, von wo sie aufgebrochen waren – nur hatten sie jetzt keine Pferde mehr und waren mindestens einen halben Tagesmarsch von der Hochstraße entfernt.

»Ich dachte, Ihr *wolltet* die Pferde loswerden«, murrte Tullier. Sie warf ihm einen scharfen Blick zu und merkte dann, dass er nur versuchte, das Beste aus ihrer Lage zu machen. Er wusste, wie sie das Reiten verabscheute.

»Dann bleibt uns nur der kleine Trost, dass uns höchstwahrscheinlich niemand aus Princeport bis hierher verfolgen wird.« Gaultry blickte sich in der kargen Landschaft um. Hier an der Grenze zum Landfinger war es trübselig und verwildert, mit wucherndem Unterholz zwischen den Bäumen – ein Kennzeichen spärlicher Landwirtschaft. »Und auf dieser Route *werden* wir Llaras Kessel erreichen – irgendwann.«

Tullier, dessen Stirn von Stichen gerötet war, nickte zustimmend. »Der Karte nach kostet es uns vier Tage, wenn wir das ganze Tiefland umgehen müssen«, sagte er. »Vielleicht sogar fünf. Oder weniger, wenn wir neue Pferde finden.«

»Wie wir es auch anstellen, wir werden an den Iden des Andionsmondes immer noch unterwegs sein«, wandte Gaultry besorgt ein. »Aber das lässt sich wohl nicht ändern, wenn die Hochstraße nun einmal gesperrt ist.« Es war zum Haareraufen. Für die Strecke geradewegs nach Westen durch den Bissanty-Landfinger hindurch brauchte man kaum einen Tagesritt. Wenn sie den langen Umweg nehmen mussten – Tullier hatte Recht. Sie würden fast eine Woche dafür brauchen.

Doch da war nichts zu machen. Der Weg nach Süden, in Richtung Pontoeil die Grenze entlang, führte auf höher gelegenem Grund oberhalb der Sümpfe durch magere Wiesen. Da die Grenze erst kürzlich geschlossen worden war, mussten sie in diesem Sommer zu den ersten Reisenden auf diesem Weg zählen – und ganz sicher waren sie die ersten ohne Pferde.

»Wir erbitten uns im nächsten Dorf etwas zu essen von den Bauern, wenn wir denn eins finden.« Sie führten nur für wenige Tage Proviant mit sich, doch in dieser Gegend gab es reichlich Wild. Sie würden schon nicht verhungern, bis sie sich frische Pferde beschaffen konnten.

Zumindest redete sie sich das während der ersten zwei trostlosen Tage des Marschierens ein.

Bis zum Abend des zweiten Tages waren sie noch immer auf kein Dorf gestoßen. Schlimmer noch, sie hatten sich verirrt. Was Gaultry aus der Ferne für einen Wald gehalten hatte, entpuppte sich als dunkler, runder Hügel. *Wo sind wir nur?*, fragte sie sich und blieb stehen, um zu den rasch dahinziehenden Wolken aufzublicken. Die Nacht hatte sie eingeholt, und sie hatten immer noch keinen geeigneten Ort für ein Nachtlager gefunden. Diese eintönige, aber hügelige Gegend mit ihren dunklen Bäumen und brachliegenden Feldern gefiel ihr nicht. Und der Weg – von dem waren sie, so fürchtete Gaultry, schon kurz nach Einbruch der Nacht abgekommen.

»Wir haben uns verirrt«, sagte Tullier schließlich, als sie nicht weiterging.

»So ist es«, gestand sie. »Aber gehen wir noch ein Stückchen weiter. Hier möchte ich das Nachtlager nicht aufschlagen.«

Sie gingen um den Hügel herum und standen vor einer flachen Mulde, die wohl früher oft gepflügt worden war, jetzt jedoch brachlag. Sie sah aus wie ein Kessel mit schrägen Wänden. In der Mitte standen mehrere hohe Steine, und dazwischen lag eine eingestürzte Platte; es sah aus, als habe man alle Erde von einem Grabhügel abgetragen, sodass nur noch die steinernen Säulen und die Dachplatte übrig waren. Sie mussten wohl oder übel mitten hindurch gehen, doch die Mulde lag so still da, unberührt vom Wind, der die Wolken über den Himmel jagte, dass sie Gaultry recht unheimlich erschien. Sie brauchten unerklärlich lange für den Abstieg, und die ganze Zeit über huschten und tanzten geheimnisvolle Schatten um sie herum, während die Wolken hoch über ihnen dahinbrausten. Doch am Grund der Mulde, den sie nun überqueren mussten, regte sich kein Lufthauch, und es war ein scheußliches Gefühl, aus dieser Stille in den wild bewegten Himmel aufzublicken. Das hohe, dichte Gras auf dem Grund war nass und schlaff; es fühlte sich klamm und unangenehm an, darüber zu gehen.

»Hier ist es sehr seltsam«, bemerkte Gaultry, der sich die Nackenhaare sträubten. Die Schemen der Wolken, die in mehreren Schichten über sie hinwegflogen, wirkten beinahe überirdisch und unnatürlich. Vermutlich wurde ihr Blick von den gleichmäßig aufsteigenden Rändern der Mulde getäuscht, doch aus Tulliers Miene ließ sich schließen, dass es ihm ähnlich ging. »Klettern wir auf diesen Hügel«, schlug sie vor, »dann können wir uns besser orientieren.«

Er stimmte ihr bereitwillig zu.

Der Hügel war mit rauen Grasbüscheln bedeckt, was das Klettern sehr erleichterte. Dennoch hatte Gaultry zu schwitzen begonnen, als sie kurz nach Tullier die Kuppe erreichte. Sie empfand es als ungeheure Erleichterung, wieder ungehindert sehen zu können – aus diesem geschlossenen Kessel herauszukommen und sich den Wind um die Nase wehen zu lassen.

»Was ist denn?«, fragte sie, als ihr seine angespannte Haltung auffiel.

»Seht nur«, flüsterte er.

Der Wind, der seit Sonnenuntergang immer stürmischer geworden war, hatte endlich die Wolken vertrieben und enthüllte ihnen die unendliche Weite des Nachthimmels mit seiner Sternenpracht.

»Bei Eliantés Speer!«, fluchte Gaultry, als die Sichel und der Hundestern hinter der dichten Wolkendecke erschienen. »Wir sind ja in die völlig falsche Richtung gegangen. Der Weg hätte uns eigentlich längst wieder nach Westen führen müssen – aber wir sind schnurgerade nach Süden gelaufen!«

Tullier jedoch schaute nicht in den Sternenhimmel. Der Hügel erhob sich am Rand einer großen Tiefebene. Ein breiter Fluss zog sich in einem weiten Halbkreis am südlichen Rand der Ebene entlang, deren riesige Weite ansonsten nur an tiefen, blauschwarzen Schatten in der Nacht zu ermessen war. Nach dem langen Marsch durch die bedrängende Hügellandschaft war die gewaltige Leere überwältigend.

»Wir sind nicht allein«, flüsterte Tullier. »Seht, dort drüben.«

Nicht weit von ihnen an einer geschützten Stelle zwischen einem Hügel und dem Hang, welcher sich in Richtung der Ebene senkte, flackerte ein Feuer, das gerade noch am Rand des Hügels zu erkennen war. Die Gestalten darum herum waren aus der Ferne kaum auszumachen.

»Reisende?«, fragte Gaultry. »Oder vielleicht Viehhirten.« Das ungute, fremdartige Gefühl aus der Mulde wich ein wenig von ihr. »Wir können bei ihnen lagern und gleich morgen eine andere Richtung einschlagen. Vielleicht können sie uns sogar Pferde leihen.«

»Ist das nicht gefährlich?«

»Natürlich nicht«, erwiderte Gaultry verärgert. »Wir sind hier in Tielmark, nicht in Bissanty. Wir grüßen sie einfach mit dem Zeichen der Reisenden, und sie werden uns willkommen heißen. Zumindest werden sie uns an ihrem Feuer Schutz gewähren.«

Der Junge zog bei ihrem Tadel die Schultern ein. Falls er sich immer noch Sorgen machte, behielt er sie für sich.

Sie gelangten sicher den Abhang hinunter, doch kaum hatten sie ein paar Schritte auf dem ebenen Boden getan, als auch schon zwei zottige Hunde unter wütendem Gebell auf sie zustürmten. Schrille Kinderstimmen erschollen vom Feuer her, und zwei, drei kleine Gestalten sprangen auf.

Gaultry hatte sich geirrt, als sie annahm, die Leute am Feuer müssten Reisende sein. Wie sie nun sah, waren es Bauernkinder aus der Gegend, die hier die Pferde ihres Dorfes hüteten. In der heißesten Zeit des Sommers wurden die Pferde hier herausgetrieben, um über Nacht zu weiden, statt tagsüber unter den Fliegen zu leiden. Das kannte sie aus Paddleways, ihrem Heimatdorf, wo die jüngeren Kinder sich förmlich um die Aufgabe rissen, die Kühe vor Einbruch der Nacht auf die Weiden zu treiben und erst im Morgengrauen wieder nach Hause zu bringen; auf so eine Verantwortung waren die Kinder sehr stolz.

»Lass mich uns vorstellen«, sagte sie zu Tullier. »Du wirst ihnen etwas fremdartig vorkommen.« Sie machte eine warnende Geste in Richtung der Hunde, die sich rasch beruhigten.

Sieben Jungen und zwei Mädchen waren sichtlich erleichtert, als Gaultry das Zeichen der Reisenden machte und ihnen ihren und Tulliers Namen nannte. Als sie Gaultrys Woher und Wohin erfuhren, beäugten sie die beiden bestürzt und voller Mitleid. »Da seid ihr meilenweit von eurem Weg abgekommen«, sagte Machen, der älteste Junge und ganz offensichtlich der Anführer der kleinen Schar. »Vielleicht hat die Pinienhexe euch verwirrt. Wenn ihr nach Haute-Tielmark wollt, müsst ihr erst den Pfad nach Westen Richtung Pontoeil gehen und bei der Brekker-Kreuzung den nördlichen Weg nehmen. Aber damit wartet ihr lieber, bis es Tag ist.« Er warf einen viel sagenden Blick in die Finsternis und sah dann wieder Gaultry und Tullier an. »Sicherer, versteht ihr?« Er zwinkerte verschwörerisch wie ein Elternteil, der dem anderen ein Zeichen gibt, und wies mit einem Seitenblick auf die kleineren Kinder. Gaultry vermutete, dass die Kinder einander am Feuer Spukgeschichten erzählt hatten, bevor sie und Tullier aufgetaucht waren. Sie sah, dass Tullier alle verstohlen musterte, während er sein Bündel ablegte und sich niederließ; zumindest Gaultry entging nicht, dass er seine Fassungslosigkeit nur mühsam verbarg. Auch sie war etwas erstaunt über die gelassene, sorglose Art dieser Kinder. Offensichtlich konnten die Plünderer, die Haute-Tielmark verwüsteten, sie hier nicht schrecken.

Gaultry breitete ihren Umhang neben einem abgegrasten Busch aus und versuchte, es sich bequem zu machen. Es war ein langer Tag gewesen, an dem sich ein Fehler an den anderen gereiht hatte. Sie hatten jedes Gefühl dafür verloren, welche Strecke sie zurückgelegt hatten. Das Lagerfeuer, das hauptsächlich mit Gras, Zweigen und getrocknetem Dung genährt wurde, brannte ungleichmäßig und strahlte immer wieder blitzartig über den Kreis der sitzenden Kinder und ihrer Hunde hinaus. Manchmal tauchte aus der Finsternis ringsumher plötzlich ein Pferdekopf auf, braun, graubraun oder schwarz; besonders oft sah sie eine Stute mit einer schwarzen Zeichnung, die aussah wie eine fragend hochgezogene Augenbraue. Jedes der Pferde starrte einen Moment lang fast nachdenklich das Feuer an, schnaubte, blinzelte und zog sich dann wieder zurück, um zu grasen.

So, wie der Boden sich anfühlte, vermutete Gaultry, dass die Ebene eine Zeit der Dürre hinter sich hatte. Die Erde unter ihr war angenehm warm, und in der Luft hing ein leichter, sommerlicher Duft wie von Getreide. Tullier wurde endlich mit dem Umräumen seines Gepäcks fertig und setzte sich neben sie.

Während die Kinder sich wieder gemütlich niederließen, erzählte einer der Jungen rasch eine zuvor begonnene Geschichte über einen Wassergeist zu Ende. Kein Wunder, dass ihr Erscheinen sie erschreckt hatte!

Machen kuschelte sich unter seine Schaffelle und wandte sich an einen kleineren Jungen namens Phili.

»Du hast also wirklich einen von denen gesehen, ja?«

»Nein, ich habe ihn nicht gesehen. Man kann sie gar nicht richtig sehen«, protestierte Phili. »So geht das nicht. Aber ich hab ihn gehört. Ehrlich, das stimmt. Er war in der Stechpalme. Da hat er die grünen Beeren geschüttelt, und als ich nicht hingeschaut habe, hat er eine Hand voll heruntergeworfen.«

Die anderen lachten ungläubig über seine Überzeugung, und er wurde ein wenig blass, bis Mechilde, ein älteres Mädchen mit einem kleinen Bruder, ihr Gelächter unterbrach. »Ich glaube ihm«, sagte sie. »Aber man kann sie doch sehen. Wenn sie einen wollen, zeigen sie sich einem auch.«

»Wie meinst du das?«, fragte Tullier. Mechilde zögerte und überlegte, ob sie diesem Fremden antworten sollte oder nicht. »Wassergeister und Kobolde in Stechpalmen«, spottete Tullier. »Das habt ihr euch doch alles nur ausgedacht.«

»Du bist nicht von hier«, erwiderte das Mädchen freundlich. »Woher willst du das also wissen?«

»Die Götter sind allgegenwärtig, und ich habe schon viel Magie gesehen«, antwortete Tullier stur. »Wenn es auch noch Gespenster und Wassergeister und Dämonen gäbe, würde ja auf der Welt ein furchtbares Gedränge herrschen.«

Ein seltsamer, spitzer, Furcht erregender Schrei hallte zweimal in rascher Folge über den Fluss zu ihnen herüber. Nach einem Augenblick unheimlicher Stille ertönte er wieder, doch weiter weg.

Gaultry wusste genau, was das war, doch Machen behauptete tapfer: »Das war ein Reiher.« Er sah Gaultry über das Feuer hinweg in die Augen. »Wir sind hier ein bisschen zu nahe am Fluss. Für die Pferde ist es besser, und wir gehen nie ans Wasser, solange es dunkel ist. Wir sind hier schon sicher – nur ein bisschen zu nah dran.« Er nahm einen Zweig und schob ihn ins Feuer, dass die Funken nur so flogen. Dann sah er Mechilde an. »Jetzt musst du es uns aber auch sagen. Warum glaubst du, dass man sie sehen kann?«

Mechilde zögerte und tätschelte ihren Bruder, der unter einer rauen Wolldecke schlief. Als sie dann sprach, wandte sie sich direkt an Machen, als seien Tullier, Gaultry und die anderen gar nicht da.

»Kennst du den großen Felsen an der seichten Stelle, wo sie die Pferde tränken?«

Machen nickte.

»Da war ich in der Mittsommernacht. Ich habe Kronen aus Zweigen fürs Mittsommerfeuer gewunden. Mama hat mich gerufen, und ich habe mein Messer auf dem Felsen vergessen. Ich bin noch mal zurück, um es zu holen. Es war schon dämmrig, aber ich wollte es trotzdem wiederhaben.

Ich habe mein Messer gefunden und mich übers Wasser gebeugt, um einen Schluck zu trinken, und da habe ich es gehört. Wie eine Frauenstimme, die meinen Namen gerufen hat. ›Mechilde, hübsche Mechilde, will ein schöneres Messer, eine schärfere Klinge.‹ Dann habe ich aufs Wasser hinausgeschaut und es gesehen.

Kennst du die Stelle, wo die Wasserlilien wachsen? Die weißen Lilien, schon fast am anderen Ufer? Da habe ich hingeschaut, und das Gesicht einer Frau ist zwischen den Lilien aufgetaucht. Ihre Haare waren ganz verschlungen, und ihre Finger waren weiß und schmal wie lange Knospen. Sie hatte etwas Silbernes in einer Hand, und ihr Gesicht war ganz blass und ruhig.

Ich bin gerannt, bis ich die Doppelkreise der Göttinnen auf dem Mittsommer-Feuer sehen konnte. Mama hat gefragt, was mir passiert wäre, aber ich wollte es ihr nicht sagen.« Mechildes hübsches Gesicht wirkte düster. »Vielleicht hätte ich ihr Messer doch nehmen sollen. Es heißt, die Feenklingen machen Menschen zu Meistern in ihrem Handwerk.«

»Aber vielleicht hätte die Wasserfee dich auch mit diesen schmalen weißen Händen zu sich hinuntergezogen!«, erwiderte Machen entsetzt. »Es war gut, dass du weggelaufen bist.«

»Ich weiß.« Mechilde blickte in Tulliers immer noch zweifelnde Miene, und auf ihrem Gesicht lag ein erwachsener, müder Ausdruck. »Aber ich glaube, ich wäre glücklich gestorben. Hier werden die Ertrunkenen immer mit einem Lächeln auf den Lippen ans Ufer gespült.«

»Leichen von Ertrunkenen sind hässlich.« Tulliers Stimme klang barsch. »An einer Wasserleiche ist überhaupt nichts schmal oder hübsch.«

Gaultry erwachte abrupt und war sogleich hellwach, wenn auch widerwillig. Ein frischer Luftzug strich über ihr Gesicht. Der Morgen zog herauf. Sie spürte es in der Erde.

Im Osten wurde es schon ein wenig dämmrig. Ihre Umgebung war bereits schwach zu erkennen. Der blassgraue Himmel war noch mit leuchtendem Dunkelblau durchzogen; Sterne blinkten schwach oder erloschen bereits; der Boden war feucht, und auf den Blättern glänzten Tauperlen wie winzige Kristalle. Der Tag würde brennend heiß und feucht werden. Gaultrys Körper begrüßte ihn mit einem leichten, freudigen Beben, das sie endgültig weckte. Munter sprang sie auf und versuchte, Tullier nicht zu stören, der sich irgendwann in der Nacht mit dem Rücken an den ihren gekuschelt hatte.

Die kleinen Pferdehirten lagen noch im tiefen Schlaf der Jungen und Unschuldigen um die erlöschenden Kohlen des Feuers. Die Pferde – darunter die neugierige Stute mit der schwarzen Augenbraue – waren ringsumher verstreut. Manche grasten träge vor sich hin oder wachten über ihre schlafenden Fohlen, und andere waren weiter zu dem Dickicht aus Bäumen und Büschen am Rande des Flusses gewandert.

Der Fluss. Mechildes Geschichte von gestern Nacht kam ihr in Erinnerung – die lilienweiße Frau und der Lockruf des Wassers. Im Gegensatz zu Tullier hielt sie die Geschichten der Kinder nicht für erfunden. In Tielmark herrschten in vielerlei Hinsicht weniger strenge Regeln als in Bissanty, und das Land war weniger von den Menschen und ihren Gesetzen in Besitz genommen. Die Leute, die hier lebten, wussten recht gut, wovor sie sich hüten mussten; welche Steine sie zu ehren, welche Geister sie günstig zu stimmen hatten. Wenn die Kinder dem Fluss mit Vorsicht begegneten, hatten sie dazu wahrscheinlich auch allen Grund.

Der Fluss. Plötzlich wollte Gaultry ihn unbedingt selbst sehen, also verließ sie leise das Lager und ging auf das Gehölz zu. Zunächst kam sie gut voran, doch dann wurde das sommerlich wuchernde Unterholz so dicht und üppig, dass sie nach einer Stelle suchen musste, wo die Pferde sich einen Weg hindurch gebahnt hatten. Ein sehr vertrautes Gewirr, dachte sie und schob die letzten Zweige beiseite, angezogen vom silbrigen Glitzern des Wassers. Die Bauern in Paddleways ließen das Flussufer auf ähnliche Weise vom Wildwuchs bewachen, damit niemand unerwartet auf den Fluss traf.

So wie sie jetzt. Sie wand sich an einem Grüppchen Korbweiden vorbei und stand plötzlich am schlammigen Ufer, das von zahlreichen Hufabdrücken zerwühlt war. Sie hielt den Atem an, als ihr nach einem Augenblick der Verwirrung klar wurde, wo sie sich tatsächlich befand.

Sie und Tullier waren *sehr* weit vom Weg abgekommen. Sie blickte zu den Sternen auf. Wie konnten sie überhaupt hierher gelangt sein? Zu Fuß, ohne schnelle Pferde? Das war schlicht zu weit; das war unmöglich!

Das Ufer wirkte noch ganz gewöhnlich. Der schlammige, zertrampelte Streifen Erde wich einem dichten Schilf, das Schilf schließlich dem Wasser. Doch dahinter – hinter dem breiten Strom leuchtete ein schillerndes, violettes Blau, das nicht einmal der Morgenhimmel selbst hätte erschaffen können. Die Oberfläche kräuselte sich und wogte leicht, als zögen darunter ungleichmäßige Strömungen dahin. Am anderen Ufer – am anderen Ufer wanden sich die Bäume: Langsam und sinnlich schimmerten flüchtige Farben im Blätterdach auf.

Irgendwie waren sie und Tullier den ganzen weiten Weg bis an die Südgrenze Tielmarks marschiert, und sie blickte geradewegs über die natürliche Begrenzung, den Großen Nebelfluss, ins Verwunschene Reich.

Gaultry war das Verwunschene Reich wohl vertraut. Sie war in einer Hütte aufgewachsen, von der aus jene geheimnisvolle Grenze zu dem magischen, gespenstischen Land gut zu sehen war. Sie fluchte – sie hätte den Fluss aus den Geschichten der Kinder an einem gewissen Unterton in ihren Schilderungen als den Großen Nebelfluss erkennen müssen. An der Angst der Kinder vor dem Gewässer bei Nacht und der Lilienfrau hätte sie es merken müssen. Doch diese Angst – sie war ihr so vertraut gewesen, dass sie ihr gar nicht aufgefallen war. Natürlich fühlte sie sich bei den kleinen Pferdehirten wohl und wie zu Hause. Sie waren Grenzländer, wie Gaultry selbst – sie hatten gelernt, die Grenzen magischer Reiche zu fürchten und zu beachten. Kein Wunder, dass sie von lächelnden Wasserleichen sprachen. Von Feenklingen, die Handwerker zu Künstlern machten. Kein Wunder – kein Wunder auch, dass Tullier es nicht hatte verstehen können.

Der Fluss war hier recht schmal. Tamsannes Hütte – Gaultrys wahre Heimat – lag viel weiter östlich, flussabwärts, wo der Fluss breiter wurde und schwächer mit der Magie des Verwunschenen Reiches getränkt war. Der violette Glanz des Stroms war hier so tief, so kräftig.

Sie starrte zum anderen Ufer hinüber – was, wie sie wusste, nicht ungefährlich war, doch in dieser düsteren Morgenstunde, nach einer so weiten Reise und so langer Zeit fern von zu Hause, konnte sie nicht widerstehen. Wie immer begann das ferne Ufer näher zu rücken, als sie hinüberstarrte. Sie konnte allmählich die Struktur der Rinde an den Bäumen erkennen, die gesprenkelte Farbe des Bodens. Was sie für eine Engstelle im Strom gehalten hatte, war in Wirklichkeit eine sandige Landzunge, bewachsen mit dürren Bäumen, und dahinter glitzerte wieder der Fluss. Sie sah die zarten, zitternden Blätter, die von den vielen Frühjahrsfluten lang und dünn geworden waren. Sie sah die Bewegung der Äste …

Und dann – dann entdeckte sie sie. Helle Schemen unter dem feinen Blätterdach, helle Schemen zwischen den Ästen. Neblige Gestalten mit fließendem langem Haar und nackter Haut. Wieder verschärfte sich ihr Blick auf wundersame Weise, und sie konnte die winzigen weißen und blauen Blüten sehen, die sich in ihrem Haar verfangen hatten, bei den Männern wie bei den Frauen, die schweigend zu lachen schienen. Dryaden.

Sie stand schon bis zur Hüfte im Wasser, bevor sie überhaupt merkte, dass sie angelockt worden war. Der Grund des Flusses war von den Pferden aufgewühlt, teils Schlamm, teils Sand, und recht seicht. Das Wasser war ein warmes Streicheln auf ihrer Haut. Sie trat einen weiteren Schritt vor, und dann noch einen. Das Wasser wurde nicht tiefer. Sie wusste, dass sie auf plötzliche Untiefen oder Löcher im Flussbett gefasst sein musste. Lilien und fleischige grüne Wasserpflanzen mit gewundenen Stängeln und spitzen, geschlossenen Knospen wie weiße Fingerspitzen trieben rings um sie herum. Doch irgendetwas rief sie, etwas, das sie unbedingt sehen musste …

Die Landzunge ragte immer näher vor ihr auf. Drei Nymphen tanzten um eine dünne, silberne Birke ganz an der Spitze. Einst menschliche Wesen, hatten die Dryaden ihre Seele den Bäumen geschenkt und würden das Verwunschene Reich niemals mehr verlassen. Gaultry wollte nicht genauso dazu verurteilt sein und bei ihnen zu bleiben, doch irgendetwas rief nach ihr, und sie kam immer näher.

Rosig und golden zog die Morgenröte fern am östlichen Himmel auf. Sie hatte nicht mehr viel Zeit – wozu? Das Wasser reichte ihr bis zur Brust, und sie streckte die Arme an der Oberfläche aus, um das Gleichgewicht zu halten. Was sie tat, war Wahnsinn – sie begriff den Drang nicht, der sie immer weiter trieb. Sie dachte an Mechilde und den Wassergeist, der ihr das silberne Messer dargeboten hatte, das Messer meisterlichen Kunsthandwerks, ihren Herzenswunsch. Es war, als riefe lockend eine hohe, ferne Melodie nach ihr, als ließe sie eine Saite auch in ihr erklingen. Wieder blickte Gaultry zu der Landzunge auf, hinter der das helle Wasser durch die Bäume schimmerte, zu den hauchzarten, schwebenden Gestalten.

Eine dieser Gestalten löste sich aus dem Tanz und gesellte sich lachend zu ihr ins Wasser.

Sein Haar war feurig rot und golden, und obwohl sich viel Sumpfgras und Blumen darin verfangen hatten, leuchtete es feuerrot zwischen dem Grün. Er wandte das Gesicht seinen Mittänzern zu, und er schien beinahe die Balance zu verlieren, als er weiter in den Strom hinausglitt – das Wasser so flach, nicht tiefer als bis zu seinen schlanken Hüften. *Rufst du nach mir?*, fragte Gaultry, als er immer näher auf sie zukam. *Ich brauche kein Meistermesser, und mein Herzenswunsch liegt weit fort von hier – mein Liebster reitet an der Westgrenze in die Schlacht. Was möchtest du mir also darbieten?*

Dann drehte er sich um, streckte ihr eine Hand entgegen, und Gaultry starrte in etwas, das ihrem eigenen Gesicht sehr ähnlich sah.

Die Kinder lagen immer noch um das heruntergebrannte Feuer gedrängt und schliefen tief und fest. Mechilde und ihr kleiner Bruder Alois hatten sich am pelzigen Bauch eines großen Hundes zusammengerollt; der Hund hob den Kopf und beobachtete Gaultry wachsam, als sie sich näherte.

Ich will nur nach ihnen sehen, versicherte sie dem Hund. Mechildes reines, junges Profil zeichnete sich vor dem dunklen Hundefell ab: der hübsche, beharrliche Mund halb geöffnet, das ungekämmte Haar zerzaust und verfilzt. Ihr Bruder lag an ihre schmale Brust gekuschelt und schlief mit dem Daumen im Mund. Beide Kinder ruhten ganz und gar friedvoll. Gaultry durchfuhr ein Gefühl, das sie nicht verstand; sie nickte dem Hund zu, drehte sich leise um und ging hinüber zu Tullier, um ihr Gepäck zu holen.

»Gehen wir«, flüsterte sie. »Bevor sie aufwachen.«

»Wollen wir sie denn nicht um Pferde bitten?«

Sie schüttelte den Kopf. »Nein. Wir müssen einfach gehen. Frag mich nicht, warum.«

Der Pfad, den Machen ihnen am vorigen Abend beschrieben hatte, führte nach Nordwesten und verschwand bald in rauchigem Nebel. Unter ihren Füßen stieg ein süßer Duft aus dem feuchten Gras auf. Sie waren kaum eine Meile gelaufen, als die Sonne in ihrer vollen Pracht über dem Horizont aufging und Gebüsch und Gräser auf der weiten Ebene erst rot leuchten, dann golden glitzern ließ. Mit diesen ersten Sonnenstrahlen erwachten die Vögel alle auf einmal, sangen, zwitscherten und tirilierten.

Sie hörten einen lauten Ruf von hinten, und plötzlich jagten die Pferde an ihnen vorbei, erfrischt von der friedlichen Nacht. Da war Machen, hoch zu Ross auf einer schwarzgesichtigen Stute, und Phili auf einem plattnasigen Jährling neben ihm. Von Mechilde erhaschte Gaultry nur einen kurzen Blick auf ihr Haar und auf den kleinen Alois, der mit beiden Armen die Taille seiner Schwester umklammerte. Die Kinder lachten, führten ihre schönen Pferde und ihren jugendlichen Wagemut vor, während sie ohne Sattel über die Wiese dahinflogen. Tullier und Gaultry sahen ihnen nach, bis sie hinter einer Reihe hoher Bäume verschwanden.

»Wenn die Lanai so weit vordringen, ist es mit ihren nächtlichen Lagerfeuern bald vorbei«, sagte Tullier.

»Tullier«, begann Gaultry. »Ich muss dir etwas sagen. Erinnerst du dich noch an die Geschichte, die das Kind gestern von der Pinienhexe erzählt hat?«

Der Junge nickte, und seine Augen flammten zornig auf.

»Die Kinder haben die Wahrheit gesagt«, erklärte sie. »Wir sind viele Meilen vom Weg abgekommen. Dieser Fluss, an dem wir heute Nacht gelagert haben, ist die Südgrenze Tielmarks.«

»Das kann nicht sein«, erwiderte Tullier. »Ihr müsst Euch irren.«

Gaultry schüttelte den Kopf. »Ich gestehe, gestern hatte es den Anschein, als könnte ich der Hochstraße nicht einmal zu Mittag an einem hellen Sommertag folgen. Aber bei dieser Sache bin ich mir vollkommen sicher. Hier geht etwas sehr Seltsames vor sich. Etwas Seltsames, das uns daran hindert, die richtige Route einzuschlagen.«

Tullier blickte plötzlich grimmig drein. »Seid Ihr sicher?«

»Bei meinem Herzen«, sagte sie.

»Das sind schlimme Neuigkeiten. Morgen sind die Iden des Andionsmondes. Hieß es nicht, wenn dieser Tag käme, sollten wir uns ein sicheres Versteck suchen?«

»Ja«, sagte Gaultry. »Aber jetzt … jetzt weiß ich nicht mehr, was wir tun sollen.«

Drittes Buch

Der Mond an Andions Himmel

Prolog

Die Iden im Morgengrauen

Elisabeth klopfte an Prinzessin Lilys Tür. »Euer Hoheit?«, rief sie. »Mylady?« Sie wechselte einen Blick mit dem Lakaien, der sie von den öffentlichen Gemächern in dieses Allerheiligste geführt hatte. Der Lakai, ein schlanker Mann mit dünnem rotem Haar und einem irritierend selbstgefälligen Gehabe, zuckte die Schultern, um anzudeuten, dass sie noch einmal klopfen solle. Elisabeth schüttelte den Kopf. Es würde nichts nützen, die Prinzessin oder ihre Kammerfrauen zu hetzen; aus ihren wenigen Begegnungen mit der Prinzessin schloss sie außerdem, dass diese Frau es nicht gerne litt, von Leuten bedrängt zu werden, die von weit höherer Geburt waren als sie selbst. Allzu viele der älteren Hofdamen ließen Lily das kaum merklich spüren, um ihre eigene Position zu stärken.

Lily konnte doch gar nicht mehr im Bett liegen, sodass sie erst durch ein Klopfen an der Tür geweckt wurde. Gewiss war sie im Ankleidezimmer oder musste sich noch mit irgendeiner Kleinigkeit ihrer Garderobe befassen – oder mit anderen geringfügigen Unannehmlichkeiten, die sie und ihre Kammerfrauen beschäftigten. Als Lily noch als Wäscherin gearbeitet hatte, war sie jeden Morgen noch vor Tagesanbruch aufgestanden und an die Arbeit gegangen. Diese Gewohnheit hatte sie auch nach ihrer Vermählung nicht aufgegeben. Schließlich stand Benet ebenfalls gern früh auf, vor allem, um zu segeln, aber auch, um sich offiziellen Angelegenheiten zu widmen.

Elisabeth wartete verlegen und bemühte sich, ihre Angst vor dem Lakaien zu verbergen. Sie schloss für einen Moment die Augen, um die hektischen Bewegungen des Mannes nicht sehen zu müssen – sie war sicher, dass er es in Gegenwart ihrer Mutter niemals gewagt hätte, sich so ungeduldig zu gebärden.

Geduld. Elisabeth hätte beinahe den Kopf geschüttelt. Wenn es selbst einem Lakaien gestattet war, nervös mit den Fingern zu trommeln und sie zur Eile zu drängen, weshalb war sie dann dazu gezwungen, Geduld zu beweisen?

Die vergangenen Tage, eigentlich die ganze vergangene Woche hatte sie in wirrer, hektischer … Langeweile zugebracht. Ob ihre Entscheidung, sich Gaultry Blas anzuvertrauen, der Ehrenrettung der Climens' nun dienlich war oder nicht, sie hatte gewiss ihren Preis gefordert. Elisabeth hatte ja nicht geahnt, was es für Folgen haben könnte, die Aufmerksamkeit der Geheimen Brut auf sich zu ziehen. Erst diese schreckliche Tamsanne – und dann die herrische Lady Julie.

Vor der Nacht ihres Besuchs bei Gaultry hatte das Geflüster über den geheim gehaltenen Pakt der Brut mit dem Prinzen Elisabeth neugierig gemacht. Angeblich sollte dieser Pakt den Hexen eine Macht verleihen, welche selbst die Autorität der höchsten Edelleute im Reich übertraf, doch von dieser Macht war nicht viel zu sehen gewesen. Die alte Herzogin von Melaudiere; die Hohepriesterin; Gaultry Blas mit ihrer *Glamour*-Seele – natürlich fanden diese Frauen beim Prinzen Gehör. Doch was die anderen anging … Bis zu jenem entsetzlichen Moment, als die alte Hexe Tamsanne sie mit Blicken durchbohrt und ihr solch grässliche Fragen gestellt hatte, wäre Elisabeth nie auf den Gedanken gekommen, dass die Macht der Brut sich auch gegen sie selbst wenden könnte.

Am Mittag des Tages, an dem sie aus Gaultrys Gemächern geflohen war, hatte die Prinzessin Elisabeth in ihre Privatgemächer rufen lassen. Zum ersten Mal wurde sie also an den offiziellen Empfangssälen vorbei in die persönlichen Gemächer der Prinzessin geleitet. Zuerst befürchtete sie, Gaultry habe ihre Mutter an die Prinzessin verraten, doch als sie in Lilys freundliches, wenngleich ein wenig verwundertes Gesicht blickte, erkannte sie sofort, dass dem nicht so war. »Die liebe Hüterin meines Honigfressers«, begrüßte die Prinzessin sie lächelnd. »Ich habe eine neue Aufgabe für Euch. Mir ist zu Ohren gekommen, dass Ihr für bedeutendere Arbeiten gebraucht werdet.«

Der Blick der Prinzessin huschte über Elisabeths Schulter hinweg. Elisabeth drehte sich um und sah, dass Lady Julie, die Musikerin der Geheimen Brut, lautlos den Raum betreten hatte.

»Man sagte mir, Ihr wärt begabt«, bemerkte Lady Julie kurz angebunden und trat zu ihr. Elisabeth merkte zum ersten Mal, wie klein die alte Dame tatsächlich war. Ihr weißer Scheitel reichte kaum bis an Elisabeths Schulter. Dennoch glänzten ihre braunen Augen energisch. »Ich habe darum gebeten, dass Ihr mir zugeteilt werdet, um mir bei meiner Suche zu helfen.«

»Bei der Suche nach was?«, fragte sie verwirrt.

»Bei der Suche nach dem *Wie*«, erwiderte Lady Julie. »Der Prinz hat mir ein Rätsel aufgegeben. Wir versuchen herauszufinden, welche Bedingungen erfüllt werden müssen, damit die Götter einen Sterblichen zum König erheben. Noch vor dem Monatsende muss ich die Antwort finden. Aufgrund Eurer einzigartigen Begabungen seid Ihr auserwählt worden, mir zu helfen.«

»Welche Begabungen meint Ihr? Und wie kommt jemand auf die Idee, ich hätte eine solche Begabung?«

»Tamsanne hat Euch mir empfohlen«, antwortete Lady Julie knapp. »Alles andere werdet Ihr schon selbst herausfinden müssen.«

Und das war alles, was Elisabeth an Erklärungen erhalten hatte. Sie hatte Tamsanne seither nicht wieder gesehen, und sie bezweifelte, dass sie den Mut gehabt hätte, die Hexe zu fragen, wenn sie ihr begegnet wäre. *Alle Türen stehen Euch offen,* hatte die alte Frau zu ihr gesagt, und diese dunklen Augen hatten sich brennend in die ihren gebohrt. Was hatte sie damit gemeint?

Elisabeth erwachte aus ihrer Grübelei und klopfte noch einmal an die Tür der Prinzessin. Hoffentlich ließ Lily bald öffnen, denn ihre Mutter sollte zur Mittagsstunde vor dem Gericht erscheinen. Elisabeth wusste, dass sie mindestens eine Stunde brauchen würde, um sich so zu kleiden, wie man es von der Tochter ihrer Mutter erwartete. Der Ablauf des Vormittags war durch diese unerwartete Unterbrechung ohnehin schon durcheinander geraten.

Ansonsten war die Woche in Lady Julies Diensten so eintönig verlaufen …

Vor dieser Woche hatte Elisabeth nichts davon gewusst – himmlische Unkenntnis –, dass die gesamte Chronik Tielmarks einer Gemeinschaft von sieben Hofbarden anvertraut war, die ein umfassendes Archiv der mündlichen Überlieferungen und Balladen des Landes führten. Diese tiefernsten Barden kannten ihre Lieder wahrhaftig gut, doch sie waren es nicht gewohnt, unter Druck zu arbeiten; da sie den Großteil ihrer Lieder schon vor Jahrzehnten auswendig gelernt hatten, fand Elisabeth manchmal, dass sie das Arbeiten an sich nicht mehr gewohnt waren. Darüber hinaus war es ihnen etwas völlig Neues, Befehle entgegenzunehmen oder sich an irgendetwas zu halten, das nach geregeltem Vorgehen aussah.

All das vertrug sich schlecht mit der Aufgabe, die Lady Julie ihnen auf den persönlichen Befehl des Prinzen hin nun vorlegte: Jedes Lied, das sie gelernt hatten, jede Geschichte, musste für Lady Julie vorgetragen werden.

Zum Entsetzen der guten Lady war ein Großteil dieser Schätze überhaupt nur mündlich überliefert. Vier der sieben Barden, die noch unter der Herrschaft von Prinzessin Corinne und ihrem ältesten Sohn Roualt zu Hofbarden ernannt worden waren, hatten einige Versuche unternommen, ihr gesamtes Liedgut niederzuschreiben. Ja, seit der Berufung des vierten der sieben Barden waren sie sogar zu einer übereinstimmenden Erklärung gelangt, dass Abschriften der jüngsten Lieder als erstrebenswert anzusehen seien. Doch die drei ältesten Barden, zwei ehrwürdige alte Frauen und ein uralter Mann mit einem Bart, der bis über seine schmierige Gürtelschnalle fiel, waren noch zu Prinzessin Lousielles Zeiten ausgebildet worden. Dieses wackere Trio verwahrte sich immer noch erbittert dagegen, ihre Lieder niederzuschreiben, welche, so argumentierten sie beharrlich, in der reinen mündlichen Überlieferung des Harfner-Gottes Leander die Zeiten überdauern sollten. Elisabeth, als Tochter ihrer Mutter, schrieb das purer Faulheit zu; doch der Einwand der Alten, dass Worte, wenn man sie niederschrieb, einen bedeutenden Teil ihrer Macht einbüßten, war ein Argument, das sie nicht ganz von der Hand weisen konnte.

Zwar hatte Lady Julie eine Order des Prinzen vorzuweisen, die den Barden *befahl*, alle ihre Lieder vorzutragen oder niederzuschreiben, doch die Ältesten des Trios zeigten sich nicht zur Zusammenarbeit bereit – oder vielmehr hatten sie nur eine äußerst vage Vorstellung von Zusammenarbeit überhaupt. Viele ihrer Lieder hatten sie schon an ihre Lehrlinge weitergegeben – doch sie beharrten nörgelnd auf ihren schier unendlichen »Variationen«, die noch nicht vollständig weitergegeben seien.

Eine ganze Sommerwoche lang hatte Elisabeth drinnen gearbeitet, Zusammenfassungen alter Lieder in Wachstafeln geritzt, sehnsüchtig auf den herrlichen Tag draußen vor dem Fenster gestarrt und sich gefragt, wann ihre Mutter sie endlich vor Lady Julie retten würde. Das Leben der alten Dame bestand nicht nur aus Musik und Vergnügen, wie Elisabeth sich das vorgestellt hatte, nachdem sie Lady Julies Proben hatte zusehen dürfen. Zu viert schufteten sie wie die Dämonen Achavells. Julie selbst, ihre Tochter, ihre Enkelin und Elisabeth wurden jeden Morgen bei Tagesanbruch geweckt und machten sich daran, sich die Lieder der Barden anzuhören und immer wieder nachzufragen, ob ihnen noch weitere Varianten einfielen. »Was suchen wir eigentlich?«, fragte Elisabeth, so oft sie es wagte. Viele der Varianten waren entsetzlich eintönig, doch Lady Julie bestand darauf, dass sie sich alles anhörten. »Ihr werdet es erkennen, wenn Ihr es hört«, erklärte Lady Julie nur. »Und wenn nicht, dann hat Tamsanne sich getäuscht, als sie behauptete, Ihr verfügtet über diese besondere Begabung, und dann werden wir drei Eure Arbeit noch einmal machen müssen.«

Elisabeth vermisste den Honigfresser. Sie vermisste die Freiheit, mit wenigen Verpflichtungen das Leben bei Hofe zu genießen, die sie zuvor als so selbstverständlich erachtet hatte. Man hatte sie Tyrannis mit dem bemerkenswerten Bart zugeteilt; von den drei uralten Barden war er noch am wenigsten widerspenstig, doch nur um einen Hauch. Stundenlang seinem hohlen Krächzen zu lauschen – die Stimme hatte er schon längst an den Wein und das Alter verloren – verursachte ihr Kopfschmerzen. Sie hatte den Verdacht, dass Lady Julie ihr Tyrannis deshalb zugeteilt hatte, weil sie und ihre Nachkommen, die selbst so hervorragend ausgebildete Musikerinnen waren, sein misstönendes Gekrächze nicht ertragen konnten.

Mit wenigen Ausnahmen waren die Lieder das alten Mannes keineswegs spannende Legenden. Die schier endlose »Ballade vom kühnen Briern« war sogar das Schlimmste, was sie bisher gehört hatte. Anstatt Heldentaten zu schildern, zählten die Verse die Herzöge und Grafen auf, die in der letzten Schlacht gegen Bissanty an Brierns Seite gekämpft hatten. Damals waren der Herzogstitel und die Ländereien von Vaux-Torres noch nicht im Besitz der Familie Climens gewesen, und der einzige ihrer Ahnherren, der in dieser Schlacht gekämpft hatte, war ein einfacher berittener Soldat gewesen. Tyrannis' Vortrag berichtete so pedantisch genau von den Männern und Frauen bis zu den untersten Rängen, dass Elisabeth beinahe erwartet hatte, irgendwann auch von seinen Ruhmestaten zu hören.

Nur einen Nachmittag lang war sie dem alten Mann entkommen. Lady Julie hatte ihn übernommen, als die »Liebesgeschichte vom Fernen Berg« an die Reihe kam, welche in allen Einzelheiten die Mitgift von Brierns Schwester Briessine aufzählte; Briern hatte seine Schwester dem König vom Fernen Berg zur Frau gegeben, nachdem die vereinten Kräfte der Tielmaraner und der Lanai den Sieg über Bissanty errungen hatten. Irgendein Element dieser Vermählung hatte den kleinen Stammeshäuptling vom Fernen Berg zum König seines eigenen Reiches erhoben – doch was das gewesen war, wusste das Lied nicht zu berichten. Nach der Beschreibung der Mitgift wurde langatmig Briessines Schönheit besungen, dann folgte eine endlose Liste der Bissantiner Soldaten, die Algeorn vom Fernen Berg in der Schlacht erschlagen hatte, und schließlich kamen zahlreiche Verse, die den Rückzug der Lanai aus Llaras Kessel beschrieben und das Schlachtfeld am See, wo die Lanai traditionell in die Ebenen Tielmarks einfielen. Das Lied war wohl kaum fesselnder als Tyrannis' andere Geschichten, doch Lady Julie saß viele Stunden bei dem alten Mann und befragte ihn peinlich genau über jede Zeile und ihre Varianten.

Am nächsten Morgen bekam Elisabeth Tyrannis wieder. Sie verabscheute den holprigen Vortrag des alten Mannes, seine ständigen Pausen, um Wasser zu trinken oder sich zu erleichtern, seine Quengelei. Sie hätte sich gern bei ihrer Mutter beklagt, doch Argat war in der Woche vor ihrem Prozess geistesabwesend und reizbar.

Erst am achten Tage von Elisabeths Knechtschaft, zwei Tage vor den Iden des Andion und dem Gerichtstag ihrer Mutter, kehrten Argats Lebensgeister zurück. An diesem Tag begrüßte ihre Mutter Elisabeth in bester Laune, als sie in ihre Gemächer zurückkehrte.

»Du errätst nie, was geschehen ist«, sagte Argat.

Elisabeth sah sie argwöhnisch an. Ihre Mutter hatte so lange in stiller Wut verharrt, dass diese plötzliche Aufhellung ihres Gemüts verdächtig wirkte.

»Mutter – sag es mir einfach.«

»Heute bin ich Gaultry Blas' kleinem Mordbuben begegnet. Sie hat ihn ja in letzter Zeit kaum mehr aus ihren Gemächern gelassen. Ich habe ja schon einen lächerlichen Vorwand ersinnen müssen, um mir auch nur einen Augenblick lang Zutritt zu verschaffen.«

Elisabeth schlug das Herz bis zum Hals. »Geht es ihm gut?«

»Es ist nicht zu fassen. Ich hegte schon den Verdacht, da sei etwas Verwerfliches im Gange – der Knabe ist zu jung, um ständig in ihrer Nähe zu sein, und das unter so, sagen wir vielleicht, intimen Umständen.« Argat plapperte fröhlich weiter und merkte nichts von Elisabeths Sorgen. Ihre Mutter hatte nun doch die Entführung des Jungen eingefädelt …

»Bei den Göttern, die Blas-Schwestern haben ein schönes Spiel getrieben. Es sind gar nicht Gaultry und der Junge, die sich schon seit einer Woche in ihren Gemächern verkriechen. Es sind dieser gefallene junge Ritter, der ehemalige Gehilfe unseres alten Kanzlers, und Mervion, Gaultrys Schwester. Nur die Großen Zwölf wissen, seit wann Gaultry und der Junge schon fort sind. Die Hofkröten, darunter auch Ronsars, haben das Gerücht ausgestreut, die beiden hätten Lepulios Angebot einer sicheren Zuflucht angenommen.« Argat schnaubte verächtlich. »Ich für meinen Teil würde das der jungen Gaultry nicht zutrauen. Ich denke, sie ist nach Westen geflohen, um den Jungen bei Benet in Sicherheit zu bringen.«

Elisabeth war sprachlos. Ihre erleichterte Miene brachte ihre Mutter zum Lächeln.

»Es stimmt, wirklich«, sagte Argat. Hinter der gefassten, leicht belustigten Fassade, das wusste Elisabeth, lachte sie schallend. »Ich wünschte, du wärst dabei gewesen. Die Hohepriesterin Dervla drängte sich sogleich an mir vorbei, um festzustellen, wer den Jungen mimte, und die junge Mervion begrüßte sie mit einer himmlischen Kühle. Sie sagte, es gehe niemanden etwas an, wenn sie und ihr Geliebter es vorzögen, sich dezent im Hintergrund zu halten, und was Dervla überhaupt von ihrer Schwester wolle.«

»Aber was hat das zu bedeuten?«

Ihre Mutter wurde einen Moment lang ernster. »Dass Dervla,

wenn sie in zwei Tagen beim Gericht gegen mich Zeugnis ablegt, mir nicht das Geringste wird nachweisen können. Sie hatte geplant, Zeugen aus Bissanty gegen mich aussagen zu lassen, weißt du? Aber nun, da der Junge nicht mehr in Princeport ist, werden sie dazu wohl nicht mehr bereit sein. Du brauchst wahrlich nicht alle Einzelheiten zu kennen! Was ich an jenem Tag werde sagen müssen, mag schwer für dich sein, ma petite, doch gewiss nichts, was eine Climens nicht überstehen könnte.«

Elisabeth war am nächsten Morgen mit einem so seligen Lächeln zu Tyrannis zurückgekehrt, dass der alte Esel ganz weichherzig geworden war und ihr von sich aus eine ganze Reihe von Varianten vorgetragen hatte, ohne dass sie darum betteln musste. Diese Neuigkeiten ihrer Mutter hatten ihr die letzte, schwere Woche sehr erleichtert.

Der Lakai, der nervös an ihrer Seite herumzappelte, brachte sie wieder in die Gegenwart zurück. Elisabeth ließ sich nicht anmerken, dass sie ganz in ihre Gedanken versunken war, und klopfte noch einmal an die Tür der Prinzessin.

Noch immer keine Antwort. Diese Wartezeit war beispiellos. Elisabeth wusste nicht, was sie nun tun sollte. Es war zwar noch früh, aber dennoch war heute die Zeit zu knapp, als dass sie sich von dieser Angelegenheit lange aufhalten lassen durfte. Sie hatte Lady Julie erklärt, dass sie an den Iden des Andion nicht für sie arbeiten konnte, weil sie bei Gericht ihrer Mutter den Rücken stärken wollte. Lady Julie hatte ihr ein paar freie Stunden zugebilligt, damit sie ihre Tochterpflicht erfüllen konnte. Und dann, als sie heute Morgen in der Bibliothek erschienen war, hatte Julie Elisabeth mit diesem Schreiben zur Prinzessin geschickt, anstatt sie wieder mit dem alten Tyrannis anfangen zu lassen.

Elisabeth sah den Lakaien an. »Such mir eine der Dienerinnen«, sagte sie. »Ich kann nicht den ganzen Tag hier warten.«

Mit zustimmendem Nicken verschwand er durch eine niedrige Dienstbotentür, um eine Frau zu holen, die die Gemächer betreten durfte.

Elisabeth blieb allein im Korridor zurück und klopfte erneut.

Diesmal antwortete ihr ein leises Geräusch. Ein keckernder Laut. Sie erkannte sofort: Das war der Honigfresser.

Plötzlich lag Elisabeths Hand auf dem Riegel. Sie schob die Tür auf. Später hätte sie nicht mehr sagen können, warum oder wie, doch in diesem Moment klangen ihr die spöttischen Worte der alten Tamsanne in den Ohren: *Euch stehen alle Türen offen.*

Hinter der Tür lag das Schlafgemach für den förmlichen Morgenempfang der Prinzessin, einige Räume von jenem Privatgemach entfernt, wo Lily Elisabeth in Lady Julies Dienste gestellt hatte. Das gewaltige, wahrhaft fürstliche Bett mit einem prächtig bestickten Überwurf in Blau und Silber stand im Mittelpunkt dieses Raumes. Auf dem Bett …

Elisabeth trat ein, überwältigt von Angst und Entsetzen.

Eine junge Frau lag quer auf dem großen Bett, und ihr Hals war in einem unnatürlichen Winkel verdreht. Doch das gebrochene Genick war nicht die Todesursache. Sie hatte sich heftig übergeben, bevor sie gestorben war: Schleim und viel Blut. Zwei weitere Frauen lagen regungslos auf dem polierten, gemusterten Parkett, und beiden waren Ströme von Blut und Galle aus dem Mund gelaufen.

Prinzessin Lilys schmale Gestalt war nirgends zu entdecken. Wie betäubt trat Elisabeth weiter in den Raum hinein.

Zum ersten Mal sah sie gewaltsamen Tod. Sie hatte nicht damit gerechnet, ihm in diesen prächtigen Gemächern zu begegnen. »Prinzessin?«, fragte sie mit zitternder Stimme. »Mylady?«

Ein scharrendes Geräusch drang unter dem großen Bett hervor, und plötzlich erschien der Honigfresser. Er sprang auf Elisabeths Arme, keckerte wütend, entwand sich ihr jedoch, als sie ihn an sich drückte, und sprang wieder hinunter. Um die Leichen auf dem Boden herum sauste er zu einem bemalten Schrank, der neben dem großen Bett stand. Als Elisabeth ihm nicht rasch genug folgte, sprang er verzweifelt nach dem Riegel der Schranktüren, weit außerhalb seiner Reichweite.

»Prinzessin?« Auf wackeligen Beinen ging Elisabeth seitlich auf den Schrank zu. Ein Rascheln und ein ängstliches Stöhnen waren gerade noch, wenn auch sehr gedämpft, von drinnen zu hören. »Prinzessin, seid Ihr es?«

Elisabeth schob den Riegel hoch und riss die Türen auf. Dort, in Haufen herrlich bestickter Kleider gedrückt, sodass sie fast in der Fülle der Stoffe erstickte, kauerte Alyssa Hardee, Ranaults schwangere junge Herzogin, Lilys ständige Begleiterin. Das Gesicht der Frau war schmerzverzerrt. Sie war so in den Schrank geschoben worden, dass sich ihre Knie in einem hässlichen Winkel in ihren hochschwangeren Bauch bohrten, und als Elisabeth die Türen aufriss, fiel sie mit dem Bauch voran heraus.

»Oh!«, schrie Alyssa und klammerte sich an die Kleider, um ihren Fall zu bremsen. »Helft mir!«

Elisabeth fing sie unwillkürlich auf, und das Gewicht der Frau hätte sie beinahe zu Boden gerissen. »Wo ist die Prinzessin?«

Hinter ihr übertönte ein markerschütternder Schrei Alyssas schwache Antwort. Der rothaarige Lakai platzte in Begleitung zweier Dienerinnen zur Tür herein. Eine der Frauen schrie erneut auf, als Elisabeth sich umdrehte, und floh hinaus auf den Korridor. Der Lakai, etwas pflichtbewusster, trat vor und zerrte kräftig am nächsten Klingelzug, um Hilfe zu holen.

Da Elisabeth nicht wusste, was sie sonst tun sollte, half sie der jungen Herzogin hinüber zu dem Bett mit dem Leichnam darauf. Alyssa schien nicht verletzt zu sein, doch die Aufregung, derart eingesperrt zu werden, hatte ihre Wehen zu früh einsetzen lassen. »Emiera, sei mir gnädig«, wimmerte Alyssa und sank aufs Bett, kaum eine Handbreit von dem Leichnam entfernt, den Elisabeth beim Eintreten als Erstes gesehen hatte. »Mein Kind ist dem Leben und der Gesundheit des prinzlichen Erben angeschworen. Hab Erbarmen, Elianté. Beschütze mein Kind. Für Tielmark, wenn nicht um meinetwillen.«

»Lady Hardee – Alyssa.« Elisabeth versuchte, sie zu beruhigen. »Wir schicken nach einer Frau, die Euch helfen kann.« Der

Blick der jungen Herzogin war halb wahnsinnig vor Grauen. Überraschend kräftig umklammerten ihre Arme ihren dick angeschwollenen Leib. »Sagt mir, was geschehen ist.« Als die junge Frau nicht antworten wollte oder konnte, warf Elisabeth dem Lakaien hinter ihr einen scharfen Blick über die Schulter zu. »Schick nach einer Hebamme.«

»Die Prinzessin –«

»Du hast doch schon Hilfe herbeigerufen. Sie kommen bestimmt gleich.« Als sie den Mann immer noch zögern sah, änderte sie abrupt ihren Ton. »Du gehst jetzt selbst und holst sofort jemanden, der dieser Dame helfen kann.«

Als er widersprechen wollte, richtete sie sich auf, so gebieterisch und Furcht einflößend, dass ihre Mutter stolz auf sie gewesen wäre. »Mach, dass du wegkommst!«, herrschte sie ihn an. »Und komm mir ja nicht wieder, bis du jemanden gefunden hast, der das Kind dieser Frau retten kann. Die Zukunft des Reiches hängt davon ab!«

Es überraschte sie, welche Befriedigung sie fühlte, als der Mann erschrocken zusammenfuhr und hastig ihrem Befehl nachkam. Vielleicht war es das, was ihre Mutter so oft empfand. Wenn dem so war – dann fühlte es sich überraschend gut an.

Das Verschwinden der Prinzessin war unfasslich – so etwas war noch nie dagewesen. Bedienstete kamen herbeigerannt, vom Sekretär bis zur Wäscherin. Ronsars. Höflinge. Dienstmägde. Niemand schien zu wissen, was zu tun war, und niemand nahm es in die Hand, für Ordnung zu sorgen. Alle riefen Elisabeth ihre Fragen zu und dann einander, während sich in dem Gemach ein chaotisches Gedränge bildete. Die Leichen wurden herumgedreht und abgetastet, als eine wirre Suche nach Hinweisen einsetzte. Elisabeth wusste nicht, was sie tun sollte, außer Alyssa beizustehen. Sie setzte sich auf das Bett und versuchte, ihr Mut zuzusprechen. Ranaults junge Herzogin wimmerte und war so außer sich vor Schmerzen, dass sie keine Fragen beantworten konnte und von dem Durcheinander kaum etwas bemerkte. Der Honigfresser kauerte aus Angst vor den vielen Menschen auf dem Kopfkissen, die Augen zu ängstlichen Schlitzen verengt.

Endlich nahte Hilfe, jedoch nicht in der Form, die Elisabeth erwartet hatte. Gaultry Blas' uralte Großmutter, die Furcht einflößende Tamsanne, erschien wie aus dem Nichts, gefolgt von zwei rundlichen Frauen und dem überforderten rothaarigen Lakaien. Im Gegensatz zu allen anderen im Raum war Tamsanne vollkommen gefasst.

Sie warf einen Blick auf die arme Alyssa Hardee, die sich vor Schmerzen wand, und ihre starke, vom Alter geschwollene Klaue packte den bedauernswerten Lakaien bei der Schulter.

»Wir dürfen keine Zeit verlieren«, sagte die alte Frau in solch schneidendem Tonfall, dass sie damit die Aufmerksamkeit des Lakaien sofort von dem Chaos ringsumher weglenkte. »Lauf schnell zum Sängerhof. Dort findest du Lady Julie von Basse-Demaine. Du bringst sie auf der Stelle hierher – oder du stehst mir Rede und Antwort dafür.« Sie stieß ihn fort. Er verschwand beinahe rennend in der Menge.

»Elisabeth.« In den Augen der alten Frau funkelte etwas wie Befriedigung auf. »Es war klug von Euch, mich rufen zu lassen.«

Nichts hatte ihr ferner gelegen, doch Elisabeth spürte, dass dies nicht der passende Augenblick für lange Erklärungen war.

Tamsanne zog ein Stück einer Ranke aus dem Beutel an ihrem Gürtel. »Na, na«, sagte sie beruhigend und band die Ranke um Alyssas Handgelenk. »Vergesst alles. Verschließt Euch, und haltet Euer Kind fest.« Erstaunlicherweise war Alyssa daraufhin in der Lage, tief durchzuatmen und ihre Beine zu entspannen. Aus ihren schönen Augen strahlte keimende Hoffnung – bis ein weiterer Krampf sie quälte. Tamsanne strich besorgt über den gewölbten Leib, als taste sie nach dem Leben darinnen.

»Was ist passiert?« Ihr dunkler Blick bohrte sich in Elisabeths Augen, und für einen Moment konzentrierte sie sich nicht mehr auf Alyssa, sondern auf das Chaos, das im Raum herrschte. Irgendwie, vielleicht mit einem Zauber, hatte die alte Frau um das große Bett herum einen Kreis der Ruhe geschaffen. Die Hysterie außerhalb dieses Kreises wirkte ein wenig entfernt, sogar der Lärm klang gedämpft.

Elisabeth berichtete rasch von den Ereignissen, die sie hierher geführt hatten. »Ich habe Lady Julies Botschaft hier«, schloss sie und zog das Papier aus der Tasche; es wunderte sie, dass sie es nicht verloren hatte.

Tamsanne nahm den Brief. Sie ignorierte das Siegel und riss ihn auf.

»Wenn der Prozess meiner Mutter nicht für heute anberaumt wäre, hätte Lady Julie mich gewiss nicht hergeschickt«, erklärte Elisabeth, schockiert über Tamsannes ungerührten Eingriff in die Vertraulichkeit von Lady Julies Siegel. Tamsanne warf ihr einen belustigten Blick zu.

»Welches Entsetzen.« Sie wedelte mit dem offenen Brief herum. »Trotz allem, was um uns herum vorgeht?«

»Das eine ist kein Freibrief für das andere«, erwiderte Elisabeth steif.

»Lady Julie und ich sind uns schon einig«, entgegnete Tamsanne amüsiert. »Mein Vorgehen ist nicht so unverschämt, wie es vielleicht aussieht.« Sie wandte sich wieder dem Bett zu. »Nun«, sagte sie. »Fühlt Ihr Euch schon ein wenig besser, Mylady?«

Alyssa nickte schwach. Tamsanne beugte sich vor und sagte sanft: »Euer Wasser ist vergossen. Es ist zu spät, um das Kind drinnen zu halten. Was ich Euch gegeben habe« – die alte Frau berührte die Ranke am Handgelenk der Schwangeren – »ist ein Zauber, der die Geburt beschleunigen wird. Ihr werdet starke Schmerzen leiden, doch nur so kann Euer Kind noch überleben. Wollt Ihr diese Chance nutzen? Das Kind in Eurem Schoß wird ohne meinen Zauber nie seinen ersten Atemzug tun. Aber Ihr seid jung. Ihr könnt noch mehr Kinder bekommen. Ihr könnt Euch diese Schmerzen ersparen.«

Alyssa umklammerte mit der anderen Hand die Ranke, die sie

nun mit so verzweifelter Kraft zu schützen suchte wie zuvor ihren Bauch. Tamsanne nickte – ob zustimmend oder grimmig, das vermochte Elisabeth nicht zu sagen. Die alte Hexe winkte eine der älteren Frauen herbei, die sie mitgebracht hatte. Diese nickte, trat vor und begann, der jungen Herzogin den Rücken zu reiben. Alyssa stöhnte und drückte das Gesicht in die Matratze.

Tamsanne beugte sich ein letztes Mal über sie. »Es war Dervla«, sagte sie rau. »Es war Dervla, die Lily entführt hat, nicht wahr?«

Alyssa blickte schmerzgeplagt auf und nickte mit staunend aufgerissenen Augen.

»Glaubt nichts, was die Hohepriesterin Euch gesagt hat«, fuhr Tamsanne fort. »Nur eine Wahnsinnige würde auf den Gedanken kommen, den Erben ihres Prinzen zu opfern. Glaubt sie denn, die Götter würden ihm ein weiteres Kind gewähren, wenn das Erste so missbraucht wurde?«

Es schien, als schmelze ein unsichtbarer Damm der Angst in Alyssas Körper dahin. Sie fand sogar die Kraft, nach Tamsannes Hand zu greifen. Sie versuchte zu sprechen. Die alte Frau beruhigte sie und legte ihr einen Finger auf die Lippen. »Nur ruhig. Spart Eure Kräfte für Eure eigene schwere Prüfung. Um nichts anderes braucht Ihr Euch jetzt zu sorgen.« Sie wandte sich an die rundliche Frau. »Zieht die Bettvorhänge zu. Tut für sie, was Ihr nur könnt. Die einzige Frau, die diese wilde Horde zur Vernunft bringen könnte, wird gewiss nicht erscheinen.«

Damit meinte sie natürlich die Hohepriesterin. Der Prinz hatte Princeport verlassen, ohne einen neuen Kanzler zu ernennen. In Abwesenheit der Prinzessin war Dervla die Nächste, die seine Stelle vertrat, zumindest so lange, bis Benets Minister sich auf einen Kanzler einigen konnten.

»Was wollt Ihr damit sagen?«, fragte Elisabeth. »Was ist geschehen?«

»Dervla wird nicht erscheinen, weil sie zu sehr mit der Prinzessin beschäftigt ist«, antwortete Tamsanne grimmig. »Die Frage muss nun lauten – wo hat sie sie hingebracht? Dank meiner lieben Gaultry glaube ich es zu wissen.«

Sie sah Elisabeth mit direktem Blick an. »Kommt mit mir, wenn Ihr Eurem Prinzen einen Dienst erweisen wollt.«

Da gab es nichts zu überlegen. Verwirrt, aber gehorsam, folgte Elisabeth der alten Hexe.

Das Licht – es war unbeschreiblich. Benommen stolperte Elisabeth auf der engen Wendeltreppe. Wenn Lady Julie nicht so rasch zugegriffen hätte, wäre sie gestürzt. »Was ist das?«, keuchte sie und landete unsanft auf einer schmalen Stufe. »Was stellt es mit mir an? Ich kann kaum etwas sehen ...« Mit jedem weiteren Schritt nach unten wurde das grüne Licht stärker, dichter. Es war fast wie ein leuchtender, grüner Nebel, unnatürlich, unheimlich, und es fühlte sich auf ihrer Haut feucht an wie Morgennebel.

Julie warf ihr einen seltsamen Blick zu. Das Licht hatte keine derartige Wirkung auf sie, es zeigte ihr nur den Weg. »Tamsanne hatte Recht«, murmelte die Sängerin. »Ihre verflixten Adleraugen – wie ist sie bloß darauf gekommen?« Während der kurzen Verzögerung, bis Elisabeth sich wieder aufgerappelt hatte, eilte die Waldhexe ihnen voraus und verschwand die Treppe hinunter. »Geht, geht weiter. Wir müssen sie schnell erwischen.«

Sie kamen um die letzte Wendung der Treppe und stolperten durch einen schmalen Durchgang in eine weite Kammer. Elisabeth nahm vage ein hohes, sinnlich geschwungenes Kuppeldach über ihrem Kopf wahr, dazu unordentliche Haufen von Papier an sämtlichen Wänden, doch ihr blieb keine Zeit, sich umzusehen. In der Mitte des Raums waren die Papierstapel offenbar einfach beiseite geschoben worden, sodass ein freier Platz auf dem steinernen Boden entstanden war, der über und über mit Zeichen in frischem Blut bemalt war. Eine von Dervlas Gehilfinnen – die Bluterbin der Brut, deren Schwester Gaultrys kleiner Mörder umgebracht hatte – hatte soeben die letzte Zeichnung mit einem Pinsel beendet, den sie in einen kleinen Tonbecher tunkte. Dervla selbst stand mitten im Raum, bedrohlich über dem hingestreckten Körper der Prinzessin aufragend.

Lilys Kleid war vorn aufgeschnitten worden und enthüllte die bleiche, flache Wölbung ihres mageren Unterleibs und die hervorstehenden Rippen. Von der Schwangerschaft war noch nichts zu sehen. Mit einem Messer war ein Kreis auf ihren Leib gezeichnet worden, eine ebenmäßige, blutige Linie; ihre dünnen Arme und Beine waren mit Stricken an Pflöcke gebunden, die zwischen die Steinplatten des Fußbodens getrieben worden waren. Einen Augenblick lang glaubte Elisabeth, die Prinzessin sei bereits tot. Dann erbebte der flache Bauch krampfhaft.

Elisabeth hätte vor Erleichterung geschluchzt, wenn nicht im selben Moment ein grässliches Gefühl über sie gekommen wäre. Das Licht, das dieser Raum ausstrahlte – so rein, so merkwürdig, ein so vollkommenes Grün, dass es beinahe weiß wirkte –, es stellte wirklich seltsame Dinge mit ihr an. Ohne dass es ihr erklärt wurde, wusste sie, dass das Gefäß in Palamars Hand mit Lilys Blut gefüllt war; die Runenzeichen auf dem Stein waren ebenfalls mit ihrem Blut geschrieben.

Und die Klinge, die sie unter Dervlas Robe erspüren konnte, war der *In Raku*, die Klinge, mit der man das Kind eines Gottes töten konnte, ohne göttliche Rache fürchten zu müssen. Lilys Blut hatte dieser Dolch bereits geschmeckt – Dervla hatte sie damit so verletzt.

»Ihr habt es noch nicht getan«, sagte Tamsanne und trat vor. »Benet könnte Euch noch vergeben.«

»Mir vergeben?«, kreischte Dervla. »Für das, was ich hier für ihn tue, wird er mir auf Knien danken!« Ihre hellen Augen zuckten wutentbrannt hin und her und richteten sich schließlich auf Lady Julie. »Wie ich sehe, habt Ihr Verstärkung mitgebracht. Sängerin – seid mir willkommen. Seid Ihr erschienen, um Eure Wahl zu treffen?«

Elisabeth nahm sie gar nicht zur Kenntnis. Es war, als wäre sie für Dervla nicht vorhanden.

»Was tut Ihr da?«, fragte Lady Julie gelassen.

»Ich beschütze Tielmark«, erwiderte Dervla. »Die Arroganz dieser Hexe da …« Sie zeigte auf Tamsanne. »Sie hat den Jungen fortgeschickt, und es bleibt keine Zeit mehr, ihn zurückzuholen. Andions Mond hat seinen Aufstieg begonnen. Wegen ihrer dummen Einmischung bleibt mir nichts anderes übrig als dies.«

»Halt«, rief Tamsanne. »Haltet ein. Ihr wisst, dass auch ich Benet zum König krönen möchte, ebenso wie alle anderen. Was glaubt Ihr, wo ich Tullier hingeschickt habe? Zu Benet. Mag sein, dass sie schon jetzt zusammen sind, und sie werden ganz gewiss noch vor dem Tag zusammenkommen, wenn Andions Augen uns am schärfsten beobachten und es eine weitere Gelegenheit für die Zeremonie gibt. Wenn irgendjemand die Macht hat, dieses Opfer wirkungsvoll darzubringen, so ist es Benet, der als Prinz sein ganzes Heer in die Schlacht führt – und nicht eine Schar alter Weiber, die in einer geheimen Kammer Gebete brabbeln. Überlasst diese Entscheidung Benet. Tullier wird ihn bald erreichen. Wir können nachreisen und sie noch rechtzeitig erreichen, um Benet die Klinge noch vor Neumond zu überbringen. Legt diese Entscheidung in die Hände des Prinzen.«

»Benet?« Dervlas Stimme war eisig. »Meint Ihr denn, ich hätte den *In Raku* so lange verborgen gehalten, weil ich glaubte, er hätte den Mut, den Jungen zu erstechen? Er würde das niemals tun. Nicht einmal für sein Land.«

Elisabeth wandte sich an Lady Julie. »Ich dachte, wir wüssten eben nicht, wie Benet zum König gemacht werden kann«, flüsterte sie. »Warum hören wir uns all die alten Balladen an, wenn wir es doch schon wissen?«

Julie schüttelte den Kopf. »Die Aufgabe der Geheimen Brut ist es, Benet zum König zu machen. Irgendwann werden wir mit unserem Leben dafür bezahlen, wenn es uns nicht gelingt. Diesen Sommer haben wir gleich zwei Chancen: heute, da der Mond des Sonnenkönigs Andion halb voll ist, oder am Ende des Monats, bei Vollmond. Danach wird es erst in fünfzig Jahren wieder eine solche Gelegenheit geben.« Sie verzog das Gesicht. »Doch ein Menschenopfer – dieser Preis ist zu hoch. Wir haben versucht, eine Möglichkeit zu finden, wie es ohne Blutvergießen gelingen könnte. Aber Ihr habt die Barden selbst gehört. Bisher haben sie uns keinen Schritt weitergebracht. Unsere Aussichten sind nicht eben rosig –«

»Wenn der Junge in Benets Händen ist, haben wir überhaupt keine Aussichten mehr!«, kreischte Dervla. Elisabeth erzitterte und war froh, dass dieses Geschrei nicht ihr galt. »Benet wird niemals stark genug sein, um den Jungen mit eigenen Händen zu erstechen.«

»So ist es«, sagte Tamsanne grimmig. »Er hat nicht die Willenskraft dazu. Aber glaubt Ihr wahrhaftig, ich würde das Vertrauen meiner Enkelin derart schamlos missbrauchen und sie nach Westen schicken, damit ihr Schützling dort ermordet wird? Bei den Großen Zwillingen, wir sollten dankbar sein, dass Benet einen solchen Verrat nicht über sich bringen könnte! Seht auch die andere Seite, Hohepriesterin – und vergesst nicht, wozu Gaultrys Junge ausgebildet wurde. Um die Zukunft dieses Kindes zu schützen« – sie deutete auf Lilys entblößten Leib – »wäre Benet bereit, den *In Raku* in die Hände des kleinen Mörders zu legen und ihm seine eigene Kehle darzubieten. Ich denke, die Götter werden dies als würdiges Opfer für ein Königtum ansehen.«

Dervla schnappte nach Luft. »Ihr würdet zulassen, dass der Mordbube zu unserem König gekrönt wird? Verrat!«

»Nur, wenn Ihr so dumm seid«, erwiderte Tamsanne, »hier und heute Benets Erben zu vernichten. Wenn Benet stirbt, wird dieses ungeborene Kind König werden, nicht Tullier. Ihr seht also, Hohepriesterin, ich stelle mich Euch nicht entgegen. Unsere Herzen folgen doch demselben Pfad: Benet und seine Nachkommen können Könige werden. Wir müssen keinen weiteren Zyklus ohne diese Wandlung der Herrschaft durchleiden.«

Einen Augenblick lang dachte Elisabeth, Tamsanne hätte sie überzeugt. Dervla senkte verwirrt den Kopf und starrte der hilflosen Frau, die unter ihr lag, ins Gesicht. »Vielleicht ...«, sagte sie zögerlich.

Niemand hatte jedoch mit Dervlas Gehilfin gerechnet, die nicht so leicht umzustimmen war. »Ihr würdet den Jungen als Königsmacher ehren?«, fragte sie gefährlich ruhig. Sie hatte ein mildes, sanftmütiges Gesicht, doch ihre Stimme klang hart wie Eisen.

»Ehren?«, erwiderte Tamsanne scharf und ließ von Dervla ab. »Auf ewig verstoßen als mit Benets Blut besudelt wäre viel wahrscheinlicher.«

»Die Geschichte erweist Königsmachern immer besondere Ehre.« Der sanfte Tonfall der Gehilfin war Furcht erregend. »Ihr würdet diesen Kindermörder zu solchem Ruhm erheben? Das darf nicht sein. Ich werde es nicht zulassen.«

»Es liegt nicht bei dir, das zu verhindern«, sagte Tamsanne grob, die nun, da Dervla überzeugt schien, ihre Worte weniger bedachtsam wählte.

Das rundliche Gesicht der Gehilfin verzerrte sich vor Wut. »O doch, das kann ich«, sagte sie. »Glaubt Ihr vielleicht, ich hätte keine Macht? Ich entstamme einem Kriegerhaus. Marie Laconte, die Herzogin von Tierce, war die größte meiner Vorfahrinnen.«

Elisabeth war sich nicht ganz sicher, doch bei diesen Worten Palamars glaubte sie zu bemerken, dass Tamsanne und Julie einen raschen Seitenblick auf sie, *Elisabeth*, warfen, als erwarteten sie eine Erwiderung von ihr.

Als sie stumm blieb, sprach Tamsanne statt ihrer. »Marie war wie wir alle gebunden an die Prophezeiung, die Interessen Tielmarks über die ihrer eigenen Familie zu stellen.«

»Es ist nicht im Interesse Tielmarks, diesen Jungen den Königsmacher spielen zu lassen!«, schrie Palamar. »Das Opfer wird nicht in seinen Händen liegen. Nicht, solange ich lebe. Ich werde eher den Fluch auf mich nehmen und selbst den König machen, wenn ich es nur auf diese Weise verhindern kann.« Die Gehilfin schleuderte den Tontopf von sich. Er zerschellte auf dem Boden, das Blut spritzte heraus und verschmierte die mystischen Zeichen.

»Palamar«, fuhr Dervla sie an; der unerhörte Tonfall des Mädchens war durch ihre Verwirrung gedrungen. »Sei still. Diese Dinge gehen dich nichts an.«

Anstatt klein beizugeben, wie Dervla offenbar erwartet hatte, antwortete Palamar mit einem plötzlichen Schlag dunkler Magie. Die Hohepriesterin wurde auf die Knie gezwungen, kam beinahe auf der gefesselten Prinzessin zu liegen und blickte fassungslos zu ihr auf.

»Ich habe lang genug still gehalten!«, kreischte Palamar. »Die Macht meiner Großmutter lebt in mir weiter. Ich werde Vergeltung für meine Familie üben!«

Die blutigen Runen auf dem Boden flammten auf wie grünes Feuer, als sie zur Hohepriesterin und der Prinzessin in den Kreis trat und einen schrillen Gesang anstimmte.

»Verrat!«, schrie Dervla. »Wie kannst du es wagen! Diesen Kreis darf allein die Hohepriesterin betreten!«

Palamar ignorierte diese Worte und stürzte sich auf sie. Die Hohepriesterin konnte den Schlag gerade noch abwehren. Für Dervla kam diese Attacke so unerwartet wie ein Blitzschlag. Instinktiv schützte sie die Prinzessin, zu mehr blieb ihr keine Zeit – sich selbst gegen diese junge Frau zu verteidigen, der sie offensichtlich vertraut und die sie für ihr gehorsames Spielzeug gehalten hatte, war ihr nicht mehr möglich. Palamar schlug ihre ehemalige Herrin nieder mit unerklärlicher, unerwarteter Kraft.

Innerhalb des tanzenden Kreises aus grünem Feuer gab es ein wirres Handgemenge. Dann zog die junge Gehilfin mit einem triumphierenden Schrei den *In Raku* aus der Robe ihrer Herrin. Elisabeth war überrascht, wie alt, wie verbraucht, wie schlicht die Klinge aussah. Sie war schmal, von trüber, grauer Farbe und mit glitzernden Runen versehen.

»Für das Leben meiner Schwestern!«, schrie Palamar. »Für

meine Familie! Ihr Großen Zwillinge! Andion, Götterkönig! Nehmt dieses Opfer an, das ich Euch darbringe!«

Sie ließ den Dolch niedersausen. Dervla warf sich dazwischen, sodass die Klinge in die dicken Schichten ihrer Gewänder fuhr. Wütend stach Palamar ein weiteres Mal zu, und wieder verfehlte sie ihr Ziel. Die Gehilfin erkannte Dervlas Entschlossenheit und führte den nächsten Schlag mit ihrer Magie – eine hässliche, sengende, grün-schwarze Stichflamme brach aus ihr hervor. Diese schleuderte Dervla von Lily fort und sogar aus dem Runenkreis hinaus. Als Dervla wieder durch die magische Flammenwand hineintreten wollte, blieb ihr der Zugang verwehrt. Mit einem seltsamen Lächeln stellte Palamar sich über die wehrlose Lily und hob den Dolch. »Tielmark wird seinen König haben«, sagte sie. »Gewonnen durch ein Opfer. Durch mein freiwilliges Opfer, den Makel der Grausamkeit auf mich zu nehmen, auf dass Tielmark endlich die Freiheit erlange.«

»Elisabeth.« Tamsanne zerrte sie grob zu sich heran. Sie wäre vor Überraschung beinahe hingefallen, doch die alte Frau riss sie erstaunlich kräftig wieder auf die Füße. »Julie und ich können diesen Kreis nicht durchbrechen. Euer großer Augenblick ist gekommen: Ihr könnt vollbringen, was uns nicht möglich ist. Lily braucht Euch. Ruft die Zwillinge an und tretet durch die Flammen.«

Elisabeth stolperte vorwärts, eher vom kräftigen Stoß der alten Frau getrieben denn aus eigenem Willen. Sie taumelte gegen den Zauberwall. Das Brausen der grünen Flammen wallte auf, als sie darauf prallte. Und dann, zu ihrer Überraschung, sank sie hinein. Das grüne Feuer der Runen hüllte sie ganz ein wie in einen Mantel kalten, grünen Lichts, doch es tat überhaupt nicht weh. Stattdessen ließ es den ganzen Raum klar und hell erscheinen, und sie sah viel deutlicher. Außerhalb des Kreises riss Dervla die Augen auf – als habe sie Elisabeth bis zu diesem Moment gar nicht gesehen und als hätte Elisabeths Fähigkeit, den Kreis zu durchbrechen, nun diese Blindheit von ihr genommen. »Was muss ich sehen?«, rief Dervla. »Ein neuer Verrat? Wie ist es möglich, dass sie den Schutzwall durchschreiten kann, und ich nicht?«

Die gewölbte Kuppel über ihnen summte vor Kraft. Selbst Palamar blickte auf. Große Bögen grünen Lichts schossen durch die Kammer, warfen Haufen von Papier um, ließen die uralten Bücherstapel umstürzen. Elisabeth, die sicher war, dass sie diese offensichtliche Katastrophe verursacht hatte, wollte zurückweichen.

»Was passiert hier?«, schrie sie. »Was soll das?«

Tamsanne stand so nahe hinter ihr, wie der Zauberwall es gestattete. »Voran!«, drängte sie. »Geht weiter! Nehmt den Dolch! Elisabeth – denkt daran – *Euch stehen alle Türen offen!*«

Vor Elisabeths Augen öffnete sich ein schimmernder Kranz aus Licht, dehnte sich aus, bis er groß genug war, dass sie wie durch eine Tür hindurchtreten konnte. Dahinter sah sie die hingestreckte Prinzessin und Palamar, die über ihr kniete. Die Szene erschien ihr wie ein erstarrtes Bild, auch Palamar mit dem herabsausenden Dolch.

Elisabeth – sie allein hatte die Macht, dieses Bild zu verändern. Sie trat durch den Lichtkranz in das erstarrte Bild, fasste einen Entschluss, während die Zeit still zu stehen schien, beugte sich nieder und entwand Palamars Hand die grässliche Klinge. Palamar konnte sich nicht gegen sie wehren. Mit einer Brutalität, die sie sich selbst nicht zugetraut hätte, packte sie Palamars Robe über der Brust und schleuderte die junge Frau von der Prinzessin fort. Mit wütendem, zur Fratze erstarrtem Gesicht flog die Gehilfin weit zurück wie eine Strohpuppe; Funken stoben, als sie den magischen Wall durchbrach, dann landete sie in einem wüsten Haufen Papier.

»Prinzessin«, sagte Elisabeth und kniete nieder, um den mädchenhaften, reglosen Körper zu befreien. »Sprecht mit mir. Seid Ihr verletzt?«

Der Lichtkranz verpuffte, und die Magie des Zaubers löste sich auf. Lily drehte den Kopf und sah Elisabeth in die Augen. »Ich bin am Leben«, sagte sie verwundert, als Elisabeth die Pflöcke aus dem Boden zog, damit sie sich aufsetzen konnte. Unter ihrem rechten Auge prangte ein blauer Fleck, und ihre Lippen waren an zwei Stellen aufgesprungen. »Was seid Ihr?«

Ein lauter Streit erregte ihre Aufmerksamkeit. Hinter dem unsichtbaren Wall der geheimen Zeichen rang Dervla mit Palamar. Dann wandte sich Dervla an Tamsanne, die neben Lady Julie stand, ebenfalls außerhalb des Kreises, und schrie tobend: »Was habt Ihr getan? Was habt Ihr mir nur angetan?«

Elisabeth starrte die Hohepriesterin neugierig an und erkannte, dass Dervla einen Zauber wirken wollte – und versagte.

»Fragt lieber, was Ihr Euch selbst angetan habt«, erwiderte Tamsanne. »Durch Euren eigenen Verrat seid Ihr nicht länger Hohepriesterin.« Sie warf einen Blick auf Palamar, die von den grünen Flammen des Schutzwalls zurückkroch, das Gesicht vor Panik verzerrt. »Und du bist nicht länger Erbin von Marie Laconte. Ihr, Dervla, und Eure Gehilfin – ihr habt die Gabe der Magie verloren. Elisabeth hat sich euer beider Kraft verdient.«

»Ich verstehe das nicht«, sagte Elisabeth. Sie fühlte sich schwach und schwindlig, doch sie hielt die graue Klinge noch immer fest in der Hand, und anscheinend konnte niemand sie angreifen. Sie lehnte sich an die schmächtige Prinzessin und wusste kaum, ob sie damit sich selbst stützen oder der Prinzessin helfen wollte.

»Ihr seid die Halbschwester dieser Frau.« Tamsanne zeigte auf Palamar. »Was auch immer sie sich davon versprach, Eure Mutter ließ sich von Rivière Laconte schwängern, Gräfin Marie Lacontes Sohn und Erben. Ihr seid vom Blute der Geheimen Brut – und nun die neue Hohepriesterin Tielmarks. Diese Macht hat Dervla verlassen und ist auf Euch übergegangen, und damit erwachte auch die gesamte Kraft Eurer Familie, die in Euch steckte.

Manchmal brauchen die Götter eine kleine Ewigkeit, um einen Wechsel menschlicher Macht anzuerkennen – und manchmal handeln sie blitzschnell, um eine solche Wandlung zu unterstützen, so, wie sie es heute hier getan haben.«

Elisabeth konnte kaum all das aufnehmen, was Tamsanne ihr

sagte. »Woher wisst Ihr das?«, fragte sie verwirrt. »Weshalb solltet Ihr mich für eine solche Ehre auserwählen?«

Julie gewann etwas von ihrer herrischen Art zurück und schob Tamsanne beiseite. »Tamsanne hat Euch nicht auserwählt. Das waren die Göttinnen.« Sie blickte zur Kuppel des Gewölbes auf. »Mein Kind, von nun an wird dieser Raum Euer persönliches Allerheiligstes sein. Hört auf seine Stimme, und Ihr werdet selbst erkennen, dass wir die Wahrheit sprechen. Schließt Eure Augen und lauscht der Musik.«

Die Stapel von Papier, Kram und Pergament schienen von allen Seiten auf sie einzudringen und ihre Konzentration einzuengen. »Was soll ich denn hören?«, flüsterte Elisabeth. Doch da hörte sie es: Ihre eigene Stimme hallte von der großen Kuppel wider. »Hören«, flüsterte ihre eigene Stimme. »Hören.«

Danach lauschte sie einem harmonischen Fluss von Klängen. Sie sah, wie sich die Spirale der Jahreszeiten drehte, sah ihren eigenen Platz in diesem Tanz. Sie senkte demütig den Kopf, beinahe überwältigt. Ja. Dies war ihr Platz. Er mochte von alten Papieren, Kisten und Kästen verpestet sein, doch dies war der Platz, an dem sie stehen und lauschen sollte.

Sie blickte auf die glanzlose graue Klinge in ihrer Hand hinab, den *In Raku*, den Dolch, welcher das Kind eines Gottes töten konnte. Nun erkannte sie, was er wirklich war: eine menschliche Seele. Gefangen in dieser Klinge war eine menschliche Seele, mittels dunkler, vernichtender Magie hineingebannt. Sie war uralt und immer noch lebendig, kannte nur mehr ein Gefühl: die Sehnsucht nach Erlösung, nach dem Ende, das endlich kommen würde, wenn sie bei einer rituellen Tötung das Herz eines Mannes oder einer Frau durchbohrte. »Die Götter verleihen uns heute nicht mehr die Macht, ein solch böses Ding zu erschaffen«, flüsterte sie und starrte auf die finstere Waffe in ihrer Hand nieder. »Elianté und Emiera mögen sie dafür segnen.«

Sie hob den Kopf und blickte in Tamsannes Augen. Die alte Frau schreckte sie nicht. Jetzt nicht mehr.

»Wusste Gaultry, was Ihr für den Prinzen plantet, als Ihr sie nach Westen geschickt habt?«, fragte sie scharf.

»Sie wäre nicht dazu bereit gewesen, wenn ich es ihr gesagt hätte«, gestand Tamsanne, doch in ihren dunklen Augen war keine Reue zu erkennen.

»Dann müssen wir ihr nach. Wir alle. Ohne unseren Beistand in diesen verzweifelten Zeiten, so fürchte ich, könnte Benet versuchen, das Königsopfer so selbstlos darzubringen, wie Ihr es beschrieben habt – aber mit einem gewöhnlichen Schwert anstelle des *In Raku*. Wir müssen rasch abreisen. Uns bleibt nur wenig Zeit, die Grenze zu erreichen, bevor Andions Mond voll ist.«

»Du verlangst von mir zu reisen?«, fragte Dervla wütend. »Mein Platz ist hier, bei Hofe.«

»Ihr habt keinen Platz mehr bei Hofe«, erwiderte Elisabeth kühl. »Ungerechtigkeit wird dem Prinzen nicht dienen.« Sie sah Tamsanne an. »Was auch immer damit zu gewinnen sein mag.«

»Benet muss zum König gekrönt werden«, sagte Tamsanne.

Elisabeth schüttelte den Kopf. »Der Blutpreis ist zu hoch, selbst wenn Benet dazu bereit wäre. Wir werden einen anderen Weg finden.«

»Bei den Zwillingen, Hohepriesterin, ich glaube Euch.« Durch das lodernde Feuer starrte Lady Julie sie mit ganz neuer Hochachtung an. »Eure Augen sind jetzt offen. Wir werden einen Weg finden.«

Elisabeth schloss die Augen, wand sich innerlich und staunte über die Gewissheit, mit der sie sich dieser Sache verschrieben hatte. »Die Hofbarden werden mit uns reisen«, erklärte sie kurz angebunden. »So lautet mein Befehl, meine erste Amtshandlung als Hohepriesterin.«

O Emiera, dachte Elisabeth verzagt, *O Jägerin. Habe ich mich eben tatsächlich zu zwei Wochen in einem Wagen verdonnert, eingeschlossen mit Tyrannis' Gejaule?*

Sie richtete sich auf und öffnete die Augen. Ja, genau das hatte sie getan.

Nun konnte sie nur noch darauf hoffen, dass Gaultry und Tullier bereits sicher das Schlachtfeld erreicht haben würden, wenn sie dort eintraf, und dass sie selbst jeglichen schlimmen Ereignissen zuvorkommen konnte.

Doch dafür würde sie zu den Großen Zwillingen beten müssen. Lange und inbrünstig.

21

Die Iden des Andion waren gekommen, der Monat des Sonnenkönigs zur Hälfte vorüber. Die Sonne stand im Zenit. Gaultry und Tullier hatten keine Menschenseele mehr gesehen, seit sie am Morgen eine winzige Ansiedlung passiert hatten – sechs Häuser und ihre Nebengebäude. Die Häuser waren verlassen gewesen bis auf zwei junge Männer, die sie sehr gastfreundlich begrüßten und sie zu einem gewaltigen, höchst willkommenen Bauernfrühstück hereinbaten. Die anderen Mitglieder der kleinen Familiensiedlung waren verreist, zum nächstgrößeren Ort weiter westlich, um den Festtag dort zu feiern; eine Priesterin der Zwillingsgöttinnen unterhielt in der Nähe eine heilige Grotte.

Gaultry bereute manches Mal ihre Entscheidung, keine Pferde von den Kindern zu beschlagnahmen, doch wenn sie an deren zarte Unschuld dachte, war sie dennoch froh, ihnen keine solche Enteignung aufgebürdet zu haben. Irgendeine große Macht hatte ihre Schritte gelenkt, seit sie von der Hochstraße nach Süden abgebogen waren. Sie wollte diese unschuldigen Kinder nicht durch eine noch so geringfügige Verbindung zu ihr und Tullier in Gefahr bringen.

Ihr Erlebnis am vorigen Morgen hatte sie tief erschüttert. Sie begriff den Impuls nicht, der sie erfasst hatte, als die Morgenröte sich über den Himmel gebreitet hatte. Immer wieder sah sie das Gesicht des Dryaden-Mannes vor sich. Die unergründliche

Miene dieses Wesens. Die Schönheit seiner Hände, die, ein einziges Mal, so zart über ihre Stirn gestrichen hatten. Sie hatte sich fast bis über die Grenze des Verwunschenen Reiches gewagt und war zurückgekehrt.

Das heimliche innere Bild des wunderschönen und doch so fremdartigen Gesichts würde ihre Strafe dafür sein. Wenn sie nicht die Grenze überschritt, würde sie dieses Wesen nie wieder sehen – und sie würde es doch ein Leben lang nicht vergessen können.

Das Gesicht dieses Dryaden-Mannes … seine Ähnlichkeit mit ihren eigenen Zügen war kein Zufall.

Feurig wie die Sonne. So hatte Tamsanne ihren Liebhaber beschrieben, Gaultrys und Mervions Großvater. *Er hat die Wälder nie verlassen.* In dem Moment, als Gaultry das Gesicht des Dryaden-Mannes gesehen hatte, hatte sie erkannt, wer das sein musste, und endlich Sir Jumerys Irrtum begriffen. Tamsannes Tochter war nicht von einem Toten gezeugt worden. Tamsanne hatte ihr Kind von einem Mann empfangen, der seine Seele an die Bäume verloren hatte.

Tamsanne musste ihn schon geliebt haben, bevor er ins andere Reich hinübergegangen war und bevor er ein Wesen aus Moos und Mondlicht wurde.

Aber warum hatte er sich ihr gezeigt? Warum jetzt? Erklärte sein Erscheinen das Rätsel ihres Weges, der sich so unerklärlich unter ihren Füßen verschoben hatte? War es die Magie des Verwunschenen Reiches, die sie so weit nach Süden gerufen hatte, um sich ihr in jenem magischen Moment des Sonnenaufgangs zu enthüllen, als die Zeit stillzustehen schien, erstarrt zwischen Dunkelheit und Licht?

Er war ins Wasser gestiegen, um zu verhindern, dass das Verwunschene Reich sie nahm. Zumindest dessen war sie sich sicher. Der Moment, als sein Blick sich in ihre Augen gesenkt hatte, hatte sie bebend einhalten lassen, und dieses schöne Lächeln auf seinem Gesicht – ein wenig spöttisch und undurchdringlich. Er hatte einmal leicht ihre Stirn gestreichelt und sie wieder fortgeschickt. Der Augenblick ihrer Begegnung war so flüchtig gewesen, und doch hatte er sich ihr tief ins Gedächtnis gebrannt: Jede Blüte in seinem mit Moos durchwirkten Haar, jede Kontur seines Körpers, seines Gesichts, alles an ihm stand ihr so klar vor Augen, als stünde er selbst vor ihr. Weshalb hatte er ausgerechnet diesen Zeitpunkt gewählt, um sich ihr zu zeigen? Warum hatte er sie zu sich gerufen, um sie doch wieder fortzuschicken?

Gaultry blieb stehen, um aus ihrem Wasserschlauch zu trinken. Die Sonne brannte vom Himmel und ließ die Hitze über den verwilderten Haferfeldern ringsumher flimmern. Einige Stunden zuvor hatten sie ihre Wasservorräte an einem schlammigen Bächlein aufgefüllt. Gaultry wischte sich den Mund ab und wünschte, sie hätten noch etwas von dem saubereren Wasser, das ihnen die Bauern nach dem Frühstück mitgegeben hatten, doch ohne Pferde und zusätzliche Schläuche konnten sie nicht mehr tragen. Nach einem weiteren Schluck aus dem Schlauch, der ein wenig salzig schmeckte, fragte sie sich, ob das Wasser vielleicht verseucht war. Das hätte sie nicht gewundert. Die Hitze und die seltsamen Gerüche hier gefielen ihr nicht.

Den Pfad markierten die Hufspuren kleiner Herden, die sich manchmal bis in den niedergetrampelten Hafer hineinzogen, als hätten die Hirten sie schnell und ohne Rücksicht auf das Land vorangetrieben. Dieser Landstrich lag noch immer zu weit östlich, als dass die Lanai auf ihren Raubzügen bis hierher hätten vordringen können, und in dem Dorf, das sie am Morgen durchquert hatten, war auch keine Rede davon gewesen. Das hätte sie eigentlich beruhigen sollen.

Sie warf einen Blick auf Tullier. Er marschierte mit gesenktem Kopf, zwei fiebrige Flecken zeichneten sich rot auf seinen Wangen ab, und seine Haut wirkte unter den Schweißperlen ein wenig bleich.

»Was meint Ihr, wo wir hier sind?«, fragte er, als er merkte, dass sie ihn ansah.

»Ich habe keine Ahnung«, gestand Gaultry. »Ich verstehe das Land hier einfach nicht. Wir sind den ganzen Tag lang nach Nordwesten gelaufen. Nach allem, was die Bauern uns heute Morgen erklärt haben, hätten wir längst auf die Straße stoßen müssen, die von Pontoeil nach Norden führt. Aber ich habe weit und breit nichts davon gesehen, und diese Umgebung« – sie wies auf die niedrigen, bewaldeten Hügel ringsum – »gibt keinerlei Hinweis darauf, was hinter dem nächsten Hügel liegt. Wir haben Haute-Tielmark erreicht, da bin ich mir sicher. Aber mehr weiß ich nicht, und wir müssen abwarten, bis wir den nächsten Bauern finden, der uns weiterhelfen kann.« Haute-Tielmark war weitgehend dünn besiedelt. Nicht nur wegen der Lanai, deren Überfälle jeden Sommer drohten, sondern weil der Boden hier nicht sehr fruchtbar und damit für Landwirtschaft und größere Siedlungen nicht geeignet war. Zwar wurde das Land von alters her als guter Weidegrund geschätzt, doch wenn sich die Hirten irgendwo niederließen, würden ihre Tiere es rasch überweiden.

»Wir müssen einfach weitergehen«, sagte Gaultry. Sie lächelte schwach. »Zumindest werden wir es rechtzeitig bemerken, wenn wir uns der Grenze nähern. Es heißt, die Berge seien so hoch, dass selbst im Hochsommer Schnee darauf liegt. Das wird ein Hinweis sein, den wir gar nicht übersehen können.«

»Schnee.« Tullier wischte sich Schweiß aus den Augen. »Das kann ich mir kaum vorstellen, wenn die Sonne so vom Himmel brennt.«

Gaultry trank noch einen Schluck aus ihrem Wasserschlauch und wunderte sich wieder über den moosigen Geschmack. Die Hitzewogen von den reifenden Haferfeldern machten sie schlapp, und sie hatte Kopfschmerzen. Oder vielleicht war es das Bild ihres Großvaters, so ewig jung, so fremdartig –

»Heute sind die Iden des Andion«, bemerkte Tullier abrupt. »Glaubt Ihr, der Sonnenkönig blickt heute wahrhaftig auf uns herab?«

»Ja, das glaube ich. Heute ist Sein Festtag. Da muss Er doch hersehen.« Gaultry behielt ihr stummes Gebet für sich, dass, wenn das stimmte, der Größte der Götter sie sicher geleiten möge, bis dieser Tag vorüber war.

Die Hügel um sie herum wurden höher und weiter, sodass sie allmählich immer imposanter und wilder wirkten. Kleine Felsrücken aus bröckeligem Gestein durchdrangen den Boden und unterteilten das Land wie das Spielbrett eines Riesen. Dies war Haute-Tielmark, wie Gaultry es von ihrem Besuch bei Prinz Clarins Grab her in Erinnerung hatte, in jenen wirren Tagen, bevor Benet den Götterpakt erneuert hatte. Das flößte ihr die Hoffnung ein, dass sie bald auf eine Straße treffen würden.

Es war später Nachmittag, die heißeste Tageszeit, als sie den Rand eines lieblichen Tals erreichten. Es war mit üppigem Gras bewachsen. Natürliche Terrassen aus körnigem Felsgestein führten von allen Seiten hinunter. Ihr Pfad schlängelte sich weich in die Talsohle hinab und wand sich weiter in die Ferne. Auf halbem Wege durch das Tal, hinter einigen flachen Hügeln, zeichnete sich ein großes Anwesen ab. Pferche, niedrige Nebengebäude und ein Flickenteppich unregelmäßig geformter Weiden. Vielleicht der Sitz eines Ritters von Haute-Tielmark. Es war kein befestigtes Gemäuer oder Herrenhaus zu sehen, doch die sanft gewellten Hügel hätten durchaus eine kleine Festung oder einen Wehrturm verbergen können.

»Haben wir uns schon wieder verlaufen?«, fragte Tullier. »Die Männer heute Morgen haben kein solches Anwesen erwähnt.«

Gaultry starrte enttäuscht darauf hinab. Die Gebäude waren offensichtlich bewohnt. Sie konnte den Rauch von mindestens einem Feuer aufsteigen sehen. Die leeren Pferche sprachen nicht dagegen. Um die schlimmste Hitze des Tages zu meiden, hatte man die Herden gewiss weiter hinauf zu kühleren Weiden getrieben. »Ich habe keine Ahnung. Ich begreife überhaupt nichts mehr. Bei Elianté, ich glaube, ich bin schon völlig durcheinander, seit wir von der Hochstraße abgebogen sind.«

»Es ist so, als würde uns irgendetwas lenken«, bemerkte Tullier zurückhaltend. Es schien ihm peinlich zu sein, so etwas auszusprechen. »Vielleicht kommt es mir auch nur merkwürdig vor, in einem Land zu reisen, wo alle, auf die wir treffen, so freundlich und hilfsbereit sind. Die Bannsklaven, die ich auf den bissantinischen Höfen kannte – in Fructibus Arbis –, waren immer so seltsam, als hüteten sie ein dunkles Geheimnis.«

»Fructibus Arbis war auch ein ganz besonderer Fall.« Das Anwesen, wo Tullier während seiner Zeit bei den Sha Muira den Sommer verbracht hatte, war der heimliche Besitz von Tulliers Vater und gehörte zu den finsteren Racheplänen des alten Prinzen.

»Ich weiß«, entgegnete Tullier. »Aber irgendwie war es tröstlich, die Gewissheit zu haben, dass diese Sklaven sich gegen einen erhoben hätten, wenn ihr Sklavenbann sie nicht daran gehindert hätte. Hier ist es nicht so offensichtlich, was die Leute, die einem begegnen, davon abhält, Reisende zu erschlagen und ihnen alles Wertvolle zu rauben.«

»Das Versprechen der Sicherheit durch das Zeichen der Reisenden wird nie leichtfertig gebrochen«, fuhr Gaultry ihn an, denn Tulliers Misstrauen gegenüber der ganzen Welt störte sie inzwischen sehr.

Gaultry bemühte sich so, ihr Temperament zu zügeln, dass Tulliers Bemerkung, sie würden von fern gelenkt, ihr ganz entfiel.

Als sie sich den Gebäuden näherten, wunderte sich Gaultry immer mehr über deren Anordnung. Bei einem so großen landwirtschaftlichen Gehöft hätte sie ein prächtiges Gutshaus erwartet. Tullier, das sah sie ihm an, war ebenso verblüfft. Wenn sie heute Morgen nicht durch diese leere Ansiedlung gekommen wären, hätten die ausgestorbenen Gebäude bedrohlich gewirkt – ein Hinweis auf eine Seuche oder einen Überfall der Lanai. Doch alles wirkte sauber und ordentlich: Werkzeuge waren aufgeräumt, Fenster gut verschlossen. Offensichtlich waren auch die Leute, die notwendig waren, um die Tiere in diesen gepflegten Pferchen und niedrigen Ställen zu versorgen, heute in einen der nächsten Orte gezogen, um den Festtag dort zu verbringen. Der einzige Mensch, den sie sahen, war eine dürre, hagere alte Frau, die am Brunnen auf dem viereckigen Hof zwischen drei größeren Gebäuden stand und ihnen entgegenblickte. In wenigen Minuten würde ihr Weg sie direkt an der Frau vorbeiführen.

Später fragte Gaultry sich, warum sie es nicht gemerkt hatte. Aber nichts an der friedvollen Umgebung hätte sie warnen können.

»Guten Tag!«, rief Gaultry, als sie in Hörweite kamen. »Und die besten Wünsche zum Festtag!« Ein Zaun umschloss den Hof mit dem Brunnen und der alten Frau: ein Zaun mit breiten Lücken an beiden Seiten, wo der Pfad mitten hindurch führte. Als Gaultry den Zaun passierte, machte sie das Zeichen der Reisenden.

Die Frau nickte knapp. Sie zog gerade einen Eimer Wasser aus dem Brunnen und konnte das Zeichen nicht erwidern. »Willkommen«, sagte sie laut über ihre schmalen Schultern hinweg. Ihre Hände, die das Seil heraufholten, bewegten sich überraschend schnell und kraftvoll. Nach ihrem ledrigen, wettergegerbten Gesicht und dem schmierigen, gelblich weißen Haar, das ihr in einem langen Zopf über die Hüfte fiel, hätte Gaultry sie für wesentlich älter gehalten, als ihre kräftige Stimme und behänden Bewegungen andeuteten.

»Bin sofort bei euch.« Keuchend vor Anstrengung hievte die alte Frau den vollen Eimer in Sicht. Es war ein großer Eimer, der mehr wiegen musste, als Gaultry ihre eigene Großmutter würde heben lassen.

»Können wir helfen?«, fragte Gaultry und trat näher.

»Helfen? O ja.« Die Frau stellte den Eimer auf dem Brunnenrand ab und hielt ihn mit einer Hand fest. Ihr Gesicht war hart, wie aus Stein gemeißelt, und ihre Augen funkelten wild, dunkel und bösartig. »Bei den Großen Zwölf. Ihr habt all das geschafft, und sogar noch mehr.«

Das Letzte, was Gaultry mitbekam, war, dass die alte Hexe den Inhalt des Eimers über sie schüttete. Flüchtig begriff sie noch, dass die Frau das Zeichen der Reisenden absichtlich nicht erwidert hatte, und sie brauchte auch keinen Blick mehr auf das Widderkopf-Amulett an ihrem Hals zu erhaschen, um zu wissen, wer das war. In der langen, dürren Figur der Frau mit ihren grauen Gewändern erkannte Gaultry plötzlich die Gestalt wieder, die vor kurzem im Palast in Princeport in ihren Traum eingedrungen war. Nicht der unsichtbare Verfolger, der sie tief in das Palast-Labyrinth getrieben hatte, und auch nicht der grün-schwarze Feind, dessen Ranken sie attackiert hatten, sondern die graue Gestalt, die grimmige Alte, die sie von dem fernen Hügel aus gerufen hatte.

Doch diese Erkenntnis – und damit die Angst – kam zu spät. Das schwarze Band aus Blei, das den oberen Rand des Eimers bildete, flog auf sie zu und hüllte sie in Finsternis ein. Irgendetwas, kein Wasser, benetzte ihre Haut. »Lauf, Tullier!«, waren ihre letzten Worte, bevor sie das Bewusstsein verlor.

Dann gab es nur noch Dunkelheit.

Als Gaultry zu sich kam, brannte Wasser in ihrer Nase und in der Kehle. Sie keuchte vor Schmerz und begriff, dass man ihr einen Eimer Wasser ins Gesicht geschüttet hatte, um sie zu wecken. Nicht das verhexte Wasser aus dem Brunnen. Dieses Mal kam es aus einem anderen, ähnlichen Eimer, voll mit abgestandenem, schmutzigem Wasser.

Nach dem Schmerz war das Erste, was ihr auffiel, ein dichter, tierischer Gestank, der von allen Seiten auf sie eindrang.

Sie nahm all ihre Willenskraft zusammen und überwand den Schmerz, den Schreck. An den rauen Balken und Brettern über sich und dem dämmrigen Licht erkannte sie, dass man sie in eine der großen Scheunen gebracht hatte; ihre Hände waren an einen Balken über ihrem Kopf gefesselt. Ihre erhobenen Arme und verdrehten Schultern taten jetzt schon höllisch weh. Sie konnte den

Schmerz nur ein wenig dämpfen, indem sie sich auf die Zehenspitzen stellte.

Sie war umgeben von den niedrigen Lattenwänden eines Lämmerstalls. Hinter diesen Wänden waren die anderen Unterteilungen aus dem Stall entfernt worden, und dort schob sich eine dicht gedrängte Herde Schafe im Kreis herum.

All das nahm sie in dem kurzen Moment in sich auf, bevor sie der Gestalt gewahr wurde, die vor ihr stand und den Ausgang des abgeteilten Verschlags versperrte.

Die alte Frau starrte sie mit einem Ausdruck an, der Gaultry an begierige Freude erinnerte; ein voller Eimer stand neben ihr bereit, um die junge Frau noch einmal zu durchweichen, falls sie vom ersten Schwall nicht aufwachte. Zu ihrem Entsetzen war Tullier nirgends zu sehen.

»Was habt Ihr mit meinem Freund gemacht?« Ihre Stimme klang schwach und heiser.

»Was habe ich mit dir gemacht?«, höhnte die alte Frau. »Das wäre die bessere Frage, *Glamour*-Hexe. Du bist mächtig und mutig, aber ich habe dich sehr wohl im Griff.«

Gaultry funkelte sie an und versuchte, nach ihr zu treten, doch das nützte nicht viel. Sie war geschwächt von den Nachwirkungen der Magie, die die Hexe draußen beim Brunnen angewandt hatte. Der reißende Schmerz in ihren Schultern, als ihr ganzes Gewicht plötzlich an ihren Händen zerrte, ließ sie aufschreien, und der schreckliche Moment, bevor sie hastig das Gleichgewicht wiedererlangte, sagte ihr, dass sie es nicht noch einmal damit versuchen sollte. »Was habt Ihr getan?«, fragte sie keuchend und rang nach Luft. Ihre Arme schmerzten. Sobald sie sich gesammelt hatte, würde sie mit ihrer wütenden *Glamour*-Kraft die Fesseln durchtrennen. Sie brauchte diese Qual nicht zu erdulden: Als sie Tamsanne vor dem Syphon-Zauber gerettet hatte, war ihre ganze Macht endlich frei hervorgebrochen, und sie fürchtete sich nicht länger davor, sie einzusetzen. Sie würde all ihre Kraft heraufbeschwören und diese Frau zermalmen; sie würde kämpfen –

Die alte Frau las ihr Mienenspiel und kicherte hässlich. »Spar dir deine Kraft. Glaubst du denn, ich hätte dich geweckt, wenn irgendein Risiko bestünde, dass du mir etwas tun könntest?« Sie streckte einen knochigen Arm aus und deutete auf die unruhigen Schafe. »Du bist eins mit der Herde, meine Hübsche. Und Schafe – nun, ein Jammer für dich, aber Schafe sind nicht sonderlich angriffslustig.«

»Was soll das heißen?« Gaultry warf wieder einen Blick, diesmal viel misstrauischer, auf den See wolliger weißer Rücken. Die Schafe hatten alle ein ungepflegtes Fell, das dringend geschoren werden musste, hässliche, knochige Beine und kurze, platte Gesichter. Eine Rasse, die Gaultry nicht kannte. Doch die dümmliche, hirnlose Art, wie sie sich aneinander gedrängt ständig im Kreis drehten – die war ihr von Schafen wohl vertraut.

In die Augen der alten Frau trat ein abscheuliches, triumphierendes Glitzern. »Ich bin die Herrin«, zischte sie. Sie trat in den Verschlag und schloss das kleine Tor hinter sich, um die Schafe draußen zu halten. Ihre Zähne waren eine scheußliche gelbe Brücke in ihrem Gesicht, welches eher ein Zähnefletschen denn ein Lächeln zeigte. »Wenn du das schnell lernst, wirst du weniger zu leiden haben.« Sie streckte die Hand aus und deutete eine Linie über Gaultrys schmutziges, durchweichtes Hemd an, von ihrem Kragen bis hinab zu ihrem Unterleib. Gaultry konnte nichts tun, um diese Berührung abzuschütteln. Dann schob die Hexe ihr Gesicht ganz nah an Gaultrys heran; sie lächelte immer noch, gelblich und grimmig. Dann strich sie der jungen Frau über die Wange. »Wenn du hier drinnen versuchst, deine Kräfte anzuwenden, wirst du feststellen, dass du dieser Herde sehr viel gegeben hast, aber nichts dafür bekommst als Erschöpfung. Diese Tiere sind meine, selbst gezüchtet und großgezogen. Das erste Mutterschaf dieser Herde habe ich im Verwunschenen Land decken lassen, vor fünfzig Jahren, als deine Großmama mich überlistet und ihren Kopf aus meiner Schlinge gezogen hat. Ich war nicht so dumm wie Delcora – ich wusste, dass Tamsannes Kind überlebt hatte, und ich habe meine Vorkehrungen getroffen. Du kannst dir gar nicht vorstellen, wie viele Schafe ich in diesen Wäldern verloren habe, bevor es mir gelang, eine Leine zu erschaffen, die ein Tier, das ich hinübergeschickt hatte, wieder *zurückbringen* würde. All die vielen Jahre, die seither vergangen sind, habe ich mich auf diesen Tag vorbereitet.

Braves Schäfchen«, sagte sie und zog die Hand zurück. Ihr Gesicht war dem von Gaultry so nahe, dass diese den Gestank von Blut und Getreide im Atem der alten Frau riechen konnte. »Kleine Hexe, du bist eine Frau mit gottähnlichen Kräften, doch hier wirst du davon keinen Gebrauch machen können. Alles, was du tun kannst, ist, an deinem Balken zu hängen und abzuwarten, bis das Schreien verstummt.«

»Ich verstehe Euch nicht.«

»Umso besser.« Die Frau lächelte höhnisch. »Ich habe nicht die Absicht, es dir zu erklären.« Mit diesen Worten griff sie in ihre grauen Gewänder und zog ein Kartenspiel hervor.

Es war unverkennbar; die Karten waren so uralt und mächtig, dass sie sich dunkel verfärbt hatten, rotbraun und schwarz, bis die Zeichnungen auf der Rückseite kaum mehr zu sehen waren. Rhasan-Karten.

»Ihr seid Richielle«, hauchte Gaultry. »Ihr seid die Ziegenhirtin.«

»Ich treibe nicht nur Ziegen vor mir her.« Die Frau kicherte. »Es war sehr lustig, mit anzusehen, wie du und dein Junge verwirrt weiter gestolpert seid, während das Land sich unter euch verdreht und verschoben hat. Wenn das Verwunschene Reich euch nicht gerufen hätte, hätte ich euch schon gestern Abend hier gehabt.« Sie mischte die Karten, und ihre geschickten, kräftigen Hände, die Gaultry schon zuvor bemerkt hatte, bewegten sich schnell und sicher.

Gaultry horchte auf. Es war *Richielle* gewesen, die sie und Tullier nach Süden gezogen hatte, und nicht ihr dryadischer Großvater. Diese Erkenntnis versetzte ihr einen Stich des Verlassenseins. Aber war das so richtig? Wenn es stimmte, was Richielle gesagt hatte, dann hatte er ihr Kraft geschickt und versucht, dies zu *verhindern ...*

»Ich weiß, wer Ihr seid«, sagte Gaultry, und eine kalte Gewissheit breitete sich in ihr aus, während die Ziegenhirtin die Karten abhob. »Ihr seid die Hexe aus Bissanty. Diejenige, die Columba die Rhasan-Karten gelegt hat. Und Issachar Dan. Und selbst Lukas, dem Seelenräuber.« Sie sagte das eher aus Entsetzen denn aus der Hoffnung heraus, es zu verstehen. »Warum tut Ihr überhaupt so, als würdet Ihr die Karten mischen? Ihr wisst doch schon, was Ihr für mich ziehen wollt.«

»Ach, so geht das?« Richielle legte verächtlich den Kopf schief. »Wenn das so einfach wäre, dann wäre deine Großmutter schon seit fünfzig Jahren tot, und Benet würde Tielmark längst als König regieren.« Sie mischte ein letztes Mal mit diesen geschickten, geübten Händen und hielt Gaultry dann die zum Fächer ausgebreiteten Karten hin. »Ich mache die Zukunft nicht, Kind.« Ihre Augen glitzerten böse. »Armes Lämmchen. Du hast ja keine Hand frei, um dir eine Karte zu ziehen. Wie willst du denn eine auswählen, wenn dir die Hände über dem Kopf gefesselt sind?«

Einen Augenblick lang flackerte die Hoffnung in Gaultry auf, Richielle werde sie losschneiden. Dann enthüllte ihr der höhnische Blick der Alten die Wahrheit. Mit einem letzten verächtlichen Lächeln hielt sie die ausgebreiteten Karten an Gaultrys Leib und flüsterte ein Zauberwort, so leise, dass Gaultry nichts davon bemerkt hätte, wenn das Wort nicht auf ihrer Haut geprickelt hätte.

»Alle haben ihre verborgenen Sehnsüchte«, sagte Richielle. »Aber ist es denn wirklich so schwer, sie zu sehen, wenn man doch nur richtig hinschauen muss? Das tiefste Begehren der Seele: Das ist es, was die Rhasan-Karten an die Oberfläche holen.«

Gaultry wand sich in ihren Fesseln und achtete nicht auf den Schmerz. Richielle war dazu gezwungen, einen halben Schritt zurückzuweichen. »Columba hatte nicht gewollt, was sie bekam«, erwiderte Gaultry leise und vorwurfsvoll. Die Erinnerung an

Tulliers traurige, verräterische Schwester, von Richielle in die Sklaverei gebannt, stieg in ihr auf. »Ihr habt sie erniedrigt«, sagte sie und starrte die alte Frau hasserfüllt an. »Ihr habt sie des Schutzes und der Macht des Herrscherblutes beraubt. Könnt Ihr Euch vorstellen, welche schrecklichen Dinge geschehen sind, als ihr dieser Schutz genommen wurde?«

»Und war es nicht das, was sie wollte? Bist du da ganz sicher?« Richielle tippte mit dem Finger auf ihre Karten. »Dies ist deine Karte. Was ist das tiefste Geheimnis deines Herzens und deiner Seele?«

Gaultry schloss die Augen und spürte den Fesseln an ihren Händen nach. Ein Band aus geflochtenem Leder und Kordel, gebunden mit einem Zauber. Sie hasste Richielle, war wild entschlossen, sie diese Karten nicht aufdecken zu lassen, und sie schleuderte ihr ihre Macht entgegen. Sie brach wie eine Woge aus ihr hervor: eine Woge, die sich um Richielle teilte wie Wasser um einen Stein. Die Magie wurde immer kraftvoller und breitete sich zu den Schafen hin aus.

Die blökten verwirrt, und manche gaben warnende Laute von sich. Auf mysteriöse Weise hatte sich Gaultrys Macht zwischen ihnen verflüchtigt.

Sie sah die Schafe mit neuem Bewusstsein an. Schwämme. Diese Tiere waren wollige Schwämme auf vier Hufen, extra dazu gezüchtet, ihre *Glamour*-Kraft aufzusaugen.

»Ihr habt meine Macht in sie gefesselt.« Panik stieg in ihr auf. »Was sind das für Tiere, dass Euch das möglich war?«

Richielle lachte. Das triumphierende Glitzern in ihren Augen verriet der jungen Frau, dass sie nicht ganz sicher gewesen war, ob ihr magischer Plan mit den Schafen tatsächlich aufgehen würde. »Gebrauche deine Kraft ruhig noch einmal«, höhnte sie. »So oft du nur willst.« Sie hielt die Rhasan-Karten hoch und tippte erneut auf die oberste Karte. »Nun. Was meinst du, was ich hier für dich ziehen werde?«

Gaultry holte zittrig Atem. Ihr fiel etwas ein, das die Frau zuvor gesagt hatte. *Ich habe nicht die Absicht, es zu erklären.* Nichts, was Richielle sagte, sollte ihr helfen, ihre Lage zu verstehen – sondern sie nur in die Richtung lenken, wo Richielle sie haben wollte. Sie würde Tullier nicht helfen – und sich selbst ebenso wenig –, indem sie auf das Geplapper der Alten hörte oder ihre Fragen beantwortete.

Wieder schloss sie die Augen, um alles auszusperren, die wimmelnden Schafe, das grässliche Funkeln in den Augen der alten Frau. Richielle hatte davon gesprochen, die geheimsten Sehnsüchte der Menschen zu sehen, und sie hatte angedeutet, welche Macht ihr das verlieh, deren verborgene Zukunft zu gestalten. Was war in ihr selbst, das die alte Richielle nicht sehen konnte? Was war es, was sie sich nicht vorzustellen vermochte?

Das Gesicht des Dryaden-Mannes erschien vor ihrem inneren Auge wie ein erfrischender Schauer. Seine Wildheit, die Blumen, die sich in seinem roten Haar verfangen hatten. Das fremdartige, samtige Grün seiner Haut. Das schimmernde, dunklere Grün seiner Augen. Richielle hatte sie und Tullier unmöglich rasch zur südlichen Grenze hinabgeschickt und sie weit vom Weg abgebracht, doch Gaultry glaubte nicht, dass sie Einfluss auf das hatte, was an der Grenze zum Verwunschenen Reich geschehen war. Sie hätte nichts von dem Dryaden-Mann wissen können.

Jarret hat die Wälder nie verlassen, flüsterte Tamsanne. Niemand bei Hofe hatte je ihren geheimen Verlust erahnt. Nicht einmal Sir Jumery, der der Wahrheit am nächsten gekommen war, hatte es begriffen. Dieses Geheimnis zu hüten und zu bewahren war Tamsannes heimliche Pein gewesen, die sie mit niemandem teilen konnte und die ihren Willen hart wie Eisen machte. Richielle fürchtete das Verwunschene Reich. Sie hätte es nie gewagt, seine Geheimnisse zu ergründen.

»Ihr müsst ja schrecklich viel Mühe mit diesen armen Schafen gehabt haben.« Gaultry öffnete die Augen, und eine unheimliche Ruhe bemächtigte sich ihrer. »Wie ist es Euch überhaupt gelungen, sie über den Fluss zu schaffen? Immerhin sind sie nicht sonderlich mutig, die Armen. Das Verwunschene Reich muss sie vor Angst wahnsinnig gemacht haben, während seine Kräfte ihr Fleisch durchdrangen.«

Richielles Miene wurde hart. Sie sah beängstigend aus – und ihr Gesichtsausdruck war von vornherein nicht eben freundlich gewesen.

»Ihr müsst schreckliche Ängste ausgestanden haben«, fuhr Gaultry fort. »Tamsanne war so viel mutiger als Ihr – so viel gefährlicher. Aber das wusstet Ihr natürlich, denn sonst hättet Ihr es nicht weiter mit Euren Schafen versucht.«

»Ich habe die Macht, dich auf der Stelle zu töten«, erwiderte Richielle kalt. »Ich könnte dich abschlachten, gleich hier und jetzt, wie eines meiner Tiere. Ich könnte dir ein Messer in die Kehle jagen, noch bevor ich mit dem Jungen fertig bin.«

»Würdet Ihr Euch dann mutiger fühlen?« Gaultry hörte nicht auf ihre Drohungen. Sie durfte sich nicht gestatten, an ihre eigene Hilflosigkeit zu denken. »Tamsanne musste nie jemanden töten, um an ihre Macht glauben zu können.«

»Nimm deine Karte!« Richielle hielt sie ihr mit einer wütenden Geste vors Gesicht. »Das Geplauder ist hiermit beendet!«

Großvater, betete Gaultry, *bleib bei mir.* Dennoch warf sie einen Blick auf das kleine Stück Papier, bevor sie es verhindern konnte.

Es war nicht das, was sie erwartet hatte: der Sklave oder der Mann in Ketten. Es war die Orchidee. Die Karte der *Glamour*-Magie. Das Bild von der Blüte war uralt und simpel, ein Strich mit einer dicken Knospe und zwei Blättern daran. Im Gegensatz zu den zwei Zeichnungen dieses Symbols, die sie bisher gesehen hatte, war diese Blume nicht in der Erde verankert. Ein Mann hielt sie in der erhobenen Hand; er trug einen seltsamen, abgerissenen Umhang, der aus ungegerbten Schafsfellen zu bestehen schien, und da waren kleine Blüten, die sich in den wüsten Locken dieses Fellumhangs verfangen hatten. Dieser wilde Mann hielt die Blume gen Himmel, als biete er sie der gelben Sonne in der oberen Ecke der Karte dar.

Ihr Großvater, der die Gabe ihrer *Glamour*-Macht hoch hinauf Andion Sonnenkönig entgegenstreckte.

»Ist es das, was Ihr erwartet hattet?« Gaultry sank in ihre Fesseln, und kaltes Staunen erfüllte sie. Sie hatte sich darauf gefasst gemacht, dass das Bild sich ausdehnen und sie verschlingen würde – wie es Tamsannes Rhasan-Karten getan hätten, um sie in eine wilde Welt der Vision zu versetzen. Tamsanne hatte gesagt, Richielles Karten seien noch mächtiger als ihre. Hatte Tamsanne sich geirrt?

Aus Richielles Gesicht sprach pure Mordlust, und da erkannte Gaultry die Wahrheit: Ob Richielle nun diese Karte erwartet hatte oder nicht, irgendetwas hatte tatsächlich eingegriffen und verhindert, dass die Karte sich Gaultrys bemächtigte. Die Karten waren entsetzlich machtvoll, entsetzlich gefährlich. Als die Ziegenhirtin für Columba und ihren finsteren Geliebten Issachar die Karten gelegt hatte, hatten diese die beiden dazu gezwungen, sich auf der Stelle zu vereinigen, vor Richielles Augen auf dem Fußboden des Tempels. Gaultry konnte sich über ihr Entrinnen nur wundern.

»Das macht nichts«, sagte Richielle eisig. »Das wird nichts am Ausgang der Sache ändern. Du wirst mich nicht daran hindern können, dem Jungen die Kehle durchzuschneiden. Du wirst mich auch nicht daran hindern können, sein Herz im Heiligen Feuer zu verbrennen.«

Die Alte trat zurück und starrte immer noch die Karte an. Gaultry erkannte nun, dass auch das Bild selbst sie verstörte, nicht nur seine mangelnde Wirkung. Die Bilder auf den Rhasan-Karten waren nicht unveränderlich. Unter anderem deshalb war ihr Gebrauch so gefährlich.

»Du wirst nicht diejenige sein, die Tielmark einen König verschafft«, sagte Richielle unvermittelt. »Du bist lediglich das Werkzeug, das den Jungen zu mir gebracht hat.« Das schien sie zu beruhigen. Sie schob die Rhasan-Karten zurück in die verborgene Tasche in ihren Gewändern.

»Warum tut Ihr das?«, rief Gaultry, die verzweifelt versuchte, Zeit zu gewinnen. »Warum seid Ihr überhaupt noch am Leben und schert Euch um diese Dinge? Der *In Raku* wird in Princeport sicher verwahrt. Was hättet Ihr schon zu gewinnen, wenn Ihr Tullier jetzt ermordet? Ein totes Kind, Blut an Euren Händen, und alles umsonst. Ihr könnt Tielmark nicht zum Königreich machen, wenn Ihr die Königsmacher-Klinge nicht besitzt.«

Richielle lächelte und genoss den hysterischen Unterton, den Gaultry nicht verbergen konnte; der Misserfolg mit den Rhasan-Karten beschäftigte sie nicht länger. Das Lächeln war noch schrecklicher als ihr mordlüsterner Blick vorhin – denn es lag keinerlei Freude darin. Dann sprach sie. »Glaubst du wirklich, ich hätte mir all diese Mühe gemacht, wenn ich Tielmark nicht befreien wollte?«

Sie trat zurück, öffnete ihr Gewand und enthüllte darunter ein schmutziges Kleid mit zwei Ledergürteln. Der eine, schmalere Gürtel lag tief auf ihren Hüften und hielt einen prall gefüllten Beutel.

Doch es war der zweite, der sofort Gaultrys Augenmerk auf sich zog: Das war ein Waffengurt, an dem ein Dolch in einer schlichten Lederscheide locker an Richielles rechter Hüfte steckte. »Du hast Recht. Den *In Raku*, mit dem ich Corinne zur Königin gemacht hätte, besitze ich nicht mehr. Delcora hat ihn mir gestohlen.« Richielles Stimme triefte vor Gift. »Als Hohepriesterin war sie selbst nicht eben schwächlich, und als sie ihn erst einmal hatte, konnte ich ihn mir nicht wiederholen. Die Macht, die den *In Raku* erschuf – heute gibt es hier auf Erden nicht mehr ihresgleichen. Ich musste über vierzig Jahre warten und hätte schon beinahe aufgegeben, bis endlich die Sterne richtig standen und ich ihn ersetzen konnte. Die Götter wachen eifersüchtig über ihre eigene Macht. Die Tage, da sie nicht viel Aufhebens darum machten, einem Mann die Königswürde zu verleihen, sind längst vergangen.«

Während sie sprach, zog sie die Klinge aus der Scheide. Sie war schlicht, silbrig, mit Runen auf der flachen Mitte. Doch irgendwie war sie dennoch unverkennbar.

»Ihr habt einen *In Raku*?«, flüsterte Gaultry. »Es gibt zwei Königsmacher? Wie kann das sein?« Doch Richielle hatte von einer Macht gesprochen, wie sie der Welt nicht länger gewährt wurde, und daher wusste Gaultry es. »Lukas Seelenräuber«, sagte sie ein wenig lauter. »Er hat Euch den *In Raku* gegeben – ihn für Euch erschaffen als Lohn dafür, dass Ihr ihm die Macht der drei Seelen verschafft habt. Deshalb habt Ihr ihm also dabei geholfen, das Herrscherblut seiner Schwester zu stehlen.«

Richielle trat vor und drückte die Klinge an Gaultrys Hals, sodass sie gerade eben kein Blut vergoss. »Du wirst nie verstehen, welchen Preis ich dafür gezahlt habe – und nur ich, ich allein, Richielle, die Ziegenhirtin, besaß die Macht und Weitblick genug, diese Waffe schmieden zu lassen. Fünfzig Jahre der Planung, und alles ist so eingetreten, wie ich es vorhergesehen habe. Vielleicht werde ich niemals Vergeltung an deiner Großmutter üben können; doch zumindest werde ich lange genug leben, um Tielmark befreit zu sehen, Clarins Erben als König und Bissanty in Trümmern.« Sie machte auf dem Absatz kehrt, bahnte sich ihren Weg durch die Schafe und ließ Gaultry allein.

Gaultry gab es auf, an den Fesseln zu zerren, als ihre Hände zu bluten begannen. Sie hatte es geschafft, den Strick ein Stück weit den Balken entlangzuschieben – näher an eine der Lattenwände heran –, doch eine senkrechte Stütze von dem Balken zum Dach hinderte sie daran, nahe genug an die halbhohe Wand heranzukommen, um vielleicht hinaufklettern zu können.

Sie hatte versucht, ihre Magie einzusetzen, um entweder ihre Fesseln oder den ganzen Balken spröde zu machen, doch es hatte nichts genutzt. Bei jedem Kraftstoß, den sie aussandte, blökten und trippelten die Schafe aufgeregt herum – und sogen ihre Macht auf, machten sie wirkungslos.

Richielle würde sich nicht lange mit Tullier aufhalten. Sie würde sich gewiss einen Augenblick gönnen, sich an seiner Hilflosigkeit zu weiden und ihren Triumph auszukosten, doch sie würde keine Zeit auf lange Erklärungen oder Gespräche vergeuden. Sie würde ihm das Herz aus dem Leib schneiden, wie sie es angekündigt hatte – außer Tullier fand irgendeinen Weg, sich selbst zu retten, oder Gaultry fand einen Weg, ihm zu Hilfe zu kommen.

Aus schierer Verzweiflung trat Gaultry die Latten aus der Wand des Verschlags, die ihr am nächsten stand. Das schwächte zwar die ganze niedrige Wand, doch es half ihr überhaupt nicht weiter; allerdings fühlte sie sich ein paar Herzschläge lang nicht mehr ganz so hilflos.

Die Schafe draußen wichen bei dem Lärm erschrocken zurück, doch Richielle hatte sie so eng in die Scheune gedrängt, dass sie bald wieder näher rückten. In dem Verschlag unter Gaultrys Füßen lag Heu. Ein fetter Schafbock blickte nachdenklich zu Gaultry auf, um abzuschätzen, wie gefährlich sie war, doch dann siegte die Gier des Tieres über seine Vorsicht, und er zwängte sich durch die zerbrochenen Latten, um an das frische Futter zu gelangen. Zwei Mutterschafe beobachteten, dass Gaultry sich in keiner Weise angriffslustig zeigte, und folgten ihm bald nach. Eines von ihnen streifte Gaultrys Beine und nahm den zu Boden gefallenen Eimer in Augenschein. Es war nahe genug, um es zu übernehmen, erkannte Gaultry, und Hoffnung durchzuckte sie. Dazu würde sie ihre *Glamour*-Kraft gar nicht brauchen.

Aber was hätte sie damit gewonnen? Was konnte ein Schaf, das sie nicht besser könnte, trotz ihrer jämmerlich geringen menschlichen Fähigkeiten? Blöken? Wolle wachsen lassen? In Panik geraten?

Panik. Gaultry blickte auf die wogenden Rücken hinab. Der fette Bock starrte dümmlich zu ihr auf; Heu hing ihm aus dem Maul. Wenn sie eines dieser Schafe übernahm und in Panik versetzte, könnte sie diese vielleicht auf die übrige Herde übertragen. Das würde zumindest für eine Ablenkung sorgen – aber wenn sie den Schafsgeist noch in sich hatte, würde sie selbst nicht klar denken können, und damit wäre Tullier nicht gedient.

Und natürlich würde sie Tullier auch nicht helfen können, selbst wenn sie eine Panik auslösen konnte, solange sie an diesem verwünschten Balken festhing. Sie holte tief Luft und versuchte, scharf nachzudenken.

Die Scheune war mit breiten Toren auf beiden Seiten ausgestattet. Spätes, goldenes Nachmittagslicht blinzelte durch den westlichen Türrahmen herein. Die Iden des Andionsmondes würden bald vorüber sein. So wie Tamsanne die Macht des Sonnenaufgangs genutzt hatte, um den Zauber für Dervlas Fetischkrone zu stärken, würde sich, so vermutete Gaultry, Richielle die Macht des Sonnenuntergangs zunutze machen wollen.

Wo war Benet jetzt? Was würde er erleben, wenn Richielles Klinge in Tulliers Körper fuhr? Würden die Götter ihm eine Vision gewähren, die seinen neuen Rang als König verkündete? Würde die Kraft des Landes, die Kraft Tielmarks, plötzlich durch seinen Körper strömen? Was würden die Lanai davon bemerken? Würden sie die Veränderung spüren, die Neuordnung der göttlichen Loyalitäten, und wissen, dass die Zeit zum Rückzug gekommen war? Zumindest Victor von Haute-Tielmark dürfte sich darüber freuen.

Eine kleine Seitentür flog auf, und Richielle steckte den Kopf herein. Sie besah sich die Zerstörung, die Gaultry an der Bretterwand angerichtet hatte, und dann die Schafe, die sich nun in dem Verschlag drängten und ständig an Gaultrys Beine stießen. Sie sah, dass Gaultrys Lage sich nicht wesentlich geändert hatte, ließ ihr gruseliges, gelbes Grinsen aufblitzen, schloss die Tür und war verschwunden. Sie hätte ihre Gewissheit, Gaultry im Griff zu haben, mit Worten nicht deutlicher ausdrücken können.

»Alte Hexe!«, entfuhr es Gaultry wütend, beschämt und verängstigt zugleich. Sie konnte nichts weiter tun, als dem Pfad zu folgen, den Richielle ihr vorgab. Sie konnte nichts weiter tun – außer, sich selbst noch mehr zum Schaf zu machen.

Die Sonnenstrahlen fielen immer tiefer durch die Ritzen des Scheunentors. Gaultry begann am ganzen Leibe zu zittern, als sie sich Tulliers Schicksal ausmalte. Sie hatte ihm geschworen, ihn zu beschützen. Anfangs hatte sie ihm ihren Schutz sogar aufgezwungen.

Richielle würde all ihre Kraft nun darauf richten, ihn für das Opferritual vorzubereiten. Gaultry zwang sich zum Nachdenken. Tullier würde nicht bewusstlos sein, wenn der Dolch niederfuhr. Richielle würde ihm in die Augen sehen wollen, wenn sie ihn tötete. Doch Tullier war kein hilfloser kleiner Junge. Er war ein ausgebildeter Sha Muira. Wenn sie Richielle auch nur einen Moment lang ablenken konnte, wäre das vielleicht schon genug.

Es gab nur eins, was sie versuchen konnte, also würde sie es eben damit versuchen. Sie würde ein Schaf übernehmen, eins mit der Herde werden, und dann würde sie weitersehen.

Sie blickte zweifelnd auf die Tiere hinab, die ständig in leichter Bewegung blieben.

Sie hatte noch nie zuvor ein Schaf übernommen. Wozu denn auch? Zunächst versuchte sie, sich den fetten Schafbock zu angeln, doch der wich argwöhnisch zur Seite aus. Sie musste sich mit einem mageren Schaf zufrieden geben, das von einem anderen Schaf gegen ihre Beine geschoben wurde. Das Tier war ein schwächliches Ding mit zottigem Fell, nicht schnell genug, um ihr auszuweichen. Gaultry schlang grob beide Beine um seinen Bauch. Es blökte hilflos, ergab sich dann in sein Schicksal und senkte den Kopf, um am Heu zu knabbern.

Ihre Wut auf die Dummheit dieses Tieres hätte ihren Plan beinahe vereitelt. Ihr erster Versuch mit Hilfe ihrer *Glamour*-Kraft lief durch das Schaf hindurch wie Wasser durch ein Sieb und bewirkte nichts weiter, als das Vieh zu reizen. Es stellte sich mit einem harten kleinen Huf auf ihren Fuß und trat ihr gegen das Schienbein. Vor Schmerz hätte sie es beinahe losgelassen.

Sie hatte sich so daran gewöhnt, diesem kleinen Übernahmezauber mit ein wenig *Glamour*-Magie mehr Kraft zu geben. Nun musste sie wieder Bescheidenheit lernen und die Götter um Kraft bitten. »Jägerin Elianté«, rief sie Sie an. »Liebliche Herrin Emiera. Ich erbitte eine Kleinigkeit von Euch. Den Geist dieses Schafes. Ich rufe ihn zu mir. Ich brauche seine Kraft ...«

Das magere Schaf blökte unwillig. Sein Geist wehrte sich schwach, als sich der fremdartige Tunnel vor ihm auftat, doch nur ganz kurz. Seine schemenhafte Geistergestalt kam zaghaft herüber in ihren Körper, zögerlich ob der fremdartigen Erfahrung, aber noch nicht verängstigt. Der leichte Tierkörper zwischen Gaultrys Beinen sank zusammen, die knochigen Beine knickten ein. Gaultry blickte unruhig darauf hinab und stellte ihre Füße zu beiden Seiten neben den Körper, um ihn zu schützen. Jegliche Verletzung, die er erlitt, solange sie den Schafsgeist besaß, würde sie am eigenen Leib zu spüren bekommen. Dort, wo das Schaf zusammengesunken war, konnte es leicht von den anderen zertrampelt werden. Das würde zwar zu der Panik beitragen, die Gaultry in sich erzeugen wollte, und sich wiederum stärker auf die restliche Herde übertragen, doch Gaultry wurde beinahe schlecht, wenn sie sich die Schmerzen vorstellte, die sie mit ihm würde teilen müssen.

Nun hatte sie den konfusen Geist des Schafes in sich, verwirrt und strohdumm, und es war Zeit zum Handeln.

Vorsichtig überließ sie dem Schafsgeist die Kontrolle über ihre Arme und Beine und spürte seine Verwirrung. Dann ließ sie ihn die Fesseln spüren. Dem kleinen Schaf gefiel es gar nicht, so angebunden zu sein – Gaultrys aufrechte Körperhaltung allein war ihm schon äußerst unheimlich. Die Tiere, die sich um Gaultrys Beine drängten, rückten ab, als sie um sich zu schlagen begann, weniger gezielt und absichtsvoll als zuvor, denn der Schafsgeist, der nun ihren Körper kontrollierte, begriff nicht, wie ihre Glieder funktionierten.

Das war noch nicht genug, um die Herde in Angst zu versetzen. Es wäre einfacher gewesen, eine anbrandende Flutwelle zurückzuzwingen.

Wütend begann Gaultry, das blöde Vieh zu reizen. Das dumme Tier trat um sich, weigerte sich jedoch, in Panik zu geraten. So hatte das keinen Zweck, entschied sie. Sie würde brutaler vorgehen müssen. Sie schubste und zerrte an dem Tiergeist herum – das Vieh war so dumm, dass nichts Wirkung zeigte.

Schließlich versuchte sie, es mit einem Schlag ihrer *Glamour*-Magie anzutreiben. Die goldene Kraft fuhr nieder, hart wie eine Peitsche. Diesmal reagierte das Tier, jedoch völlig anders, als Gaultry erwartet hatte. Es nahm die Magie in sich auf – und gab sie dann nach außen weiter. Ahnungslos hatte Gaultry den Teil des Schafes erwischt, der dazu da war, ihre Magie in der Herde zu zerstreuen.

Doch diesmal war diese Magie von ihrer Wut und ihrer Ungeduld geprägt. Die Herde rückte unruhig von ihr ab. Ein paar der Schafsböcke bissen nach ihren Nachbarn.

Also schön, sagte Gaultry zu ihnen. *Wenn ich ein Schaf werden muss, um euch zum Laufen zu bringen, dann werde ich eben ein Schaf.*

Sie begann nun ernsthaft zu kämpfen. Sie peitschte weiter mit ihrer *Glamour*-Kraft auf den Schafsgeist ein und wand sich heftig in ihren Fesseln. Ärgerlicherweise zeigte das kleine Schaf sich davon nicht beeindruckt, sondern ließ die schlimmste Wut zu seinen Gefährten überspringen und weigerte sich hartnäckig, selbst irgendetwas zu tun.

Erst als eines der anderen Schafe im Verschlag mit einem messerscharfen Huf auf seinen leblosen Körper trat, konnte Gaultry es endlich aufwecken.

Gaultry wand sich unter dem weitergeleiteten Schmerz und öffnete ihren eigenen Geist, um den Schafsgeist mehr übernehmen zu lassen. Und das – rasende Wut, die die Schafe nicht verstanden, und der Schmerz, den sie sehr wohl begriffen –, das war der Beginn einer Panik in dem Schafsgeist, die stark genug war, sich selbst auf Gaultry auszuwirken. Sie schlug mit ihrer *Glamour*-Kraft nach ihm – diesmal um sich selbst zu schützen. Diese manifestierte sich als Angst, welche die Tiere im Verschlag an die Bretterwände zurückweichen ließ und dadurch das leblose Schaf für den Augenblick schützte. Sie schlug erneut nach ihnen, als sie wieder näher rückten, und dann noch einmal. Bald war ihr Körper klebrig vor Blut, ein Zeichen dafür, dass sie ihre *Glamour*-Kraft bis zum Anschlag getrieben hatte. Sie näherte sich dem Äußersten ihrer Kraft, hatte alles in diese verdammte Herde verströmt, und immer noch hielt sich die Panik in Grenzen und half ihr nicht weiter.

»Ich bin ein Schaf!«, kreischte sie. »Ich bin ein Schaf! Ich bin ein Schaf!« Wogen von Magie brachen sich aus ihr Bahn; zugleich zuckte ein scharfer Schmerz durch ihre Hände. Sie blickte auf, und was sie da sah, ließ sie einen grauenhaften Schrei echten Entsetzens ausstoßen.

Ihre Hände – sie schrumpften. Schon waren ihre Finger nur noch verkümmerte Stumpen, die Nägel wurden immer dicker und breiter. Ein grässliches, brennendes Gefühl ließ ihre ganze Haut jucken, als krieche raue Wolle über ihr Fleisch.

Was auch immer sie als Nächstes empfand, es teilte sich unmittelbar der Herde mit und umging jede bewusste Absicht. Die Schafe waren ein Spiegel ihrer Gefühle und drängelten sich nun in großer Angst aneinander. Das Tor in der östlichen Wand der Scheune war nicht sehr stabil. Die Masse der verängstigten Schafe drängte sich dagegen, einmal und noch einmal, und schließlich brach das Tor auf wie ein Damm unter einer schweren Flutwelle. Die panischen Geschöpfe flohen vor Gaultry, die nur noch aus wildem Gebrüll bestand, in keine bestimmte Richtung, sie wollten nur entkommen.

Und als die letzten Sonnenstrahlen auf der anderen Seite des Schuppens erloschen, fiel Gaultry aus ihren Fesseln und sank zu Boden.

»Nein!«, wimmerte sie. »Ich bin kein Tier.« Das Herz hämmerte ihr in der Brust. Sie nahm kaum noch etwas wahr – bis auf eines. Ihre Hände waren weich und geschmeidig. Ihre Finger waren genau so, wie sie sein sollten. Sie rappelte sich hastig auf, und in ihre Erleichterung mischte sich neue Entschlossenheit.

Rasch gab sie den Geist des kleinen Schafes frei, dann trat sie skrupellos nach den Schafen, die ihr in den Weg kamen, und ging zum westlichen Tor.

Richielles Zauber mochte sie dazu gezwungen haben, ihre *Glamour*-Kraft zu erschöpfen, doch das würde sie keinen Augenblick lang davon abhalten, Tullier zu Hilfe zu kommen.

22

Die Scheibe der Sonne war nur noch etwa einen Fingerbreit von den steilen Rändern des Tals entfernt. In Richielles Reich würde sie rasch untergehen, gefolgt von dämmrigem Zwielicht.

Gaultry wurde von einer Woge panischer Schafe aus der Scheune geschwemmt. Sie brach aus dieser Welle aus und rettete sich an eine geschützte Stelle an der Wand, um zu Atem zu kommen.

Bis auf blökende Schafe war der Hof vor der Scheune verlassen. Das beruhigte sie keineswegs. Die Schafe machten einen solchen Lärm, dass Richielle schnell Verdacht schöpfen musste.

Das Anwesen der Ziegenhirtin erstreckte sich in alle Richtungen über die Talsohle. Einige Schuppen waren uralt mit dicken, bemoosten Steinmauern und niedrigen Lattendächern, hoch mit Schiefer beladen. Der Schafstall, wo Richielle sie eingesperrt hatte, war eines der neueren Gebäude. Das Dach war mit grob zugehauenen Holzschindeln gedeckt. Was sie hier sah, stellte mehr Arbeit dar, als eine Frau ganz allein bewältigen konnte, selbst wenn ihre Magie ihr große Kraft verlieh. Welche armen Seelen hatten Richielle geholfen, diese Schindeln herzustellen?

Ihr Blick fiel auf einen erbärmlichen Schuppen. So ärmlich er auch aussah, an einem Ende des Daches befand sich ein Rauchloch. Also kein Ort, um Tiere darin zu halten. Ein Ort für magische Vorbereitungen? Gaultry rannte hinüber, wobei sie Schafe aus dem Weg trat, und riss die Tür auf.

Fünf ängstliche, ausgemergelte Gesichter wandten sich ihr zu. Gaultry, von Kopf bis Fuß mit Blut beschmiert, weil sie ihre *Glamour*-Magie so überanstrengt hatte, wirkte bei diesem plötzlichen Eindringen gewiss nicht beruhigend. Da waren drei dünne Männer, einer kaum älter als Tullier, und zwei müde aussehende Frauen. Alle fünf waren große, kräftig gebaute Menschen, doch ihre Kleider waren zu Lumpen zerfallen, und alle waren kurz davor, vor Erschöpfung zusammenzubrechen. Die Frauen bereiteten gerade einen Brei aus Milch und Getreide zu.

»Wer seid ihr?«, fragte Gaultry. Zaghaft, aber gehorsam nannten sie ihre Namen. Sie fuhr dazwischen. »Nein. Ich meine, was macht ihr hier? Seid ihr freiwillig hergekommen?«

Einer der Männer schnaubte. »Die Hirtin kommt jedes Frühjahr zu unseren Höfen und holt sich neue Leute. Sie ist rücksichtsvoll, meint sie jedenfalls. Sie nimmt nur die, die wir ihrer Meinung nach erübrigen können.«

»Sie entschädigt uns doch dafür«, protestierte eine der Frauen. »Am Ende des Sommers werden wir alle unsere Herden vergrößern.« Ihr müdes Gesicht strahlte hoffnungsvoll auf. »Das Vieh der Hirtin ist ein besonderes Geschenk. Ihre Tiere sind sehr fruchtbar, und sie werfen nie tote Junge. Das ist die harte Arbeit schon wert.«

Die anderen runzelten die Stirn, widersprachen aber nicht.

»Wo hat sie meinen Jungen hingebracht?« Die Stille, die auf diese Frage hin eintrat, war beängstigend. Es wäre gütiger gewesen, höflich vorzugehen, doch das war ihr im Augenblick herzlich egal. »Ihr müsst doch wissen, wer ich bin. Ich bin die *Glamour*-Hexe eures Prinzen. Richielle hat mich erwartet. Sie hat umfangreiche Vorkehrungen getroffen, um mich einzusperren, während sie sich um den Jungen kümmert. Wie ihr seht, habe ich alle ihre Fesseln besiegt. Stellt euch nur vor, was ich mit euch machen werde, wenn ihr mir jetzt nicht helft.«

Der verärgerte Mann, der zuerst gesprochen hatte, wollte ihr antworten. Doch die anderen übertönten ihn mit besorgten Lauten.

»Sagt es mir«, befahl Gaultry. Sie drängte sich in den Raum und schob den Ersten beiseite, der sich ihr in den Weg stellte. Sie wusste selbst nicht, ob Wut sie beherrschte oder Angst. »Bei eurer Ehre, für Benet und für Tielmark, sagt es mir.«

»Sie hat ihn zum Flussbett gebracht.« Der Mann, der zuvor schon hatte antworten wollen, sah sie unverwandt an und wich den besorgten Blicken seiner Gefährten aus, ignorierte auch ihr ängstliches Geflüster, das ihn zum Schweigen drängte. »Da ist ein alter Stein, wo sie ihre Opfer darbringt. Zwei Steine. Einer steht, der andere ist umgestürzt. Folgt dem alten Pfad hinunter zum Fluss, und Ihr könnt die Stelle nicht verfehlen. Der Fluss steigt und reinigt den flachen Stein jedes Frühjahr zur Schneeschmelze. Dort wird sie es tun.«

»Wo sind meine Waffen?« Ihr Bogen, ihr Jagdmesser. Tulliers Kurzschwert und seine Dolche.

Der Mann schüttelte den Kopf. Entweder wusste er es nicht, oder er wollte sich nicht so weit vorwagen, ihr auch das zu sagen. Gaultry gab es auf, schnappte sich ein Gerät, das an der nächsten Wand lehnte – eine lange Stange mit einem geschwungenen Sägeblatt daran, mit dem man hohe Äste von Bäumen schneiden konnte. »Zeig mir den Weg«, verlangte sie. »Und mögen die Götter euch Übrigen den gerechten Lohn dafür zuteil werden lassen, dass ihr euch um nichts kümmert als um eure eigene Haut.«

Von der Tür aus zeigte der Mann ihr den Pfad. Er führte an den Scheunen vorbei, zwischen einigen Pferchen mit Zäunen aus geflochtenen Ruten hindurch und eine Wiese hinab zu einer Reihe kleiner Bäume und Büsche, welche offensichtlich ein Flussbett markierten.

Der Mann legte ihr eine Hand auf den Arm. Seine hellgrauen Augen sahen sie drängend an. »Bitte, denkt nicht so schlecht von uns. Wir sind durch Bannflüche hier gebunden. Denkt einmal darüber nach. Im Dienst der Hirtin zu sterben – das ist ein trauriges Schicksal.«

»Die Götter werden euch richten, nicht ich«, gab Gaultry erschöpft zurück. Doch sie ließ seine Hand in die ihre gleiten und drückte sie kurz.

Die große Sonnenscheibe war nun schon beinahe hinter dem Kamm verschwunden. Ging sie unnatürlich schnell unter, oder bildete Gaultry sich das nur ein?

Der Mann nickte, denn er merkte, dass sie in Gedanken schon nicht mehr bei ihm war und dass sie unter weniger schrecklichen Umständen wohl nicht so barsch gesprochen hätte. »Wenn Ihr eine Chance zur Flucht bekommt, folgt dem Fluss. Der Pegel ist niedrig, und die vielen Untiefen werden Euch einen guten Fluchtweg bieten. Ignoriert alle Pfade, die Ihr seht. Sie sind behext – Ihr werdet wieder genau hier stehen, bevor Ihr etwas merkt.«

»Die Großen Zwillinge mögen dir deine Hilfe danken«, sagte Gaultry. Sie wandte sich dem Fluss zu und rannte los.

Aus der Ferne sah der hohe Stein aus wie eine riesige, aufrecht stehende Gestalt, die den Kopf im Gebet gesenkt hatte. Gaultry, die wie eine Wahnsinnige über die Felder gerast war, um diese Stelle zu erreichen, ließ sich ins Gebüsch sinken, um zu Atem zu kommen.

Richielle stand auf dem liegenden Stein, im langen Schatten des stehenden Riesen. Sie hatte gerade eine Ziege getötet – eine ganze Menge Ziegen, nach dem Haufen frischer Kadaver neben dem Stein zu urteilen – und zerrte eben eine weitere auf den Stein, um auch diese zu töten.

Das Flussbett war flach und breit. Von den Opfersteinen aus schien sich eine alte Furt hinüberzuziehen, an der man die Steine aufgestellt hatte, um die Götter gnädig zu stimmen und sicher durch die Fluten zu gelangen. Doch was auch immer diese Stelle einmal gewesen war – wie der Mann versprochen hatte, war der

Fluss zu dieser Jahreszeit nicht mehr als ein schmales Rinnsal zwischen breiten Sand- und Kiesbänken. Wenn der Winter kam, würden sowohl der liegende als auch der stehende Stein von Wasser umspült sein, Ersterer vielleicht sogar völlig darin untertauchen.

Die Ziege, ein fettes, schwarz-weiß gemustertes Mutterschaf, zappelte in den Händen der alten Hexe und lenkte Richielle für den Augenblick ab. Hinter dem Stein watete eine große Herde Ziegen schwerfällig im flachen Wasser. Sie waren nervös und ärgerlich, wie Ziegen manchmal sein konnten, und wussten offensichtlich sehr wohl, was mit ihren Gefährten dort oben auf dem Stein geschah. Anscheinend hielt Richielle sie mit losen magischen Banden, damit sie nicht flohen. Selbst aus dieser Entfernung konnte Gaultry den Dung der Tiere riechen, die mit Kot ihrem Unwillen über diese Fesseln Ausdruck verliehen.

Richielle tötete die schwarz-weiße Ziege und wuchtete sie auf den Haufen toter Tiere. Sie bückte sich. Als sie sich wieder aufrichtete, flackerte ein Feuer auf. Gaultry konnte es aus der Ferne nicht erkennen, doch es sah so aus, als wäre zwischen den Kadavern Holz und Zunder aufgeschichtet. Jedenfalls dauerte es nicht lange, bis der Haufen Feuer fing und fettiger, dunkler Qualm aufstieg.

Der Ziegenherde gefiel das nicht. Die Tiere – es waren über hundert, vielleicht sogar mehr als zweihundert – scheuten davor zurück. Richielle, die immer noch auf dem flachen Stein stand, drehte sich einmal langsam um sich selbst und vertiefte die magische Fessel. Der Aufruhr legte sich. Dann beugte sie sich in den Schatten des aufrechten Steins und zerrte Tullier ans Licht.

Er war an Händen und Füßen gefesselt, sein Körper zu einem Bogen gekrümmt. Richielle schleifte ihn weiter und stieß dann seinen Kopf gegen den flachen Stein. Einen Augenblick lang schien es, als habe sie ihn mitten in den Stein gestoßen, denn der Kopf des Jungen war nicht mehr zu sehen. Als sie ihn wieder hochzerrte, lief ihm das Blut in Strömen vom Gesicht, und der

Junge hustete und spuckte, halb ersäuft. In dem flachen Stein gab es eine Vertiefung. Richielle hatte diese Mulde mit Ziegenblut gefüllt und ihn darin getauft.

Die alte Hexe legte den Jungen neben den Haufen schwelender Ziegenkadaver und machte sich daran, einen einfachen Dreifuß aus Stangen zu errichten, indem sie die drei Beine in kleinen Rissen im Stein festklemmte. Als sie fertig war, hob sie Tullier mühsam hoch und band ihn an einen Pfosten in der Mitte, mit dem Kopf nach unten, die bleiche Kehle entblößt.

Die Ziegenhirtin breitete die Hand auf seiner Brust aus, genau über dem Herzen, wandte sich dem Horizont zu und wartete. Ihre zeitliche Abfolge war unheimlich genau abgestimmt. Das große, leuchtende Rund sank, der untere Rand berührte die blauvioletten Schatten des Hügelkamms. Während die alte Frau dort ruhig und gesammelt stand, begann die Sonne hinter den Horizont zu gleiten.

Auf dieses Signal hin kniete Richielle in ehrerbietiger Pose nieder und griff in das Becken, in das sie Tulliers Kopf getunkt hatte. Ihr Arm fuhr bis zum Ellbogen hinein. Nach einem kurzen Moment stand sie auf und schwang eine kurze, schmale Klinge.

Gaultry hielt den Atem an. Der *In Raku*. Als Richielle ihn der sinkenden Sonne entgegenstreckte, fiel ein einzelner, greller Lichtstrahl darauf und verband die Klinge für einen Augenblick mit dem glühenden Kreis am Horizont und stellte eine Verbindung zwischen Himmel und Erde her.

Diesen blitzenden Moment lang stand Gaultry da wie angewurzelt. Der Glaube erfasste sie, dass Andion, der König der Götter, das Opfer der Ziegenhirtin annehmen würde; dass sie nichts tun konnte – oder sollte –, um das zu verhindern. Diesen einen Augenblick lang, als das Feuer des Himmels sich in der Klinge der Ziegenhirtin spiegelte, zog die stolze Geschichte Tielmarks an ihrem inneren Auge vorüber. Sie sah Clarin, den ersten freien Prinzen, und Briern den Kühnen, lachend und ungestüm.

Benet, am Ende dieser schillernden Kette, donnerte mit den Tielmaraner Reihen in die Schlacht.

In diesem Wirbel aus Licht zeigte Llara Donnerkeil, Bissantys grausame Mutter, sich nachgiebig und befreite sowohl Tielmark als auch Bissanty, indem Sie Ihren göttlichen Anspruch auf Tielmarks Erde abtrat. Generationen von Kaisern atmeten erleichtert auf, Bissantys dreihundert Jahre alte Wunde konnte endlich heilen, und Ihr Reich würde fortan mit nur vier Prinzenthronen ein vollständiges Ganzes sein. In diesem visionären Augenblick, da die Sonne den *In Raku* berührte, lagen die Welten, die Reiche, geläutert und friedvoll vor ihr.

Dann drehte der Wind, und der ekelhafte Gestank verbrannter Ziegenhaare traf sie. Der Tod, so dachte Gaultry plötzlich, war auch eine Art Frieden. Aber das war kein Frieden, um dessentwillen sie Tullier opfern würde.

Richielle wandte ihr den Rücken zu, und die Ziegen veranstalten mehr Lärm als die panischen Schafe. Dennoch erschien ihr der offene Streifen Kies, den sie zu dem Stein hin überqueren musste, unmöglich breit. Gaultry wollte ihn in vollem Lauf überwinden, doch sie wagte es nicht. Diese schnelle Bewegung würde ganz gewiss die Aufmerksamkeit der alten Hexe erregen.

Langsam und ruhig ging sie vorwärts. Ein Schritt, und dann noch einer. Die vom Fluss rund geschliffenen Kiesel waren gefährlich lose und glitten allzu leicht übereinander, doch lautlos rückte sie immer weiter vor und nutzte all ihre Geschicklichkeit im Anschleichen, die sie als Jägerin erworben hatte. Die Ziegen spürten sie zuerst, dann sahen sie sie und begaben sich argwöhnisch außer Reichweite. Sie hatte das flache Wasser schon zu zwei Dritteln durchwatet, den liegenden Stein beinahe erreicht, als Richielle sich doch umdrehte und sie entdeckte.

»Es ist noch nicht Zeit!« Die alte Hexe warf einen raschen Blick auf den Horizont, und Bestürzung spiegelte sich auf ihrem verwitterten Gesicht. »Es ist noch nicht Zeit!«

Gaultry sprang auf sie zu und schwang die Stange mit der

scharfen Klinge. Die Alte duckte sich darunter hindurch, geschickt und schnell wie eine Katze, doch dann rutschte sie auf dem Blut unter ihren Füßen aus. Schreiend erklomm Gaultry den Stein und ließ die Waffe niedersausen. Sie streifte die alte Frau an der Seite. Dann bekam Richielle die Stange zu fassen und riss sie herum, und nun verlor Gaultry das Gleichgewicht. Einen verrückten Moment lang lag sie unten, strampelte und war dazu gezwungen, den Stab loszulassen, als Richielle den Königsmacher gegen sie führte. Hinter dem Arm der alten Hexe konnte sie die glühend hinterleuchtete Silhouette des Höhenzugs erkennen. Die sinkende Sonne sah aus wie ein gewaltiges, feuriges Auge, halb geschlossen.

»Du kannst deine Zauberkräfte nicht einsetzen!«, zischte Richielle. »Meine Herde hat dir zumindest die genommen!«

»Ich kann aber immer noch kämpfen und beten, Ihr gottloses Ungeheuer!«, schrie Gaultry zurück. »Was meint Ihr wohl, wessen Gebete die Götter lieber erhören werden?«

Keuchend stieß Richielle Gaultry von sich. Beide Frauen rappelten sich unsicher auf, und die Stange mit der Säge klirrte unbeachtet auf den Stein. Der flache Fels unter ihnen schwamm in Ziegenblut. Im Schatten des Steins meckerte die Herde aufgeschreckt und lehnte sich gegen den Bann auf. Gaultry hätte die Stärkere von beiden sein müssen, doch die Alte war außerordentlich stark und hatte auch ihre magischen Kräfte noch nicht erschöpft – und sie war mit dem *In Raku* bewaffnet. Gaultry riskierte einen näheren Blick darauf. Die Klinge war schmal, trug eine Inschrift aus Runen und war blitzblank, als habe das Metall all das Blut abgestoßen, in das Richielle den Dolch getaucht hatte. Richielle selbst war von ihrem Fall über und über mit Blut besudelt, abgesehen von der Hand, welche den Dolch hielt. Diese Hand, der Ärmel, die Falte ihres Gewandes, die auf diesem Arm lag – alles war frei von Blut, und es sah ganz so aus, als sei das von dem Dolch verursacht worden.

Richielle griff wieder an und ließ den *In Raku* herabsausen.

Gaultry wich aus, gerade noch rechtzeitig, um sich zu retten. Die Alte kreischte, stürzte sich auf sie wie eine Furie und schleuderte ihr irgendeinen Zauber entgegen. Die Wucht ihrer Magie ließ Gaultry taumeln, und sie bekam die Klinge zu spüren. Wenn Richielle nicht aus Versehen mit einem Fuß in die Vertiefung geraten wäre, in die sie Tulliers Kopf getaucht hatte, hätten der Zauber und der Dolch ihr Ziel erreicht. Doch so wurde aus dem Dolchstoß der Ziegenhirtin ein ungeschicktes Handgemenge. Gaultry, die sich entsetzlich vor der blanken Klinge fürchtete, stemmte beide Hände gegen Richielles Brust und versuchte, sie fortzustoßen.

Ihre Hände berührten etwas Hartes im Gewand der alten Hexe. Richielle, die Gaultrys tastende Hände zu spät bemerkte, stieß einen wütenden Schrei aus. Gaultry verlor wieder das Gleichgewicht und klammerte sich an die Robe der alten Frau, um sich festzuhalten; dabei riss sie ein gutes Stück von dem uralten Stoff ab – und mit dem Fetzen etwas anderes.

Die Form des Gegenstands in ihrer Hand und der Ausdruck auf dem Gesicht der Alten sagten Gaultry sofort, was sie da an sich gerissen hatte. In den Falten des ausgerissenen Stoffs hielt sie Richielles Rhasan-Karten.

»Nein!« Die alte Hexe wollte sich auf sie stürzen.

»Wagt es ja nicht!«, rief Gaultry barsch. »Einen Schritt weiter, und diese Karten landen im Fluss.«

Die alte Frau wirkte mit einer knappen Handbewegung einen Zauber, und die Hand voll Stoff und Karten war plötzlich heißer als glühende Kohlen. Gaultry scherte sich nicht darum. Sie drückte das verfluchte Bündel an die Brust. Ein versengter Geruch stieg ihr in die Nase, und es tat weh. Auch das beachtete sie nicht weiter. »Legt den Dolch weg«, forderte sie.

Zu ihrer Überraschung gehorchte Richielle.

Die Rhasan-Karten wurden immer heißer. Mit der freien Hand hob Gaultry den Dolch auf. Richielles zornige Miene flößte ihr Angst ein, doch sie konnte jetzt nicht mehr zurück. Sie ging rückwärts auf Tullier zu und schickte sich an, seine Fesseln zu durchtrennen. Jetzt war nicht der Augenblick, um zimperlich zu sein. Sie führte die Klinge mit einer Hand hinter dem Rücken und machte ihre Sache nicht sehr gut; sie fügte ihm mindestens einen bösen Schnitt zu, und als er endlich befreit war, konnte sie nicht verhindern, dass er mit dem Kopf voran auf den Felsen prallte. Sie hörte ihn fluchen, was immerhin bedeutete, dass er von dem Aufprall nicht das Bewusstsein verloren hatte.

»Gaultry!« Seine Finger berührten ihre. Sie reichte ihm den Dolch, damit er seine Fußfesseln aufschneiden konnte.

Die Abenddämmerung senkte sich über sie. Nur ein schmaler Rand des Feuerballs war noch über dem Horizont zu sehen. »Die Iden des Andion sind vorüber«, sagte Gaultry so ruhig und gelassen wie möglich. »Ihr habt Eure Chance vertan, Königsmacherin zu spielen, alte Frau.«

Richielle antwortete nicht. Der Ausdruck auf ihrem Gesicht war mehr als mörderisch. In ihrem Blick lag uralte, gewaltige Bosheit. In diesem Moment dachte sie gar nicht an das Königsspiel. Sie achtete nur auf ihre Karten. Sie wollte sie wiederhaben – oh, und wie sie sie haben wollte. Das Feuer dieses Begehrens fachte das Glühen der Karten in Gaultrys Hand noch mehr an.

Gaultrys Kräfte schwanden – das bisschen, was davon noch übrig gewesen war. Ihrer Macht beraubt, ausgelaugt vor Erschöpfung, wusste sie selbst nicht, woher sie die Willenskraft nahm, diese brennenden Karten weiter festzuhalten. Sie starrte in Richielles Gesicht und versuchte zu verstehen, was sie dort sah.

Richielles Mund verzog sich, als sie Gaultrys Erschöpfung bemerkte. Die Hitze der Karten flammte erneut auf. Gaultrys Ärmel begannen zu qualmen. Die Ziegen gerieten in Bewegung und zerstreuten sich, als der Bann der alten Frau schwächer wurde, und da begriff Gaultry, dass für Richielle, zumindest in diesem Augenblick, Tullier und das Königtum nichts bedeuteten. Alles, was sie wollte, war, die Quelle ihrer größten Macht wieder in die Hände zu bekommen. Hinter ihr schien das Land, Richielles

Land, zu beben und zu gleiten, als fließe irgendeine Hexerei daraus ab.

»Dann holt sie Euch doch!« Gaultry fächerte die Karten auf, wobei sie sich die Finger verbrannte, und schleuderte sie zwischen die flüchtenden Ziegen ins Wasser. »Nehmt sie Euch!«

Richielle schrie auf und sprang den verstreuten Karten nach ins Wasser. Gaultry schnappte sich Tullier und zerrte ihn von dem Altar hinunter auf die andere Seite des Steins. »Dies ist unsere einzige Chance«, erklärte sie ihm. »Folge dem Fluss! Selbst wenn du mich verlierst, folge dem Fluss. Das ist der einzige Weg, uns in Sicherheit zu bringen – diese Hexe beherrscht alles Land in dieser Gegend mit ihrer Magie.«

Sie rannten los – zunächst mit voller Kraft, und dann, als der hohe, aufrechte Stein hinter einer Flussbiegung nicht mehr zu sehen war, verfielen sie in ein langsameres Tempo, das sich länger durchhalten ließ.

»Sie wird uns verfolgen«, keuchte Gaultry. »Wenn sie ihre Karten eingesammelt hat.«

»Warum haben wir sie nicht umgebracht?«

»Tullier, ich glaube nicht, dass wir das geschafft hätten. Ihre Magie – sie hat unseren Pfad verhext, schon seit wir die Hochstraße von Tielmark verlassen haben, auf der anderen Seite des Bissanty-Landfingers.«

»Wo sollen wir denn jetzt hin?«

»Ich weiß es nicht. Aber ein Mann, den Richielle gefangen hält, hat mir gesagt, dies sei der einzige Fluchtweg.« Sie bemerkte den Blick, den Tullier ihr zuwarf. »Ja, ich vertraue ihm. Ich glaube nicht, dass wir eine andere Wahl haben.«

»Wie habt Ihr mich gerettet? Wie konntet Ihr Euch befreien?«

Gaultry erinnerte sich an das Chaos in der Scheune; an das Grauenvolle, das sie den Schafen hatte zufügen müssen; das hässliche, dürre Schaf, das sie in ihren Körper hatte aufnehmen müssen; das verzweifelte, leere Gefühl, als sie all ihre *Glamour*-Kraft unter diese Tiere geschleudert hatte. Das Schlimmste war der

Augenblick der Sinnestäuschung, als sie zu ihren Händen aufgeblickt und nichts gesehen hatte als verstümmelte Klumpen, die ein wenig an Schafsfüße erinnerten. »Ich bin für einen Moment mit der Herde verschmolzen. Und das«, japste Gaultry, ganz heiser von der Anstrengung des Laufs, »ist eigentlich alles, was du wissen musst.«

Wie lange sie schon gerannt waren, hätte Gaultry nicht sagen können, doch die Dämmerung schritt in dieser hügeligen Landschaft schnell voran. Das Flussbett wurde rauer, schmaler, die Kiesbänke waren nun gröber und immer öfter mit großen Gesteinsbrocken durchsetzt. Es wurde schwierig, weiterhin zu rennen.

Bei einem kleinen Teich hielten sie an, um zu verschnaufen. Tullier beugte sich kurz über das Wasser und wusch sich Schweiß und Ziegenblut vom Gesicht und aus den Haaren. »Wird sie uns verfolgen?«, fragte er, als er tropfnass wieder auftauchte.

»Aber selbstverständlich«, antwortete Gaultry. »Die Iden des Andion mögen vorüber sein, doch am Monatsende werden die Sterne in einer bestimmten Position stehen, die ihr eine weitere Chance gibt. Zwei Wochen. Wir haben zwei Wochen, um dich sicher aus ihrer Reichweite zu schaffen.« Sie zögerte. »Lass nie zu, dass sie dich in die Hände bekommt, Tullier. Ich werde tun, was ich nur kann, um sie dir vom Leib zu halten. Tielmark braucht einen König – aber das ist nicht der richtige Weg.«

Tullier warf ihr einen ernsten Blick zu. »Sie hat mich verletzt, bevor Ihr kamt, wisst Ihr?« Er fasste sich an die Kehle und zeigte Gaultry einen flachen, schmalen Schnitt, den sie nicht bemerkt hatte. »Mein Blut auf diesem Stein – ich konnte spüren, wie die Götter auf uns herabblickten. Andion, die Großen Zwillinge – alle. Das Opfer hätte als annehmbar gegolten.«

»Nicht für mich!«, erwiderte Gaultry hitzig. »Die Götter nehmen viele Dinge an, doch es liegt bei uns, zu entscheiden, nach welchen dieser Dinge wir uns richten!«

In diesem Moment hörten sie das Klappern. Sie schauten sich

um und entdeckten die erste Ziege. Ein Bock mit langem Fell und Bart rannte auf sie zu mit den holprig wirkenden, aber sicheren Bewegungen, die so charakteristisch für Ziegen sind.

»Sie kommt«, sagte Gaultry.

»Wir können sie bekämpfen«, drängte Tullier. »Seht nur. Ich habe ihren Dolch!« Er ließ den *In Raku* durch die Luft sausen. Gaultrys Miene dämpfte seine Begeisterung. »Was ist denn? Sie hat uns all unsere Waffen abgenommen. Und es ist gewiss besser, wenn wir diese Klinge selbst in Händen halten.«

»Das ist ein sehr böses Ding«, meinte Gaultry.

»Dann ist es umso besser, dass wir es haben, und nicht sie.« Seine Augen funkelten. Sie sah ganz deutlich, dass er es genoss, eine so mächtige Waffe in der Hand zu haben. Dass er sie beherrschte. »Wir werden nicht ewig weiterrennen können. Wir können das nicht die ganze Nacht über durchhalten.«

»Sie aber auch nicht«, erwiderte Gaultry barsch. Dies war kein guter Zeitpunkt, um ihm irgendetwas auszureden, das ihm Kraft verlieh, und somit darüber entscheiden mochte, ob er überlebte oder der alten Hexe zum Opfer fiel. Doch der Mörder in ihm – der gefiel ihr gar nicht. »Wir müssen weiter. Ihre Magie mag ihr helfen, doch wir sind beide über fünfzig Jahre jünger als sie. Wir sollten ihr gewiss davonlaufen können.«

Sie machten sich wieder auf, doch beide hatten keine rechte Kraft mehr. Sie hatten den Schub des Triumphes verloren, der sie zunächst von Richielles Altar hatte davonstürmen lassen. Nicht zu wissen, wohin sie eigentlich liefen, machte das Durchhalten noch schwerer. Eine Ziege holte sie ein, dann eine zweite. Schließlich liefen sie in gespenstischer Begleitung einer meckernden Herde. Einer Herde, die sie abzudrängen versuchte, sie aus dem Flussbett treiben wollte. »Wenn sie versucht, uns abzudrängen«, keuchte Gaultry, »hält sie es für möglich, dass wir ihr entkommen könnten.«

Tullier blickte starr auf den Boden vor seinen Füßen und gab keine Antwort.

Um sie herum wurden die Umrisse der felsigen Hänge immer weicher. Das Zwielicht schwand und machte es ihnen schwer, zu sehen, wo sie hintraten. Die Kiesbänke zogen sich zusammen, als der Fluss in ein tiefes Tal rauschte. Gaultry und Tullier waren dazu gezwungen, langsamer zu gehen und den Boden genau im Auge zu behalten. Die Ziegen nutzten diese Gelegenheit, sie heftiger zu bedrängen.

Und dann, gerade als Gaultry sicher war, dass sie nicht mehr weiter konnten, erreichten sie das Ende ihres Weges. Der Fluss machte eine letzte scharfe Biegung, und dann verschwand das Flussbett. Es war kein tiefer Fall – nicht mehr als zwanzig oder vielleicht dreißig Fuß. Der Strom stürzte in einem Wasserfall die Felsen hinab in einen schäumenden Teich. Gaultry legte den Kopf in den Nacken und starrte die steilen Felswände links und rechts hinauf. Zu beiden Seiten dehnte sich das Ufer zu Klippen hin aus, die das tiefe V des Flussbetts einfassten. Das Gestein dieser Klippen – sie erkannte es wieder. Sie hatten den Rand des felsigen Plateaus von Haute-Tielmark erreicht.

»Tullier«, sagte sie. »Ich weiß, wo wir sind. Das hier ist die Grenze. Wir haben den westlichen Rand des Landfingers erreicht. Das da unten ist Bissanty! Ich glaube – ich glaube, wenn wir es da hinunter schaffen, sind wir vor Richielle sicher. Bestimmt hat sie uns deshalb ihre Ziegen hinterhergeschickt – um uns daran zu hindern, die Grenze zu überqueren.«

Tullier schüttelte den Kopf. »Das wird nicht reichen.«

»Mag sein. Aber zumindest wissen wir jetzt, wo wir sind, und vielleicht hat sie dort unten im Landfinger nicht die Macht, die Erde unter uns zu verdrehen.«

Tullier betrachtete die Ziegen, die sich um sie drängten. »Bei Llara, beten wir, dass Ihr Recht habt.«

Nahe dem Wasserfall war eine Stelle, wo ein steiler Felsen bis auf halbe Höhe des Wasserfalls hinab und über den Teich hinausragte. Tullier, dessen Gleichgewichtssinn besser war, ging als Erster. Vorsichtig ließ er sich über den Rand gleiten und scharrte mit den Füßen, um irgendwo Halt zu finden. Gaultry blickte unruhig flussaufwärts und wünschte, er würde sich beeilen. Ihren tapferen Worten zum Trotz war sie keineswegs überzeugt davon, dass sie in Sicherheit sein würden, wenn sie erst einmal in Bissanty waren – und wenn sie das Pech hatten, auf eine Bissantiner Grenzpatrouille zu stoßen, würden sie sich niemals freikämpfen können, mit Richielles *In Raku* als einziger Waffe.

»Beeil dich!«

»Wenn Ihr es so eilig habt, warum geht Ihr dann nicht freiwillig als Erste?«, fuhr Tullier sie an. »Bah. Wenn nur meine Hände nicht so schmierig …«

Beim letzten Wort weiteten sich seine Augen. Gaultry streckte die Hand nach ihm aus und verfehlte ihn um Haaresbreite. Er rutschte abwärts und kratzte mit den Fingern vergeblich über den Fels, um sich irgendwo festzuhalten.

»Stoß dich ab!«, kreischte Gaultry. »Spring, damit du in den Teich fällst! Spring!«

»O Llara!« Mit diesem Schrei stieß er sich ab und fiel rückwärts, mit ausgebreiteten Armen – die gefährlichste Haltung für einen solchen Fall. Alles ging so schnell, dass Gaultry kaum begriff, was sie da sah. Wie eine Katze drehte der Junge sich in der Luft herum und bekam die Füße unter sich – kurz bevor er in den kleinen Teich eintauchte.

Fluchend rappelte er sich im flachen Wasser auf. Sie war so erleichtert, dass sie ihn nicht dafür tadelte. Aus lauter Sorge um ihn krabbelte sie ihm nach, in panischer Angst, er könnte sich etwas gebrochen haben – nur um bei ihrer Landung im Teich festzustellen, dass der gefährliche Abstieg auf einmal hinter ihr lag.

»Du Idiot! Du hättest dich umbringen können!« Sie musste schreien, um sich über den donnernden Wasserfall hinweg Gehör zu verschaffen.

»Ich bin nicht absichtlich gefallen. Das könnt Ihr mir glauben.« Tullier hinkte aus dem flachen Teich und schüttelte Wasser aus seinen Kleidern. Er brachte ein zittriges Grinsen zustande.

»Ihr wart auch nicht sonderlich vorsichtig auf dem Weg hier herunter. Aber Ihr seid auch ziemlich blutig, ein kleines Bad hätte gewiss nicht geschadet.«

Verlegen schöpfte Gaultry eine Hand voll Wasser, um sich Mund und Kinn zu waschen, die noch immer von ihrem Kampf mit der Ziegenhirtin besudelt waren. Sie waren heil unten. Das war die Hauptsache. »Verstecken wir uns erst einmal. Sie wird bald hier sein.«

Tullier runzelte die Stirn. »Das wird uns nichts nützen. Wir sind so nass, dass wir eine Spur hinterlassen werden, der jeder Narr folgen könnte.«

Hinter ihnen klapperten Hufe, lauter als der Wasserfall. Zwei Ziegen hatten es riskiert und irgendwie ihren Weg herunter gefunden. Der Rest der Herde stellte sich im Halbkreis am oberen Rand des Wasserfalls auf und starrte mit unheimlichen, boshaften Ziegenblicken auf das erschöpfte Paar nieder.

»Da!«

Über dem Wasserfall kam Richielle in Sicht. Sie rannte, so schnell sie konnte, eine finstere Furie, die nichts Müdes oder Altes an sich hatte. Die anbrechende Dunkelheit machte sie nicht einmal langsamer, während sie behände über die Steine sprang, wo Gaultry und Tullier sich langsam und stolpernd vorwärts bewegt hatten.

»Bei Llaras Herzen«, flüsterte Tullier. »Wie sollen wir dagegen kämpfen?« Sie war wie ein großes, dunkles Omen des Untergangs.

Obwohl sie wussten, dass sie ihr heute Nacht nicht mehr entrinnen konnten, wichen sie ein paar Schritte zurück. Richielle erreichte den Wasserfall und stieß ein paar Ziegen beiseite, um dann finster auf sie herabzustarren. »Es gibt immer noch das Monatsende!«, kreischte sie. »Dann werde ich dich töten!«

Sie schickte sich an, den Wasserfall herabzuklettern, und hielt dann inne. Mit einer Handbewegung schickte sie zur Sicherheit ihre Ziegen voraus. Ein großer Bock kam die Felsen herunter, braun mit einem schwarzen Kopf und einem schwarzen Strich auf dem Rücken, und dann ein weiterer, hellbraun und weiß gefleckt. Vier weitere Ziegen folgten den beiden, wobei eine stürzte und ungeschickt auf den Knien landete. Laut meckernd vor Schmerzen rappelte sie sich auf, und dann folgte ihr eine weitere – diese ging es langsamer an und fand geschickt immer wieder sicheren Halt für ihre Hufe – und zeigte Richielle damit den einfachsten Weg herunter. Die alte Hexe kicherte triumphierend und schickte sich zuversichtlich an, ihr zu folgen.

Ein eisblauer Magieblitz schleuderte sie zurück und versengte ihr Haar. Erstaunen breitete sich auf ihrem Gesicht aus, doch sie ließ sich nicht beirren. Wieder trat sie vor. Und erneut ließ dieser graublaue Blitz sie zurückfahren.

»Was ist das?«, fragte Tullier. Doch die Ehrfurcht in seiner Stimme verriet, dass er die Farbe dieser Magie bereits erkannt hatte.

Richielle schrieb alle Vorsicht in den Wind und stürzte sich über die Klippe. Wenn der Magieblitz nicht von neuem gezuckt und sie zurückgeschleudert hätte, wäre sie den Wasserfall herabgestürzt. Sie begriff allmählich und warf sich wie verrückt gegen die unsichtbare Grenze, kreischte, schleuderte Zauber dagegen und rief die Namen aller Großen Zwölf an. Die Ziegen wichen ängstlich in die Dunkelheit zurück, denn diese Blitze eisblauer Macht erschreckten sie.

»Sie kann nicht herüber«, sagte Gaultry staunend. »Die Grenze ist ihr verschlossen.«

»Das ist das Feuer der Großen Llara«, flüsterte Tullier ehrfürchtig. »Die Hexe kann doch nicht im Ernst hoffen, sich gegen die Große Mutter Llara durchzusetzen – oder?«

Richielle wollte einfach nicht einsehen, was mit ihr geschah. Sie fasste sich einen Moment lang und ging die Sache dann überlegter an; sie untersuchte den unsichtbaren Wall, indem sie zunächst einen Felsbrocken über den Rand rollte und dann eine weitere Ziege einfach hindurchschleuderte. Diese landete jämmerlich schreiend auf der Seite und stand nicht mehr auf. Richielle versuchte es selbst noch einmal. Ihre Wut war sogar aus halbwegs sicherem Abstand Furcht einflößend.

»Anscheinend ist ihr so etwas noch nie begegnet«, meinte Gaultry, die staunend das Schauspiel beobachtete. »Tamsanne hat mir erzählt, dass Richielle es mit der Lebensweise der alten Wanderer hält. Diese Grenzen zu beachten, hat sie nie gelernt.« Sie sah Tullier an. »Du besitzt Herrscherblut. Das muss es sein, was dich hier beschützt. Sciuttarus hat dich zum Prinzen erkoren, und nun hat Llara Ihre Grenze dieser Frau verschlossen, die dich bedroht und verfolgt.«

Er sah sie verdutzt an, während sie ihn staunend anblickte.

»Richielle hat nicht begriffen, dass die Große Llara sich gegen sie wenden würde, wenn sie die Hand gegen einen kaiserlichen Prinzen erhebt. Wie schrecklich, die Aufmerksamkeit einer Göttin auf diese Weise auf sich gerichtet zu sehen.«

Richielle ließ Flüche und Beschimpfungen auf ihre Köpfe niederprasseln. Gaultry wandte sich wieder nach Tullier um. Dumpf wurde ihr klar, dass sie die armen Ziegen würden töten müssen, die den Wasserfall überwunden hatten. Sie konnten es nicht riskieren, dass die Tiere ihnen weiterhin folgten. Es war scheußlich, die Ziegen einzufangen und abzustechen, während Richielle über ihren Köpfen unablässig kreischte und drohte und sogar begann, mit Steinen nach ihnen zu werfen, doch sie hatten es bald geschafft. Gaultrys Vermutung über den *In Raku* bestätigte sich – er wies Blut ab wie ein Wachstuch das Wasser. Tullier brauchte ihn nicht einmal abzuwischen, bevor er ihn einsteckte.

»Wir sind noch nicht mit ihr fertig«, bemerkte Tullier, als sie bedrückt den Schutz der nahen Bäume aufsuchten, während Richielles Gebrüll noch hinter ihnen erschallte.

»Ich fürchte, nein.« Gaultry strich sich müde das Haar aus dem Gesicht. Sie hatten keinen Proviant, nichts, womit sie hätten jagen können. Nur den *In Raku*, und sie wäre lieber verhungert, statt ein Tier zu essen, das mit diesem Dolch getötet worden war.

»Wie wir jetzt noch durch Haute-Tielmark und zu Benet gelangen sollen, ist keine angenehme Frage.«

23

Drei Tage lang schlugen sie sich durch die Sümpfe des Landfingers, lebten von dem wenigen Essbaren, das sie unterwegs fanden, und hielten sich möglichst direkt in nördlicher Richtung, fort von Richielle und ihrem Tal. In diesen Tagen kamen sie zweimal mit bissantinischen Patrouillen in Berührung, doch sie sahen und hörten nichts von Richielle oder ihren Tieren. Durch eine Mischung aus Glück und Wachsamkeit gelangten sie ohne Zwischenfälle wieder auf Tielmaraner Gebiet und fanden auch die Hochstraße wieder. Zwar hatte Gaultry das Siegel des Prinzen mitsamt ihrer spärlichen Habe auf Richielles Gut eingebüßt, doch als sie das Gasthaus *Zum Schwarzen Mann* erreichten, das erste Gasthaus in Haute-Tielmark jenseits der Grenze, konnten sie sich Vorräte beschaffen. Der Wirt des Gasthofs kannte Gaultry von ihrem Besuch im Frühjahr – als sie zum ersten Mal Victor von Haute-Tielmark gesehen, wenn auch nicht kennen gelernt hatte –, und er glaubte ihrer Beteuerung, dass sie im Auftrag des Prinzen unterwegs sei.

Aber vor allem bot der *Schwarze Mann*, der gut befestigt war und in dem viele Kuriere auf dem Weg zu oder von der Grenze Halt machten, ihnen eine sichere Zuflucht und einen Ort zum Ausruhen. Seit ihrem Aufbruch von Princeport waren nun fast zwei Wochen vergangen. Die Tage seit ihrem Zusammenstoß mit Richielle waren von Anstrengung, Angst und Unsicherheit geprägt gewesen, und obwohl sie dringend den Prinzen an der Grenze erreichen mussten, hatten weder Gaultry noch Tullier die Kraft, weiterzureisen, ohne sich mindestens einen ganzen Tag lang ausgeruht zu haben. Gaultry, die immer noch ausgepumpt war von ihren Bemühungen, sich aus Richielles magischen Banden zu befreien, schlief eine ganze Nacht und den folgenden Tag hindurch; ab und zu wachte sie nur halb auf, um einen Schluck Wasser zu trinken, und nur einmal, kurz vor dem Abendessen, stand sie auf, um ein paar Bissen leichten Eintopfs zu essen, bevor sie dankbar wieder unter die Decke kroch.

Als sie am nächsten Morgen mit leerem Magen und ein wenig schwindlig, aber sehr erholt erwachte, war Tullier schon aufgestanden. Sie fand ihn vor der Schmiede, nach der das Gasthaus benannt worden war. Er beobachtete die Soldaten, in deren Begleitung sie weiterreisen konnten, während diese die Arbeit des Hufschmieds an ihren Pferden überwachten.

»Das sind gute Leute«, sagte er, als sie sich neben ihn stellte. »Sie haben den Mann nicht mit der Arbeit anfangen lassen, bevor sie nicht dabei sein konnten, um zuzusehen.« Gaultry freute sich über diese Einschätzung. Sie und Tullier hatten sich einem Kurier und seinen Männern anschließen können, die Nachrichten zwischen der Grenze des Landfingers und den Kämpfen am Ufer von Llaras Kessel hin und her transportierten.

Gaultry war der sehnige Hauptmann, Yveir, und seine Art, seine kleine Truppe zu führen, auf Anhieb vertrauenswürdig erschienen. Seine Kuriereinheit bestand aus zwei gedrungenen, kräftigen Frauen, schnellen Reiterinnen, die ihm als Kundschafterinnen dienten; einem stämmigen, muskelbepackten Mann, der mit einer Axt am Sattel ritt; und drei jüngeren Soldaten, die noch schlank und jugendlich schlaksig waren, aber geschickte Reiter, als wären sie auf dem Pferderücken aufgewachsen. Der kleine Trupp war groß genug, um mögliche Angreifer von eher zufälligen Scharmützeln abzuschrecken, und dabei so schnell und wendig, dass zumindest ein einzelner Reiter durchkommen würde, falls man auf eine größere Schar Hirtenkrieger stoßen sollte.

Ob ihnen das etwas nützen würde, wenn Richielle sie mit ihrer vollen Macht angriff, darüber wollte Gaultry nicht einmal nachdenken.

Beim Anblick des Hufschmieds, der an den Pferdehufen arbeitete, rieb Gaultry sich unwillkürlich die immer noch heilenden Handgelenke und erschauerte bei der Erinnerung an die Hufe des mageren Schafes. Die Macht ihrer *Glamour*-Magie war Furcht einflößend, selbst dann, wenn sie sie beherrschte. Die Vorstellung einer solchen Verwandlung – nicht nur eine Übernahme oder Illusion, sondern Knochen, Haut und Haar wahrhaftig verwandelt, wahrhaftig tierisch – jagte ihr große Angst ein. Gewiss, die Götter waren zu solchen Verwandlungen in der Lage. Die Hälfte der Göttergeschichten beschrieben, wie sie eine andere Gestalt annahmen, um unerkannt im Schlachtengetümmel zu erscheinen, in den Betten wohl behüteter Jungfrauen oder zu anderen derart entscheidenden Momenten. Doch alle Geschichten, in denen Menschen verwandelt oder auf andere Weise zu Tieren wurden, beschrieben diese Verwandlung als einen Fluch, den die Götter zur Strafe auf den Unglücklichen herabschleuderten.

Würde das irgendwann auch ihr Schicksal sein? Sie wusste immer noch nicht so recht, ob sie diese Verwandlung selbst herbeigeführt hatte oder ob das irgendeine magische Falle, ein syphonartiger Zauber gewesen war, den Richielle absichtlich eingeplant hatte, um sie darin zu fangen.

»Hast du schon gegessen?«, fragte sie Tullier und schob alle unschönen Gedanken erst einmal beiseite.

Der Junge schüttelte den Kopf. »Ich habe auf Euch gewartet. Wir haben genug Zeit. Yveir wartet noch auf einen letzten Kurier von der Grenze.«

»Sehr schön«, sagte Gaultry. »Ich brenne darauf, rasch weiterzukommen.«

Zwei Tage lang ritten sie die Hochstraße entlang und legten ein ordentliches Tempo vor, obgleich sie sehr achtsam sein mussten, damit die Pferde auf der immer schlechter werdenden Straße nicht strauchelten. Die Landschaft erstreckte sich karg und wild vor ihnen. Das Land stieg allmählich an, je näher sie den Bergen kamen, die noch nicht zu sehen waren, und mit der zunehmenden Höhe wurde es nachts immer kühler. Der Sommer in Haute-Tielmark war nicht von der feuchten Hitze geprägt, die die Tieflande östlich und südlich des Bissanty-Landfingers plagte. Gaultry kam diese Kühle seltsam vor, als sei sie ein früher Vorbote des Herbstes, der Jahreszeit des Sterbens, die ihnen bevorstand.

Die erste Nacht verbrachten sie in einem alten Gasthof mit festungsartigen Mauern und winzigen Fenstern, die zweite in einem kleinen Gutshaus hinter hölzernen Palisaden. Dieses Gutshaus war der Endpunkt ihrer Reise auf der Hochstraße. Von hier aus wandte die Straße sich nach Norden, zu Haute-Tielmarks Festung in Arciers. Nach Westen verengte sich die Straße zu Llaras Kessel zu einem schmalen Pfad. Aus nahe liegenden Gründen wurde ab hier keine der beiden Routen besonders gut unterhalten, damit größere Truppen von Reiterkriegern sich nicht allzu schnell bewegen konnten.

Der dritte Tag war lang und hart. Einer von Yveirs jungen Soldaten ritt sein Pferd lahm, und nachdem der Anführer die Lage beurteilt hatte, musste Gaultry als schlechteste Reiterin ihm ihr Pferd überlassen und hinter ihm aufsteigen. Danach hielt Tullier sich ständig in nächster Nähe, sehr zum Ärger des jungen Soldaten. An einer Stelle, wo der Pfad den steilen Rand eines felsigen Tals kreuzte und schmal und schwierig wurde, gab es einen heftigen Wortwechsel. »Du wirst uns noch beide vom Pfad drängen, auf dass sich unsere Pferde da unten die Knochen brechen«, fuhr der Soldat, ein dünner, dunkelhaariger Mann namens Elthois, den Jungen an. Danach ließ Tullier ihnen widerwillig ein wenig mehr Platz.

Als es Abend wurde, richteten sich die Reiter auf eine unruhige Nacht im grimmigen Stammsitz eines Grafen von Haute-Tielmark ein, der strategisch günstig, aber sehr ungemütlich an einer Stelle lag, wo zwei Täler im Vorgebirge zusammenliefen. Der Graf selbst war mit seinen besten Rittern an der Front. In seiner

Abwesenheit war die Begrüßung seiner Gemahlin so kalt wie die zugige Festung selbst. Offensichtlich widerstrebend stellte sie ihnen ein frisches Pferd für Elthois zur Verfügung. Gaultry war froh, dass sie nur eine Nacht hier verbringen würden.

Anstatt Aufmerksamkeit zu erregen, indem sie für sich und Tullier eine bessere Unterkunft verlangte, sprach sie mit Yveir ab, dass sie mit seinen Leuten Quartier beziehen würden. »Es ist am sichersten, wenn wir für einen Teil Eures Trupps gehalten werden.« Also wurden auch ihnen Strohsäcke in den feuchten, zellenartigen Quartieren der Soldaten zugewiesen.

Die Gräfin Ruelevy duldete keinen von ihnen in ihrer Küche. Sie schickte ihnen Diener mit einem Kessel kalten Eintopfs und einem Eimer viel zu lange gekochten Gerstenbreis. Sie aßen stehend um den kleinen Tisch vor dem einzigen, lange nicht mehr befeuerten Kamin der Unterkunft.

»Morgen wird es besser«, versprach Yveir, der Gaultrys Gesichtsausdruck bemerkte, als die junge Frau in ihrem Essen herumstocherte. Es war angebrannt. Selbst nach den kargen Rationen, mit denen sie und Tullier sich während ihres elenden Marsches querfeldein durch den Landfinger hatten begnügen müssen, bekam sie das hier kaum herunter. »Morgen sind wir bei Sir Denys und seiner Lady. Ein kleineres Haus, aber ein wärmeres Willkommen.«

Gaultry freute sich sehr darauf.

»Vor uns ist irgendetwas in Brand gesteckt worden.« Yveir zügelte abrupt sein Pferd und richtete sich in den Steigbügeln auf. »Das ist gar nicht gut.« Sie ritten durch ein bewaldetes Tal und waren eben auf eine Stelle gestoßen, von der aus der Pfad steil abfiel und ihnen ein wenig Ausblick über die Baumwipfel gewährte. Weit unten in diesem nächsten Tal stieg Rauch auf, halb von den Bäumen und der hügeligen Landschaft verborgen. Der sehnige Anführer griff hinter sich in seine Satteltasche und zog eine Karte hervor.

Seine Frau – Gaultry hatte inzwischen erkannt, dass eine der beiden Frauen, die mit ihm ritten, seine Gefährtin war, die andere ihre jüngere Schwester – brachte ihr Pferd neben Gaultry zum Stehen. »Das muss das Anwesen von Sir Denys sein«, meinte sie besorgt. »Ich hoffe nur, dem guten Sir und seiner Gemahlin ist nichts zugestoßen.«

»Ist es denn überhaupt möglich, dass die Lanai so weit nach Osten vorstoßen?«, fragte Gaultry.

Die Frau, Fredeconde, nickte. »Nach dem, was die Bissantiner ihnen auf den Hochweiden angetan haben, sind ihre Überfälle in diesem Jahr zu einer ständigen Gefahr geworden. Diesen Sommer haben sich die Lanai unter dem Kommando eines Mannes vereinigt, und Ratté Gon ist klug, wagemutig und sehr gefährlich.«

Gaultry schüttelte verständnislos den Kopf. Fredeconde bemerkte ihre Verwirrung und erklärte es ihr. Die stärksten Horden der Lanai waren bei Llaras Kessel zusammengezogen, doch es gab zwei weitere Stellen, wo sie immer wieder aus den Bergen herab vorgestoßen waren. Diese kleineren Trupps waren größtenteils für die Plünderungen verantwortlich, von denen Gaultry schon in Princeport gehört hatte.

»Der Ratté hat einen Weg gefunden, seine Männer über die ›Hintertür‹, einen Pass hinter dem Durreau-Massiv, herunterzuschicken – diesen Pass können nur die geschicktesten Reiter bewältigen.« Fredeconde zeigte mit einer schräg geneigten Hand, wie steil der Pass war. »Das war eine unangenehme Überraschung. Diesen Kriegern den Rückzug abzuschneiden war eine Kleinigkeit – aber als sie einmal unten in der Ebene waren, wurde es fast unmöglich, vorherzusagen, wo sie als Nächstes auftauchen würden. Schließlich mussten sie drei der sieben herzoglichen Heere abstellen, um sie in den Griff zu bekommen. ›Ratten in einem Heuschober jagen‹, so hat einer der Kommandeure es beschrieben. Es hat fast einen Monat gedauert, die Ordnung halbwegs wieder herzustellen.«

Gaultry blickte auf die Rauchwolke vor ihnen. »Wenn wir die Ordnung wieder hergestellt haben, warum sind die Lanai dann immer noch hier und brandschatzen Anwesen wie das Eures Freundes, Sir Denys?«

»Der Einfall über die Hintertür war nur ein Ablenkungsmanöver für den eigentlichen Vorstoß.« Fredeconde runzelte die Stirn. »Der kam weiter nördlich. Sie sind fast bis nach Arciers vorgedrungen – es war so schlimm, dass sie sogar die Herden von Victor von Haute-Tielmark persönlich geplündert haben. Diesen Angriff nennt man inzwischen den ›Langen Raubzug‹ – die Lanai haben fast drei Wochen lang die Güter rund um Arciers heimgesucht. Obwohl diesem Raubzug ein Ende gesetzt wurde, haben sie immer noch ein großes Feldlager im Vorgebirge bei Arciers. Es ist über hundert Jahre her, seit die Lanai mehr als ein besseres Nachtlager auf unserem Land errichtet haben.« Die Kundschafterin ließ die Zügel locker, um ihre Reithandschuhe zurechtzurücken, und folgte dann Gaultrys Blick über die Baumwipfel. Sie waren zu weit entfernt, um das Feuer riechen zu können, doch allein das Wissen, dass es da war, ließ die Luft drückender wirken.

»Wir haben Glück, dass der Ferne Berg durch vier gewaltige Gebirgszüge von unserem Land getrennt ist. Ratté Gons Söldner sind hervorragende Kriegsherren, und sie haben bei den Stammeskriegern eine viel bessere Disziplin durchgesetzt, als ich das je zuvor erlebt habe. Wir können nur hoffen, dass die hiesigen Viehräuber nicht allzu viel von ihnen lernen.«

»Und dass der Ratté nicht etwa in ein paar Jahren wiederkommt.« Der fremdartige Titel ging Gaultry schwer über die Lippen. Der König, wollte sie sagen. Der König vom Fernen Berg.

Fredeconde nickte. »Er wäre überhaupt nicht hier, wenn sein Schwiegersohn ihm nicht solche Schande gemacht hätte, indem er die Bissantiner das Vieh abschlachten ließ, das er auf den Hochweiden hätte bewachen sollen. Sogar uns hat das der Ratté unmissverständlich deutlich gemacht.« Sie seufzte. »Es war ein schlimmer Sommer bisher. Die Tielmaraner Heere können zwar den Lanai-Kriegern vom Langen Raubzug den Rückweg zu den Bergpässen abschneiden, aber keine Seite will die große Schlacht, die sie damit provozieren würden. Die verstreuten Lanai von dem Hintertür-Ausfall sind das schlimmste Problem: Sie können sich weder beim Kessel noch beim Feldlager wieder ihren eigenen Leuten anschließen, und unsere Versorgungslinien haben ihnen den Rückweg in die Berge abgeschnitten.

Dieser Landstrich, den wir gerade durchqueren, liegt zwischen den geteilten Kontingenten der herzoglichen Heere wie in einer Zange. Hier gibt es kaum mehr etwas zu plündern, nun, da die Bewohner gewarnt sind. Ich vermute, das Feuer da vorn haben die Krieger des Ratté gelegt, die versprengten Reste des Hintertür-Ausfalls. Ihre Disziplin bröckelt – das ist auch nur vernünftig. Die Truppen des jungen Neuvy Basse-Demaine schneiden ihnen den Rückzug in die Berge ab, also splittern sie sich in kleine Trupps auf und ziehen in Richtung Kessel, wo sie versuchen, Lücken in den Tielmaraner Linien zu finden und sich zu ihren Leuten durchzuschlagen.«

»Dann sind sie *zwischen* uns und der Streitmacht des Prinzen?«, fragte Gaultry bestürzt.

»Ich weiß es nicht. Ich glaube, ich sollte kurz mit Yveir sprechen.«

Gaultry folgte ihr voller Sorge.

Yveir bestätigte Gaultrys schlimmste Befürchtung. »Aber es sieht nicht so düster aus, wie Ihr vielleicht denkt.« Er faltete seine Karte zusammen und verstaute sie sorgfältig. »Die Männer des Ratté sind immer noch recht gut organisiert, aber nicht in der Absicht, die Euch Sorgen macht – sie wollen uns nicht unbedingt daran hindern, den Hauptteil von Tielmarks Streitmacht zu erreichen. Die meisten von ihnen wollen nur zurück nach Hause. Ihr Weg führt in dieselbe Richtung wie unserer. Wenn wir vorsichtig sind und nicht durch einen unglücklichen Zufall mit ihnen zusammentreffen, sollte es uns möglich sein, jeglichem Ärger aus dem Weg zu gehen. Das größere Risiko wird sein, dass unsere eigenen Leute uns niederstrecken, bevor sie merken, wer wir sind – aber das lässt sich ebenfalls vermeiden, wenn wir gewisse Vorkehrungen treffen. Also – von hier an teilen wir uns in zwei Gruppen auf, um leichter an den Lanai vorbeizuschlüpfen. Außerdem wirken wir dann auch weniger bedrohlich, wenn wir auf die Tielmaraner Linien zureiten. Fredeconde und Shostra bleiben bei Euch.« Shostra war der Mann mit der Axt. »Elthois ebenfalls, dann sind wir gleichmäßig verteilt. Ich reite mit den anderen und halte mich etwas weiter nördlich. Einmal fünf, einmal vier. Besser als neun auf einmal. Heute Nacht schlagen wir noch gemeinsam das Lager auf – keine Feuer, fürchte ich – und brechen dann morgen in zwei Abteilungen auf.«

Er klang ein wenig zu fröhlich, als dass Gaultry seinen Beteuerungen hätte glauben können, doch immerhin hatte er bewiesen, dass seine Karte etwas taugte – in dieser Nacht schliefen sie in einer verborgenen Mulde mit einem teilweise überhängenden Felsdach. Gaultry schlief nicht gut. Ihr Verstand verfolgte sie mit der Angst, dass diese vorübergehende Zuflucht zur Falle werden könnte – hätten die Lanai sie in dieser Mulde entdeckt, wären sie wie Bienen in einer Flasche gefangen gewesen. Doch abgesehen von ihrer Unruhe gab es keinerlei Störungen.

Als der Morgen graute, ließ Yveir sie nicht allzu früh aufbrechen, denn er fürchtete, sie könnten aus Versehen über noch schlafende Lanai-Krieger stolpern. Doch schließlich ging es los. Fredeconde sollte ihr Fünfertrüppchen über eine etwas längere Route an den Kessel heranführen, mit einem kleinen Umweg nach Süden, während Yveir es auf direkterem Wege versuchen würde, um ihnen Verstärkung entgegenzuschicken, wenn es ihm gelang, die Linien zu erreichen. Gaultry, die von all den harten Ritten wieder einmal erschöpft war, wünschte fast, sie könnte mit ihm den kürzeren Weg reiten; allerdings hatte Yveir vor, zunächst das Feuer zu erkunden, das sie am vergangenen Abend gesehen hatten, und so viel wie möglich über das Schicksal von Sir Denys und seiner Familie in Erfahrung zu bringen.

»Mögen die Götter mit euch reiten!« Fredeconde berührte ihren Mann nicht zum Abschied – vielleicht weil sie fürchtete, das würde Unglück bringen. Yveir grüßte vom Sattel aus. Dicht gefolgt von seiner geschrumpften Truppe trieb er sein Pferd an und verschwand zwischen den Bäumen.

Der Weg, den Fredeconde einschlug, war überwuchert. Sie hielt sich an die baumbestandenen Höhenzüge, statt durch die offeneren Täler zu reiten. Gaultry war nicht gerade unglücklich darüber, dass sie am ersten Tag die Pferde öfter am Zügel führten, als sie zu reiten, und an diesem Tag machten sie auch recht früh Halt. Es war unverkennbar, dass die Kundschafterin das Gelände gut kannte und ihren Weg sorgfältig wählte – sie machte kein Geheimnis aus den Punkten, an denen sie sich orientierte, und diese waren immer eindeutig zu erkennen, wenn sie darauf stießen –, doch mit Gaultrys Langeweile stieg auch ihre Ungeduld. Fredeconde war belustigt. »Ihr würdet Euch noch mehr beklagen, wenn ich eine interessantere Route gewählt hätte«, bemerkte sie trocken. »Interessant hieße nämlich, dass eine Horde Lanai-Krieger Euch die Beine spreizt.«

Gaultry warf ihr einen scharfen Blick zu. Nach Richielles Attacke hatte sie Tullier drei Tage lang durch die Sümpfe des Landfingers geführt, bevor sie die Hochstraße erreichten. Sie hatte ihn geführt, ihm etwas zu essen beschafft und sie beide beschützt. Ohne die Behinderung durch ein Pferd war sie dieser Frau in den Wäldern haushoch überlegen – selbst ohne kleine magische Hilfestellungen. Das spürte sie jedes Mal, wenn sie mühsam einen weiteren, von dornigem Gestrüpp überwucherten Abhang erklommen. Sie wusste, wie man sich solche Kletterpartien enorm erleichtern konnte. Ihre schlechten Reitkünste mochten die Truppe in der Vergangenheit manchmal ein wenig aufgehalten haben – doch das war kein Grund, weshalb diese Frau sich jetzt über sie lustig machen durfte. »Der letzte Mann, der das bei mir versucht hat, ist eines plötzlichen Todes gestorben«, erwiderte sie knapp. »Beim Nächsten wird es noch schneller gehen.«

Über Fredecondes Schulter hinweg sah Tullier sie an. Sie hatte das Gefühl, dass er auch etwas dazu sagen wollte. Sie schüttelte den Kopf. Sie hatten ihr Ziel schon beinahe erreicht. Es war besser, jetzt keinen Streit anzufangen.

Spät am Nachmittag erreichten sie das Ende des bewaldeten Landstrichs. Die Hügel wurden flacher und weiter, und zum ersten Mal war das gewaltige Bergmassiv zu sehen, das nun vor ihnen lag. Bedrohlich ragten die Berge aus den Hügeln zu ihren Füßen auf – so etwas hatte Gaultry noch nie gesehen. Die Berge bildeten einen kargen Schild aus Felsen, der aus dieser Entfernung bläulich und grau schimmerte, mit Ausnahme einiger dunkler, senkrechter Furchen. Bei diesem ersten Blick auf das hohe Reich der Lanaya begriff Gaultry endlich, warum es nur so wenige Stellen gab, an denen die Stammeskrieger nach Tielmark einfallen konnten, und weshalb die Feldzüge dieses Sommers unter Ratté Gon, dem König vom Fernen Berg, Tielmark so überrascht hatten.

Fredeconde benannte zwei Gipfel, die selbst von hier aus deutlich zu erkennen waren: Ittanier und Falkenkopf. Der große See mit dem Wasserfall, der Llaras Kessel genannt wurde, lag südlich des Ittanier.

»Von jetzt an haben wir es mit Gebüsch und nacktem Fels zu tun«, erklärte Fredeconde Gaultry, während sie sich unter den letzten Bäumen ausruhten und einen Wasserschlauch leer tranken. »Und lang gezogenen, tiefen Gräben im Kalkstein. Da kann es leicht geschehen, dass man ganz unerwartet auf Freund oder Feind trifft. Aber es ist nicht mehr weit bis zum Kessel. Diese Berge sind näher, als es den Anschein hat. Falls wir aus irgendeinem Grund getrennt werden, haltet Euch direkt nach Osten. Ihr werdet auf *irgendjemanden* von unserer Seite stoßen, wenn Ihr weit genug nach Osten reitet.« Sie lächelte, starrte sehnsüchtig zu den Bergen hinüber und sog tief die Luft ein. Ihr rundes Gesicht erstrahlte vor Freude und zeigte überraschend, wie hübsch sie war, obgleich sie das sonst hinter einer ernsten Miene verbarg. »Sie sind wunderschön, nicht? Man fühlt die Nähe der Götter, wenn man so etwas vor sich sieht.«

Was Gaultry fühlte, war eher Ehrfurcht denn Freude, doch das behielt sie für sich. Sie bemerkte, dass auch Tullier ähnlich beeindruckt war. »Bei Llara«, sagte er, als sie zu ihm trat und ihren Sattelgurt straff zog. Seine Stimme war so leise, dass nur sie ihn hören konnte. »Ich kann mir ja gerade noch vorstellen, wie man von diesen Bergen herab eine Attacke reiten könnte. Das Land darunter wäre unmöglich zu verteidigen. All diese welligen Hügel und Täler – hier einen kleinen Trupp Reiter zu verfolgen, ist so gut wie aussichtslos. Sie könnten ohne Vorwarnung jedes abgelegene Gut überfallen. Aber erfolgreich einen Angriff nach da oben zu führen – kein Wunder, dass es meinen Vorfahren nie gelungen ist, die Lanai zu unterwerfen. Und wie unser Heer dieses Jahr erfolgreich die Hochweiden angreifen konnte – die Götter müssen mit ihnen geritten sein.«

»Entweder das, oder sie haben sich mächtiger Schlachtenzauber bedient.« Gaultry dachte an Issachar Dan, Columbas Geliebten, den finsteren Bissantiner Krieger, der unter der Regierung des Kanzlers nach Tielmark geschickt worden war. Er zog stets auf seinem sagenhaften Adler Gyviere in die Schlacht, ein ungeheuerliches Geschöpf mit Federn so scharf wie Klingen. Doch sie bezweifelte, dass es selbst einem ganzen Heer von Issachars leicht fallen würde, bergauf über diese trügerischen Furchen und steilen Wände einen Angriff zu führen.

Über die kleine Truppe senkte sich tiefer Ernst, wie sie ihn während der langen Stolperei durch den Wald nicht empfunden hatten. Als sie sich auf den letzten Abschnitt der Reise vorbereiteten, knieten Fredeconde, Elthois und Shostra zum Gebet nieder. Gaultry und Tullier wechselten einen zweifelnden Blick und taten es ihnen dann gleich. Gaultry wurde es ein wenig schlecht, als sie spürte, wie hoch von nun an die Wahrscheinlichkeit war, dass Blut fließen würde. Shostra schnallte seine Axt näher an seinem Knie fest; Fredeconde hielt ihr Schwert griffbereit. Tullier beobachtete die geübten Bewegungen der Kundschafterin und spielte an der Handgelenksschleuder herum – eine Waffe der Sha Muira, mit der ein Dolch oder Wurfmesser abgeschossen wurde. Die kleine Schleuder, die er stets unter dem langen Ärmel an seinem Handgelenk trug, war das Einzige, was er vor Richielle hatte retten können, abgesehen von dem Königsmacher-Dolch. Wenn die Schleuder nicht geladen und flach ans Handgelenk gebunden war, war sie so gut wie unsichtbar – vermutlich hatte Richielle sie ihm deshalb nicht abgenommen. Jetzt lud Tullier sie mit einem Wurfmesser, das er im Gasthof *Zum Schwarzen Mann* bekommen hatte; dort hatte man ihn auch mit dem einfachen, groben Schwert ausgestattet, das er nun an der Hüfte trug. Nachdem er sorgsam die Beladung und den Schleudermechanismus überprüft hatte, schnallte er die Schwertscheide auf, wie Fredeconde es getan hatte. Der Gegensatz zwischen seiner Gewandtheit mit der ersten und seiner Ungeschicklichkeit mit der zweiten Waffe war gewaltig.

»So Eliante und Emiera über uns wachen, werden wir die Lanai ganz und gar umgehen können«, sagte Fredeconde, erhob sich von den Knien und pfiff nach ihrem Pferd.

Gaultry konnte anhand ihrer Vorbereitungen nicht abschätzen, ob die Kundschafterin tatsächlich so zuversichtlich war. »Und wenn wir doch auf sie treffen?«

»Dann werden wir kämpfen müssen. Auf wen auch immer wir treffen, sie werden zu den ausgewählten besten Kriegern des Ratté gehören. Er hat diesen Überfall durch die Hintertür geplant, um möglichst viel Verwirrung zu stiften, und diese schwierige Aufgabe hat er nur seinen besten und treuesten Kriegern anvertraut. Sie wussten von vornherein: Je länger sie unseren Heeren standhalten, desto unwahrscheinlicher wird es, dass sie jemals wieder die Berge erreichen werden – außer bei einem Austausch von Kriegsgefangenen am Ende des Sommers. Aber sie haben die ausdrückliche Anweisung, im Tiefland auszuharren, bis der Lange Raubzug vollendet werden kann. Zu ihrer Ehre sei gesagt, dass sie genau das auch erreicht haben. Nun ist ihr nächstes Ziel, sich wieder ihren Leuten anzuschließen – aber sie wären genauso erfreut darüber, mit einer letzten Trophäe ins Lager einzuziehen, frisch gefangen als Beweis ihres Wagemutes.«

Sie musterte Gaultrys schmuddeliges Gesicht und die schlichte Reisekleidung. »So, wie Ihr gekleidet seid, kämen sie sicher nicht darauf, dass Ihr Gaultry Blas, die *Glamour*-Hexe des Prinzen seid, aber das sind raue Burschen, die den Wert ihrer Geiseln anders einschätzen. Sie werden Eure schmutzigen Wangen nicht bemerken. Sie werden nur sehen, dass Ihr unbewaffnet seid, dass Ihr eine Eskorte habt – und sie werden vermutlich versuchen, Euch allein deshalb gefangen zu nehmen.« Diese Worte klangen fast wie eine Entschuldigung oder waren vielleicht auch nur als Erklärung für ihren groben Scherz von vorhin gemeint.

»Sie werden es bitter bereuen, wenn sie das wagen«, erwiderte Gaultry. »Ich hatte gehofft, den Prinzen zu erreichen, ohne mich vorher schon bemerkbar zu machen, aber wenn ich meine Kräfte einsetzen muss, damit Tullier und ich ihn sicher erreichen, dann werde ich nicht zögern. Und um euch zu schützen, natürlich«, fügte sie verspätet hinzu und blickte in die kleine Runde.

Gaultrys Pferd, ein langgliedriger Wallach, rollte fragend mit den Augen, als sie ihn losband. Sie tätschelte seine Schulter und spürte seine nervösen Lebensgeister. »Irgendetwas wird ganz sicher schief gehen«, sagte sie möglichst beruhigend zu dem bebenden Tier. »Aber ich werde tun, was ich kann, damit du es unbeschadet überstehst.«

Ein Schnauben hinter ihr ließ sie wissen, dass Tullier sie belauscht hatte. »Gaultry.« Er hielt sie mit einer Hand am Zaumzeug auf. »Ich will nicht, dass Ihr grundlos in einen Kampf geratet. Alles Mögliche könnte passieren. Das ist das Risiko nicht wert. Warum warten wir nicht einfach hier unter den Bäumen, bis wir von Yveir hören?«

»Wegen Richielle. Sie weiß, dass wir in dieser Richtung unterwegs sind. Wenn sie uns bisher nicht gefolgt ist, dann vermutlich deshalb, weil sie uns einfach an unserem Ziel erwartet.« Gaultry erschauerte. In den Tagen seit Richielles Angriff waren ihre Kräfte wieder erstarkt, doch der Gedanke, dass die alte Hexe ihnen hier auflauern könnte – vielleicht sogar ihre Schafherde aus dem Verwunschenen Land irgendwo in der Nähe weidete –, war erschreckend.

Tullier hob einen losen Kalksteinbrocken auf und drehte ihn in den Händen. »Ihr könnt sie nicht bekämpfen? Warum nicht? Wenn wir uns zusammentun, können wir gewiss ...« Seine Stimme erstarb, während er nach den richtigen Worten suchte. »Wir haben gemeinsam den Seelenräuber besiegt. Wir können auch dieses grässliche alte Weib besiegen, wenn es das ist, was Ihr wollt.«

Gaultry tätschelte die Flanken ihres Wallachs und überlegte, was sie darauf erwidern sollte. Sie hatte Lukas' Magie gebunden – und dann, während er vollauf mit ihr beschäftigt gewesen war, hatte Tullier ihn getötet. Für sie war diese Begebenheit voller Grauen gewesen, Lukas' Tod eine schreckliche Sache. Für Tullier – vielleicht war dieser Moment auch für ihn grauenhaft gewesen, doch der Sieg über seinen mächtigen Halbbruder hatte ihm auch einen ungesunden Moment des Triumphes beschert.

»Du hast Recht«, sagte sie. »Zusammen sind wir unschlagbar.«

Das Strahlen auf seinem Gesicht war erschreckend. Plötzlich trat all seine jungenhafte Liebe offen zutage, bloßgelegt und hoffnungsvoll. Sie versuchte, ihre nächsten Worte sanft, aber bestimmt klingen zu lassen. »Aber ich kann dich nicht darum bitten, dich im Kampf gegen Richielle in Gefahr zu begeben, und es ist dein Blut, das sie begehrt, nicht das meine. Ich bin nicht bereit, sie aus eigener Entscheidung zu bekämpfen. Diese Entscheidung muss Benet treffen. Sehen wir einfach zu, dass wir die nächsten Stunden überstehen und uns Martin und dem Prinzen anschließen können.«

Er drehte sich abrupt zu seinem Pferd um. »Ich will mich ihnen nicht anschließen. Ich will so weiterreisen wie bisher. Nur wir beide.«

»Während deine Götter und meine mit uns reiten? Das geht nicht, Tullier, und das weißt du auch.«

Shostra trat hinzu, um sein großes, breit gebautes Pferd loszubinden, und ihre Unterhaltung war beendet.

Gaultry schwang sich in den Sattel, legte die Hände an die Brust und atmete tief durch. Sie spürte ihre Macht unter ihren Händen, kraftvoll und bereit, die ihre Brust erfüllte wie ein tiefer Atemzug – der ungeduldig darauf wartete, wieder ausgeatmet zu werden. Wenn sie diese Kraft nur unter Kontrolle behalten konnte, würde sie sie dazu benutzen, die Linien der Lanai zu durchbrechen. Dieser Gedanke war beinahe noch Furcht einflößender, als Richielle gegenüberzutreten. Sie würde ganz ruhig bleiben müssen, ganz unbeteiligt.

Wie sie das anstellen sollte, wenn ein Haufen wilder Krieger auf sie einstürmte, wusste sie auch nicht.

Erst zum zweiten Mal in ihrem Leben ritt sie bewusst in einen Kampf mit bewaffneten Männern. Beim ersten Mal war Martin bei ihr gewesen, und seine Vertrautheit mit dieser Kampfsituation hatte sie beruhigt. Nun würde Tullier ihr nächster Kampfgefährte sein. Dieser Gedanke beunruhigte sie. Der Junge war im Nahkampf ausgebildet, nicht im Überleben eines Frontalangriffs, noch dazu zu Pferde wie ein Ritter. Diesmal würde sie nicht nur sich selbst, sondern auch noch Tullier beschützen müssen. Sie blickte zu ihm hinüber und sah, dass er sie mit besorgter Miene anstarrte – vermutlich stellte er sich gerade vor, wie er ihren Rücken decken würde. Dieser Gedanke war nicht eben beruhigend.

Fredeconde sah, dass alle bereit waren, und ließ ihr Pferd lostraben.

Sobald sie die Bäume hinter sich ließen, brannte die Sonne erbarmungslos auf sie herab. Der Kalkstein in diesem Landstrich aus mageren Wiesen, durchbrochen von aufragenden Felsrücken aus weißem, ausgebleichtem Gestein, spiegelte das Licht eher, als es zu absorbieren. Fredeconde hatte eine Route gewählt, die sie vorwiegend durch die tiefen Gräben führte, sodass sie nicht schon von weitem am Horizont zu erkennen waren. Die stehende Luft in diesen ausgedörrten Schluchten war heiß und stickig wie in einem Schmelzofen. Nach der tagelangen Kühle unter den Bäumen und auf dem Hochplateau von Haute-Tielmark kam ihnen diese plötzliche Rückkehr des Hochsommers vor wie ein unerwartetes Fegefeuer. Bereits Minuten nach dem Aufbruch brach Gaultry der Schweiß aus, und sie bereute es bitterlich, dass sie ihr langes Hemd nicht abgelegt hatte, bevor sie ihre Deckung verlassen hatten.

Die Hitze ließ den Ritt endlos erscheinen, den holprigen Trab unerträglich, und ihre Anspannung stieg. Wenn sie doch einmal aus einer Schlucht heraus und zu ebener Erde weiterritten, flimmerte das Land um sie herum vor Hitze. Gaultry glaubte allmählich, sie würde auf einer kurzen Rast bestehen müssen. Doch dann, gleich nachdem sie einen weiteren Anstieg auf die Horizontlinie geschafft hatten, hob Fredeconde selbst die Hand und ließ anhalten.

»Ruhe«, zischte sie, als Gaultrys Pferd zur Seite tänzelte und die Hufe auf dem Felsen klapperten.

Und obwohl Gaultry ihr Pferd noch immer nicht ganz beruhigt hatte, hörte sie es. Pferde. Kamen sie in ihre Richtung? Fredeconde lauschte noch einen weiteren Herzschlag lang. »Mindestens ein halbes Dutzend. Vielleicht mehr.« Sie klatschte ihrem Pferd die Zügel auf den Hals. »Folgt mir!« Mit der Hand schlug sie ihrem Pferd auf die Kruppe und galoppierte davon.

Gaultry brauchte einen Moment, um ihr Pferd in Bewegung zu setzen, doch zumindest hatte sie auf ihren Reisen gelernt, wie sie ein Pferd dazu bringen konnte, dem Vordermann nachzulaufen, und daher erlebte sie nicht denselben Albtraum wie früher einmal, als es ihr einfach nicht gelingen wollte, ein störrisches Tier von der Stelle zu bringen. Tullier, ein guter Reiter, lenkte sein

Pferd neben sie, damit ihr Ross sich seiner Geschwindigkeit anpassen konnte, während sie immer schneller wurden. Shostra, ein schwerer Mann auf einem schwereren Tier, und Elthois bildeten die Nachhut.

Sie ritten lange in dieser Formation: Fredeconde vorneweg, Gaultry und Tullier nebeneinander, die beiden anderen hinter ihnen drein. Gaultry fand es leichter, sich im Galopp auf einem Pferd zu halten als im Trab. Sie duckte sich über den Hals ihres Pferdes und flüsterte ihm ermunternde Worte zu. Zu ihrem Erstaunen reagierte das Tier darauf, es entspannte sich und griff weiter aus. Die Sonne brannte auf ihren Rücken herab, doch der Luftzug kühlte sie ein wenig, und die Hitze sammelte sich nun an Bauch und Brust und entwickelte ihren eigenen Drang. Sie flüsterte ein Gebet; zunächst holperten die Worte, dann passten sie sich dem Rhythmus der galoppierenden Hufe an.

Trotz der drohenden Gefahr merkte sie, dass sie in einen ruhigen, beinahe entrückten Geisteszustand glitt. Die Hufschläge ihrer Verfolger blieben immer weiter zurück. Die Stelle, wo sie vorhin ihr Brustbein berührt hatte, um ihre Kraft zu erspüren, fühlte sich immer noch warm an. Wie die Liebkosung von Martins Hand, als er sie im Wasser berührt hatte. Wie die sommerliche Wärme im Wald von Arleon, wenn sie an einem stillen Teich faulenzte. Sie konzentrierte sich auf dieses Gefühl, und die Wärme breitete sich träge und genüsslich weiter aus. Bald konnte auch ihr Pferd sie spüren. Seine Ohren zuckten ängstlich nach hinten, doch sie flüsterte laut den Namen der Jägerin, und sogleich beruhigte es sich wieder. Sein Lauf wurde noch munterer und wie beflügelt. Sie griff mit ihrer Magie hinaus und tastete vorsichtig nach seinem Geist, erforschte seinen ganzen Körper, die unermüdlich laufenden Beine, und dann, fast ohne es bewusst zu merken, begann sie sich von seinem Rücken zu heben, erleichterte dem Pferd die Last, ließ es noch befreiter ausgreifen. Sie hielt sich immer noch irgendwie im Sattel, hing aber auch darüber. Plötzliche Freiheit und Leichtigkeit durchströmten sie. Die Bewegungen des Pferdes, das sie auf dem unebenen Boden kräftig durchschüttelte, nahm sie kaum mehr wahr.

Sie hatte so viel Kraft auf Richielles Schafe vergeudet, so viel von ihrer Macht hatte sich unter ihnen zerstreut. Heute kehrte all diese Kraft zu ihr zurück, und mehr noch. Diese Leichtigkeit – diese Leichtigkeit, mit der sie über ihrem Pferd dahinschwebte – war nur ein kleiner Vorgeschmack ihrer wahren Magie. Dies hier – das konnte sie leicht kontrollieren.

Aus ihrer schwebenden Trance blickte sie ruhig um sich, sah nach Tullier an ihrer Seite, nach den Reitern hinter ihnen. Vor ihr verschwand Fredecondes Pferd wieder einmal über einem Anstieg zur Ebene hinauf. Gaultry lenkte ihr Pferd hinterher. Der Boden schimmerte um sie herum, doch vor ihr erschienen plötzlich zwei festere bewegte Formen aus dem Hitzeflimmern: ein Trupp Reiter auf der linken Seite und ein einzelner Reiter, der ihnen entgegen kam. Fredecondes Pferd scheute und stieg, als sie es herumriss, aber die geschmeidige Kundschafterin richtete sich geschickt in den Steigbügeln auf und konnte sich gerade noch im Sattel halten.

Gaultry hatte ein wenig mehr Zeit, zu reagieren und ihr Pferd zu wenden. Fredeconde trieb ihr Pferd voran und blickte sich nach einer Stelle um, wo sie sicher wieder hinuntergelangen konnte. Doch noch bevor sie einen neuen Weg fand, tauchte plötzlich wie aus dem Erdboden ein Reiter vor ihr auf. Erstaunlich gelenkig hielt sich die Kundschafterin im Sattel, schwenkte herum und verschwand außer Sicht, als ihr Pferd in einen Graben hinabsprang, wobei sie um ein Haar mit dem Angreifer zusammengestoßen wäre.

Gaultry, die weder vor noch zurück konnte, zügelte ihr Pferd. Vor ihr fiel eine zerklüftete Felswand ab. Wenn sie ihr Pferd in diese Richtung lenkte, würde es sich gewiss ein Bein brechen. »Wohin?«, schrie sie Tullier zu. Er deutete nach vorn und links unten – dort fiel die Felswand sanfter ab, und ein schmaler Durchgang zu einer weiteren Schlucht stand ihnen offen, falls der

Reiter, der Fredeconde angegriffen hatte, ihnen nicht den Weg abschnitt.

»Reite voraus.« Sie glaubte nicht, dass sie das Tier dazu bringen konnte, sich auf diesen schmalen Pfad zu wagen, wenn ihm nicht ein anderes vorausging. »Dann kann mein Pferd dir folgen. Oder die anderen treiben es vorwärts.« Shostra und Elthois waren immer noch hinter ihnen. Er warf ihr einen ängstlichen Blick zu und übernahm dann gehorsam die Führung.

Eine Zeit lang schien es so, als hätten sie Glück gehabt. Sie erreichten den Abhang einen Herzschlag vor dem anderen Reiter, einem langen Mann mit plattem Gesicht, dessen Wangen und Arme mit blauen Zeichen bemalt waren. Ihre Pferde waren schneller als sein stämmiges Pony, doch es gelang ihm, Shostra den Weg abzuschneiden. Das Pferd des großen Kriegers verweigerte den Abstieg, als das Pony des Angreifers ihm kurz vor dem Rand in die Quere kam. Shostra war dazu gezwungen, auf der Ebene weiterzureiten, und bald hatte Gaultry ihn aus den Augen verloren.

Sie blickte zurück und sah, dass ihr Verfolger weder Shostra nachstellte noch den Abstieg riskierte, um hinter ihnen herzujagen, sondern sein Pony angehalten und seine schmale Lanze erhoben hatte. An dieser Lanze war etwas Rotes befestigt – ein Stück Stoff oder ein paar Federn.

»Wir bekommen Gesellschaft«, rief Tullier über die Schulter zurück. Auch er hatte die erhobene Lanze gesehen. »Er hat uns angekündigt.« Elthois, der noch bei ihnen war und die Nachhut bildete, brüllte von weiter oben am Hang eine Bestätigung.

Sie zügelten ihre Pferde zum Schritt und suchten nach einem seitlichen Ausweg aus der Schlucht. Über ihnen am Rand des Abhangs erschien ein Reiter, der dort oben die Verfolgung aufnahm, und gleich darauf ein zweiter. »Mindestens drei«, sagte Gaultry. »Wenn wir diesen anderen aus dem Weg gehen können.«

»Nicht wenn sie einander Signale geben«, erwiderte Tullier kläglich. Fredeconde und Shostra hatten sie bereits verloren. »Sie werden uns in eine Sackgasse treiben und uns in aller Ruhe gefangen nehmen.«

»Dazu wird es nicht kommen.« Trotz dieser Störungen hatte Gaultry den geschmeidigen, erstarkenden Rhythmus ihrer Macht nicht verloren. Diesmal war keine Schafherde in der Nähe, die ihre Kraft aufsaugen würde. Diesmal gab es keinen Syphon-Zauber, der sie erschöpfte. Sie musste ihre Macht nicht zwischen ihren verschiedenen magischen Kräften aufteilen. Kein Traum würde sie verwirren. Die *Glamour*-Magie stand ihr zur Verfügung, machtvoll und rein. Sie konnte sie spüren, so fest und gewiss wie eine Waffe in ihrer Hand. »Dieses Spiel haben wir doch schon einmal gespielt – mit Richielle. Diese Männer haben nicht die Macht, uns gefangen zu nehmen.«

»Wie meint Ihr das?«

Gaultry zügelte ihr Pferd. »Tullier, komm auf mein Pferd herüber. Bei dem, was uns jetzt bevorsteht, dürfen wir auf keinen Fall getrennt werden.«

»Wir werden das Pferd lahm reiten. Es kann das Gewicht nicht …«

»Keinen Widerspruch.« Sie ignorierte seine Einwände und rutschte zurück, sodass vor ihr im Sattel genug Platz für ihn war. »Komm einfach her.«

Da sie es sich nicht ausreden ließ, sprang er geschickt zu ihr herüber; sein jugendlicher Körper war leicht und biegsam wie der eines Akrobaten. Sein Pferd schnaubte verärgert über den letzten, heftigen Tritt, den er ihm versetzte, als er sich abstieß, und es schwenkte zur Seite – Elthois, der nun dicht hinter ihnen war, stieß einen Ruf der Bewunderung aus. Es gab ein kleines Gerangel, als die beiden die Zügel und die Steigbügel neu ordneten.

»Haltet Euch bloß gut fest«, sagte Tullier knapp und schob die Füße in die Steigbügel.

»Bring uns da hinauf.« Gaultry zeigte auf einen Zickzackpfad auf der den Reitern über der Schlucht entgegengesetzten Seite des Abhangs.

»Wir werden das Pferd lahm reiten.«

»Tu es einfach.« Sie schlang die Arme um seine Taille und drückte sich an ihn. Das war nicht angenehm, weil das Pferd sie so durchrüttelte, doch es war erforderlich für den Zauber, den sie wirken wollte. Bei der plötzlichen Berührung erschauerte er und riss versehentlich am Zügel. »Entspann dich«, flüsterte sie und stieß an sein Ohr, als das Pferd plötzlich gezügelt wurde. »Ich werde dem Pferd dabei helfen, uns leichter zu tragen.«

Tullier keuchte, als er die erste tastende Berührung ihrer Magie spürte. »Gaultry …«

Sie kniff die Augen zu und versenkte sich ganz in den Rhythmus, spürte ihn ruhiger und kräftiger werden, als das Pferd wieder in Galopp fiel. Während die wirkliche Umgebung immer ferner rückte, erschienen geisterhafte Schemen vor ihrem inneren Auge: ihr eigener Körper, der von Tullier, der des Pferdes. Das Aufsetzen der Pferdehufe sagte ihr, dass sie sich dem gefährlichen Aufstieg näherten, und sie verdoppelte ihre Bemühungen.

Vage nahm sie wahr, dass Tullier das Pferd antrieb, um es den steilen Pfad hinauf zu zwingen. Sie griff weiter um sich und erspürte den Boden. Dabei tat sich in der Dunkelheit vor ihr ein Pfad auf, durchzogen von flackerndem, buntem Licht wie dem Polarlicht, das zu Mittwinter in ihrer geliebten Heimat, den südlichen Wäldern, die Nacht erhellte. Sie ließ die Augen fest geschlossen und hielt sich ganz in dieser Schemenwelt, wo sie eins war mit dem Pferd, eins mit Tullier, wo sie selbst ein strahlender Kern von Kraft war, der sich in die beiden anderen verströmte. Sie ritten aufwärts, weiter aufwärts …

»Gaultry.« Tulliers Stimme klang fern, denn der Luftzug ihrer schnellen Bewegung riss sie ihm von den Lippen. »Ich muss anhalten. Hört auf!«

Sie öffnete die Augen. Sie waren dem Irrgarten der Gräben und Schluchten entronnen und donnerten nun über eine Ebene mit vertrocknetem, gelbem Gras. Dieses wuchs dicht, aber sehr fein, denn der Untergrund aus Kalkstein war hier nur mit einer empfindlich dünnen Schicht Erde bedeckt. Sie hatte das Gefühl, als seien sie sehr weit gekommen, obwohl das Pferd sich immer noch leicht und mühelos bewegte. Es wieherte vor freudiger Erregung. Sie blickte zurück und stellte mit einem Stich Besorgnis fest, dass Elthois nicht hatte mithalten können.

Den ersten Trupp ihrer Verfolger hatten sie irgendwo hinter sich gelassen, doch vor ihnen – näherte sich ein weiterer Haufen Lanai-Krieger. Ein volles Dutzend Reiter auf kleinen, stämmigen Bergponys. Einer der Männer, offenbar der Anführer, gab den anderen Handzeichen, und diese fächerten sich auf, um sie einzukreisen. Das war eine erfahrene Bande von Kriegern, Männer, die ihre Absichten nicht durch lautes Gebrüll verrieten.

»Hat denn Tielmark hier das eigene Land überhaupt nicht mehr unter Kontrolle?«, fragte Gaultry bitter und klammerte sich an Tullier, der das Pferd zum Stehen brachte. Es war nicht klar zu erkennen, wo sie die beste Chance hatten, diese Linie zu durchbrechen, die sich rasch um sie zusammenzog.

Tulliers Hände krallten sich in die Zügel. »Genau davor hat Fredeconde uns gewarnt. Das sind Trophäenjäger, die noch ein letztes Mal gute Beute machen wollen, bevor sie zu ihrer Horde zurückkehren. Wir müssen schon recht nahe an den Tielmaraner Linien sein, wenn wir hier so vielen von ihnen begegnen.«

»Wir müssen versuchen, irgendwo durchzubrechen.«

Tullier nickte zustimmend. »Wenn wir warten, bis die Tielmaraner uns sehen, riskieren wir, gefangen genommen zu werden. Diese Männer hinter uns haben Signale gegeben. Es wird nicht lange dauern, bis jeder Lanai weit und breit sich auf uns stürzt. Ich weiß nicht, was Ihr mit diesem Pferd anstellt – aber es kann immer weiter laufen, selbst mit unser beider Gewicht auf dem Rücken. Es sah sehr gut für uns aus, bis diese Kerle da aufgetaucht sind.«

Gaultry blickte über die Lanai-Krieger hinweg. Sie kamen den Bergen immer näher. Ittanier, der Berg, den Fredeconde ihr gezeigt hatte, war so groß, dass er immer noch weit weg zu sein schien, aber dennoch befanden sie sich bereits an seiner Flanke. Gewiss konnte Llaras Kessel nicht mehr weit sein und damit sicherer Boden, gehalten von den Tielmaraner Heeren.

Tullier knickte das Handgelenk ab und spannte das Wurfmesser in der Schleuder. Dann zog er sein Schwert. »Sollen sie ruhig glauben, wir wollten sie offen angreifen. Ich werde einem mein Messer in den Hals jagen, wenn wir nahe genug sind – und dann sehen wir, wie es weitergeht.«

Gaultry lehnte sich vor. »Wir werden sie besiegen«, flüsterte sie. Das Wissen, dass sie und Tullier die Kraft hatten, diese Männer zu töten, machte sie traurig. »Es steht zu viel auf dem Spiel, und wir können nicht zulassen, dass sie uns aufhalten – also werden wir es nicht zulassen. Dieser ärmliche Haufen da vorn ist niemals stark genug, um sich mit uns zu messen.«

»Ich weiß.« Er machte sie noch nervöser, indem er in Höhe seiner Taille eine Hand auf die ihre legte. »So – genau so will ich es. Wir beide zusammen, unbesiegbar.«

»Tullier –«

Er trieb plötzlich das Pferd voran, bevor sie ihm widersprechen konnte. »Für Llara!«, schrie er. »Für das Blut meiner Göttin!«

Gaultry konnte sich nur an ihm festklammern und sich wieder auf ihre Magie konzentrieren. Sie ließ seinen Schlachtruf durch ihren Körper schallen und auch das Pferd mitreißen, dessen Geist sie nun so energisch vorantrieb wie Tullier seinen Körper.

Tullier lenkte das Pferd auf den größten Reiter zu. Vielleicht rechnete er damit, dass der große Mann auf dem kleinen Pony nicht allzu beweglich sein würde. Vielleicht wollte er aber auch den besten Kampf, den die Lanai ihm liefern konnten. Ihr langgliedriger Wallach stürmte auf den Mann zu, während der Kreis der Reiterkrieger sich von beiden Seiten her um sie zusammenzog. Tullier reckte tapfer das Schwert vor sich in die Luft – und bemühte sich, ihrem Pferd dabei nicht das Ohr abzuschneiden. Die Angreifer zu beiden Seiten begannen zu schreien, ein markerschütterndes, grelles Kreischen, das sich ohne Atempause fortsetzte. Hätte sich Gaultry nicht ganz auf die inneren Bilder konzentriert, die sich vor ihr entfalteten, hätte sie es mit der Angst zu tun bekommen. Doch in diesem Reich verdrängte die Kraft ihrer Magie alle Gefühle dieser Art.

Im Körper des Jungen war zornige Kraft aufgeflammt. Diese Kraft sammelte sich an dem Punkt, wo das Messer in der Schleuder an seinem Handgelenk lauerte. Gaultry spürte seine Begierde, seine unbewusste Befriedigung, als er die Entfernung und den richtigen Moment berechnete. Der große Mann schwenkte sein Pony herum und ritt schnurstracks auf sie zu, wobei er sich tief über sein Reittier beugte und nur sehr wenig Angriffsfläche bot. Er schien sie rammen zu wollen – um erst im allerletzten Augenblick auszuscheren und sie mit seiner leichten Lanze aus dem Sattel zu heben. In demselben Augenblick ließ Tullier den Zügel los, um das Schwert greifen zu können, und streckte den freien Arm aus. Der Wurfdolch schoss aus seinem Ärmel und zog eine grässliche Furche durch die Kehle des Angreifers. Mit einem scheußlichen, gurgelnden Schrei ließ der Mann die Zügel fahren und wurde taumelnd an ihnen vorbeigetragen.

Die Reiter hinter ihnen waren nicht nahe genug, um das Geschehen genau verfolgen zu können. Sie wussten nur, dass ihr Kamerad schwer verletzt war. Ihr Geschrei wurde noch schriller. Tullier trieb das Pferd voran – er trat es so heftig wie zuvor, als er gefürchtet hatte, es würde sie nicht beide tragen können. Doch der offene Angriff hatte ihre Verfolger angestachelt. Die Lanai trieben ihre Ponys erbarmungslos an und holten allmählich auf.

Ein Reiter war schneller als alle anderen, ein leichter Mann auf einem schnellen Pony. Gaultry versenkte sich noch tiefer in ihre Kraft, um sich selbst und Tullier noch leichter zu machen, doch das war immer noch nicht genug, um diesem schnellen Reiter zu entkommen. Die schmalen Nüstern seines Ponys waren schon auf einer Höhe mit der Kruppe ihres Pferdes. Tullier hantierte an seiner Hüfte herum und trieb das Pferd unablässig voran. »Macht Euch bereit«, knurrte er. »Das wird wehtun.«

Er riss die Zügel zur Seite und schwenkte den Wallach herum, sodass das Pony gegen seine Flanke prallte. Furchtbare Schmerzen schossen an ihrem Bein empor, als ihr Fuß zwischen den beiden Tieren eingeklemmt wurde. Dann sah sie entsetzt, dass Tullier statt des geliehenen Schwertes nun den Königsmacher hob.

»Nicht!«, schrie sie. Die Klinge schimmerte wie ein Stern am energiegeladenen Arm seines Geisterschemens. »Tullier, nein!«

Noch während sie schrie, zügelte er das Pferd und ließ die Klinge niedersausen. Durch das Gerangel des Kampfes hindurch nahm sie wahr, dass sie sich nun neben dem schnellen Reiter befanden. Trotz der heftigen Bewegungen der galoppierenden Pferde war Tulliers Hand zielsicher. Töten, aus nächster Nähe, so wie hier, dafür war er ausgebildet worden. Der Dolch unterlief die Deckung des Stammeskriegers, fand seinen Bauch, fuhr hinein und berührte etwas Sterbliches, all das schneller als ein Blitz, in der Zeit zwischen einem Herzschlag und dem nächsten.

Eine markerschütternde Wolke der Kraft breitete sich fauchend aus. Tullier schrie vor Schmerz, und dann spürte Gaultry es auch – die Todesqual des Lanai pflanzte sich durch den *In Raku* fort, durch Tullier hindurch bis in ihren eigenen Körper. Ein bunter Regenbogen explodierte auf dieser Geister-Ebene, der sie ähnlich betäubte wie körperlicher Schmerz. Dann schrie das Pferd – Gaultry wusste nicht, ob es auch von dem geistigen Schock getroffen oder über die tatsächliche Schockwelle erschrocken war. Es scheute vor dem tödlich verletzten Stammeskrieger und seinem panischen Pony und machte einen Satz.

Gaultry, die noch immer geblendet war, wurde rückwärts über die Kruppe vom Pferd geschleudert. So unerwartet von Tullier und dem Pferd getrennt, musste sie all ihre von Panik genährte Willenskraft aufbringen, um sich in der Gewalt zu behalten. Sie landete unsanft auf dem Hinterteil, doch der immer noch schmerzliche Aufprall wurde glücklicherweise durch ihren Leichtigkeits-Zauber etwas abgemildert. Sie setzte sich auf, atmete durch und schickte sich an, ihren Geist neu zu ordnen, ihr

Gewicht wieder anzunehmen und ihre Augen von dem blendenden Licht zu klären.

Das Grauen, das sie erwartete, ließ sie beinahe wünschen, sie wäre immer noch blind. Der Leichnam des Mannes, den der *In Raku* getötet hatte, lag verrenkt auf dem Boden, und eine klaffende Wunde zog sich über den ganzen Körper, schwarz, verkohlt und wie verbrannt. Tullier, der sich trotz der magischen Druckwelle im Sattel gehalten hatte, drehte eben den verstörten, unwilligen Wallach zu ihr herum; sein Gesicht war weiß, der *In Raku* glänzte noch immer in seiner Faust. Sein Ärmel war blutgetränkt – doch der Dolch und die Hand, die ihn hielt, waren makellos und rein, wie schon zuvor, als sie die Ziegen damit getötet hatten.

Im nächsten panischen Moment wurde deutlich, dass der Wallach lieber selbst sterben würde, als sich dem verkohlten Leichnam zu nähern. Gaultry rappelte sich auf und rannte den beiden entgegen. Tullier glitt aus dem Sattel und ließ die Zügel los, damit das völlig verängstigte Tier fliehen konnte.

Als er sie erreichte, ergriff er ihre Hand und rang sich ein schiefes, verstörendes Lächeln ab. »Die Zelte Eurer Truppen stehen nicht weit hinter dem nächsten Kamm. Ein paar Schritte weiter konnte ich sie schon vom Pferd aus erkennen. Wir können es versuchen.« Er steckte den *In Raku* in seinen Gürtel und sah sie schuldbewusst an. »Es tut mir Leid. Das wusste ich nicht.«

Die Gefährten des toten Lanai hatten ihre Pferde gewendet und sich neu formiert. Es waren noch mehr Männer aufgetaucht, die sich ihnen angeschlossen hatten. Zwei Reiter hielten an und betrachteten den Leichnam des Mannes, den der *In Raku* getötet hatte. Einer von ihnen stieß einen gellenden, verzweifelten Schrei aus und wäre sofort auf sie losgestürmt, wenn sein Kamerad ihn nicht zurückgehalten hätte. Die beiden rasten wütend zu den anderen Männern zurück, reihten sich ein, und dann stürmten alle zusammen auf sie los. Einer der Reiter warf eine Lanze, glücklicherweise mit mehr Kraft als Treffsicherheit. Sie bohrte sich einen guten Fuß weit in die Erde, nachdem sie knapp Gaultrys

Hüfte verfehlt hatte. Tullier zog den *In Raku* wieder aus seinem Gürtel und begann ihn bedächtig und mit wichtiger Miene in die Schleuder an seinem Handgelenk zu laden. »Nein«, zischte sie. »Nicht noch einmal.«

»Ich werde ihn nicht –«

»Wenn du dieses Ding noch einmal benutzt, bringe ich dich eigenhändig um«, herrschte sie ihn an. »Diese Klinge ist nichts für den Kampf.«

»Na schön«, flüsterte er hastig. »Aber wir können ihnen zumindest damit drohen –«

Der Anführer der Lanai war ein gedrungener Mann mit einem grauen Schnauzbart. Er bedeutete seinen Männern, nicht zu weit vorzurücken, und ließ sich dann wieder auf den Sattel sinken, um sie in Augenschein zu nehmen.

»Legt die Waffen nieder«, sagte er mit starkem Akzent. »Ihr werdet unsere Geiseln sein. Legt die Waffen nieder.«

Weder Tullier noch Gaultry rührten sich.

»Ich glaube, heute habe ich Glück.« Der Anführer starrte Gaultry mit kalten Augen an. »Eine schöne Tielmaranerin und ihr Knappe. Wichtiger, als sie aussieht. Sie muss wichtig sein, denke ich, oder sehr dumm, den Kampf mit den Lanaya zu wagen.« Er sagte etwas in einer Sprache, die Gaultry nicht verstand, und zwei seiner Männer postierten sich an ihren Flanken. »Legt die Waffen nieder, und ihr habt mein Wort, dass euch nichts geschieht. Wir werden euch gegen freies Geleit durch die Tielmaraner Linien freilassen.«

»Ich bin nicht hier, um Spielchen mit Söldnern zu treiben.« Gaultry starrte ihn kühl an und ignorierte seine Männer, die sie in die Zange nahmen. »Ich will nur zum Prinzen von Tielmark. Gebt den Weg frei, oder ich lasse euch keine Zeit mehr, euren Fehler zu bereuen.«

Der Anführer maß sie mit durchdringendem Blick und gab einem seiner Männer einen scharfen Befehl. Der Soldat drehte sich im Sattel um und brachte aus der hinter ihm befestigten Ausrüstung eine kleine Armbrust zum Vorschein, eine überraschend gute Waffe für einen Stammeskrieger.

»Serjay ist sehr gut«, sagte der Mann mit dem Schnauzbart gedehnt. »Er kann ganz gewiss Euren Jungen töten, der so sehr an Euch hängt, dass er seine Chance zur Flucht nicht genutzt hat, sondern zurückgekommen ist, um Euch zu helfen. Eure Worte sind tapfer, doch Eure Wahl – ist Eure Wahl. Ergebt Euch, und Ihr habt mein Wort, oder seht Euren Jungen sterben.«

»Das glaube ich nicht.« Gaultry schüttelte den Kopf und versuchte, ihre kühle Haltung zu bewahren, obgleich das Blut in ihren Adern rauschte, so glühend war ihre Aufmerksamkeit, ihre Angst, ihre Bereitschaft. »Wenn ihr uns nicht den Weg zum Tielmaraner Heerlager frei macht, werdet ihr diejenigen sein, die sterben.«

Der Armbrustschütze war offenbar angewiesen, nicht zu zögern. Mit einer geübten, geschmeidigen Bewegung hob er die Armbrust, zielte und schoss. Gaultry blieb nur der kurze Augenblick, da er die Waffe an die Schulter hob, gerade genug Zeit, um einen einzigen, instinktiven Schritt auf ihn zuzugehen.

Das reichte aus. Ihre Magie versengte die Luft wie ein goldener Blitzstrahl. Armbrust und Geschoss zusammen explodierten in einer Wolke goldenen Feuers, als der Bolzen noch kaum eine Spanne weit von der Sehne geschnellt war. Das Pony des Schützen ging durch, getroffen von Knochen- und Holzsplittern, und der Armbrustschütze fiel schreiend zu Boden, vielfach verletzt von seiner zersplitterten Waffe. Gaultry breitete die Handflächen aus und heulte vor Wut und Trauer zugleich, als sie mit voller Kraft zuschlug. Sie hatte ihre Macht noch nie auf diese Weise eingesetzt, doch nun – endlich – war der Zeitpunkt gekommen, da es kein Zögern und kein Zaudern mehr geben durfte.

In der Vergangenheit hatte sie sich auf körperliche Berührung verlassen, um ihre Zauber zu verankern. Nun, in ihrer Wut, schlug sie gnadenlos zu. Wer waren diese Männer, dass sie sie und Tullier durch die Schluchten trieben, während das Leben und die

Zukunft Tielmarks auf dem Spiel standen? Tielmarks Leben, das von Tullier, das von Benet, und vielleicht sogar ihr eigenes. Als ihr Zorn aufflammte, schoss ihre Macht mit einer Reinheit, einer Klarheit aus ihr hervor, die ihr vollkommen unbekannt war. Die Kanäle, durch die sie ihre Magie sandte, brannten aber nicht wie sonst vor Schmerzen. Ungeahnte Blockaden lösten sich auf, verdampft von der reinigenden Flamme ihrer Macht, und wurden von dem feurigen Strom fortgerissen, von ihrer Magie, die sich endlich zu voller Freiheit, zu voller Kraft entfaltete. So lange hatte sie sich davor gefürchtet, ihrer Magie freien Lauf zu lassen, weil sie glaubte, damit nur Blut, Opfer und den Verlust jeglicher Beherrschung heraufzubeschwören. Nun stand sie da wie im Auge eines tobenden Wirbelsturms und sah zu, wie der Strom ihrer Kraft aus ihr hervorbrach und ihrem Willen vollkommen gehorchte. Nachdem das erste Aufflammen ihrer Magie die Armbrust zerstört hatte, wurden der Anführer und seine Männer rückwärts heftig zu Boden geschleudert; ihre Augen blickten starr vor Angst, die Münder waren entsetzt aufgerissen, und sie konnten nicht einmal schützend die Hände vors Gesicht heben.

Sie brach den Sturm so abrupt ab, wie sie ihn entfesselt hatte. Die Männer, die in der ersten Reihe gestanden hatten, lagen mit verrenkten Gliedern auf dem Boden und würden sich so bald nicht mehr rühren, doch noch während der Zauber erstarb, rangen andere schwach darum, sich neu zu formieren. Gaultry hatte wahrlich genug. Sie hob die Hände und vollführte eine rasche, fegende Geste, mit der sie alle, bis zum letzten Mann, mit einem grellen Strahl wie aus Goldfolie blendete.

»Du hast Recht«, flüsterte sie und beobachtete, wie erst ein Mann, dann der nächste die Hände vors Gesicht schlug. »Ich bin wichtiger, als ich aussehe.« Sie wandte sich zu Tullier um, der einen Schritt beiseite getreten war und sie ehrfürchtig anstarrte. »Gehen wir. Ich habe sie nicht für immer geblendet, und wer weiß, was ihnen einfällt, wenn sie wieder sehen können.«

In einem seltenen Augenblick der Verletzlichkeit griff Tullier nach ihrer Hand. »Ich glaube nicht, dass sie uns noch einmal angreifen würden«, sagte er. »Aber es ist besser, wenn wir kein Risiko eingehen.« Zusammen rannten sie los, auf die Tielmaraner Linien zu; bald ließen sie einander los, weil es sich in vollem Lauf schlecht Händchen halten ließ, doch Tullier hielt sich ganz dicht bei ihr.

Der Junge hatte nicht übertrieben, als er ihr geschildert hatte, wie nahe das Heerlager des Prinzen schon war. Als sie den nächsten Felsrücken erklommen hatten, konnten sie die Spitzen der Tielmaraner Zelte sehen, die sich über dem nächsten Hügel abzeichneten, viel näher, als Gaultry zu hoffen gewagt hatte.

»Da kommt uns jemand entgegen!«, keuchte Tullier. »Hört Ihr den Hufschlag?«

»Vielleicht ist einer von Yveirs Trupp durchgekommen!«

Nur einen Hügelkamm weiter kam ein Reiter in Sicht. Er trug Halbharnisch und saß auf einem riesigen grauen Hengst. Das Pferd schnaubte und schnaufte, denn es passte ihm offensichtlich nicht, so heftig vorangetrieben zu werden. Gaultry erkannte das Tier, und ihr Herz jubelte vor Erleichterung und Freude. »Das ist Martin!«

Sie hatte kaum noch Zeit, ihm zuzuwinken, bevor er zu ihnen herabdonnerte.

»Mein Herz!«, rief er und schwang sich aus dem Sattel. Das war nicht als Kosename gemeint. »Es wird ganz gewiss für immer aussetzen, wenn du noch einmal so eine Dummheit machst! Was glaubst du eigentlich, was du hier tust?«

»Eure Zustimmung ist uns einerlei!«, erwiderte Tullier ärgerlich. »Wir haben uns auch ohne Eure Hilfe sehr gut geschlagen!«

Sie ignorierte die Wut auf allen Seiten und schlang die Arme um Martins Schultern. »Bei Elianté, wie schön, dich zu sehen. Hat Yveir uns angekündigt?«

Er unterbrach sie mit einem hastigen Kuss, bei dem sich ein Lächeln in ihm auszubreiten schien. »Ja, er ist schon vor Stunden durchgekommen. Ich warte schon den ganzen Nachmittag lang auf irgendeinen Hinweis darauf, dass ihr in der Nähe seid. Aber warum bist du überhaupt gekommen?« Er warf über die Schulter einen misstrauischen Blick auf Tullier. »Yveir konnte uns gar nichts sagen, und Benet ist noch begieriger als ich auf eine Antwort. Die Brut sollte doch in Princeport bleiben, wo ihr in Sicherheit seid.«

»Dieser Befehl galt auch für dich, weißt du?«

Gaultry nickte. »Es ging nicht anders. Die Geheime Brut war beinahe seit ihrer Gründung gespalten. Ich fürchte, so ist es bis heute.« Sie seufzte, als sie an alles dachte, was sich bei Hofe und unterwegs ereignet hatte, seit sie ihn zuletzt gesehen hatte. »Das ist eine lange Geschichte, und sie wurde immer länger, je weiter wir reisten. Aber Tamsanne dachte, es wäre am sichersten, wenn Tullier sich in Benets Nähe aufhielte – und nach allem, was uns unterwegs zugestoßen ist, bin ich überzeugt, dass sie Recht hatte.«

»Am sichersten für wen?« Martin hielt ihr einen Steigbügel hin, damit sie auf sein Pferd steigen konnte. »Jetzt schaffen wir euch erst einmal ins Heerlager. Dann kannst du mir alles in Ruhe erzählen.« Er schubste sie in den Sattel.

Sein Hengst war viel größer als der brave Wallach, der sie über das Kalksteinplateau und durch die Schluchten getragen hatte. Von ihrem hohen Sitz aus blickte Gaultry sich nach allen Seiten um und fragte sich, was aus dem Tier geworden sein mochte, doch es war nirgends auszumachen. Die Lanai-Krieger konnte sie immer noch entsetzt schreien hören, aber außer Sichtweite hinter dem Felsenkamm.

»Was ist mit Tullier?«, fragte sie.

»Ich laufe nebenher«, erwiderte der Junge mürrisch. Er stand für einen Augenblick ganz allein mit verschlossener Miene daneben, während Martin den Steigbügel kürzer schnallte und Gaultrys Fuß hineinstellte. Der Kontrast zwischen den beiden war plötzlich sehr auffällig: Martin war sich seiner lockeren Kraft bewusst, während Tullier, mager und knabenhaft, sich seiner großen Zukunft so ungewiss war.

»Wir sollten uns beeilen«, sagte sie unruhig. »Ich habe dort hinten meine magischen Kräfte enthüllt, und Tullier hat zwei Männer getötet.«

Martin warf Tullier einen raschen Blick zu, bevor er dem Pferd die Zügel über den Kopf nach vorn warf, um es zu führen. Der große Hengst schüttelte widerborstig den Kopf, und Martin streichelte ihn unter dem Kinn, um ihn zu beruhigen. »Ich habe zwei Wellen von Magie gespürt«, sagte er. »Die eine habe ich als deine erkannt. Die andere – ich dachte, die wäre vielleicht von Seiten der Lanai gekommen. Sie war sehr finster.«

Tullier stieß einen Laut aus, der ein Fluch hätte sein können. »Ich habe Gaultry gegenüber schon eingestanden, dass ich einen Fehler gemacht habe.«

»Was für einen Fehler?«, fragte Martin.

Tullier ließ das Handgelenk hochschnappen, und der Königsmacher bohrte sich zu Martins Füßen in den Boden. Er drang ein paar Fingerbreit ein, stieß dann auf Gestein und kippte zur Seite. »Das da.« Der Junge bebte fast vor innerem Aufruhr. »Ich wusste, dass es ein Fehler war, sobald ich ihn benutzt hatte!«

Martin blickte auf die schmale Klinge hinab und dann wieder zu Tullier auf. »Was ist das?«, fragte er leise. »Nein – ich weiß, was das ist. Der *In Raku.*« Er hob ihn auf, verstaute ihn sicher bei den anderen Waffen, die an seinem Sattel befestigt waren, und wandte sich wieder Gaultry zu. Er streckte die Hand nach ihr aus – und ließ sie dann widerstrebend sinken. »Wir müssen zurück ins Lager, zu Benet. Offensichtlich habt ihr eine Menge zu berichten.«

24

Sie suchten den Prinzen in seinem Zelt auf, und der Grund hierfür wurde sogleich offenbar. Benet lag auf einem üppigen Lager ausgestreckt, ein Bein unter den dicken Decken hochgelegt. Sein erschöpftes Gesicht wies darauf hin, dass er verwundet und von einem übereifrigen Heiler behandelt worden war, wodurch die Schmerzen sich in seinem ganzen Körper ausgebreitet hatten. Dagegen halfen nur Ruhe und Erholung, das Einzige, was ihm die vielen hier herumwuselnden Höflinge offensichtlich nicht gewährten.

Das Zelt des Prinzen leerte sich jedoch, als Gaultry und Martin eintraten – Tullier wartete draußen in einem bewachten Vorzelt. Drei Ritter in den Farben der Herzogshäuser Haute-Tielmark, Ranault und Arleon wurden ebenfalls hinausgebeten. Ihr verärgertes Gemurmel deutete darauf hin, dass hier eine wichtige Unterredung frühzeitig beendet worden war.

Benets Schreiber räumte den Tisch neben dem Lager des Prinzen frei. Während der schmale Mann mit ernster Miene Schriftrollen zu einem eisernen Gestell in einem der Seitenflügel des riesigen Zeltes brachte und Benet ihm einige letzte Anweisungen erteilte, hatte Gaultry Gelegenheit, den Prinzen unauffällig zu mustern. Benet, der schon zuvor nicht eben stämmig gewesen war, hatte sehr viel Gewicht verloren in den drei Wochen, seit Gaultry ihn zuletzt gesehen hatte. Er zeigte Anzeichen eines unterdrückten Fiebers: Seine blauen Augen glänzten fiebrig, und selbst die einfachen Anweisungen an seinen Schreiber sprach er mit beunruhigendem Nachdruck. In dem mit Teppichen ausgekleideten Zelt war es viel zu heiß und stickig. Dennoch trug Benet lange Reitkleidung – der Rock war lang genug, um seine Beine und damit auch seine Verwundung zu verbergen. Sein goldblondes Haar klebte feucht an den Schläfen, und seine Hände zitterten leicht.

Während der Schreiber noch einige Papiere einsammelte, wandte er sich endlich an Gaultry. »Nun?« Sein Tonfall lag irgendwo zwischen Belustigung und Missbilligung. »Ich werde weder meine noch Eure Zeit darauf vergeuden, Euch zu fragen, warum Ihr wieder einmal meine Befehle missachtet habt. Wir wissen beide, dass Ihr hier nichts zu suchen habt. Erspart mir die Ausreden und sagt mir, weshalb Ihr hier seid.« Er streckte die Hand aus, und der Siegelring glitzerte im gedämpften Licht unter dem Zeltdach.

Gaultry kniete nieder und küsste die Doppelspirale der Zwillinge. »Die Großen Zwillinge sind gütig«, sagte sie und machte das Zeichen der Göttinnen, als sie wieder zu ihm aufblickte. Vom Boden aus konnte sie die ordentlichen Verbände sehen, mit denen fast sein gesamter Oberschenkel umwickelt war.

Sie hatte große Gefahren und Entbehrungen auf sich genommen, um diesen Mann zu erreichen. Nun, da sie ihn vor sich sah, kam plötzlich Unsicherheit in ihr auf. Der genesende Prinz sah nicht kräftig genug aus, um sich einer Gefahr wie Richielle entgegenzustellen, falls diese auf dem Schlachtfeld erscheinen sollte. Doch Gaultry musste seinem Urteil vertrauen, sonst war ihre Reise umsonst gewesen. »Wenn die Großen Zwillinge in den vergangenen Wochen nicht über mich gewacht hätten, wäre ich heute nicht hier«, fuhr sie fort.

»Zweifellos.« Benet ließ sich auf das Lager zurücksinken, und seine Miene wirkte immer noch angestrengt. »Ihr seht erschöpft aus, Lady Blas. Erzählt mir, was sich ereignet hat.«

Während Gaultry ihm von ihren Abenteuern berichtete, bemerkte sie bald, dass der Prinz über einige Vorgänge bei Hofe bereits besser unterrichtet war als sie selbst, zumindest bis zu jenem schicksalhaften Morgen von Tulliers Unterredung mit dem Bissantiner Gesandten. Was Gaultry ihm von da an zu berichten wusste, war tatsächlich neu für ihn. Er richtete sich mit erwachtem Interesse auf, als sie erzählte, wie sie die Fetischkrone in ihrem Bett gefunden hatte und wie Tamsanne beinahe ums Leben gekommen wäre, als sie den Fetisch behexte, um seinen Schöpfer zu ermitteln.

Dann kam sie zu dem Teil ihrer Geschichte, da Elisabeth Climens ihr vom Plan der Hohepriesterin berichtet hatte, Tullier mitsamt dem Königsmacher-Dolch den Bissantinern auszuliefern. Bei der Erwähnung des *In Raku* explodierte Benet vor Wut.

»Dervla besaß diese Klinge die ganze Zeit über? Bei den Göttern, was denkt sie sich nur dabei! Sie hat mich auf direkte Fragen hin belogen. Dafür könnte ich sie ihres Amtes entheben.«

Gaultry zuckte unglücklich mit den Schultern. »Mein Prinz, ich muss leider gestehen, dass ich Eurer Hohepriesterin weder Vertrauen noch Achtung entgegenbringe, so stark die Macht der Großen Zwillinge in ihr auch sein mag. Doch Tullier und ich haben Princeport verlassen, bevor jemand sie mit Elisabeths Vorwürfen konfrontierte. Daher kann ich nicht mit Sicherheit behaupten, dass sie eine solche Klinge besaß.«

»Oh, doch, sie hatte sie, ganz bestimmt«, erwiderte Benet grimmig. »Sie hat gewisse Andeutungen gemacht – jetzt verstehe ich, worauf sie mit diesen Worten hinauswollte. Sie hat sich ohne Zweifel auch noch über mich lustig gemacht.« Seine Lippen wurden schmal. »Meine jüngsten Heldentaten«, fügte er mit einem spöttischen Augenrollen in Martins Richtung hinzu, »erscheinen damit in gewisser Weise peinlich. Ich war ein Narr, zu glauben, ich könnte die Verteidigung meines Landes selbst in die Hand nehmen.«

Gaultry blickte verständnislos zwischen den beiden Männern hin und her und wusste nicht, ob sie es wagen durfte, den Prinzen zu fragen, welche Handlung er denn derart bereute. Martin hatte ihr auf dem kurzen Weg zum Zelt des Prinzen kaum etwas von dessen jüngsten Unternehmungen erzählen können.

»Sagt lieber nichts, Martin«, fuhr Benet verbittert fort. »Ihr hattet mich gewarnt, doch ich wollte nicht auf Euch hören.« Er wandte sich an Gaultry. »Wenn meine Hohepriesterin sich herabgelassen hätte, mich darüber zu unterrichten, dass wir dieses Königsmacher-Werkzeug besitzen, hätte ich meine Chance, die Götter herbeizurufen, nicht derart verpfuscht.«

»Ihr habt Euch gut geschlagen, mein Prinz«, erwiderte Martin. »Das hätte kaum jemand besser machen können.«

Gaultry schüttelte den Kopf, denn sie konnte dieser Unterhaltung nicht folgen. »Bei allem gebührenden Respekt, mein Prinz – wovon sprecht Ihr überhaupt?«

»Am Abend der Iden forderte der König vom Fernen Berg mich zum Duell heraus«, erklärte Benet und erbarmte sich Gaultrys offensichtlicher Verwirrung. »Auf dreifaches Blut vor Sonnenuntergang. Er wollte die Lanai – alle ihre Krieger – zurück in die Berge bringen, und er weiß, dass wir durchaus bereit wären, die Kämpfe für dieses Jahr zu beenden. Das war eine sehr geschickte Herausforderung – als der eindeutig Überlegene hätte ich für den Abzug der Lanai nicht mein Leben riskiert, doch eine Gelegenheit, den Feldzug für diesen Sommer ehrenhaft zu beenden, wollte ich natürlich nicht zurückweisen. Ich erklärte mich zu dem Duell bereit.«

Gaultry konnte einen Laut des Entsetzens nicht unterdrücken, und Benet warf ihr einen scharfen Blick zu. »Die Sache war es wert, das Risiko einzugehen. Ich oder der Ratté würden nur ein wenig Blut lassen müssen, um die Leben unserer Krieger zu retten. Ein geringer Preis. Die Lanai, die in Tielmark hinter den Linien festsitzen, verzweifeln immer mehr, und die Scharmützel mit ihnen werden zunehmend heftiger. Erst diese Woche haben sie einen waghalsigen Versuch unternommen, ihre Kräfte zu bündeln und unsere Linien zu durchbrechen. Euer Freund da« – er zeigte auf Martin – »hat sie in die Flucht geschlagen. Das war ein trauriger und verlustreicher Sieg, doch wir durften keine Schwäche zeigen, indem wir sie durchkommen ließen. Es gab auf beiden Seiten viele Tote, ehe die Lanai sich zurückzogen. Den Ratté haben offenbar vor allem die zur Schau gestellten Köpfe beeindruckt: Auf seiner Seite des Schlachtfeldes, wo sie im Rücken von den Bergen geschützt werden, erleiden die Lanai selten so große Verluste. Da ließ er dann seine Herolde das Angebot unterbreiten: Wenn wir seinen Männern freies Geleit für den Rückzug gewährten, würde er seinen Feldzug für beendet erklären und sich ins Hochland zurückziehen.«

»Ihr habt eingewilligt?«

Benet nickte. »Nach langen Auseinandersetzungen unter meinen Heerführern. Nach allem, was die Männer des Ratté in meinen Tälern angerichtet haben, waren unsere Soldaten nicht ohne weiteres bereit, sie einfach ziehen zu lassen.« Er schloss kurz die Augen, als durchzucke ihn ein plötzlicher Schmerz, und verlagerte das verletzte Bein unter den Decken. »Allerdings waren auch einige begierig darauf, zu sehen, ob ich mutig genug wäre, mich der Herausforderung des Ratté zu stellen.«

»Die Lanai werden noch früh genug in die Berge zurückkehren«, warf Martin ein. »Ob die Männer des Ratté sich ihnen wieder anschließen oder nicht. Wenn die Lanai erst einmal abziehen, werden die Versprengten einen eigenen Frieden aushandeln müssen, so sehr ihnen das missfallen mag. Andions Mond ist beinahe vorüber, und der Monat der lieblichen Sennechrys ist keine angemessene Zeit, um Krieg zu führen. Die Goldene Herrin erntet Korn, keine Köpfe.«

»Das mag wohl sein«, erwiderte Benet. Aus seinem Tonfall ging hervor, dass er und Martin sich schon oft über diesen strittigen Punkt unterhalten hatten. »Doch dies ist kein gewöhnlicher Sommer und auch kein gewöhnlicher Raubzug. Der Ratté hat nicht nur seine Ehre wiederhergestellt, indem er unsere Weiden plünderte. Er hat den anderen Stämmen der Lanai vorgeführt, was sie unter einem guten Anführer vollbringen könnten. Welche Götter sich auch am Himmel abwechseln mögen, nur wenige von den Stammeskriegern sind bereit, jetzt schon in ihre Berge zurückzureiten. Jedenfalls nicht, bis sie etwas errungen haben, das zumindest aussieht wie ein tapferer Sieg. Wenn ich es nur geschafft hätte, den Ratté zu besiegen, hätten sie den ungeordneten Rückzug angetreten. Und vielleicht wären sie dann auch weniger begierig darauf gewesen, im nächsten Sommer wieder in solchen Scharen hier einzufallen.«

Benets schweifender Blick blieb wieder bei Gaultry hängen. »Wie dem auch sei, der Ratté und ich kämpften, und zwar mit äußerst unbefriedigendem Ausgang. Wir werden beide ein Leben lang die Narben dieses Kampfes tragen – doch weiter haben wir nichts vorzuweisen. Die Götter lachten über unsere Absichten.

Wir kämpften fast eine Stunde lang. Ich fügte ihm zwei Treffer zu, einen Kratzer und eine blutende Wunde in der Seite, bevor er mir quer über das Bein hieb. Doch mit all den Zeremonien und der Zeit, die wir zwischen den Runden mit dem Versorgen der Wunden verloren, ging die Sonne hinter den Bergen unter, bevor einer von uns zum dritten Mal Blut fließen lassen konnte.« Unwillkürlich rieb er sich mit einer Hand den Oberschenkel, und nun verstand Gaultry, weshalb sein Heiler so hastig gearbeitet hatte – er hatte Benet rasch zusammenflicken müssen, damit dieser das Duell fortführen und sich um den entscheidenden dritten Treffer bemühen konnte. »Die Verdammnis Achavells hole diese Dervla!«, fluchte Benet. »Wenn sie mich nicht belogen hätte, hätte ich dem Ratté mit dem Königsmacher in der Hand gegenübertreten können. Zwei den Göttern geweihte Herrscher, die Mann gegen Mann kämpfen. Andion selbst hätte Seinen Streitwagen angehalten, um dem zuzusehen!«

Er starrte mit bitter enttäuschter Miene zur Decke des Zeltes hinauf. »Bei den Zwillingen, ich war stärker als der Ratté. Er hatte mir viele Jahre Kampferfahrung voraus, doch ich war stärker. Und ich war frischer, eben erst in den Krieg gezogen. Wäre es um die Königswürde gegangen, so hätte ich die Kraft gefunden, ihn zu schlagen, da bin ich sicher. Und die Götter würden den Mut eines Prinzen belohnen, der im Kampf Mann gegen Mann das Blut eines Königs mit dem *In Raku* vergießt. Dieser Sieg«, zürnte er mit zitternder Stimme, »hätte mir das Königtum verschafft, und Tielmark wäre ein für alle Mal von den ständigen Unterwanderungen der Bissantiner befreit worden.«

»Entweder das, oder der Ratté hätte Euch getötet, und dann hätte der verwaiste Thron Tielmarks auf Euer ungeborenes Kind warten müssen, während die Stammeskrieger unsere Grenzen überrennen.« Martin schüttelte den Kopf. »Diese Aussichten sind es nicht wert, dass ein Prinz sein Leben dafür einsetzt.«

»Euer Hoheit«, begann Gaultry zaghaft. »Was den Königsmacher-Dolch angeht ... ich habe Euch noch nicht alles erzählt.«

Martin warf ihr einen scharfen Blick zu. »Ermutige ihn nicht auch noch. Es wird kein zweites Duell geben. Siehst du die Verletzung, die der Ratté ihm zugefügt hat? Der Ratté musste ebenso viel einstecken, und die Heiler der Lanai sind wesentlich schlechter als die unseren. Wenn Benet einen Mann, der sich noch von solchen Wunden erholen muss, zu einem zweiten Duell forderte, wäre das wenig ehrenhaft.«

Gaultry schüttelte den Kopf. »Das mag sein.« Konnte Martin wirklich hoffen, dass sie dem Prinzen Richielles *In Raku* vorenthalten würde? »Dennoch muss Benet die volle Wahrheit erfahren. Zeig ihm die Klinge, die wir Richielle abgenommen haben.«

Widerstrebend zog Martin den *In Raku*. Benets Augen blitzten begierig auf. »Die heilige Klinge! Aber – Ihr sagtet doch vorhin, Ihr wüsstet nicht, ob Dervla den Dolch noch hat.«

»Dieser Dolch ist auch nicht von Dervla«, erklärte Gaultry langsam. Das Glitzern in Benets Augen – es erinnerte sie allzu sehr an die Mordlust, die sie vor einem Kampf stets in Tulliers Blick gesehen hatte. »Wir haben ihn von einer lange verschollenen Hexe der Geheimen Brut. Von Richielle, der Ziegenhirtin.«

»Richielle? Ich dachte, sie gelte als tot.«

»Das ist sie keineswegs.«

Der Prinz streckte die Hand aus. Widerstrebend überreichte Martin ihm die Klinge. »Er ist unrein«, warnte er. »Der Junge hat ihn heute im Kampf eingesetzt.«

Benet hielt die Klinge ins Licht. »Dies ist also der Dolch, der den Sohn eines Kaisers töten könnte«, sagte er leise. »Ein Mann, in dessen Adern das Blut der Großen Llara fließt. Ich hätte nie gedacht, ihn einmal in meiner eigenen Hand zu sehen.« Er bemerkte Gaultrys Miene und verzog das Gesicht. »Fürchtet Euch nicht, Lady Gaultry. Ich habe Eurem Jungen meinen Schutz geschworen, und ich bin kein Eidbrecher. Ich frage mich nur, welcher Quelle die Macht dieses Dolches entspringt. Warum die Augen der Götter darauf ruhen. Was steckt in diesem Dolch, das ihre Aufmerksamkeit erregt?«

»Das müsste Richielle wissen«, antwortete Gaultry. Ein heftiger Schauer lief ihr über den Rücken. »Mein Prinz, ich muss Euch von unserem Zusammentreffen mit Richielle berichten.«

Tullier wartete draußen auf einer schmalen Sitzbank zwischen einem jungen Ritter und einem weiteren gräflichen Kurier. Gaultry trat zu ihm und legte ihm sacht die Hände auf die Schultern. »Du bist hier sicher«, flüsterte sie. »Benet wird seinen Schwur halten.« Sie ließ ihn los, zerzauste ihm spielerisch das Haar und drehte sich dann wieder zu Martin um. »Wo sollen wir bleiben, nun, da wir euch endlich erreicht haben?« Sie war sich ungewiss, wie die Dinge nun zwischen ihnen stehen mochten. Während ihrer ganzen Unterredung mit dem Prinzen hatte er sich sehr förmlich verhalten.

»Ich lasse ein paar Zelte räumen.« Er winkte einen jungen Soldaten herbei, der außerhalb des Vorzeltes wartete. Gaultry erkannte ihn als einen der Männer von Martins Großmutter. »Lebrantine wird dafür sorgen, dass ihr gut untergebracht werdet.«

»Willst du uns denn nicht das Heerlager zeigen?«

Martin fuhr sich müde mit der Hand übers Gesicht. »Ich muss wieder hinaus. Vielleicht haben die Männer inzwischen eure Gefährten gefunden. Dieser Yveir ist heute am frühen Morgen durchgekommen. Er war es, der mir sagte, ich solle nach euch Ausschau halten und wo ihr wahrscheinlich durchkommen würdet. Ich hoffe, er wird seine Frau bald wieder sehen.«

Gaultry hatte nicht gewusst, dass Yveir und Fredeconde verheiratet waren. Plötzlich stellte sie sich ein heimeliges Häuschen vor, vielleicht ein wenig verwildert, und zwei oder drei Kinder, behütet von liebevollen Großeltern. Ein neidischer Stich durchfuhr sie. »Ich hoffe, die anderen sind in Sicherheit. Wir haben sie verloren, kurz bevor du uns gefunden hast.«

»Das lässt sich rasch feststellen.« Martin neigte den Kopf und küsste Gaultrys Hand. Die wölfischen grauen Augen waren voller Wärme und lächelten nur für sie allein. »Wie du siehst, bin ich zu so etwas wie einem Laufburschen geworden, seit Benet darniederliegt. Aber ich komme bald zu dir zurück. Ich bin sehr froh, dass du sicher bei uns angelangt bist.«

»Ich hoffe, Fredeconde ist entkommen«, warf Tullier brüsk ein und beendete den Augenblick der Zweisamkeit. »Die war wenigstens nett.«

Gaultry verdrehte die Augen, aber so, dass der Junge es nicht sehen konnte, und entzog Martin ihre Hand. »Elianté beschütze dich«, sagte sie. »Hoffentlich können wir zumindest heute Abend zusammen essen.«

»Wenn die Götter und der Prinz uns gnädig sind.« Er bedeutete einem wartenden Soldaten, ihm sein Pferd zu bringen, und verließ sie.

»Wird er heute wieder in die Schlacht reiten?«, fragte sie Lebrantine, als Martin zwischen den vielen Zelten ihrem Blick entschwand.

Der junge Soldat schüttelte den Kopf. »Er hat seinen Dienst für heute schon am Morgen abgeleistet.« Er grinste. »Euer Yveir ist auch nicht kampflos bis hierher durchgekommen.«

Davon hatte Martin gar nichts gesagt.

»Würdest du uns das Lager zeigen?«, bat sie. »Ich möchte mich lieber umsehen, bevor wir uns irgendwo niederlassen. Später haben wir noch genug Zeit, unsere Zelte zu belegen.«

Es fiel ihr nicht leicht, ihre Enttäuschung darüber zu verbergen, dass Martin sie nicht darum gebeten hatte, bei ihm Quartier zu beziehen.

Gaultry und Tullier verbrachten die letzten Tage vor dem Vollmond in Ruhe und Sicherheit im Herzen des Heerlagers. Martin bekamen sie kaum zu sehen, was Gaultry mehr zu schaffen machte, als sie erwartet hatte, während Tullier sich offenbar darüber freute. Martin hatte dem letzten Wunsch seiner Großmutter gehorcht und den Titel des obersten Heerführers, welchen Benet ihm verleihen wollte, nicht angenommen. Dennoch gab ihr jeder Soldat, mit dem sie im Lager sprach, zu verstehen, dass ihn jedermann auch ohne den offiziellen Titel in genau dieser Rolle sah. Der große Feldherr wurde ständig zu den hinteren Linien gerufen, um immer neue Trupps der Lanai zurückzuschlagen. Es war offensichtlich, dass der Prinz sich ganz auf ihn verließ, vor allem seit dem Duell mit dem Ratté.

Einmal sah sie Victor von Haute-Tielmark aus der Ferne. Victor kämpfte an der vorderen Front gegen die Hauptstreitmacht der Lanai. Als sie beobachten konnte, wie die Männer sich zum Kampf rüsteten, wurde ihr Bild von diesem Krieg ein völlig anderes. Das Tielmaraner Heerlager lag zwischen zwei kleinen Hügelkämmen, wo es gutes Trinkwasser und einen weiten Ausblick gab auf den herrlichen See, Llaras Kessel, und den riesigen Wasserfall, der ihn aus den Bergen speiste. Es war ein überraschend angenehmer Ort mit fest in der Erde verankerten Feldküchen und vielen prächtigen Zelten neben den schlichteren Lagern der Soldaten. Sie konnte sich durchaus vorstellen, dass in Sommern, in welchen die Angriffe der Lanai weniger heftig ausfielen, die dann stattfindenden Kämpfe und kleineren Ausfälle den Tielmaranern eher wie ein verlängertes, besonders gefährliches Turnier erschienen denn wie ein schlachtenreicher Krieg. Dieses Jahr war die Lage natürlich ernster – aber dennoch ging es in den innersten Bereichen des Heerlagers angenehm zivilisiert zu.

Zwischen dem Tielmaraner Lager, dem See und dem Tal, das sich hinter dem Ittanier immer höher in die Berge zog, lag ein sanft gewelltes Gelände – die perfekte Stelle für eine groß angelegte Schlacht. Das Lager der Lanai dahinter lag geschützt auf einem kleinen Plateau auf halber Höhe des ansteigenden Ittanier-Tales – uneinnehmbar, selbst im Sturm, es sei denn, die Angreifer nahmen gewaltige Verluste in Kauf. Doch statt so etwas zu wagen, beschäftigten sich beide Seiten vorwiegend damit, ihre Soldaten zum Angriff zu formieren, unter großem Getöse loszustürmen – und dann wieder zurückzuweichen, bevor die Schlachtreihen tatsächlich aufeinander prallten, und der Konfrontation aus dem Weg zu gehen. Schon nach dem ersten Tag war Gaultry klar, dass die Lanai keinerlei Absicht hatten, sich eine ernsthafte Schlacht mit den Tielmaranern zu liefern, obwohl sie immer wieder verwegen und unter großem Kriegsgebrüll Scheinangriffe ritten. Die Tielmaraner bemühten sich, diesen Vorwitzigen den Rückweg hinauf ins Tal abzuschneiden, jedoch mit unterschiedlichem Erfolg. Nach dem zweiten Tag erkannte Gaultry, dass die Tielmaraner Soldaten sich zwar ihrer Übermacht bewusst waren, sich jedoch nicht in Kämpfe verwickeln lassen wollten, außer wenn sie den Feind dabei völlig vernichten konnten.

Wenn sie bedachte, dass alle Soldaten unterhalb des Ranges eines Sergeanten es kaum erwarten konnten, bald wieder auf den heimischen Bauernhof zurückzukehren, sobald die Lanai aufgegeben hatten, konnte sie ihnen den Mangel an Kampfeslust kaum verdenken. Es gab Felder zu bestellen und eine Ernte einzubringen. Die Lanai waren bei Llaras Kessel erfolgreich zurückgedrängt worden – was konnte der Prinz mehr von ihnen verlangen?

Victor von Haute-Tielmarks Truppen machten da eine rühmliche Ausnahme. Wenn man den großen goldenen Bären von einem Herzog mit seinen Männern eine Attacke reiten sah auf einem ebenso mächtigen, starken Schlachtross, dann war auch deren bessere Kampfmoral nur verständlich. Selbst aus der Entfernung wirkte der Kampfgeist des Herzogs ansteckend, und das Land, das seine Männer hier verteidigten, war schließlich ihre eigene Heimat. Dagegen waren die Mannen des Herzogs von Ranault wesentlich weniger schwungvoll, und das galt auch für die Männer aus Arleon – von denen einige mit dem vertrauten Akzent von Gaultrys heimischen Wäldern sprachen –, die unter einem angeheuerten Heerführer anstelle ihres Herzogs kämpften. Oft dachte sie an das Heer Melaudieres, geführt von Martins Schwester Mariette und immer noch weiter nördlich zugange. Melaudieres Heer war die unschöne Aufgabe zugefallen, nach dem Langen Raubzug, bei dem die meisten Herden geraubt und zahlreiche Höfe geplündert worden waren, wieder für Ordnung zu sorgen.

Doch nachdem Gaultry nun erlebt hatte, dass die Heere der Herzöge ganz vom Charakter ihrer Heerführer geprägt waren, nahm sie an, dass auch Mariettes Männer sich ihrer Aufgabe mit Leidenschaft widmeten. Mariette hatte Gaultry selbst immer mit ihrer kühnen und doch unbekümmerten Art angesteckt.

Während sie sich mit den verschiedenen Eigenarten der herzoglichen Heere vertraut machte, schnappte Gaultry einige interessante Gerüchte auf. Bevor der Prinz höchstpersönlich in den Westen gekommen war, hatten Streitigkeiten zwischen den Heerführern der herzoglichen Truppen Tielmark in zwei wichtigen Schlachten um den Sieg gebracht. Es wurde geflüstert, die Krieger des Ratté hätten deshalb so lange plündernd umherziehen können, weil die Heerführer von Longesse und Basse-Demaine miteinander im Streit lagen.

Doch vor allem beschäftigten Gaultry ihre eigenen Sorgen. Tullier ging ihr aus dem Weg. Wenn sie des Abends mit Martin aß, verdrückte er sich jedes Mal. Sie freute sich zwar über ein wenig ungestörte Zweisamkeit mit Martin, doch sie sorgte sich auch um die Gefühle des Jungen.

»Er war so viele Tage lang wie ein Teil von mir«, erklärte Gaultry Martin am Abend vor dem Tag des Vollmonds. Sie waren ganz allein – eine Seltenheit. Normalerweise war ständig Martins Felddiener anwesend. »Und morgen werde ich ihn keinen Moment aus den Augen lassen. Richielle ist am Leben und in Freiheit … Wir haben ihr zwar den Königsmacher entrissen, aber trotzdem ist sie so stark, dass ich mir ihretwegen Sorgen mache.«

»Es ist richtig, dass du so vorsichtig bist«, erwiderte Martin. »Aber der Prinz kennt deine Sorgen. Er hat heute Nacht extra die Wachen verstärkt. Alle nehmen den kommenden Tag sehr ernst, allen voran Benet. Er hat dir versprochen, dass dem Jungen nichts geschehen wird, und dieses Versprechen wird er auch halten.«

Er hatte sein Mahl beendet und sein letztes Glas Wein möglichst langsam getrunken. Nun schob er es ruhelos von sich. »Ich habe schlechte Neuigkeiten. Morgen will Benet Andions Vollmond feiern, indem er Lilys Schwangerschaft verkündet. Üblicherweise soll das der Hohepriesterin überlassen bleiben, aber Dervla ist nicht hier, und Lily hat die frohe Botschaft bereits in Princeport verkündet, sodass einige Männer hier schon Gerüchte darüber gehört haben. Am Nachmittag wird es einen Ausfall gegen die Lanai geben. Benet hat vor, diesen Angriff seinem ungeborenen Kind zu widmen und ihn selbst anzuführen.«

Gaultry wurde eiskalt ums Herz. »Du wirst mit ihm reiten?«

Martin nickte. »Wenn ein Prinz einen Angriff ›anführt‹, reitet er natürlich nicht tatsächlich vorneweg. Das wäre kein ruhmreicher Anblick. In einer echten Schlacht würde ein solcher Anführer viel zu schnell fallen. Es muss jemand bei ihm sein – oder ein wenig vor ihm – und ihm den Weg bereiten.«

Genau auf diese Weise war Martins Bruder ums Leben gekommen. Sein Vater und sein Onkel ebenso. Sie hatten den Pfad des Prinzen mit ihrem Blute rot gefärbt. Dieser geplante Ausfall war geradezu eine Herausforderung an den Fluch der Brut, Martin das prophezeite Schicksal zu bereiten. Gaultry schüttelte den Kopf. »Sag Benet, dass jemand anderes das tun muss.«

»Ich habe einen gewissen Ruf bei den Lanaya«, erwiderte Martin trübselig, wobei er unbewusst den Namen gebrauchte, mit welchem sich die Stammeskrieger selbst bezeichneten. »Wenn es uns gelingen soll, Benet lebend durch diesen Irrsinn zu bringen, sehe ich keine andere Möglichkeit. Aber das wird gar nicht so gefährlich sein, wie es sich anhört.« Er rückte näher an sie heran als schon seit Tagen und strich ihr über die Wange. Bei dieser Geste erkannte sie endlich, dass er nicht nur ihr, sondern vor allem sich selbst Mut zusprechen wollte.

»Die Lanaya werden sehen, dass wir uns den ganzen Morgen lang vorbereiten. Sie werden wissen, was ihnen bevorsteht. Deshalb werden sie uns keinen größeren Widerstand entgegensetzen. Benet hat mir versprochen, nur bis zu ihren ersten Außenposten vorzustoßen, nicht weiter. Wir werden nicht einmal in die Nähe des Witwenmachers ziehen.«

Der Witwenmacher, das hatte Gaultry auf einem ihrer Erkundungsgänge im Lager erfahren, war ein schmaler Felsensattel, von dem aus die Lanai jeden Angreifer niederstrecken konnten, der sich über einen bestimmten Punkt hinaus ins Ittanier-Tal vorwagte. Vor lauter Angst um Martin hörte sie den Rest seiner Erklärung kaum noch.

»Ich bezweifle, dass wir überhaupt bis zu den ersten Gräben werden vorstoßen müssen.« Offensichtlich spielte Martin die wahrscheinlichsten Möglichkeiten durch, wie der Angriff verlaufen könnte. »Benet dürfte genau das erreichen, was er will. Einen mutigen Auftritt, der den Lanai zeigt, dass sie sich dieses Jahr nicht mehr erhoffen dürfen und dass es an der Zeit ist, sich zurückzuziehen, selbst wenn das bedeutet, die Männer des Ratté einem harten Los zu überlassen.«

»Wird das auch klappen?«, fragte sie.

Martin zuckte mit den Schultern. »Vielleicht. Der Ratté ist hoch angesehen, doch nur wenige von den Stämmen der Lanaya bewundern ihn rückhaltlos. Er treibt sie viel zu hart an. Außerdem wissen sie, dass er seiner Ehre wegen nachgerade dazu gezwungen war, ihnen zu Hilfe zu kommen, und nicht etwa aus freien Stücken hier ist, und das nehmen sie ihm übel.«

Abrupt stellte er den Becher beiseite, stand auf und ging ein Stückchen von ihr weg. »Ich habe Benet auf Helena angesprochen«, sagte er knapp; offensichtlich hatte sein gefühlsmäßiger Aufruhr diesen plötzlichen Themenwechsel herbeigeführt. »Ich wollte es dir schon früher sagen, aber irgendwie …« Seine Stimme erstarb.

»Was hat er dazu gesagt?« Gaultry fragte sich, ob das Benets neuerdings so förmliches Auftreten ihr gegenüber erklären könnte.

»Er sagte, er habe schon mit Dervla darüber gesprochen«, antwortete Martin aufrichtig, »und die verweigere ihr Einverständnis. Ich kann mich nicht scheiden lassen.«

Vor Überraschung und widerstreitenden Gefühlen wusste

Gaultry nicht, was sie darauf sagen sollte. Es war unmöglich, nicht in Wut zu geraten über Dervlas kleinliche Rachsucht, die allein hinter diesem erbärmlichen Bemühen stecken konnte, ihnen diesen Herzenswunsch zu versagen; doch die Gefahr, in die Martin sich morgen begeben musste – das war im Augenblick das Wichtigste!

Sie betrachtete Martins großen, schlanken Körper und stellte ihn sich von Pfeilen durchbohrt vor – oder von Armbrustbolzen wie dem, der auf dem Kalksteinplateau Tullier hätte töten sollen. »Martin«, sagte sie hilflos und beging den Fehler, ihn zu berühren, seine Hand zu streicheln. Mehr war es nicht, doch das war bereits zu viel.

Das körperliche Verlangen, das in ihr aufwallte, war unerträglich. Dies war der Impuls, schrie ihr der vernunftbegabte Teil ihres Verstandes zu, der so viele Männer und Frauen in der Nacht vor einer Schlacht einander in die Arme trieb. Sie brauchte ihm nicht nachzugeben. Aber – würden dies vielleicht die letzten gemeinsamen Stunden sein, die sie auf dieser Seite des Reichs der Großen Göttinnen verbrachten? Konnte sie in dem Wissen, dass er dieselbe Leidenschaft empfinden musste, zulassen, dass sie sich heute Nacht trennten, ohne diesem Impuls nachzugeben?

Sie blickte sich in dem Zelt um. War das ein hässlicher Ort, kahl und nüchtern, Spiegel der Tage, die er mit Töten verbrachte, nichts weiter als ein Platz zum Schlafen und Essen? Oder war dies ein schöner Ort, der Platz, wo sie und Martin vielleicht endlich beieinander liegen würden, beinahe so wie ein Mann und seine ihm angetraute Frau?

Sie sah ihn liebevoll an, erinnerte sich an all die Gefahren, die sie gemeinsam ausgestanden hatten, dachte an das Vertrauen und die gegenseitige Achtung, die so oft unter ihren Zankereien hervorblitzte, an ihre Liebe. Sie blickte Martin in die Augen und fasste einen Entschluss.

Sie war nicht bereit, Dervlas Versuchen, sie auseinander zu bringen, das Feld zu überlassen.

Mervion war klug vorgegangen. Sie hatte sich recht früh dazu bekannt, dass Coyal ihr Liebhaber war, und sich somit aus albernen höfischen Querelen über Ehre und Stellung herausgehalten. Gaultry dachte an das schlichte, behagliche Quartier, das ihre Schwester in Princeport mit Coyal teilte. Ihre Liebe glich in nichts einer Prüfung. Sie waren einfach zusammen und freuten sich an ihrem Glück. Martin und sie hingegen hatten brav das Spielchen der Erwartungen mitgemacht, die der Hof an sie stellte, und es vermieden, sich öffentlich zu ihren Gefühlen zu bekennen.

Alles, was sie damit erreicht hatten, war dieser Moment der Verlegenheit in diesem schmutzigen Zelt, da sie beide wussten, was der andere empfand, beide dasselbe wollten und doch den Gedanken nicht abschütteln konnten, dass sie die Strafe der Götter herausforderten, wenn sie diesen Gefühlen nachgaben und sich auch nur einen Augenblick gestatteten, ihre Pflichten zu vergessen.

»Du fürchtest um mich.« Seine Stimme klang heiser. Sein Körper bebte unter der Anstrengung, sie nicht berühren zu dürfen.

»Ich fürchte alles.« Sie drehte sich um und sah ihm herausfordernd in die Augen. »Außer die Hohepriesterin Dervla. *Sie* fürchte ich nicht. Wenn sie glaubt, sie könnte uns voneinander fern halten – das ist kleinliche Rachsucht, weiter nichts. Das sollte dich nicht kümmern.«

»Lass mich dich festhalten«, sagte er. Sein Blick war auf ihr Gesicht geheftet, doch er zog sie nicht an sich – noch nicht. »Ich werde deine anderen Ängste zerstreuen.«

Gaultry breitete die Arme aus, und er kam zu ihr.

Für eine kleine Weile war für sie beide nichts anderes mehr von Bedeutung.

Gaultry lag auf dem Rücken, lauschte den Geräuschen des Lagers und blickte zur grauen Zeltplane über sich auf. Die Stelle, wo Martin neben ihr gelegen hatte, war noch warm. Die Sonne ging noch nicht auf, doch schon herrschte Betriebsamkeit. Die erfahrenen Soldaten, so wie Martin, waren bereits aufgestanden und bereiteten sich auf den heutigen Ausfall vor.

Sie war vollkommen entspannt. Nun, da Martin fort war, kehrte die Angst zurück, aber nur ganz allmählich. Die Liebe, die sie mit Martin geteilt hatte – diese Nacht könnte niemals reichen, um sie zu erfüllen, doch zumindest hatten die Götter ihr einen kleinen Vorgeschmack gewährt.

Sie hatte geweint, als es vorüber war. Martin war betroffen, bis er erkannte, dass sie aus Sorge weinte, aus Angst vor dem, was bevorstand – nicht aus Reue über das, was sie eben geteilt hatten: den Frieden, den sie bei ihm empfand, die Sicherheit. »Ich fürchte mich so vor dem, was die Bissantiner als Nächstes mit Tielmark vorhaben könnten«, gestand sie ihm. »Und doch scheint jeder Pfad zum Königsthron nur über grausamen Tod zu führen. Müssen wir denn vor einer so brutalen Wahl stehen? Einen Tod in Kauf nehmen, um vielen ein Leben voller Pein zu ersparen?«

In der Dunkelheit hatte Martin sie an sich gedrückt. »Die Götter bewundern mehr als nur Blutvergießen, aber das ist manchmal nicht leicht zu erkennen. Nur Mut. Möglicherweise haben Tamsanne und Lady Julie in Princeport bereits etwas entdeckt. Vielleicht wird heute, wenn Benet und ich über das große Schlachtfeld gegen die Lanai reiten, der Himmel sich auftun, und wir werden Andion auf Seinem Streitwagen sehen, wie Er unseren Prinzen zum König erhebt.« Sie hatte sein Lächeln an ihrem Scheitel gespürt. »Wäre das nicht ein großartiger Anblick!«

»Tulliers Leben liegt in Benets Händen.« Sie hatte geseufzt und sich schläfrig an Martins Schulter gekuschelt. »Die Götter sollten einen Mann belohnen, der seinem Ehrgeiz nicht alles opfert, obgleich er genau sieht, wie er sein Ziel erreichen könnte.«

Sie schrak wieder aus dem Schlaf und war sich dessen bewusst, dass Martin sie verlassen hatte und dass sie eingenickt war. Sie stieg aus dem Feldbett und tastete nach ihren Kleidern.

Die Sonne war noch nicht aufgegangen, doch die Stelle, wo

Martin gelegen hatte, fühlte sich nicht mehr warm an. Sie taumelte zu Martins Waschbassin, wusch sich Nacken und Hände und band ihr Haar zurück.

Draußen spiegelte die weite Fläche von Llaras Kessel glasklar den blauvioletten Himmel wider, wo nicht Schleier von leichtem Morgennebel über dem Wasser hingen. Die dunklen Berge, die riesige Scheibe des untergehenden Mondes – der heute Abend ganz voll wieder aufgehen und Andions Monat beschließen würde –, all das war im Wasser zu sehen, klar und vollkommen wie in einem Spiegel. In den äußeren Bereichen des Heerlagers entstand Bewegung, doch hier im innersten Bereich blieb es ruhig. Ihr kleines Zelt, genau wie das von Tullier, war ganz in der Nähe aufgeschlagen. Sie sah nichts von den versprochenen Wachen – nur einen Mann, der unter seinem Umhang zusammengesunken dasaß und offensichtlich vor der letzten Glut eines kleinen Feuers döste.

Nichts wies darauf hin, dass etwas nicht in Ordnung sein könnte. Gewiss hätte Martin sie gerufen, falls er irgendetwas bemerkt hätte, als er aufgestanden war – und das konnte nicht lange her sein. Dennoch ging sie zu der einzig verbliebenen Wache hinüber und weckte den Mann mit einem unsanften Tritt.

»Was ist geschehen? Wo ist die Wache für den jungen Tullirius?«

Der Mann blickte verärgert zu ihr auf und rieb sich die Stelle, wo ihr Stiefel ihn getroffen hatte.

»Sie sind mit ihm gegangen«, antwortete er ungnädig.

»Mit ihm? Was soll das heißen? Tullirius ist nicht hier?« In ihrer plötzlichen Panik konnte sie das Offensichtliche kaum begreifen.

»Der Prinz hat ihn geholt.«

»Warum hast du mich nicht geweckt?«

Der Mann grinste hämisch. »Der Junge wollte Euch ja unbedingt mitnehmen – bis er feststellte, dass Ihr nicht in Eurem Zelt geschlafen hattet. Und dann wollte er Euch um nichts in der Welt aus des Wandersmanns Bett holen.«

Gaultry konnte ihr Erröten nicht verbergen. Gestern Nacht hatte sie kaum an Tullier gedacht. »Wo sind sie hingegangen?«

»Ich habe Befehl –«

Gaultry packte den Soldaten beim Hemdkragen. »Wenn du mir nicht sofort sagst, wo sie sind, bringe ich dich um, auf der Stelle.«

Der Mann war stark, und er legte seine großen Hände auf ihre, weil er dachte, er könnte sie fortstoßen. Ohne darüber nachzudenken, warf sie ihn mit einem magischen Stoß zu Boden. Seine Augen blickten angsterfüllt. Obwohl Gaultry erkannte, was sie getan hatte, ließ sie nicht von ihm ab. »Du vergeudest meine Zeit«, sagte sie. »Das Morgengrauen ist eine Stunde, da viele Mächte erstarken. Und jetzt sag mir, wo Benet den jungen Tullirius hingebracht hat.«

25

Als sie über das feuchte Gras rannte, zwischen den gespenstischen Schemen der Soldatenzelte hindurch, über denen nun der aufsteigende Morgennebel hing, hatte sie fast das Gefühl, die einzige Menschenseele hier zu sein, die Einzige, die noch Farben, Faszination und Furcht wahrnahm. Schon schien ihre Nacht mit Martin in weite Ferne gerückt, und doch hatte diese ihr große neue Kräfte verliehen und ebenso Zuversicht. Sie fragte sich, ob es Martin ebenso erging. Ob er jetzt genauso fühlte, während er zielstrebig und allein die Linien seiner Männer abschritt, die sich für die Schlacht rüsteten, und ihnen bei ihren Vorbereitungen half.

Sie erkannte die Stelle, die der Wachsoldat ihr beschrieben hatte, sofort: ein kreisrundes, leicht erhabenes Feld, umgeben von alten, halb verfallenen Erdwällen. Hier kamen die Tielmaraner traditionell zum ehrenhaften Zweikampf zusammen, wenn, wie so oft während der langen Zeit des Wartens auf den nächsten Befehl, unter den herzoglichen Heeren im Feldlager alle möglichen Streitigkeiten aufflammten. Seit ihrer Ankunft hatte es keine solchen Auseinandersetzungen gegeben, doch man hatte Gaultry den Duellplatz gezeigt. Er lag ein wenig außerhalb des größten Lagers der Soldaten, unterhalb einer gut bewachten Anhöhe mit Blick auf den See.

Sie ließ den Hauptteil des Heerlagers hinter sich und musste auf dem Weg zum Duellplatz durch ein angrenzendes Gebüsch. Hier hing der Nebel dicht am Boden und ließ geheimnisvolle Gestalten unter den dürren Bäumen wabern. Dieses Gebiet des Lagers war geheiligter Boden – es grenzte an einen heiligen Hain der Zwillingsgöttinnen, und die beiden geweihten Rehe, die in dem Hain lebten, konnten hier ungestört äsen. Mit seinen wenigen zerstörten Bäumen und dem wuchernden Gestrüpp wirkte das Stückchen Land davor trostlos. Gaultry zitterte im kühlen Nebel und musste sich vor Augen halten, dass sie sich hier hinter den Tielmaraner Linien in Sicherheit befand und keine Lanai über sie herfallen würden.

Sie wünschte, sie wüsste, was Benet mit diesem Treffen so früh am Morgen im Sinn hatte. Irgendeine Zeremonie, so viel stand fest, da Andions Mond seinen letzten Tag begann und die Stunde des Sonnenaufgangs großen rituellen Erfolg versprach. Benets Verbindung mit dem Land war ein Rätsel, das Gaultry nicht so recht verstand. Der Prinz plante doch gewiss nicht, den Schwur zu verletzen, mit dem er Tullier Sicherheit garantiert hatte? Aber was, wenn die Versuchung des Königtums sich als unwiderstehlich erwiesen oder das Land selbst irgendeine Art Stimme erhoben und zu ihm gesprochen hatte? Vielleicht war er auch zu dem Schluss gekommen, dass sein Leben das Unterpfand für einen viel tiefer gehenden Pakt war als das Wort, welches er einem Jungen verpfändet hatte, der doch niemals etwas anderes sein konnte als sein Feind. Während sie rannte, verfluchte Gaultry sich unablässig dafür, dass sie es für richtig gehalten hatte, Benet Richielles *In*

Raku auszuhändigen. Sie hätte den Dolch verstecken oder versuchen sollen, ihn zu zerstören – hätte alles tun sollen, um zu verhindern, dass Benet oder Tullier ihn in die Hände bekommen konnten, bevor Andions Mond vergangen war.

Die überwucherten Erdwälle, die den alten Duellplatz umgaben, erhoben sich früher, als sie erwartet hatte. Gaultry erreichte den Pfad, der um den Duellplatz herumführte, und stolperte beinahe über einen jungen Soldaten, der den Ringwall bewachte. Einer von vielen Wachposten, versicherte er ihr rasch, ein wenig blass um die Nase nach ihrem urplötzlichen Erscheinen aus dem Nebel.

»Bei der großen Jägerin, lass mich passieren.«

»Aber dazu braucht Ihr einen Passierschein –«

»Bei Eliantés Speer!«, fluchte Gaultry. »Erkennst du mich denn nicht? Ich bin die Bürgin des jungen Tullirius Caviedo. Lass mich durch, oder ich schrei so laut, dass der Prinz und der Junge zusammen hier angelaufen kommen. Bei allen Göttern, dann bekommst du beider Missfallen zu spüren.«

»Ich kann Euch nicht durchlassen«, sagte der Soldat flehentlich, der offensichtlich begriffen hatte, dass hier eine hochrangige Persönlichkeit vor ihm stand, aber dennoch seinen Befehl nicht missachten wollte. »Warum wendet Ihr Euch nicht an den Hauptmann? Er müsste beim nächsten Wachposten sein.« Er zeigte den Pfad entlang.

»Beim nächsten Posten?« Das klang nah genug, um sie nicht allzu lang aufzuhalten. Gaultry gab nach. »Ich hoffe für dich, dass dein Hauptmann auch wirklich dort ist.« Sie verschwendete keine Zeit mehr auf den jungen Soldaten und rannte los.

Zu ihrer Erleichterung und Überraschung war der Hauptmann der Wache am nächsten Posten kein anderer als Yveir. Im Gegensatz zu dem ersten Soldaten erkannte er sie natürlich sofort, und obschon er die Stirn runzelte über ihr Ansinnen, vorgelassen zu werden, gab er widerstrebend nach. »Aber nur, weil der Prinz Euch ohnehin gestattet hätte, uns zu begleiten, wenn Ihr in Eurem Zelt gewesen wärt, als wir den Jungen geholt haben.«

Gaultry knirschte mit den Zähnen. Sowohl Benet als auch Tullier mussten ganz genau gewusst haben, wo sie die Nacht verbracht hatte. Es gab keinen Grund, weshalb sie nicht einen Soldaten hätten schicken können, um sie zu holen. »Benet hat mir *persönlich* den Schutz des Jungen anvertraut«, fuhr sie ihn an. »Das ist schließlich nicht bloß als schmückender Ehrentitel gedacht.«

Yveir wies mit einem Kopfnicken auf einen gekrümmten Pfad, der durch eine breite Lücke im Erdwall führte. Es handelte sich um einen ausgetretenen Trampelpfad zwischen dem dürren Gestrüpp, das sich über den Ringwall ausgebreitet hatte. »Geht in diese Richtung. Dort werdet Ihr sie schon finden.«

Gaultry dankte Yveir mit dem Zeichen der Göttinnen und ging vorsichtig weiter. Der Boden unter ihren Füßen wurde erst weich, als sie sich der Bresche näherte, und dann hart und festgetreten, als sie den Wall passiert hatte und wieder leicht abwärts auf den Duellplatz zuging. Das Gestrüpp hatte den Erdwall nicht nur von außen, sondern auch von innen her überzogen, und die wuchernden Büsche und der Nebel versperrten ihr die Sicht auf das kreisrunde Feld. Dann machte der Pfad eine leichte Biegung, und das Rund der Wiese tat sich vor ihr auf. Überrascht schnappte sie nach Luft.

Irgendein Zauber hatte den Nebel vom Duellplatz vertrieben. Er war nach außen gedrückt worden und wallte nun am Rand des Platzes wie Rauch außerhalb einer riesigen Glasglocke.

Was sie in dem freien Rund sah, übertraf ihre schlimmsten Vermutungen. Benet und Tullier standen ganz allein auf einer grasbewachsenen, ein wenig erhobenen Plattform in der Mitte des Kreises. Beide waren seltsam gewandet – sie trugen die gleiche graue Kampfbekleidung: Hemd, Stiefel, Hose; nur der Prinz trug noch dazu ein silbrig blaues Halstuch. Sie hatten die Stimmen ein wenig erhoben, doch wies nichts zwischen ihnen auf unverhüllte Angriffslust hin. Sie wurde von Zweifeln schier zerrissen und wich in den Schutz des Nebels zurück.

Dann drehte Tullier sich um, und sie erhaschte einen Blick auf die Waffe in seiner Hand: den Königsmacher.

»Das ist eine List«, rief der Junge heiser. »Und keine sehr freundliche, muss ich sagen.«

»Keine List«, erwiderte Benet. »Hierfür wurdest du ausgebildet. Dieser Moment wird unser beider Schicksal bestimmen.«

»Meine Vergangenheit habe ich hinter mir gelassen. Ich suche eine andere Zukunft für mich.«

»Was für eine Zukunft? Die Große Donnergöttin hat dich auserwählt. Wie könntest du dem entrinnen?«

»Ich werde Llara treu dienen, auf ewig«, sagte Tullier tapfer, doch ein kindliches Beben in seiner Stimme bewies seine wirren Gefühle. »Sie verweigert keinem Ihrer Getreuen die Liebe, doch ich werde niemals Liebe finden, wenn ich Euch töte.«

»Liebe?«, sagte Benet ungläubig. »Du meinst mit Lady Gaultry? Das kann nicht sein. Martin Stalker hat bei mir förmlich um ihre Hand angehalten. Und was Lady Gaultry angeht – du weißt doch, dass sie ihre Wahl längst getroffen hat.«

»Sie soll ihr Glück finden«, rief Tullier plötzlich hitzig. »Ich lasse mich nicht zu Eurem Werkzeug machen, um die Dinge zu verderben, die ihr am Herzen liegen!« Er fuchtelte herum, und seine Finger streiften die Klinge. Etwas an dem Metall lenkte ihn völlig ab. »Das Metall«, sagte er und vergaß für den Augenblick seine Leidenschaft. »Es fühlt sich lebendig an. Da drin bewegt sich etwas Lebendiges!«

»Weißt du, was das ist?«, fragte Benet. Gaultry erschien er im Vergleich zur hitzigen Erregung des Jungen gefährlich gefasst und ruhig.

Tullier schüttelte den Kopf.

»Richielles eigene Seele. Sie hat sie ihrem Körper entreißen und zu einem einzigen Zweck in diesen Dolch bannen lassen. Kannst du dir das vorstellen? Nur ein Hexenmeister in dieser Generation konnte genug Kraft ansammeln, um einen solchen Zauber zu bewirken, und das zu einem so verwerflichen Zweck. Dieser Hexenmeister war dein Bruder Lukas. Sie hat von ihm verlangt, ihre Seele in das Metall zu versetzen, um den *In Raku* zu schaffen.

Das war der Preis dafür, dass sie ihm half, die Kraft an sich zu reißen, die er dafür brauchen würde.«

»Lukas Seelenräuber war nur mein Halbbruder«, berichtigte Tullier ihn. »Ich habe ihn getötet. Ich werde auch die Ziegenhirtin töten und alles zunichte machen, was sie geplant hat, wenn Ihr mich nur lasst.«

Benet, der einer Vision nachhing, hörte nicht auf ihn. »Sie hat durch die Klinge zu mir gesprochen«, sagte er leise. »Ich habe mir damit in den Finger geschnitten, um die Macht der Waffe zu erspüren, und in diesem Augenblick hat sie zu mir gesprochen.«

Gaultry stand noch immer abseits im dichten Nebel, und plötzlich wurde ihr mit Schrecken bewusst, dass sie höchstwahrscheinlich nicht die Einzige war, die sich im Nebel verbarg. Richielle! Wann hatte sie Llaras Kessel erreicht? Und vor allem – wo war sie jetzt? Hinter Gaultry? Hinter Benet vielleicht?

In der Mitte des Kreises sprach Benet, der nichts von Gaultrys Anwesenheit ahnte, weiter. »Doch es scheint, als sei Richielle die Macht über ihre menschlichen Herden entglitten. Die alte Hexe wollte mich überreden, dir heute bei Sonnenaufgang mit dem Dolch die Kehle durchzuschneiden – ich aber hielt an meiner Krone als Prinz von Tielmark fest und rief die Zwillingsgöttinnen als Zeuginnen an, und noch während ich betete, verloren ihre Hexereien ihre Macht über mich. Mein Glaube gab mir die Kraft, ihr zu widerstehen.« Gaultry hörte den Stolz in seiner Stimme selbst aus dieser Entfernung.

»Richielle ist hier?« Tullier blickte sich unbehaglich um, erschrocken über dieselbe Erkenntnis, zu der Gaultry eben gelangt war. »Seit wann?«

»Seit Tagen«, erwiderte Benet. »Schon über eine Woche. Gleich am Morgen ihrer Ankunft wandte sie sich an meine Priesterinnen und übernahm die Segnungen vor den Kämpfen, doch mir gab sie sich erst in der Nacht nach eurer Ankunft zu erkennen – als sie mich zu überreden versuchte, mein Wort dir gegenüber zu brechen. Bei den Göttern, Junge, höre, was ich dir zu sagen habe!

Ich habe sie ganz allein besiegt, durch die Kraft meines Glaubens!«

Mit diesen Worten schien der Prinz wie verwandelt. Er strahlte eine Kraft aus, eine Energie, die Gaultry bei ihm bisher nur beobachtet hatte, wenn er als Prinz von Tielmark bedeutende Riten zelebriert hatte. Ihr sträubten sich die Haare im Nacken. Bei diesen Gelegenheiten spürte sie immer, wenn auch flüchtig und vage, das tiefe Band dieses Mannes mit der Erde Tielmarks.

»Elianté und Emiera waren mit mir«, schwor der Prinz ernst. »Sie haben mir die Kraft gegeben, selbst einer solchen Macht wie Richielle zu widerstehen. Ich werde kein eidbrüchiger König werden, indem ich meine Ehre und die des Landes besudele und meinen Schwur dir gegenüber breche.« Er hielt inne und streckte dann einen Finger nach der Spitze des *In Raku* aus. Tullier trat zurück, um die Klinge aus seiner Reichweite zu bringen, doch er war nicht schnell genug. Der dunkle Fleck, Benets Blut, verschwand, als habe die Klinge ihn aufgesogen.

»Doch endlich sehe ich einen Weg, Tielmark zum Königreich zu machen, ohne einen Jungen zu töten, dem ich meinen Schutz geschworen habe. Ich fordere dich auf, Tullirius Caviedo, Bissantiner Prinz von Tielmark, stich zu. Opfere meinen Leib der Erde, und löse auch Bissanty ein für alle Mal von Tielmark. Du wirst als Königsmacher in die Geschichte eingehen und in Balladen über Jahrhunderte weiterleben.«

Tullier trat noch weiter zurück. Er drückte beide Handflächen an den Dolch, um die scharfe Klinge zu bedecken. »Ist dies Richielles Wille?«

»Das ist nicht Richielles Entscheidung.« Benet trat auf ihn zu. »Warum zögerst du? Du brauchst keine Strafe zu befürchten. Ich habe alles unternommen, um deine Sicherheit auch weiterhin zu gewährleisten.«

»Das mag sein«, erwiderte Tullier barsch und wich einmal mehr zurück. »Doch ich habe derweil mit Eurer Gemahlin gesprochen, und eines steht für mich fest: Sollte ich Euch das Leben nehmen, könnte es für mich in Tielmark niemals eine sichere Zuflucht geben. Dafür könnt Ihr aus dem Grab nicht Sorge tragen.«

Gaultry gefiel es gar nicht, wie Benet den Jungen mit seinem Blick im Bann hielt. Er wartete auf etwas. Diese Unterhaltung mit Tullier war nur eine Art Vorgeplänkel. Er hatte noch einen Trumpf im Ärmel. Etwas, wovon er glaubte, den Jungen damit zum Handeln zwingen zu können.

»Mein Prinz.« Es war an der Zeit, sie zu unterbrechen und die immer dichter werdende Atmosphäre von Unabwendbarkeit zu zerstreuen, die Benet wachrief. Sie trat aus dem Nebel und enthüllte ihre Anwesenheit. Die Luft auf dem Duellplatz fühlte sich seltsam trocken an, fast erschreckend für ihre Haut, nachdem sie so lange im Nebel gestanden hatte. »Bitte verzeiht meine Verspätung.« Sie warf Tullier einen Blick und ein zittriges Lächeln zu, das Ermunterung ausdrücken sollte. »Ich wünschte, Ihr hättet mich geweckt.«

»Lady Gaultry«, sagte Benet lässig. Sie hielt es für kein gutes Zeichen, dass er sie anscheinend erwartet hatte. »Gut, dass Ihr gekommen seid. Welch eine Versammlung meiner Hexen.«

Im Nebel genau gegenüber entstand Bewegung. Richielle, das lange weiße Haar zu einem prächtigen Kopfputz aus Zöpfen und breiten Lederstreifen aufgesteckt. Sie war sogar noch ausgemergelter und hagerer, als Gaultry sie in Erinnerung hatte, doch ihr Gesichtsausdruck war nicht weniger wild.

»Hexe der Brut«, grüßte sie Gaultry und beugte leicht den Kopf. »Nun seid Ihr doch gekommen, um mit mir zu wetteifern, wer von uns die Königsmacherin sein wird. Nun, das hatte ich fast erwartet.« Ihre Zähne blitzten weiß aus dem Gesicht im Schatten. Unter ihren Gewändern bewegten sich ihre Hände, sammelten Kraft.

»Was hat sie hier zu suchen?«, fragte Gaultry. »Nach allem, was ich Euch von ihrer üblen Vergangenheit berichtet habe, heißt Ihr sie bei Euch willkommen? Ihr wisst, dass es sie nicht kümmert, was für ein König Tielmark regiert, welchen Preis wir für unsere Freiheit bezahlen.«

»Richielle hat während der langen Jahre der Wanderschaft viel gelernt«, erwiderte der Prinz mit harter Stimme. »Darunter auch, wie man einen König macht. Um das Geheimnis zu erfahren, mit dem sie ihren *In Raku* erschaffen konnte, musste sie viel über Waffen lernen und über die Kunst, wie man ihnen göttliche Macht verleiht. Es mag Euch überraschen, dass sie sogar den Sha-Muira-Kult studiert hat.«

Bei diesen Worten fuhr Tulliers Kopf herum.

»Wie Ihr vielleicht wisst«, fuhr der Prinz fort und begann dabei, das blaue Tuch an seinem Hals abzunehmen, »verfügen die Sha Muira über viele Zauber, um die Grenzen zwischen der Waffe, demjenigen, der sie führt, und dem Opfer des Angriffs zu verwischen.« Das Tuch fiel herab und enthüllte eine silberne Kette aus länglichen Gliedern, die viermal um seinen Hals gewunden war. Benet zog sie mit einer geschickten, schnellen Bewegung ab und ließ die rautenförmigen Glieder durch die Finger gleiten. Er wandte sich zu Gaultry um und kam von der Plattform herunter. Er hielt ihr die Kette nicht hin, doch seine ganze Haltung bot sie ihr an. »Von Richielle habe ich erstaunliche Dinge über die Ausbildung der Sha Muira erfahren …«

»Nicht!«, bettelte Tullier, plötzlich beinahe panisch.

Benet sprach erbarmungslos weiter. »Die Rituale, welche die jungen Lehrlinge vollziehen, sind wahrlich entsetzlich. Jeder Ritus zieht jene, die sich ihm unterwerfen, tiefer in den Kult hinein und bindet sie mit einer so gewaltigen Schuld, dass nur der Segen ihrer Göttin ihnen Erleichterung bringen kann. Ihr wisst natürlich, dass der Kult alle seine Mitglieder vergiftet und in innerliche Ketten der Pein legt. Doch das ist noch das Geringste dessen, was sie ertragen müssen, um Sha Muira zu werden. Euer Tullier hat die gesamte Ausbildung durchlaufen – bis auf die Rückkehr zur Insel der Sha Muira mit dem Beweis seines ersten Mordes.«

»Was ist das für eine Kette?« Gaultry konnte die Frage nicht zurückhalten.

»Gaultry«, sagte Tullier leise. »Bitte, berührt sie nicht. Seht sie nicht einmal an. Das bin nicht ich. Ich bin … alles, was ich bin, ist das, wozu Ihr mich gemacht habt.«

Sie zögerte, hin und her gerissen zwischen seinem Flehen und einem schrecklichen Drang, zu erfahren, welches Wissen, welcher Akt ihn mit solcher Reue und solchem Grauen erfüllen könnte. Während sie zauderte, stach ein erster Strahl des neuen Tageslichts über den Rand des Erdwalls und durchdrang den Nebel. Benet fuhr herum und streckte die Hände über den Kopf, die straff gespannte Kette hoch erhoben. Er war gerade groß genug, dass der Lichtstrahl auf die Kette treffen und ihre Glieder unnatürlich grell erstrahlen ließ.

Hinter dem Prinzen hatte Richielle die gleiche Bewegung vollführt. Dieses Licht, das die Kette funkeln ließ, war kein Zeichen der Götter, doch es war auch kein Zufall. Richielles Zauber hatten den Duellplatz in eine Nebelwand gehüllt, und nun spielte sie ihnen Streiche mit den Strahlen, die sie hindurchließ. Zweifellos wollte sie das Licht der aufgehenden Sonne hier so lange aufhalten, bis der Prinz und Tullier den entscheidenden Moment in ihrem listigen Plan erreicht hatten.

»Du kennst diese Kette.« Der Prinz sprach zu Tullier. »Du weißt, was sie enthüllen wird. Begrabe die Hoffnung, ihre Liebe zu gewinnen, Tullirius. Begrabe die Hoffnung, du könntest dir auch nur ihre Achtung erhalten.«

Tullier warf Gaultry einen verzweifelten Blick zu. Sie konnte daraufhin nur mit dem Kopf schütteln, denn sie verstand das nicht. Trotzdem sah er wohl etwas in ihrem Gesicht, das ihm Mut einflößte. »Ihr begreift gar nichts von meinem Leben«, sagte er zu Benet. »Ihr begreift nichts von den Drohungen, die mich bewegen könnten. Ich hätte nie erwartet, die letzten Wochen noch zu erleben. Jeder Tag war ein Geschenk für mich. Ich werde die Schönheit dieses Segens nicht mit meiner Gier besudeln.« Er wollte Benet den Dolch zurückgeben. »Ich gebe mich in Eure Hände, Benet von Tielmark. So wahr Llara meine Göttin ist, biete ich Euch aus freiem Willen dies an: Bewahrt meine Geheimnisse, und nehmt Euch stattdessen mein Leben.«

Benet konnte seine Überraschung nicht verbergen. »Junge …«, begann er.

Da trat Richielle einen Schritt vor. Sie hatte scheinbar ehrerbietig den Kopf gesenkt, doch ihre Hände vollführten eine bindende Bewegung.

Als Benet wieder sprach, klang seine Stimme kalt. »Das klingt beinahe edel aus dem Munde eines Sha Muira. Doch der Preis dafür, dass ich eure Geheimnisse bewahre – wird nicht *dein* Leben sein. Ich habe geschworen, dich zu beschützen, und ich werde nicht vom Pfad der Ehre abweichen. Wenn du also deine Geheimnisse vor Lady Gaultry verbergen willst – weißt du, was du zu tun hast.«

Diese gnadenlose Härte sah Benet gar nicht ähnlich. Offensichtlich beeinflusste Richielle ihn irgendwie, obgleich ihr Einfluss nicht stark genug war, ihn zum Bruch seines Ehrenwortes bewegen zu können.

»Mein Prinz«, sagte Gaultry. »Wenn Tullier nicht wünscht, dass ich erfahre, was diese Kette mir sagen könnte, so werde ich seinen Wunsch achten. Bei den Zwillingsgöttinnen! Verderbt unsere Freundschaft nicht zu solch niederen Zwecken.«

»Lady Gaultry, es ist nicht an Euch, zu entscheiden, was Ihr erfahrt oder nicht.« Benet schüttelte den Kopf und wickelte sich die Kette um die Hand. »Ich bin bereits in das Geheimnis dieser Glieder eingeweiht. Als Euer Herr ist es mein Recht, das Leid dieses Wissens mit Euch zu teilen.«

Er hätte weiter gesprochen, doch Tullier stürzte sich auf ihn. Seine Hände waren leer – den Königsmacher hatte er irgendwo unter seiner Kleidung verborgen. Er griff nach der Kette mit den rautenförmigen Gliedern. Benet beging den Fehler, sie hochzuhalten, außerhalb der Reichweite des Jungen, wodurch er seinen

Bauch ungeschützt zum Schlag darbot – den Tullier sogleich vollführte. Die beiden rangelten in einem Gewirr von Gliedern und Ellbogen. Benet war wesentlich stärker, doch Tullier war ein ausgebildeter Sha Muira und gewann rasch die Oberhand. Hätte Benet sich die Kette nicht ums Handgelenk gewickelt, so hätte der Junge sie ihm innerhalb kürzester Zeit entrissen.

Der Prinz hatte ebenfalls eine kämpferische Ausbildung und fiel in eine Abwehrhaltung. Dann erholte er sich von seiner Überraschung, griff seinerseits mit wütender Kraft Tullier an und drängte den Jungen zurück. Die beiden wirbelten im Kreis herum, als kämpfe ein großer Hund mit einer Katze. Die Katze würde dem Hund viele Wunden zufügen – bis zu dem Moment, da der Hund sie in den Fängen hatte.

Als Benet vorsprang und Tullier rückwärts vom Duellplatz trieb, nahm Gaultry aus dem Augenwinkel eine Bewegung wahr, die sie vom Kampf ablenkte. Richielle stand dicht neben ihr. Gaultry trat rasch einen Schritt zurück und wahrte argwöhnisch Distanz.

»In dieser Kette liegt die größte Schwäche und zugleich die Stärke Eures Jungen.« Die Ziegenhirtin lächelte hämisch.

»Kommt mir nicht zu nahe!« Es war schrecklich genug, die beiden Männer kämpfen zu sehen, ohne dabei auch noch Richielle abwehren zu müssen.

Die Ziegenhirtin öffnete die Finger der ausgestreckten Hand wie Spinnenbeine. »Da Ihr den Jungen so liebt«, höhnte sie, »möchtet Ihr nicht erfahren, was er getan hat, um die Glieder dieser Kette zu schmieden?«

»Ihr könnt den Ereignissen nie gestatten, einfach ihren Lauf zu nehmen, nicht wahr?«, tobte Gaultry, die gleichzeitig darauf bedacht war, den Prinzen und Tullier zu trennen und ihre Angst vor der alten Frau zu überwinden. »Auf alles müsst Ihr heimlich Einfluss nehmen; Ihr erzwingt alles mit magischen Mitteln. Vertraut Ihr so wenig auf Euch selbst, dass Ihr allen anderen ebenfalls nichts zutraut?«

Auf der Plattform wurde der Kampf zunehmend hässlicher. Benet schrie vor Wut und Schmerz, als Tullier ihm einen harten Schlag seitlich an den Hals versetzte. Er holte zum Gegenschlag aus und schlug mit der Kette nach Tulliers Gesicht. Hätte Tullier nicht auf dem kleinen Abhang gestanden, dann hätte sein reflexhafter Schritt zurück nicht ausgereicht, um das Ohr auf der Seite des Kopfes zu retten, wo die Kette ihn streifte.

»Die Pflicht hat den Prinzen von Tielmark endlich eingeholt«, bemerkte Richielle höhnisch und streckte erneut die Hand aus. »Nun müssen wir nur noch die tiefsten Instinkte Eures Jungen hervorkitzeln.« Irgendwie gelang es der Ziegenhirtin, Gaultrys Hand zu berühren. Ein Knistern magischer Macht schoss so rasch wie brennendes Öl Gaultrys Arm entlang. »Hier, Junge!«, rief Richielle. »Sieh dir an, worum du kämpfst!«

Eine Hülle aus gelben Flammen blitzte um Gaultrys ganzen Körper auf und war sogleich wieder erloschen. Tullier, der auf Richielles Ruf hin einen raschen Blick auf sie geworfen hatte, erbleichte und wich einem Schlag von Benet aus.

»Was hat er gesehen?«, fragte Gaultry wütend. Der Zauber war so rasch erloschen, wie er aufgeflammt war.

Richielle lächelte nur schweigend.

Die beiden Männer rangen nun miteinander. Als sie sich wieder trennten, hatte Tullier es geschafft, die silberne Kette an sich zu reißen. Er warf sie in einem glitzernden Bogen so hoch und weit, dass sie im Nebel verschwand. Doch Benet – in dem Sekundenbruchteil, als aller Augen dem Bogen der fliegenden Kette folgten, hatte Benet den Königsmacher in Tulliers Kleidern gefunden. Er riss ihn an sich und griff Tullier damit an.

»Ihr habt geschworen, ihm nichts zu tun!«, heulte Gaultry auf. Sie wollte hinüberlaufen, doch Richielle an ihrer Seite hielt sie auf. »Ihr *lenkt* den Prinzen.« Gaultry fuhr vorwurfsvoll zu der Ziegenhirtin herum. »Er hat Eurem Bann widerstanden, der ihn zum Töten zwingen wollte, doch er konnte Euch nicht daran hindern, Euch in seine Pläne einzuschleichen.«

Richielles Augen blitzten ebenso belustigt wie bösartig auf. »Ich habe nur seinen inneren Willen an die Oberfläche gebracht. Ich habe es Euch doch gesagt: Keine Zukunft kann erwachsen, wenn der Kern dafür nicht von Anfang an vorhanden ist. Selbst ein mutiger Mann trägt einen Kern der Verzweiflung in sich. Und Euer Junge ...« Die alte Frau warf Gaultry einen abschätzigen Blick zu, der so voller Bosheit war, dass die junge Frau erschauerte. »Euer Junge hat beinahe fünfzehn Jahre lang für die reine Freude am Töten gelebt. Ein solches Verlangen können zwei Monate nicht sehr tief begraben!«

Gaultry fuhr entsetzt zu den kämpfenden Männern herum.

Was auch immer Richielle tat, *beide* Männer standen unter ihrem Bann. Benets Angriff auf Tullier zielte darauf ab, ihn in rasende, mörderische Wut zu versetzen – und Tullier *wollte* jetzt wütend genug werden, um ihn zu töten. Das Licht, das Richielle auf Gaultrys Haut hatte aufflackern lassen – es hatte ihm irgendetwas gezeigt, das ihn zum Kämpfen antrieb.

Mit einer plötzlichen, schnellen Bewegung wand der Junge seinem Gegner den *In Raku* aus der Hand. Benet stürzte sich auf ihn und bekam eine Hand voll von Tulliers Haar zu packen. Als der Junge ihn abwehrte, blitzte die Klinge gefährlich nahe an Benets Kehle vorbei.

»Andion Götterkönig«, rief Richielle beschwörend, als sie den Sieg eines der Männer schon fast gekommen sah. Sie machte eine ausholende Geste gen Himmel in Richtung der aufgehenden Sonne, und die Nebelschwaden schmolzen dahin. »Bezeuge dies: Ein König wird heute gemacht, und wir erflehen die Gnade Deines Segens dafür. Ich stehe heute als Königsmacherin vor Dir und erbitte Deine Einwilligung.«

Plötzlich brach die goldene Sonne durch und verwandelte alles, das sie berührte, von gespenstischem Grau zu leuchtenden Farben. Gaultry zitterte. *Andion Götterkönig!*, betete sie. *Hör nicht auf sie. Sie ist zu zornig und zu verbittert, um einen König zu machen.*

Neben ihr wiederholte Richielle ihre Anrufung.

»Haltet den Mund.« Gaultry schlug Richielle mit überraschender Kraft die Faust mitten ins Gesicht. »Altes Weib, Eure Zeit ist vor fünfzig Jahren gekommen und wieder verstrichen. Ich werde nicht daneben stehen und zulassen, dass Ihr so etwas tut.«

Ganz kurz flackerte Zweifel in den Augen der Ziegenhirtin auf. Dann griff sich die alte Frau an die Brust, wo sie in ihrem Gewand ihre Rhasan-Karten verwahrte. »Ihr könnt mich nicht aufhalten!«

»Eure Karten sind verwässert!«, erwiderte Gaultry, in der nun Zorn aufwallte. »Eure Worte haben ihre Macht über die Zukunft verloren! Fünfzig Jahre der Planung haben Euch schwach gemacht, nicht gestärkt!« Sie schlug mit einem Stoß goldener Magie nach ihr. »Wenn Ihr mich hier heraushalten wolltet, hättet Ihr schon Eure magischen Schafe mitbringen müssen!«

Die alte Frau taumelte zurück.

Die junge Hexe schlug wieder zu im durchaus nicht festen Vertrauen darauf, dass die Knochen der Alten ihr nicht lange widerstehen konnten, und zwang Richielle auf die Knie. Die goldene Macht, welche sie durchströmte, war wie ein Echo des Glücks, das sie bei Martin empfunden hatte. Gaultry hätte vor Freude gelacht, wenn Richielles Angst diesen Augenblick nicht verdorben hätte. Gaultry hatte ihre *Glamour*-Kraft so lange gefürchtet – wenn sie nur gewusst hätte, wie gut es sich anfühlen konnte, sie zu besitzen!

Ein Schrei hinter ihr, von Benet oder Tullier, ließ sie augenblicklich ihren Jubel vergessen. Gaultry blickte auf Richielle hinab, die auf den Knien hockte, aber immer noch vor sich hin murmelte: Sie wirkte einen Zauber, der den Nebel teilen und Andions Licht mit voller Kraft zu ihnen herablenken würde. Noch auf den Knien versuchte die Ziegenhirtin, Königsmacherin zu spielen.

Zeit, dachte Gaultry. Hier ging es um den richtigen Zeitpunkt. Richielle war die Ablenkung, nicht das Ziel. Das einzig Wichtige war, dass Andions Licht nicht auf einen gewaltsamen Tod herabschien. Sie weckte ihre Kräfte und wandte sich wieder Benet und Tullier zu. »Hört auf, alle beide!«, kreischte sie. Als sie Benets Hemd berührte, wurden ihre Finger taub und gefühllos. Der Prinz und Tullier wurden von einem starken Zauber abgeschirmt, der sie beide an den *In Raku* band: die Macht von Richielles Seele, die von der Klinge ausstrahlte.

Einen Augenblick lang kratzte Gaultry wirkungslos an der Oberfläche des magischen Schildes herum. Tulliers Hand, die Benet fest gepackt hatte, sauste mit dem Dolch knapp an ihrem Gesicht vorbei. Sie fuhr zurück – gerade noch schnell genug. Brennende Hitze flammte auf ihren Wangen, als der *In Raku* sie berührte, sie jedoch wundersamerweise nicht verletzte.

Hinter ihr lachte Richielle.

Das war zu viel. Sie würde das alte Weib nicht gewinnen lassen. Ihre Magie schoss aus ihr heraus, ein glühend goldener Feuerball, und Gaultry lenkte sie auf die Finsternis in dem Kreis, auf Richielles Seele, den Königsmacher. Tullier und Benet schrien zugleich vor Schmerz auf – und dann flog der Dolch Tullier aus der Hand. Richielle kreischte wutentbrannt auf, doch sie konnte sich nicht schnell genug wieder sammeln, denn Gaultry hatte sich auf den Dolch geworfen und ihn an sich gebracht.

Gaultry krabbelte zur Mitte des Duellplatzes und die Plattform hinauf. Sie hielt den Königsmacher der aufgehenden Sonne entgegen. »Götterkönig! Sieh her! Die Ziegenhirtin versprach etwas, das sie nicht halten kann!«

»Achavell soll dich holen!«, kreischte Richielle. »So leicht bin ich nicht aufzuhalten!«

Die alte Hexe breitete die Arme aus, als begrüße sie eine große Macht. Gaultry spürte, wie sich Magie gefährlich zusammenballte. »Ich gestehe es ein: Meine Tage als Königsmacherin sind vorüber! Doch Tielmark muss aus den Ketten Bissantys befreit werden, und eine andere muss sich erheben, um meinen Platz einzunehmen.« Die Ziegenhirtin taumelte und stürzte, als die Anstrengung dieses neuen Zaubers sie überwältigte. »Die Königsmacherin ist *Gaultry Blas!*«

Der Drang, der sich der jungen Jägerin bemächtigte, war eher Traurigkeit denn mörderische Wut. Als sie dort stand, in goldene Magie gehüllt, den hässlichen dunklen Splitter von Richielles Seele in der Hand, stieg die Seele eines jeden Mannes vor ihrem inneren Auge empor, der jemals auf dieser Plattform gestanden hatte. Tapfere Männer, Feiglinge, Angeber, Narren, alle in den Westen nach Haute-Tielmark gekommen, um die Grenzen ihres Landes zu verteidigen.

Nun war sie an der Reihe.

Ihr Prinz stand vor ihr, unbewaffnet und willens, sein Herzblut der Erde als Opfer darzubringen. Alles, was er brauchte, war ein treuer Untertan, der tun konnte, was getan werden musste, um Tielmark auf immer und ewig von der Bedrohung der bissantinischen Versklavung zu erlösen. Das Bild war so stark, so wirklich, dass sie sich nicht vorstellen konnte, das sei eine falsche Vision. Dies war ihr großer Augenblick. Wie durch einen Wolkenschleier erkannte sie die Wahrheit: *Sie musste den Wunsch ihres Prinzen erfüllen. Sie konnte ihn zum König machen; sie würde diejenige sein, die die Prophezeiung der Brut erfüllte, Tielmark befreite, ihre Familie, alle, die sie liebte.*

Benet sah ihren Gesichtsausdruck, löste sich von Tullier und kam zu ihr auf die Plattform. Die aufgehende Sonne ließ sein weizenblondes Haar wie Flammen leuchten. Seine Augen blickten zugleich ernst und von Frieden erfüllt.

»Tut es«, sagte er. Er sank vor ihr auf die Knie und hob das Kinn. »Zerbrecht die Ketten der Götter, Königsmacherin, und schmiedet sie neu mit meinem Blut.«

»Mein Prinz.« Sie zitterte, denn nach der jubelnden Freude, ihre Macht nun ganz zu beherrschen, gefiel ihr dieses Gefühl nicht, aus der Balance geraten zu sein. Dennoch sah sie sich wie aus weiter Ferne den Dolch zum Stoße heben. »Ich rufe die Großen Zwölf um ihre Führung an. Ihr Befehl muss über Eurem stehen –«

Ein Schrei des Entsetzens durchdrang den Nebel. Gaultry

blickte auf und glaubte einen Moment lang, sie träume. Auf dem Pfad, der zum Duellplatz führte, rannte Prinzessin Lily mit ausgestreckten Armen auf sie zu. Hinter ihr erschienen weitere, ebenso unerwartete Gestalten. Tamsanne und Lady Julie und hinter ihnen Julies Familie; dazu noch Mervion, Palamar und Dervla. Martin war auch bei ihnen, nur mit halber Rüstung angetan und einem Ausdruck auf dem Gesicht, als habe man ihn urplötzlich aus seinem üblichen Morgen soldatischer Pflichterfüllung gerissen. Die Geheime Brut war im Großaufgebot ausgerückt.

Unerklärlicherweise war auch Elisabeth bei ihnen. Sie trug eine schwarze Robe über einem fließenden grünen Gewand, das ihr in üppigen Falten bis auf die Knöchel fiel. Gaultry brauchte einen Augenblick, um sich daran zu erinnern, wo sie dieses Kleid schon gesehen hatte: Dies waren die förmlichsten Roben der Hohepriesterin von Tielmark, die sie nur zu Ritualen von allerhöchster Bedeutung anlegte.

All das huschte Gaultry durch den Kopf, während Lily kreischend auf sie zurannte, den anderen Hexen der Brut und Elisabeth um einige Längen voraus.

»Ungeheuer!«, schrie Lily. Vage erkannte Gaultry, dass die Prinzessin damit sie, Gaultry, meinte, die mit erhobenem Dolch vor dem knienden Prinzen stand. »Nehmt mich«, flehte Lily mit vor Entsetzen und Sorge verzerrtem Gesicht. »Tut ihm nichts!« Zunächst kam Gaultry die Entfernung zu Lily sehr weit vor, dann war sie unerträglich nahe. »Nehmt mich an seiner Stelle.« Die junge Prinzessin warf sich auf sie. Gaultry stand mit dem *In Raku* in der Hand da, starr wie eine Statue, noch immer halb geblendet von der Vision, die Richielle ihr eingegeben hatte. Kreischend stürzte Lily sich in die Klinge, um den Stoß auf ihren Gemahl mit ihrem Körper abzufangen.

Inzwischen hatte Gaultry sich so weit aus Richielles Fängen gelöst, dass sie gar nicht mehr zustoßen wollte. Doch in diesem Augenblick erwachte die Klinge selbst zum Leben. Sie fuhr nieder, Gaultrys Einfluss entzogen, und zielte auf die Brust der Prinzessin.

Ein gewaltiger Ausbruch von Magie zerriss die Luft und hielt den tödlichen Dolchstoß auf. Reine grüne Macht, durchsetzt mit den Farben alles Lebendigen und Toten, wallte auf, erschuf einen Lichtkranz wie einen Rahmen, in dem die Welt erstarrte wie Eis auf einem winterlichen Teich. Selbst Lily war in Zeit und Raum erstarrt, ihr Mund mitten im Wehgeschrei eingefroren, die ausgestreckten Arme steif und reglos.

Gaultry, halb geblendet von dem grellen Licht, war die Einzige, die sich noch bewegte. Langsam wie eine Ameise in einem Honigtropfen, doch sie konnte sich bewegen. Die erbitterte Magie des Königsmachers besaß ebenfalls noch Schwung. Gaultry kämpfte darum, die Klinge abzuwenden, doch es gelang ihr nicht. Sie konnte nur mit ihrer *Glamour*-Kraft um sich schlagen und alles in goldenes Licht tauchen, doch auch das zeigte keine Wirkung.

Auf einmal bewegte sich noch etwas anderes in der Starre. Elisabeth Climens. Ihr entschlossenes junges Gesicht erschien mitten in dem strahlenden Lichtkranz. Ihre vollen roten Lippen waren vor Ernst verzerrt, und sie vollführte ungeschickt aussehende Bewegungen mit den Händen – als sei sie mit dem, was sie tat, nicht vertraut und müsse ihre äußerste Willenskraft aufbieten. Sie trat durch die glitzernden Splitter ans Licht, eilte an Lily vorbei und wollte nach dem *In Raku* in Gaultrys Hand greifen. Dort traf sie auf eine Wand – sie konnte den Wall aus goldenem *Glamour*-Licht nicht durchdringen, der die junge Jägerin vollständig einhüllte. Elisabeth hielt inne, zog nachdenklich die Nase kraus und versuchte wieder, die Magie zu durchdringen. Schließlich blickte sie Gaultry in die Augen. Ihre Miene hellte sich auf, als sie sah, dass Gaultrys Bewusstsein nicht erstarrt war. »Gebt mir den Dolch«, drängte Elisabeth. »Ich kann diesen Zauber nicht mehr lange aufrechterhalten. Gebt ihn mir, oder Lily wird sich ganz sicher verletzen.«

»Was seid Ihr?«, fragte Gaultry ohne Stimme, während sie den *Glamour*-Wall sinken ließ, damit Elisabeth an die Waffe gelangen konnte.

»Die neue Hohepriesterin von Tielmark.« Elisabeth lächelte verlegen, eher vor ängstlicher Erregung denn aus Freude. Sie warf Gaultry einen nervösen Blick zu. »Ich kann es selbst kaum glauben – aber seht Ihr? Es muss wahr sein. Wer sonst könnte über solche Macht verfügen?« Mit diesen Worten nahm sie Gaultry den Dolch aus der Hand, barg ihn in ihrer Robe und trat zurück. Der grüne Lichtkranz verpuffte.

Lily prallte gegen Gaultrys Knie, plötzlich wieder vom eigenen Schwung vorangetragen. Sie wusste nicht, dass Elisabeth den Dolch in Sicherheit gebracht hatte, und ihre hysterische Entschlossenheit, ihren Mann zu beschützen, war schrecklich anzusehen, bis Elisabeth sie endlich beruhigen konnte.

Doch selbst als sie verstanden hatte, lag ein nachtragender, mürrischer Ausdruck in den Augen der jungen Prinzessin.

26

Die helle Morgensonne, deren Strahlen Richielles magischer Nebel so lange verborgen hatte, war nun vollständig über dem Rand des Erdwalls aufgegangen. Elisabeths Lippen wurden schmal. »Wir müssen uns sputen«, sagte sie herrisch. »Bildet einen Kreis um die Plattform.« Sie nahm die Hand der Prinzessin und bedeutete Gaultry, ebenfalls in den Kreis zu treten.

Richielle wollte sich ihr widersetzen, erstarrte jedoch, als Elisabeth ihr einen Blick zuwarf und die Hand an ihre Amtskette legte. Aus ihrer Geste sprach eine gemessene Entschlossenheit, welche an eine edle Ritterin erinnerte, die sich für die Schlacht rüstet. »Wir können Bissanty nicht ewig bekämpfen, Ziegenhirtin«, sagte Elisabeth mit kalter Stimme. »Tielmark muss seinen

König haben. Nach Lousielles Prophezeiung muss der Akt, der das Königtum erringt, von der ganzen Brut gemeinsam getragen werden und darf nicht einer Person allein obliegen. Jetzt nehmt Euren Platz im Kreis ein, oder ich lasse Euch mit Gewalt einbinden.«

Richielle sah aus, als werde sie gleich ersticken. »Ich erkenne Euch«, sagte sie. »Ihr seid nichts weiter als Blut vom Blute der Brut. Das gibt Euch kein Recht, mir Befehle zu erteilen.«

»Ihr habt Eurem Schwur, den Ihr Lousielle selbst geleistet habt, lange genug zuwider gehandelt«, erwiderte Elisabeth hitzig. »Darüber hinaus bin ich nun zur Hohepriesterin Tielmarks erhoben worden, und das gibt mir die Macht, Euch zu befehlen. Ihr *werdet* Euren Platz dort einnehmen.« Elisabeth zeigte auf die Stelle. »Dort, mit dem Gesicht im Schatten. Lady Gaultry.« Elisabeth deutete wieder auf die Stelle, die sie bestimmt hatte. »Ich wäre Euch dankbar, wenn Ihr die Ziegenhirtin an ihren Platz bringen würdet. Ihr werdet zu ihrer Linken stehen, wenn wir den Kreis bilden.« Sie sah die anderen Mitglieder der Brut an. »Ihr wisst, was zu tun ist. Nehmt eure Plätze ein und macht euch bereit.« Nur einer vom Blute der Brut hatte noch keinen Platz zugewiesen bekommen. »Der Wandersmann wird Richielles rechte Seite übernehmen.«

Gaultry, die Richielle zu ihrem Platz zog, warf der alten Frau einen argwöhnischen Blick zu, den die Ziegenhirtin, deren Gesicht dumpf und verschlossen wirkte, nicht erwiderte.

»Was geht hier vor?«, fragte Gaultry, als Martin an Richielles andere Seite trat.

Er schüttelte den Kopf. »Das wissen allein die Götter. Die Brut ist die ganze letzte Nacht hindurch geritten, um bei Sonnenaufgang hier zu sein. Anscheinend ist Dervla als Hohepriesterin abgesetzt worden – und dieses Mädchen hat ihre Stelle eingenommen. Ich wollte gerade die letzten Vorbereitungen für den Angriff treffen, als ihr Bote gerannt kam und mich zurückrief.«

Gleich darauf hatten alle vom Blute der Brut sich nach Elisabeths Anweisung rund um die Plattform aufgestellt – einige von ihnen, darunter Richielle, äußerst widerwillig, aber folgsam. Gaultry wusste nicht recht, was sie von all dem zu halten hatte. Dervla, ihres Amtes enthoben, schien halb wahnsinnig vor Wut, halb gebrochen vor Sorge. Unerklärlicherweise wirkte Palamar vollkommen gefühllos, als sei sie seelisch zusammengebrochen. Es war offensichtlich, dass die vielen Tage der Reise von Princeport zur Grenze sie völlig erschöpft hatten, doch es war mehr als das. Gaultry hatte nie geglaubt, dass Palamar viel von der kriegerischen Magie ihrer Großmutter Marie Laconte geerbt hatte, doch die junge Gehilfin erschien nun so ausgelaugt und schwach, dass Gaultry ihre vorigen Annahmen berichtigen musste. Was war nur in Princeport geschehen, dass Dervla und Palamar so schmachvoll tief gefallen waren?

Lady Julie erschien an Gaultrys anderer Seite. Die Haltung der alten Sängerin wirkte ein wenig ermutigend: Obgleich sie Gaultry kaum zur Kenntnis nahm, ruhte ihr Blick mit einem Ausdruck von Besitzerstolz auf Elisabeth.

»Was geht hier vor?«, fragte Gaultry die Sängerin.

Julie gebot ihr zu schweigen. »Folgt Elisabeth«, sagte sie. »Bei den Großen Zwillingen! Heute werden wir einen Gott sehen, wenn Ihr nur Elisabeth folgt.«

Gaultry blickte verloren über die Schulter zurück und suchte nach Tullier. Sie hatte ihn aus den Augen verloren, seit ihre Magie ihm den *In Raku* aus der Hand geschlagen hatte. Doch der Duellplatz war nicht mehr menschenleer – Soldaten, Dienstboten und alles mögliche Gefolge hatte sich den Hexen der Brut angeschlossen, begierig darauf, das Kommende mit eigenen Augen zu sehen. Sie entdeckte Yveir, und bei ihm standen Fredeconde, der junge Elthois und alle anderen des kleinen Kuriertrupps.

Doch bevor sie in all dem Durcheinander Tullier entdecken konnte, lenkte Elisabeths Ruf ihre Aufmerksamkeit zurück in den Kreis.

Die junge Hohepriesterin hatte Benet und Lily Seite an Seite, der Sonne zugewandt, in den Kreis gestellt. Sie legte den *In Raku*, den sie Gaultry abgenommen hatte, in Benets Hände, und den Dolch, der einmal Dervla gehört hatte, in Lilys.

»Kreuzt die Klingen«, ordnete Elisabeth an und blinzelte, als auch sie sich der Sonne zuwandte. »Befehlt Euch Andions Gnade und kreuzt die Klingen, schnell und hart.« Richielle stieß ein wütendes Heulen aus und wollte aus dem Kreis ausbrechen. Elisabeth blickte kalt auf sie hinab. »Haltet sie«, herrschte sie Martin und Gaultry an.

»Es ist nicht mein Wille, auf diese Weise benutzt zu werden!«, kreischte Richielle wütend, als Gaultry und Martin sie packten. Die Haut der Ziegenhirtin fühlte sich klamm an. Sie hatte Angst, doch aus irgendeinem Grund war sie auch verzweifelt. Gaultry fing Martins Blick auf, während sie sie niederrangen, um sie nach Elisabeths Anordnung zu einem gehorsamen Teil der aufgestellten Szene zu machen. Es gab ein unerwartetes Summen von Magie, als Gaultry und Martin sie gemeinsam in magische Bande schlugen. Über Richielles Kopf hinweg sahen sie einander wieder an, freudig überrascht; allerdings wurde Gaultrys Freude darüber, auf diese Weise mit Martin zusammenzuarbeiten, stark beeinträchtigt durch das schiere Entsetzen der alten Frau, die sie banden.

»Lasst mich frei!«, flehte Richielle.

»Ihr habt Euch selbst gebunden«, erwiderte Elisabeth unerbittlich. »Es ist die Prophezeiung der Brut, die Euch in diesen Kreis bannt – nicht mein Wille. Wenn Ihr sie fürchtet – dann nur deshalb, weil Ihr nun ernten müsst, was Ihr gesät habt.«

Richielle wurde totenstill. Sie sagte nur noch: »So habe ich es nicht gewollt.«

Elisabeth wandte sich wieder dem Prinzen zu. »Rasch, bevor die Sonne höher steigt! Schlag die Klingen zusammen.«

»Zu welchem Zweck?«, fragte Benet. Das Schauspiel der sich aufbäumenden Ziegenhirtin verstörte ihn, und er hatte sich noch nicht an den Gedanken gewöhnt, dass dieses schlanke junge Mädchen seine neue Hohepriesterin war.

»Wollt Ihr König werden?«, fragte Elisabeth fordernd.

»Ja, das will ich.«

»Dann müsst Ihr und Eure Gemahlin die Klingen kreuzen. So wahr Elianté und Emiera unsere göttlichen Herrinnen sind, zeigt den Großen Zwölf im Himmel die Liebe, die Ihr für Tielmark hegt. Wenn Ihr die beiden Klingen zerschmettert, wird die Magie darin freigesetzt, und dann könnt Ihr Euren eigenen Pfad wählen.«

»Aber das Rot des Königs –«

»Seht dort, am Himmel.« Elisabeth erhob die Arme zur Sonne. »Andions Auge ruht auf Euch. Ihr allein könnt Ihm Euren Glauben beweisen. Eure Brut – wir werden Euch unterstützen, uns zu einer gewaltigen magischen Macht verbinden, um Euren Ruf zu Andion zu tragen.« Sie trat von der Plattform herunter und nahm ihren Platz im Kreis zwischen Palamar und Dervla ein.

»Fasst einander bei den Händen«, befahl sie. Gaultry und Martin gelang es mit einiger Mühe, Richielles Hände zu packen. Lady Julie nahm Gaultrys andere Hand, und der Kreis schloss sich. Gaultry spürte einen kleinen Stoß, Elisabeths machtvolles Grün der Hohepriesterin, die goldene Kraft Mervions und dann eine Farbe nach der anderen von jeder der versammelten Hexen, die in einem ungebrochenen Strom durch ihrer aller Körper flossen.

Einen Schwindel erregenden Moment lang verlor sich Gaultry in der Erde, wie Tamsanne sie fühlte: das Geheimnis von Wurzeln und Stämmen, der uralte Tanz unter der Oberfläche des Bodens. Dann berührte sie ein Schwaden wütendes Schwarzgrün, stark zusammengeschrumpft, seiner magischen Macht beraubt – das war Palamar. Martin war leuchtendes Blau, die Kraft der See.

Elisabeth lenkte den vielfarbigen Strom ihrer vereinten Kraft als Spirale gen Himmel, der Sonne entgegen.

Über dem Kreis der Hexen, mitten auf der erhabenen Plattform des Duellplatzes, standen Benet und Lily einander gegenüber und starrten sich ein wenig furchtsam an. Sie hatten einander seit fast einem Monat nicht mehr gesehen. Beide nahmen Veränderungen wahr, die den anderen ein wenig fremd erscheinen ließen. Lily sah die Schmerzen, die ihr Gemahl gelitten hatte, den Kampf, die Verletzung. Benet sah den sich wölbenden Leib seiner Gemahlin und die Anstrengung, die es sie gekostet hatte, seinen Hof zu leiten.

Lily hob ihren Dolch zuerst. Die Klinge blitzte im klaren Sonnenlicht. Ihre Augen erstrahlten hoffnungsvoll. »Schlag zu, mein Geliebter, für die Zukunft Tielmarks.«

Benet ließ sich von ihrer Hoffnung anstecken und hob ebenfalls den Dolch. »Für Tielmark!«, schrie er und ließ ihn hart auf Lilys Klinge niedersausen.

Als Klinge auf Klinge traf, stieß Richielle einen entsetzlichen Schrei aus. Es gab eine Verschmelzung der Kräfte, Funken stoben auf. Lily taumelte unter Benets heftigem Schlag zurück. Beide Klingen leuchteten auf und strahlten tödliche weiße Hitze aus.

»Noch einmal!«, rief Elisabeth. Bei diesen Worten erhob sich die Magie des Brut-Kreises noch höher, schraubte sich in den Himmel wie ein Wirbelsturm, ein lebendiger, magischer Sturm.

Benet schlug von neuem zu. Diesmal hatte Lily den Schlag erwartet und hielt stand. Er hob den *In Raku*, um ein drittes Mal zuzuschlagen.

Eine Schockwelle sengender Energie ließ ihn einhalten. Eine Lanze aus Licht schoss von der Sonne hernieder und schuf eine leuchtende Feuerspur, eine Verbindung zwischen Himmel und Erde.

– WAS BEGEHRT IHR VON MIR? –

Selbst die Luft erzitterte vor dieser Macht.

Andion war kein junger Gott wie die Zwillinge von Tielmark. Er war uralt und gemeinsam mit Seiner Gefährtin Llara und dem Meeresgott Allegrios die allumfassende Macht, welche die Welt erschaffen hatte. Als die Zwillingsgöttinnen auf die Erde herabgestiegen waren, hatten Sie sich in menschliche Gestalt gehüllt – schreckliche, Furcht einflößende menschliche Gestalten, aber dennoch menschlich. Andion ließ an diesem Morgen Sein Feuer den Nebel verdampfen, der Schall Seiner Worte hallte an der feurigen Lanze entlang hernieder, doch bis auf Seine Worte selbst war nichts Menschliches an Ihm. Gaultry drehte sich um und erkannte mit bebendem Herzen, dass der Große Götterkönig nicht die Absicht hatte, sich in irgendeiner anderen Gestalt als Seiner überwältigenden Kraft zu zeigen.

»Einen König!« Nachdem die Worte des Gottes die Erde hatten erbeben lassen, klang Elisabeths Stimme dünn und schwach. »Schlagt zu, mein Prinz, und zeigt den Göttern Euren Wunsch, König zu werden!«

In der Mitte der Plattform gaben die Knie des Prinzen und seiner Gemahlin nach, doch sie stützten einander und schafften es, sich auf den Beinen zu halten. Wieder schlug Benet auf Lilys Klinge ein. Weißes Licht erstrahlte aus dem Metall, und der wirbelnde Kraftstrom der Brut umschloss es und schraubte sich wie ein Trichter an Andions Lanze empor.

Andions machtvoller Strahl leuchtete einen Augenblick lang noch greller, doch darüber hinaus tat sich nichts.

Gaultry, die Richielles klauenartige Hand auf der einen und Julies gepflegte, zarte Finger auf der anderen Seite hielt, spürte den Zweifel, der den Kreis überkam. Irgendetwas funktionierte nicht wie geplant. All ihre Macht, die gesamte Kraft ihres magischen Feuers – es war nicht genug.

Bestürztes Murmeln erhob sich aus der Menge der Augenzeugen. Das Tageslicht breitete sich immer weiter aus, das Feuer des Gottes verlief sich allmählich, der Moment der alles umwälzenden Macht verflog. Elisabeths Gesicht verzerrte sich vor ängstlicher Bestürzung. Sie hatte nicht erwartet, dass ihre Gestaltung dieser Anrufung zu wenig bewirken und sich zerschlagen würde. In diesem Augenblick sah sie Gaultry an, eine Frage, ein Gebet in ihrem Blick. »Der Kreis braucht mehr«, rief sie. »Gaultry, gebt uns mehr!«

Gaultry ließ ihre *Glamour*-Magie ausströmen, weiter als je zuvor, und versuchte, die konzentrierte Macht der göttlichen Feuerlanze zu erhalten. Der wirbelnde Strom aus der Magie der Brut nahm einen goldenen Schimmer an – ein Schimmer, der abrupt aufstrahlte, als Mervion sah, was Gaultry versuchte, und ihre eigene, so besondere goldene Kraft hinzugab. Gaultry spürte eine sanfte Wärme, die vertraute Liebe ihrer Schwester.

Andions feurige Lanze, nur eben so noch durch einen dünnen Faden des Interesses mit Benets *In Raku* verbunden, leuchtete in der wirbelnden Umarmung ihrer vereinten *Glamour*-Kräfte rot auf, für den Moment wieder auf die Klinge ausgerichtet.

– AH –, sagte der Gott, – *GLAMOUR*. DAS ERFREUT MICH MEHR ALS DIESE GEBROCHENE SPIRALE. –

Als die Brut keinerlei Reaktion auf diese Worte zeigte, erkannte Gaultry, dass nur sie und Mervion sie vernommen hatten. Sie blickte quer durch den Kreis und fing Mervions Blick auf. Ihre Schwester nickte, ihr verbunden in Schmerz und Freude, die sie teilten, während sie die Macht des großen Gottes berührten und vom Ihm berührt wurden.

»Gib mehr hinein«, rief Gaultry ihrer Schwester zu und verdoppelte selbst ihre Anstrengungen.

Mervion schüttelte den Kopf. »Ich kann nicht!«, schrie sie, beständig bemüht, in ihrer Magie nicht nachzulassen. »Du kannst auch nicht. Er spielt nur mit uns. Wir haben nicht die Macht, die Er will. Wenn der Kreis – die Spirale – gebrochen ist, wird nichts, was wir tun, Ihm genügen.«

Als sie das sagte, schmetterte Benet erneut seinen *In Raku* auf Lily nieder, denn allmählich verzweifelte er. Die Klingen glühten schon weiß vor Hitze, das Schwarz der gefangenen Seelen pulsierte darin wie verpuppte Larven. Doch noch immer wollte die Verwandlung nicht geschehen.

Gaultry blickte sich im Kreis der Brut um und versuchte, zu verstehen, was ihre Schwester – und der Gott – mit der gebrochenen Spirale meinten. Sie konnte keine Lücke im Kreis erkennen. Jede Hand hielt eine andere: Selbst Palamar und Dervla, die ihre Magie verloren hatten, leisteten ihren Anteil.

Dann, als sie Dervlas wütendem Blick begegnete, durchfuhr

sie eine plötzliche Erleuchtung, und sie begriff zum ersten Mal tatsächlich, dass diese alle ihre Macht als Hohepriesterin verloren hatte; Gaultry erkannte den Fehler. Wo waren jene vom Blute der Brut, die nicht mit magischen Fähigkeiten geboren waren? Dervlas Nichte; Martins Schwester? Andere, deren Namen sie nicht einmal kannte.

»Elisabeth«, rief Gaultry. »Ihr müsst alle vom Blute der Brut zusammenbringen, nicht nur die magisch Begabten. Ohne die gesamte Brut wird die Kraft nicht ausreichen. Es sind nicht alle hier!«

Die neue Hohepriesterin starrte sie benommen an. »Aber nun haben wir Andions Auge auf uns gelenkt!«, rief sie bestürzt. »Dies wird unsere einzige Chance sein!«

»Wir müssen etwas anderes versuchen!«, schrie Gaultry zurück. Ihre *Glamour*-Kraft – und Mervions – waren genug, das Interesse des Gottes wach zu halten, doch nicht genug, um die Energien zu kippen und die Verwandlung zum Königtum zu bewirken. »Elisabeth – wir können es mit beiden Prinzen versuchen!« Sie verrenkte den Kopf, um die Menge zu überblicken und Tullier zu suchen. »Tullier!«, schrie sie. »Tullier! Wo bist du? Wenn du jemals Vergebung erlangen willst, stell dich an Benets Seite und rufe mit ihm die Götter an! Tullier – dieser Augenblick ist es, für den du geschaffen wurdest, und nicht der Tod!«

Die Erde erbebte, als sie sprach, und die Feuerlanze, die den Himmel durchstieß und über ihrem Kopf aufragte, zog sich ein wenig zusammen und wurde erwartungsvoll schärfer. Gaultry wusste, dass ihre Vermutung zutraf. Ihre *Glamour*-Seelen reichten nicht aus, um diese Veränderung zu bewirken. Aber Tullier und sein Herrscherblut …

Der Junge stand plötzlich neben ihr, die hellgrünen Augen undurchdringlich. Gaultry versuchte, eine Hand zu befreien, doch der Kreislauf der Macht innerhalb der Brut war zu stark, und sie konnte nicht loslassen.

»Tullier«, hauchte sie hilflos.

Er blickte an ihr vorbei und sah Martin mit verzerrtem Gesicht in die Augen. Dann streckte er die Hand nach ihr aus und strich ihr zärtlich über die Wange. Die Macht, die sie durchströmte, versengte ihn, doch Tullier war dazu ausgebildet, Schmerzen zu ertragen, und er zuckte nicht vor ihr zurück.

»Es muss ein Opfer geben«, sagte er. Sein schmales Gesicht war bleich, blieb aber entschlossen. »Ein freiwilliges Opfer, aber dennoch ein Opfer. Benet hat zu viel, wofür es sich zu leben lohnt. So sei es. Zumindest dies habt Ihr mich gelehrt.«

Er schlüpfte unter ihrem Arm hindurch und rannte zur Plattform hinauf. Gaultry schrie aus Angst um ihn. »Tullier!«, flehte sie. »Nein, das nicht! Du darfst dich nicht opfern! Wir wollen keinen Blutpreis bezahlen!«

Elisabeths Gesicht wurde kreideweiß, als sie jemanden in ihren Kreis eindringen sah. Sie begriff nicht, was vor sich ging, und vermutete irgendeine neue bissantinische Schandtat. »Schnell!«, schrie sie Benet zu, wobei ihre gefasste, zuversichtliche Haltung von ihr abfiel und ihr mädchenhaftes Wesen wieder zum Vorschein kam. »Schlag noch einmal zu, bevor er Euch erreicht!«

Benet ließ den Dolch niedersausen. Diesmal hob Lily, die nichts so fürchtete wie bissantinischen Verrat, ihm ihre Klinge sogar entgegen. Weißes Feuer schoss empor, und die Klingen verschmolzen.

Doch Tullier war zu schnell. Er packte die beiden verschmolzenen Dolche. Weiß glühende Flammen zischten rasend schnell seine Arme entlang, und sein Körper zuckte krampfhaft, als er die volle Macht des Gottes in sich aufnahm, die nun endlich in die Klingen herniederfuhr und sie zerschmetterte. »Andion!«, rief er. »Andion, Sonnenkönig! Nimm dies Opfer an! Nimm mich. Zerschlage die Ketten auf ewig! Befreie Tielmark von Bissanty! Durch mich! Zerschlage die Ketten durch mich!«

Bei diesen Worten strömte das tiefe Purpurrot seines Herrscherblutes zwischen seinen Fingern hervor und umhüllte die *In Raku*-Klingen.

– DER SCHATTENPRINZ VON BISSANTY – Wieder ließen die Worte den Himmel selbst erbeben. – SPROSS LLARAS VOM BLUTE MEINER KÖNIGIN; ICH NEHME DEIN OPFER AN –

Die Lanze aus Licht erstrahlte, hüllte den Jungen in glühendes Feuer und schleuderte Benet und Lily fort. Tullier umklammerte die verschmolzenen Königsklingen und schrie, als seine Kleider in Flammen aufgingen und das Götterfeuer seine Haut versengte. Am stärksten war die Flamme an seinen Händen, wo sie Funken sprühend und hoch aufzüngelnd sein Herrscherblut verschlang. Tullier schrie wieder. Der gesamte Kreis der Brut wurde nach außen gedrückt. Einige von ihnen wären gewiss hingefallen oder geflohen, doch sie konnten einander nicht loslassen. Ihre vereinte Magie verflocht und erhob sich und konnte nur mit Mühe den zerstörerischen Strahl von Götterfeuer in sich bändigen. Benet schleuderte Lily von der Plattform, um sie zu beschützen, und riss ihr den Umhang herunter.

Anstatt zurückzuweichen, trat er auf das Götterfeuer zu und warf den Umhang über Tullier, um die Flammen zu ersticken. Das Feuer entzündete den Stoff in einem schrecklichen, grellen Flammenblitz und breitete sich auch auf Benets Ärmel aus. »Oh, ihr Großen Zwölf!«, schrie Benet und hielt weiter stand. »Ich werde meine Krone nicht mit dem Blut dieses Jungen bezahlen! Tielmark wird seinen König nicht durch Bissantys Ansprüche bekommen!« Er hätte noch mehr gesagt, doch seine Worte endeten mit einem gequälten Aufschrei.

Und dann – lauter als Benet – ertönte ein Schrei, ohrenbetäubender als alles, was Gaultry sich je hätte vorstellen können. Hatte die Luft zuvor gebebt, so schien sie nun zu zerspringen.

– NIEMALS NEIN NIEMALS! DU BEKOMMST IHN NICHT! NIEMALS NEIN NIEMALS! –

Tausend blendende Blitze zuckten über den Himmel und fuhren rings um den Duellplatz hernieder.

– NIEMALS NEIN NIEMALS! ER IST MEIN! ER IST

MEIN! – Die Graue Mutter des Donners, Llara, war gekommen, um das Ihre einzufordern.

Das Licht über dem Duellplatz, silbrig und rot, war so blendend, dass Gaultry nichts mehr sehen konnte – und auch sonst niemand. Vage konnte sie Tullier ausmachen, der immer noch schrie und von silbernen Strahlen umhüllt war. Dann sah sie nur noch gleißend weißes Licht. Mit entsetzlicher Wucht prallten gewaltige Kräfte aufeinander: Andions Feuer, Llaras Blitze. Gaultrys Magie wurde mit dem Magiestrom der Brut in dieses Inferno eingesogen. Einen Augenblick lang schien es, als würde sie vergehen, als würden ihre ohnehin schon geschwächten Kräfte ihr nun ganz entrissen.

Inmitten des Donners und der Gewalt begann Lady Julie zu singen. Ihre Stimme hätte in all dem Getöse untergehen müssen – doch sie erhob sich klar und hell darüber. Sie klang, als genüge sie sich selbst, wunderschön; und sie verdrängte das grässliche Tosen. Nach einem Moment der Unsicherheit fand sie einen Rhythmus, erschuf einen Anker. Ein lieblicher Ton fiel mit ein – Julies Enkelin auf der anderen Seite des Kreises sang im Einklang mit ihr. Ein quälender Augenblick verstrich, während das blendend weiße Licht ihnen die Sicht nahm und alles auszulöschen drohte. Dann begann auch Tamsanne zu singen, verstärkte den Anker, vertiefte ihn, und die raue Stimme der alten Frau bildete einen durchaus angenehmen Gegenpunkt zur klaren Schönheit der beiden anderen.

Dann fügte sich die Magie der Brut wie reißende Wasser wieder zu einem Strom, während jede von ihnen vorsichtig ihren eigenen Strang heraussuchte, entwirrte und in neuer, gekräftigter Gestalt wieder dem Ganzen hinzufügte. Gaultry, die zusammen mit Mervion ihre Magie am weitesten ausgesandt hatte, brauchte am längsten, um wieder zu sich zu kommen, doch langsam öffnete auch sie die gesprungenen Lippen und ließ ihre Stimme in den Chor einfließen. Sie war noch immer blind, doch das blendende Weiß rührte nicht länger vom Schrecken uralter Götter her, die mitten unter ihnen miteinander rangen. Dies war die Blindheit von Augen, die mehr gesehen hatten, als menschliche Augen sehen sollten, und sich davon erholen mussten. Sie sang laut und voll Inbrunst, sodass sie die Veränderung kaum bemerkte, als Wogen von Trost und Zuversicht zu ihr strömten, zusammen mit ihrer eigenen Magie. Erst als ihre *Glamour*-Seele zu ihr zurückkehrte, erkannte sie, wie sehr sie sich davor gefürchtet hatte, sie zu verlieren.

Doch diese Furcht war bisher von einer viel größeren Angst übertönt worden. Tullier! Tränen rannen aus ihren blinden Augen und tropften auf ihre Brust.

Welches Opfer Andion Götterkönig auch dafür verlangen mochte, Tielmark zum Königreich zu erheben, es war offensichtlich, dass Seine Gefährtin, Llara Donnerkeil, eingeschritten war, um über den Preis zu verhandeln.

Julie führte den Gesang zu einem ruhigen Abschluss und ließ Gaultrys Hand los.

Um sie herum herrschte vollkommene Stille.

Gaultrys Angst, alles um sie herum könnte vernichtet sein, legte sich ein wenig, als sie die ersten Laute von den Soldaten hörten, die der Brut zum Duellplatz gefolgt waren. Beruhigende, ganz gewöhnliche Laute von Menschen, die wie sie selbst geblendet waren, verängstigt und gereizt, wenn ihre blinden Nachbarn ihnen auf die Zehen traten oder sie anrempelten.

»Kann irgendjemand etwas sehen?«, fragte Lady Julies Stimme flehentlich. »Ich sehe nur Punkte, weiter nichts.«

Zu Gaultrys anderer Seite wollte Richielle, die Ziegenhirtin, Gaultrys Hand gar nicht mehr loslassen. Ihre Finger umschlossen die von Gaultry wie ein Schraubstock, und ihre rauen Nägel bohrten sich in Gaultrys Haut.

»Martin?«, fragte Gaultry mit zittriger Stimme und versuchte vergeblich, sich zu befreien.

»Sie ist tot«, antwortete Martin grimmig. Einen scheußlichen Moment lang rangen die beiden blind mit dem toten Gewicht der alten Frau, bis es ihnen gelang, sich zu befreien. Es war unendlich tröstlich, als der tote Klammergriff von Richielles Fingern durch die Wärme von Martins vertrauter Hand abgelöst wurde. Die weiße Blindheit begann sich in schwarze Punkte aufzulösen, gefolgt von der allmählichen Wiederkehr ihrer Sehkraft. Gaultry drehte sich blinzelnd nach der Anhöhe um und bemerkte erleichtert, dass auch andere sich die Augen rieben und die Köpfe schüttelten. Zumindest war sie nicht die Letzte, die wieder sehen konnte.

Mitten auf der Plattform kniete Benet und beugte sich schützend über Tulliers zusammengesunkenen Körper, den er in den Armen hielt. Die Kleider des Prinzen waren versengt, sein Haar schwarz wie Asche, seine Haut von Ruß bedeckt und angeschwärzt, wie vom Feuer geküsst. Er hob den Kopf, als ihr Blick ihn traf, und seine blauen Augen in dem dunklen Gesicht wirkten seltsam strahlend. Diese Augen suchten sogleich den leeren, blauen Himmel über ihm ab – ob nach Göttern, Göttinnen oder neuen Omen, vermochte Gaultry nicht zu sagen.

Auf Benets Kopf saß ein gezackter, silberfarbener Reif, die verwandelten Überreste der Königsmacher-Klingen.

Eine Krone für den neuen König.

Benet ließ den Blick wieder sinken und sah Gaultry an. Sie verzagte vor dem, was sie in seinen Augen sah – eine Nacktheit, eine Wildheit, die nichts glich, was sie je zuvor gesehen hatte. Er hielt den Blick auf die junge Jägerin gerichtet und breitete die Arme aus, eine Geste, die eigenartig an eine Segnung erinnerte.

Tullier hob den Kopf. Wie Benet, so war auch er vom Feuer gezeichnet – aber stärker. Die Kleider waren ihm vom Leib gebrannt worden, und sein Blick war wirr und verständnislos.

»Seht her«, sagte Benet. »Ich bin durch das Feuer gegangen, und Tielmark sieht nun seinen neuen König. Doch hier in meinen Armen liegt etwas, das eine Göttin für noch kostbarer erklärte.«

Gaultry hatte das Gefühl, sie sollte etwas sagen, irgendetwas, um die Worte ihres neuen Königs zu würdigen, doch ihre Überwältigung schnürte ihr die Kehle zu. Es war Martin, der ihre Hand drückte und sie mit sich zog. Zusammen stolperten sie vorwärts; Martin schlüpfte aus seinem Umhang und half ihr, Tulliers versengte Blöße damit zu bedecken. Der Junge schien wie betäubt, als sie ihn berührten, doch als Gaultry ihn in die Arme nahm, begann er zu zittern und zu beben. Sie und Martin trugen ihn von der Plattform.

Hinter ihr griff Benet nach Lilys Hand und zog sie neben sich auf den erhöhten Platz. Die Prinzessin wirkte völlig verstört, aber unverletzt – der Stoß, den Benet ihr versetzt hatte, bevor er versucht hatte, Tullier zu helfen, hatte sie offenbar vor der schlimmsten Hitze des Götterfeuers bewahrt. Der neue König legte sanft eine Hand auf Lilys Leib, der äußerlich noch immer mädchenhaft flach wirkte – jedoch, wie die Götter wussten, neues Leben wachsen ließ.

»Bei der großen Liebe zu mir, die dich und alle deine Begleiter rechtzeitig hierher gebracht hat, um mich vor mir selbst zu retten«, sagte er ernst, »gelobe ich dir hier noch einmal meine ewige Treue. Diese Krone ist für das Kind, das wir zusammen gezeugt haben.«

Tränen rannen Lilys Wangen hinab. Sie senkte den Kopf. »Mögen alle Götter unserem Kind die Gnade gewähren, sein Land so zu lieben, wie wir es tun.«

27

Gaultry wusste nicht recht, wie es dazu gekommen war, dass sie am Ende Richielles Begräbnis zu überwachen hatte, doch sie wusste: Vor diesem Grab zu stehen, während die vier Soldaten die Erde aushoben, war so ziemlich das Letzte, was sie jetzt tun wollte.

Die Nachricht vom Triumph Tielmarks hatte sich vom Duellplatz aus wie ein Lauffeuer verbreitet und den Kampfgeist der herzoglichen Heere zu glühendem Eifer angefacht, sich vor ihrem neuen König zu beweisen. Benet, strahlend vor Kraft nach der Verwandlung durch die Götter, gab ihrem Siegesgebrüll nach und ließ sich von ihnen auf den Schultern davontragen, um seine Streitmacht zu sammeln und in die Schlacht zu führen, die vermutlich für diesen Sommer das Ende der Kämpfe mit den Lanai bringen würde. Unter einer stolzen neuen Flagge – dem hastig mit einer goldenen Sonne geschmückten Blau und Weiß des Prinzen von Tielmark – hatte er beste Aussichten, seine Krieger zum Sieg zu führen.

Andere Mitglieder der Brut einschließlich der erbärmlichen Dervla und Palamar wurden ebenfalls in die Höhe gehoben und hinter ihm hergetragen. Anscheinend sollten nur Gaultry und ihre vier schaufelnden Soldaten an diesem Triumphzug nicht teilhaben.

Nach dem Schauspiel des göttlichen Feuerwerks, das den Himmel über dem Duellplatz erhellt hatte, mussten auch die Lanai die Omen gesehen haben, die ihnen für heute kein Schlachtenglück verhießen. Gewiss würde Tielmark im Rausch des neuen Königtums heute einen großen Sieg davontragen – und ebenso gewiss hatte Gaultry die Chance verdient, das mit ansehen zu dürfen.

Stattdessen hatte die Hohepriesterin Elisabeth darauf bestanden, dass Gaultry zurückblieb und das Begräbnis der alten Hexe direkt in der Erde der vor langer Zeit aufgeschütteten Plattform überwachte. »Das darf niemand anderem anvertraut werden«, hatte sie gesagt. »Das ist ein bedeutender Abschluss, und es muss rasch geschehen.« Gaultry konnte ihr keine Argumente entgegensetzen. Sie hatte Tullier in die Obhut ihrer Familie gegeben und sich mit einem raschen Kuss von Martin verabschieden müssen, der an der Seite des neuen Königs in die Schlacht reiten würde. Noch während sich die Menge zerstreute, stachen die Männer Grassoden aus und begannen zu graben.

Sie hatte ihre Pflicht nicht eben in bester Laune erfüllt.

In der angemessenen Tiefe für ein Grab stießen sie auf Hinweise, dass hier vor Jahrhunderten bereits ein anderes Begräbnis stattgefunden hatte. Gaultry schickte einen Boten nach Elisabeth und ließ die Männer grimmig weitergraben.

Die vier Soldaten, die man ihr zugeteilt hatte, waren nicht weniger verdrossen als sie. »Das ist doch keine Art, den Tag der letzten großen Schlacht zuzubringen«, beschwerte sich der Älteste, als er und sein Kamerad aus der immer tieferen Grube kletterten, um von den anderen beiden abgelöst zu werden.

»Dies ist ein ehrenvoller Dienst«, versuchte Gaultry ihn zu ermuntern, doch es gelang ihr nicht, ihre glühende Zustimmung zu überspielen. Vom Duellplatz aus konnten sie die Fanfarenstöße der Schlachtreihen hören, die fernen Rufe von Männern, die den Angriff vorbereiteten. »Seid lieber froh, dass ihr eine sichere Aufgabe bekommen habt.«

Der Mann brummte und stützte sich auf den Stiel seines Spatens. »Bei Eliantés Speer! Die da muss wirklich schnell unter die Erde. Ich will nur nicht derjenige sein, der sie da reinlegt.« Er machte das Zeichen der Göttinnen und spuckte aus.

Gaultry bemerkte eine Bewegung beim Erdwall. Elisabeth kam, um die Grube zu inspizieren. Gaultry wandte sich an die beiden Männer, die den murrenden Soldaten in der Grube abgelöst hatten. »Die neue Hohepriesterin kommt! Bewegt euch, ihr da unten.«

Sie arbeiteten auf einmal mit einem Feuereifer, von dem bisher verdächtig wenig zu sehen gewesen war.

»Lady Gaultry. Wie kommt Ihr voran?«

»Erhabene.« Die förmliche Ansprache kam Gaultry nur schwer über die Lippen. Für Gaultry war Elisabeth noch immer das Mädchen, das von ihrem ersten Aufenthalt bei Hofe ganz verwirrt war und eine so spontane Zuneigung zu dem Honigfresser entwickelt hatte. »Was meint Ihr? Ist das tief genug, um das alte Weib zur letzten Ruhe zu betten? Wenn wir die Plattform wieder darüber aufgeschüttet haben, wird sie sogar noch tiefer liegen. Haben diese Männer ihre Sache nicht gut gemacht?«

Elisabeth blickte müde auf die Haufen loser Erde um die Grube herum. »Die Geschichten haben es nicht überliefert«, sagte sie. »Doch ich glaube, dass dies die Stätte ist, wo Algeorn vom Fernen Berg Tielmarks Prinzessin Briessine geheiratet hat. Ich glaube nicht, dass Ihr da ein Grab gefunden habt – ich glaube, das sind die Beigaben ihres Gelöbnisses.«

Die grabenden Soldaten wirkten wenig überzeugt. Seit einer ganzen Weile schon holten sie nun menschliche Knochen heraus, zusammen mit Münzen, geschwärzt von den Jahrhunderten. Es erschien doch recht unwahrscheinlich, dass all dies auf irgendetwas anderes als ein Grab hinweisen sollte – allerdings war Algeorn ein barbarischer Stammeskrieger gewesen, und es war immerhin denkbar, dass er die Leichen seiner erschlagenen Gegner zum Gedenken in einem Grabhügel beigesetzt hatte, der im Laufe der Jahrhunderte zu dieser Plattform abgeflacht war.

Elisabeth kletterte ein wenig linkisch über die Erdhaufen um das Loch und sprang dann unerwartet hinein, was die beiden Soldaten dort unten sehr nervös machte. Sie warfen Gaultry einen bittenden Blick zu – sie bedeutete ihnen, der jungen Frau einfach aus dem Weg zu bleiben, so gut es ging, und Elisabeth machen zu lassen.

Die neue Hohepriesterin von Tielmark beugte sich vor und kniete dann nieder mit einer Gewissheit, die sie ihrer Magie verdankte, um kurz mit ihren zarten Händen in der Erde zu wühlen. Als das feste Erdreich sich ihr widersetzte, ließ sie einen der Soldaten mit seinem Spaten nachhelfen. Offensichtlich brauchte es mehr Kraft, als Elisabeth angenommen hatte, doch als sie wieder aufstand, hielt sie einen faustgroßen Klumpen Erde in der Hand.

»Helft mir hinaus«, bat sie die Soldaten. Verlegen ob einer so gewöhnlichen Bitte einer edlen Dame, die so hoch über ihnen stand, legten die Männer die Spaten beiseite, wischten sich schuldbewusst die schmutzigen Hände ab und hoben sie dann widerstrebend hoch, wobei sie sich sichtlich wanden, als ihre Hände dunkle Flecken auf ihren Röcken hinterließen. Elisabeth achtete gar nicht darauf. Sie brachte den dichten Klumpen Erde zu Gaultry, blieb jedoch ein paar Schritte vor ihr stehen, als sei sie plötzlich unsicher.

»Ich hatte heute Morgen nicht damit gerechnet, dass ich Eure Kräfte brauchen würde«, gestand sie schüchtern und mit leiser Stimme, damit die Soldaten sie nicht hören konnten. »Bei den Großen Zwillingen, nach dem, was ich getan habe, um Dervla Einhalt zu gebieten und selbst Hohepriesterin zu werden, hatte ich erwartet, alle Antworten ganz einfach zu erhalten – in einem Schwall, sodass jede Antwort die Antwort auf die nächste Frage gleich mit sich zieht! Ich schäme mich meiner Blindheit – wie konnte ich es nur unterlassen, jene vom Blute der Brut einzubeziehen, die nicht über magische Kräfte verfügen? Meine eigene Macht steht mir erst seit so kurzer Zeit offen. Wie konnte ich das übersehen? Welchen Preis hätte Benet für meine Dummheit zahlen können!«

»Ihr hattet doch fast alle Antworten«, entgegnete Gaultry verlegen. »Und ich kann auch nicht behaupten, ich hätte mit dem gerechnet, was sich ereignet hat. Es gab Anzeichen dafür, dass Llara Tullier beschützte – angefangen damit, denke ich, dass Mervion und ich überhaupt in der Lage waren, ihn vor dem Gift der Sha Muira zu retten. Doch all das war, bevor die Bissantiner ihn zum Prinzen von Tielmark erklärten und ihn auf einen Thron setzten, wie machtlos dieser auch sein mag. Ich hätte nie gedacht, dass Llara so unmittelbar eingreifen würde.«

Elisabeth nickte. »Die Götterkönigin bricht Ihre eigenen Regeln. So etwas ist in Bissanty schon vorgekommen – aber in der Vergangenheit hat das Kaiserreich stets mit schweren Umwälzungen dafür bezahlt.«

Bei diesen Worten zerkrümelte sie den Klumpen Erde, den sie aus dem Grab geholt hatte. Darin kam eine Brosche aus gewundenem Golddraht in Form eines Liebesknotens zum Vorschein. Reines Gold, unberührt vom Zahn der Zeit oder von der Erde. Einer der Soldaten gab einen erstaunten Laut von sich. In der Mitte des Knotens prangte eine strahlende Sonne: das Zeichen des Götterkönigs Andion.

»Woher wusstet Ihr das?«, fragte Gaultry.

Elisabeth polierte die Brosche mit einem Zipfel ihres Ärmels und zuckte verlegen mit den Schultern. »Das Land raunt mir manch ein Geheimnis zu. Das ist nichts im Vergleich zu dem, was Benet erspürt oder noch spüren wird, aber hierfür war es genug.« Sie blickte hinüber zu der Stelle, wo Richielles erstarrender Leichnam auf einem Bahrtuch lag, das aus dem Heerlager geholt worden war. »Wir werden die Brosche zusammen mit ihrem Leichnam wieder begraben und das Rund des Duellplatzes wieder aufschütten. Und somit hat die Brut der alten Prinzessin Lousielle ein Ende gefunden.«

Gaultry blickte unruhig zu den Bergen hinüber, zu den Schlachtreihen, die sie nicht sehen durfte. »Ich dachte, die Brut hätte bereits geendet, als Benet das Rot der Königswürde erlangte. Ich möchte nicht, dass Martin heute an Benets Seite kämpft, wenn der Blutschwur noch nicht erfüllt ist.«

»Martin ist in Sicherheit«, beruhigte Elisabeth sie. »Oder zumindest so sicher, wie ein Soldat an diesem Tage nur sein kann. Richielles Blut und ihre Seele haben unsere letzte Schuld eingelöst. Der Schwur ist erfüllt.«

Sie gingen hinüber und blickten auf die Tote hinab.

Im Leben war Richielle das wandelnde Grauen gewesen. Im Tod wirkte ihr Körper wie ein jämmerliches Bündel dürrer Äste. Ihr gelblich weißes Haar hatte sich in ihrem letzten Kampf, dem Kreis der Brut zu entkommen, aus seiner stolz aufgetürmten Krone gelöst. Die langen Strähnen breiteten sich nun über dem hingestreckten Leichnam aus wie ausgerissene Fäden eines riesigen Spinnennetzes. »Ihre letzten Augenblicke waren schrecklich«, bemerkte Gaultry. Es war nicht schön gewesen, die Hand der Frau in dem Moment zu halten, da sie ihr Leben ausgehaucht hatte. »Sie wusste, dass sie sterben würde.«

Elisabeth runzelte die Stirn. »Euer Mitleid ist an sie verschwendet. Sie ist schon in dem Augenblick gestorben, als sie ihre Seele dem *In Raku* einpflanzte. Sie wäre auch gestorben, wenn die Klinge sich in Benets Herz gebohrt hätte. Oder in das Eures kleinen Tullier. Sie wusste das. Sie wusste, dass ihr Leben verwirkt war, als sie ihre Seele zu einer tödlichen Waffe machte.«

»War all ihr Hass die Quelle des Rufs, der bis an das Ohr der Götter drang?«

Elisabeth schüttelte den Kopf. »Das war nicht Richielle. Die Götter lauschten uns bereits. Schlussendlich müssen selbst die Großen Zwölf neue Konstellationen anerkennen, wenn die Länder, über die sie herrschen, sich verändern. Selbst eine so alte Göttin wie Llara, welche seit Jahrtausenden hartnäckig dem Kaiser Bissantys fünf Söhne beschert, auch dann noch, wenn Länder wie Tielmark Ihr aus den Händen geglitten sind.« Sie beugte sich über Richielles runzeligen Leichnam und legte die Glieder sorgfältig zurecht. Die goldene Hochzeitsbrosche drückte sie der alten Frau in die schon zu Lebzeiten skelettartig gewesenen Hände. Dann wickelte sie sorgfältig das Grabtuch um sie und befestigte es überall bis auf die Stelle über Richielles strengem Gesicht. »Würdet Ihr Euch gern verabschieden?«

»Ich habe mich bereits verabschiedet, als ich sie festhielt, während der Tod sie ereilte«, erwiderte Gaultry grimmig.

Elisabeth zuckte mit den Schultern und wickelte das Tuch vollständig zu. Als letzten Segen malte sie die Spirale der Göttinnen über der Brust der alten Frau in die Luft. »Dann ist hier alles getan. Übergebt sie der Erde«, sagte sie zu den Soldaten.

»Wartet«, bat Gaultry. Sie wandte sich an Elisabeth. »Ich muss Euch um einen Gefallen bitten.«

»Was wünscht Ihr?« Die pragmatische Vorsicht der jungen Frau erlaubte ihr nicht, eine Antwort zu geben, ehe sie die Frage gehört hatte.

Gaultry zeigte es ihr stattdessen und führte sie zu der Stelle im Gras, wo die mysteriöse Kette mit den länglichen Gliedern gelandet war, die Benet als Druckmittel gegen Tullier benutzt hatte. »Ich möchte, dass dies mit der Ziegenhirtin unter die Erde kommt.«

Elisabeth konnte nicht wissen, worum es sich dabei handelte, also musste Gaultry ihr die Geschichte erzählen. Die junge Hohepriesterin erwog die Sache sehr ernsthaft und stimmte dann zu. Sie benutzten einen der Spaten, um die Kette aufzuheben und in das Grab fallen zu lassen, wo sie, so hoffte Gaultry, für alle Zeiten unter dem Leichnam der Ziegenhirtin begraben bleiben würde.

»Was meintet Ihr damit, dass die Götter uns bereits lauschten?«, fragte Gaultry, während sie zusahen, wie die Männer die Grube zuschaufelten.

Elisabeth zuckte mit den Schultern. »Bissanty ist dekadent und schwach geworden, während Tielmark – nun, wir haben uns die Freiheit viele Male verdient, auch ohne ein Eingreifen der Götter. Wir sind an diesem Punkt angelangt: Selbst wenn wir unseren Götterpakt gebrochen und den Schutz der Zwillinge verloren hätten, wäre es Bissanty nicht leicht geworden, sich unser Land wieder anzueignen. Um diesen Verlauf der Geschichte umzukehren, hätte es eines göttlichen Eingreifens bedurft, das weit über alles hinausgeht, was wir seit vielen Jahrhunderten gesehen haben. Die Götter wussten, dass es für Tielmark an der Zeit war, einen König zu bekommen.«

»Wenn Ihr das so sagt, hört es sich sehr einfach an«, entgegnete Gaultry. »Nach allem, was ich in den vergangenen Monaten durchmachen musste –«

Elisabeth schüttelte den Kopf. »Es ist nur in dem Sinne einfach, wie die Sicht auf einmal ganz klar wird, wenn man den Gipfel eines Berges erreicht hat. Wir haben dreihundert Jahre lang darum gerungen, diese Höhe zu erklimmen. Wenn Menschen – nicht nur ein Prinz oder ein König – so lang und so hart gearbeitet haben, den Stand eines Reiches zu erheben, brauchen die Götter nichts weiter als eine Spitze der Macht, damit sie die Ausrede bekommen, die sie brauchen, um die Wandlung anzuerkennen.«

»Andion wollte mehr als eine Ausrede«, erwiderte Gaultry knapp.

»Seine erste Neigung war, gierig zu sein und das wertvollste Opfer zu nehmen, das Ihm angeboten wurde«, stimmte Elisabeth zu. »Doch Seine Gefährtin brachte Ihn dazu, sich mit wesentlich weniger zufrieden zu geben, nicht wahr?«

Gaultry lächelte schwach bei der Erinnerung an Llaras Speere. »Sie musste dazu allerdings nicht gerade geringen Druck ausüben.«

»Natürlich«, erklärte Elisabeth, »sind Götter keine politischen Wesen wie etwa meine Mutter. Sie sind begierig darauf, ein festes Muster festgelegt zu sehen, und wenn es einmal feststeht, sind Sie nur ungern bereit, es wieder zu verändern. Eure Großmutter hatte Recht. Ein tyrannischer König wird stets Tyrannen hervorbringen. Ein Märtyrer eben Märtyrer.« Sie erschauerte. »Ich bin froh, dass wir noch rechtzeitig eingetroffen sind, um zu verhindern, dass Benet Tielmark zu einem solchen Schicksal verurteilt.«

»Wie habt Ihr überhaupt entdeckt, dass das Opfer nicht nötig war?«, fragte Gaultry. »Woher wusstet Ihr das?«

Elisabeth blickte in die Morgensonne und beschirmte die Augen mit einer Hand. »Ich hätte mich beinahe geirrt. Andion hätte gewiss das Leben Eures Jungen als Opfer eingefordert, wenn Llara es zugelassen hätte.« Dann hellte sich ihre Miene auf und zeigte die freudige Erregung, an die Gaultry sich von ihren Begegnungen bei Hofe her erinnerte. »Woher ich das wusste? Das meiste entdeckte ich erst unterwegs. Wir hatten die Schriften der alten Delcora eingepackt, und die Barden des Prinzen reisten mit uns wie die Troubadoure aus alten Zeiten. Ihr hättet das Gejammer dieser alten Weichlinge hören sollen! Doch nach zwei Tagen unterwegs fanden wir in den alten Rhythmus des Reisens. Der Wendepunkt kam mit einem von Tyrannis' ältesten Liedern. Es beschrieb die Kräfte der Hohepriesterin Tielmarks. Dass sie die Macht habe, die Zeit anzuhalten – so wie ich heute Morgen, als ich den Hieb erstarren ließ, der die Prinzessin getötet hätte. Doch diese Macht war etwas, das Dervla nie beherrschte, obgleich sie Delcoras gesamte Kraft geerbt hat. Als ich das gehört hatte, erkannte ich, was Delcora getan hatte, und ich begann, ihre Schriften zu zerstören, gleich nachdem ich sie gelesen hatte.«

»Tyrannis?« Der Name sagte Gaultry nichts.

»Einer der alten Hofbarden. Er wurde damals unter Prinzessin Lousielle ausgebildet.«

»Er hat Euch gesagt, Ihr solltet die Schriften zerstören?«

Elisabeth schüttelte den Kopf. »Nein, aber er sagte etwas, das mich an die schöpferischen Kräfte der ursprünglichen Mitglieder des Zirkels erinnerte. Jede hatte ihre besondere Gabe. Meine Großmutter«, erklärte sie mit stolz funkelnden Augen, »war Marie Laconte, eine von Tielmarks größten Kriegerinnen. Die alte Melaudiere war Bildhauerin. Lady Julie hat ihre Musik. Delcoras Gabe lag darin, Magie in Worten auf Papier zu bannen. Das hat sie selbst mit den Kräften getan, die ihr das Amt der Hohepriesterin verlieh. Das hat ihrer Tochter so viel von der Macht dieses Amtes vorenthalten – und mir ebenfalls, doch das ließ ich nicht zu. Daher las ich Delcoras Schriften und holte mir dann diese Magie zurück.«

Gaultry starrte in das Gesicht der jungen Frau, und eine Erkenntnis dämmerte ihr. Kein Wunder, dass Tamsanne, die Marie Laconte in der Blüte ihres Lebens gekannt hatte, kaum Schwierigkeiten gehabt hatte, deren Enkelin zu erkennen. Sie blickte in Elisabeths Gesicht und zog in ihrer Vorstellung Argat Climens ab – und erhielt etwas, das Palamar verwirrend ähnlich sah, wenn auch ohne die leichte Verwandtschaft mit einem Kaninchen und dem plumpen Nacken. »Deshalb sagte Richielle, Ihr wärt vom Blute der Brut«, sagte sie staunend.

Elisabeth nickte und wirkte ein wenig betrübt. »Mein Vater war Rivière Laconte – Palamars Vater, Maries einziger Erbe. Julie erzählte mir, er sei ein anziehender Mann gewesen, im Charakter ebenso wie in der äußerlichen Erscheinung. Vielleicht steckt also doch ein Körnchen Wahrheit in der Behauptung meiner Mutter, sie habe sich ihm aus Liebe hingegeben.«

Gaultry wusste nicht, was sie sagen sollte. Argat Climens' arrogante Miene stand ihr vor Augen. »Eure Mutter hat Euch ein großes Geschenk gemacht«, bemerkte sie verlegen. »Wenn Ihr gewusst hättet, dass Ihr als Sklavin der Prophezeiung geboren wart, wäre Euer Leben ganz anders verlaufen. Meine eigene Großmutter hat dasselbe für mich getan –«

»Das mag sein«, fiel ihr Elisabeth in einem Tonfall ins Wort, der Gaultry darum bat, nicht weiter davon zu sprechen. »Palamar hat das Wissen, eine Erbin großer Macht zu sein, gewiss nicht gut getan. Hat Eure Großmutter es Euch schon erzählt? Palamar hat gestanden, den Syphon-Zauber gewirkt zu haben, der Gabrielle von Melaudiere umbrachte.«

»Palamar?« Gaultry war schockiert.

»Sie hat die Herzogin für den Tod ihrer älteren Schwester verantwortlich gemacht, die von der Hand des verräterischen Kanzlers starb.«

Gaultry war erst fassungslos, dann wurde sie furchtbar wütend. »Wird man sie bestrafen?«

»O ja. Und Dervla auch, denn sie hat ihre Macht allzu oft missbraucht. Meine Mutter gehörte zu den Ersten, gegen die alle Beschuldigungen fallen gelassen wurden, doch vor ihr wurden schon andere zu Unrecht verfolgt, und dafür müssen sie entschädigt werden.«

Einen Moment lang standen die beiden Frauen schweigend beisammen. Die Soldaten hatten die Grube schon fast aufgefüllt und machten sich nun daran, den flachen Erdhügel darüber wieder aufzuschichten.

»Genug«, sagte Elisabeth. »Unsere Aufgabe hier ist erfüllt.«

Sie wies die Soldaten an, die Plattform wieder so aufzuschütten, wie sie zuvor gewesen war, bedeutete dann Gaultry, ihr zu folgen, und ging auf den Durchlass im Erdwall zu. Auf der anderen Seite des Ringwalls gabelte sich der Pfad. Ein Weg führte zu der Anhöhe, wo das königliche Kommando sich versammelt hatte, der andere zu den Zelten hinunter. Elisabeth wollte sich nun von Gaultry trennen und blieb stehen.

»Ihr habt mich nach dem Opfer gefragt. Ich kann Euch nur sagen, dass ich lange gründlich über Algeorn vom Fernen Berg nachgedacht habe. Er hat Briessine von Tielmark geheiratet und wurde der erste König vom Fernen Berg. Doch in den Liedern und Legenden gab es keinen Hinweis darauf, dass er ein Blutopfer darbringen musste, um diesen Titel zu erhalten. Was war es also, das die Götter dazu bewegte, ihn als König anzuerkennen? Ich kam auf die Idee, dass dies nur an der Macht hatte liegen können, die er sich bereits selbst verdient hatte, indem er seine Männer über vier gewaltige Gebirgszüge sandte, um dem Bruder der Frau zu helfen, die er laut seinem Versprechen an die Götter zur Frau nehmen wollte. Aus einer Variante zu einem von Tyrannis' Liedern erfuhr ich, dass Briessine nicht Algeorns Siegespreis war – er liebte sie, und Algeorns Mühen zugunsten ihres Bruders waren der unermesslich hohe Brautpreis, den er bezahlte, um sie zu seiner Gemahlin zu machen. Diese Heldentaten – sie bewiesen nur eine Macht, die er bereits selbst konsolidiert hatte.

Denkt einmal darüber nach, Gaultry. Just heute Morgen stehen Tielmarks Heere dem König gegenüber, dessen Krone an jenem Tag erschaffen wurde, da Briessine Algeorn zum Manne nahm. Der Ratté Gon ist Algeorns Erbe, und der Ratté ist, vor allem anderen, ein ehrenhafter Mann, wenn es um seine Familie geht. Er ist den anderen Stämmen der Lanai kaum zum Beistand verpflichtet – und dennoch hat er Tielmark einen so schrecklichen Sommer bereitet und viele seiner besten Männer geopfert, nur, weil die Ehre seiner Tochter bedroht war. Das Muster bleibt genau bestehen, wie die Götter es am Tage von Algeorns Vermählung mit Briessine festgelegt haben. Algeorn hat vor allem das gehalten, was er seiner Familie geschworen hatte. Das ist das Kennzeichen der Könige vom Fernen Berg.

Also: Was wollten wir für Tielmark? Im Reich des Fernen Berges verhält man sich ehrenhaft gegenüber der eigenen Familie, bei Außenstehenden jedoch völlig skrupellos. Tielmark, so hoffe ich, steht eine freundlichere Zukunft bevor.« Elisabeth zuckte mit den Schultern. »Die Götter waren bereit, unseren König anzuerkennen, sofern wir bereit waren, das Königtum einzufordern. Es lag bei Benet selbst, welchen Weg er für uns wählen wollte.«

»Und, was hat Benet gewählt?«, fragte Gaultry.

Elisabeth lächelte. »Ich hoffe, er hat die Liebe gewählt und damit die Zuversicht, sie auch an unsere Zukunft zu vererben. Ist es nicht genau das, was alle erwartungsvollen Eltern sich erhoffen? Ein Kind zu bekommen, das größer sein wird als sie selbst? Ich bin sicher, das ist es, was meine Mutter im Sinn hatte – ob wir uns nun ihren Erwartungen gemäß entwickelt haben oder nicht.«

Argat Climens. Gaultry konnte sich nur fragen, was sie wohl davon hielt, dass ihre Tochter urplötzlich zu solcher Macht gelangt war.

Doch eine Frage verwirrte sie noch immer. »Warum war Richielle so sicher, dass ein Opfertod nötig sei? Und nicht nur Richielle – alle Hexen der Brut.«

»Richielles Fehler lag darin, nur einen einzigen Zweck in den Königsmacher-Klingen zu erkennen. Vielleicht lag es daran, dass sie so lange als Hirtin von Tieren lebte – sie erkannte nicht, dass selbst die Götter den Menschen eine Wahl zugestehen. Die anderen – nun ja, sie war die Hirtin, und die anderen folgten ihrer Macht als Leittier.«

»Nun haben wir also einen König«, sagte Gaultry. Sie blickte auf den weiten Kessel hinab, wo sich das Land vor ihnen ausbreitete, das so unendlich viele Möglichkeiten zu bieten schien. Sie blickte zum herrlichen, klaren Morgenhimmel auf und dann zu den gewaltig aufragenden Bergen, die sich weit nach Norden hinzogen.

»Ich frage mich, was das für Bissanty bedeutet.«

»Großmutter.« Gaultry hatte Elisabeth an der Weggabelung verlassen und war ins Lager zurückgekehrt, um dort Tamsanne und Mervion sicher in der Kühle von Martins großem Zelt vorzufinden, wo sie sich um Tullier kümmerten.

Tullier lag auf dem Bett, seine versengte Haut blutig aufgeplatzt, aber gesäubert, seine Wunden sorgfältig behandelt und verbunden, und er schien zu schlafen. Als Gaultry eintrat, hatte Mervion eben einen Eimer frisches Wasser geholt. Tamsanne saß neben dem Jungen und reinigte ihre ebenfalls geschwärzten Hände mit einem ölgetränkten Lappen. Sie stand ungewöhnlich hastig auf, als Gaultry eintrat, und schloss sie innig in die Arme.

»Ist die Ziegenhirtin sicher unter der Erde?« Als Gaultry nickte, seufzte Tamsanne erleichtert. »Elisabeth hatte ganz Recht, diese Sache rasch erledigen zu wollen. Ich hätte dich eindringlicher vor Richielle warnen sollen.«

»Ich war gut geschützt«, erwiderte Gaultry viel sagend und drückte die Schultern ihrer Großmutter. Es kam so selten vor, dass Tamsanne ihre Gefühle so offen zeigte. »Selbst gegen ihre Rhasan-Magie.«

Tamsanne löste sich aus der Umarmung und sah ihrer Enkelin ins Gesicht. »Bitte sag mir, dass Richielle keine Karte für dich gezogen hat«, bat sie erschrocken.

Zur Antwort griff Gaultry in ihr Gewand und zog die schmierigen Karten hervor, die sie Richielles Leichnam abgenommen hatte. »Das hat sie, aber sie hat am Ende doch eine Karte gezogen, die keine von uns erwartet hatte. Diese Karten sind zu gefährlich, um sie der Erde anzuvertrauen, Großmutter. Ich möchte, dass du sie verwahrst, zur Sicherheit aller – obgleich nach allem, was Benet mir erzählt hat, ihre Macht anscheinend etwas gelitten hat, nachdem sie an den Iden des Andionsmondes ein Bad im Fluss genommen hatten.« Sie holte tief Atem. »Ich möchte sie dir übergeben, Großmutter, doch zuerst muss ich dir die Karte zeigen, die Richielle für mich gezogen hat. Die Götter schulden dir zumindest das.«

Bevor Tamsanne sich dagegen verwahren konnte, legte Gaultry die Hand auf die oberste Karte und spürte dabei, wie die uralte Kraft der Karten sich gegen sie sträubte. Sie versetzte ihnen einen harten Klaps mit ihrer *Glamour*-Kraft. *Ich strebe nicht danach, euch zu beherrschen,* erklärte sie den Karten, *aber ich werde meiner Großmutter diese eine Karte zeigen.*

Sie drehte die Karte um und hielt sie Tamsanne hin, die erst zurückfuhr und dann erbleichte, als das Bild darauf sich ihr öffnete. Unter dem Einfluss von Gaultrys *Glamour*-Magie sah die Karte kaum anders aus, als sie sie zuvor gesehen hatte: der wilde Mann, die Orchidee. Doch nun war die Sonne in der Ecke des Bildes im Aufgehen begriffen.

»Mein Jarret!«, flüsterte Tamsanne, blind für die anderen Elemente des Bildes.

»Ich habe ihn gesehen«, sagte Gaultry, nahm die Hand ihrer Großmutter und drückte ihr die Karte in die Handfläche. »Drüben im Verwunschenen Reich. Ich habe ihn gesehen.« Sie hielt unsicher inne. »Er hat mich beschützt. Richielle hat das Land unter uns verdreht, uns in die gewünschte Richtung getrieben, doch irgendwie hat er für eine Weile ihren Zauber durchbrochen und damit ihren Zeitplan verdorben. Ich verstehe nicht ganz, was er da eigentlich getan hat.«

»Wenn du das Verwunschene Reich ganz verstehen könntest«, sagte Tamsanne mit zitternder Stimme, »würdest du bereits nicht länger von einer menschlichen Seele beherrscht.«

»Er hat mich berührt«, erzählte Gaultry. »Nur einmal, hier an der Stirn.« Ihre Finger strichen über die Stelle, als sie sich einmal mehr an die wilde Schönheit des Dryaden-Mannes erinnerte. »Ich glaube, er war neugierig darauf, was du aus dem Geschenk gemacht hast, das ihr beide geteilt hattet.«

Tamsanne blickte noch einmal auf die Karte hinab. »Ihm war tatsächlich so viel Erinnerung geblieben?«, staunte sie. »Vielleicht ist es besser, dass ich nichts davon geahnt habe.« Dann streckte sie die Hand aus, nahm den ganzen Kartenstapel und mischte die *Glamour*-Karte darunter.

Als sie wieder zu Gaultry aufblickte, glänzten ungeweinte Tränen in ihren Augen. »Für mich war der Verlust Jarrets das erste Glied in der Kette der Ereignisse, die uns alle zu diesem Tag geführt haben.« Sie ließ die Karten in einem Ärmel ihres muffigen Kleides verschwinden und fuhr sich mit dem Lappen in ihrer Hand übers Gesicht – sie hatte vergessen, dass er mit Öl und Ruß verschmutzt war.

Sie nahm Gaultry und Mervion bei den Händen. »Schon bisher habt ihr beide bessere Entscheidungen getroffen als ich. Ihr habt eurem Prinzen eine Krone verschafft, und ihr habt nicht euer Herzensglück geopfert, um euer Ziel zu erreichen.«

Sie gab ihnen keine weitere Erklärung dafür, und Gaultry und Mervion wechselten einen Blick des schwesterlichen Einverständnisses, sie nicht zu bedrängen. Gleich darauf legte Tamsanne schweigend den Lappen nieder und verließ das Zelt.

»Du kannst jetzt aufwachen«, sagte Gaultry ein wenig säuerlich und ließ sich auf Tamsannes Platz am Bett nieder. Sie nahm die Hand des Jungen in ihre und spürte erleichtert seinen kräftigen Puls.

Tullier öffnete gequält die Augen, wenn auch nur zu schmalen Schlitzen, und Gaultry erkannte, dass er sich tatsächlich schlafend gestellt hatte, wie sie bereits vermutet hatte.

»Deine Kette liegt sicher unter der Erde«, sagte sie ihm. »Sie teilt sich das Grab mit Richielle. Ich hoffe, das war richtig so.«

»Weißt du, dass die Sha Muira ihre Toten nicht begraben?«, fragte Tullier traurig. »Sie beschweren sie nur mit Steinen und werfen sie ins Meer.«

»Nun, die Kette ist jedenfalls begraben«, erwiderte Gaultry. »Mit all ihren Geheimnissen.«

»Wenn Llara mich liebt, wird das Ding auch dort bleiben.«

Sanft faltete Gaultry seine Hände und breitete die Decke darüber. »Ich glaube nicht, dass jemand nach dem heutigen Morgen noch an Ihrer Liebe zu dir zweifeln kann.«

»Sie will, dass ich nach Bissanty zurückkehre, nicht wahr?«, fragte Tullier schwach. »Deshalb wollte Sie mich Andion nicht als Opfer für Tielmark überlassen.« Es war keine Frage, wen er mit »Sie« gemeint hatte. Llara Donnerkeil.

»Ich glaube schon«, antwortete Gaultry. »Aber noch ist es nicht so weit. Ruh dich aus und erhol dich ein wenig.« Sie hatte keine Ahnung, was mit dem Prinzenthron Bissantys geschehen würde, da Tielmark fürderhin für das Kaiserreich verloren war. Den Bissantiner Schattenprinzen von Tielmark gab es nicht mehr. Was bedeutete das für Tullier? Er war noch immer ein Prinz, so viel stand fest, wenn man nur an das Eingreifen der Grauen Göttin heute Morgen dachte. Sie streichelte seine Wange, und trotz Tamsannes und Mervions Bemühungen, ihn zu säubern, war ihre Hand danach schwarz vor Asche. »Schlaf, mein Aschenprinz«, sagte sie zu ihm. Diese Worte erschienen ihr passend. Denn genau so war er ihr erschienen, als Benet, eben vom Götterfeuer zum König gekrönt, sich erhoben und ihr einen Blick auf Tullier gewährt hatte, nach Llaras Wutausbruch und Andions Kompromiss.

Sie und Mervion blieben bei ihm sitzen, bis er tief und fest eingeschlafen war.

Es war ein triumphaler Sieg. Die Lanai waren nicht dumm. Sie hatten den gewaltigen Zusammenprall der göttlichen Mächte gesehen und den lauten Jubel vernommen, der danach aufgebrandet war. An einem solchen Tag war ihnen schon vor Beginn des Tielmaraner Angriffs klar, dass sie diese Schlacht kaum gewinnen konnten. Eine solche Umwälzung herrschender Mächte war ein seltenes Ereignis, und nicht eine einzige Ballade hatte je davon berichtet, dass die Götter solchen Einsatz nicht belohnt hätten.

Die Lanai mochten im nächsten Jahr wieder in Tielmark einfallen, doch für dieses Jahr, das wussten sie, war es vorbei.

Gaultry und Mervion hatten vom Kommandostand des Königs aus die entscheidende Wende in der Schlacht beobachtet und angestrengt in das ferne Tal hinabgestarrt. Es war aufregend gewesen, von diesem völlig sicheren Standort aus zuzusehen, wie die Tielmaraner die Lanai zurückschlugen, aber auch unangenehm. Natürlich war es erfreulich und spannend, den Rückzug der Lanai bis weit in die Berge verfolgen zu können, doch es hatte sehr viel länger gedauert, bis sich das Gewirr der kämpfenden Männer wieder auflöste, die auf etwa einem Drittel der Höhe aneinander geraten waren. Martin, Coyal und Benet waren alle in der Tielmaraner Vorhut geritten.

Die Schwestern waren sich einig: Schlimmer als zusehen wäre nur gewesen, nicht zuzusehen.

Abgesehen davon war es all ihre Befürchtungen wert, um den Moment mitzuerleben, als die Reihen der Lanai schließlich endgültig brachen und die Masse der kämpfenden Stammeskrieger in kleine Trupps zerfiel, von denen manche von den Gegnern niedergemacht wurden, während andere flohen oder versuchten, sich zu ergeben, doch am Ende stellten alle bis auf kleine Trüppchen Unbelehrbarer – die rasch niedergeschlagen oder von ihren Anführern zur Räson gebracht wurden – den Kampf ein.

Es waren wenige Männer nötig, um die Kapitulation zu organisieren, und es ging wesentlich schneller, als Gaultry erwartet hatte. Es dauerte nicht lange, bis die ersten herzoglichen Verbände ins Tal zurückgeschickt wurden. Sie stürmten lachend den Hang herab, trieben ihre Pferde zu verwegenem, halsbrecherischem Galopp an, rasten am Tielmaraner Heerlager vorbei und hinein ins flache, warme Wasser des Sees. Dieser Sieg gehörte wahrhaftig dem Sonnenkönig – die Hitze in dem felsigen Kalksteintal, wo die wichtigsten Gefechte stattgefunden hatten, war unerträglich gewesen, und viele der Männer waren trotz ihres Jubels einem Hitzschlag nahe.

Das zweite Heer, das abrückte, trug die gelbe Rose der Vaux-Torres'auf den Bannern. Der Heerführer von Vaux-Torres war Beaumorreau, der Bruder der Hohepriesterin, und als die Fanfaren endlich Vaux-Torres' Rückzug verkündeten, ließ Elisabeth, die während der ganzen Zeit mitten auf der Anhöhe unter den Kommandanten gestanden hatte, sich eiligst ein Pferd bringen; sie stieg auf und galoppierte ihnen entgegen.

Die neue Hohepriesterin bot ein beeindruckendes Bild, wie ihre schwarzen und grünen Roben im vollen Galopp hinter ihr her wehten wie die Flügel einer Schwalbe und ihr das lockige, kohlschwarze Haar frei um die Schultern flatterte. Spontan jubelten die abziehenden Soldaten ihr zu, obgleich die Hälfte von ihnen nicht einmal wusste, wer sie war.

»Ich war überrascht, falls Euch das interessiert. Sie war ein Fehltritt, ist das denn zu glauben? Nicht dass es mich kümmert, ob Ihr das glaubt oder nicht. Doch indem wir unsere Fehler annehmen, sorgen wir meist dafür, dass sich alles zum Besten wendet, meint Ihr nicht auch?«

Diese spöttische Stimme – das konnte niemand anders sein als Argat Climens. Gaultry fuhr herum, nicht sicher, ob sie wachsam bleiben oder sich über das plötzliche Erscheinen der Frau freuen sollte.

»Euer Gnaden«, sagte sie höflich. »Es hat mich gefreut, zu hören, dass die Vorwürfe gegen Euch fallen gelassen wurden.«

Argat sah erschöpfter aus, als Gaultry erwartet hätte. Der lange Ritt nach Westen war ihrer makellosen Erscheinung nicht gut bekommen, und die Spuren des Alters unter ihren Augen waren deutlicher, als Gaultry sie in Erinnerung hatte. Sie hatte auch Lachfältchen um den Mund. An die konnte Gaultry sich ebenso wenig erinnern, doch der unbezwingbare Sinn für Humor, der unter all dem höfischen Putz zutage trat, überraschte sie kaum.

»Die Vorwürfe fallen gelassen? Die Hofschranzen behaupten natürlich alle, das läge nur an meinem neu erworbenen Einfluss«, erwiderte Argat und warf den Kopf zurück. »Was ein noch größerer Beweis ihrer Dummheit ist, wenn sie nicht erkennen, dass mein hübscher kleiner Liebling die Allererste wäre, die mir den Strick um den Hals legt, wenn tatsächlich auch nur ein stichhaltiger Beweis gegen mich vorläge. Aber das ist ein Vorteil für meine Elisabeth – sie wird sie eiskalt erwischen, zumindest beim ersten Mal, wenn sie versuchen, sich mit ihr anzulegen.«

Elisabeth hatte den breiten Kessel des Schlachtfelds durchquert und ihren Bruder am Eingang des Tals getroffen. Weiter oben machten sich nun die roten Banner mit dem Hirschkopf Haute-Tielmarks auf den Weg ins Tal, und endlich, noch nach diesem Heer, sah Gaultry die blau-weiß karierten Wappenröcke des prinzlichen Heeres. Martins Grün und Grau war unter ihnen natürlich nicht auszumachen, doch das Herz hämmerte ihr in der Brust bei der Hoffnung, er könnte bald in Sicht kommen. Mervion an ihrer Seite drückte ihre Hand, von ähnlicher Sehnsucht erfüllt.

»Elisabeth wird sich meinem Einfluss jedoch nicht ganz entziehen können«, sagte Argat gerade. Gaultry fuhr zu ihr herum, denn sie wusste nicht recht, wovon die Frau sprach.

»Das will ich nicht hoffen«, entfuhr es ihr laut, und dann errötete sie, während Argat katzenhaft lächelte. »Ich wollte damit nur sagen, ich denke, die Hohepriesterin sollte sich ein unabhängiges Urteil bilden.«

»Ach, ich würde sie natürlich nur in geringeren Angelegenheiten ein wenig anleiten«, sagte die Herzogin. »Sie wird so viel zu tun haben, und ich bin überzeugt davon, dass sie sich nicht besonders auf ihre gesellschaftlichen Verpflichtungen konzentrieren wird. Da werde ich ihr gewiss hilfreich zur Seite stehen können, und sei es nur, um sie an ihre Pflichten zu gemahnen.«

Gaultry warf der Frau einen misstrauischen Blick zu. Argat lächelte nur verschmitzt. »Ihr habt Tielmark viele große Dienste erwiesen, Lady Gaultry. Ja«, fuhr sie fort und drehte sich dorthin um, wo Elisabeth vorüberritt, und ihr Lächeln wurde breiter, als sie ihre Tochter reiten sah, »ich denke, ich werde Elisabeth als

Erstes daran erinnern, dass es an der Zeit ist, die adeligen Eheregister neu aufzuschlagen. Da wären einige Änderungen endlich angemessen.«

Von dieser Warte aus hatte Gaultry den Wechsel der Hohepriesterin noch gar nicht betrachtet – sie starrte die Herzogin an, und Sehnsucht durchfuhr sie. »Ich würde niemals um einen solchen Gefallen ersuchen«, entgegnete sie steif.

»Dafür ist es auch schon zu spät«, sagte Argat. »Ich habe das bereits zur Sprache gebracht, und Elisabeth ist einverstanden. Ihr werdet mir wohl einfach einen Gefallen schuldig sein, und dabei bleibt es.« Über die Menge auf der Anhöhe hinweg winkte sie einen Diener herbei, der geduldig die Zügel einer hübschen grauen Stute gehalten hatte, fertig gezäumt und gesattelt. »Nun seid so gut und vergrößert Eure Schuld. Nehmt mein Pferd, reitet hinüber und sagt es ihm.«

Gaultry konnte sich nicht vom Fleck rühren. Sie starrte das Pferd an, dann Argat, und dann wieder das Pferd. »Ihr sprecht von einer Angelegenheit, die Titel und Besitz betrifft«, sagte sie spröde, denn es widerstrebte ihr, Argats Verlockungen nachzugeben. »Für mich macht es keinen Unterschied, ob Martin und ich heiraten können oder nicht. Wir sind bereits eins vor den Göttern.«

»Dann nehmt endlich das Pferd«, sagte Argat lachend, »und reitet ihm entgegen.«

Und das tat Gaultry denn auch.

Epilog

Vidryas, der Schrecken der Lanaya, starrte durch die samtenen Vorhänge der sacht schaukelnden Sänfte hinaus. Er hätte nie gedacht, dass er einmal die große Stadt Bassorah besuchen würde. Er hätte nie gedacht, dass man ihn durch die marmorgepflasterten Straßen tragen würde, fürstlich auf Seidenkissen gebettet, als krönenden Mittelpunkt eines wahren Triumphzugs. Mehrere Reihen von Soldaten in schimmernden Uniformen bahnten ihm einen Weg durch die jubelnden Massen; in langen Reihen wurden ganze Viehherden der Lanai, mit starken Giften betäubt und gefügig gemacht, muhend und blökend hinter ihm her gezogen, wobei sie vor Angst überall ihren Dung verteilten, jedoch unter dem Einfluss der Drogen friedlich blieben.

Dies hätte der Triumph seines Onkels sein sollen, doch der ganze Ruhm war Vidryas mit seinem hübschen Bissantiner Gesicht zugefallen.

Er hatte auf Ochsan eingeredet und versucht, ihn dazu zu bewegen, seinen Anteil Ruhm für seinen Sieg einzufordern, doch sein Onkel hatte nur gelächelt und den Kopf geschüttelt. »Sie wollen dich, Viddy, mein Junge. Genieße die Ehren, die dir zuteil werden.«

Vidryas war inzwischen klug genug geworden, Ochsans spöttisch funkelnde Augen zu bemerken. »Das gehört alles zu deinem Plan, nicht wahr?«, hatte er seinem Onkel vorgeworfen. »Du wolltest von Anfang an, dass ich an deiner Stelle den Ruhm für deinen Sieg einheimse. Das gehört alles zu deinem Plan für die Dramaya, bis hinunter zu den Bissantiner Massen, die mir auf den Straßen zujubeln.«

Sein Onkel hatte sich nicht die Mühe gemacht, dies zu leugnen. »Lass sie dich ruhig den Schrecken der Lanai nennen«, hatte er nur hinzugefügt. »Ist wohl besser, nicht auf ›Lanaya‹ zu bestehen. Die Menge wird ohnehin ›Schrecken der Lanai‹ brüllen, also wozu auf ›Lanaya‹ beharren? Deine Hauptmänner werden die Einzigen sein, die es überhaupt bemerken, und glaub ja nicht, dein Stolz würde sie beeindrucken. Sie werden ihren Vorgesetzten von deiner verdächtigen Ausdrucksweise berichten – weiter nichts. Doch allein das könntest du später einmal bereuen müssen. Lass sie dich ›Schrecken der Lanai‹ nennen, wie es bei ihnen üblich ist. Warum sollte eine so kleine Frage der Sprache ihr Fest überschatten?«

»Ich kann hinnehmen, dass ich als Krieger deinem Befehl unterstehe«, hatte Vidryas seufzend erwidert. Die unbesiegbare Sturheit im kantigen Gesicht seines Onkels ließ nicht vermuten, wie durchtrieben er war und wie unerschrocken er seine Männer anführte, doch Vidryas war kein dummer Junge mehr – er wusste, was unter dieser reglosen Oberfläche lag. »Mein Onkel, so wahr du mir in den Bergen das Leben gerettet hast, so wahr du mir gezeigt hast, was es bedeutet, ein Mann und ein Krieger zu sein, ich werde deinen Befehlen gehorchen. Llara steh mir bei, dass ich mich bereit erklärt habe, so zu tun, als sei ich es gewesen, der deine Krieger zum Sieg geführt hat. Aber mein Blut werde ich nicht verleugnen. Das kannst du nicht noch obendrein von mir verlangen.«

Ochsans ausdrücklichem Wunsch zum Trotz wusste Vidryas, dass er sich richtig entschieden hatte. Er hatte es in seines Onkels Augen gesehen, während dieser noch brummte und murrte und in seiner typischen Art auf und ab ging, genau wie der kleine schwarze Ochse, als den die schreckliche Ziegenhirtin und Hexe ihn bezeichnet hatte.

»Na schön, wie du meinst«, hatte Ochsan gesagt. »Aber nun – geh. Genieße deinen Triumphzug. Du hast ihn dir verdient – ob aus dem Grund, den die Menge dort glauben will oder nicht, ist nicht so wichtig.«

Das leidenschaftliche Gebrüll der Menge um ihn herum verleitete ihn nun beinahe dazu, seinem Onkel zu glauben. Eines Tages würde er gewiss einen hohen Preis für dieses Vergnügen bezahlen: für die winkenden Massen, die seinen Namen schrien, für Unmengen von Blumen und Münzen, die in seinem Schoß landeten. Er war weit genug zum Manne gereift, um das zu wissen. Der Kaiser hatte diesen Triumphzug aus einem bestimmten Grund veranstaltet, und ganz gewiss nicht, um den Sieg Bissantys über die Lanaya zu feiern. Das rebellische Tielmark hatte sich zum Königreich erhoben. Der bissantinische Prinzenthron Tielmarks, ein geheiligter Altar im Tempel der Großen Llara, war zerborsten und herabgestürzt, ein Omen, das entsetzliche Verluste verhieß.

Stellte dieser Triumphzug, diese Parade für Vidryas den Höhepunkt seines jungen Lebens dar, so war sie für den Kaiser nur eine kleine Zerstreuung, während er sein weiteres Vorgehen plante. Vidryas konnte sich nicht darauf verlassen, dass sein Ruhm von heute ihm morgen bleiben würde – er konnte sich nicht einmal darauf verlassen, dass der Kaiser ihm diese Siegerkränze lassen würde.

Der Triumphzug entlang der Prachtstraße erreichte Bassorahs uralten Siegesbogen und bewegte sich durch seinen kühlen Schatten. Dahinter lag der Platz, der den Großen Zwölf gewidmet war, und an dessen anderem Ende wiederum erhob sich die Kuppel von Llaras Tempel. Als Vidryas' Sänfte auf der anderen Seite des Torbogens erschien, erschallte der Jubel mit vielfacher Kraft.

»Lanai-Schrecken! Lanai-Schrecken! Vidryas, mit dem Segen der Llara!«

Die Gesichter, die zu ihm aufblickten, strahlten vor Freude und Begeisterung, der er sich nicht entziehen konnte.

Für diesen Tag, für diese Stunde konnte Vidryas so tun, als wären alle seine Kindheitsträume wahr geworden. Er führte eine prächtige Parade an, und an ihrem Ende erwartete ihn der Kaiser, um ihn zu ehren. Der Kaiser und seine melancholischen Ehefrauen, umgeben von den restlichen vier Bissantiner Prinzen und ihren Kindern; der Erbe Pallidons mit seinen beiden hübschen Knaben, und der uralte Seeprinz mit seiner seltsamen weißen Tochter. Das war der passende Schluss für den Traum vom Ruhm eines jeden kleinen Jungen.

Heute – für diesen Augenblick – wurden seine Jungenträume wahr.